文学的医心

——毕淑敏作品研究及其他

温奉桥 主编

中国海洋大学出版社
·青岛·

图书在版编目(CIP)数据

文学的医心:毕淑敏作品研究及其他/温奉桥主编.
—青岛:中国海洋大学出版社,2011.10(2012.7重印)
ISBN 978-7-81125-850-9

Ⅰ.①文⋯ Ⅱ.①温⋯ Ⅲ.①毕淑敏—小说研究—文集②中国文学:现代文学—文学研究—文集③中国文学:当代文学—文学研究—文集 Ⅳ.①I207.42-53②I206.6-53

中国版本图书馆CIP数据核字(2011)第195397号

出版发行	中国海洋大学出版社
社　　址	青岛市香港东路23号　　邮政编码　266071
出 版 人	杨立敏
网　　址	http://www.ouc-press.com
电子信箱	huazhang_china@hotmail.com
订购电话	0532—82032573(传真)
责任编辑	张　华　　　　　　　　　电　　话　0532—85902342
印　　制	淄博恒业印务有限公司
版　　次	2011年10月第1版
印　　次	2012年7月第2次印刷
成品尺寸	185 mm×260 mm
印　　张	16.5
字　　数	375千字
定　　价	30.00元

目 录

上 编

死亡·尊严·人性
　　——毕淑敏小说漫论 ……………………………………… 温奉桥(3)
如何追求精神的高度
　　——毕淑敏小说的几点随想 ……………………………… 张志忠(10)
崭新的维度与异域的陷阱
　　——论毕淑敏《蓝色天堂》的范式开拓与审美缺陷 …… 赵树勤(22)
向死而生，转身来爱
　　——从终极关怀的维度谈毕淑敏的文学创作 …………… 周建彩(29)
毕淑敏医学视景下的身体书写和女性语言 ………………… 王新惠(32)
文学的另一种"现代启蒙"：毕淑敏写作意义略论 ………… 郭剑卿(37)
论毕淑敏小说的超越性与限定性 …………………………… 帅　震(42)
"毕氏厨房"与心灵鸡汤
　　——我观毕淑敏散文 ……………………………………… 梁向阳(47)
毕淑敏作品的传播与接受 …………………………………… 周志雄(51)
毕淑敏长篇小说的共性解读 ………………………………… 张立群(58)
"后英雄"时代的理想主义写作
　　——毕淑敏与后新时期中国文学 ………………………… 马春花(66)
生命在行走中绽放
　　——读《蓝色天堂》 ……………………………………… 欧阳霞(73)
毕淑敏小说女性的困境与女性意识的超越 ………………… 王淑芳(75)
在"现实主义"与"女性文学"之间
　　——重估毕淑敏小说创作 ………………………………… 毕绪龙(80)
参透不可逾越　放下得大自在 ……………………………… 鄢敬新(86)
敬畏灵魂　凝视身体
　　——论毕淑敏的叙事伦理 ………………………………… 陈金波(91)
论毕淑敏小说《血玲珑》中的生命意识 ……………………… 颜　娜(97)
论毕淑敏小说的伦理叙事
　　——以《血玲珑》为中心 ………………………………… 王海燕(101)
医者圣心
　　——浅析毕淑敏人生经历对其散文创作的影响 ………… 马闪闪(105)

毕淑敏散文中的女性理想 ………………………………………… 徐珊珊（108）
解读毕淑敏散文中的女性关注 ……………………………………… 朱翠翠（111）
浅谈毕淑敏散文中的女性话语特征和女思考者的建构 …………… 李　沫（116）
论毕淑敏《红处方》中对生命意义的思考及幽默语言艺术风格 …… 王　兵（120）
毕淑敏的中小学教育观 ……………………………………………… 曹鸿鹤（124）

下　编

谈谈中国现当代文学的经典性阅读 ………………………………… 黄万华（129）
"父"之缺位与"时代孤儿"的道德困境
　　——东西的《耳光响亮》、《后悔录》与后传统时代的寓言化写作　耿传明（137）
从《小城三月》看萧红的创作个性
　　——兼论其对当前文学创作的启迪 …………………………… 贺仲明（144）
新世界背景下"新生代"作家为何叩问经典意识
　　——以徐则臣、甫跃辉小说为例 ………………………………… 徐　妍（149）
当代文学的新乡土叙事
　　——以《陈奂生上城》、《活着》、《秦腔》为例 ………………… 韩鲁华（155）
如何"透视主义"地透视鲁迅
　　——对文学史述史中鲁迅评价的反思 ………………………… 贾振勇（164）
孤独的先锋
　　——兼谈"青春叙事"赋予"文学深圳"景观存在的合理性 …… 王素霞（169）
农民工书写的文学焦虑与叙事伦理 ………………………………… 江腊生（176）
抵抗现代性的寓言
　　——重读韩少功的《马桥词典》 ………………………………… 张伯存（183）
《古炉》的哲理化视角及其对"文革"题材小说创作的推进 ……… 韩　蕊（188）
现代文学语言的生成渊源新论 ……………………………………… 王　平（194）
镜像自我与语言建构的主体
　　——1990年代以来小说叙事的认同危机 ……………………… 王金胜（203）
中国新文学作家侠性心态的生成 …………………………………… 陈夫龙（218）
论中国当代文学创作的理想追求 …………………………………… 郭玉生（230）
试论中韩教科书中的阿Q …………………………………………〔韩〕李佳恩（235）
由俯视到平视
　　——二三十年代中国现代文学叙事视角的一种考察 ………… 周红燕（240）
论沈从文笔下的湘西世界 …………………………………………… 张　欣（248）

编后记 ………………………………………………………………………（254）

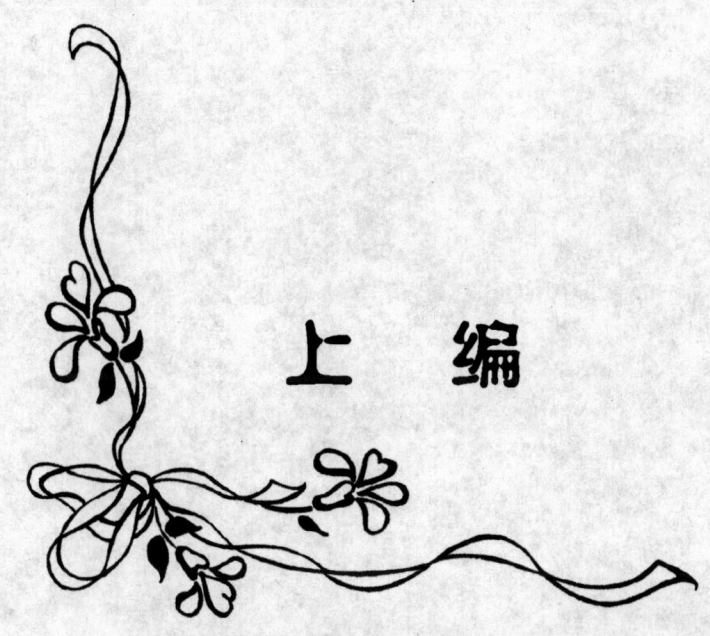

上编

死亡·尊严·人性

——毕淑敏小说漫论

温奉桥

毕淑敏的名片很独特,是蓝色的。蓝色是大海的颜色,天空、天堂的颜色(毕淑敏有本书就叫《蓝色天堂》),生命的颜色,同时,也是医院病房的颜色。在这个蓝色的名片上,毕淑敏赫然标着:一级作家、主治医师、文学硕士。同时,我也注意到,几乎在所有的"毕淑敏简介"中,这三个"角色"都是不可或缺的,这说明,毕淑敏相当重视自己这三重身份,其实,这正是毕淑敏的独特之处。在当代,作家很多,但同时是医生/心理师的很少;医生/心理师很多,但同时是作家的很少;在这很少之中,毕淑敏成就了她的唯一。毕淑敏说:"这个世界上,有三门主要以人为研究对象的学问——医学、文学、心理学,蒙命运垂青,我一一涉足。"[①]可以说,作家+医生/心理师=毕淑敏。王蒙将毕淑敏誉为"文学界的白衣天使",是很恰当的。

毕淑敏在一次演讲中说自己更像文学队伍中的一个"异类"[②],毕淑敏的"异类"源于她颇具传奇色彩的人生经历和独特的文学创作。毕淑敏的小说创作,大体分两个阶段,从1987年发表处女作《昆仑殇》始,到90年代前期是第一阶段,代表性作品有《昆仑殇》、《补天石》、《阿里》、《藏红花》、《君子于役》、《伴随你建立功勋》等;第二阶段,大体从短篇小说《女人之约》开始至今,代表性作品有《教授的戒指》、《生生不已》、《预约死亡》、《最后一支西地兰》、《红处方》、《血玲珑》、《拯救乳房》、《女心理师》等。这前后阶段的创作,无论从小说题材还是风格类型而言,都有较为明显的区别。当然,更有一以贯之的东西,那就是对死亡、尊严、人性的思考。

一、死亡

死亡构成了毕淑敏小说的最重要主题。毕淑敏的文学"出场",带有横空出世的味道。1987年《昆仑殇》裹挟着奇异的喀喇昆仑山的风雪,一下子震撼了文坛,就连刊物的编辑也被《昆仑殇》"磅礴的气势和沉重的主题所震撼"[③],以至于怀疑这篇小说是否是毕淑敏写的,因为他们不相信一个女作家能够以如此平静的心态和笔致面对和书写死亡。其实,这正是毕淑敏向文坛展示的第一副面孔。11年的军旅生活和22年的从医经历在很大程度

[①] 毕淑敏:《不言放弃,只是暂别》,《我的五样》,江苏文艺出版社2006年版,第137页。
[②] 毕淑敏:《文学与人生》,温奉桥主编《中国当代文学演讲录》,齐鲁书社2011年版,第247页。
[③] 毕淑敏:《文学与人生》,温奉桥主编《中国当代文学演讲录》,齐鲁书社2011年版,第250页。

上决定了毕淑敏创作的整体风貌和价值取向。在毕淑敏的人生经历中，曾有 11 年的时间每天面对着喀喇昆仑山亘古不变的冰雪，异常艰苦的生存环境，使毕淑敏"在花季的年龄开始严峻郑重地思考死亡的问题"①。无论是作为军人，还是作为医生，死亡都是毕淑敏必须也是最经常面对的课题，"面对死亡简直成了生活的一部分"②。特别是 11 年的军旅生活，几乎每天都面对"近在咫尺的鲜血和死亡"③，不知多少次与死神擦肩而过。毕淑敏是中国文学中第一个直面死亡的作家，在世界文学中也并不多见，作为一个作家，毕淑敏写出了死亡的真相，特别是表现了死亡的尊严和某种程度的诗意，这是毕淑敏的最大贡献。我们是一个具有浓烈死亡禁忌的民族，"不知生，焉知死"的古训，使死亡成为中国传统文化的一大盲点和黑洞，我们的古人对死亡采取了沉默、搁置、闪避的态度，死亡不可说，不能说，借用《拯救乳房》中的话："死亡是睡着的魔鬼，大声叫醒，它就暴跳如雷。"我们的文学作品充斥着大量道德性死亡——比泰山还重、比羽毛还轻的死亡——而没有真正意义上的死亡。因为，对死亡的描写是不被允许的，因此，在很多文作品中，对死亡大都采取了轻描淡写甚至回避的态度。毕淑敏对死亡书写怀着一种高度自觉，她说："在中国走向现代化的今天，对精神的一个如此重要的领域，不去考虑它，不去说它，不是一个现实的态度。"④毕淑敏在其小说中，第一次以一种平静的心态、非道德化的立场书写了死亡。毕淑敏的《拯救乳房》等后期小说，剥离了死亡的社会学、道德性内涵，展示了纯粹意义上的死亡真相。西方有一门科学"死亡学"（Hanatologys），毕淑敏的小说，可以看做中国的"死亡学"启蒙读本。

毕淑敏对描写"死亡"有一种特殊的"嗜好"。海德格尔说，"艺术的本质就是揭示生命存在的真理"，死亡，也是"生命存在的真理"之一，是通向"生命存在真理"的一条幽暗的隧道。毕淑敏从生命的价值和意义层面来重新思考和书写死亡，她说："人的生存是一个向着死亡的存在，……只有对死亡有了更深入的了解，人才可能更深地把握生命。死亡其实是一切的本质。"⑤鉴于此，毕淑敏一方面对死亡表现出了异乎寻常的兴趣，她在作品中描写了各种各样的死亡，她的小说几乎就是死亡博物馆。书写死亡的"嗜好"，在毕淑敏的小说创作中产生了双重的美学效果，一方面，她对死亡的正视和描写，令人不快、恐惧甚至战栗；另一方面，毕淑敏的死亡"嗜好"又同时把人们引入了一个充满了神秘气息的人性"黑洞"，正如她自己所言："崇高这块燧石在死亡之锤的击打下，易于迸溅灿烂的火花。"⑥透过死亡，毕淑敏看到了人性的崇高和美好。

毕淑敏多次说过，"医学是我的童子功"⑦，医生的角色不但决定了毕淑敏对死亡书写的热衷，而且也影响了她对死亡乃至整个文学创作的写作姿态，那就是某种冷静的近乎冷酷的叙事态度。毕淑敏认为她这种冷静的态度和医生的职业有关，和写过太多的病例有

---

① 毕淑敏：《毕淑敏文集·哑幸福》，群众出版社 2002 年版，第 47 页。
② 毕淑敏：《凝视崇高》，《毕淑敏自述人生》，时代文艺出版社 2010 年版，第 236 页。
③ 毕淑敏：《我的故事》，《毕淑敏自述人生》，时代文艺出版社 2010 年版，第 5 页。
④ 毕淑敏：《预约死亡》，《生命》，群众出版社 1996 年版，第 30 页。
⑤ 毕淑敏：《预约死亡》，《生命》，群众出版社 1996 年版，第 30 页。
⑥ 毕淑敏：《凝视崇高》，《毕淑敏自述人生》，时代文艺出版社 2010 年版，第 236 页。
⑦ 毕淑敏：《走出白衣》，《毕淑敏自述人生》，时代文艺出版社 2010 年版，第 197 页。

关——"你见过一个医生在病历里热情奔放、抒情咏叹吗?"①王蒙认为毕淑敏"有一种把对于人的关怀和热情悲悯化为冷静的处方的集道德、文学、科学于一体的思维方式、写作方式与行为方式"②,这种写作方式集中表现为她对死亡的书写。我必须承认,阅读《拯救乳房》、《红处方》等作品,特别是《生生不已》中对恶性脑瘤发病、挣扎等的病理描写,曾多次引起我强烈的不适感,我想这种阅读上的不适,一方面源于毕淑敏对癌症、吸毒等病理学意义上的描写引起的生理反应,另一方面更源于我们的恐惧、逃避和拒绝的心态,我们的文学已经习惯了对癌症等疾病的逃避和审美化的描写策略,毕淑敏对死亡的正视和描写,显示了一种科学精神。毕淑敏通过她的小说,建构了一种科学意义上的死亡观念,她既打破了关于死亡的恐惧心态,也打破了面对死亡的虚妄态度。

二、尊严

与死亡紧密相连,尊严特别是死亡的尊严构成了毕淑敏小说的另一重要主题。尊严的主题在毕淑敏前后期小说中有一个衍化过程。她的前期小说包括"昆仑系列"和后来的《女人之约》、《女工》等,所着力表现的是人的生命尊严,《昆仑殇》其实讲的并不是死亡的故事,而是通过死亡的表象阐释"尊严"的主题。"一号"执意在海拔五千公尺以上的高原冻土地带,冒着摄氏零下四十度的严寒,进行冬季长途野营拉练,并徒步穿越无人区。其实,他所挑战的不仅仅是严酷的自然条件以及所谓军人的意志,在其内心最隐秘的角落,促使他作出这一决定的原因是他觉得自己的尊严受到了漠视和挑战,他要通过这种艰苦的自虐式的拉练,捍卫作为军人特别是作为边防部队最高指挥官的尊严。金喜蹦、李铁等人的死,并不完全是被自然的严酷所吞噬,在某种意义上,他们是为捍卫军人的尊严和荣誉而死。《阿里》同样如此。那个"在一团明亮的光明之中,走向那片幽静的水域"的漂亮女战士游星,临死前"很仔细地洗脸洗手,然后换上一身新军装,飒爽英姿",她的死既是为了保住作为司令员的父亲,更是为了一个军人的尊严。其实,如果稍加注意,毕淑敏在其小说中已经涉及了一些敏感的悖论:尊严和生命。在毕淑敏的诸多小说中,都表达了这样一个事实:尊严是通过死亡得以完成的。"尊严"通过死亡得以体现,这是生命的悖论。可能身为女性的缘故,毕淑敏对女性的尊严似乎格外敏感。《女人之约》、《女工》等,集中表现了日常生活中最普通甚至最底层女性的尊严。只不过与《昆仑殇》、《阿里》等小说相比,毕淑敏在《女人之约》这篇小说中涉及了一个更为复杂和敏感的尊严问题——"坏女人"的尊严。郁容秋是全厂出了名的"坏女人",因而得了"大篷车"的绰号,虽是普通人家的女儿,却长得"像年画一般艳丽","偏巧又生得心比天高","想做个出类拔萃的女人",在一个男性主导一切的社会中,她的命运可以想象,这其实是她一切"过错"的根源。郁容秋费尽周折,用尽一切手段,终于为濒临倒闭的工厂讨回了债,然而她不但没有得到女厂长鞠一个躬的诺言,反而全厂沸腾:"这是'大篷车'卖 X 挣回来的钱"。女厂长是郁容秋"最敬佩的女性",因为在郁容秋眼里,厂长是一个"活得最高贵的女人",女厂长"不仰仗任何男人,凭着自己的本事,堂堂正正地立在这个世界上",在讨债的过程中,她找到了一个女人的自

---

① 毕淑敏:《〈女心理师〉自序》,《女心理师》,漓江出版社2008年版,第2页。
② 王蒙:《作家——医生毕淑敏》,《王蒙文存》(第22卷),人民文学出版社2003年版,第167~168页。

信和价值感,"从未有过这样的神采飞扬,走路的时候腰杆笔直"。她之所以渴望得到厂长的鞠躬,源自她内心深处的"我渴望也光荣一次"的强烈愿望,"我渴望也光荣一次"集中表现了一个背负坏名声的下层女人的尊严渴求。在毕淑敏的小说中,这是最震撼人心的一句话,然而,她至死都没有等到那个鞠躬。这是一个被尊严压死的女人。

毕淑敏的后期小说如《拯救乳房》等则集中思考了死亡尊严的问题。虽然《拯救乳房》的书名,令人瞠目,具有某种效应,但真正的读者还是能够发现作家的苦心:其拯救的当然并不仅仅是"乳房",而是人的最后的尊严——死亡尊严。《拯救乳房》所着力宣扬的其实就是小说中的一句话:"死亡是宁静和安详的,……死亡是我们成长的最后阶段。"这其实是一个更具挑战性的命题,她挑战的是几千年来所形成的传统文化心理和死亡伦理。毕淑敏说,"在中国,死亡的尊严是个盲点",她的许多小说写的就是这个"盲点"。道德化的死亡建构的是一种虚假的死亡尊严,即一切的所谓崇高、壮烈、贞洁的死亡,都只不过是一种道德化的美学叙事,而毕淑敏告诉我们的是,即使最普通最卑微的死亡,也具有同样的尊严感。对于个体生命而言,"死同生一样,是人类存在、成长及发展的一部分"。死亡是最后的礼仪,任何的死亡都应该得到平等的尊重和敬畏。

毕淑敏一篇文章名曰《亲自写作》,所谓"亲自"写作,毕淑敏认为就是要写出自己面对世界和人生的"真感受"、"真体验",包括对于死亡的感受和体验。毕淑敏曾说自己"充满着探索自我的愿望",为此,她甚至亲自到临终关怀医院去"体验"死亡,与那些行将离世的老人,住在同一屋子,品尝死亡的滋味,在现实层面上做到了海德格尔所说的"先行到死"。毕淑敏说她特别希望通过他的小说传达一个关于死亡的观念:"人的生存就是一个向着死亡的存在","只有死亡才是永恒的",因而,毕淑敏笔下的死亡,一反常态,剥离了死亡的恐惧、不详以及"死亡气息",赋予了死亡某种尊严和诗意。如《教授的戒指》中对死亡的描写:"高远的天空,有五色的祥云透迤。金色的霞光从云隙中麦芒般地撒下,将峰峦剪出黛青的绿影。远处有辉煌的屋宇,缥缈的音乐像香花的气息弥漫而来。在莽莽苍苍的白雾之中,有一颗红色的玻珠跳荡起伏。一种像羽毛一样温暖而洁白的神韵,源源不断奔涌而来,涤荡寰宇。"在《拯救乳房》中写到安疆老人的死:"安疆就这样安静得仿佛空气一般平静地走了。死亡被她演绎成了一泓秋水,在这冬末春初的夜里。"《预约死亡》中:"死亡是轻飘飘暖洋洋的羽毛一般。那个瞬间是飞翔的感觉,一切痛苦都不复存在了,极为舒服。"毕淑敏通过她的小说,不仅唤醒了人们建立一种正确的面对死亡的态度,更重要的是毕淑敏完成了对死亡的诗意书写。

三、人性

休谟说,一切科学都同人性有关。文学对人性的痴迷和执迷超越其他学科,对人性本身的探讨成为文学创作最为持久的深层动力。对人性的思考构成了毕淑敏小说的第三个主题。医生和作家的显著区别之一,即表现在医生更多关注的是人的肉身,而作家更感兴趣的是完整意义上的"人"——探讨人的社会性存在和人性内涵。作为一个医生、心理师,毕淑敏无疑具有更为便利的条件进入人性的深处,探寻人心的奥秘。在文学失却轰动效应的时代,毕淑敏的《红处方》、《拯救乳房》、《女心理师》等小说都取得了某种程度的"轰动"效应,当然,这种"轰动"效应有很多方面的因素诸如小说题材的奇特等,但是,对人性的深刻揭示是其"轰动"效应的更重要因素。毕淑敏说:"如果不超拔于琐碎之上,文学就丧失了照耀的力量。"①就毕淑敏小说而言,其超拔的力量却是源于对人性的不懈探讨和深刻表现。

《女心理师》的成功并非偶然,这部小说的魅力一方面源于故事自身的悬念,其实,毕淑敏追求悬念并非从这部小说始,《拯救乳房》中已相当明显;另一方面,则是源于这部小说的人性内涵。《女心理师》在本质性上类似于美国精神病学专家斯考特·派克的《邪恶人性——一个心理治疗大师的手记》,只不过斯考特·派克是通过一个个真实的病例,思考、揭示人性之邪恶,毕淑敏则是以小说的形式通过一个个扑朔迷离的心理案例故事来探讨人性而已。许多读者把这部小说看做心理治疗小说,相对忽视了毕淑敏在这部小说中对人性展开的深层探索。在这部小说中,毕淑敏以其医生的冷静、心理师的耐心和缜密、作家的仁者情怀,从多侧面特别是从人性畸变的视角,观察、展示了日常生活帷幕掩盖下的人性畸态。《女心理师》中的很多故事,其实并非完全是心理病案,而恰恰是人性的丰富超越了人们的经验和想象,因此,我们在这部小说中所看到的其实并不仅仅是心理的畸态,更是人性的丰富和斑斓。特别是小说中大芳和老松的故事,惊心动魄,大芳变态的"宽容"——处心积虑地让自己的丈夫有外遇,并把这些女子想方设法请到家中,让他们在自己的眼皮底下蝇营狗苟——并非完全来自大芳心底遥远的呼喊:你一定要做"大"(大老婆),而且具有深刻的人性内涵。

在《红处方》中,毕淑敏通过简方宁和庄羽这一对立的形象,展开了对人性两极——善与恶、美与丑的思考。简方宁在某种程度上是一种理想性的人性范式,代表了人性中的神性光辉,是善与美的化身,美丽尊严,医术精湛,热爱事业,热爱生命;然而,最终被阴谋和邪恶所毁灭。庄羽这一艺术形象,是人性恶的化身,是盛开在阴暗人性土壤上的"恶之花":出身高贵,美貌惊艳,精神空虚,放荡不羁,为追求刺激,沦为毒品的奴隶,其原初美好的人性也随之彻底湮灭。庄羽就像一只黑色的邪恶的蝴蝶,面对简方宁的美丽、善良、尊严,她更加感到生命的绝望,彻底的绝望生长出的是邪恶:"要是有一天,把院长也变成病人就好了。"因此,她千方百计接近简方宁,目的只有一个,使简方宁也染上毒瘾。庄羽的邪恶源于其人性的嫉妒与自卑——我不能变成和她一样的人,她太高尚,太尊贵了。我今生今世,永攀不上。但是我可以把她变成和我一样的人……通过庄羽的形象,毕淑敏深刻地表现了人性的令人战栗的阴郁,抵达了人性冰冷的内核。

《拯救乳房》中由于罹患癌症只有一只乳房的周云若,把玩弄男人当做精神的"荷尔蒙",她认为精神的性欲可以战胜癌症的痛苦,在一次次的玩弄男性近似疯狂的游戏中,她得到了自我确认——仍然活着,仍然具有女性的魅力——并完成了对死亡的暂时超越,其实,周云若的超越方式标明她已经不自觉地陷入了可怕的人性黑洞无法自拔。因为周云若陷入了巨大的羞愧之中:"从我知道得了乳腺癌那一刻起,我就觉得自己不是女孩了。我变成了不男不女的怪物。"正如桑塔格在《疾病的隐喻》中所言,世俗的成见使癌症"不仅被看做了一种不治之症,而且是一种羞耻之症"②,乳腺癌则尤其如此,历史上还没有另一

---

① 毕淑敏:《〈女心理师〉自序》,《女心理师》,漓江出版社2008年版,第3页。
② 〔美〕苏珊·桑塔格:《疾病的隐喻》,上海译文出版社2003年版,第53页。

种疾病像乳腺癌一样具有如此的道德方面的内涵,所以《拯救乳房》的癌症患者,都具有强烈的羞耻感甚至罪恶感,在一定意义上,她们不是被作为疾病的癌症所虐杀,而是死于这种比癌症自身不知强大多少倍的强烈的羞愧感。

毕淑敏有一篇惊心动魄的小说,没有引广泛关注,这就是她的《白杨木鼻子》。这篇小说很短,刚六千字,但其包含的巨大的人性内涵,远远超越了它的篇幅。在毕淑敏所有创作中,这篇小说都显得突兀而奇崛。故事很简单:年轻貌美的小茶嫁给了丑陋的木匠老姜,木匠人虽丑陋,但手艺好,且深爱小茶,然而,小茶却不愿为老姜添一个孩子。有一天,当老姜手提斧锯外出而归的时候,看到一个高大俊俏的小伙子,正在吻小茶鼻梁上的那颗痣……于是老姜第一次用推木头的刨刀剃掉了妻子的鼻子,由于教授鬼斧神工的精湛医术,小茶又拥有了她那"像浮出海面的一段象牙,闪着晶莹的光润"的鼻子,然而,面对妻子完美如初的鼻子,老姜表现出的并不是感激和欣喜,而是"双眼时不时露出凶狠的敌意"。因此,当老姜第二次把妻子的鼻子用刨子剃下来的时候,用脚后跟在地上狠狠地碾着踩了一圈,无论多么高明的医生,这次再也不能把鼻子"栽"到小茶那张美妙绝伦的脸上了,从此小茶只能带着丈夫老姜用最白最细的白杨木做的同样美丽精致的木鼻子……老姜从此感到安全了,因为在老姜看来,"没有鼻子的女人,比老母猪还要丑。别人不要,我不嫌"。更让人困惑和震惊的是小茶和老姜二人对待"剃鼻"的态度,老姜剃掉了小茶的鼻子,不但不为自己的举动恐惧、悔恨,反而出奇的平静,甚至透出某种自豪和骄傲,当医生问用什么干的时候,他回答说:"用刨刀,剃的。推木头的那种。"第二次"剃鼻"后,面对医生的极端愤怒,他仍平静如初:"是。还是上回用过的那种,我觉着挺好使。"当医生问小茶"疼吗"的时候,小茶竟回答说:"一点也不痛。那刨刀是新磨的,很利。嗖的一下,凉凉快快,像雨后的风。"

《白杨木鼻子》让人联想起福克纳的经典小说《圣殿》。《圣殿》里有一细节:相貌丑陋、身材矮小的"金鱼眼"是个丧失了性能力的男人,为了满足自己的变态的"占有"欲,他用玉米芯强暴了谭波尔。《白杨木鼻子》和《圣殿》共通之处在于两部小说都表现了人性中某种极端的扭曲的存在。在《白杨木鼻子》这篇小说中,毕淑敏以一个战士的冒险精神和医生的好奇心态,向人性的幽暗处突进,达到了前所未有的深度,以冷静得近乎残忍的笔调写出了人性的阴鸷和扭曲,爱的专横与恐怖,以及占有欲的疯狂与怪异,每每想起"剃鼻"后老姜和小茶的平静都令人不寒而栗。《白杨木鼻子》是中国当代小说中不多的最具人性深度和艺术震撼力的作品之一。

《女人之约》除了表达了女性尊严的主题,还有容易被忽略的另一主题——人性的内涵。女厂长之所以不向郁秋容鞠躬,除了冠冕堂皇的理由——"她不是一般的工人。她不如一般的工人,她受过处分,名声很坏……""厂长向这样一个卑贱的女人屈膝,会成为厂内经久不息的新闻"——还有人性的因素在里面。同为女性,女厂长对郁秋容的态度极为复杂,厂长虽然是个"干练的女强人",是个"威风凛凛的女人","有一股端庄的威严,从这个女人身上逼射而出",然而却是个"姿色平平的女人";而全厂最低贱的女工郁秋容却"很妖媚,是那种眼睛里抛出绊马索的女人","女厂长不喜欢漂亮的女人"。郁容秋曾对兰医生说过一段痛彻心扉的话:"看着昨天还在我胯下受辱的男人,今天变得冠冕堂皇,当着众人讲大道理,大家还挺服气他。我就想,我征服了这个男人,也就征服了所有佩服他的人。"无论是女厂长还是郁容秋,在她们的决绝和包含着恶毒的快感后面都隐含了诸多人性的内容。《血玲珑》中的卜绣文,身上集中体现了最无私和最自私的母爱,母性有其光辉、圣洁的一面,也有极端残忍、狭隘的一面,当然,这种极端的狭隘和残忍,是通过无私的形式表现出来的,母性也是人性的表现形式。

王蒙曾指出毕淑敏有"清澈如水的医心",毕淑敏也谈到作为一个作家"胸膛里该跳动温暖的良心"①。无论王蒙的"医心"还是毕淑敏"良心",其实在毕淑敏的小说里是同一个东西,那就是一种人道主义情愫。只不过,在毕淑敏的小说中,其人道主义是通过对于死亡的态度表现出来的。毕淑敏在对死亡的凝视中,完成了与生命的对话。

(温奉桥:中国海洋大学文学与新闻传播学院)

---

① 毕淑敏:《凝视崇高》,《毕淑敏自述人生》,时代文艺出版社2010年版,第237页。

如何追求精神的高度
——毕淑敏小说的几点随想

张志忠

毕淑敏的创作,表现出强大的可持续发展性。这和她不断地开拓新的生活领域的努力分不开。从医生改行成为专业作家,这是一次自觉的选择,也会令人进入一种相对平静和稳定的生存—写作方式。但毕淑敏却一直是要努力地投入生活的前沿的:她以《习惯死亡》而成为"新体验"小说的代表性作家,她也不断地在追求着新的人生体验,不惑之年去攻读心理咨询师课程,知天命之年又潇洒地走向海洋。如作家所言,"我觉得我是那种对人特别有兴趣的人,因为我觉得人其实是挺复杂的,而且挺多面性的,是没办法用好啊坏啊这种种简单的方法去概括。那我去研究这个规则,然后去探讨人生,也会对自己有更多的了解。比如当生理的医生,那我就会明白你生理的结构。当作家,我觉得其实文学就是人学,因为主要是描写人嘛。而心理学真的是以研究人的思维和行为的科学,能够让我对人、对自己都有更多的了解。"①这样的心态,让她的创作充满了活力,在小说、散文和心理学随笔方面,都有不菲的收获。

基于这样的判断,我们讨论毕淑敏小说创作中的若干矛盾,这既是针对一个特定的作家的前瞻性瞩望,也是针对当下的文学现状中如何掘取创作深度的普遍难题。

一、作家气质:"白衣天使"与"天才病友"

王蒙的一篇文章,《毕淑敏:文学界的白衣天使》,被媒体和写作者广泛接受,这的确表现了毕淑敏的创作特征。但是,许多人只是从积极肯定的意义上去引证王蒙的判断,却忽略了他在称赞毕淑敏的善良和纯真的同时,对于另一类作家,天才病友的阐释,以及在两者间进行对比时所隐含的真意——

> 我真的不知道世界上还有这样规规矩矩的作家与文学之路……她太正常、太良善,甚至于是太听话了。即使做了小说,似乎也没有忘记她的医生的治病救人的宗旨,普度众生的宏愿,苦口婆心的耐性,有条不紊的规章和清澈如水的医心。她有一种把对于人的关怀和热情悲悯化为冷静的处方的集道德、文学、科学于一体的思维方式、写作方式与行为方式。

> 而另外的多得多的天才作家的另一面,实在是文学界的病友。我尊敬与同情我的病友,我知道世界上许多伟大的作家都有病,他们太痛苦了,他们因痛苦

---

① 毕淑敏:《我是那种对人特别有兴趣的人》,《南方日报》2011年1月2日。

而益发伟大了。但同时我也赞美与感谢大夫,为了全国人民的身心健康,我祝愿在大夫与病友的比例上不至于出现太大的失调。有病人也有医生,这才是世界,这才有各种写不完的故事。①

王蒙独特的行文风格,让人难以捉摸,"像雾像雨又像风",但他并没有消泯自己的判断:"不知道这是我的幸运还是不幸,不知道这是不是我的被误解与被攻击的原因之一,我既觉得病人之可哀可叹,又觉得医生之可亲可信,特别是当我给一个比我年轻的作家作序写评的时候,我承认每一片树叶的价值。当然,我宁愿意多称赞一点祥和与理性,我也许又发放了太多的苦口的凉药,真对不起。"②在曲笔微讽之中,可以体味到他对于身为作家的医生与身为作家的病人两者间的自然倾斜。(也许是我读错了?是我把自己的意思强加给了王蒙先生?)

据有关研究,有两个职业,是最容易转向小说创作的,记者和医生。这是因为,它们都是和众多的人群打交道的,对世道人心有广泛的了解。契诃夫的职业就是医生,池莉和余华也都有过行医的经历。鲁迅和郭沫若在日本读书时,都是学医学的,因为各自的原因,走向了文学。毕淑敏的由医而文,不为鲜见。甚至有某种必然性,就是她对人性的关注。"因为我是从十几岁就开始做卫生员,我觉得其实人的心理和生理是特别密切相关的,是没有办法分开的,比如说我做医生的时候,有一个病人过来,他说我夜里睡不好觉,失眠,如果比较简单的处置,我们就会问,你是睡不着还是特别容易惊醒,还是很容易早早醒来,因为针对这三种不同的情况是有不同的安眠的药物可以应用,我想一般的医生把这个情况问清楚,使用相应的药物,其实也就算是尽最大的责任。……但是我可能就会想,一个人睡不着的时候在想什么,是因为发生了什么而睡不着,他睡不着是一个短期的情况还是一个漫长的过程,我会和这个病人进行更多的交谈,我会知道,他们其实是有很多不同的情况,其实就会关系到一个人的心理的状况,我那时候想做一个好医生,其实不但要关注病人的生理,也要关注病人的心理。"③不过,许多当过医生的作家,都不曾以医疗过程为自己的主要描写对象,而是用医生的眼光和"听诊器"去窥探社会的弊端,去追问心灵的缺憾,去发掘人们的"精神创伤"(借用胡风的话语)。在 20 世纪中国的风云跌宕中,出于对国家、民族命运的关切,鲁迅着意于"揭出病苦,引起疗救的注意",他描绘中国民众的沉默的灵魂,描写了阿 Q、华老栓、祥林嫂的不幸与不争,也写了狂人、魏连殳、吕纬甫等新旧文人的"梦醒了无路可走"的哀伤。还有一些天才的作家,罹患严重疾病,对疾病的体验,成为他们创作的重要源泉。鲁迅研究过魏晋文人的病态与药与酒的关系。杜甫中年以后的诗歌中,大量地出现"病"和"老"的字眼,"生理只凭黄阁老,衰颜欲付紫金丹";"万里悲秋常做客,百年多病独登台";"名岂文章著,官应老病休"。陀思妥耶夫斯基对癫痫病的痛苦而神奇的体验,给他的作品平添诡奇的色彩。④ 普鲁斯特从七岁起发作的哮喘病,使他被迫成为一个与外界隔绝,独处室内的"病孩子"——

---

① 王蒙:《文学界的白衣天使》,《北京文学》2002 年第 10 期(这是王蒙为《毕淑敏作品精选》写的序言)。
② 王蒙:《文学界的白衣天使》,《北京文学》2002 年第 10 期(这是王蒙为《毕淑敏作品精选》写的序言)。
③ CCTV"新闻会客厅"专访:《毕淑敏:从作家到心理咨询师》。转引自 39 健康网站:http://xl.39.net/xltm/106/7/1322203.html。
④ 参见余凤高:《癫痫体验和陀思妥耶夫斯基的创作》,《名作欣赏》2011 年 4 月上旬刊。

有人曾经说过:"普鲁斯特是一个病孩子"。了解普鲁斯特的人对此都深有同感。这是因为,一方面,普鲁斯特一生多病,以至三十多岁后闭门不出,而且他的心理也或多或少带有病态,使他始终有一种孩子的稚弱,从精神、情感上依赖母亲、情人乃至依赖幻想;而另一方面,又正是这种永远的童心使他拥有旺盛的创作力,正如评论家莫里斯·萨克斯(1906—1945)所说,他是一个"奇怪的孩子","他有一个成人所具有的人生经验,和一个十岁儿童的心灵"。由此可见,再也没有什么词句能比"病孩子"更好地概括普鲁斯特生平和创作特征的了。①

还有天才画家梵高,他的燃烧的向日葵和漩涡般的星空让我们迷醉,但是,直到晚近才有学者指出,梵高因为治病服用麻黄素过量,导致他的色觉发生了变异,才会有他画笔下面那瑰丽奇幻的色彩。"蚌病得珠",此之谓也。

毕淑敏可以说是行医最久的作家,从医长达 22 年。她不但在大量的作品中,描写了患病和治疗的医学过程,《教授的戒指》和神奇医术,《血玲珑》与白血病,《红处方》与戒毒医疗;而且,在成为专业作家之后,还不"消停",她修读心理学课程,开设心理咨询,写作《心灵七游戏》等科普读物,还推出《拯救乳房》、《女心理师》等作品,"将治疗进行到底"。

究其原始,毕淑敏的思考,源自其少女时代作为一个女兵,在西藏阿里的严酷生存环境和心灵孤独的状态下,对生命与死亡的体认,对人生意义的思考:

> 我还记得那时常常一个人裹着厚重的军大衣坐在山顶上,白天面对温暖的日头,晚上面对寥远的星空,苦苦冥想、思索。我思索了很多能拿出来思索的问题,不过最多的就是:我是谁,我到哪里去,我将怎样走过一生,这三个最简单而又最根本的哲学问题,当然那时并不知道这是哲学问题。②

这三个问号,确实是现代人的生存困惑,是深刻的哲学问题。不过,毕淑敏对此做出的解答,却是非常直观浅近的,大体没有超出 20 世纪 50~60 年代成长起来的"好孩子"的道德尺度,没有超过那一代人在《钢铁是怎样炼成的》中读到的保尔·柯察金对人生的思考:"我到哪里去呢,毫无疑问死亡是最后的归宿。可是在死亡之前生命还在我的手中。死亡不是我能控制的,它是恒定的,可是生命本身的意义与价值却是变数,我可以去创造一个属于我的数字。我将怎样走过一生,这取决于我自己,一个人应该对自己的生命负责。我要去把它过得有意义,有价值,要让生命留下我的光彩,不仅自己快乐,也对这个社会,对与我一样拥有生命的人有帮助,有价值。这是我的灵魂对三个问题的解答,是我的人生哲学,它们奠定了我的人生基调。"③热爱生命,助人为乐,再加上"提醒幸福"(这是毕淑敏一篇散文的篇名),这样的答案,与前述现代人的生存困惑,是非对称性的,它可以让一个人在现实中活得充实而愉快,是一个善良、真诚、给自己和他人都带来安慰和快乐的人。但"我是谁?我从哪里来?往哪里去?"的终极之问,多少哲人和作家殚精竭虑穷其毕生仍然无力解答的难题,就这样轻飘飘地消散,而让幸福飞扬起来了吗?

---

① 转引自罗大冈著译:《罗大冈文集》(第 2 卷),中国文联出版社 2004 年版,第 166 页。
② 《心理咨询师毕淑敏:我是一颗苹果树》,《北京青年报》2004 年 9 月 30 日。
③ 《心理咨询师毕淑敏:我是一颗苹果树》,《北京青年报》2004 年 9 月 30 日。

热爱生命、善待他人、提醒幸福,在今天这样的喧嚣躁动、欲望高扬,在社会公信力和公民道德大面积沦丧的环境下,它有着不容忽视的建设作用。但是,就文学而言,仅有善良心愿和写作才能,是否就可以臻于创作的化境呢?

答案显然是否定的。文学不仅是抚慰众生的心灵鸡汤。它还要打破幻影,拷问人性,要面对惨烈的人生和冷酷的世界。就像鲁迅评价陀思妥耶夫斯基那样,要直指人的心灵深处,不依不饶,追问到底,施行精神的苦刑,做痛苦卓绝的追索。鲁迅说道:"他竟作为罪孽深重的罪人,同时也是残酷的拷问官而出现了。他把小说中的男男女女,放在万难忍受的境遇里,来试炼它们,不但剥去了表面的洁白,拷问出藏在下面的罪恶,而且还要拷问出藏在那罪恶之下的真正的洁白来。而且还不肯爽利的处死,竭力要放它们活得长久。而这陀思妥夫斯基,则仿佛就在和罪人一同苦恼,和拷问官一同高兴着似的。这决不是平常人做得到的事情,总而言之,就因为伟大的缘故。"①在这里,法官与罪犯的对决,与医生对病人的关爱,两者显然不在一个水平线上。

文学和哲学更需要天才的病友,医学和现实则更需要善良的天使。

二、面对疾病:隐喻与治疗

"疾病是生命的阴面,是一重更麻烦的公民身份。每个降临世间的人都拥有双重身份,其一属于健康王国,另一则属于疾病王国。尽管我们都只乐于使用健康王国的护照,但或迟或早,至少会有那么一段时间,我们每个人都被迫承认我们也是另一王国的公民。"②人的生老病死,乃是世间常态,也是文学描写的重要对象。尤其是苏珊·桑塔格的《疾病的隐喻》的问世,吸引了人们对疾病与文学的关系的关注,也为文学研究开拓了新的界面。

前面我们讲到了许多作家与疾病的关系,这是从疾病引发的对人性和生命的深度体验着眼的。反过来看,在作家们那里,疾病书写成为他们屡试不爽的一枚"通灵宝玉"。就像桑塔格所言,文学常常是将疾病隐喻化了。结核病就为作家们驰骋才情提供了足够的施展想象和隐喻的空间。《红楼梦》中的林黛玉,柔弱无力,就是肺结核所致。《莎菲女士的日记》中的莎菲,其典型的症状也是肺结核。但在桑塔格的视野中,肺结核又经常会制造一种假象,离真实的疾病相去甚远——结核病曾经——至今也仍然——被认为能带来情绪高涨、胃口大增、性欲旺盛。"结核病有这样的特点,即它的许多症状都是假象——例如表现出来的活力不过来自虚弱,脸上的潮红看起来像是健康的标志,其实来自发烧,而活力的突然高涨可能只是死亡的前兆(能量的这种喷涌总的说来是自毁的,而且也是毁人的)。"③身患癌症的桑塔格,在患病和治疗的过程中,深刻体会到隐喻造成的危害,她指出:"疾病并非隐喻,而看待疾病的最真诚的方式——同时也是患者对待疾病的最健康的方式——是尽可能消除或抵制隐喻性思考。"④

由此引出我们的一个基本的判断,就是面对疾病,文学与医学(也包括心理学)的关系问题。文学是隐喻的艺术,是追求复杂性和无限性的艺术;医学是解喻的事业,清晰、准

---

① 鲁迅:《陀思妥夫斯基的事》,《且介亭杂文二集》,人民文学出版社1973年版,第162~163页。
② 〔美〕苏珊·桑塔格:《疾病的隐喻》,上海译文出版社2003年版,第5页。
③ 〔美〕苏珊·桑塔格:《疾病的隐喻》,上海译文出版社2003年版,第13页。
④ 〔美〕苏珊·桑塔格:《疾病的隐喻》,上海译文出版社2003年版,第5页。

确、单纯。文学需要多层蕴含，文学的隐喻特性，惯于借助疾病得以施展。在现代中国，更是和杰姆逊所谓"民族寓言"结合而产生强大的生产功能。东亚病夫、肺结核病、疯狂、血吸虫病、白痴、性无能等，都曾经夺人耳目。从《狂人日记》、《沉沦》到《男人的一半是女人》、《无字》，在疯狂和性蒙昧的描述中，都蕴含了作家对时代、民族的痛切思考。以治病救人为要旨的医学却需要消除隐喻，回到身体，以最简明的方式处理最棘手的病痛。

出身医学的作家很多，以严谨的医学知识对疾病进行描写的作家很多，但是写治疗和康复的作家稀少。毕淑敏可能是个特例。毕淑敏写疾病，白血病（《血玲珑》2001），乳腺癌（《拯救乳房》2003），戒毒（《红处方》1997），心理治疗（《女心理师》2007），都有一个预设的前提，就是这些疾病，如桑塔格所言，去除隐喻，直指本相，而且还是具有治疗痊愈的可能性的疾病。1976年，43岁的桑塔格罹患乳腺癌，为抵抗癌症的侵袭和社会的偏见，她进行了艰难的抗争而得以康复。她的《疾病的隐喻》就是写于癌症治疗期间——是从疗效的明确性进行选择，从医疗角度进行选择的。她的《心灵七游戏》、《毕淑敏心理咨询手记》等心理咨询论著，也是有一个预设的前提，就是对自己的治疗技术的坚信。同时，毕淑敏也是反对隐喻的，在《拯救乳房》中，她借卜珍琪的口宣告："癌症怎么了？不就是一种慢性病吗？和胃溃疡、高血压一样，有什么了不起的？癌症病人，心脏病就不死人啦？嗓子里卡根鱼刺还死人呢！有什么不可以争论的？要是这么一点风雨都经受不了，那真是和死了差不多。"在《红处方》中，简方宁的戒毒医院之所以能够存在和运转，就是她们只问病不问人，不问病人的来龙去脉、往事今生，任由病人戴着一副假面具前来入院治疗，隐姓埋名地面对医护人员。在消解隐喻的同时，毕淑敏笔下的治疗过程是具有医学的准确性的。《红处方》中就充满了关于毒品与治疗的诸多医学知识。在《拯救乳房》的原稿中，也有许多关于乳腺癌的知识介绍。① 这也是我将毕淑敏的小说指称为"医学小说"的基本前提。

可以说，毕淑敏是将其医生职业和医生心态在文学中发挥得淋漓尽致的，无怪乎她会说，医生、作家和心理咨询师三者"对我来说它们是一件事情，我想这件事情就是始终对人的关注"②。但是，在问题的另一方面，这三者之间的内在分裂，也呈现出来，而不为作家觉察。

一是"医"和"病"的关系。民谚说，学医三年觉天下无病可医，行医三年觉天下无药可用。初出茅庐，入世尚浅，因为抱着对诸多疾病的治愈信心，什么病都不在话下，才会有无病可医之叹；入世渐深，阅人无数，才知道世上病患林林总总，行医注定是以有涯逐无涯，哪里能够把握得住？③ 毕淑敏写过很多病人的死亡，但是其死因，却很少会归结于"无药可

---

① 在《为什么妥协？毕淑敏与〈拯救乳房〉》的访谈中，毕淑敏讲道："小说原来特别长，心理活动的东西还要多，包括还有一些乳腺癌的历史，比如早年国外曾经怎么样做乳腺癌手术，就完全不用麻药，那时候女性的那种悲惨啊。后来我觉得出版社说得也有道理，这个主题本来就比较沉重，要是再那么厚，40万字，那怎么看呢。"《为什么妥协？毕淑敏与〈拯救乳房〉》，《北京青年报》2003年6月2日。

② CCTV"新闻会客厅"专访：《毕淑敏：从作家到心理咨询师》。转引自39健康网站：http://xl.39.net/xltm/106/7/1322203.html。

③ 这种"无病可医"的自诩，在毕淑敏从事心理咨询的经历中得到印证："学了那么多理论，有一点像一个医学院学生毕业，我已经从理论上我知道是可以给人治病的，可是我不知道它真的可以治病吗。我想一个是就掌握了这些理论的知识以后，特别想用于实践。再有一个，我会觉得那时候已经慢慢感觉到，其实在我们中国现在急速变化的年代里，其实人们特别需要心理的帮助，我会感觉到这是一个有点使命感吧。"CCTV"新闻会客厅"专访：《毕淑敏：从作家到心理咨询师》。转引自39健康网站：http://xl.39.net/xltm/106/7/1322203.html。

用",而是各种特殊情境所致,与医学的"无能"不甚相干:《昆仑殇》是讲高原缺氧和酷寒条件下的盲目蛮干、长官意志决定战士命运的,士兵的死亡因此不可避免;《预约死亡》是讲临终关怀的,衰老和死亡是因为自然规律的不可抗拒;《紫色人形》中因为遭遇火灾几乎被烧焦的无名男女,其形状固然惨烈得不忍目睹,作品所张扬的却是那种生死不渝的坚贞爱情;《生生不息》则是为了实现做母亲的心愿而甘愿抵上自己的生命……由此做一个合理推测,在阿里做军医也好,转业以后在企业医院工作也好,从医的经历可能很丰富,却未必很深刻,未必有多少真正深刻体验到的有心救人、无力回天的绝望。我们讨论较多的几部长篇小说,也包括《预约死亡》和《生生不息》,都不能说是刻骨铭心的行医记忆,而是在以"新体验"小说所倡导的方式进入当下的生活浪潮,围绕着"医"与"病"的环节,进行采访和体验(就像沈若鱼到戒毒医院"潜伏"一样),直到后来开设心理咨询,接触到众多的咨询者,获得丰富的时代前沿的话题。但是,纸上得来终觉浅,绝知此事要躬行,如果说,要治疗可治之病,束缚了作家的视野,那么,对于疾患与治疗的深度体验之多寡,在毕淑敏这里,也是个很有意味的论题吧。

二是解喻和建喻的纠结。疾病的治疗,就是让病人从各种"隐喻"——与疾病相关的社会的、政治的、经济的、文化的纠缠中解脱出来,在一个"纯医学"的视野中,予以疗救。这也就是桑塔格的拒绝隐喻、拒绝阐释的用意所在。但是,正如柄谷行人所言,为了解构,先得建构,建构起一个可以用来进行解构的对象。而且,毕淑敏所描写的,除了《血玲珑》中的夏早早所患的白血病,是一种较为单纯的疾病,又因为夏早早年幼单纯,而且一直是被作为单纯的医学治疗对象加以考虑和诊治,其他的病人所患,都不是纯粹的生理疾病,而是和他们的心灵息息相关。《红处方》中的多位吸毒者,都是带着各种心灵的隐衷—伤痛而染上毒品的;《拯救乳房》中的一群乳腺癌患者,当她们出现在作品中,她们的医学治疗已经告一段落,当下施行的是心理治疗;《女心理师》中的贺顿和她的同事们,是面向社会接治各种时代病的患者,仍然是精神层面的治疗。因此,取代那种纯粹生理性治疗的医学手段,他们都是"心病还得心药医"。为了消解患者的心灵困惑,就要追溯这心灵困惑的成因,追溯和建构起每个人的精神成长的历史,揭示其疾病后面的"隐喻"。解喻——建喻——再解喻的过程,本来可以写得精彩纷呈,五光十色,但作家对此似乎没有自觉地意识到这一点,过分看重"疗效"——其中很重要的表现就是,许多人物都是单线条的,朝着一个方向(由病人走向痊愈)发展的,没有内心的反复,没有"解不开的死疙瘩"(庄羽是个例外),其最终的目的,就是治疗和康复,就是消除一切曾经困扰病人身心的烦扰,但是,在消解了种种积郁和创伤之后,他们的好日子就真的到来了吗?

三、审视心灵:痛苦与流行

毕淑敏是一个传播快乐、传播福音的医生,有选择,有回避,有退让。她是入世的,社会使命感太强了,看到少男少女们在电脑和互联网上玩"灰色的"或者"黄色的"游戏,她会热切呼吁:

> 我们没有为孩子们写出电子书,他们就去读别人写的书。灰色的汁液,一滴滴注入他们心田,也许会在某一个早晨生出荆棘,张开令我们惊愕的黑色翅膀。我以一个母亲的名义呼吁:天下科学家和文学家联起手来,为孩子们制造光明的游戏!①

---

① 毕淑敏:《电脑时代的灰色诱惑》,《上海采风》2003年第1期。

而且,她去读心理学博士课程,从事心理咨询,写《心灵七游戏》等,都是为了扶危解难,悬壶济世。她不会写《鼠疫》和《癌病房》,不会写《第四病室》和《第六病室》,也不会写《霍乱时期的爱情》。作家关爱精神空间,医生关心病人疾苦,心理咨询师似乎是将两者结合起来,是要治疗心灵的病苦。而且,三者的重叠部分,是对读者和病人的指导。毕淑敏说,"她在美国做过一次权威的职业测试,她最适合的职业竟是神职人员!仔细一想,这一角色与毕淑敏的现实身份似乎有异曲同工之妙。"①

福柯说,知识就是权力。这在医生、牧师与病人、信众的关系中表现的最为明显。我们从 50 年代到 80 年代的文学观,也是把作家看做"心灵的工程师",是要塑造读者的心灵。医生面对病人,当然是处于强势地位。这种指导,是非常具体的、贴近病人,注重疗效的,却容易失去对人性充分开掘的深度。牧师指引芸芸众生,其追求精神效益的最大化的同时,不能不以一种最为宽泛的道德-价值尺度要求信众,以维持其权威。这就是刘俐俐所说的毕淑敏创作中的"教化意向"及其弊端:

> 教化意向产生伦理式的叮咛,从社会发生学的角度看,是使作家所寓于其中的平民社会的观念和价值标准得到承认,是对这个层面的意识无批判地继承下来的表现。是将文学置于无探索无进取精神的麻醉中。从创作者个人的角度看,作家的审美意向在平面的观察、叙述和描写中,是向社会的最大多数人们趋同,试图在和读者的对话中,在较宽道德、价值域中,达成伦理道德和人生态度方面的最大限度的一致。而没有站在民众的前面引导民众的精神前行。②

比较而言,在毕淑敏的作品中,《血玲珑》在对人性的开掘上,是最为尖锐的。白血病作为一种除去了隐喻的疾病,发生在小女儿夏早早身上,成人世界却为此陷入爱与恨、善与恶决斗的大披露。就如作品中一个护士所看到的那种"当局者迷旁观者清":

> 这些天来,我关在玲珑居里,把事情的来龙去脉,理得差不多了。魏医生想杀了那胎儿,救他心爱的女人。钟先生想杀了那女人,完成他的试验。那个丈夫也想杀了妻子,只保留下胎儿,那样,救了女儿也救了自己。甚至连那昏迷中的女人,也藏着满腹杀机。只要她醒来,就会毫不迟疑地杀了她的一个孩子去救另一个孩子……人人都在爱中,激昏了头脑,为了自己的所爱,情爱、母爱、父爱或是对一种事业的热爱,不惜以他人的血作为代价。梁先生,这其中,只有你我还是清醒的,我求你救救大家。

照此写下去,会是怎样地惊心动魄,会引发怎样的灵魂撞击,也会将作品推向心灵探险的高峰。但是作家在自己预设的深渊般的人性审问面前退缩了,她笔致一挥,让年幼的夏早早以自杀的行为代替成人破解这一难题。正应了那句老话,强作解人。细究起来,

---

① 尚晓岚:《毕淑敏:大雅大俗〈血玲珑〉》,《北京青年报》2001 年 1 月 18 日。
② 刘俐俐:《书写他者的困境与批评的失语——论毕淑敏文学文学创作及其现象》,《文艺争鸣》2000 年第 4 期。刘俐俐指出了毕淑敏的困境,却找错了原因。刘俐俐例举一些 60 后作家通过书写自我而进行深刻自我剖析,获得了文学的深度,毕淑敏是在书写他者,未能痛入骨髓地展现其灵魂。其实,写自我和写他人,只是题材选择,只有具有深邃的目光,才会有精神的穿透力,直抵心灵深处。鲁迅的小说和《野草》,既写他人,也写自我,都是拷问灵魂,都是典范之作。

《血玲珑》的这个结尾,并非出自作家的本意,她为作品涉及了一个皆大欢喜的结局,是出版社的编辑修正为现在的模样。① 由此看来,作者的善良心愿,既是她赢得众多读者的基本前提,也让她在心灵探索上,知难而退。得乎？失乎？

《血玲珑》是一部中心聚焦的作品,所有的情节都围绕一个中心事件,如何从日渐迫近的死神那里夺回夏早早的生命;围绕这个中心,作品中的主要人物,都有足够的空间和时间,展现自己的心灵。不仅是女主人公卜绣文,主治医生魏晓日,医学界泰斗钟百行,都在情节的跌宕起伏中,写出了心灵的层次感。即便是那个卑俗不堪的匡宗元,也不是一个简单化的漫画人物,他的判断力和控制力,都是既在意料之外,又在情理之中。比较而言,《红处方》、《拯救乳房》和《女心理师》,以"拼盘式"的人物和事件结构作品,就显得浮泛有余而精深不足。这有其先在的合理性:铁打的营盘流水的兵,铁打的医院也是流水的病人,来来往往,熙熙攘攘,没有什么规律可循,也没有多少匡范可言。但是,这又是一个可怕的陷阱。正因为它是自由组合,任意延展的,只要设计好一个框架,那么,病人的数量、年龄、性格、前史等,都是可以任意添加和设定的。它使得长篇小说的写作变得容易了许多,篇幅、容量不再困扰作家,可以"抡圆了"写,放开手写,但是,横截面的铺展,热闹的场面和纷繁的情节中,却是很容易就让作家和读者迷失了心灵的深入探寻的。

这主要表现在两个方面。

其一,在这三部作品中出现的众多人物中,具有灵魂的震撼力的人物并不算多,虽然作家也费了不少心血去经营和刻镂。《拯救乳房》中在仕途上青云直上的女强人卜珍琪(是否谐音"不争气"？),《女心理师》中的丑小鸭贺顿,让人印象深刻——前者因为年幼无知,祸从口出,说破了母亲的婚外情,导致了母亲和另一位男性的死亡,也给自己留下终身的悔恨。世事难料,人心叵测,事情发生在卜珍琪身上,它反射出的却是社会环境和庸庸众生的险恶与无聊。但是,这无法承受的沉重罪责,没有人分担,全都郁积在卜珍琪的幼小生命中,让卜珍琪情何以堪？后者呢,从乡下的小姑娘绛香,到心理医师贺顿,她一直在以最低下却又最顽强追求的姿态,为自己开辟一条人生的新路,在她的少女时代,却潜藏着那么痛切的伤痕——继父强奸继女,这在资讯开放的今天,也许算不得拍案惊奇,但心理学大师姬铭骢为其疗伤的过程,却是匪夷所思,惊世骇俗。我们听说过"心病还得心药医",却想象不出,身体的创伤记忆,也要用再一次的遭受创伤而得到以毒攻毒的效果。再一个令人触目惊心的情节是,《红处方》中化名为范青稞的沈若鱼,在潜藏在戒毒医院,看到那么多的丑恶污秽、欺骗狡诈之后,对简方宁的倾诉:

方宁,我要出院。我再也受不了,你这里是地狱,到处是人间的丑恶与凄凉,

---

① 尚晓岚:《毕淑敏:大雅大俗〈血玲珑〉》,《北京青年报》2001 年 1 月 18 日。在《毕淑敏:大雅大俗〈血玲珑〉》访谈中,有一段问答:

问:听出版社方面讲,您本来为《血玲珑》设计了一个完满的结局:民间偏方救了夏早早,不必抽取新生儿的骨髓。但是在出版社编辑的建议下,您让小说在抽骨髓的针指向婴儿的一刻结束了,一切悬而未决。

答:曾有读者说我的小说太沉重,希望能有个乐观的结尾。最初我也觉得人应该有自我警醒的能力,就写了一个完美的结局。但我觉得编辑的意见很有道理,未知的状态更符合生活逻辑。

你和你的同事全力以赴做的工作,不过是杯水车薪,我没有看到过一个治好的病人,我精神高度紧张,好像充得太满的氢气球,又放在火上烤,随时都有可能爆炸。我宁可没有你这个朋友,永远不知道这一切,不知道人间这个肮脏和无奈的角落。那样,我的心比现在要干净平稳得多,我会对人充满了希望。在你这里,我看到了人太多先天的缺陷,看到了医学的欺骗和无能。看到了正义并不一定能战胜邪恶,看到了人类也许被自己的无穷的欲望扼杀……

但是,我没有把沈若鱼也列为富有震撼力的人物,是因为她毕竟只是一场惨烈博弈的旁观者,简方宁及她手底下的那些医生护士,和入住戒毒医院的形形色色的病人,如同在一个决斗场上,拼杀得鲜血淋漓,沈若鱼呢,却是一个进退裕如的外来者,是一个隐身人。她的观察与思考,是要衬托出简方宁的艰苦卓绝,但简方宁的形象,并没有因此而更为强化和突出吧。

其二,上述作品,有意地避开了《血玲珑》中那个由于编辑建议而修正的无解的结局,又回到了毕淑敏原先的善良质朴的立场,它们都是以明丽的亮色调而终结的。沈若鱼说她"没有看到过一个治好的病人",但是,在简方宁的遗体告别仪式上,她却看到了前来吊唁的支远等若干被治好了的病人,看到"前排站着景天星教授、潘岗、护士长、滕医生、蔡医生、周五、甲子立夏等一行人",简方宁的事业后继有人,新的戒毒医院院长人选已经安排好,钱和物都得到支持,那个行之有效的中药戒毒药方的研究也取得了很大的成果。而且,沈若鱼自己也要投身于戒毒医院,继续简方宁的未完成的追求。在《拯救乳房》和《女心理师》中,曾经陷入心灵困境的诸多人物,包括创巨痛深的卜珍琪和贺顿,在作品的结局,都是皆大欢喜,得到身心的拯救。这表达了作家的善良愿望,却令人感到,至善矣,未为至美矣。

探索心灵,追问人性,是一个深邃的黑洞,在这个洞口窥探的人们,可能是人类灵魂的审判者,却也可能是有窥私欲的人。就社会现实而言,在市场化时代,人们的精神焦虑,显然加剧了许多,就业问题,住房问题,教育和医疗,育幼和养老,工作中的合力竞争和残酷绞杀,情感伦理冲突与第三者插足,都在压迫、窒息人们的生机,与此同时,此类话题,也成为大众传媒的一个热点。狗咬人不是新闻,人咬狗才是新闻,个人的心灵隐私,在当今的传媒中也是一大热点。就说那个不伦不类的题目《拯救乳房》,可以吸引眼球,激发窥私欲,但是就作品内容而言,实在是离题甚远——毕淑敏写的,不是乳腺癌病人的手术治疗过程,而是切除乳房以后的心理治疗过程,何谓"拯救乳房"呢?从最早安顿所著的《绝对隐私》开始,揭露他人隐私的作品就赢得了众多读者的眼球,毕淑敏的心理治疗小说,在某种意义上,是否也有这样的流行元素?只是安顿所记述的,许多问题是无解的,她也不为这种无解而忧虑,因此写起来非常洒脱,内容非常宽泛,私密性更强;毕淑敏呢,一心要用仁心和医术普济众生,而且一定要追求疗效,因此写作起来不那么放得开手吧。

四、伦理难题:医学——社会学——文学

毕淑敏的医学小说,是以她多年的医生生涯和后来从事心理学治疗的经验组织而成的。而且,这些作品,都有一个伦理的难题,就是如何处理医学——社会学——文学的关系。这是毕淑敏带给文学的新质,是一大重要贡献。如其所言:"我的小说并非研究医学,

它的核心问题是探讨高科技对人的生命的干预。科技的发展，医疗的进步，能延长人的生命，给人带来幸福，似乎科学可以解决生命问题，但我对此却不能抱完全乐观的赞成态度。《血玲珑》提出了一个人为地干预生命的命题。"①她的医学小说，经常是勇于面对这些伦理难题并且有所发现的。

在《红处方》中，简方宁提出了一个"无理幸福"的命题，"在我看来，幸福感很简单，那是一种稀有物质的存在形式。"这的确让人难以接受，却不得不接受，如果你相信医学的话。景天星教授的研究成果表明，激发人们喜怒哀乐诸种情感的，是可以用分析方式解析出来的各种要素，吗啡正是具备了中心碳原子、芳香环、哌啶环、苯环的成分，"模仿了F肽，骗了脑神经，让人进入虚妄的幸福"。人类之为人类，很重要的一条就是其神秘莫测、瞬息万变的感情方式，而且非常难以人为地加以操控。但是在景天星教授那里，它是可以设计、模仿和替代的。毒品是一种饮鸩止渴的替代物，但是，继续延伸这一命题，会不会有一种很少副作用的积极的替代物，给人们制造幸福感——机器是人力的替代，飞机火车是人的行走的替代，如果能够研发出一种"幸福药"，那就不是要"提醒幸福"，而是要"制造幸福"了吗？

医学的伦理难题，比比皆是。在《血玲珑》中，夏医生讲到了医学干预和生命污染的双刃剑的关系。医学泰斗钟百行提出的"血玲珑"方案，确实是在冒天下之大不韪。我们很难预料，如果作品发展下去，如果夏早早能够借用夏晚晚的生命，得到了拯救，接下来会怎么样。在《女心理师》中，姬铭聪给贺顿疗伤的方式，更是对读者产生了巨大的心灵震撼力。它触犯了两条戒律，一是心理咨询师的规则，不得与咨询者发生亲密关系，二是有假借"治疗"之名满足淫欲奸污妇女之嫌。何况，这还是在治疗成功之后，若是不但没有疗效，还在"旧伤痕上又加新伤痕"，后果更不堪设想。那么，如果你是姬铭聪，你将如何处置如何着想呢？

不知道是否可以借此提出一个"弗洛伊德难题"。在毕淑敏的作品中，正是弗洛伊德心理学，成为其心理咨询和治疗的核心理论。《女心理师》中这样写道：

> 弗洛伊德老先生在《梦的解析》的扉页上，引用了这样一句诗："假如我不能上撼天堂，我将下震地狱。"贺顿没有这么大的抱负，但她为了自己的理想，柔心铁骨，决心青丝熬成白发、炬火炼成枯灰地坚持下去。晨要担当，暮要担当。毁也安详，誉也安详。

毕淑敏对弗洛伊德，显然是充满了崇敬之情。贺顿不但把弗洛伊德关于天堂与地狱的断言做了自己的引申，她的心理诊所命名为"弗德"诊所，显然是把弗洛伊德作为自己的旗帜。而且，在《拯救乳房》和《女心理师》两部作品中，最重要的两个经典案例，卜珍琪和贺顿，都是典型的弗洛伊德精神分析学的样本，幼小的女孩，受到致命的身心创伤，于是都千方百计地将其遮蔽、遗忘，但心灵深处的痛苦却刻骨铭心。然后都是用弗洛伊德的梦的解析的方式加以破解。恕我说句外行话，时至今日，还有多少心理学家在用弗洛伊德的学说——弗洛伊德的学说，与其说是医学的和心理学的，不如说更是文学阐释学的，它更

---

① 尚晓岚：《毕淑敏：大雅大俗〈血玲珑〉》，《北京青年报》2001年1月18日。

加注重心灵的戏剧性和曲折性,更富于文学意味。对弗洛伊德的质疑和批判,在心理学界一直不绝于耳,反而是文学界对其情有独钟。毕淑敏青睐于弗洛伊德,是心理学的还是文学的?①

我不是在钻牛角尖,而是想把毕淑敏面对的和需要多方思考的伦理难题揭示得深入一点,在她先前未曾察觉的地方,找到新的文学命题,新的艺术生长点。医生的职业操守,应该是为他的病人保守个人的秘密。但是,作家却又偏偏要袒露、揭示世人的心灵深处。两者之间如何处理,显然就是医学伦理和文学伦理的严重冲突。尽管毕淑敏声称,她作为心理咨询师,不会把去她那里接受治疗的患者的真实故事写入作品,但是,文学,恰恰要求真实,视真实为第一生命。尽管说,就像鲁迅所言,他写小说是将众多人物的故事拼贴在一起,脸在山西,帽子在绍兴,但是,鲁迅笔下的人物,基本都是有所本的。毕淑敏写心理治疗的《拯救乳房》和《女心理师》,如果离真实的人物太远,作家人为的成分过重,那就失去了现实的征服力;如果经常显露出现实人物的蛛丝马迹,那又会难免对号入座之嫌。文学乎?医学乎?

将这个话题引向深入,就是《红处方》中沈若鱼的尴尬。这一点,沈若鱼没有察觉,作家也没有察觉。《红处方》中的戒毒医院,病人吸毒的经历和原因形形色色,心理因素占据了很大成分,但是,简方宁们的治疗手段,主要是药物,并不关心病人的心灵世界有多么阴暗多么沉重。吊诡的是,在治疗吸毒者的过程中,弗洛伊德学派也曾经与药物治疗派并行不悖,但是,它很早就被实践证明远逊于后者而退出了。而且,戒毒医院,更应该只是面对疾病,而不问病人的往事今生。沈若鱼的到来,恰恰破坏了这种医学伦理。她"潜伏"在病人中间,窥探着病人和医护人员的各种隐私,把许多人的老底子都挖出来,其发现的过程充满了戏剧性,而每个人物的前史和现状同样充满了戏剧性。但是,这些都是属于文学的。她揭示的吸毒者的前史,并不能够对病人造成什么行之有效的治疗。那么,沈若鱼凭什么可以为了自己的好奇,而去冒犯医学的伦理呢?她和钟百行、姬铭骢的冒险犯难是不一样的,后面两者的挑战医学伦理,有其合理性,许多时候,进行医学的试验,要求"越界击球",要越出雷池,才有所成就。沈若鱼的潜藏在戒毒医院,可以说是和治疗无关。简方宁们是问病不问人,如果一定要揭开人们的面具,他们的治疗就一天也进行不下去。而且,简方宁们的治疗方式,行之有效,确实救治了一些吸毒者。沈若鱼无论主观愿望如何,她的行为,通过暗查病人的来龙去脉,向简方宁打小报告,自以为是帮助简方宁,却完全破坏了戒毒医院的游戏规则,乃至促成了戒毒医院的解体,却对解除吸毒者的痛苦,丝毫没有起到什么帮助。

再比如说,《生生不息》中的母亲乔先竹,以自己的生命为代价,做了高龄产妇,孕育出了新的生命。这得到了诸多论者的极力称赞,称赞其"生生不息"的精神。但是,事情的另一面是,一个新生婴儿,一落生就要面对没有母亲的生活,这和那些因为难产而使母亲意

---

① 我粗略地翻看了一下《心理咨询师教材解读》,其中涉及弗洛伊德的只是很少部分,在介绍心理学流派时,将其作为与行为心理学的华生、构造心理学的冯特、机能主义心理学的詹姆斯等并列,并没有特别突出的位置。由资深出版人卡特琳·梅耶尔牵头,40名专家专门撰写了一本《弗洛伊德批判——精神分析黑皮书》,以科学主义心理学作为阵地,从精神分析的说明模型、方法和结论上对其特点进行了详尽的批判,探讨了精神分析发展过程中的种种现象,甚至对当年弗洛伊德所用案例的真实性都提出了有力的质询。

外丧生的孤儿还不一样,这样的蓄谋已久,这样的别无选择,对婴儿是不是太残酷了?说"仁慈的背后是残忍",是否也说得通?它并不像《血玲珑》和《女心理师》中对医学伦理学的冒犯那样,具有积极的科学的探索性,其中的悖论,是否也有重新思考的必要性呢?

  我也许太固执,太自恋了? 这里的自恋,是说我对文学的精神价值的痴迷,一味地从文学的角度在讨论问题,追求超越,评价得失,而毕淑敏并不像我这样把文学放在最重要的地位,而是寻找一种医学、文学和心理学咨询三位一体的平衡,寻找生命、幸福和奉献的最大重合? 写到这里,我也察觉,我是不是说得太"文学"了?

(张志忠:首都师范大学文学院)

崭新的维度与异域的陷阱
——论毕淑敏《蓝色天堂》的范式开拓与审美缺陷

赵树勤

"散文是一种最富个性化、最自由和宽容的文体。它不是文学的高山峡谷,却是文学的广阔平原。也就是说,它有着平原的辽阔、从容、沉稳与绵延不绝的地平线。散文的这种'平原'状态,既能最大限度地接纳其他文类在艺术上的长处,同时也是一切的思想或精神的理想栖息地。"①

《蓝色天堂》就是毕淑敏为读者提供的精神栖息地,它以海洋为触媒,从心理学、医学、人文科学的角度进行分析,融合了人与人、与自然、与哲学和宗教之间的独特理解,在思想空间、文学范式和审美内容上均开辟了崭新的维度。它预示着文学意义上一段海洋文化的开始。

毕淑敏当过医生,受过系统的心理学正规教育,在小说和散文创作领域均有建树。她每一部作品的出现都使平静的文坛湖面上泛起持久的涟漪,而且经常超越专业读者群的藩篱,打破大多数文学作品墙内开花墙外香的怪圈,在普通读者和专业读者中都获得了极高的评价和认可。但是,作为一个有理想有抱负的作家,只有在思想空间和艺术水准上都不断地超越自己,才能在文学历史的版图上拥有一席之地。

一、转向:开辟海洋文化的崭新思想空间

《蓝色天堂》的出版是一个文化信号,它昭示着中国知识分子的思考开始从大陆文化转向海洋文化,从被动开放走向主动开放。改革开放是中国文化人格走向另一个维度的分水岭,这样的变化会使中华民族的心理结构更加立体多元,文化生命更加强韧。

冯友兰在《中国哲学简史》中提到了孔子和孟子的视野所及。在孔子和孟子的所有著作和语录中,两个人各有一次提到海,孔子说:"道不行,乘桴浮于海。从我者其由与。"(《论语·公冶长》)孟子同样简短:"观于海者难为水,游于圣人之门者难为言。"(《孟子·尽心上》)孔子是山东人,从地理意义上说,应该有很多机会接触到海,但是,和其他的先人一样,土地仍然是神圣的生命皈依。圣人尚且如此,更毋谈其他人了。

"古代中国人以为,他们的国土就是世界。汉语中有两个词语都可以译成'世界'。一个是'天下',另一个是'四海之内。'"②这是中国人的思想局限,所以,"面对海洋"就显得更加可贵。从总体上说,面对海洋是与现代大工业社会相伴而生的一种思维类型,现代工业

---

① 陈剑晖:《散文的难度是思想的难度》,南方文坛2007年第5期。
② 冯友兰:《中国哲学简史》,北京大学出版社1984年版。

信息化社会愈发达,个人就愈发感受到个体的渺小和不足,人类的视线越长,就愈发体会到宇宙的浩渺无穷。这样说并不是否认农业社会里星空意识存在的合理性,从地理意义上讲,中国是一个大陆国家,与海洋国家相比,农业发达,农耕经济长期占统治地位。和现代大工业共同放置于一个经济参考系里比照,则属于小农经济的范畴,小农经济的典型特征是自给自足,在思想意识上的体现就是自高自大,因为他们的视线里从来没有碧涛万顷的无边水面。而在机器大工业社会里,所有的事情都要通过协作完成,一个人只能完成其中的一个环节,没有人可以无所不能。小农社会是小而全,现代社会则是大而细,所以,农业社会不可能产生海洋潮流的可能性。

中国近30年的历史就是一段改革开放的历史,简而言之,开放就是用坦然和自信的态度面对海洋,用包容和虚心的胸襟面对海洋对岸的整个世界,迎接八面来风。所以《蓝色天堂》的出现,在一定程度上是历史的必然,区别仅仅在于由哪个作家去完成。作家在序言中用诗化的语言讲述了为什么把散文命名为《蓝色天堂》:

> 如果天堂有颜色,它是什么色泽的呢?红色固然令人兴奋,但每天都是红彤彤艳光四照,好像喧嚣吵闹了些。橙黄?温暖,丰收,诱人食欲,但总觉明黄给人以威权的压力;带着赤色调的橙,又有一种危险即将靠近的绷紧。青绿自然是好的,生机勃勃饱含汁液,给人以成长的期望和生命的韧性。但城市里绿色稀薄,旷野和雨林中,大片绿色遭砍伐和焚烧,雪山、沙漠也没有绿色的踪影,现在的绿色有不堪一击的脆弱。唔,还有紫色。据说这是一种高贵的颜色,我却正因了它的高贵,而疏离了它。蓝色是这个星球上最广泛最汹涌澎湃的颜色,它博大精深,无处不在。它负载着所有的生命,乾坤挪移生生不息。它酿造着所有的文明,丰功伟业乐此不疲。所幸截止今日,它还没有被人类的贪婪彻底污染,尚保持着宇宙洪荒时的洁净和丰饶。我把这本书定名叫"蓝色天堂"。

可以看出,作家对海洋的向往甚至达到了排他的地步,其他的颜色和海洋无关,所以都不美丽,作家以极端诗化的手法想象海洋,把自己的生命体验与海洋文化精神融为一体,这种物我合一的融合与中国古代散文中的山水游记有内在精神上的共通性。游记散文在中国散文中占有重要地位,名篇如王羲之的《兰亭集序》、柳宗元的《永州八记》、范仲淹的《岳阳楼记》、欧阳修的《醉翁亭记》、张岱的《湖心亭赏雪》等等。尽管这些散文表达的思想内容差异很大,但均以其华丽的辞章状写气象万千的山水,主要篇幅都在对景物的描摹上。当代作家余秋雨更是把游记散文的传播做到了极致,虽达不到"凡有井水处,皆有柳屯田"的地步,但在20世纪90年代,每个大、中学生和以文化人自居的各个群体都备有余秋雨的散文,并以之作为谈资和显现品味的符号。山水游记从社会认知度和文学影响力等方面以前所未有的勃兴冲破了这种题材所能达到的边界。

但面对海洋,我们的文学没有了表达的空间和热情,刻意或故意的缺席使中国文学成为"涉海文学"当之无愧的"他者"。尽管中国是世界上拥有最长海岸线的国家之一,却总是对其敬畏有余,而亲近不足。中国的山水游记重视山和水的巧妙配合,山没有水,山就没有了灵性;水没有了山,水就失去了依托,这是久远的文化心理经过累积而形成的历史沉淀。

作为在西方文学中反复出现的意象,海的精神内涵历经淘洗而沉淀下来,形成了具有丰富文化内容的基本原型。"每一个原始意象中都有着人类精神和人类命运的一块碎片,都有着在我们祖先的历史中重复了无数次的欢乐和悲哀的残余,并且总的说来始终遵循着同样的路线,它就像心理中的一道深深开凿过的河床,生命之流(可以)在这条河床中突然奔涌成一条大江,而不像那样在宽阔然而清浅的溪流中向前漫淌。"①这个原型支撑起了西方文学的一片闪烁星空,《荷马史诗》中的大部分故事发生在海上;艾米莉·狄金森在《暴风雨夜,暴风雨夜》一诗里,把海作为"爱的世界"象征;梅尔维尔的《白鲸》表现了人对自然世界的挑战和对抗;海明威的《老人与海》,既有经过海洋洗礼后生命的再生,也展现了对勇气的赞许与对失败的宽容。总之,海的文化精神宽泛但又相对稳定,标举自由、博大、勇气、宽容等多种品质,《蓝色天堂》暗合了西方文学作品赋予海洋的思想内容和心理内涵,或者说两者尽管文化存在背景的差异,却有着精神气质的趋同性。

毕淑敏对海洋的主动示好,亲切与亲近,以及乐观的态度,与我们文明当中一直排斥海洋文明相比形成了截然的反差,作家甚至把海洋比喻为天堂。如果说毕淑敏的《蓝色天堂》是关于海洋的心灵体验,是一帧巨幅油画,以往的山水游记则是在方寸之间展示万千世界的尺牍寸简。

二、突破:重新定义景、情、理的关系

在情与理的关系上,中国散文的肇始是说理的,诸子百家的文章基本都以说理为主,其内容分散在各个领域,哲学方面如《周易》和《道德经》,历史散文如《春秋》、《国语》等,但都集中在人与人、与社会的关系上,重视对外部世界的把握和理解,探究人类内心世界和人性的著作少之又少,《论语》应该说是这方面的发轫之作,但其对人生的理解以语录体的形式流传下来,缺乏文学的辞采和《圣经》那种充满隐喻的微言大义,只有庄子的《逍遥游》堪称其中的异类。到魏晋南北朝时期,"情采"开始占据上风,"文学自觉的年代"之后,"情"与"景"开始成为散文内容的主流。

在现代社会,少有读者去文学作品当中寻找美丽的风景,作家的写景水平因此也大幅下降,"一个多世纪以来,仅有鲁迅和沈从文笔下的风景能够代表中国的乡村画面"②。风景少且质量较差的原因,还在于文学受到了其他艺术形式的冲击,如绘画、摄影和电影等,文学在这方面有其自身的弱势。所以,风景开始逐渐淡出读者的视野,言说变得非常容易,散文的滥情化倾向已经凸显,重拾说理成为散文发展的必然选择。

一个不容回避的事实是,散文经常与景物联系在一起,借景生情已经成为写作者的本能,所有的情感都要从已有的景物中生发出来,如"比兴",先有"关关雎鸠,在河之洲",然后才是"窈窕淑女,君子好逑"。文学的表达方式是含蓄、蕴藉,任何直抒胸臆在文学殿堂中都不是标举的楷模,而且总是成为后来者诟病其浅白的口实,言有尽而意无穷才是文学内在规定性。《蓝色天堂》的抒情略显直白,力度有余而含蓄不足。借景抒情中的"景"在生发"情"时,是有其内涵和外延的,如果抒情追求所谓的深沉和深刻,情感涨落的幅度远

---

① 荣格:《心理学与文学》,北京三联书店1987年版。
② 谢有顺:《当代小说的叙述前景》,《文学评论》2009年第1期。

远超过了景物的外延极限,这种外延就超出了人们的理解限度,或者感情渲染超出了"景"应该承受的范围,"情"就必然有些失真,给人以矫情和纵情之感。刘勰在《文心雕龙》中指出,"夫情致异区,文变殊术,莫不因情立体,即体成势也。势者,乘利而为制也。如机发矢直,涧曲湍回,自然之趣也。圆者规体,其势也自转;方者矩形,其势也自安;章章体势,如斯而已。"①感情生发必须有度,还须因势而为。

散文的说理,不能像学术论文那样晦涩和僵硬,它必须首先以文学的方式存在,但道理和形象很难共融,这就要求作家找到一种合理的传达方式。有如优秀教师所传授的知识并非一定是深刻的原创,而是把早已成型的知识和思想以合理的方式传授给学生,关键是深入浅出。

百度上有一个以毕淑敏名字命名的贴吧,上面的帖子数量多达 26 页,而且很多帖子的回帖率非常高。这在一定程度上说明毕淑敏作品拥有巨大的读者群体,或者说毕淑敏是一个畅销书作家。但对一个有追求和理想的作家来说,畅销书作家还意味着文学性的消泯,抑或用艺术的标准来衡量可能一无是处,所以对他们来说,畅销书作家的称号并非褒奖。因而,作家经常在两种矛盾的心态中纠结、徘徊,一方面,希望自己的作品能够有更多的受众,另一方面,受众群体的扩大常常成为作品艺术水准低下的佐证。一个不容回避的事实是,作家大多希望自己的作品能够得到上层文化阶层和权利阶层的认可,但与此同时,由于现代稿酬制度和商业操作模式的制约与影响,作家希望其作品能够捕获所有的受众,发行数量以几何级的速率增长。这是消费社会环境中作家的两难。

毕淑敏在两难中找到了合理的结合点和恰当的处理方式,也就是作家说理的方式:化抽象为具象,化晦涩为生动。

三、综合:从单一思维走向立体思考

人类的心灵需要慰藉,当生活被快节奏的工作压成了平面,密集的高楼大厦挤压着每一个虽胖硕却干涸的心灵,当车水马龙的夜晚寂寞得只剩下了电视和酒吧,几乎所有的人都渴望能够呼吸新鲜的空气,步入无限的空间,任心灵飞翔,海洋具备所有的这些要素。但是人们却依然生活在被钢筋水泥挤压的生活当中,毕淑敏用灵动的语言、细腻的笔触向读者展示了观海而生的一切感受,让我们在夜晚的灯光下,细细品味异域文化给我们带来的惊骇,细细品味毕淑敏从心理学、医学、人文科学的角度,思考与探索自信、自卑、快乐、焦虑、悲伤、希望、恐惧等这些潜藏在意识深层的东西,更重要的是,我们看到一个女性和对心理学有着深入研究的作家,怎样解剖纷繁世界中的气象万千和芸芸众生。

我们的文化过分注重人与人、与社会的关系,而忽略了与自然之间的和谐共生,对自然的尊重和敬畏不足,偏执地认为,人类是社会的主人,人是可以战胜一切的。过分的自信就是最大的盲目,是愚蠢和没有自知之明的表现,但又有几个人在笑过之后,想过自己的无知?

毕淑敏以心理学的定性分析和女性敏锐的感性体验,近距离地走进其他的文明形态,异域文化像一张张的幻灯片闪烁而过,在这些文明的斡旋冲撞中,我们对中华文明才有更

---

① 刘勰:《定势》,《文心雕龙》。

加深刻的认识。作家以传统中国女性的眼光打量世界，以外部的眼光打量中华文明，笔下的文字流淌在纸张之上，就有了其他言说无法替代的深刻与随和。余秋雨认为"印度的哲人，在恒河边上思考着人与神的关系；希腊的哲人，在爱琴海边上思考着人与自然的关系；而中国的哲人，则在黄河边上思考着人与人的关系。"①经过视角的反复变换之后，《蓝色天堂》思考所及，既有人与神的关系，也有人与自然的关系，更有人与人的关系。作品融合了多种文明的特点，是开放的中国在文学上的映照。关于人与人、与社会之间的关系，毕淑敏说，

> "所有曾经的烦恼，芜杂的人际关系，不堪回首的悲苦，还有层出不穷的愿望，都像被船桨切断的海草，漂浮而去。只有让人灵魂出窍的蔚蓝色，由于深达几千米的摺叠，化作了近乎黑色的铁幕，褪褓一样包裹着生灵孤寂的肉体和灵魂。"

作家用"曾经的烦恼，芜杂的人际关系，不堪回首的悲苦，还有层出不穷的愿望，"概括了人与人之间的悖论和无奈，但笔锋一转，又用的一连串的海洋意象化解了情绪的不快，为烦恼和悲苦找到了一剂良药，即以人与自然的比衬重新阐释了两者之间的关系。而"当什么都不存在的时候，有一种关于存在的思维，就会活跃。""必先确立了人生的虚无，然后才能确立人生的意义啊"又何尝不是"人与神"的概括和写照？

三种关系的合理搭配，需要独特的思维方式。毕淑敏的思维方式和一般写散文的人不太一样，其他人从感性到理性，而毕淑敏则可以在两种思维方式之间随意跳脱。作为一个曾经以医生作为职业的作家，医生严谨的工作态度和工作方式很必然给毕淑敏带来深刻的影响。而且她受过多年的医学教育，医学是一门精确而冷漠的科学，要求科学思维必须居于主导地位。但作为一个在小说和散文创作上均取得很高成就的作家，没有敏锐的感性是不可能的。一方面理性基本确立，她不仅要保持自己对世界的感性，而且要学会像孩子一样重新认识世界。另一方面医生这样一个职业要求尽量去除自己的情感因素，不被鲜血和哭声搅乱阵脚，要尽量科学分析，冷静处理，客观医治。而作家却要对周围的一切保持敏感，不但鲜血和哭声，哪怕是周围的一草一木都可能会触景生情，哀伤、难过、触动、兴奋等等都非常重要。在需要的时候，合理地调和两种思维之间的平衡，毕淑敏做到了。

四、缺陷：失度的渲染与异域的陷阱

首先，作家旅游的前提就压缩了其成为经典作品的空间，这种旅行对情感冲击的有效性值得存疑。既然是一个花费了四十多万的旅行，舒适总还是有保障的，我没有过这样的经历，但揣想，游轮上的各种生活设施理当一应俱全，吃得放心，住得舒服，每天变换不同的景象，这样的生活堪称一场奢华的盛宴。

在《蓝色海洋》里，毕淑敏向我们展示了一个心灵旅行者远洋之行的所思所想。作为一个事先预定好的、经过精心筹备的海洋旅行，尽管穿越了整个地球，但基本没有什么危

---

① 余秋雨：《中华文化：一种应该选择的记忆》，《解放日报》2007年2月9日。

险,只有"巴拿马运河的一段旅行"稍微有点传奇的味道,游客们被禁止下船。"导游解释说,巴拿马的治安非常混乱,如果你下船,在路上走一会儿就会看到,你的手拎着你的包在你前面走。原来那里的小偷特别猖狂,抢和偷太麻烦,所以直接把人的手臂砍掉。"但也只是听闻而已。所以作家基本上是在风轻云淡中,以惬意的心情用40天的时间看尽地球的容颜,没有荒草迷离、战壕密布的体验,没有宗教低端分子像排斥异类一样射杀外国旅行者的见闻,没有恐怖的武装绑架,没有见过劫匪的行头是什么样子。总之,一个路线和内容都经过了精心设计的旅行,已经去除了产生危险的可能性,过滤掉了作家应该看到的异域风情末梢,而末梢对文学才有实质性的意义。所以这样的旅行只是一个奢侈的"世界之窗"自助游。尽管作家说,"最壮观的景色我已饱览,最险恶的风暴我已穿越,最艰苦的航程我已一寸寸挪过,最苍凉的海天一色我一分分领略……生命中有了这样一次荡涤身心的旅行……"没有末梢,就很难勾画出人类文明的路基,更不可能产生直击灵魂的震颤,毕竟感想少了灵魂和情感的撞击,犹如买了门票,逛了公园,轻松有余,沉重不足,没有情感的分量,就很难产生让读者掩面深思或鼻酸泣下的作品。

再者,作品还缺乏人性和灵魂的开掘,比如作者提及在一个妓女组织会议论坛旁听的感想:

> 记得我们选择听过一个妓女组织的会议论坛。一个接一个的妓女代表登台发言,慷慨激昂。我原本对妓女的印象,停留在杜十娘和李香君的印象中,属于艺术创造层面,觉得人要美,修养要好,才能出头露面。真正亲眼看到这样庞大的性工业者群体集中在一起,第一个印象是大多相貌平平,有些甚至可以说是沧桑丑陋的。原本以为妓女们要想大家控诉万恶的腐朽制度对她们的逼迫,类乎倾诉血泪家史的套路,没想到她们理直气壮地说,既然这个世界上可以卖肾卖血,为什么我们出卖自己的一个器官的使用权,就要受到不公平的待遇呢?

作家津津乐道的话题和关注点,总是那些能够找到崭新角度的、充满趣味的题材,只是在直白地介绍和阐释充满传奇色彩的异域风情,而缺乏对人的灵魂进行有穿透性的开掘,多少有些为了迎合读者的猎奇心理而做出的媚俗姿态。沈从文第一次把湘西带到中国读者面前时,同样充满异域情调和楚文化的浪漫色彩,然而沈从文从不为单纯表现地方风物而写作,异域风情只不过是散文的场景,表现某种特定的氛围而已"①,任何异域风情的背后都是人性,离开了这一点,无异于缘木求鱼。

对生命关爱、对自然尊重、对弱者同情才能体现文学的人格力量,但是《蓝色天堂》除了浅表的异域体验之外,失度的渲染充斥着整个作品,

> 看看大海,看看浪花们。它们是如此的平等,如此的团结。没有高低贵贱之分,没有东西南北的区别,天下浪花结成一家,遇风则啸,遇雨则飞。仰望蓝鲸巨大而美丽的流线型身体,我不由得想,它活着的时候,每天要吃多少食物啊?需要多大的疆域才能养活它啊!需要多大的区域它才能活动开身体腾挪扭转!需要有多么大的浮力,才能让它保持着优雅游势,不至于一个跟头沉没啊!它是如

---

① 金介甫:《凤凰之子》,《沈从文传》,中国友谊出版公司1999年版。

何长到这么大体量啊?那是怎样一段进化的漫漫长征,需要一个多么丰饶广大无拘无束的舞台啊!是海洋托举了它。海洋是蓝鲸的摇篮。

  从修辞学的角度来看,这段描写符合美文的要求,表达准确、清晰,描写生动、形象,句子结构完整规范,作者在句法、语式、语言、色彩、哲理等方面采用了"诗化"的策略,运用了拟人、比喻、通感等修辞手法,各种表现方法和修辞手法被语言操作上已经非常熟稔的毕淑敏运用得炉火纯青。但是需要指出的是,这种异常规范的散文语言,并不是感觉化的艺术语言,20世纪90年代散文语体的变革就已经完成,即从表层公共语体向个性隐喻语体转变,结构僵化、内涵单一的明喻已经不足以表现多变的、复杂的情感,以往的线性思维只对应单一的个体意识和情感,而网状的结构才能应对多元的文化思维。"我不由得想,它活着的时候,每天要吃多少食物啊?需要多大的疆域才能养活它啊!需要多大的区域它才能活动开身体腾挪扭转!需要有多么大的浮力……"情绪渲染失度的结果是,矫情有余,真切不足。抒情是散文的正当权利,甚至散文经常被"形散而神不散"一言蔽之,但是模式化的抒情却败坏了散文的名声,散文一度被认为是最没有技术含量的文学体裁,无论是哪路英雄,只要通一点文墨,有一点空闲,都可以写散文,以职业、性别、身份而定义的文学潮流均集中在散文身上,如学者散文、官员散文、小女人散文等等,但是有官场小说,却没有官员小说,有官员写小说,却没有官员小说的潮流;有学者散文,却没有学者小说,有学者写小说,却没有学者写小说的潮流。散文正在失去写作的难度,散文的精神广度和意蕴深度正在消泯,只剩下了可疑的情感厚度。

(赵树勤:湖南师范大学文学院)

向死而生,转身来爱
——从终极关怀的维度谈毕淑敏的文学创作

周建彩

从冰冷的昆仑山上走下来的毕淑敏,有着 20 多年从医经历的毕淑敏,对生命本身有着一种独特而深刻的理解。这种理解体现在文学作品中就是对死亡和爱这相互矛盾又相依而生的生命两极的人文关怀和悲悯情结。纵观毕淑敏所有的文学作品,不难发现主要有两大母题贯穿其中:死亡和爱。一方面是无处不在的死亡情结,从《昆仑殇》中一群为了执行命令而葬送生命的年轻士兵的非正常死亡,到《生生不已》中对正常死亡的关爱和理性思索,再到以表现死亡关怀为题材的《预约死亡》,《红处方》中对美丽优雅的戒毒医院院长简方宁对死亡的优雅选择,可以说死亡情结几乎贯穿了她所有的文本。另一方面,她的作品又几乎一直绵延藏匿着种种的爱,从生命之爱,到对女性的爱,对儿童的爱,在多种爱的共振交合中,处处体现出对生命的大关怀和大悲悯。甚至包括和儿子航海环球亲身体验"蓝色天堂"的举动,也是对她张开双臂倾情投入热爱生命拥抱生活的一种生动实践。

问题是,在面对和洞悉了冷酷而苦难的死亡之后,为什么又会有那么深邃的悲悯和热爱呢?死亡和爱,一面是冰冷阴翳的;一面是温暖阳光的。这两个主题是如何这么完美地结合在一起,并成为她文学作品中和谐的二重奏的呢?

通过对毕淑敏作品的解读和研究,笔者认为主要源于毕淑敏对死亡本质的哲学把握。在于她的创作从一开始就站在了死亡这个具有终极意义的人类苦难面前,并从这个苦难开始的。所以她的叙事角度一开始就有着终极意义上的哲学高度。

特殊的生活经历,18 岁就开始的昆仑山上的面壁 10 年,20 多年的从医经历,让她知晓了生命的渺小与脆弱,目睹了太多的生命的死亡和毁灭。就像作者所讲的:"死亡像一把利刃悬挂在半空,时不时地抚摸一下我们年轻的头颅","没有身临其境的人,是无法想象在那样严酷的自然条件下,人自身的生命力是何等软弱"。是现实生活使毕淑敏的写作从一开始就站在死亡这个具有终极意义的人类苦难面前,并从这个苦难开始的。所以她创作的叙事角度一开始就有着终极意义上的哲学高度,有着对死亡本质的哲学把握。

死亡是哲学的重大命题,死亡的存在让人意识到人的本质存在的有限性,意识到人类目标的虚假性,意识到这一点当然是痛苦的。而且这种痛苦是无缘无故无穷无尽的,无缘无故是因为根本没有反抗的对象,无穷无尽是这种痛苦将伴随人的世世代代,人类本身是没有能力结束这种痛苦的。如何来处理这种痛苦呢?一种方式是自杀和出家;一种方式反抗,比如寻找长生不老药,试图改变她;还有一种方式就是我明明知道死亡的存在,知道目标是零,生命有限,但是我假装不知,不谈它,好像这个零不存在似的,这是中国文化的处理方式,所以中国文化是忌谈死的。可是死亡是不能回避的问题,正如史铁生所说的:

"死是一件无须乎着急去做的事,是一件无论怎样耽搁也不会错过了的事,一个必然会降临的节日。"甚至,可以说,死亡是生命的本质性存在。所以,面对死亡,人类唯一的处理方式,也就是毕淑敏式的处理方式,就是要勇于面对这个死亡,并且与死亡同在。生命从本质上来说就是向死而生的。死亡才使生命得以最后完成和升华。所以,她的作品中就是那么亲近地和死亡面对面,正如她所说的:"死亡,我确实特别关注。在中国走向现代化的今天,对于精神的一个如此重要的领域,不去考虑它,不去说它,不是一个现实的态度。人的生存是一个向着死亡的存在,知道有一个大限,人才会去思索这个生命的意义、生命的价值。只有懂得生命意义的人,才有勇气探讨死亡。只有对死亡有了更深入的了解,人才可能更深地把握生命。死亡其实是一切的本质。"

实际上,在她的文本中,死亡已不再是人类的纠结,而人类是可以有限度地把握死亡的,死亡是可以预约的,死亡是一场隆重的盛典。比如1997年出版的《红处方》中,对戒毒医院院长简方宁死亡过程的描述表达了作者一种新的死亡观念,通过对死亡的预约实现了对生命尊严的捍卫。简方宁,美丽、漂亮,有着强烈的事业心和社会责任感,是戒毒医院里的权威和"女王"。在工作过程中,她被病人蓄意陷害染上剧毒毒品,要戒除这种毒品只有切除大脑"蓝斑",而切除了"蓝斑",人就不会再有感觉、快乐和悲伤,不会懂得欣赏和憎恶。热爱生活和生命的简方宁面对这一切冷静思索,思索的结果是她不愿意作为一个白衣机器苟延残喘,因而她从容不迫地选择了离去。"我热爱生命,但当我不能以我热爱的方式生存时,我只好远行。"她从容地安排着自己的死亡,她将未竟的工作一一写在给朋友的信中进行了交代,她向亏欠她的丈夫和她亏欠的儿子温馨告别,她将带有剧毒品的"白色和谐"剪成碎片埋在一处废弃工地的土壤里,让它再也无法害人,最后她坐在自己的办公桌前用一张红处方为自己开了一瓶三唑仑,还不忘给为她带来药的护士长深深鞠上了一躬——她清醒而理性地预约了死亡。简方宁的自杀实际上是在参透生命的意义之后自主地选择死亡,反而让生命得以解脱,走向自由。

在毕淑敏的文本中,死亡不仅是死亡本身,死亡还是生命链条上的一个开始。这典型表现在她返京后于1993年创作的小说《生生不已》中,可以说是作者对死亡思索的哲理性升华。小说写了一位母亲用自我生命传承新生命的故事。乔先竹在与医生的闲谈中得知女儿患了不治之症——恶性脑瘤,可是,这对夫妻全力以赴的拯救还是没能挽回女儿的生命。之后,母亲冒着生命危险坚决要再生一个孩子,最后,终于以生命的代价迎来的新生命的诞生。文中写道:"在呼啸的风雨中,在辉煌的血光中,那个小小的婴儿——一个强健完美的男孩,肆无忌惮地哭叫着,呼唤着一个新的黎明。"这是具有哲学意蕴和禅意的一笔,毕淑敏用她娴熟的文学笔法把生命的生死相接写得惊心动魄、悲情壮丽。有生必有死,有死必有生,生与死在哲学本源上本是一体两面,像自然界中的所有循环一样,在完成死亡后又开始了新一轮的生,周而复始,生生不已。

可以说,毕淑敏对于死亡的思考已经超出了个体的有限存在而站在了人类整体生命的繁衍和存在角度上,是从超越死亡的意义上看待死亡,是远离自我的纯粹的哲思意义上的死亡关照,是面对生命必然归属时的理性审视,是积极达观的向死而生。

可是,对死亡的哲学把握和透彻理解还不够,关键是面对死亡的态度。巴尔扎克说过,有1%在于发生了什么,有99%在于我们对待发生的事情的态度。站在死亡极点上的毕淑敏,既然目标必然虚假,只好转过身来面对过程。毕淑敏在大学里的一次演讲,整个礼堂里坐了很多很多的人,自由提问阶段,有个学生问:"毕老师,请你说一下人生的意义究竟是什么?请您一定要说实话。"结果毕淑敏毫不犹豫地说:"人生其实是没有任何意义的。"然后是长时间的热烈的掌声,据说那一次的掌声是最热烈最长的,为什么呢?因为毕淑敏说了实话,而且在那么多人面前说了实话。就像《皇帝的新装》,其实大家都知道这个实话,但是没有人敢说,可是毕淑敏说了。当然,这并没有完,更重要的是,她说:"但是,我们要为人生确立一个意义。"就像当年她坐在冰山上,面对大山,毫不怀疑地相信着人有一天总会变成石头,变成星星,变得那么渺小,但是我们一定要找出一个信念来支撑我们。可是意义在哪里呢?意义都在路上,在生死之间的过程中,在追求幸福的路中。这就是毕淑敏对死亡母题洞悉之后的华丽转身,也就是洞悉痛苦,并且回报以爱。最后彻底了解了痛苦以后,也就转向了爱的方式。她不但置身于痛苦之中,而且她意识到了当从爱的角度来观察痛苦的时候,会意识到痛苦的意义。然后向死而生,转身来爱。

正如陀斯托耶夫斯基所说:"在我们地球上,我们只能带着痛苦的心情去爱,只能在苦难中去爱。"罗素则说,生命中三种单纯而又强烈的激情让他感动,这就是对爱情的渴望、对知识的渴求、对人类苦难的怜悯。正是因为这些苦难,才生出无限悲悯,因为有限的生,所以报以无限的爱。包括毕淑敏在内的历代知识分子的救赎使命意识和启蒙救世情结,正是因此产生。

因而,毕淑敏的叙事视角始终关注生命的灿烂和美好,在她的作品中始终渗透着那样一种对生命的悲悯和深沉的关怀。在对死亡这一主题进行表达的过程中爱也是力透纸背的。除了小说中爱的主题的凸显,在她散文中也处处可见到这种温情。比如她写《青虫之爱》,一个母亲因为对孩子的强烈的爱所以变得无比勇敢;《我很重要》表达对自己的爱,《非血之爱》说的是要爱朋友,爱长官,爱下属,爱动物……而毕淑敏自己是这样来描述她的爱的:"我想把这个爱扩展开来,不是甜得发腻、没有理智的,一厢情愿特别疯狂的那种爱。我希望爱它是博大的、很深沉的、而且很智慧的,这种爱能够使我们觉得人世间有美好的东西,值得我们去留恋和争取,而且彼此间有珍惜之感。""幸福不是惊天动地、敲锣打鼓而来,它是一些细小而温暖的感受,是朴素的瞬间,是自己给自己的礼物。"

毕淑敏在其散文《钱的极点》中讲到小时候猜一道智力题,问:"从地球上的什么地方出发,无论往哪里走,都是朝向南?"答案是:"北极。"和这个同理亦然的是,毕淑敏的小说创作,从一开始就站在了死亡的极点上。所以身临这样一个具有哲学终极意义的高度,无论面向哪个方向,身体转向何方,她看到的都是生,都是对生所生出的无限希望、无限热爱和无限悲悯。这就是她作品中死亡和爱奏出和谐之音的全部秘密所在。

(周建彩:海军航空工程学院青岛分院图书馆)

毕淑敏医学视景下的身体书写和女性语言

王新惠

　　长期以来，由于毕淑敏的创作对生命意识的关注超过了对性别意识的表达，所以在女性文学界和女性主义评论界，基本处于失语的状态。实际上，作为女性作家，不可能彻底脱离其性别视角和性别语言。尤其她从80年代后期开始的创作，正好与西方女性主义在中国的着陆与成长相伴相随，即使不刻意为之，也难免不带上时代的性别印记。从她的第一篇作品《昆仑殇》，到她较晚的作品《鲜花手术》，从女性主义层面去阅读，也可看出其文本明显的女性主义特色：对女性身体的书写和对女性私人空间的话语表达。只不过她对女性身体的写作与对女性私人空间的话语表达，相对于女性主义创作前沿的林白、陈染、海男、卫慧、棉棉等的大胆与率性相比，显得内敛和敦厚得多，而且带着她曾为白衣的药味和写处方的情节，而这也正是毕淑敏创作显示出来的特色，可以概括为：医学视景下的女性身体书写和女性语言。

　　"身体书写"在别的女性学者笔下也叫"躯体写作"、"书写身体"等，不管怎么称呼，女性学者都在刻意回避男性学者和评论者已给读者留下误会并带着女性文学堕落色彩的那个词汇——"身体写作"。实际上是同义词，本文专为毕淑敏的作品设置了"身体书写"的词汇，更以别之。

　　自从80年代中后期以来，在女性文学界涌现了一批以书写女性身体为主要表现手段，以传达女性自我意识、对抗男权政治文化为主要目的作家和作品。以林白《一个人的战争》、陈染《私人生活》为发轫，女人们纷纷躲进私人房间，拉上窗帘，躺在床上或浴缸里，在幽暗的光线中警觉地倾听某种来自身体或身体以外的可疑的声音，喃喃自语着蝴蝶与飞翔、粉色与尖叫、梦境与死亡、肉体与镜子……重构富有感性色彩的、充斥着幻觉、梦想、乃至错觉与神经质的肉身性存在。在这里，女性性征话语的凸显意味着男性性征被弱化，男性话语成为女性自我言说和身体诉求的某种反证。到卫慧、棉棉这些更年轻的女作家笔下，书写身体就更为坦率和大胆，吸毒、自慰、同性恋，历来被主流世界遮蔽的空间在她们笔下纷纷见朝阳。赤裸裸的身体描写毫无顾忌地表达着纯属于女性个体私密的独特感受，更是冲刺着读者的传统道德底线。女性作家的身体写作也因此遭到来自读者和男性评论家的围攻与谩骂。实际上，围攻和谩骂是缺乏起码文学修养的表现，他们难道不懂得书写身体只是女性写作者的一种话语特征？倒是女性学者和评论家对女性作家表现得更睿智和理性，始终以接纳并给以正名的姿态推动着其良性的发展。"所谓书写身体就是一种具有普遍意义的人类精神力量鼓动下进行的'返身性'写作，即返回身体本身，让身体作为一个独立的存在自由地发出声音，无论是来自历史深处还是来自性别个体，每一种声音都被看做个体按照身体的意愿将自我召回的一种方式,显示着以身体为标志的绝对在场。"[①]"'躯体写作',指的是女性作家以身体为主要叙述对象,以表现自我、挑战父权制文化传统的一种写作方式。其本质是表现女性自我,颠覆男性中心的父权制传统文化。"[②]叫书写身体也好,叫躯体写作也罢,总而言之女性作家对女性身体的书写是一种写作方式的独立存在,没有什么更多的关乎道德高下的评判。正是从这些女性学者理性的阐述上,笔者认为有着女性身份的毕淑敏,借用着自我独有的医学经验,对女性身体做着多方面的描摹与言说,月经、乳房、子宫、怀孕、人流、生产等是其常用的书写女性身体的关键词,之中的表达也显示着其作品女性语言的特色。

一、经血的无语

女性月经历来被男权话语认为是丑陋的、肮脏的、放不上台面的东西,就连女性也羞羞答答地视之为"倒霉",最多再用一个好的字眼——"例假"去代指。实质上,这是女人再正常再重要不过的性征之一,没有必要遮遮掩掩、偷偷摸摸。毕淑敏从医学的角度,客观地描写女性这一性征对女性身体、心理甚至生命的重要影响,善意地提醒要关心和关怀经期内的女性健康。《昆仑殇》里的女兵肖玉莲,由于生活在"男女都一样"实质上是只有男人存在的时代和地域,所以月经期间坚持和正常人一样在无人区拉练,最后付出了生命的代价。作品这样叙述:

"你'倒霉'完了吗?"甘蜜蜜小声问肖玉莲。

肖玉莲没做声。

每月一次的生理现象,带给肖玉莲的,岂止是"倒霉",简直是灾难。绵延不止地出血,使她十分虚弱。

"我看你算了吧!特殊情况特殊对待,我去找领导说。"

肖玉莲迟疑着。前面就是无人区,一片迷蒙的黄色。她打怵了。也许,应该点一下头?那么,不用肩冰负薪,有马匹殿后,有炊事班烧的热汤……因为出血过多,她太想喝一口热汤了。点一下头吧!她哀求着自己。只要点一下头。不点头也行,保持沉默就成。甘蜜蜜已经站起身来,五分钟后,一切都轻松了,她将同老弱病残直抵公路……老弱病残!这称呼像锥子一样刺穿了她的心,却没有血液流出来,她身体里的血液太少了。血…血书……血红封面的入党志愿书……她猛地清醒过来,一把拽住甘蜜蜜:"我能走!"

"你这种情况,不能走。"

"谁说不能走?我问你,红军中有没有女兵?她们有没有这种情况?她们不是照样走完了长征吗?她们能,我就能!"

甘蜜蜜愣住了。爸爸讲过许多长征的故事,但从没讲过女兵们的这种事。也许他的队伍里没有女兵?也许女兵们"倒霉"了谁也不知道?也许那时营养极端缺乏,女兵们都不再"倒霉"?也许……甘蜜蜜脑海里走马灯似地闪着种种念

---

① 乔以刚:《中国当代女性文学的文化探析》,北京大学出版社 2006 年版,第 63 页。
② 寿静心:《女性文学的革命》,中国社会科学出版社 2007 年版,第 100 页。

头,企图说服肖玉莲。抬头一看,肖玉莲倚着背包,好像已经睡着了。

太阳像一面刚被冰雪擦拭过的镜子,明亮却并不温暖地照在肖玉莲苍白果决的面孔上。①

经期间女性身体话语的缺失,让甘蜜蜜找不到理由说服肖玉莲退出;男性政治高于一切的说教,让肖玉莲宁死也不愿做"老弱病残"。只有太阳像"镜子"一样临照着苍白的肖玉莲,"镜子"是女性主义文本标志性的物象。

女性经期的私密化不仅侵害着女性,而且对男性也造成了倾轧。在《女心理师》中,贺顿接待了一位名叫苏三的男性心理病人。他位居高位,却有着一个羞于出口的心理疾患。人后可以口若悬河,人前却总是紧张出汗,特别是看到红色的东西,更是面红耳赤、张口结舌。经过疗治,症结竟然是小学五年级时偶然目睹的女厕所带着经血的草纸。"苏三闻到了一股血腥味,看到纸篓里有几张浸满了血液的草纸。苏三完全不懂这是怎么回事,只是心中非常恐怖。""红色如同河流一样泛滥起来,苏三的思绪立刻混乱了,看到了红色的草纸,班主任老师的脸庞。老师猩红嘴唇中吐出的答案,和草纸上的红色混淆在一起,四处流淌……"②苏三得病了。

女性身体语言的缺失,意味着社会话语的不完整,不仅女性深受其害,男性也难脱干系。男性在女性正常生理面前显示出的无知和尴尬,是女性私密话语长期被遮蔽的结果。唯有公开言说,才能解开症结,还人性和谐。毕淑敏向来以中性姿态表达女性意识,她要疗救女性,也要疗救男性。

二、乳房的哭泣

在传统的文学表达中,女性乳房或以其美好的形态和至大的哺育功用被诗人、小说家歌咏和赞美,作为母性和美好女性的符号存在;或被表达为女性魅惑男性、愉悦男性的身体器官,是能给男性带来快感的消费符号。从来也没见过,哪位作家真诚地关怀过女性的身体,用文字提醒,乳房还是女性身体上重要的一部分,需要倍加呵护与珍爱。毕淑敏正是这一位,她一反他人描述,以对女性的深深悲悯,用一篇篇作品表达着对女性乳房的关爱,以《拯救乳房》为典型代表。

《拯救乳房》以鹿路的乳房遭遇,通过展示男性的性贪婪和性残暴,来悲悯女性在强大的男权中心社会,身体心理遭受的巨大痛感。

鹿路为救助从小就爱上的"三哥",无奈中走上性产业工人之路。为迎合男人喜爱丰乳的癖好,到美容院量身定做了一对装满了盐水的巨大乳房。男人们慕"乳"而来,乳房成为男人们性享乐的工具。更不幸的是,鹿路遭遇了一个性残暴的男人,"那个男人的手,好似隆隆的坦克,从一双乳房上碾过来碾过去,想夷为平地","莽汉的手在小五(鹿路的小名)的乳房上横冲直撞。乳头由最初的兴奋坚挺变成疼痛的怒张,乳晕颗粒凸起犹如清晨的草莓,乳房增大仿佛随时要爆炸的圆形手雷。就在男人之手一个极其猛烈的揉搓之后,小五突然感到左胸坠落,随着锥心的刺痛,奇异的空虚感油然而生,整个左半个肢体痛楚

---

① 毕淑敏:《昆仑殇》(中篇小说集),作家出版社(文学新星丛书,第十辑)1990年版。
② 毕淑敏:《女心理师》(上、下),重庆出版社2007年版。

麻木,左脚尖痉挛抽动。小五一下惊坐而起,惊惧席卷身心,一道宽约2寸的撕裂感,从她的左肩直劈到了左胯。淋漓的冷汗使她完全忘记了身上还匍匐着一个贪婪的男人","小五低下头,于是看到从左胸下方,有一道深深的裂隙。不是皮开肉绽的破损,如果是那样,还不至让人胆战心惊。在表皮完整之下,错裂出一道峡谷。小五的左乳房到左大腿根,如同被南京大屠杀时日本军曹斜劈了一刀,掰成毫不相干的两瓣","一堆膨起的圆包,约有数个乒乓球大小,堆在小五左腹之下。她战战兢兢用手捅了一下,包是软的,有波动,还有……跳动。小五悲惨地发现圆囊波动的频率和心跳一致"①。原来,在嫖客剧烈的揉搓之下,鹿路的假体乳房被撕裂并剥脱,从乳头处直线向下坠落,一路撕开身体皮肤和肌肉之间的筋膜,直到腿根。

乳房在皮开肉绽间哭泣着,鹿路饱经沧桑的心与哭泣的乳房一起书写着女性身体的感受与痛楚。

情况继续恶化着,在鹿路去修正乳房时却被医生告知已身患乳腺癌,为保全生命必须切除乳房。鹿路抚摸着自己受苦受难、惨遭侮辱与伤害的乳房,欲哭无泪。乳房还没有来得及享受爱情的甜蜜,还没有来得及实施它哺育的功能,就从高耸的美丽变成一道可怖的疤痕了。谁之过?作家用乳房的哭诉,来揭示男权视女性身体为消费和享乐工具的罪恶。这种直接的身体书写,直接、醒目,直捣男权中心软骨。

当然,女性对自我身体的不爱护、对男权文化的迎合,也是作家批判的现象之一。鹿路为"三哥"选择的身体牺牲、为高价钱选择的乳房美容,都是女性愚昧、奴性心理的表现,也是作家痛心疾首之处。

三、子宫的自白

作者在散文《费城被阉割的女人》一文中,借美国费城贺氏基金会负责人热娜的遭遇,还原了子宫对女性生命的重要,揭开了女性长期漠视子宫的谜底。

长期以来,子宫只认为与孕育有关。当子宫患病后,女性会被告知,把子宫切除即可安然无恙。医生如是说,亲人如是说,形成了一种统一的口径,从来没有人质疑过。费城一个勇敢的女性——热娜却不一样,当她在做了子宫切除术后,发现一切都不如他人所说,于是大胆地站起来,公开诉说自己的真实感受。感觉很不好:对性爱没有感觉,从盆腔里总是发出一种奇怪的声音,腿、膝关节、手腕、肘部……都开始疼,身上越来越没有力气,体重严重下降等等。当她把真实情况讲出之后,才从其他同患子宫疾病的女性身上获得相同感受的印证。原来,所有做过子宫和卵巢手术的女性都感觉不好,但谁都不肯讲出实情,因为谁都不愿独自遭受痛苦,希望有更多的人和她一样的遭遇。热娜不愿意女人再遭受欺骗,为争取和她一样不幸女性对手术情况的知情权,她成立贺氏基金会,为全世界要进行子宫和卵巢手术的女性提供无偿的资料咨询服务。② 多么可怕,女性身体隐秘部位的被遮蔽,女性自我话语的被遮蔽,不仅是生理问题,而且是心理问题,还是社会问题,也是人性问题。

---

① 毕淑敏:《拯救乳房》(长篇小说),人民文学出版社2003年版。
② 毕淑敏:《写给女儿们的散文》(散文集),中国文联出版社2006年版。

所以，在毕淑敏的小说创作中，她没有遮蔽女人来自子宫的感受，连同孕育、流产对女性身体和生命的伤害一直是她描写的对象。在《生生不已》中，乔先竹为生育送掉了生命；在《血玲珑》中，卜绣文为孕育多次在生死边缘上游走；《鲜花手术》更是一次对女性子宫的集中书写。黄莺儿偷吃爱情禁果，意外怀孕，为不让外人知晓，偷偷地在自己的房间由自己的恋人对自己实施人流手术。黄莺儿的身体因要手术被完全打开，"宁智桐面对被打开的手术视野惊骇莫名，他完全想不到在女人的体内竟是这样一个完全陌生的场面。凸起的子宫颈，还有粉红色的通道……"一个拿枪的军人，完全不懂人体构造，一咬牙一闭眼就将锋利的刮匙送入了黄莺儿的子宫腔。"女子的生理多么精细，那是脆弱的水晶宫殿，容不得一丝碰撞和鲁莽"①，可偏偏遭遇了肆虐的侵入。子宫反抗了，血流成河。"鲜花手术"将女性身体书写得惊心动魄，相信每一位阅读后的读者，无论男女，一定会敬畏子宫，爱护子宫。这就是来源于女性话语的力量，也是身体书写的力量。

"女人身体是孕育生命的摇篮，同时也是男人的欲望对象。在男性中心的文化场域，身体对女性来说可谓意义非同寻常，它往往无形中成为女性赖以确认自己生命存在、衡量自己人生价值的重要尺度。当男性靠权势、地位、金钱来证明自我存在和自我价值时，女性常借助自己的身体进入男性世界得以存在，依凭男性的接受和承认而实现价值。"②长期以来，女性身体一直是男权社会的消费对象，是男权社会传递生命和实现享乐的工具。历史上对女性身体的描写，又多出自男性作家之手，多从男性的欣赏和感官上去书写，严重缺乏女性自我的言语与感受。毕淑敏以医生对女性身体近距离的接触与了解，避开其他女作家对女性身体赏心悦目、性欲望和性享乐的描写，而集中去写病体，从一个特定的角度去展现大千世界真实女性的多样性存在，丰富了女性文学的身体书写形式和话语形式，其文学和文化价值是其他作家所无法比拟的。

（王新惠：北京工商大学艺术与传媒学院）

---

① 毕淑敏：《鲜花手术》，明天出版社2007年版。
② 乔以钢：《中国当代女性文学的文化探析》，北京大学出版社2006年版，第55页。

文学的另一种"现代启蒙":毕淑敏写作意义略论

郭剑卿

一

如果按照通常的作家谱系去指认毕淑敏,她似乎颇难归类。无疑,她属于20世纪50年代出生的作家。而在这个时间节点上,我们可以列举一长串毕淑敏的同龄人。女作家里有王安忆、铁凝、张抗抗、方方、池莉、蒋子丹、蒋韵等;男作家里有韩少功、张承志、李锐、梁晓声、史铁生、叶辛等;军旅作家中又有莫言、朱苏进……我们甚至熟知文坛给予他们的不无历史文化意味的命名:"69届初中生"、"五七女儿"、"知青作家"等等。但就身份和经历而言,毕淑敏有那么点"简单":在她的成长期(1969年,作者16岁零4个月),她被隔绝在高原缺氧的"真空"地带——西藏阿里,做了一名女军医。当同龄人随着上山下乡洪流接受底层生活的磨炼和"地下文学"的驳杂滋养,她所经受的是另一种单调的考验:在长达11年的日子里,年复一年、日复一日面对严酷的自然和清教徒般的军营世界,这里的"人与自然"远离内地纷扰狂热的文化革命与政治硝烟,却充斥着另一种"革命英雄主义"的偏执与牺牲。军营本就是近乎清一色的男性世界,在人烟稀少的西藏阿里,毕淑敏与另四个女兵的存在更是空前绝后。在那样一个特殊的环境里,女性对自我生命的神秘关注和内心世界的细腻体验被简化甚至忽略,掌握常规的医学操作技术和疾病治疗手段,目睹人类生命的脆弱、体验生命的珍贵,恐怕是她们最重要的学习和生活。[①] 在一段不无漫长的岁月里,文学的种子蛰伏在昆仑之巅达10多年之久,在此期间,她也没能幸运地搭上恢复高考的班车接受系统的文学教育与训练(多年后,勤奋的作家自己补上了这一课:专用几年时间攻读文艺学硕士、修完心理学博士课程);毕淑敏的创作生涯在1987年姗姗来迟。一旦破土而出,必然浸润着她最为铭心刻骨的情感记忆。在她的处女作《昆仑殇》里,我们似乎可以读出阿里生活经验对其文学世界的启蒙意义。你会发现,在这一时期喷涌而出的创作中,毕淑敏不但与知青群体没有多少共同记忆,按照出生于50年代前后的作家的知识谱系来自18~19世纪欧美文化与文学的说法[②],毕淑敏似乎也没有明显的谱系规范可循,然而幸耶不幸?对她而言,反而少了些观念体系的束缚。一般女作家的自恋伤感、女性意识于她也很淡漠,她是凭着军医生涯练就的修辞闯入文坛,在寻根文学、现代派方兴未艾,新写实、先锋文学风起云涌的1987年,开创了军旅"后伤痕"文学——告别伤感、放逐政治,从昆仑山巅吹来坚毅悲壮的生命之歌,还裹挟着几分激情与柔情。

---

① 参见毕淑敏:《漫谈医学与文学》,《能否预知你一生的苦难》,时代文艺出版社2003年版。
② 王小波认为,18~19世纪欧美文化与文学,准确地说是其中文译作,构造了出生于50年代前后的作家的知识谱系与写作规范。转引自戴锦华:《智者戏谑——阅读王小波》,《当代作家面面观》,春风文艺出版社2003年版。

如果说其时的知青作家、女性作家们的写作除了凭借个人记忆与经验,还凭借技巧与思潮的推波助澜,那么毕淑敏开始写作时显得"孤立无援"。如前所述,她与新时期以来众多以"文革"、上山下乡为写作资源的"新传统"保持着距离。事实上,当毕淑敏投笔文坛时,文坛仍陷入种种焦虑,其时作家们有的沉迷于马尔克斯的"魔幻现实主义"大肆挥洒"感觉",有的热衷于"元叙述"的形式主义而迷恋语言游戏,有的陷入死亡暴力的怪圈。在中国人近百年的现代焦虑之下,"中国叙事"这张落伍的脸孔被西方的化妆品无数次整容,却有毕淑敏"素面朝天"走将过来,她浑然不理会周围的"现代"或"后现代","历史"或"新历史",以医生的淡定和文学的热诚近距离直面现实。当她以一个退役军医的身份去写一段鲜为人知的生命故事,所有的感觉、经验、记忆都被赋予了军人的意志和尊严、医生的理智和柔情。从《昆仑殇》到《藏红花》、《不宜重逢》,让我们读出了她的军旅情结和记忆,在此期间,毕淑敏也尝试经济题材(《原始股》)、下岗女工题材(《女工》)之类的创作。尽管不乏优秀之作,但是回顾毕淑敏20多年的创作历程,数量最多影响最大的无疑是有关疾病/治疗书写的医学型小说。①

这类小说具备以下几个特点:医生和患者是其主要人物,书写病患及其治疗过程是其基本内容。叙述者多为"医生",叙述角度也多从医学视角展开。对人格尊严的坚守和对生命伦理的特别关注,显示了她的基本审美取向,也奠定了她独特的创作地位。她的写作并不热衷于形而上的考虑,更多的是出自对个人生活经验的挖掘,这种经验深植于她的记忆深处。她借助医学文化的造诣,发挥文学叙事在生命认同方面的想象力,把她在生命体验方面的理性与智慧注入文学当中,这无疑给当代小说增添了新质。另一方面则出自她多年积淀的医学文化背景,因此她的叙事有着一个作家兼医生的直接与自信、感性与理性。这种自信在她不断的专业深造过程中更得到强化。从早期的《预约死亡》《血玲珑》、《红处方》等侧重疾病/治疗书写的医学型小说到近年的以《心理小组》、《女心理师》为代表的心理医学小说,明显看出精深的医学文化对她创作的重要影响。值得重视的是,毕淑敏在这些医学型叙事中,没有因袭前人停留于社会层面和文化层面的写作传统,而是真正回归到生命层面的疾病本体、治疗本体,从生存智慧和生命美学的意义,为文学的疾病/治疗书写提供了新的经验。

二

但是当我们要讨论毕淑敏的医学型小说时,一个不能绕开的问题是,中国现代文学史上涉及疾病书写的小说早已有之。众所周知,中国现代小说的开山之作《狂人日记》,开启的正是20世纪中国文学最重要的一个母题:挖出病症,引起疗救的注意。与此相近的现代文学文本在各种理论的解读过程中被阐发为各种隐喻或寓言。鲁迅美学的一部分是建立在对国人麻木灵魂的不堪而又直面的观察,以"哀其不幸怒其不争"的痛苦想象,试图透过文字的淬炼,警醒整个民族。无论叙事者还是读者,在在关注的是作品所揭示的造成狂

---

① 还有论者称之为"疾病叙事"或"医学内容和医学叙事",参见杨晶:《毕淑敏与贾平凹疾病叙事比较分析》,重庆教育学报2010年第3期;王新惠:《毕淑敏创作中的医学内容和医学叙事》,河南社会科学2009年第5期。本文姑且称之为医学型小说或疾病/治疗书写。

人病态的封建历史文化积弊与现代启蒙意蕴。郁达夫笔下那些患了时代病的青年,显然是弱国子民症候的象征。除此以外,现代文学史上的女性作家中也有不少书写疾病的。石评梅的病痛书写一方面是自身的真实写照(她时常患病,26岁死于脑膜炎),更是那个过渡时代女性病痛与死亡命运的隐喻。丁玲的莎菲日记里,肺病的痛苦远不及另一种恋爱苦闷、精神苦闷来得强烈;萧红有关女性生育死亡的书写,除了无奈于自然的兽性,也是笼罩在国难家仇当中的别一种女性哀痛的写照。总而言之,这些疾病书写在在折射出对特定时代、国家、民族命运的间接书写。个人的痛苦记忆寓于时代的、国家的民族的不幸记忆,由此形成现代文学最重要的写作经验/传统:具有开放意识的现代启蒙叙事(以鲁迅为代表),性格与情感有违常规的自叙传文学(郁达夫最典型)。

进入当代文学以后,经历了近30年的大唱光明颂歌、讳疾忌医的文学时代,新时期又出现了一些书写疾病的作家,一位是自称为"文坛病人"的作家贾平凹,由于自身的患病经历,曾在其作品中详细描写一个病人的敏感心理和生活困境。另一位是史铁生对残疾人内心独特体验的自传性叙写。前者不过是个人经验在文学上的偶尔投射,后者则更具形而上的哲学思考。另一位作家余华,据说青年时期做过牙医,创作伊始就沉浸在怪诞的现实幻觉与历史暴力的书写,并因此在1987年令文坛刮目相看。研究者曾指出他对血腥暴力不动声色的超冷静叙述,可能与他的从医职业有关,但在小说内容方面则鲜有影响。当毕淑敏写出一系列有关疾病治疗的医学型小说时,她是以一个"文学界的白衣天使"(王蒙语)的身份表达她对"患者"的一种文学使命。显然,她和远离现实的先锋文学相去甚远,倒是和回到当下的新写实可有一比。只不过,她跳开了池莉方方们对柴米油盐凡俗生活组成的"烦恼人生"的写实,专写生老病死构成的烦恼与困扰。她不故作传奇,而是从常情常理入手探寻生命。社会的、政治的……背景隐去或淡化,让位于痛苦的疾病本身以及被疾病文化折磨着的心灵。你分明知道,你我生活的当下,已然远离战争也远离政治斗争,可是人们仍然找不到幸福与安全感。经济繁荣的时代,病痛带来的死亡威胁成了生存最大的阴影与魔障,现世中人们对保健长寿之道的痴迷或趋之若鹜,折射出当下人类对死亡的懦弱匍匐和生命的不自信、精神的胆怯。如果说,后工业时代的环境污染、毒品泛滥、癌症肆虐导致的生物界物种及其链条的失衡,作为有目共睹的"物质"灾难,引起人类对自身生存质量的担忧,那么癌症毒品及其隐喻文化造成的压力,则是后工业时代的人类生命中不可承受之轻,它所带给人们对精神压力是一个个更可怕的隐形"杀手"。要而言之,在疾病面前,人类的心理和精神发生了严重的失衡。而毕淑敏的写作所要做的,或许就是用文学加医学的双重手段,构建人类精神生态和社会文化生态的平衡。你说她是"急功近利"也好,形而下也罢,拯救精神、深度阐释心灵幸福是她写作(包括大量的散文写作)的母题和基本意义所在。由此出发,毕淑敏的写作无关民族国家寓言的书写,也不为读者呈现血淋淋的病痛案例以满足空虚无聊者的猎奇之心,她的书写直抵一个最现实的目的:人类怎样拥有善待病体的智慧心灵,人类怎样欣赏自己有限的生命——无论寿终正寝还是被疾病半路夺走。她的叙事涉及病体却与"身体写作"无关,她身为女性作家,却又从不以女性主义或女权主义标榜、自居。她为我们呈现的是另一种生存智慧和生命美学。毕淑敏这类小说的人物几乎无一例外都在"疾病"与"治疗"的双向循环运动中挣扎。本质上他们注定要走向死亡,但在此过程中,作者总是力图让他们掌握真正的生存智慧,那就是有尊严地活,有尊严地死。

三

我们不能不追问,毕淑敏写作所凭借的文化资源是什么?或者换一个说法,毕淑敏笔下的疾病书写,似乎与现代文学传统联系不多。正如夏志清谈到中国现代文学特点时指出的,现代作家普遍的"感时忧国"的精神,源于"中华民族被精神上的疾病苦苦折磨",进而产生"爱国主义的地方观念":"把中国的困境看做是中国所独有而其他国家所不具备的"①。毕淑敏的写作超越了具体的地域、时代,直逼疾病本体带来的生死问题,把它表现为一个既是中国式困境,也是世界性的困境。其次,如李欧梵所言,现代文学"从道德的角度把中国看做是'一个精神上患病的民族'","这种病态植根于中国传统之中","因此,现代文学便成为表达社会不满的一种载体,""表现出对作家所面临的政治环境所采取的一种批判精神"②。而毕淑敏的写作根植于对疾病隐喻文化的去蔽,她寄希望于现代人对生老病死的坦然面对,寄希望于现代人拥有强大的生命伦理力量,强大到足以捍卫生命的尊严与死亡的尊严,足以清洁困扰自我的心灵死角,还自己一个敞亮洁净安详智慧的心灵天空。这也是人类生存的理想境界,既源于当下,又延绵到将来,一如她在《预约死亡》中所呈示的,是一种兼具形而下与形而上的终极关怀。我注意到作者曾承认自己最崇拜敬重的两个作家是鲁迅和海明威。③ 笔者认为这合乎毕淑敏的"逻辑"。他们都是 20 世纪精神最强悍的"硬汉"作家,用自己的文字示范如何用精神托起生命不可承受之重,毕淑敏的写作在这一点上与两位前辈殊途同归。

支持毕淑敏写作的动力或许首先来自医生的天职(设若毕淑敏不是一个职业医生,她的小说很可能是另外模样)。对于毕淑敏来说,写作就是一种文学治疗,她无意再现"历史",也不去虚构"神话",更不做纯粹的"艺术创新",只是本真地表现生活中的"实在之物"——当代人迫在眉睫的一个生存困境。这一困境至少表面上看与社会、历史、政治等等无关,它似乎来自一种自然之力或曰不幸的"命运"——人类在某个瞬间被告知自己患了绝症;人类莫名其妙陷入毒瘾不能自拔。真正的精神危机从此开始纠缠每个不幸者的身心,它的力量远远大于感情危机、思想危机、经济危机。像在《心理小组》所描绘的那样,某种癌症带来的社会压力、人们对它的讳莫如深,这种无形的恐惧甚至超乎疾病本身。除了医学,谁还能拥有拯救肉体与灵魂的权威?毕淑敏像堂吉诃德般开启文学的风车,开始一场耐心而执著的医患对话式治疗。没有荒诞也不反讽,她用最纯朴的文学手段修复受伤的心灵,把现代人对生命文化的认同投射在字里行间。正是这一种现代意识的具备,使毕淑敏的医学型叙事具有了生命文化的启蒙意义。毕竟,人类拥有真正健康科学的生死观,也是现代人应该具备的一种素质甚至生存能力。

遥想五四初期,周作人曾呼吁让大写的"人"把对自身的认识建立在现代科学基础上。他从推动"人的自觉"这一目标出发,竭力主张建立一个以"认识人自己"为中心的全新的

---

① 夏志清:《中国现代小说史》,转引自李欧梵:《现代性的追求》,人民文学出版社 2010 年版,第 173 页。
② 夏志清:《中国现代小说史》,转引自李欧梵:《现代性的追求》,人民文学出版社 2010 年版,第 174 页。
③ 夏志清:《中国现代小说史》,转引自李欧梵:《现代性的追求》,人民文学出版社 2010 年版,第 173 页。

知识结构,并把它们划分为五组:第一组包括"人身生理"、"医学史"及"心理学";第二组包括"生物学"、"社会学"和"历史";第三组包括"天文"、"地理"和"化学";第四组包括"数学"、"哲学";第五组包括艺术文学。那么毕淑敏医学型小说所做的努力,恰好和周作人倡导的第一组知识结构呼应。毋庸讳言,时间进步到了 21 世纪,我们国民的生命认知并未达到五四时代进步知识分子的期待值。穿越近百年的时空,毕淑敏经由自己的文学实践,与五四先辈达到真正的"现代"共识,行使她的别一种文学启蒙使命。这未尝不是毕淑敏的一个贡献。

(郭剑卿:山西大同大学文史学院)

论毕淑敏小说的超越性与限定性

帅 震

毕淑敏的小说创作显示出一种非凡的大气与厚重,她没有津津乐道于小女人的生活体验和情感世界,关注的是生命、死亡、精神拯救等终极性的命题。"准确地说,应该是一种人的视角,即把自然性别为女或为男的人都作为具有人的尊严和价值的人的视角,这其实就是我们常说的一种具体的而不是抽象的、广阔的而不是狭隘的人类悲悯和人文情怀。"[①]因此,毕淑敏的小说在主题的普遍性与永恒性上都呈现出一种超越的特质。

一、对死亡意识的超越

死亡是生命的最后阶段,"面对死亡的察觉,是增添生命策略和创造力的源泉,死亡将导致我们的毁灭,但对死亡的察觉,又能拯救我们。追寻生命意义的价值感与目的是人类一个最显著的特性,能够在孤独的,并且必须面对死亡的世界上,才是我们最真实的挑战"[②]。作为一个具有特殊人生经历和写作路径的女作家,11年的当兵经历,20年的医学生涯,使毕淑敏目睹了太多的死亡场景,也使她拥有了面对死亡的勇气、胸怀和情感。毕淑敏不仅要我们回应死亡,接受死亡,更要战胜死亡和超越死亡,把自己的生命意义铺展开来。

面对着一个不可逾越的死亡命题,毕淑敏在小说中展示了诸多不同的超越方式。首先是以生息繁衍来保持生命的延续,这种生命的接力是人类抗拒死亡的一种最为原初的方式,虽简单而无奈,但却是最直接的一条超越死亡的路径。《生生不已》中的乔先竹因女儿患病夭亡后,凭借自己的坚强意志重新孕育了一个新的生命,并固执地认为这个生命是女儿的轮回。在呼啸的风雨中,"一个强健完美的男孩,肆无忌惮地哭叫着,呼唤着一个新的黎明",乔先竹也因生命的延续而欣然逝去。《生生不已》是一则生命的寓言,主人公通过自我的决绝选择完成了对于死亡的超越,同时也完成了自我生命形态的飞升。《血玲珑》中的卜绣文为了挽救患有罕见血液疾病的女儿,必须要揭开当年被人强暴、女儿不是丈夫亲生的事实,在身心的双重煎熬中孕育着另一个生命的希望。卜绣文的生产过程同样是惊心动魄的,虚弱的她面临着生命的付出:"卜绣文大叫一声,简直像一只母豹在咆哮,紧闭了多日的双眼在瞬间睁得滚圆,射出闪电一样雪亮的光芒。"孩子出世了!"这个小小的人儿,骄傲地哭叫起来,声音高亢若裂帛之声。"震撼人心的场景之下蕴藏着母爱的巨大力量。

---

① 郭力:《综合与超越:女性文学研究方法论的探讨》,《文艺评论》2001年第3期。
② 毕淑敏:《能否预知你一生的苦难》,时代文艺出版社2003年版,第35页。

第二种超越死亡的方式是把个体的生命融入整体,完成对自我生命时间限度的超越。在毕淑敏多样性的死亡叙事里,英雄烈士之死集中体现了其对死亡场景中阳刚之美的讴歌。《补天石》中昆仑山戍边的将士牺牲了,"神圣与痛苦,奇妙地配合在这张年青的脸上,显出一种超凡入圣的庄严"。作者显然回避了英雄向死过程的极度痛苦,而着意凸显了死亡的神圣和崇高之美,进而冲淡了英雄华年之死的感伤,召唤出一个生生不息的壮美境界。《昆仑殇》中的号长李铁在拉练部队被黑暗笼罩,心理开始崩溃之际,用生命之音激励着队伍不要倒下。当李铁扑倒在大地中,处在生与死、崇高和本能两极的尖锐选择中,"迟疑了一下……他毫不犹豫地将最后一缕真气,幽幽吹进号嘴"。李铁在濒死之际内心深处抱持的对死亡的抗拒和对生命的眷恋相互缠绕,这种不愿舍弃生命而又自觉选择的牺牲更具有悲壮的力量。英雄之死本身就是一种价值观的实现,用个体生命践行社会意义上的崇高,是社会、国家、民族、使命、理想、道德等价值意义的外化。这种对生命陨落处诞生不朽的死亡的观照,集中体现了毕淑敏写作精神向度的崇高与不朽。

第三种方式集中于心理学意义上的超越死亡。《预约死亡》中一个小伙子处在母亲病危与留学的双重折磨中,极度困顿的他想让医院采取安乐死,但遭到医院的拒绝,只得把母亲转移到另外一个医院;"皮肤癌"病人的子女也希望医院能够采取措施来结束病人的痛苦。这里显然存在着一个伦理与观念的冲突,中国人有"慎终追远"的传统,但因此也会盲目地延长生命的期限。其实,人们渴望幸福的生,亦祈求安然的死。对于人人讳言的"安乐死",毕淑敏指出:人类可以选择更为文明的死亡方式,来缓解或消除死亡时精神上的恐惧与肉体上的痛苦,让临终者和亲人了解死亡是一种心理学意义上的理解和超脱。死者可以在等待死亡的安然中,维护人生最后的尊严,这才是真正的临终关怀。《拯救乳房》是一部开创了中国心理治疗小说先河的作品。乳腺癌心理治疗小组里汇集了老干部、公务员、下岗女工、硕士生、妓女、白领丽人等诸多阶层与背景的人士,她们面临着共同的病魔的威胁,并因此日益焦躁、敏感、失落。她们在共有的疾病和对死亡的恐惧中走进小组,对生活中的诸多苦痛与困惑进行深入的探讨,在相互的碰撞、关爱与扶持中共同成长。在死亡面前,小组的每个人都获得了勇气和力量,消除了孤独感,并从精神的深渊中站了起来,"不管我们身体上有什么样的病,是轻是重,我们要做精神上的正常人。"

"解决人类自有生命以来的生死问题,在中国毕淑敏抢先了一步,在她看来,死虽然不可抗拒,但可以超越,人是有理性的万物之灵,因此人进步不应该像无知的动物那样浑浑噩噩地、张皇失措地和令人恶心地去死。一个人如果在面对无法避免地死亡时,能够做到勇敢、坦然、安详时,那么,他就维护了人的尊严。"①毕淑敏死亡书写的核心是对生命的珍视,是一种正确死亡观的宣扬,意在于改变人们对于死亡的恐惧和回避,是为了让人们了解死亡如同生命的诞生一样,都是自然的存在。健康自然又不乏诗意的死亡及其种种形式,是毕淑敏小说中死亡书写的最高美学追求,也是她对当代文学最为有益的贡献。

二、人类的精神拯救

自从80年代进入文坛,毕淑敏便开始书写生命存在的种种形态,对人类的精神困境

---

① 顾凤威:《由家庭伦理向社会伦理的跨越——毕淑敏作品的社会导向》,《当代文坛》1999年第6期。

予以深切的关注,力图以普通人性中真、善、美的塑造来恢复人类崇高的生存价值和意义。当新潮作家不断更新着主题与写作方式时,她却执著地走着自己寂寞而艰辛的道路,关注着人类的生存状态和自身发展,字里行间渗透着对人类极大的悲悯和深切的人文关怀。

毕淑敏以对悲悯和关爱等质素的坚守从而对人类进行着精神层面的拯救。从作家的成长经历可以看出,她拥有50年代出生的一代人的历史记忆,英雄、尊严、信念、责任、理想主义构筑了她熟悉并崇尚的价值体系。在昆仑山系列小说中,诸多的英雄人物形象就展示了一种悲壮崇高的力量,一种献身边疆、无怨无悔的青春情怀。作家通过对英雄们理想主义情怀的肯定,来为那段人生道路寻求一种意义,为他们那一历史时期的行为建构一种价值。她极力向人们表明:尽管时代是荒谬的,但那一代人的理想追求是神圣的,他们的牺牲体现了那一代人的尊严,进而通过作品中人物的崇高来抵御现实人生的麻木。

毕淑敏的作品始终强调平民叙事,不仅以百姓生活为表现内容,更重要的是始终站在平民的立场上,以平等的态度关注着平民精神的种种困境。其一系列反映当下现实生活的作品如《看家护院》、《预约财富》、《女人之约》、《女工》等,呈现出时代变迁下底层百姓的灵魂挣扎。毕淑敏的贡献在于将一种理想化的人性美寄托于作品中的人物身上,尤其注重凸现他们真善美的优良特质,从而引导出人性向上向善的价值取向。从萎缩困顿的搭车人到风风火火的安琪娘,从"坏女人"郁容秋对精神尊严的追求到下岗女工浦小提在生存困境中对传统美德的把持,均以对真善美的坚守和展示,对人类精神性的沦丧进行了一次次的反抗与拯救。这种对精神性救赎力量的反复书写,使毕淑敏的作品充溢着浓厚的人文情怀,并提炼出人类之所以具有崇高精神的价值和意义。

《拯救乳房》将乳房这一女性象征所带来的种种问题进行探讨,让读者感同身受地体味到小说中罹病人物的生理痛苦和心灵折磨。在程远青的心理治疗中,她引导病人平静地对待死亡这一人生的最终归宿,与其说拯救的是病人的生命,不如说是拯救病人深处的灵魂,拯救人性中与生俱来的恐惧观念。在小说生生死死的表达中,我们感受到了生命的真谛和人之为人的要义。善待生命,救赎尊严,把自己融入与人类共通的情感中,这是作家对人生存意义的关注和思考,也是毕淑敏创作的宗旨所在。《女心理师》中着意刻画了几位遭受伤害导致心灵畸变的女性,主人公贺顿利用自己的心理知识解开她们的心结,而她自己在救助别人的同时暴露出自己心灵的暗伤。她在12岁时遭继父强暴,这彻底颠覆了贺顿心灵深处对于父爱的企盼,导致了她不仅"对男人留下了深深的恐惧和仇恨",也"丧失了性的感知和享受",从此把自己的身体做筹码,进行"变态"的释放。她的放纵不仅没有带来任何的解脱,反而增加了灵魂中挥之不去的痛苦和焦虑。但贺顿经过种种磨难终于完成了心灵的突围,拯救了具有同样心结的大芳,也完成了自我的生命救赎。

《红处方》从一个整体性的角度思考困扰人类的终极性问题,成为毕淑敏一直以来对现象界的关注和书写的突破,使这篇小说具有了内在的张力。追求快乐是人的本质的一种外化,但另一方面,追求快乐的手段又有善良和邪恶之分,稍微不慎,人类就会坠入邪恶的深渊。人类天性中的弱点是沉溺于丑恶的一大要素,庄羽吸毒就是缘于她对事物的好奇和寻求刺激的性格。同时,由于丑恶来自于社会和人类自身两方面,因此它必然与人类同行。琪仁吸毒在很大程度上是因为父母离异,给他幼小的心灵投下阴影。从拯救与被拯救者的关系来看,简方宁是拯救者,庄羽是被拯救者,戒毒医生对吸毒者的救治带有形而上的生命救赎的意味。但是这种拯救往往又带有西西弗斯式的悲壮,明明知道现代医学对这种绝症无能为力,还是一往无前地去挑战、去克服。《红处方》承载了太多的人类的悲欢喜乐、希望绝望,它通篇确立的基调就是把人的痛苦从社会原因中解放出来,从人类自身的角度切入,探讨人类的弱点,从而提醒人类正视自己的弱点并勇于和自己的弱点进行抗争。

拯救是文学永恒的主题,"文学应以沉思的姿态以及独到的哲学观照赋予其一种人类学意义上的理解,并借助话语体现自己的救赎意识"①。在现实的颓败和纷纭面前,当代作家通过不同的路径进行着拯救,无论采取何种视角,文学都应当对人类的精神处境和困境给予深切的关注,并以救赎全体人类的精神投入真诚和热情。毕淑敏是一个有着强烈责任感的作家,无论文学潮流如何变迁,她总是执著地坚守着自己的精神追求,从对人类具有最高观照价值的终极关怀出发,实现了自我对平民的精神拯救。这充分证明了文学不等于作家顾影自怜的私语,也不等于非理性自我的放纵。毕淑敏的创作专注于对人类的悲悯与关爱,为当代文学的发展增添了一份独特的精神魅力,因此,她的创作在当代文坛上也就显出了其存在的价值与意义。

三、小说的限定性

毕淑敏走向文坛之际,伤痕文学和反思文学已经过去,文学的多元化亦逐渐成为现实。毕淑敏潜意识里依然看重现实主义的创作原则,其创作理念与先锋派相距甚远。毕淑敏的军旅小说系列,如《昆仑殇》、《阿里》、《补天石》等作品均表现着同样的主题,即在对极"左"路线的反思中传达对英雄主义精神的眷恋和赞美。我们从中看到的是一个个雄浑而精彩的故事,而每一个故事本身均有明显的作家自身经历的色彩。从生活里汲取营养并形成自己作品中的人物原型和故事原型,固然有其独特的意义,但在毕淑敏的创作中已然形成了一个固定的模式,使她的写作局限于生活本身,无法深入到更为复杂也更具魅力的人类的心灵世界,不可避免地形成了作家的某种限定性。

毕淑敏是一个十分珍视和依赖自身经历的作家,她的创作集中呈现了她的人生经验和创作观念,同时也抑制了她的艺术想象力,难以突破生活的局限,以至于大部分作品除了军人题材就是医学故事,叙事主体往往与作家自身过分重合。在昆仑山系列小说中,作家极少突破自身经验的拘囿,每每可以看到作家的影子,如《昆仑殇》中的肖玉莲、《阿里》中的游星等,而《补天石》中的朱端阳,俨然是作家自己的写照。而四部堪称毕淑敏代表作的《红处方》、《血玲珑》、《拯救乳房》、《女心理师》则全部限定在作家所谙熟的医学视域之内。这种现象可以表明,毕淑敏近似乎无意识地将写作附着于自我经历的影子之下,抗争、生存、救赎和理想构成了几部小说的关键词,成为小说铺展开来的有效支撑。无论是以医疗手段救治病人和吸毒者,抑或以心灵对话的方式实施精神疗救,均符合毕淑敏的医生经验和写作诉求。经验上的深刻同时也构成了一种束缚,在给毕淑敏创作提供驱动力的同时也带来了限制。过于依赖自身的经历,大大遮蔽了作家的视界,妨碍了作家将审美的视域伸向更广阔的地方。正如作家自己所说:"我只敢写我大致经历过的事情,我只敢

---

① 刘俐俐:《颓败与拯救》,华夏出版社2000年版,第51页。

描述那些我确有把握的情景。这真是我的悲剧,它们像两块坚硬的石头,缀在我想象的翅膀上,使它无法飞翔。"①

毕淑敏的小说在追求思想价值的同时,明显地见出其艺术表现力的某种不足。作品由于过分强调思想精神的传达而在小说的叙述上普遍显得过于充实,几乎没有留下什么空白。《昆仑殇》完整地叙述了一号司令员决定在海拔5000多米的雪域高原拉练的全部过程,包括出征、宿营、寒冷,进入山地,部队的伤亡,进入无人区后的艰难处境,有关拉练的新闻终未见报,烈士陵园却添了新坟,最后是清明到了,一号在陵园里踟蹰,拉练中牺牲的将士子弟又加到部队中来,有李铁的弟弟,肖玉莲的堂妹等,"圣父、圣母、圣灵般的昆仑山上出现了一行新鲜的脚印"。在有条不紊的叙事之下我们不难发现小说叙事空白的不足和想象空间的缺失。这种叙述的过分充实和拥挤在其早期小说如《君子于役》、《阿里》、《补天石》、《转》等中均有着明显的表现。

1997年后作家开始投入到长篇小说的创作,但同样未能摆脱这种叙述上的不足。如有人指出《红处方》"对庄羽、琪仁等吸毒者的吸毒丑态的描绘有些掺杂,叙述过程显得比较拥挤"②;也有人直陈《女心理师》"在悬念迭起的故事背后,不只是一个潜意识的心理分析便能够说得明白的,社会文化因素起着至关重要的作用,而作品的这部分内容是缺失的"③。当然,上述意见所反映的往往是批评者与作家在立场、经验等方面的差异,固然不能一概而论,但小说叙述中缺少空白和隐喻却也是批评者的共识。小说在心理层面和社会文化层面的追求存有一定的缺失,虽使其在生活的整体面貌呈现上达到了全面和细致,但也不免流于现象的平面化描绘和琐碎,局限于低地飞行,难以摆脱其自身经验和写作惯性的现实制约,使得读者似乎仅仅是在阅读一个曲折离奇的故事,一次性阅读后就可以大致明白小说家所要交代的问题,无法形成驰骋想象的空间,这恐怕不能不算是毕淑敏小说的一大遗憾。

当然,我们也看到了毕淑敏自我突破的不懈努力。在《女心理师》中,毕淑敏以更为圆熟和具有张力的叙事结构、更为敏感甚或具有争议性的主题和更为丰富芜杂的社会内容,使自己的长篇创作较之前期已有较大的推进。王蒙曾说过:"毕淑敏她太正常,太良善,甚至是太听话了,即使做了小说,似乎也没有忘记她的医生的治病救人的宗旨,普度众生的宏愿,苦口婆心的耐性,有条不紊的规章和清澈如水的医心。她有一种把对人的关怀和热情悲悯化为冷静的处方的集道德、文学、科学于一体的思维方式写作方式与行为方式……"④总之,作为一位理想充盈、精于思考又笔耕不辍的作家,毕淑敏仍会一如既往地写下去,这使我们有理由相信也期待着作家今后的飞越。

(帅　震:山东经济学院文学与艺术学院)

---

① 毕淑敏:《别把你的秘密告诉我》,《小说月报》1992年第11期。
② 陈纯洁:《开给人类心灵弱点的处方》,《小说评论》1999年第2期。
③ 周雪:《〈女心理师〉叙述上的裂缝与盲区》,《文艺争鸣》2007年第12期。
④ 王蒙:《作家——医生毕淑敏》,毕淑敏:《毕淑敏作品精选》,中国三峡出版社1995年版,第89页。

"毕氏厨房"与心灵鸡汤

——我观毕淑敏散文

梁向阳

因中篇小说《昆仑殇》而走红的毕淑敏女士,是一位高产作家。她在创作出长篇小说《红处方》、《血玲珑》、《拯救乳房》等作品的同时,还写作了大量散文,出版了诸如《素面朝天》、《写给女儿们的散文》、《忍受快乐》、《格布上的花》、《世上可真有一见钟情》、《心灵百合》、《心灵眼睛》等数十部散文集。通过对其散文的阅读,我感觉到她的散文与其说是"心灵百合",毋宁说是"心灵鸡汤"。毕氏散文是有着医生、心理咨询师、作家三重身份的她用自己的特有方式所煲制出的"心灵鸡汤"。

一、"毕氏厨房"的工作原理

我国当代著名作家王蒙言,毕淑敏是"文学界的白衣天使"[①]。我以为此话可有两解:一是指毕淑敏的既有身份;二是指毕淑敏写作的意义指向。纵观古今中外,有过学医与从医经历的作家比比皆是,如契诃夫、鲁迅、郭沫若、余华等。有过医学经历的作家们往往更敏感,更容易深刻地把握到生命的本质。但每个作家因个人家庭背景、气质性格、人生经历、文化修养等的不同,在文学发言上各有差异,毕氏的文学气质自然也受到其家庭教养、人生经历等的影响。

毕淑敏1952年生于新中国的一个军人家庭,从小在部队的大院文化环境中成长,少年时代进入著名的北京外语学校学习。1969年,17岁的她参军入伍到西藏阿里地区的一支骑兵部队,由卫生员成长为一名合格的军医,并在此一干就是11年。1980年,她转业回到北京的一家工厂医务所当厂医。1990年,因业余文学创作突出,她被调至中国有色金属总公司当专业作家,从此走上专业文学创作之路。在其后,她还先后两次在北京师范大学心理学专业进修硕士、博士课程,自己开设"毕淑敏心理咨询中心"……通过对毕氏人生履历的简单跟踪认读,我们会发现她的童年、少年以及青年时代均与军旅有关,"军人家庭"与"军人身份"应是研究其人生飞翔的关键词。稍有社会常识的人都知道,在1950年代至1970年代的中国,"军人身份"意味着身份的优越。就毕氏而言,她尽管在人迹罕至、交通极为不便的西藏阿里地区当了11年军医,但相对独立而封闭的军旅生活,使她的个人经历相对简单而透明,物质生活相对安逸而从容,至少不要为整日的饥肠辘辘而发愁。而另一方面,西藏阿里地区严酷的自然环境,又使怀揣青春梦想的少女毕淑敏在成长为一名合格军医的道路上,比一般人有能敏锐地感受到恶劣自然环境下人类生存艰难性。面对无

[①] 王蒙:《作家——医生毕淑敏》,毕淑敏:《毕淑敏作品精选》,中国三峡出版社1995年版。

情的大自然,面对严峻的生存环境,毕氏骨子里所拥有的军人特有的英雄主义、浪漫主义与集体主义情怀自然也就激活,这就使得她的思考超越一般意义上的生存问题,而有可能思考人类与自然的关系与生生死死这些精神层面的问题。我们现在虽未读到毕氏在西藏阿里军旅生涯的最初文学作品,但并不能说明她当年没有最初的文学冲动。

1980年,也就是毕氏在西藏阿里地区从军11年后,已为人妻为人母的她回到故里北京,成为一家工厂医务室的厂医。此时正是我国新时期文学大潮波涛汹涌澎湃之际,诸多"伤痕文学"、"反思文学"、"改革文学"的作品如雨后春笋般冒出,也不断引起人们的关注。面对此情此景,毕氏潜藏于骨髓的文学情感被彻底唤醒,她也有了真正意义上的文学创作。正如毕氏在《领悟人生的亮色》的演讲中所言,"1980年,在我三十四岁时,我开始了小说《昆仑殇》的写作"①。可以看出,毕氏在最初的文学发言时,她卖的是"高原军旅的从医经历",卖的是其独特的生活体验与军人骨子里的英雄主义情结。

从横向的角度比较,作为新时期知青作家同龄人的毕氏,其成名作《昆仑殇》刊于1987年的大型军旅文学刊物《昆仑》杂志上,她在新时期文学中的出场时间比同龄作家整整晚了十年左右。毕氏的出场方式较为特别,她虽然也是以回望姿态来审视其青春岁月,卖的是自己熟悉的生活,但既没有像王安忆那样思考"本次列车终点",没有像梁晓声那样高喊"今夜有暴风雪",更没有像史铁生那样体味到"我的遥远的清平湾"中的人间真情……毕氏的"军人家庭"出身与"高原军旅从医经历",决定了其性格中既有从容、大气的人生情怀,也有热情、善良的心灵风景,同时还有慷慨、激越的豪迈气魄。这一切,决定了毕氏特有的文学气质以及特有的文学表现方式,那种外表冷酷的形式下拥有明亮的底色,也如同王蒙先生所言:"善意与冷静,像孪生姐妹一样,时刻跟着毕淑敏的笔端……她正视死亡与血污,下笔常常令人战栗,但主旨仍然平实和悦,她是要读者更好地活下去、爱下去、工作下去。"②

二、毕氏风格的心灵鸡汤

当代台湾著名作家余光中先生言:"在一切文体之中,散文是最亲切、最平实、最透明的言谈,不像诗可以破空而来,绝尘而去,也不像小说可以戴上人物的假面具,事件的隐身衣。散文家理当维持与读者对话的形态,所以其人品尽在文中,伪装不得。"③余光中先生所言极是。散文是拥有"真实性"与"自由性"特征的文体。其"真实性",决定了写真相、表真情、诉真心,散文中所涉及的人和事都必须是真实的,不能虚构与杜撰;其"自由性",既指散文写作者心灵的最大自由,也指散文文体形式的自由与灵活,呈现一种开放的姿态。

毕氏在长期的文学创作中也注意到这个问题,曾言:"我的作品如果是散文,基本都是真实的,因为散文往往是人的真情的表达,它以真实为前提,真实是散文的一种品格。"④因

---

① 毕淑敏:《领悟人生的亮色——在北京华夏女子中学的演讲》,《格布上的花》,群众出版社2004年版,第316页。
② 王蒙:《封底推荐语》,毕淑敏:《格布上的花》,群众出版社2004年版。
③ 余光中:《余光中文集》(第8卷),百花文艺出版社2000年版,第335页。
④ 毕淑敏:《领悟人生的亮色——在北京华夏女子中学的演讲》,《格布上的花》,群众出版社2004年版,第317页。

此，毕氏散文完全可以看成是其医生、心理咨询师、作家三重身份的心灵投射。其最初的医生身份，使其拥有了医者的敏感与宽容；其后来的作家身份，使其拥有了圣者医心的能力；其后来心理咨询师的角色调整，使其善于勾兑心灵鸡尾酒，用通俗而浅显的语言疗治人心。毕氏以这样的身份角色所经营、所调制出的散文，自然是"毕氏厨房"的出品，拥有纯正的毕氏风格。

就毕氏散文的基本内容而言，根据我的不完全阅读来判断，我发现毕氏散文在题材上大都围绕生活中的"爱"与"幸福"来展开的，作者以女性的敏感，由某些小事说起，多是人生感悟或者人生絮语，多善开人生药方，许多散文集既像一个"心理诊所"，也像一本"人生指南书"，是如毕氏所言的"散发着医药味道的文字"①。

三、"率性而为"的魅力

毕氏曾言："我的散文基本上是随意写的，既然当年没有机会自由自在地写出自己的想法，那么，当我有了这样的机会之后，我就率性而为。"②

"率性而为"虽有多解，既可以理解为思想的自由，即在在法律框架内自由表达；也可以理解为写作者在散文的文体追求上无为而为，自由自在，信马由缰。通过对毕氏散文的阅读，我以为毕氏散文的"率性而为"主要是指后者而言。从辩证的角度来讲，"率性而为"还可以有另外一种解读，即其散文往往随心所欲，不循规蹈矩，不依据传统散文的写作套路来出牌。

中国是个散文大国，有着非常深厚的抒情散文传统。采取"借景抒情"、"托物言志"方式，借山川自然来比附人生，是中国传统抒情散文的常态。这些散文大都讲究"意境"，讲究"炼字"，讲究章法，讲究韵味，讲究形式的优美，是十足的"美文"。现代文学中散文，也是文学四大门类里面在文化气质上更接近传统的文体。现代散文虽说在立意上强调"人"的重要性，但许多作者往往在经意或不经意间滑向传统，表现出十足的抒情气息。远的不说，就是我国新时期作家中的那些女作家，如张抗抗、铁凝、苏叶、叶梦、斯妤、唐敏、曹明华等均表现出这样的散文特征。而毕淑敏似乎是个"另类"，与受到中国文学严格训练的诸多作家似有不同。一是随笔是其主要的方式发言。随笔因为文体的特点，拥有侃侃而谈的特点，本身在文体上具有相对的随意性。二是毕氏随笔的内容多为其煲制的心灵鸡汤，是对社会生活的道德评判，是对人间爱、幸福生活的规劝，说教意味浓烈，而文学气息相对较少。

我始终认为散文与人的心灵开放程度、自由程度有关，作者心灵的丰富性、自由性，决定了散文形式的丰富性与自由性。1990年代以来，我国经济生活与政治生活急遽变革，人们的生存状态日趋复杂，生活的多样性和多变性也必然带来人们对美好情趣与思想的渴求。带有明显的毕氏气质的散文就在其时新鲜出炉，给人们以心灵抚慰。如果从严格文学意义上认定，我们会发现毕氏的许多散文已经冲出纯文学散文的藩篱，走向生活化了。多年以前，我曾谈过一个观点：1990年代以来"随笔已经在'形势法则'的作用下，冲出了文

---

① 毕淑敏：《自序》，《毕淑敏散文》，浙江文艺出版社2008年版，第2页。
② 毕淑敏：《自序》，《毕淑敏散文》，浙江文艺出版社2008年版，第2页。

学的藩篱,走向生活化、科学化、思想化,而成为百姓日常生活中喜闻乐见的好文章样式之一"[1]。毕氏的诸多散文是散文,但绝不是我们所认定的传统意义上的文学散文,说是非文学的"软性散文"也未尝不可。我以为,"在现实世界中,具体的散文形态生龙活虎,散文的世界也是丰富多彩的。研究者永远都是追逐着丰富的散文世界一路长跑,不可能全面、彻底地洞悉丰富而灿烂的散文文体状态"[2]。

市场经济的法则就是需求决定产品的生产。从这个意义上讲,毕氏善于用随笔方式"率性而为"地表达观点、表达情感,善于煲制心灵鸡汤的方式给予人们爱的力量、幸福的准则,这更无可厚非。我想,这就是毕氏散文"率性而为"的魅力吧!

(梁向阳:延安大学文学研究所)

---

[1] 梁向阳:《回归真实与自由之岸——90年代"随笔热"现象的考察》,《延安大学学报》1999年第3期。
[2] 梁向阳:《当代散文流变研究》,中国社会科学出版社2007年版,第54页。

毕淑敏作品的传播与接受

周志雄

自1987年发表中篇小说《昆仑殇》至今,毕淑敏已发表长篇小说《红处方》、《血玲珑》、《拯救乳房》、《鲜花手术》、《女心理师》,出版中篇小说集10余部,出版散文集超过50余种。毕淑敏的作品多次入选中小学语文课本,并成为各类语文考试试卷上的分析材料例文。毕淑敏曾获庄重文文学奖、小说月报百花奖、当代文学奖、陈伯吹儿童文学奖、北京文学奖、昆仑文学奖、解放军文艺奖、青年文学奖、中国台湾第16届中国时报文学奖、中国台湾第17届联报文学奖等各类文学奖30余次。毕淑敏的作品在读者中有良好的口碑和评价,并有很好的市场效应。《红处方》由北京十月文艺出版社(1997)推出后,至今已有群众出版社(2002)、现代出版社(2005)、漓江出版社(2008)、重庆出版社(2009)、中国工人出版社(2010)等6个版本。2003年《拯救乳房》脱稿后被全国数十家报刊连载或选登[1],形成作家、十月文艺、中国青年、上海文艺、华艺、人民文学和长江文艺七家出版社竞争版权的情况等,最终人民文学出版社以12万元人民币拿到书稿。[2]《拯救乳房》首发12万册[3],并很快被征订一空。《女心理师》自2007年4月由重庆出版社推出后,在图书专卖网站上持续100天销售排行第一,全国图书销售排行第四,至2007年7月,销售总数超过40万册,加印突破12次。[4] 2004年《心灵7游戏》由北京十月文艺出版社出版,首印15万册,短短半个月已销售过半。[5] 2007年《鲜花手术》首印20万册。[6] 由毕淑敏小说《女工》改编的电视剧《女工》曾被20多家电视台购买。[7] 2009年毕淑敏的散文集《心灵密码》由安徽文艺出版社推出,不到半个月,首印10万册基本销空。[8] 散文集《妈妈是孩子最好的老师》,上市不到3个月已是第3次印刷。[9] 2011年湖南文艺出版社推出《蓝色天堂》席卷各大排行榜,京东网图书销售榜文学新书类第二,当当图书畅销榜散文随笔类第五。[10] 可以看到,毕淑敏已跻身全国人气作家之列。毕淑敏的文字何以获得文学界和广大读者的普遍认同呢?

毕淑敏是一个有生活积累的作家。毕淑敏的文字引起读者的关注,首先来自作品内

---

[1] 倪敏:《毕淑敏开出心灵处方》,《中国消费者报》2003年6月18日。
[2] 崔雪芹:《七社友好竞争 毕淑敏新作花落"人文"》,《中华读书报》2003年4月23日。
[3] 何炜:《毕淑敏"拯救乳房"首发12万册》,《华西都市报》2003年6月15日第4版。
[4] 宋平:《"签售〈女心理师〉 毕淑敏"别开生面"》,《城市快报》2007年7月16日。
[5] 李冰:《为客户保密忍受苛评 毕淑敏:我已经活了三千岁》,《北京娱乐信报》2004年5月23日。
[6] 刘婷:《毕淑敏新作印数不及新生代》,《北京晨报》2007年9月19日。
[7] 吴海鸥:《省视台热播〈女工〉 主创:毕淑敏功劳最大》,《生活报》2009年6月3日。
[8] 杨菁菁:《5月10日签售 毕淑敏解读〈心灵密码〉》,《安徽商报》2009年5月8日。
[9]《毕淑敏新作传授教子心得》,《焦作日报》2010年4月12日。
[10] 毕淑敏:《蓝色天堂》腰封,湖南文艺出版社2011年版。

容上的独特性。毕淑敏16岁开始在西藏高原当了11年的兵,回到北京后,做了22年的医生。先后在业余时间完整地学习大学中文系的课程,攻读文艺学硕士,学习心理学硕士、博士课程,开设心理诊所,被誉为是"中国心理咨询第一人",自费40万元和儿子一起长途航海环游世界。毕淑敏所写的题材来自她独特的个人经历,对自己的写作,毕淑敏概括说:"我的写作基本上分为三大部分。一部分是医生的故事,这其中也包括心理医生。还有一部分是关于女性、生命、亲情的感受。还有的就是这部阿里的故事,书里写的,就是埋葬了我的青春的西藏阿里——这块整个地球最高的土地,蕴含着一种绵延已久的神圣。"① 毕淑敏选择了适合自己的题材,诚如歌德所说:"还有什么比题材更重要呢?离开题材还有什么艺术学呢?如果题材不合适,一切才能都会浪费掉。"② 毕淑敏所写的题材并非独一无二的,但毕淑敏有自己独特的处理方式。

毕淑敏的小说有着恢宏的气势和深沉的人性关怀,其作品有一种精神上的震撼力。最具震撼力的莫过于人的生死问题,毕淑敏说:"我一直关注的就是生命和死亡这个问题。"③《昆仑殇》所引起的好评首先来自对题材的开拓,一个同样的题材,很多作家都写过,但毕淑敏将之写得荡气回肠,在似曾熟悉的英雄主义氛围中,对人性的残酷考验,挑战难度的无畏牺牲情怀,艰苦卓绝的环境,特殊环境下的人物心理,都深深地打动了读者。小说的结局是悲剧性的,这是时代的悲剧,是人被异化的悲剧,但作者写出了在悲剧结局下人的高大与尊严。这看似是一个宏大主题的故事,有着十七年革命文学的壮阔与悲壮,但毕淑敏用新的叙述方式,以生与死的考验,写出了对历史的质疑和对人性的讴歌。《阿里》的故事很惨烈,但很震撼人心,有一种崇高感。女兵游星是一个天真、活泼的姑娘,从小没有母爱,应父亲的要求到高原当兵,游星渴望爱情,为一份得来不易的爱情受到处分,她无法面对军区司令员的父亲,最后自己投井而死。游星的悲剧是谁造成的?游星父女之间的感情很深,却又有着无法沟通的一面,游星的性格中有散漫的成分,但又有军人的血性和尊严,游星的死有现实制度的原因,也有自身的性格弱点,游星有其合理的性格心理逻辑,却又与外界构成强烈的冲突,游星以短暂的生命叩击着读者的心弦,让人读后掩卷叹息。

毕淑敏是一个有长期临床经验的医生,她对医学题材的开拓,使她的作品在中国当代作家中独树一帜。《预约死亡》《红处方》《拯救乳房》《血玲珑》《女心理师》等小说都是以医学题材为背景的。毕淑敏对自己的小说有明确的定位,她总是以自觉的社会责任感来写小说,阅读毕淑敏的医学题材小说,让人长知识,长见识,能丰富读者对疾病、死亡、生命、心理等问题的理解。毕淑敏曾在给《死亡驿站日志》的《序言》中说:"需要普及关于死亡的知识。这本书可以告诉你很多有益的知识和生动的故事。"④ 这样的说法其实也可以套在毕淑敏自己的写作上。毕淑敏以一颗悲悯的心俯视着人间的苦难苍生,和人物一起成长,为人类心灵的病理做一份份切片。《预约死亡》通过对临终医院的考察,让我们懂得了"死亡是人成长的最后阶段",这是毕淑敏对死亡知识的普及推广,相信所有的读者阅读

---

① 小西:《〈阿里〉:毕淑敏首部关于西藏的小说》,《生活日报》2010年2月3日。
② 〔德〕爱克曼辑录:《歌德谈话录》,朱光潜译,人民文学出版社1978年版,第11页。
③ 赵艳、毕淑敏:《"生命与死亡"是我创作的规定性——毕淑敏访谈录》,《小说评论》2011年第1期。
④ 毕淑敏:《我敬畏生命的过程——毕淑敏演讲与低语》,花山文艺出版社2006年版,第209页。

了这篇小说,都会懂得什么是"临终关怀",死亡的老人到底需要什么样的关怀。毕淑敏让读者明白,现代人对死亡的处理方式是简单的,也是有问题的。《预约死亡》通过中西对比,借齐大夫之口对读者进行死亡教育:"这些人根本没必要救治,作为社会的人,他们已毫无价值。人的再一个用处就是对家庭的贡献。这些人,风烛残年,徒然消费,传统的孝道压得子女抬不起头来。从这个星球诞生到今天,已经死过无数的人,一个微不足道的小人物的生死,对世界没有任何影响。中国现在的死亡者,基本上都诞生于本世纪的初叶,他们缺乏科学死亡的教养。"这些话颇有些"离经叛道",也有些"惊世骇俗"。《拯救乳房》被称为是"国内第一本有关心理小组治疗的文学作品","国内首部出自心理学家的心理治疗小说"。小说以细腻的笔触写出了那些患了乳腺癌的病人的畸形病态心理,对每个病人进行深层精神分析,他们畸形的病态心理来自家庭,来自她们自身的性格弱点,也来自自身的盲目和误入歧途,程远青所组成的心理小组让每个病人敞开心扉,最终医治了他们的心理疾病。《红处方》是一部写戒毒题材的小说,阅读小说,读者会增长对毒品的认知,对人类的吸毒、贩毒、戒毒史,毒品对人的精神危害,有关毒品的传说逸事等有更完整更科学的认识。这是一个毕淑敏笔下有,别人笔下无的独特世界。《血玲珑》拷问的是现代伦理与现代医学之间的冲突,题材本身是有震撼力的。毕淑敏有着深厚的生活基础,她广泛读书,为写作《红处方》阅读了当时能找到的几乎所有的有关毒品的资料书。毕淑敏是在有了心理学的广博的知识和几年心理诊所的经验基础上才开始创作《女心理师》的。心理咨询在国内尚未起步,毕淑敏在小说题材的开拓上,有自己独到之处,她以文学的方式普及心理学,如"我们每个人创造了自己的疾病",取自美国的女心理学家路易斯·海。人们之所以喜欢阅读毕淑敏的小说,是因为毕淑敏为读者打开了一个新的生活世界,有读者说:"毕淑敏的书中,有的只是生活,真实而美丽。"①这样的看法无疑是很有见地的。

毕淑敏的小说受到读者广泛的青睐,还在于毕淑敏小说所体现出的带有永恒性的价值观念。毕淑敏的小说虽然写了很多病态的人和病态的事,但毕淑敏总是以一颗爱心和温情的眼光注视着这些人和事,体现出对生命的敬畏和尊重。毕淑敏信奉一种人道的价值观,如同法国作家乔治·桑所说:"我们相信,艺术的使命是一种情感和爱的使命,今日的小说应当取代人类幼稚时期的寓言和隐喻的写法,艺术家除了提供一些谨慎的缓和的方法,减轻他的描绘所引起的恐怖以外,还有一个更重大和更富有诗意的任务。他的目的应该是使人喜爱他关怀的对象,必要的话,我不责备艺术家稍稍美化这些对象。艺术不是对实际存在的现实的研究,而是对理想真实的追求。"②王蒙说,毕淑敏是文学界的白衣天使。作为50年代出生的作家,毕淑敏继承了启蒙文学的传统,以作家的责任感为己任,"要用人类有史以来一些光辉的、智慧的、充满大的仁爱、坚强意志的这些东西,来滋养自己的灵魂。"③毕淑敏小说主题有这样一些关键词:崇高、尊严、人道、真诚、关怀、达观、坚忍、自尊、刚强。"我希望真诚地对待生活,我非常看重人际关系中那些善良、美好、勇敢、真诚这些光明的品质,对那些丑恶的东西,我从情感上是排斥的。当然,我承认它们也是

---

① 张光芒:《与毕淑敏一起品尝幸福》,《都市女报》2010年3月5日。
② 〔法〕乔治·桑著:《魔沼》,郑克鲁译,安徽文艺出版社2004年版,第8页。
③ 毕淑敏:《我敬畏生命的过程——毕淑敏演讲与低语》,花山文艺出版社2006年版,第44页。

这世界的一部分,它们不仅存在,甚至在某种意义上可能是必须的。"①毕淑敏的写作追求让人想起福克纳所说的话:"诗人和作家的责任,就在于写出这能同情、牺牲、忍耐的灵魂。诗人和作家的荣耀,就在于振奋人心,鼓舞人的勇气、荣誉、希望、尊严、同情、怜悯和牺牲情神,这正是人类往昔的荣耀,也是使人类永垂不朽的根源。"②阅读毕淑敏的文字,有一股精神上的正气扑面而来,这是很多读者喜欢毕淑敏的重要原因。

《女人之约》中的郁容秋以生命的代价维护着自己的尊严,然而女厂长失约了,这是一个时代风气和社会现实对一个个体生命的失约,郁容秋在孤寂中死去,却在精神上留在读者心中。《生生不已》中的乔先竹为了生养自己的孩子付出了生命,小说赞颂了一种女性的坚强、伟大和承担意识。《拯救乳房》有一种积极向善的倾向,程远青有知识,有风度,有独立的个性,有一股理想的情怀,坚守着责任和良知。程远青及其心理小组拒绝了财团的资助,是为了自尊,对于个体来说,心灵的独立更为重要,最后小组中的每个人都找回了自己,活在阳光之中。《红处方》中的简方宁是一个精灵的化身,她担当了一身的责任,为了禁毒事业,牺牲了自己的爱情,奉献了自己的生命。《女工》中的浦小提,一生平淡,她陷入男性的陷阱,埋没了自己的才华,毁灭了自己的青春,却始终没有丢掉自己的尊严,并以一种心静如水的心态面对自己已经发达的各位同学。这是一个很理想的人物,她独立自尊,坦然旷达面对生活的坎坷,在精神上把她所有的同学都比下去了。毕淑敏的作品在表现这些鲜亮的"社会脊梁"般的人物的时候,并没有拔高神化的感觉,小说写出了人物的心理逻辑,人物的精神高洁是被命运一步步"垫高"的,她们经受了生活的种种挫折,却始终没有丢掉做人的骨气和尊严。

毕淑敏的散文有多篇被各级语文教材选用,并被各类文学刊物广泛选载。如《提醒幸福》、《我很重要》、《一厘米》、《白色的金盏花》、《学会看病》、《离太阳最近的树》、《我的五样》等篇章入选各类语文教材,《提醒幸福》、《孝心无价》、《我很重要》、《精神的三间小屋》等文章被文学刊物转载20余次。毕淑敏有多篇散文入选语文中考试卷,如《没有一棵小草自惭形秽》(2006年连云港卷)、《冻顶百合》(2006年大连卷)、《造心》(2006年天津卷)、《孝心无价》(2007年辽宁卷)、《每一只小狗,都有一个目标》(2007年南通卷)、《读书使人优美》(2008年崇左卷),等等。这些作品一般有如下特点:有智慧的启迪,有一股向上、尚美的精神取向,有优美的文词,有细腻的生活感受。毕淑敏的散文层次分明,生动简练,略通文字的读者就可以读懂,很容易受到中小学教材编选者的青睐。《孝心无价》一文先后三次被选作中考语文现代文的阅读材料,这与这篇文章简练的叙述以及文中所体现出来的思想文化内涵是分不开的。王蒙认为,毕淑敏的文字"竭力教给你活得好一点,快乐一点,善良一点,健康一点,光明一点"③。毕淑敏的散文多用故事或形象的说理来阐发道理,擅长用优美的文字叩击读者的心弦,能给青少年读者以思想教育和艺术熏陶。

毕淑敏的散文中有很多的警句,诸如:"优等的心,不必华丽,但必须坚固。"(《造心》)"我喜欢爱读书的女人。书不是胭脂,却会使女人心颜常驻。书不是棍棒,却会使女人铿

---

① 毕淑敏:《我敬畏生命的过程——毕淑敏演讲与低语》,花山文艺出版社2006年版,第121页。
② 〔美〕威廉·福克纳:《诺贝尔文学奖获奖演说》,胡瑜芩编:《世界百篇经典演讲辞》,长江文艺出版社2004年版,第236页。
③ 王蒙:《咱们这里有一个毕淑敏》,《中国青年报》2006年2月20日。

锵有力。书不是羽毛，却会使女人飞翔。书不是万能的，却会使女人千变万化。"(《我所喜欢的女子》)"在生和死之间，是孤独的人生旅程。保有一份真爱，就是照耀人生得以温暖的灯。"(《爱怕什么》)"淑女必书女。"(《我所喜欢的女子》)。这些句子因其简洁、优美而又富含哲理的表达在读者中广为流传，其读后的感觉如同一位研究者所言："读其作品，犹如吃一剂良药，使读者豁然开朗，心明眼亮。"①

什么是"幸福"？这是很难说清的问题，毕淑敏却以通俗的比喻将"幸福"比作"包子"，将中国人对待幸福的方式分作饮鸩止渴型、黄连团子型、馊馅饼型和幸福的包子四类，很易于被大众接受。其他如："磨砺内心比油饰外表要难得多，犹如水晶与玻璃的区别。"(《素面朝天》)"智慧是女人纤纤素手中的利斧，可斩征途的荆棘，可斫身边的赘物。面对波光诡谲的海洋，智慧是女人永不凋谢的白帆。"(《寻觅优秀的女人》)在这些文字中，毕淑敏将情感和哲理寓于日常事物中，以优美的表达起到对读者心灵按摩的作用。

毕淑敏的作品有些是科普读物，承担为广大读者解乏和心理疏通的功能，是"心灵鸡汤"式的文字。《破解幸福密码》分六章，分别是《有意义的快乐就是幸福》、《放下包袱，持花而行》、《从自卑走向幸福》、《封印悲伤，再建自我》、《适当应激，缓解焦虑》、《幸福不是奢侈品》。通过案例，作者为我们详细解答如何破解自卑、抑郁、焦虑、悲伤、死亡、恐惧等潜藏在意识深层的创伤，探讨平衡心灵的艺术。毕淑敏写作《妈妈是孩子最好的老师》，与妈妈们分享自己的教育心得，期待妈妈们读后能成为孩子最好的老师。《垃圾婚》、《我爱我的性别》、《母爱的级别》、《紧张》、《家中的气节》、《好脾气的悖论》、《关于爱的奇谈怪论》等女性散文为现代女性所面临的情感、压力等心理问题排忧解难。《性别按钮》探讨两性情感问题，试图沟通两性壁垒，期待两性之间能不带偏见地对话。

毕淑敏的作品也经历了不畅销到畅销的过程，"记得头几年出书很困难，出版社说，出书可以，但你自己得买一千本书，还要交几千块钱。我说那就算了吧，不出了。可我爱人坚持要出，到处借钱，跑到出版社帮我把书出了。"②毕淑敏作品广为流传在于毕淑敏自觉的读者意识，她曾说："我希望我辛苦劳动的产品，能够与更多的人交流。"③她还说："我觉得写小说应有一个前提，就是说要好看，小说一定要好看，如果读起来活受罪的话，那就没什么意思了。"④毕淑敏曾将《女心理师》定义为"一本有趣的好玩的有一定意义的小说"⑤。她总是力图将作品写得深入浅出，让更多的读者能够接受。

还有读者喜欢毕淑敏的叙述方式，一位中学老师在讲授毕淑敏散文的时候说："喜欢她像邻家大妈般的和蔼可亲；喜欢她文章的娓娓道来，朴实、雅致而又充满哲理；喜欢她作品里时刻透露的人文关怀。"⑥毕淑敏写小说在艺术上不搞先锋艺术探索，其小说情节明晰，读来明白晓畅，让读者能一口气读下去。《红处方》中人物讲述的内视角和第三人称的全知视角并用，但基本上没有太复杂的叙述转换。故事有传奇性，又有现实性，还有知识

---

① 张英伟：《从毕淑敏的作品看其人格魅力》，《文艺争鸣》2007年第11期。
② 周鹤：《寻找毕淑敏》，《小说评论》1998年第4期。
③ 毕淑敏：《面对读者，文学不应该唯我独尊——毕淑敏答〈北京文学〉记者问》，《北京文学》2002年第10期。
④ 周鹤：《寻找毕淑敏》，《小说评论》1998年第4期。
⑤ 毕淑敏：《没有一个故事来自真实病例》，《北京青年报》2007年3月12日。
⑥ 周新红：《拨响生命意义的琴弦——毕淑敏散文〈我的五样〉教后记》，《新作文》2008年第4期。

性,读来颇有趣味。一位文学编辑曾谈到这部小说的阅读感觉时说:"将近 40 万字,我一口气不停歇地读完了。"①《拯救乳房》是一部写乳腺癌病人的故事,故事可读性很强,小说巧妙地设置悬念,那个要以"自爆"自杀的小伙子,有怎样的秘密呢?那个神秘的有关"现代汉语词典"的纸条是谁写的?小说将一个人一个人的故事抖开,写出了各色人物的辛酸故事,他们身份芜杂,他们有公务员、老干部、硕士生、白领丽人、妓女等,经历颇有传奇性,让人读来趣味盎然。

毕淑敏的小说在人物的塑造上也比较清晰、明了,类型化的人物居多,圆形人物较少,人物命运颇有传奇性。如《女理发师》中的贺顿,《女工》中的浦小提,《生生不已》中的乔先竹,小说完整地描绘了她们的一生,有很强的命运感,给人留下难以磨灭的印象。这也导致毕淑敏的小说过于明朗,如《女工》中的浦小提是一个婚姻不幸的女子,她在婚姻中弄得遍体鳞伤,与自己相爱的人擦肩而过,但她在精神上战胜了所有的人,一个人很有尊严地活着。这个人物显得过于理想,过于的明朗,没有一丝杂质,没有精神上的迷茫,这不能不是对生活的一种过滤,是对人物性格逻辑的简化。

毕淑敏的作品畅销也与毕淑敏良好的社会公众形象分不开。毕淑敏开心理诊所,潜入戒毒医院体验生活,到百家讲坛做报告,在非典肆虐的时候,她曾和另外 7 位作家采访了北京佑安医院等十几家一线单位……毕淑敏在公众面前树立了和蔼可亲、有社会责任感的作家形象,这与毕淑敏所写的"心灵鸡汤"的文字相互辉映。根据广大青少年的来信,毕淑敏为他们量身定做心灵游戏,为青少年讲解如何追求幸福。毕淑敏到大学讲坛为学生们讲授幸福与人生、心理健康等问题。毕淑敏为大众读者做"心理健康与人生幸福"的报告,到汶川地震灾区给学生们讲课,将《红处方》的发行地放在监狱门口,受聘检察官心理咨询师,这些都可以看出毕淑敏是一个非常注重社会实践的作家。在毕淑敏所作的上百场报告中,毕淑敏是作为一个心理专家、一个长者、一个师者的形象出现在大家的面前,她谈论的更多的是如何有一个健全的心理,如何追求幸福的人生,如何克服个人心理障碍,如何发挥个体的特长,女性如何应对当今社会的挑战等"成长性"问题。毕淑敏很少谈及一个作家如何追求文学艺术的创造问题,毕淑敏所引起的读者强烈关注主要是"精神内容"上的,而非"文学艺术"上的。

"一部文学作品的历史生命如果没有接受者的积极参与是不可思议的。因为只有通过读者的传递过程,作品才进入一种连续性变化的经验视野。"②毕淑敏的作品面向的是大众读者,其作品产生了广泛的社会效应。毕淑敏不是一个艺术上多么先锋的作家,她的文字有着深厚的生活底蕴,开阔的社会视野,高迈的人文情怀,医生、作家、心理师等多重领域的专业素质使毕淑敏的小说能引起了读者的广泛共鸣。毕淑敏的创作态度真诚,她以传统的现实主义文学手法为中心,其小说故事引人入胜,丝丝入扣,题材新颖,心理描写细致,让读者既能得到丰富的人生知识,加深对生命的理解,又能得到愉快的阅读享受。毕淑敏独特的人生经历,坚强的生命个性,对写作领域的自我挑战,使毕淑敏不断"成长"为

---

① 韩敬群:《一个编辑眼中的毕淑敏》,《时代文学》1999 年第 5 期。
② 〔德〕H. R. 姚斯、〔美〕R. C. 霍拉勃:《接受美学与接受理论》,周宁、金元浦译,辽宁人民出版社 1987 年版,第 24 页。

一个广受欢迎的作家。

近年来,毕淑敏很少在纯文学刊物上发表小说,主要出版长篇小说和散文集。叙事说理,情景交融,托物言志是毕淑敏散文的常用的手法,心灵鸡汤式的智慧难免浅陋,形象说理的明朗难免直白,"如与汪曾祺、杨绛、宗璞等老一辈散文作家相比较,毕淑敏叙事散文议论偏多,少了些醇厚,多了些直露"①。毕淑敏的小说也有不足之处,小说中没有更完整、更深刻的人生成长历程,多的是生活组合的片断,故事的传奇色彩太浓,让人感觉出编织的痕迹。"小说家教他的读者把世界当做问题来理解。在一个建立于神圣不可侵犯的确定性的世界里,小说便死亡了。"②也许毕淑敏总是期待能给读者答案,毕淑敏的小说缺乏幽深的意味,缺乏能为读者反复咀嚼的余味,缺乏对小说艺术的探索性追求。毕淑敏的小说在文字上也有些拖沓的地方,《拯救乳房》中心理小组的人物对话中拖沓之处很多,有掺水的感觉,在结构上也有短篇连缀的感觉,缺乏整体感。也许正是这些不足,使毕淑敏的文字在文学研究领域评价并不是太高。

(周志雄:山东师范大学文学院)

---

① 李芳:《论毕淑敏散文的叙事艺术》,《当代文坛》2008年第4期。
② 〔捷克〕米兰·昆德拉:《米兰·昆德拉访谈录》,吕同六编:《20世纪世界小说理论经典(下)》,华夏出版社1995年版,第446页。

毕淑敏长篇小说的共性解读

张立群

所谓毕淑敏长篇小说的共性,主要是指其几部长篇在主题、人物形象、结构、手法等方面呈现出来的相通及相近之处。自1997年《红处方》诞生以来,女作家毕淑敏相继推出了《血玲珑》、《拯救乳房》、《女心理师》共四部长篇小说。① 鉴于这四部长篇在艺术实践和读者反应上均有不俗的表现,所以,它们历来被视为毕淑敏的代表作并对推动毕淑敏的创作研究起到重要作用。而本文正是在这一前提下,选择其四部长篇小说的共性作为切入点,进而在解读的过程中,把握毕淑敏的创作观念、价值取向以及近年来的创作趋向,回应其研究与批评中的若干问题。

一、主题、题材、形象、冲突与手法

毕淑敏长篇小说的共性可以从主题、题材、形象、冲突与手法这五个主要方面谈起。

首先,纵览毕淑敏的四部长篇小说,虽然其故事的内容不尽相同,但就主题而言,却有明显的相同之处。她的故事总是充满励志、向上、抗争的思想。《红处方》戒毒医院院长简方宁让许多吸毒者迷途知返,辛苦探寻研究与治疗的中药秘方,到最后因被陷害染上毒品、不愿苟活于世,以自杀的方式为神圣的事业殉道。《拯救乳房》中海外学成归来的心理学博士程远清,成立乳腺癌康复期病人心理小组,以精神疗救的方式袒露心扉、增强自信心,到最后共同抗争一场精心策划的商业阴谋,标出自己的理想。再者如《女心理师》中的贺顿历经坎坷开办佛德心理诊所,倾听、治疗形形色色案主的精神疾患,后又精益求精,重新开始心理学更深层面的学习。四部长篇中唯一有些不同的是《血玲珑》,它不是个人的奋斗史,但它却是生命的奋斗史:女主人公卜绣文为了救治身患绝症的女儿,不惜面对不堪回首的过去,接受实验、再造婴孩,而这最终又使小说回到了积极抗争的层面之上,因此,其思想内涵与其他三篇并无本质的区别。与励志、向上、抗争相一致的,是毕淑敏长篇小说中共同具有的拯救与自救的主题。在《红处方》、《血玲珑》、《拯救乳房》与《女心理师》中,拯救与自救是无处不在的。无论是以医药的手段拯救吸毒者、患病者,还是以心理治疗的方式救治来自内心深处的病患,拯救既符合毕淑敏医生、心理学博士课程学习的身份与经历,同时,也符合毕淑敏作为一位作家的记忆、经验和积极向上的写作意图。与拯救更多是倾向于他者的指向相比,自救无疑是属于自我并往往有超出一般的难度。从《红处

---

① 值得指出的是,毕淑敏的小说《女工》在《北京文学》2004年8期发表后,曾很快由海峡文艺出版社出版单行本,并被某些人视为长篇小说,但从《女工》的具体规模来看,其实应为中篇小说。《北京文学》2005年6期宣传《女工》获第四届北京市文学奖时也将其定位为"中篇小说",本文也持这一看法。

方》中简方宁的自杀结局;《血玲珑》中卜绣文必须通过正视自我才能正视不幸的命运;《拯救乳房》中的患者王惠明(即鹿路、小五)、成慕梅(即成慕海)最终要面对自己的身份或性别;《女心理师》中的贺顿唯有克服来自肉体和灵魂的双重压力与恐惧,才能完成自我救赎和成长之路的书写可知:内在的自救显然比外在的拯救要承受更大的负荷,而惟其如此,我们才能在小说主人公灵魂自我裂解、重生的过程中感受某种震撼。在上述主题的共同作用下,人性的呈现与理想的关怀自然成为毕淑敏长篇小说主题的又一重要组成部分。毫无疑问,毕淑敏是那种具有理想主义的作家。她总是努力刻画主人公身上真、善、美的一面,尽管,随着小说创作同时也是作家对时代认识的深入,其小说的主人公形象愈显复杂,但就总体而言,毕淑敏还是期待为其赋予人性的光辉、伦理的色彩特别是理想主义的情怀。即使对于《红处方》中陷害简方宁的吸毒者庄羽,毕淑敏仍然挖掘其丧失理性、残忍罪恶之余的爱的一面——她爱简方宁,认为简方宁高尚、尊贵,美丽智慧;她不时反思自己是否手段毒辣,看到简方宁日渐憔悴,又暗暗地发短信给予善意的提醒,这种描写无疑会加重作品的人情味,并对作品人性和理想的主题起到烘托作用。

其次,在题材选择上,毕淑敏的四部长篇在各自具有独特性的同时又呈现出共同的内容取向。"《大家》发表的《红处方》,听说除了编辑部几审之后,还有文学以外的多个部门下笔修过。我当时再三表示,把稿子退我,是刊物的权利。倘若不是出于文学的严格,仅仅为求规避自身风险,邀多方来改,我不能接受。但稿子未退,被他们删几万字后登出。有朋友先睹为快,告诉文气不贯,逻辑乱了。"①毕淑敏回忆《红处方》初刊时的情形很能说明小说本身的"敏感性"。的确,在 1996、1997 年间,以戒毒为题材还是相当"扎眼"的。除了题材的敏感、新奇之外,如何把握好小说的立意与具体走向恐怕也是颇费踌躇的事情。《红处方》初刊本与毕淑敏写作实际相去甚远,其实反映了文学创作在生产、传播、接受过程中可能遭受的"无形的限制",而它的独特、敏感恰恰是其受到限制的主客观原因。与《红处方》相比,《血玲珑》在题材选择上尽管很像作者此前的中篇《生生不已》,但身患谈之色变的血液疾病绝症,需要再造可以与之配型的婴儿捐献骨髓方有救治的希望,进而连带出复杂的血缘、情感关系,仍然会因其专业的难度而令人感到新奇。而到了《拯救乳房》出版后,毕淑敏更是"因为这个书名","受到了猛烈的攻击和耻笑",有的人甚至还说她"堕落和色情"②。显然,对于文学创作来说,"乳房"特别"乳腺癌"都是十分敏感的词语。从这一角度上说,毕淑敏在最近再版时将其恢复为原名《心理小组》,也就具有相应的合理性。此外,《女心理师》也因其横跨文学、心理学两个专业,讲述心理医生治疗的一个个病例故事而让人读后深感新颖、奇特。

如果说选材的新颖、奇特本身就是毕淑敏长篇小说的一个共性,那么,我们从医学、治疗的角度进一步得出其共性则是轻而易举的事情。客观地看,毕淑敏四部长篇中的共性是其多年从医经验的外化,但从文学创作需要不断创新的角度来看,它何尝不是题材新颖、有别于他者的一种策略。毕淑敏正是在上述两点之间找到了契合,从而使其作品吸引了大批读者。

---

① 毕淑敏:《嗅红》,《毕淑敏文集·哑幸福》,群众出版社 2002 年版,第 341 页。
② 毕淑敏:《心理小组》(即《拯救乳房》)之"更名说明",作家出版社 2009 年版,第 2 页。

第三,在形象上,毕淑敏的四部长篇都以女性为作品的主人公,进而寄托了她心目中理想的女性形象。结合新时期女性文学写作及其批评的历史可知,女作家将更多笔力集中于女性形象上进而塑造出一个又一个姿态各异的主人公,早已成为一种自然的逻辑。凭着对女性意识、女性经验以及生理结构得天独厚的了解,女作家以女性为主人公进而展开书写,显然与写作传达自己熟悉的生活经验契合。女性文学的上述写作特点自然也影响到了同期的女性文学批评。从20世纪90年代以来的女性文学批评中"女性文学"、"女性写作"的概念归纳等方面来看,"女作家写女性"、"强烈的女性意识"俨然是概念的核心部分,而作为女性文学批评的重要理论武器之一,女性主义理论更是以强烈的女权色彩为当代女性文学批评提供了方式与话语。结合新时期女性文学的发展态势,毕淑敏在自己作品中以女性为主人公的策略是不言而喻的。但值得指出的是,这里所言的毕淑敏以女性作为四部长篇的主人公,更侧重于她理想中的女性形象以及在写作主题制约下的文本呈现。从毕淑敏的散文《强弱之家》、《寻觅优秀的女人》表达的内容可以明确,毕淑敏虽无意于"女强人"的姿态,但对于"优秀的女人"她却是向往与期待。在毕淑敏看来,"优秀的女人首要该是善良","优秀的女人其次应该是智慧的","优秀的女人还需要勇气";而对于优秀女人最后应具有的"美丽",毕淑敏又强调"美丽的女人首先是和谐的","美丽其次应该是柔和的","美丽的女人应该是持久的"、"美丽的女人经得起时间的推敲"①。就毕淑敏长篇创作情况来看,其"优秀的女人"观显然影响到了她笔下的女性形象。评判简方宁、卜绣文、程远清、贺顿四位主人公的标准当然不是美貌,而是"优秀的女人"应有的善良、智慧和勇气。不仅如此,从简方宁的清秀端庄,卜绣文人到中年之后可以通过修饰而显露的忧郁而端庄的美丽,到程远清如今惟余既柔又狠的风度,再到贺顿身材矮小,面色黧黑,五官淡而无奇,毕淑敏似乎越来越注重其笔下女主人公的内在层面。善良、智慧、勇气以及与此相关的精明干练、坚忍不拔,不但是这些女性生存的资本,也是她们对抗时代、挑战自我,实现理想的有效手段。当然,如果就主题的设定会影响主人公的形象角度来看,四位女主人公的性格、气质也是小说主题及其有效展开的结果使然。主人公的形象塑造对于主题的展开同样具有自身的能动性并往往包含着复杂、深刻的内容,才是客观认识毕淑敏笔下女主人公形象共性特征的正确态度。

第四,毕淑敏长篇小说还有相似的结构冲突,这些冲突对于推动故事的发展、人物形象的刻画具有重要的作用。"结构冲突"即小说结构上的矛盾冲突,就其理论背景而言更适合于戏剧的分类及其情节的分析。此处借用这一术语主要说明毕淑敏小说利用与主人公愿望相悖、情境相反的情节,推动故事向纵深发展,从而表现更为复杂的人性、生活和历史。在《红处方》中,正当戒毒医院院长简方宁通过努力工作,使戒毒医院声誉日隆,工作进展顺利的时候,她的责任心却与吸毒者庄羽的青睐、信任和最终的自暴自弃发生了"冲突"。爱恨交织的庄羽以一幅溶解最新毒品"七"的颜料制作的名为"白色和谐"的油画,让简方宁在不知不觉的工作中染上毒瘾,面对或者死亡,或者切断"蓝斑"、成为徒有虚名的木偶的抉择。这无疑是简方宁最后开出"红处方",以死殉其事业,并向挚友沈若鱼发出临终呼唤,"记住我最后的嘱托,世界上善良的人啊,请热爱生命……"的重要原因。而在《血

---

① 散文《强弱之家》、《寻觅优秀的女人》,均可参见《毕淑敏文集·倾诉》,群众出版社1996年版。

玲珑》《拯救乳房》《女心理师》中,拯救生命、拯救自我更是与解剖自我、面对不堪回首经历的"结构冲突"紧密联系在一起:卜绣文为了救治身患罕见血液疾病的女儿夏早早,必须要揭开自己被人强暴、早早不是自己丈夫亲生的事实,这使其生育第二个孩子的过程同时也使故事本身充满痛苦与艰辛;《拯救乳房》中的心理小组在揭示一个又一个成员的不幸遭遇和澄清成慕海匿名信的玄机之后,又必须面对不是为自己的资助者吕克闸代言商品、拍广告,就是不再被资助并解雇公司职员、心理小组副组长褚强的抉择;而《女心理师》中的贺顿则是在面对来自工作和情感的双重压力之余,必须面对心理学权威的"督导"和使用非法手段解开其多年来半身一直冰冷的症结,这一深藏已久的童年痛苦记忆及其疗救过程无疑是震撼人心的。

就故事的展开和读者阅读的角度来说,毕淑敏长篇小说中共同存在的结构冲突自然对故事的展开、人性的深化、主题的升华具有重要的意义。而且,就四部长篇中具体冲突的展开来看,毕淑敏除了为其赋予"阻碍的作用"之外,结构冲突往往安排在文中或结尾处也是其较为显著的共性。出于故事讲述的需要,毕淑敏将最为剧烈的冲突置于特定的位置显然与高潮即将到来和营造跌宕起伏的氛围有关。但随之而来的共性则是毕淑敏必须通过倒叙、插叙的叙述方式还原冲突的本来面目,而此时,毕淑敏长篇小说的共性已经与具体的创作手法联系起来了。

第五,是手法上共同呈现的现实主义倾向与强烈的心理解读色彩。客观地说,毕淑敏四部长篇小说在创作方法上都属于现实主义的小说。无论是讲求故事的现实性、真实性,还是塑造真实而又典型的艺术形象,追求理想与书写爱憎,毕淑敏的长篇均以当代社会现实生活为背景,甚至有的故事再现了90年代流行一时的"新体验小说"的特点:亲历性、现时性、体验性、平易性以及与之相关的责任感、使命感和富于探索精神。[①] 正如毕淑敏在《红处方》"代后记"中指出"这就是我在戒毒医院的身感身受",《红处方》的亲历性使其具有写作的现实基础,除此之外,它的写作之源主要来自于作家本人"从医二十余年心灵感触的凝聚与扩散"[②]。而这些关于亲历与生活经验的直接提升,自然造成了小说的现实倾向。当然,作为一个阅读广泛、勤于思考又不断探索的作家,毕淑敏笔下的现实主义是开放式、融合式的,而其内科医师、中年后转学心理学显然又加重了这一开放与融合的过程。毕淑敏曾在《红处方》《血玲珑》中对于主人公复杂多变的内心世界进行细致的勾勒;在《拯救乳房》中,她更是通过心理治疗与心理障碍的描摹,完成了一次病理小说的实践;至于晚近的《女心理师》更是以主人公的成长经历为主线,揭示了当代人的心理困惑与灵魂疾患。它们的出现不但使毕淑敏小说带有强烈的心理解读色彩,而且,也是毕淑敏吸收心理学资源从而丰富、深化现实主义手法的生动写照。而结合20余年来毕淑敏小说研究的现状可知:"毕淑敏对中外文学及心理学的承继、借鉴,毕淑敏的文艺思想、语言艺术,对其心理小说的系统研究以及对其创作的整体研究",恰恰是毕淑敏小说研究存在的"薄弱环

[①] 关于"新体验小说"的概念及其特性,本文主要参考了王铁仙等著:《新时期文学二十年》,上海教育出版社2001年版,第312~327页。值得指出的,毕淑敏当时也被列入到"新体验小说"的阵营之中,而其中篇《预约死亡》正是这一命名下的代表作之一。

[②] 毕淑敏:《女儿,你是在织布吗?》,《红处方》"代后记",重庆出版社2009年版,第413页。

节"①,沿着这一路径深入下去,必然会对毕淑敏研究的拓展起到积极的作用。

二、共性的分析与阐释

毕淑敏长篇小说呈现的"共性",深刻地反映了她的成长记忆、资源经验、创作观念以及面对时代的价值选择。回顾毕淑敏的成长与创作之路,1952年生于新疆,童年成长于北京,自幼就表现出对语言、文学的特别爱好,中学就读于北京外国语学院附属学校。读书期间,阅读大量外国名著。1969年2月,应征入伍离开北京,来到西藏阿里地区,从事卫生兵工作,直到1980年才返回北京,在一家工厂当医生。35岁正式开始写作,第一部作品为反映西部军旅生活的中篇《昆仑殇》。从毕淑敏的成长经历可知:她有着20世纪50年代出生的一代人的历史记忆,而英雄、尊严、理想、信念、真理、责任、拯救、意志品质等正是这一代人崇尚的价值概念。在后来一次名为《微笑着面对生命》的访谈中,毕淑敏在回答当兵时能否忍受藏北高原生活之苦时回答:"昆仑山的艰苦我们当时并不惧怕,相反,作为一种时尚,我们有一种豪迈感。……大自然的伟力着实震撼了我,我时常独坐山顶,数着目力所及的山头,……单调刻板的生活,奇异严酷的环境,让我思考人与自然、宇宙、永恒、生死和命运,也从根本上影响了我对人生的看法。我刻骨铭心地感受到世界之小、宇宙之大。艰苦本身是不足畏的,这么多的山、这么多的山只能静止在那里不动,而我却可以走动,可以思想,我便又悟出生命之可敬来。"②这生动而真实地再现了那一代人对于生命和价值的态度。应当说,昆仑山十余年的生活馈赠给毕淑敏终生享用不尽的资源,"就是青年时代艰苦生活的磨炼"③。她曾"怀着一种深沉的爱"④创作《昆仑殇》,而对于写作的原因,毕淑敏也直言不讳——"我之所以写起小说,就是因为对昆仑山的挚爱。它是我心中一颗充满活力的种子"⑤。转业回城之后的毕淑敏,因从事医生职业而有机会观察各种各样的人,她因此逐渐将自己调整为平和对待一切的人。而医生的职业要求又是治病救人、呵护生命、真诚待人等关乎责任感的内容,这在很大程度上可以将毕淑敏青春时代形成的价值观念延续下去。至此,毕淑敏文学创作之前的经历基本已画出较为清晰的轮廓。而作为与上述经历相一致的内在精神的延续,则是理想、真实和信念。它们曾深深地影响着毕淑敏的生活与创作,而快乐、善良、真诚、乐于助人、勤奋的品格和"亲自写出自己对这个世界的真感受,对人生的真体验"⑥的态度,正是这种精神的外化与最初的写照。

一个作家的成长记忆、资源经验是否对他的创作观念产生重要的影响?我们以为,对于毕淑敏这种很早就形成稳定的价值观,生活经历相对平坦,并不复杂的作家来说是可以肯定的。"作家在生活之水中游走。我当过20年的内科医生,这就是我的生活和命运。我不是为了写小说而特地去体验这个角色,而是实实在在地救死扶伤。当我写作的时候,我也无法完全摆脱当医生的感觉。我会关注人的生命,艰难民生感同身受。我不可能把

---

① 蒋华:《毕淑敏小说研究述评》,《长沙铁道学院学报》,2010年9月3期。
② 《微笑着面对生命》,《毕淑敏文集·哑幸福》,群众出版社2002年版,第480页。
③ 毕淑敏:《铁马冰河入梦来》,《毕淑敏文集·倾诉》,群众出版社1996年版,第7页。
④ 毕淑敏:《我写〈昆仑殇〉》,《毕淑敏文集·倾诉》,群众出版社1996年版,第18页。
⑤ 毕淑敏:《铁马冰河入梦来》,《毕淑敏文集·倾诉》,群众出版社1996年版,第7页。
⑥ 毕淑敏:《亲自写作》,《毕淑敏文集·倾诉》,群众出版社1996年版,第42页。

注意力都集中在一己的微细觉察中,永远觉得自己和众人紧紧相连。""结构上有些变化,多了一点趣味。至于风格,还是残酷和温暖交织。当然,还有悲悯。"①毕淑敏在《女心理师》"自序"中的自我解读,反映了她20余年创作风格的一贯性:取材于生活,倾向于熟悉的题材,其经历就是阐释价值、意义的载体;精英立场与启蒙意识;居高临下的救赎与自我超越;风格的一致性。总之,这种观念会决定其创作拥有积极、向上的主题,相似的风格。除此之外,在毕淑敏的其他文章,如散文《没有少作》、《苦难之后》,访谈《勇气自尊都掌握在自己的手中》、《珍爱生命的每一天》等作品中,我们也可以通过诸如"认真地生活和写作,以回答生命";"在灾难的废墟上,愿生命之树依然常青";"我写东西是听从我心灵的召唤。我喜欢将自己对美的发现、对美的感受,传递给他人,扩散给他人,以期让美好的东西延长保留时间"之类的表白,得出毕淑敏作品循循善诱、道德规劝的倾向。它们深刻反映着毕淑敏的创作观念,进而制约着她的创作风格。

　　结合毕淑敏的经历和创作观念,可以判断她是属于那种传统的理性作家。她的创作始终面向现实人生,并与特立独行、讲究革新实验的先锋派相距甚远。在创作随笔《每一篇都从零开始》中,毕淑敏曾针对自己写作可能出现重蹈覆辙的现象而提出"蓄积感情"、"尽力去开拓新领域"、"有意识地变革。语言、句式、结构、情节,甚至故事……没有什么天经地义的东西,小说的要素都可以试着砸烂与重组"②等几项措施。但显然,这些关乎故事外在型构的想法其实并未涉及叙述的本质变化。或许正因为如此,毕淑敏才会在另外一篇随笔《将心比心》中,自言"我的经历大致可分为两大板块:在高原当军人和工厂做医生。我写作时缺乏那种天马行空般的想象力,我只能写或者说只敢写那些我很熟悉的事情。用的是一个很古老的方法:将心比心"③。由上述援引可知:经历以及现实在给毕淑敏创作提供动力的同时同样也给其创作带来了限制。在《红处方》之前,毕淑敏的中短篇小说只有《原始股》以及几篇儿童题材的作品突破过上述的限制,而四部长篇《红处方》、《血玲珑》、《拯救乳房》、《女心理师》则完全限制于"医学"、"女性"的视野之内,这种趋势其实反映了毕淑敏已近乎无意识地将"自己的影子"融入于创作之中。而事实上,毕淑敏的四部长篇除了具体场景、细部结构有所变化外,其主题、题材、人物、结构冲突、手法都未发生实质性变化。它们依然需要励志、抗争、拯救、自救以及人性和理想完成自己的有效支撑,而在整体阅读之后余味与想象空间的不足,正是其写作惯性以及现实之限制的结果,至于批评的屡屡失语以及陷入困境的指责也正是上述结果的必然。

　　此外,对于毕淑敏长篇小说的"共性",我们还应当注意到其对读者接受心理存在的潜在影响。除了题材的新颖独特、结构的矛盾冲突可以吸引读者之外,体味快乐、感受光明、缓解疾病、死亡带来的焦虑与恐惧,通过生命的抉择和心理个案的分析,引发读者的认同心理,也是毕淑敏小说在叙述过程中期待获得的最为理想的阅读状态,同时也是毕淑敏小说热销、屡受出版社与读者青睐的重要原因。从某种意义上说,毕淑敏小说是大众化的,但大众化在这里绝非贬义。它其实反映了寄寓在毕淑敏作品中的人生观在读者那里获得

---

① 毕淑敏:《女心理师》"自序",重庆出版社2010年版,第1～2页。
② 毕淑敏:《每一篇都从零开始》,《毕淑敏文集·倾诉》,群众出版社1996年版,第39～40页。
③ 毕淑敏:《将心比心》,《毕淑敏文集·倾诉》,群众出版社1996年版,第25页。

了超出一般的共鸣,更何况,在文学常常呈现表面繁荣的今天,一个作家的创作被更多读者认可、接受,本身就是一件令人高兴的事情。只不过,此时围绕毕淑敏长篇小说"共性"的探讨,已转化为批评、接受层面的问题了。

三、批评的再思

从毕淑敏长篇小说的共性分析,过渡到毕淑敏小说批评现状的思考,除了可以深度解读毕淑敏的小说创作,还可以在考察毕淑敏小说创作批评的过程中,深入其创作与批评之间存在的若干问题。关于毕淑敏创作的研究论文,从中国知网"中国期刊全文数据库"的收录情况来看,从1987年至今,已有近300篇(但这显然不是全部的数据)。其中,涉及毕淑敏小说批评的有160篇左右,20余年来毕淑敏小说研究在数量上的蔚为大观可见一斑。即使仅围绕1997年以来(即《红处方》出版之后)四部长篇小说研究的论文,"中国期刊全文数据库"也有近80篇。而从批评者来看,其中也不乏王蒙、童庆炳、迟子建、盛英、何镇邦等名家的介入,但存在的问题则或许正是有人指出的"总体数量有余而深度不足"[①],而更多先锋批评家还未对毕淑敏小说创作发言。这种现象与毕淑敏小说数量颇丰、读者甚众的态势相比,在某种程度上不能不视为一件遗憾的事情,尽管,在某些人看来,这或许并不能说明什么。

为了能够较为直接地探寻毕淑敏长篇小说的共性与批评、接受之间的关系,本文主要选择如下两篇有代表性的研究论文作为对象。第一篇是由南开大学刘俐俐撰写的《"书写他者"的困境与批评的失语——论毕淑敏文学创作及其现象》(《文艺争鸣》2000年4期)。这篇文章立足于"返回文本",在结合毕淑敏人生经历的前提下,刘俐俐指出其小说"叙述过于充实,缺少空白"、"隐喻的缺失"、"缺失向人类精神困惑的深入"进而让批评家"失语"。该文"看重"毕淑敏"关于死亡和幸福的艺术表现",肯定《红处方》对于人性弱点的探讨。而对于"书写他者面临的困惑",该文则认为它除了导致"从众和缺少探索",还会造成"小说的整体面貌就是全面、平面、细致、琐碎"。这就本质上来说,是源于"毕淑敏小说是描写性的,而非叙述性的"。第二篇为河北师范大学周雪先生撰写的《〈女心理师〉叙述上的裂缝与盲区》(《文艺争鸣》2007年12期)。这篇文章结合毕淑敏最新长篇《女心理师》,指出在其"一个接一个的悬念"、"一个个奇异的扑朔迷离的故事"的叙述中,存在着"种种裂缝与盲区,而这些裂缝与盲区又有意无意地透露了作者在写作中面临的困境"。对于"女心理师"贺顿在完成"精神的救赎"的同时还完成了"身体的救赎",作者认为在贺顿"身体和灵魂"之间存在着"裂缝",而这种"裂缝与悖逆的出现其实透露出的是作者内心隐秘的矛盾和困惑,是主流文化对商业文化的妥协与退让"。而其结论则为"如何在愈来愈大众化的书写之上,凸显人道主义的精神光芒,这或许是毕淑敏极需突破的一个困境"。

结合以上两篇文章看毕淑敏长篇小说的创作及批评,所谓批评家的"失语"、先锋批评家的未曾发言和毕淑敏小说研究文章数量之间的反差,其实反映的是批评者与作家毕淑敏在立场、经验等方面的差异。这显然是一个见仁见智的问题,不能以简单的肯定或否定的判断一概而论。正如对任何一位作家的评判不能超出其历史的限度,阅读、肯定以及批

---

① 蒋华:《毕淑敏小说研究述评》,《长沙铁道学院学报》2010年9月3期。

评毕淑敏创作的现象本身就反映了接受所具有的多元化倾向。一方面,毕淑敏作为知名作家在不同读者群中产生的反映是需要不断深入阐释的,另一方面,从毕淑敏的经历、经验得出的创作上的共性,需要动态、具体的考察,这只能由批评的权利以及批评针对不同对象的有效性决定,而与批评者的身份无关。当然,与此同时我们也应当看到:任何一次坚守批评本位的批评都具有自身的价值,它们不但会给那些渴望认识毕淑敏的读者以不同的认识,而且,也会给毕淑敏本人日后的创作提供可供参考的建议。

与围绕毕淑敏小说的批评主体、有效性展开的话题相比,毕淑敏在其长篇小说如《女心理师》叙述过程中存在的"裂缝与盲区"甚或更为激烈的指责①,其实体现了毕淑敏作为传统理想作家面对当代社会生活现实的某种困惑。毫无疑问,从《女心理师》相对于其他长篇更富于变化的结构,更幽默风趣的语言,我们看到了毕淑敏渴望超越的心理。但在主人公贺顿为了生存、开业心理诊所付出的身体代价以及多次具有欺骗性的行为、在大芳和老松的情感纠葛以及心理权威为医治其心理症结而使用的性行为等过程中,我们却看到了许多属于当下社会生活中"敏感而又流行"的现象的再现。这种为了增加贺顿成长道路障碍而设置的情节在凸显其长篇小说一贯主题的同时,也削弱了主题的价值与力量。由此联系毕淑敏长篇小说中的共性——如果可以将其以"模式化"进行类比的话,那么,"模式化"的归纳在意味着一个作家创作已臻成熟、形成显著标志的同时,又不可避免地面对突破新的限制的课题。显然,《女心理师》中存在的问题在此时已转化为毕淑敏长篇小说的共性与社会生活之间的矛盾,而这种矛盾一旦和出版宣传、热销等商业话题联系起来,其心理解读色彩、心理学理论的融入成为他者眼中带有主题先行、商业炒作、获取利益倾向的行为也就在所难免。这种观点不但是毕淑敏小说批评的一种新动向,也是毕淑敏小说创作过程中需要予以反思的问题。

从其长篇小说呈现出来的若干相通及相近之处,到研究批评的反映,毕淑敏长篇小说的共性在呈现问题的同时也成为一个"问题"。这一复杂但又耐人寻味的现象在某种程度上已然超出毕淑敏长篇小说的共性,并触及当下文坛普遍存在的某些问题。而作为一位有理想、勤于思考、勤奋写作的作家,毕淑敏会一如既往地写下去,这使我们对她的创作与研究都充满期待。

(张立群:辽宁大学文学院)

---

① 可参见郭海玉、王治国:《自恋、书写"他者"与媚俗的交缠——评毕淑敏的长篇新作〈女心理师〉》,《时代人物》2008年3期。

"后英雄"时代的理想主义写作
——毕淑敏与后新时期中国文学

马春花

与诸多"少年得志"的先锋小说家们相比,毕淑敏起步也晚,35岁才发表第一篇小说《昆仑殇》。但是,在迄今为止20多年的写作生涯中,毕淑敏一路走来,收获颇丰,各种文学奖项之外,其作品亦受众多多。《红处方》、《血玲珑》、《拯救乳房》、《预约死亡》、《女心理师》等小说甫一问世,即引起轰动,至今畅销不衰,构成了"后新时期"中国文学的一个"标志性"的现象。特别是其有关"疾病与疗救"题材的小说,切中时代病理,反映大众渴望,引发无数的反响与共鸣。毫无疑问,毕淑敏是90年代以来最受大众欢迎的作家之一,而其作品也是理解后新时期中国的一个镜像。但是,与毕淑敏旺盛的创作热情、巨大的文化效应以及广泛的受众群体比较起来,文学批评界的关注似乎并不相称。多年以来,虽然并不乏以毕淑敏作为研究对象的论述,但具有一定理论深度和历史精神的批评却极为少见。对于那些已将新时期以来的先锋文学理念内化为"集体无意识"的学院批评家来说,毕淑敏作品中的英雄主义的历史情结、众生平等的乌托邦宏愿、理性和谐的思维方式,无法让批评家们在审美趣味、语言形式以及文化理念上产生认同。而且,批评家也无法运用套路娴熟的存在主义、后现代主义、新历史主义、殖民主义、女性主义等时髦的理论与批评话语,将毕淑敏小说归类到诸如先锋小说、新历史小说、家族小说、女性写作等的招牌之下。批评的失语,对毕淑敏来说,似乎是在必然。但忽略一个受众广大、作品等身的作家及其作品,无法对她作出适度的批评与定位,显然是整个文学评论界无力面对一个现实中国的体现。调整理论话语和批评方式,找寻关于毕淑敏及其写作的新诠释向度,不仅是对于作为一个"文学现象"的毕淑敏的应有回应,也是对于一个失去了理想、英雄和历史的时代的回应。本文试图从毕淑敏小说的几个关键词入手,意在探讨从"昆仑系列"到"疾病与疗救系列"小说中,毕淑敏建构了一个何等独特的小说世界,这个小说世界何以能契合时代的需要,并产生如此广泛的大众文化认同,以及这种文化认同与后新时期中国及其叙事之间的复杂关系。

一、"后英雄"诗学

毕淑敏创作其处女作《昆仑殇》(写于1986年,发表于1987年)时,当代中国文学的"寻根"、"先锋"与"新写实"运动正进行得如火如荼。革命历史叙述的雄浑美学(崇高)与英雄史观正为一种颓废美学(反讽)与庶民史观所取代。"崇高/英雄",因曾附丽于其上的虚伪、压抑,以及对个人的扼杀,而成为"唯恐躲避"不及的对象。新潮小说中的人物,面目虽也千变万化,但既不"高、大、全",也不再"红、光、亮",或沉迷于饮食男女、一地鸡毛,或我是流氓我怕谁、游戏人间,或小鲍庄里爸爸爸,寓言中国。毕淑敏创作伊始,正躬逢先锋其盛,却并未游走其间,而是不拘一格,重拾革命年代的英雄主义美学精神,以昆仑雪原为背景,书写野营拉练、穿越五千公尺以上的冰冻无人区的军人形象。其在后革命、后英雄的历史语境中,重构了"崇高"美学的新内涵,赋予"主体、人格、尊严、意志、苦难、牺牲、超越、信念"等"过时"的词语以新的历史意义。

在毕淑敏的"昆仑系列"小说中,"崇高"首先体现在雪域高原这一外在环境本身。毕淑敏极力渲染昆仑的浩茫与无限,它那撕不开的黑夜、壮丽的午日,它作为对象的强大有力,让人产生的震惊与畏惧,这就是崇高。在《崇高的与优美的观念之起源的哲学研究》一书中,爱德蒙·柏克认为崇高的产生乃是由于我们面对某种强大有力对象的惊愕,继而我们意识到没有危险,于是惊愕之感就会转化一种愉悦之情。崇高的特性在于其巨大无匹的力度。毕淑敏的昆仑雪域与其说是一个外在于我们的没有危险的对象,毋宁说是一个等待着人去征服的、为激发人的英雄主义情感而存在的客体。高原的粗犷、荒蛮,构筑了一个异常残酷的生存背景,竟使人时时面临死亡的恐惧:"缺氧和严寒像一把张开的剪刀,悬在人们的头顶,不定在那个瞬间,就永远刈去一条生命","在万古不化的寒冰上僵卧了一夜,内脏都几乎冻成冰砣了"(《昆仑殇》);"奇寒而威猛的山风,犹如铁制的鬃毛,每一根都可以扫瞎你的双眼。"(《阿里》)雪域高原的严寒、缺氧与无常,是为了突出征服之后产生的崇高感与愉悦感,突出人的主动性和一种刚健豪迈的英雄主义气概。毕淑敏曾谈过这种感受:"在雪山之上,一个人面对苍穹,那种人的渺小和宇宙的浩淼,那种前无古人后无来者的孤独,令你感觉到,自己是一个有主动性的人。比如一座山,它虽然非常古老,非常雄伟,可是它不会动啊;我呢,我可以爬上去"。①"当我真的站在那座山的主峰之上时,我知道了什么叫做崇高。它其实是一种发源于恐惧的感情,崇高是一种战胜了恐惧后的豪迈"。② 毕淑敏浓墨重彩地描绘了这种战胜恐惧、征服自然之后的崇高感:

> 生与死的界限,再没有比登山时更分明的了。向上是生,向下是死;头上是生,脚下是死。每一下举手投足,每一次吞吐呼吸,无不经历生死循环。
>
> 你把左手五指锲进岩峰,尽量锲深一点儿,不要管指尖已经出血,指甲已经翻凸。在这一瞬间,你的肌肤要硬过山的肌肤,直到手指上的簸箕和斗同山石的每一道纹路紧密嵌合,像一套严丝合缝的螺钉螺母拧在一起,锈成一砣,任何力量都无法使之分开,你就胜利了!在这极短暂的时间内,你可以拥抱阳光,拥抱生命,拥抱世界上一切美好的事物,拥抱你已经享有和将要享有的一切幸福。因为,山承认了你,它是你的朋友,你们达成了血肉相依、生死与共的默契……③

在生与死、人与自然的较量中,在"把人物逼进某种绝境"④中展现出勇气与力量,最终

---

① 孟晓云、毕淑敏:《勇气自尊都握在自己的手中》,中国作家档案书系《藏红花》,新世界出版社2002年版,第377页。
② 毕淑敏:《凝视崇高》,《毕淑敏散文》,浙江文艺出版社2001年版,第121页。
③ 毕淑敏:《昆仑殇》,中国作家档案书系《藏红花》,新世界出版社2002年版,第148页。
④ 毕淑敏:《凝视崇高》,中国作家档案书系《藏红花》,新世界出版社2002年版,第121页。

生的渴望战胜了死的诱惑,人的意志与力量征服了自然的阴谋与挑衅,于是,一种夹杂苦痛的愉悦、一种超越痛苦的愉悦就产生了,它就是崇高:"群山匍匐在你脚下,蓝天盘旋在你四周,生命属于你自己!大地托举着你,天空抚摸着你,你为自己所攀越的高度而震惊和自豪。你是屹立于天地之间的骄子。无论多么软弱的人,在这一刹那,都会感到人类自身所拥有的伟大力量。"①毕淑敏小说中的"崇高"不仅仅指外物——作为万山之父的昆仑,而更是人格自身,是人得以战胜困难、黑暗、死亡、恐惧的力量、尊严、意志与信念。

《昆仑殇》铺排了一组为意志、信念、尊严而牺牲的英雄群像。用鲜血和生命撕破黑夜的号手李铁,用自己的身躯挡住别人坠落山崖的金喜蹦,长眠于无人区的美丽女兵肖玉莲,敢于质疑野营拉练方案最后坠落山涧的参谋郑伟良。当然,小说主要塑造的还是"一号"这个较为复杂的人物形象。"作为一种精神的维系,他要令昆仑部队光辉的业绩,发扬光大,永世流传",于是,明知不可为而为之,"一号"主动请缨,要在昆仑高原进行野营拉练,甚至要穿过冰冻无人区。他是英雄、硬汉、传奇。毕淑敏书写他毋庸置疑的威严与刚强,写了他建立功勋、收获荣誉的强烈欲望,也批判了他神圣宗旨背后的私人野心和英雄气概之下的冷酷。不过,毕淑敏显然无意制造"一将功成万骨枯"的历史批判,对他犹疑挣扎、柔情软弱、悲哀自责的内心情感的"人性"书写,实际上冲淡了对于他的批判。同样,对部队中弥漫的狂热的献身精神,以及支撑这种牺牲行为的所谓的"荣誉"和"信念",也缺乏进一步的批判,小说中唯一的清醒者是参谋长郑伟良,但除了指出"一号"错误的那次"火山喷发"外,他也只能服从。围绕"苦难"、"牺牲"、"信念"、"荣誉"、"死亡"而产生的悲壮感与崇高感,冲淡、消减了包含在这死亡与牺牲中的荒诞与虚无,小说结尾,拉练中牺牲将士的子弟穿上军装来到昆仑,其中也包括"一号"唯一的儿子,这些新鲜的生命也许是要继承先烈的遗志与精神,以示英雄的意志"生生不息",小说结尾写道:"圣父、圣母、圣灵般的昆仑山上出现了一行新鲜的脚印。"但是,先烈们的精神是什么呢?鲜活的生命成为冰冷的死亡的目的与意义又何在?这一切是很难深究的,于是,死亡与苦难笼罩上了悲壮与崇高的理想主义色彩,虽然牺牲的底色中依然是无尽的荒诞与虚无。

这种以崇高与悲壮做底色的英雄主义情结隐含在毕淑敏的所有文本中,即使日后的创作远离了高原雪域,创作题材也发生了变化,但这种英雄主义情结并未发生本质改变。为理想献身的医生、为孩子牺牲的母亲,与"昆仑系列"中为荣誉献身的军人未有区别。《红处方》中的简方宁高贵美丽,人格完美,献身人类的戒毒医学事业,却被自己的病人暗算,染上毒瘾,在自杀前她写道:"一项伟大的事业,是要用生命鲜血作祭品的",她的殉道在小说中表现为一种崇高的奉献精神。《生生不已》中的母亲以耗尽自身的方式去维持和滋养小生命,以自竭式的奉献,创造了一个新的生命。《血玲珑》中的母亲为了救患血癌的女儿,不惜以身体来博取医生的好感,为了"血玲珑"的医治方案,为了怀孕,竟然去求强暴过自己的人。毕淑敏喜欢赋予小说中的人物——不管是像"一号"的大人物,还是普通的军人、医生甚至是下岗女工、临终关怀医院的护工——一种崇高的道德尊严和庄严的人格魅力。一个女工妈妈宁可不为自己买一顶急需的帽子,也要给儿子买一个变形金刚;一个下岗女工虽历经生活的各种苦难与不幸,依然保有天性的善良和道德的尊严;而那个临终

---

① 毕淑敏:《昆仑殇》,中国作家档案书系《藏红花》,新世界出版社 2002 年版,第 150 页。

关怀医院的女护工善良得则像佛和菩萨,"它使女孩子的脸蒙上一层圣洁之光,看上去就格外动人"。对崇高与悲壮的理想主义精神的过度追求,甚至干扰了其小说的基本叙事逻辑,像《女工》中的浦小提以自己的工作、"饺子"及其东方女性的气质征服了外国工程师,向她求婚,但却被她坚决拒绝,用这些来提升浦小提这样一个底层女工的道德尊严,不甚符合生活逻辑。而其小说人物往往性格单一,不够复杂、丰富,而且缺乏发展变化。像《生生不已》、《血玲珑》、《两只不会变形的金刚》中的母亲就是母爱的符号,《红处方》、《拯救乳房》、《预约死亡》等小说中的女医生则无一不敬业、善良、正义、富有牺牲精神,是"圣女"的形象。

毕淑敏笔下的英雄虽然具有了相对复杂的内在性,但如同革命时代文学中的英雄人物的极端的符号化、意识形态化一样,其同样"缺失向人类精神困惑的深入"[①]。不过,一个歌颂崇高的小说空间、一个英雄主义的人物形象,或者只有出于现实世界的理解之外,方能构成对于现实世界的批判与讽喻。在"后英雄时代"书写英雄、崇高、尊严本身,大概就是一种不合时宜的理想主义。

二、疾病的隐喻

毕淑敏的创作或来自切身经历,或来自有意体验[②],她自己说过"我只敢写我大致经历的事情,我只敢描述那些我确有把握的情景"。除了"昆仑系列"中军队故事之外,便主要是那些涉及疾病题材的作品了。从《教授的戒指》、《最后一支西地兰》、《女人之约》、《预约死亡》、《生生不已》等中短篇小说,到长篇小说《红处方》、《血玲珑》、《拯救乳房》、《女心理师》,无一不与疾病/疗救有关,即使是似乎与救赎无关的《预约财富》,其主人公身份也被设定为医生,而且是经历了人生的惶惑与矛盾,平静地回到了自己医生身份的医生。毕淑敏小说中的"崇高"人物,除了军人,就是医生;小说情节,除了围绕雪原边陲的军队,就是围绕各种疾病及治疗展开,像《血玲珑》中的"渐进型贫血症"与"血玲珑"的治疗方案,《红处方》中的吸毒与自杀戒毒的"红处方",《拯救乳房》中的乳腺癌与程远青的"心理治疗小组",《女心理师》中的各种心理疾患与精神治疗,还有《女人之约》中的肝癌,《紫色人形》中的烧伤,《生生不已》中的脑瘤、难产,以及《预约死亡》中那些平均不会超过两周的临终病人……当代没有哪个作家像毕淑敏一样如此关注人的身心疾患,尽管也有不少作家在从事写作前也曾有过医生的经历。医生经历的生死自然比普通人要多,对其写作也会有或多或少的影响,但唯有毕淑敏自始至终,一直执著于疾病与疗救的叙事。

毕淑敏"疾病与疗救"系列作品中所涉及的疾病,前期多为难以治愈的生理绝症,像癌症、白血病等。对创伤身体的描写,毕淑敏跟残雪、余华一样冷静、真实、残酷。《拯救乳房》中,成慕海的患乳腺癌的外婆由于无钱医治,她的乳房烂通到后背,鲤鱼嘴大的疮口里爬满蛆虫,不时掉出黑脓和腐肉,她最后被活活地烂死。《预约死亡》中的那些病入膏肓的临终病人,"他们比骷髅还干瘪。骷髅是洗练而洁白的,棱角分明,他们连这种力度也没

---

① 刘俐俐:《书写他者的困境和批评的失语——论毕淑敏文学创作及其现象》,《文艺争鸣》2000 年第 4 期。
② 毕淑敏曾是《北京文学》提倡的"新体验小说"的主要发起人之一。所谓"新体验",即要求作家在创作之前亲身体验所要表现的某种生活环境,甚至自己暂时加入到那种生活当中,以取得与所要表现的人物相同的"心理体验",从而使作品更具"现场感"。《预约死亡》、《原始股》是毕淑敏"新体验小说"的代表。

有,完全是枯萎的雪片"。作者真实描绘身体遭受疾病摧残后丑陋枯萎、惨不忍睹的外在形状,但与余华、残雪夸张对身体的自残及伤害、并由此渲染生命荒凉虚无不同,毕淑敏的疾病书写仅指向作为自然链条一环中的生命与死亡本身,而且,在真实、冷静的病体书写之外,是人面临死亡的平静与温和,是"绝望而平和"的状态。这正是毕淑敏疾病书写所真正关注的——人如何克服死亡的恐惧,怎样安宁而有尊严地死去。《预约死亡》是毕淑敏死亡观的集中表达。首先,死亡既不神秘,也不恐惧。对待死亡,应该像那个女孩小白一样,"没觉得死与不死有什么大变化。还是那个人,不过是从我这到我奶奶那儿去了"。其次,死亡是一种自然现象,就像草枯叶落,借齐大夫的话来说:"该死的就让他死好了,旧的不去新的不来。为什么人们歌颂大自然的秋天却不歌颂死亡?秋天就是集体死亡!死有什么?……生命是一条无尽的链条,在太阳下闪烁的那一截就是生,隐没在无边的黑暗中的就是死。它是一个环,没有截然的区别。"而一旦人得了无法治愈的绝症,美丽平静的安乐死,或者不失为一种减少痛苦保持尊严的好的死法。

"人终归一死","重于泰山"者少,"轻于鸿毛"者多,对毕淑敏来说,死亡就像鹅卵石,不轻也不重。毕淑敏对死亡的探讨,并不指向革命年代的意识形态驯化,但也不指向"千年一个土馒头"里所蕴含的生命无常的虚无与苍凉,对死亡的日常祛魅书写,是对人心灵的安抚与慰藉,它指向的其实是生,是生命的意义和价值,是人生的温暖与明亮。毕淑敏认为"人的生存是一个向着死亡的存在。知道有一个大限,人才会去思索这个生命的意义生命的价值,只有懂得生命意义的人,才有勇气探讨死亡"。那么,生命的意义和价值是什么? 在《红处方》中,简方宁说:"人的生命,应该是完美无缺的精品。人与动物的最大区别,是我们举杯高尚的情感。当动物为一己的事物而狂吠不止的时候,人可以为了更高尚的目标,放弃个人的利益英勇赴死。我们因为美好的事物而快乐,因为丑恶的事物而愤慨和斗争。"借简方宁之口,毕淑敏指出,高尚的情感是生命的意义和价值所在。这就又回到了"昆仑系列"中就蕴含的"理想主义"情结。毕淑敏"疾患系列"小说虽围绕"疾病"和"治疗"展开,而实际上,则是为了歌颂其中所展示出来的真、善、美的道德情操与人性光辉,其中有无私牺牲的母爱,有恪尽职守、普度众生的殉道,而这伟大人性的体现者,这人类疾病的救赎者或者是一个母亲,或者是一个女医生。毕淑敏小说中的母亲/患病的女儿、女医生/病人的人物结构的设置,一方面继承了自鲁迅以来现代文学"疾病与疗救"的启蒙/拯救主题,另一方面又在很多方面修正了这一主题,其中关节,需仔细分析。

疾病与现代文学的发生关系密切,鲁迅弃医从文的表述每每成为现代中国文学发生学论述的焦点。在《呐喊·自序》中,鲁迅说:"从那一回后,我便觉得医学并非一件紧要事,凡愚弱的国民,即使体格如何健全,如何茁壮,也只能做毫无意义的示众的材料和看客,病死多少是不能以为不幸的,所以我们的第一要著,是改变他们的精神,而善于改变精神的,我那时以为当然要推文艺,于是想提倡文艺运动了。"在《我怎么做起小说来》中,鲁迅又说:"我的取材,多采自病态社会的不幸的人们中,意思是在揭出病苦,引起疗救的注意。"[①]鲁迅的表述内含两个对立项:精神/身体,我们(启蒙者)——他们/愚弱的国民,对"我们"这些现代启蒙知识分子来说,揭出"愚弱的国民"精神上的病苦,显然比救治"他们"的

---

① 鲁迅:《我怎么做起小说来》,《鲁迅全集》(第4卷),人民文学出版社1981年版,第512页。

身体更为重要,因为民族国家而非个人身体才是启蒙知识分子关注的焦点。国民性批判,批判的既是民族国家一员的国民的精神的愚弱,更是这"病态社会"本身。而疾病在现代启蒙者那里,并非仅仅作为生理疾病出现,它更是象征和隐喻,个人的"疾病诗学"成为了解国家"政治病源学"的关键。

在毕淑敏这里,疾病不再有特别的含义,疾病就是疾病,疾病并非隐喻,虽然她笔下的疾病类型与现代生活方式密切相关,虽然她也说过疾病与隐喻的话:"疾病是有性别的,疾病也是有品位的。你是老板,你可以得高血压心脏病糖尿病,那是富贵病,是豪华享受的同义词,你不丢人。但是你不能得肝炎。得了肝炎,人们立刻会想到你身份不高。经常在路边大排档吃饭,你才得了传染病。"但毕淑敏写疾病意不在隐喻民族国家,也意不在进行新的国民性暴露与批判,她之所以由医而文,用她自己的话来说就是:"我喜欢医学,也喜欢文学,在小说中,我把这两种喜爱掺和起来,挺快活的。医学术语通常是艰深和晦涩的,医学话题也很令人沉重。我竭力想把肃穆的题材写得轻松一点幽默一点好看一点。如同那些很苦的药粉,裹一层美丽的糖衣。"鲁迅从文,是为揭其"苦",针砭时弊,是为批判;毕淑敏从文,在于裹"美丽的糖衣",是为"普度众生"。在鲁迅这样的男性启蒙知识分子看来,"病死多少是不能以为不幸的",但对毕淑敏这样一个总是以医生的眼光与母亲的眼光来看问题的女性来说,由病而死事关重大,她像地藏菩萨,要收留一切受苦受难的身体与灵魂,她要给他们以慰安。

毕淑敏近来的小说,从《拯救乳房》到《女心理师》,逐渐由外在身体的医治转向精神的救赎。在对待启蒙者/病人的态度上,鲁迅们要做的是"改变",而毕淑敏则是"注视与倾听",她说:"我会始终如一地目光温和地注视着我的病人,我会全神贯注地倾听他或她生理和心理上的痛楚。我会运用我所有的智慧和经验,帮助他们与病魔和死亡抗争。我会在生命无可挽回的逝去的时刻,守候在他们的身边。"毕淑敏像是人生旅途上的牧师,为滚滚红尘中的众生指点迷津。这正如王蒙所评,她没有忘记医生治病救人的宗旨、普度众生的宏愿,苦口婆心的耐性、有条不紊的规章和清澈如水的医心。她有一种把对于人的关怀和热情悲悯化为冷静的处方的集道德、文学、科学于一体的思维方式与行为方式。

结语

英雄主义与救赎情结,在毕淑敏不同题材的小说中,侧重不同,概括说来,前期"昆仑系列"小说具有一种崇高与悲壮的美学色彩,其中的英雄主义情结更为浓厚;后期"疾病与疗救"系列小说中,"普度众生"的救赎情结更为突出。不过,无论是英雄主义还是启蒙情结,在新时期中国都受到质疑与批判,因此才有了"新写实小说"的日常美学与"新历史小说"的"史诗解构",而毕淑敏何以在此文化氛围中异军突起呢?也许,应该在后新时期中国的整体语境中来理解毕淑敏。20世纪90年代之后中国文学,逐渐失去批判的勇气与社会干预的抱负,个人化写作的出现,既是对宏大叙事的反动,亦是社会干预失败后的逃遁,性与身体,既是灵魂的麻醉剂,也是反抗的唯一武器。随着市场经济和商品社会的全面来临,个人化写作成为中产阶级写作的代名词,而身体成为市场的目标与消费的对象。毕淑敏"疾病与疗救"系列是后新时期文学中的"身体写作"的另一面向,不是身体的欲望迸发,而是身体的失衡疗治,其关注的是如何安顿我们无所托付的身心的问题。毕淑敏对奉献、牺牲、理想、崇高、意志的礼赞或者并不新鲜,但却是这个时代的病症与救赎的双重表征。她的写作,一方面补足了琐碎平庸的时代匮乏,另一方面也暗合了大众对一个逝去的英雄年代的浪漫怀旧。此外,毕淑敏坚守的也是一种传统稳固、与主流社会相符合的伦理尺度与价值标准,她绝少愤世嫉俗的批判,她"力求成为一个和谐的因子",她多讲的是励志而不是越界的故事,像女心理师贺顿、女工浦小提的故事,即使是《女人之约》,讲的也是一个所谓的"坏女人"如何顽强地想得到"好女人"认可的故事。毕淑敏的温情、希望、理性、和谐,不仅满足了大众对一个"好的故事"的心理需求,也符合时代大众意识形态对文学的要求。更何况,毕淑敏小说是如此好读,语言流畅,故事性强,立场明确、情节跌宕,在引起大众好奇的同时,也在抚慰着人们已然支离破碎的身心。大众喜欢毕淑敏,时代需要毕淑敏,自然并不意外。

(马春花:中国海洋大学文学与新闻传播学院)

生命在行走中绽放
——读《蓝色天堂》

欧阳霞

只有真正与自然气息相通的生命才会在"血液里有浪迹天涯的渴望",才能灵魂跟随着远行的足迹走遍世界。毕淑敏用"40万元一张的船票,52248千米的行程"带给我们一个《蓝色天堂》。她是一个旅行者,和众多的游客乘着和平号环游地球,她也是一个孤旅者,在记忆的腹地和思想的深处,独自行走并且倾听来自心灵的呼吸与声响。路途的风景与内心的感悟相互交错,彼此呼应。毕淑敏将她的天堂以最本真的形态展现在读者面前,没有修饰,没有技巧,她的书写如同和他人聊天般的漫不经心,从容和缓。金字塔、冰岛、恒河、阳光、冰山、浪花、食谱……还有记忆里的冈仁波齐峰、阿里的老同志……她的灵魂向着"素颜的地球"敞开,于是,我们看到了一个属于毕淑敏的独一无二的天堂。这个天堂真实地存在于世界,毕淑敏借助景色感知了自然的安宁和动荡、温情与暴戾,也触摸到了潜伏在人们心底的秘密。

她说:"天堂一定是绿草茵茵,有不老的翠树和长香的花,有鲜活的动物和莺歌燕舞的禽鸟。有丰腴的面点和流淌的蜂蜜。空气毫无疑问是新鲜的,疾病毫无疑问是没有的。华美的建筑反射温润的微芒……""天堂和地狱,骨子里是人世间诸般影像的加剧或是放大",这是一幅通往远古和未来的景象,它以唯美的理想照亮了人类的期待。

她说:"绕地球一圈走过来,深刻感觉到,地球人,都是住在一套单元房里的亲戚。有些人富一点,有些人穷一点,但大家从骨子里来说,大同小异。平等不是一个谁赐予谁的施舍和空话,而是一种生物进化的必然。你祸害了中南美的森林,你就是糟蹋了自家的后院。你掠夺了亚洲的财富,就是亲手把船凿下一块板。你喷出越来越多的二氧化碳,是在自家放火,屋顶已经烧出了一个洞……""人不能发烧,地球也不能。半度也是可怕的。"它以生命对自然绝对的依赖启示人类,人只有热爱和尊重其他生命共同体成员,与他们共同形成和谐、稳定、美丽的世界,人类绵延不绝的繁衍生息才有了可能。

毕淑敏将一个立体的自然景象呈现给我们,让我们迷醉于自然最优美的本真,也让我们惊怵于人与自然关系的断裂。人类与自然的恩怨纠缠隐藏在文字的背后,给我们急迫而厚重的思考。

在毕淑敏关于自然的书写中,我们可以看到多层面、多视角的孤独表达。这种孤独不是绝望和哀叹,而是超拔世外的自觉和清醒。"海洋带着一种永恒的苍凉,把你关于这个世界的所有表浅认识,都颠簸着飞扬起来,发生碰撞和杂糅。举目四望,你是如此的孤独,天空和水永远在目光的尽头缝缀在一起,包围着你,呈现出博大的哀伤。你知道自己是一定要灭亡的,而大海则永远存在。"

毕淑敏将全部的青春留在了西藏,高原成就了她的人生底色,成为她关于人、关于自然、关于生命思考的基石,也是她一生精神漫游的最高依据。在她的众多作品中我们都能感受到她对西藏的无限眷恋,在环球的路途中,她依然会随时温柔地抚摸记忆中那方土地的肌肤,粗粝、坚硬、苍茫、雄阔、纯净、神奇、寂寥。西藏植根在她的心田,成为最为纯粹清澈的神圣高地。

她以最为清澈、虔诚、敬畏的述说让高原上"外圆内方的图案层层套迭"的曼陀罗,成为"佛教对世界的解释。"她让冈仁波齐峰拔地而起,也让自己的佛性攀缘有了归依。她祈祷的声音和膜拜的礼仪比静默的雪山更加安静,这样的安详和纯粹是对荒原至高的敬畏。这种敬畏是无穷无尽的,是透着宗教气息的。

青春的岁月从莽莽荒原走过,毕淑敏从此参透了生和死的大命题。

那个"常常从很小的事情,就说到宇宙"的阿里的老同志"死得很漂亮",死去的他"一如既往地严峻和平静着","脸色比平日还要神采奕奕",他"很骄傲的样子,对人不理不睬",老同志让生命在死亡面前保持了最后的尊严,死亡在瞬间迸发出温暖的光芒。

"从我决定出海的那一瞬,就做了最坏的思想准备,我可能为了我的理想,付出生命。我们不断在思索和感悟,而所有的参透中,参透死亡最为重要。人生有很多机会遭遇死亡,但不必害怕,属于我自己的只有一次,肯定不会重复。无论你怎样辗转腾挪,死神总会收网,在我们的末路投下一束浑厚的光,代表你这一轮的谢幕。你就悄然驶过尘世,灵魂离开肉体,赶赴一个早已达成的约定。那里有我的父母我的祖先,所以,我不害怕。一点也不。"死亡仿佛就是去追求彼岸的幸福,是一件优美的事情。毕淑敏拒绝着死亡带给人的恐惧,她说:"生命是一个向着死亡的存在","当把这件事情想清楚以后,人生变得如此的轻松,而且带有一种令人神往的安宁"。

在完成了自然洗礼之后,毕淑敏再次获得了最可宝贵的生命启示,她给予生命以温情,让生命在穿越历史中穿越自然,向神性高地攀缘的路途中成为至高无上的信仰。毕淑敏认为,要向一切生命意识表达同等敬畏,如同尊敬自身的一样。一个人去帮助所有他能够帮助的生命,并且畏惧伤害任何活着的生灵,这个人才是符合伦理的。生命意识是毕淑敏行走的巨大收获,也是她作品的核心内容与价值指向。

毕淑敏穿越了一个个国度,完成这次环游,她一路走一路抵达理想的栖息地。"好在最壮观的景色我已饱览,最险恶的风暴我已穿越,最艰苦的航程我已一寸寸挪过,最苍凉的海天一色我一分分领略⋯⋯生命中有了这样一次荡涤身心的旅行,当我垂垂老矣行将离开这个世界的时候,据说人的一生会电光石火地闪现,浓缩成一部微电影,我势必回忆它,然后浮出若隐若现的欢颜。"

毕淑敏的书写是她内心全部诗性的安然抒发,也是她对于诗意生存的最高信仰。

(欧阳霞:中国海洋大学文学与新闻传播学院)

毕淑敏小说女性的困境与女性意识的超越

王淑芳

书写女性是毕淑敏小说的一个重要内容,从昆仑系列到心理诊室系列,在作品中,毕淑敏以医生的身份和视角,描写了大量的女性个体:有女性军人、高级知识分子、下岗女工、革命女军人,也有街头出卖肉体者……毕淑敏用小说展现出女性艰难、屈辱、蒙昧、原始的一面,也呈现女性努力挣脱困境、理性思考人生、勇敢承担社会、人生使命的气魄和胸怀。作为文学形象,她们是社会中女性的代表,她们的生存境遇和精神境遇鲜活地折射着喧嚣社会中的女性生存现实。作家对女性的苦与痛、幸与辱的写作并非是零度进行,而是试图从困境中脱围,实际上在作品中作家的探索也抵达到了女性精神世界的通脱豁达之境。本文就将对毕淑敏作品表现出的女性困境和超越的女性意识展开分析。

作为一位女性写作者,毕淑敏表现出的女性意识也经历了一个过程。早期以昆仑为背景的小说,作家的女性意识并不明显,但以静穆的雪山为背景,零星的女性军人的女性困境在高原以男性为主体的环境中,呈现出一种放大效果。在心理系列小说中,就有着鲜明的女性主体意识。毕淑敏作品中表现出的女性困境主要是:被看被关照的他者身份、承担多种社会角色的女性之艰难。这些处境仿佛是百年中国女性解放之路的缩影,光明一片又迷雾重重,突围并不是一件容易的事。作为有鲜明女性意识的作家,在女性的精神独立方面,毕淑敏的探索到达了一个难企的高度——相信并传达爱与幸福。

一、被看被关照的他者

在中国女性解放的道路上,新中国成立后的女性是在政治的号召下直接获得与男性平等的社会地位的。相比于西方的妇女运动,中国女性的自我意识发展道路要缓慢得多,而在社会地位的解放上则要比西方的步伐大得多。可以说中国的女性还没有来得及认真思考女性是什么就直接被男性和国家解放了,成为了"男女平等"的法律条款中规定的半边天。

昆仑系列小说中的女性便是在"平等"的旗帜下,在民族革命大旗的号召下,摆脱传统闺阁身份进入国家秩序,试图承担家国大任,成为与男性"平等"的国家机器一份子。获得社会身份表面上的平等的女性,在高原边疆军队中,女性被还原成紧张的二元对立关系中的角色。那些穿上绿军装的医护女兵,既要护卫男性军人的身体健康,也要抚慰他们的精神特别是两性想象的饥荒。她们对男性而言具有双重的作用,而常常,她们的医疗作用被放置在一边,男性军人会找各种生病的借口来接近她们,她们,仍是被看的女性,包括色、肉甚至渴望将自己融入神圣使命中的灵魂,都陷入被男性窥视、觊觎的境地。作为第一批派往昆仑的女卫生兵,虽然满揣的是保家卫国的革命热情和历史使命的神圣感,但昆仑的卫生长官却愁眉不展,"他曾在男女混编的医院里工作多年,知道军队里的女人意味着什么。当然这个问题是不宜说透的。"因为忧虑所以他请上级调女兵下山,理由是"军中有妇人,士气恐不扬"①。维护国家机器严肃使命的"一号"也有"昆仑山上不能要女人……自从三年前调上一批,至今扰得军无宁日"②的担忧。在男权思想较重的人眼里,女兵差点就是祸水了,是不被欢迎的对象。朱端阳一到山上,就陷入一个"爱情"的包围中——炊事兵安门栓、机要参谋尤天雷、化验员徐一鸣……卫生长官明白自己不能阻止自然规律,唯一保证女兵"安全"的办法就是女兵们要保持住自己,目不斜视,循规蹈矩,事情就绝不会出差错。情感要如止水,意志要如钢铁,"在这昆仑山上要像女娲一样勇于牺牲自己的一切"③。女兵必须要忘记自己的性别,忘记自身。

昆仑系列中,爱情有与革命事业对立的危险。这与林道静式的革命与爱情相统一的理想已相去甚远。军队、革命、钢铁般的意志,这是男性的世界。青春之花怒放的女兵,置身在这个充满阳刚气息的空间,危机四伏。两性的二元对立替代了男女平等。被解放了的女性,如何获得自身的安稳?

昆仑系列中,我们可以明显地感觉到作家毕淑敏还没有明确的女性意识,这大约也与她青春成长期的女性人生经验的匮乏有关。不过女性意识也在现实环境的催促下开始萌芽。年轻的女兵朱端阳、甘蜜蜜就对军队里的男权思想有反抗。而妇产科大夫丁宁到高原师留守处工作,看到这个亘古荒原上的女人,两年才能见到自己那到艰苦凶险之地工作的丈夫一面,留守处就是一个"年轻妇女聚居的寡妇村"④,由一处长专门负责"保管这些个女人"。丁宁意识到那些留守处女人的地位相当于某种军用物资。她们要做的就是安分守己地等待自己的丈夫下山来相聚,保证自己的丈夫安心守卫国家,不能放任躁动的身体和灵魂,否则得到的是严厉的惩罚。那些年轻的鲜活的女性被茫茫的戈壁荒芜着。

昆仑系列小说中,小说中的女性是被观照和被保护、被关照的对象。不管情愿与否,自觉与否,知情与否,女性,在昆仑系列里,陷入的是被男性围困的泥沼,女性永远是个他者,这种"花木兰式境遇"在其他的环境中一样存在,不过在此被高原的静穆和阳刚衬托得太真切。觉察到这种困境的女性试图挣脱的方式只有或者离开军队或者自杀。这些小说中的女性,无论昆仑山上的阳光多耀眼,仿佛给世界笼上圣洁的光环,她们身上也笼罩着浓郁的生命之悲。自我意识比较强烈、热烈追求爱情的虎姐和游星,是昆仑系列里性格最为丰满的人物,她们敢爱敢恨。不过因为主人公与游星是朋友,而采取了内心的同情和理解,而对于身份非同类的虎姐,有独立职业的妇科医生丁宁,则内心有种厌恶感,希望自己尽快逃离这个不平静的女人留守处。

昆仑系列了女性的生存环境之困境,对女性作为独立的个体的人的意识渲染得不多,等到对女性的人生经验有了深切了解和体会之后,作家的女性意识才比较明确起来。

二、多种角色的紧张困境

女性问题研究学者李小江认为,新中国成立后,在很长时间内,特别是改革开放后,许

---

① 毕淑敏:《补天石》,漓江出版社 2009 年版,第 9 页。
② 毕淑敏:《昆仑殇》,漓江出版社 2009 年版,第 7 页。
③ 毕淑敏:《补天石》,漓江出版社 2009 年版,第 43 页。
④ 毕淑敏:《补天石·君子于役》,漓江出版社 2009 年版,第 227 页。

多妇女问题如下岗待业、打工妹、女大学生就业难等问题,表面上被炒得很热闹,实际上这些问题并不是真正的妇女问题,而是政策问题谈起。有两个问题在中国的女性中普遍存在,即女性双重角色紧张和女性主体意识淡薄。①

中国女性的解放跟随着新政权的建立而实现,但国家的解放实际上并不等同于女性的解放。女性社会家庭角色的紧张,与外部客观条件的变化相关,并不是本体性问题。而女性主体意识的缺失,则是本体性的,有着深厚历史渊源,非一朝一夕能解决。相比西方的女性运动是经历过几百年的现代启蒙运动后对启蒙"神话"的反动,中国的女性本体意识在一百年来是断裂的,并且伴随着革命运动其面貌始终是模糊的,对传统地位的颠覆也不彻底。现代的女性解放运动也是依附于男性颠覆传统的运动,主要由男性来号召,吊诡的是,男性解放妇女恰是因为解放自身的要求,娜拉出走后怎么办?没有人能给出回答,因为抬眼望去,社会根本没有提供出走后的归宿。革命解放了女性,获得了法律赋予的与男性平等的社会地位。中国的女性运动的敌人从来不是权力和男性,这一点与20世纪西方的女性运动的确不同。毕淑敏也从未打出女权主义或女性主义的旗帜争取自身的合法地位,她的作品指向女性自身。

返回城市从事医生职业的毕淑敏,开始接触形形色色的女性,职业的敏感使她对病人有一种拯救的情感。而作为女性,在经历了社会生活的具体之后,她的人生经验显然是丰富起来了。与同时期书写女性幽闭、隐秘的情感,沉浸于私人记忆和内心的女性作家林白、陈染不同,毕淑敏的女性写作对象始终是广大女性的现实生存经验。

被"解放了"的女性,仍然处在困境中。女性承担社会和家庭双重角色的困境,是出走后的"娜拉"们必须要面对的问题。不过在毕淑敏的作品中,女性的主体意识是关注的重心。

李小江将主体意识分为自我意识和群体意识,并认为主体意识的淡漠长期滞留在我们的观念中,掣肘着我们的行为,影响我们在精神上的成长。② 女性主体意识与传统文化的漫长而近代启蒙的缺失相关。缺少了对"人"的重新认识,自然就会认识不清何谓女人。传统文化里,女人的身体是男性的审美对象,是繁衍后代的载体,女人在身体上也并不自主;因经济的不独立,女性自然就是男人的附属,是大家庭的附属,要从父从夫从子,女性个人意识是被压制的,男性是女性的代言人。个人意识尚被压制,遑论群体意识。这里的群体意识是指主体意识觉醒的女性要利用自己社会参与的领域和能力为女性群体的进步做事。

毕淑敏90年代后期开始连续出版的长篇小说《红处方》、《拯救乳房》、《血玲珑》、《女心理师》以及反响强烈的短篇《预约死亡》、《女工》等,就反映了女性主体意识的觉醒、觉醒后陷入多种角色的困境以及突围的努力。

近代历史发展中,乳房成为男性的审美对象和欲望对象后,成为女性的标志,就是性的象征。在《拯救乳房》(《心理小组》)中,作家选择失去了乳房的女性来探讨何谓女性。那些失去了乳房的女性有着不同的背景和经历(不同的经历也表明了她们在女性主体意

---

① 李小江:《关于女人的答问》,江苏人民出版社1997年版,第95页。
② 李小江:《关于女人的答问》,江苏人民出版社1997年版,第96页。

识认知过程中的曲折),可是在作为身体残缺了的女性这个角色上,她们是平等的。身体的残缺使她们的心理也面临残缺的挑战。她们有着失去女性特征后不再被男人"看"的恐惧,在男人的"看"中才能找到自己的存在,一旦失去男人的目光,自己还是女人吗?

拯救是如此艰难。让失去乳房的女人承认自己还是女人如此艰难。心理治疗师鼓励身体残缺的女性,说出自己的名字,说出自己患了癌症。在犹豫、挣扎中,女性迈出了历史性成长的重要一步。说出,这是一种话语模式,说出来,就是打破了男人给他们设定的规矩,自己承认自己是人,是女人,而不是要男人承认,女人不是男人的附属,不是男人的欲望对象,而是独立的有尊严的人。如此,身体残缺的女性才能争取到公开言谈和生活的权利,才能进一步打破心理和行为上的禁忌,承认"我不是任何人的附属,我能自己做主",找回自我,确立自主、自信的人生基石。这是一个女性独立的身份认同和确认的过程。是女性在灵魂上承认性别差异、超越性别获得独立灵魂的重要开始。灵魂比身体更重要,大约这也是《拯救乳房》再版时,毕淑敏要求换为原来的题目《心理小组》的原因吧。拯救的不是要给人看的乳房,而是不需要乳房也能自信地存在的女性灵魂。

《拯救乳房》探讨了女性确认自身主体性意识的过程,是女性成为具有独立意识的一大步,《血玲珑》则呈现了女性在多种角色的困境中挣扎的心路历程。

在家庭中妻性、母性、女儿性,是需要女性都具备的人性功能,而作为一个社会人,女性还要承受比男性更多的肉体、灵魂、信念的考验。《血玲珑》中的卜绣文就是典型。她事业有成,在职场上她的能力、智力毫不逊色于男人,是现代独立的女性。可是这种独立还要面临磨难的考验:为了拯救一个被凌辱后而出的大女儿的生命,她还要再一次遭受屈辱,制造另一个她和凌辱过她的人的生命结晶作为"药"来拯救大女儿。而在制造"药"的过程中,她也经历了生死考验。富有自我献身精神的圣洁的母性,在孩子的生命面前被大大放大,使人眩晕。而身为母亲的她在两个孩子之间只能为一个选择生的希望,这是对女性母性的极度挑战,是对一个有爱的女人的情感的折磨。选择谁?放弃谁?爱情,亲情,都使她的意志和情感面临考验。为成就圣洁的母性,卜绣文失去了爱情和丈夫,更艰难的困境在于:在一个孩子面前的圣洁母性,对于另一个孩子来说,却是罪恶的杀手。

这是作为女人的困境。作家给予卜绣文摆脱困境的方式是企求神秘力量的宽恕,因为"她是问心无愧的,她要拯救自己的女儿,她只能铤而走险。她的一切,并不是为了自己,是为了一个如一瓣露珠样清澈的只能生命。她无罪。没有人能谴责她。"①

显然,作家原谅了卜绣文的罪,正是出于同情和了解女性的人生。因为爱,因为善,所以错是无心错。也正因为战胜错而广大善的勇气,女性拥有了圣洁的光辉,通向神殿。

找到自我,找到一个女人的独立意识,是否足够对抗已经面临和即将来临的一切困境?

三、自救、救他从而获得普遍的心灵自由

有了自我意识,并不意味着一定具有女性意识;而有女性意识也并不意味着一定具有群体意识,也就是说,自我获得自由,不见得一定会做使他人也获得自由的事。社会的发

---

① 毕淑敏:《血玲珑》,现代出版社2005年版,第138页。

展是以所有人的发展为前提,女性个体的自由也是以女性群体自由的实现为条件。

毕淑敏对女性主体意识的思考正是延伸至此。在《拯救乳房》中,参与治疗的癌症患者在成功认知女性自我主体意识、实现自我拯救后,就开始了他救。从最初的相互不信任、猜忌,到相互鼓励、相互包容、相互信任,直到最后相互依恋,感受到相互关爱的幸福。他救的高潮在安疆的死亡现场。由照看安疆的护士对这个乳腺癌小组神奇力量作出评价:"我不知道你们小组发生了什么事,反正我没有见过这么有主意的老太太,不悲观,不害怕,不怨天尤人,那么从容,那么优雅……真不知她是如何修炼成的?"①

一生不自主、需要她的老政委(丈夫)拿主意的她,如何主导了自己尊严而幸福地离去? 程远青和组员们知道答案,他们不说。

自救并且他救,在一个相互理解的集体里,女性获得的是爱、尊严、温暖、幸福,获得的是向死而生的勇气,在平静和欢愉中生的力量,在世俗中对爱、幸福的坚信使她们的心灵实现了自由。她们将幸福地死亡看做一场盛典,内心敬畏而肃穆,犹如得到宗教信仰所给予的力量。

女性建立起自己的主体意识后获得信仰的力量,成为一个真正的"人",显然毕淑敏是赞赏的。在散文《破解幸福密码》一书中,毕淑敏说:"人是一种奇怪的动物,他一定要为生活找点意义。生活本没有意义,所以我们要让它变得有点意义。生活本身并不幸福,所以我们要幸福的生活。""人要有一点使命感,是要有一点崇高感的。一个人可以不信教,但必须要信点什么东西。要信一己私利之上的高远的东西。如果一点都没有,埋在世俗和庸常尘灰之中,每天都是卿卿我我柴米油盐,那就会觉得一辈子和过一天没有多少区别,那就让人萎缩和了无生气。"正是"这信点什么"可以使"柔弱而残缺的生命,当她呈现出所有虫眼和苞牙的时候,她所具有的韧性,射出立体的复杂光芒。真正的悲悯是那样辽阔,仿佛垂颈冥思的天鹅"②。

什么是优秀的女人? 程远青应该是毕淑敏理想的女性代表。程远青是位心理治疗师——正与作家的真实身份一致,美国心理学博士,孩子是大学生,自己有体面的职业,是世俗世界认可的一个成功女性。她经历过一个痛苦的认识自我的过程,也曾经甘心成为男人的附属,结果在国外辛苦陪读,丈夫学成后却抛弃了她。为了探究自己命运的悲剧和洞察他人思维的轨迹,在绝望中选择读心理学博士,于是"在痛苦中脱胎换骨,锻造一新。羞辱被宽容平复,仇恨被岁月漂白",她获得了一个超越的自我,最大的愿望就是开办中国的癌症心理研究所,帮助更多的人获得辽阔的幸福。一个信仰幸福的布道者,不是吗? 获得来自内心的信仰,正是毕淑敏女性意识探索上的超越,超越了身体、性别、阶层,笼罩到整个人类。

在毕淑敏的散文作品里,到处洋溢着女性的自信、乐观、友善、温暖,她提倡要学会发现和感受幸福,要相互关爱,应该说,是对其小说作品中超越的女性意识的一个佐证。

(王淑芳:中国海洋大学报社)

---

① 毕淑敏:《心理小组》,作家出版社 2009 年版,第 280 页。
② 毕淑敏:《心理小组》,作家出版社 2009 年版,第 283 页。

在"现实主义"与"女性文学"之间
——重估毕淑敏小说创作

毕绪龙

毕淑敏小说研究主要集中在"现实主义"批评和"女性文学"批评两大范畴:一是很多研究文章将其作品定位为"现实主义",从题材角度对她的军旅题材、医院题材小说进行评论,从主题角度对她的小说触及的社会问题、人生问题进行探讨,尤其是对她关注的死亡、尊严、道德与美等进行评介;二是从女性文学角度,对毕淑敏小说的女性意识、女性体验、女性书写进行各个层面的剖析。其中最为吊诡的是,现实主义的评价从最初的肯定逐渐变成了对其小说局限性的批评,而对于老现实主义无法阐释其小说的一些意蕴的时候,就用"超越"了现实主义的提法来评价。女性文学批评,基本上都是首先将其军旅小说视为"雄化"或"无性别"写作阶段,而后将其小说阐释为女性意识、女性体验不断增强的过程。

我觉得,这两个解释框架对毕淑敏小说的研究都带有一定的弊端,甚至对毕淑敏小说的理解和把握产生了某些伤害。现实主义研究的框架,一是将毕淑敏小说淹没在了"无边的现实主义"之中,从而无法准确把握其小说的特征(当然一些研究文章相当有深度);二是将毕淑敏小说拉入那些所谓现实主义准则及其实践的框架中,从而否定了毕淑敏小说的独特价值。同时,在女性文学评价框架中,毕淑敏小说没有凸显出它的独特性价值,反而让人感觉她的小说处于女性文学作品中的"边缘"或者"弱势"地位。这是为什么呢?本文拟从毕淑敏小说研究使用的这两个主要范畴的分析入手,来重估毕淑敏小说创作及其价值。

一、"现实主义"研究视野中的毕淑敏小说

(一)"新体验"之于毕淑敏小说的内涵

作为文学派别中的作家,作家毕淑敏与"新体验小说"紧密关联。"新体验小说"是1994年由《北京文学》倡导的当时文坛上诸种带"新"字头的文学创作旗帜之一。毕淑敏以其《预约死亡》被许多批评家誉为新体验小说中最有成绩的作家。但是,新体验小说的旗帜没有能够拯救新体验小说家,他们的作品中急迫的主张、实践以及突出的优缺点,当时就被准确地指出。"试图深入喧嚣而骚动的社会生活,恢复那曾经疏离的文学与社会生活的密切联系,强化文学对生活热点和普通百姓的当下生存状态的关注"[①]是新体验小说的

[①] 许志英:《当代文学前瞻》,《文学评论》2001年第4期。

一次突围表演,"没有透示人的复杂心理与灵魂的世界,透出社会历史笼罩的人的命运感"①又是这些小说普遍的弱点。新体验小说因为应者寥寥和创作力不足等等原因迅速陨落。

但是,新体验小说的陨落不代表毕淑敏小说没有出路,相反,毕淑敏小说却由此走得更长更远,而且获得了远远超出新体验小说影响的作品效应。这是为什么?如果仅仅将作家"亲历性"作为新体验小说的本质特征的话,毕淑敏的《预约死亡》在"新体验小说"树立旗帜的当时的确是扛鼎之作。即便"新体验"旗帜很快倒下,但毕淑敏的小说创作依然带有"亲历性"特征(即便其小说中的"亲历"自始至终就带有虚构性的艺术创造)。像后来的《血玲珑》、《红处方》(初名《白色和谐》)、《拯救乳房》这样引起极大关注的小说都是如此。为什么这些小说都不叫"新体验小说"了呢?或者,"新体验小说"为何不能因其代表作家的一路飘红而大张其"新体验"的徽标呢?究其原因,恐怕在于《预约死亡》是佳作,但并不是"新体验小说"的"代表作"。"相约去写一种带有个人亲历色彩和传递个人鲜活体验的小说"②可能是参加过《北京文学》作家座谈会、组稿会的毕淑敏能够认同的一种创作实践,但是到街上拉三轮车产生的作品《"祥子"的后人》,跟踪业余作者记录其故事的《半日跟踪》,与假扮癌症患者体验呢"临终关怀"的《预约死亡》却有着本质的不同:赵大年不是洋车夫,陈建功是名作家而不是业余作者,而毕淑敏是真正的医生。前者的"新体验"是对作家自身而言的,对于读者却是比较熟悉的,后者的"新体验"则明显的是对读者而言的。临终关怀医院体现的温情、美德为读者熟知,但是对"死亡"的尊重与呵护,对临终者尊严和渴望的维护,几乎对所有的读者而言是一种"新体验"。我以为这是《预约死亡》在读者那里成功的重要原因。

(二)现实主义评价之于毕淑敏小说的阐释深度和限度

几乎所有的现实主义批评都注意到了,毕淑敏具有军人、内科医生、心理治疗师、作家的多重社会身份,而且也从这些对这些身份以及这些身份的历史语境的自我理解上,来阐释作家毕淑敏的创作特征,这大致可以算作是作家传记批评和社会历史批评方法的叠加。

在阐释深度上,何振邦的论文以"时代精神"为论述核心,细致剖析了毕淑敏小说如何以军旅、都市、经济生活等题材,"以直面社会、直面人生的态度,面对各种社会问题,以客观冷峻的态度和手中那锋利的手术刀剖析各种社会问题",以此来论证其小说强烈的"时代精神"和突出的"现实性的品格"。在小说内涵方面,他引用了王蒙的评价,侧重剖析了毕淑敏小说"对人的关怀和热情悲悯"和"冷静客观的笔调"。由此认为,"毕淑敏的小说创作,大体循着现实主义又有所拓展和吸收这么一个创作路数",并"从美学风貌以及结构方法,表现手法和叙述语调诸方面"总结了毕淑敏小说的悲剧性、喜剧体、抒情体、科幻体、新体验的纪实体等小说类型。③ 以何振邦论文为代表的这类研究,不是从现实主义批评方法的概念、主要原则、创作手法等理论入手,而是基于对作品的深切感受,基于对作品思想、

---

① 张韧:《突围与误区——94年新字号诸家小说述评》,《小说评论》1995年第2期。
② 陈建功:《"新体验小说"序》,《北京文学》1995年第9期。
③ 何振邦:《直面社会,直面人生——简论毕淑敏的小说创作》,《当代作家评论》1997年第1期。

情感的把握,将这些感受和理解纳入一个大致的现实主义的框架中加以论述和评析。对诸篇小说内涵的把握精到深刻,对小说凸显时代精神和现实性品格的"现实主义路数"的结论却有削足适履之嫌。

在阐释限度上,王爱玲的《现实主义:从遵循到超越——毕淑敏小说创作艺术手法的嬗变》一文则是从现实主义创作理论出发对毕淑敏小说作出的评价,而恰恰像这样的一些研究文章明显体现了对毕淑敏小说研究得出的吊诡的评价和观点。该文认为毕淑敏小说"忠实地遵循了传统的现实主义创作手法","在典型环境与典型形象的塑造上取得很高的艺术成就,为我国当代文学提供了特殊年代中当代军人形象,如一号、游星、李铁、郑伟良、金喜蹦等"。该文认为毕淑敏小说对传统现实主义的超越表现在作家所做的新体验和新题材上,也表现在小说语言的更生活化、更口语化上。① 这一类现实主义研究因为缺乏前一类研究者对作品的深切感受,缺乏对毕淑敏所涉及的小说题材的创作历史,因此在将毕淑敏小说完全纳入所谓现实主义的评价时,就会成为用一些机械、老套的原则和创作手法来剪裁毕淑敏小说。

毕淑敏和同龄作家的小说,的确走的不是一个"路数"。她的小说绝大部分都是与现实社会生活紧密关联的,用现实主义批评方法来研究她的小说本应该是合适的。但是,现实主义是一个相当宽泛的批评范畴,大到就像有的文章所言"只要反映现实社会、反映人生的创作都应归属现实主义"的范围。在这种无边的现实主义之下,毕淑敏小说的特征究竟在何处却无从寻觅。

实际上,从《预约死亡》开始,毕淑敏就开始围绕一系列"极端化"的社会现实的某一处角落逐步深挖,由临终关怀医院转到"渐进性贫血症"(《血玲珑》),转到戒毒医院(《红处方》),再转到"乳癌患者治疗小组"(《拯救乳房》),她小说主要作品的题材指向了这些与医院、医生、患者紧密相关的生活领域,而每一个题材又都是极端化的:包括临终者、绝症、吸毒者与戒毒者等等,这是社会生活中一些特殊的角落,更是人们心目中感觉到离自己比较遥远的"现实"生活,这些题材本身对于读者而言就是一种新的阅读体验。作家如果想标新立异,寻找这样的题材并不多难,不用亲历而做出艺术的想象也再正常不过。但是,毕淑敏不用标新立异,也无需特别寻求,这是她最得心应手也是她最丰富的小说题材。"写熟悉的题材"才有可能写出自己的生命体验、生活体验。而操作这些题材同时包含了她作为作家的自信,即在生命体验之上的艺术创造得天独厚的资历。就像中国环球旅行者寥寥数人一样,内科主治医师能写小说的人也寥寥无几。从自己熟悉的题材,从自己的丰富的生命体验出发,毕淑敏的医院题材也就无人可比。

当然,发掘、表现这些题材绝不是毕淑敏的专利,甚至对于这些题材在艺术手法上如何高妙加工也不是毕淑敏小说成功的原因。更重要的是,通过这些自己熟悉(同时便于虚构和艺术加工)的题材,基于作家生命体验,毕淑敏表达了自己现实关怀的种种情思,表达出了对人、人生、生命、尊严、美、爱等人生基本命题的理解和把握,并充满了对社会的和谐与关爱,对人格力量的崇敬和热爱,对理想的眺望。她和她的小说形成了一个医生治病救人与小说精神疗伤的双重气场,使得这些医患题材的小说针砭丑恶、赞颂高尚的人格力量

---

① 王爱玲:《现实主义:从遵循到超越——毕淑敏小说创作艺术手法的嬗变》,《甘肃社会科学》1997年第6期。

和美,以健康、阳光的风格抚慰人们的心灵。这些意蕴不仅仅是医患题材所带来的,更多的是作家的气质、经验、观念、意识渗透其中所产生的。正如王蒙所言,"我真的不知道世界上还有这样规规矩矩的作家与文学之路。……她太正常、太良善,甚至是太听话了。即使做了小说,似乎也没忘记医生治病救人的宗旨,普度众生的宏愿,苦口婆心的耐性,有条不紊的规章和清澈如水的医心。她有一种把对人的关怀和热情悲悯化为冷静的处方的集道德、文学、科学于一体的思维方式、写作方式与行为方式。"①这不是现实主义这一框架所能装得下的。因此,批判毕淑敏小说的文章,往往也针对毕淑敏小说的现实主义特点指出她创作的缺陷:"叙述过于充实,缺少空白";"作品却恰恰平面、没有深度、无意味可寻。从阅读效果来看,一次性阅读后就可以大致明白小说所言,质言之,小说没有为读者提供可放飞想象的空间";"依旧逃逸不出传统文化和主流意识形态所共同规范的价值标尺和范畴"等等。② 运用经典叙述学理论检讨出来的毕淑敏小说的这些"缺陷",我觉得正体现了她的创作的"规规矩矩"和她的本色写作。

二、女性文学研究视野中的毕淑敏小说

对毕淑敏小说从女性主义、女性文学的角度研究文章的增多,与毕淑敏越来越多的作品刻写女性形象、女性问题有关。早期的军旅小说中部分小说写到了女性,后来的多部长篇或中短篇《红处方》、《血玲珑》、《拯救乳房》、《女心理师》、《女人之约》、《女工》等都是如此。从女性主义文学角度来研究毕淑敏小说,显然比上述的现实主义批评更有效和对位。照理说,一个拥有如此多的"女"字头小说的女作家,对她进行女性主义文学批评理应产生更多的批评佳作,并能够更准确地把握毕淑敏小说的主要特征,为读者破译毕淑敏深受社会欢迎的个中原因。然而,这一批评范式使用到对毕淑敏小说的分析上来,结果却是某种程度上更加偏离了对毕淑敏小说的理解。

女性主义研究文章大都采取了过程分析的思路,即毕淑敏小说的女性意识过程。有的论者将其军旅题材小说时期作为作家女性意识的自觉期,把 90 年代以来毕淑敏的小说创作作为她女性意识的深化期,另外语焉不详地谈到了毕淑敏小说"女性意识的超越"即对女性心理的关注及对死亡的关注(搞不懂是如何"超越"的)。③ 有的论者则认为,"毕淑敏的创作过程既是一个生命意识和哲学思考不断深化的过程,也是女性意识逐渐'浮出海面'的过程"。这一演变主要表现为从复苏人性意识期到复苏性别意识期的变化,"一方面女性意识的觉醒使其较有深度地表现了女性真实的生存状态和生命过程,另一方面这种表现仍多为自身经验驱使,从而缺少对女性人生人性自觉的审丑而难以上升为对女性整体的关怀"④。这样的研究,貌似关注了毕淑敏小说中的女性意识,但实际上均是"模仿"着对王安忆、陈染、林白等女性意识强烈的作家和作品来看待毕淑敏小说的,因此才有了雄化创作期与女性意识逐渐加强的分期。

相反,在那些关注毕淑敏小说的死亡主题、生命文化、女性形象的论文中,虽然没有标

---

① 王蒙:《〈毕淑敏作品精选〉序》,中国三峡出版社 1995 年版。
② 刘俐俐:《"书写他者"的困境和批评的失语——论毕淑敏文学创作及其现象》,《文艺争鸣》2000 年第 4 期。
③ 国丽丽:《浅谈毕淑敏小说创作中的女性意识》,《民营科技》2011 年第 1 期。
④ 高飞:《论毕淑敏创作中女性意识的演变》,《北华大学学报》2002 年第 3 期。

明要运用女性主义文学批评方式,但是却比较深刻地分析了毕淑敏的女性意识在小说中的具体体现,而这些具体体现又的确呈现了与其他女性意识强烈的女性作家的不同。比如,从生理与心理方面双重关注生命,体现了毕淑敏对生命的关注具有高度的自觉。有论者分析了毕淑敏关注生命的几个内在的层次:"毕淑敏生命文化的第一页……极其看重人的活生生物质生命的形貌和感觉。她的小说既爱描绘人物的面容、躯体、肌肉、皮肤,又不乏敷衍人物人体器官真实的快感和痛楚。……毕淑敏正是在铺陈欲望生命和人格生命的冲撞中,翻开了她生命文化的第二页。毕淑敏生命文化第二页富于理性和机智、悲悯和爱意,能催人对生命价值进行思考,常给人以悲壮的美学享受。……毕淑敏生命文化的第三页,该是对'生与死'生命两大形态的直接考察和思考了。"①像这样的分析,既抓住了毕淑敏小说中的"现实",同时触摸到了其小说里的作家生命体验,我觉得更能贴近毕淑敏小说的实际状况。这类研究文章既注意到了毕淑敏小说与其他女性主义小说家诸如"女性欲望写作"、"女性私人化写作"甚至"下半身写作"等女性小说格格不入的风格,但同时又认为毕淑敏小说超越了"狭隘的性别界限",使用了独特的"女性话语","为一代女性立言"。这表明对毕淑敏小说的女性文学批评依然停留在表层,没有将毕淑敏小说如何体现女性意识说清楚。

毕淑敏认为,"一个女作家对世界的看法,是女性非常重要的一个方面,我除了有身体,还有头脑,除了要表达身体上的反应,我也要表达我对这个世界非常严肃,非常重大的人类生存问题的那些思考。当然我表达得不一定那么完善,这是另外的问题,我有权这样表达,而且我这样表达也属于女性范畴。"②女性主义文学批评自觉不自觉地将毕淑敏所言的对世界、对人类生存问题等的关注划入了非女性文学的行列。实际上这是既有的批评实践的误区。哪些应该属于女性文学表达的范畴,并没有文学法律,女作家表达并非专对女性的观念、意识和世界观,也并非就是"打上男权主义的印记"③,就是"雄化"写作,就是"无性别写作"。在这里的批评误区中,毕淑敏小说中的女性体验、女性意识被大大"窄化"了。

三、从"现实主义"与"女性文学"的交叉地带反观毕淑敏小说

关注毕淑敏小说特殊的题材处理,关注毕淑敏小说的现实关怀、热情悲悯,关注毕淑敏小说的女性意识、女性体验,关注毕淑敏关于死亡、尊严、生命权力,应该说都抓住了毕淑敏小说的诸多内涵。但是我觉得,毕淑敏小说既不是现实主义研究范式中的现实主义,也不是女性文学批评框架中的女性文学。

当代"新时期"文学以来,当代文学批评界对以"真实"为基调,以陈述性语言为小说语言,以顺叙为基本叙述方式,具有明确的主题、性格分明的人物等特征的文学作品弃之如敝屣。凡是在社会上引起反响的这一类作品,文学批评一般就用"现实主义"来概括,如"现实主义冲击波"等。但是也正是这样的文学批评实际上丧失了自身的现实观照和实践

---

① 盛英:《毕淑敏小说与生命文化》,《小说评论》1998年第5期。
② 周乐诗:《笔尖的舞蹈——女性文学和女性批评策略》,上海外语教育出版社2006年版。
③ 高飞:《论毕淑敏创作中女性意识的演变》,《北华大学学报》2002年第3期。

品格,以至于今天,文学批评几乎成了自说自话。如果说毕淑敏小说是一种现象,那么她和她的小说代表的就是这样一类让当代文学批评失语的作家和作品:习惯做"深度阐释"的当代文学批评会觉得他们的作品不需要阐释,一看就懂,没有"弦外之音",没有隐喻、象征,也没有"特别突出人类精神的困惑",也就"未能给批评家言说的宽阔空间"①;这一类作品往往是在大众那里受到欢迎,在批评家那里导致批评"失语";批评家的"失语"并非因这些作品是轻易可以分类的"大众文化产品",比如通俗故事演义、武侠言情小说、玄幻穿越传奇之类,而是既关注现实又太现实,没有他们想要揣摩的话题;他们想要作品中出现关于"人类精神的思考",出现普通人读不懂的深奥,出现他们从没有见过的叙述方式,或者期待作家要像王蒙所言的那样都是"怀才不遇、牢骚满腹、刺儿头反骨、不敬父母、不服师长、不屑学业、嘲笑文凭、突破颠覆、艰深费解、与世难谐、大话爆破、呻吟颤抖、充满了智慧的痛苦、天才的孤独、哲人的憔悴、冲锋队员的血性暴烈或者安定医院住院病人的忧郁兼躁狂的伟人——怪物"。

有位批评家十几年前曾在文中期待毕淑敏"在多方艺术探索之后能找到她更适合走的一条路,形成一种独特的不可替代的艺术风格"。今天的毕淑敏应该说做到了。作为现实主义小说家,她的小说创作从生理与心理双重关注生命,从尊严与美方面关注人尤其是关注女性的人格及其追求。在一个没有理想和英雄的时代,她从平凡的生活、平凡的人物身上发掘高尚、美、尊严,她站在生命的海面上眺望理想。正如有评论正确指出的,"她凭医生的直觉,认为文学对人的自然生命及其感觉的描绘和表达,不仅并不丰茂,甚至面临着某种'荒芜'"。"她作品分量的真正所在,却在于它们渗透着真实生命的机制,和饱蕴着健康生命的尊严和热能——沉甸甸的生命含金量致使她作品加重升值。"②毕淑敏的小说对生命的关注,不抽象但是具有哲理和反思;对人生的观念,很具体但不高蹈。作为女性文学作家,她关注女性的,主要不是个己的"私人"心灵,也不是变相的女"性"暴露或展览,而是社会、婚姻、家庭、单位中的女性,是活在普通人群中的女性。在女性作家抛弃了的那些女性题材中,毕淑敏却辛勤得"重复"着人所共知的母爱、爱情、善良、美德、人格、理想。这是这个时代需要的,这是这个时代的人们需要的。在文学批评的反思中,对待毕淑敏的小说,对待毕淑敏现象,我们的确需要重新建立更合适的阐释框架。

(毕绪龙:山东理工大学文学与新闻传播学院)

---

① 刘俐俐:《"书写他者"的困境和批评的失语——论毕淑敏文学创作及其现象》,《文艺争鸣》2000年第4期。
② 盛英:《毕淑敏小说与生命文化》,《小说评论》1998年第5期。

参透不可逾越　放下得大自在

鄢敬新

作为生活在同一时代的人,我与毕淑敏有许多相似之处。例如,年龄相近,同年入伍,都是心理学家,探究的方向和课题都与人的心灵相关。当然,差别还是有的。例如,毕淑敏早已名扬四海,而我却仍然默默无闻。

毋庸回避,由于工作的关系,多年来,难得有时间如同那些悠闲的雅士,为自己沏上一壶清茶,躺在沙发或者床上读读小说,来充分享受一下和犒赏自己。因此,尽管久闻毕淑敏的大名,却一直未能抽出时间,来详细拜读其大作,直至收到中国海洋大学组织的这次"中国现当代文学暨毕淑敏作品学术研讨会"的邀请函,方才赶忙从图书馆借来,补上这一课。虽然毕淑敏的文学作品,几乎等身,不过我所阅读过的,却仍然十分有限。因此,这里只能就其中几篇,谈谈自己的意见。

从容面对死亡,更加珍惜当下

有人认为,毕淑敏真正取得全国性声誉,是在被誉为"新体验小说"的短篇小说《预约死亡》发表之后。这篇作品,以作者在临终关怀医院的切身经历为素材,对面临死亡的当事者及其身边人的内心世界和心理活动,进行了深入的探索分析,十分精彩。

毋庸讳言,人生的结果,毫无二致。所有的生命,自从落地的那一刻起,就在一步步走向死亡,任何人,不管是谁,都不可能逾越。也就是说,人有生,必有死。死亡,是生命的过程和必由之路。当然,罹患绝症的危重病人,更是人命危浅,朝不保夕。诚如毕淑敏在小说《拯救乳房》中所说:"……病人,必须面对死亡,不管他们是愿意还是不愿意。那是强行送达的请柬,晚宴就要开始。""骨架飘散了热度,肌肤化成彩色的尘埃,血液干涸为蚂蚁的触须,筋脉酥碎得像粉丝,死亡就这样变得平凡了。"毫无疑问,人只有深刻地认识并且坦然地面对"死",才会更加深刻体会生存的意义和价值,才能更加珍惜"生"。

然而,对大多数活着的人们来说,死亡,永远是一个令人厌恶、处心积虑想要回避的话题。其实,人无法在罹患绝症必须面对死亡时,还像鸵鸟在遇到危机境况下那样,将自己的头颅埋进沙中去讳疾忌医或讳莫如深。因为如果这样,不仅是自欺欺人,于事无补,反而会使自己堕入更加痛苦的深渊,加快病魔的吞噬。在这种情境之下,如同毕淑敏所说:"你承认它是正常的,它就丧失了魔力,你假装道貌岸然,它就作祟。"更何况,"死这个大前提既然已经确定了,早一天死和晚一天死,差别不是很大"。事实上,人们对于那些依靠自身力量根本无法改变的一切问题,唯一能做的,只有接受现实。也就是说,顺其自然,从容面对,珍重当下,才不失为上策。

佛教天台宗倓虚大师有句名言:"看破放下自在"。应该承认,在现实生活中,能够"看破"的人,并非少数,然而这其中关键的关键,在于看破之后,能否将其彻底放下,这才是最难最难的啊!例如,有些人,虽然也能将死亡或世事诸事,参透看破,可是一旦亲临其境,却依然耿耿于怀,辗转反侧,放它不下。如此这般,"自在"又何从谈起呢?这也同样可以说明,对于任何一个人来说,仅仅知晓某件事,与亲临其境或经过自己大脑认真思考,是具有鲜明区别的两码子事。如果仅仅知晓某件事情,有些人很可能会熟视无睹,漠然置之;或泰然处之,行若无事。但如果自己真的亲临其境或经过了自己大脑深入思考,就很有会可能会瞻前顾后,权宜再三。例如,虽然很多人都知道,人总是要死的,但还是有很多人尤其是年轻人会认为,死亡仅仅是他人的事,于己无关;或离自己很远很远,似乎遥不可及。殊不知,"黄泉路上无老少",当"腊月三十"(佛家通常将即将入灭,称为"腊月三十")来临之际,便会惊惶失措,后悔不迭。更何况,眼下,那些正值欢蹦乱跳时节瞬间便撒手西去的青壮年,从数量上看,并不比那些年老体弱或长期就医吃药的所谓"老药罐子"少很多。

很多人,每当见到或听到自己熟悉的人死亡的消息时,可能会伤心不已或潸然泪下。但当一个人得知自己得了某种不治之症时,恐怕第一反应和心情,就不是仅仅用"震撼"二字所能够概括得了的了。这时,毛骨悚然、悲伤恐惧、惊慌失措、愤怒无奈等一系列心理问题,将会接踵而来。此时此刻,他人的任何语言、行为,甚至小心的肢体动作,都会给这些人以巨大的心理影响。此时此刻对于这些人实施心理上支持和给予精神上的援助,比什么都重要。因为这或许能使那些丧失生活勇气的人,感到丝毫的宽慰。从这种意义上说,心理医生或者心理学家更应该是使命光荣,责任重大,当以菩萨心肠,救苦救难,帮助那些处于心灵痛苦深渊的人,脱离精神困境。

人们还得承认,对某些精神敏感的人来说,读毕淑敏的书,是需要勇气的,甚至是经过一番思想斗争或挣扎,才用微微颤抖的手来捧读的。因为,毕淑敏的书,很少花前月下、卿卿我我,可以使人尽情放松消遣;其中描述更多的,不仅有令人望而却步的医院、倒胃的流脓抽血、奄奄待毙的病人;还有使人厌恶的白大褂,"耀眼的白色,不怒而威,从每一条布丝溅射出的威慑力,让人压抑";以及那些叫人又恨又怕,虽然十二万分不情愿,却还不得不谨慎小心陪以笑脸递上红包的医生;更可怕的,还有那些标有令人看见足以窒息的疾病名称的化验结果和检查报告……不过,当这些人战胜自己暂时的恐惧认真读过之后,又会对毕淑敏产生某种敬仰之心,因为有些人有可能通过阅读其中的某句话、某个人物、某段事例受到启发,改变自己的想法,扭转自己的心态,从而获得新生。

事实上,世界上没有任何一个人的心理问题,是由心理医生或心理学家治愈的。心理医生和心理学家最最重要的任务,就在于善于倾听来访者的心声,并运用心理科学知识,启发或者诱导这些人,通过自己的力量来战胜自己的心理问题。我认为,毕淑敏之所以了不起,之所以成功,不仅仅因为她是一位作家,不仅仅因为她是一位心理学家,她与一般作家或一般心理学家的最大区别在于,她善于将写作与心理学相结合,利用小说传播心理学知识,并将其作为心理治疗的手段和工具,令读者通过阅读心理小说,使自己心理存在的问题得以疏解或者宣泄,从而鼓起勇气,与自己作斗争,以至最终战胜自我。由此,王蒙曾将其赞扬为文学界的病友。王蒙说:"而另外的多得多的天才作家的另一面,实在是文学界的病友。我尊敬与同情我的病友,我知道世界上许多伟大的作家都有病,他们太痛苦了,他们因痛苦而益发伟大了。但同时我也赞美与感谢大夫,为了全国人民的身心健康,我祝愿在大夫与病友的比例上不至于出现太大的失调。有病人也有医生,这才是世界,这才有各种写不完的故事。"

国内首部心理治疗小说——《拯救乳房》,就是毕淑敏的杰作之一,写的是一个关于乳腺癌康复病人心理治疗小组的故事。希冀通过小组集体的力量,相互帮助,使患者的心理得以康复。事实上,一个人如果真的得了某种要命的病,疾病本身其实也并不可怕,可怕的是人们对待这种疾病不健康的心态。诚如毕淑敏在书中借用书中人物之——卜珍琪的话写道:"癌症怎么了?不就是一种慢性病吗?和胃溃疡、高血压一样,有什么了不起的?癌症病人,心脏病就不死人啦?嗓子里卡根鱼刺还死人呢!有什么不可以争论的?要是这么一点风雨都经受不了,那真是和死了差不多。"我相信,有些人读了这段令人解气的话之后,除了对此表示由衷的赞叹之外,恐怕连那块自从得知得了绝症以来就郁积在心头的沉重石头,也顿时会掉落至消化道的最后关口,随下水道冲刷的无踪无影。

现实生活中,得了病的人除了惊惶失措、焦虑痛苦之外,还会十分敏感。因此,对这些人实施脱敏十分重要。心理学认为,脱敏,无疑是战胜恐惧的众多方法之一。人只有敢于面对死亡,才能战胜对于死亡的恐惧,才能从容地享受活着的每一天,否则不仅于事无补,反而只会适得其反,冰上加霜,火上浇油,使死亡进一步提速。因此,对于那些长期怀有恐惧心理的敏感人来说,读读毕淑敏在书中所写的:"反复陈述之后,情绪就会改变。""因为已经说了很多遍,悲凉也就化为惯性,甚至有了某种不以为然的调侃意味。"是大有裨益的。当然,脱敏往往需要一个过程,不可能一蹴而就。需要医生耐心地诱导,需要患者很好地配合,借用佛家的术语,就是要好好地修行。就像虚云老和尚说过的那样:"修行是放下包袱,不要弄得四大不得空。"其实,人心佛魔各半。诚如《佛本行集经》中所说的那样:"若人善巧解战斗,独自伏得百万人,今若能伏自己心,是名世间真斗士"。

学会为自己鼓掌喝彩,十分重要

毕淑敏在《我很重要》一文中写道:"当我说出'我很重要'这句话的时候,颈项后面掠过一阵战栗。许多年来,没有人敢在光天化日之下表示自己'很重要'。我们从小受到的教育都是——'我不重要'。"对此,我深有同感。虽然这句话在"个人主义"的西方国家中,人们习以为常、无可厚非;但如果在"集体主义"的体制之下,当年谁胆敢在大庭广众之下,声称自己很重要,无疑就是犯了天条。因为当时人们觉得,这从小处说,就是"骄傲自满";如果从大处说,便是"贪天功为己有"。将自己置于集体之上,自然会被某些人视为"大逆不道"的。因此,科学家不得不将自己的创造发明视为集体的创造,奖金得大家人人有份;作品的署名,也得上挂领导下联群众。

不过,从心理学的角度来看,那些缺乏自信心或心存自卑的人,往往特别在意或过分顾忌别人对自己的看法。对于这些人来说,学会感觉自己重要、学会为自己鼓掌、学会为自己喝彩,的确十分重要。这里的"重要",并不是伟大的同义词,诚如毕淑敏所说,"它是心灵对生命的允诺"。我认为,更是对生命的一种敬重。毕淑敏在文中写道:"我们是一株亿万年苍老树干上最新萌发的绿叶,不单属于自身,更属于土地。人类的精神之火,是连绵不断的链条,作为精致的一环,我们否认了自身的重要,就是推卸了一种神圣的承诺。""我是由无数星辰日月草木山川的精华汇聚而成的。只要计算一下我们一生吃进去多少谷物,饮下了多少清水,才凝聚成一具美轮美奂的躯体,我们一定会为那数字的庞大而惊讶。平日里,我们尚要珍惜一粒米、一叶菜,难道可以对亿万粒菽粟亿万滴甘露濡养出的万物之灵,掉以丝毫的轻心吗?"事实上,人生偶然,的确十分难得。每个人都是世上独一无二的"孤本",当然值得十分珍重、珍惜。

毋庸讳言,人如果一旦患上有可能影响自己形象的某种疾患,尤其那些乳腺癌患者,不仅会丧失高耸于胸部曾经引以为骄傲的第二性征,而且经过化疗,还要失去自己心爱的乌云般的头发,这的确使人十分难堪和难以接受。针对这种境况,毕淑敏在《拯救乳房》中写道:"应春草,这个一贯细声细气的女人,突然大声回复:周云若,你得了病,这一点也不影响你的可爱。再说,不可爱又有什么? 别人爱不爱的,管它那。只要咱自己觉得可爱就够了。大妹子!""……周云若想了一下,走到程远青面前说:'我要告诉你,我,周云若,是一个乳腺癌患者。可这没有什么太大的改变,我还是我。我不会被一个小小的肿瘤所战胜,虽然,它也许能要了我的命,但这些依然不能改变我藐视它的态度。'"假如有些读者真正从书中认识到:"女人不是因为乳房才可爱,是因为勇敢才可爱"的话,就会获得战胜自卑的勇气,及时调整自己的心态,不再关注或在乎别人的眼色,就会走自己的路,管他谁谁谁! 如何如何! 也就是说,对绝大多数人来说,也许一个人很平凡,也许一个人很普通,也许一个人并没有干什么出惊天动地的伟业,也许不会流芳千古、永载史册。但是,只要自己作为一个生命来到这人世间来走一遭,就注定了自己的重要。世界上活着的每一个人,对自己的父母来说,对自己的爱人来说,对自己的子女来说,对自己的朋友来说,对自己的事业来说,都是不可或缺的,都是其他任何人无法替代的。既然如此,难道人们还不该为自己鼓掌、为自己喝彩吗? 又有什么理由必须看别人的眼色行事呢? 又有什么理由让别人的说三道四、不咸不淡的几句话,干扰自己的心境呢?

认命,是维持心理安全的最后防线

由于承担国家重大出版工程项目《中华·大藏经续编》点校任务,我近年来,几乎每天埋首于佛教经典之中,逐字逐句,分别判定,使那些既无分段,也没有任何标点符号的白纸黑字,变成为一句句可以顺畅诵读的句子和段落。再加上受聘山东湛山佛学院,为学僧教授《印度佛教史》的工作,使得我对佛教有了更加深入的认知。佛教通常分为大乘、小乘。这里所谓的"乘",指的是修行方法,或者简单地说就是一种交通工具。释迦牟尼创立佛教的最终目的,在于帮助人们解脱烦恼苦难,使之抵达寂静涅槃的彼岸。当然,抵达彼岸的方法会有多种多样,就像人们欲去某地,不管乘飞机、乘车、乘船、步行、过桥、越沟,只要能抵达目的地即可。这就是佛家所谓的"归元无二路,方便有多门"。其实,无独有偶,我们这些世间凡夫俗子,不是也常常说"不管白猫黑猫,逮住耗子就是好猫","条条大路通罗马"。

我注意到,毕淑敏在《拯救乳房》中,曾经多次提到过"认命"这个字眼。我认为,对当事人而言,不管采用哪种方法,凡是能解决自己问题的方法,就是好方法。从这种意义上来说,我认为"认命",应该是维持心理安全的最后一道防线。如同上面所说的"我很重要"一样,"认命",在过去的那些年月中,同样被人们噤若寒蝉,被当做大批判的靶子来口诛笔伐,始终抬不起头来。其实,从心理学的角度看来,认命,不仅没有任何罪过,反而会使那些相信命运的某些人冷静下来,使自己处于崩溃边缘的心理状态得以恢复平衡。事实上,千百年来,无数人就是采用这种方法,使自己从各种难以承受的痛苦深渊中挣脱出来,得以自救自拔,从而恢复起生活的勇气和力量的。

有些人,一旦得知自己罹患不治之症,可能会呼天号地,直至昏厥,清醒后,则往往转而愤怒地抱怨:"苍天啊!苍天啊!你真太不公平,为什么让我罹患这该死的疾病。"其实,苍天是谁?究竟处在何方?更何况,即使苍天存在,芸芸众生如此之多,他又怎么能认识你究竟为何方神圣?又如何能对你格外恩惠,网开一面呢?想想看,历史上有多少英雄豪杰,秦皇汉武也好,唐宗宋祖也罢,就连那些整天被臣子跪拜,呼为万岁、万万岁的所有最高统治者,不是也没有一个能逃脱最终死亡的命运。这样如此抱怨喊叫,不仅于事无补,反而平添更多烦恼,致使血压升高,促使迈向死亡的脚步加快。既然如此,倒不如,放下包袱,轻装上阵;为自己鼓掌、为自己喝彩;或者认命,坦然接受不可逆转的现实。也只有这样,才能珍惜生命中的每一天,好好地活在当下。

借此机会,衷心祝愿在座的每一位朋友,看破、放下、自在、吉祥!

(鄢敬新:青岛市人民政府)

敬畏灵魂 凝视身体
——论毕淑敏的叙事伦理

陈金波

毕淑敏在《我的五样》中说:"我清晰地得知什么是我生命中的真爱——就是我手中的这支笔啊。它噗噗跳动着,击打着我的掌心,犹如我的另一颗心脏,推动我的一腔热血四肢百骸。"[①]由于自身身份的影响,毕淑敏的小说创作大都以描写军人、医生和病人的生活经历见长,其中的主人公也基本都是以女性形象为主,而且像《预约死亡》、《红处方》、《拯救乳房》等引起比较大反响的作品并没有一条明晰的故事线索,这对毕淑敏是一个极大的挑战,因为以"疾病"为视角来探索人性的复杂和灵魂的挣扎,这种尝试在中国当代文学的叙事中是比较少见的,仅有史铁生的《我与地坛》、《病隙笔记》和贾平凹的《病相报告》等作品涉足这一领域。毕淑敏与史铁生、贾平凹的"疾病"叙事不同的是,一个是以"医生"的身份进行叙述,另一个却以"病人"的身份对自我生存之境的思考。德国社会学家曼海姆在论述"视角"与"思想"的关系时说:"'视角'在这种意义上表示一个人观察事物的方式,他所观察到的东西以及他怎样在思想中建构这种东西,所以,视角不仅仅是思想的外形的决定,它也指思想结构中质的成分"[②]。两种不同的叙述视角就决定了其作品思想内容的深度,虽然两者都显现出了对人的生命和死亡的理解,但毕淑敏毕竟不是一个"病人",虽然她也到戒毒医院(《红处方》)、临终关怀医院(《预约死亡》)等体验过病人的生活。当然,这并不是说不是病人就写不出以"疾病叙事"为核心的深刻文本,毕淑敏的经历已经告诉我们她已经作了非常出色的努力,所以,我们所要做的就是要把毕淑敏的文学世界中的"隐喻系统"揭示出来,探索毕淑敏的灵魂世界。

一

毕淑敏的写作主要关注人存在的境遇,死亡的体验和人性的变化等命题,这些命题已经被中外许多作家所反复提及和书写,因为这些命题具有很深的现代意识,是现代人面临的共同处境,如卡夫卡、加缪、鲁迅等伟大作家的作品中所透射出的焦虑、恐惧、绝望、孤独等精神向度。它们就像"牢笼"一样紧紧地攫住了现代人的灵魂。作为一个现代作家,毕淑敏也有非常强烈的焦虑感,她说:"当我把家里的事都干得差不多了,开始有时间打量这个喧嚣的城市的时候,我突然听到灵魂深处的呼喊。"[③]显然,毕淑敏为自己设置了一个精

---

① 毕淑敏:《我的五样》,《毕淑敏散文精选》,长江文艺出版社 2009 年版,第 81 页。
② 〔德〕卡尔·曼海姆:《意识形态与乌托邦》,黎鸣、李书崇译,商务印书馆 2000 年版,第 277 页。
③ 毕淑敏:《写作是一种命运》,《毕淑敏自述人生》,时代文艺出版社 2010 年版,第 181 页。

神炼狱,这个被拷问的灵魂挣扎着,呻吟着,但她却没有仅仅局限于复制这种痛苦的经验,而是让她周围的人一起接受审判和拷问,并且试图为这些精神向度找到一个"出口",为这些痛苦的灵魂寻觅一个"安放之处"。所以,毕淑敏的写作就是为了平息这种"灵魂深处的呼喊",而且承认"写作是一种命运,我已无可逃避"。

一个好的作家需要具有不断创新、避免自我重复的写作意识。毕淑敏的作品中虽有大量的医生和病人,表面上看,这样的叙述空间显得略感狭窄和单调,但从其创作历程来看,这些医生和病人却分别代表着不同的人生境遇,《预约死亡》写的是对人之将往何处去的思考,《红处方》写的是人的受难过程,《血玲珑》体现的是人的"生"的意义,《拯救乳房》则更关注如何"拯救"受难的人们,这里面有生死,有苦难,有"拯救",这不就是一个人完整的一生么?当大多数作家停留在对表层事实经验的主观臆断时,毕淑敏的这种探索性写作姿态本身就值得肯定。尤其是探讨人的生死问题,选择医生和病人作为叙述对象是一种非常可行的方式,因为病人是离"死神"最近的群体,而医生则是与"死神"搏斗的中坚力量,代表着"生"的一方,两者的所作所为可以视为两种终极价值的体现,正是这种对终极价值的不懈追求让毕淑敏无形之中建构起了一种新的叙事伦理。

关于叙事伦理,刘小枫的表述可谓精当:"叙事伦理学不探究生命感觉的一般法则和人的生活应遵循的基本道德观念,也不制造关于生命感觉的理则,而是讲述个人经历的生命故事,通过个人经历的叙事提出关于生命感觉的问题,营构具体的道德意识和伦理诉求。"①长期以来,我们的当代文学写作始终围绕着国家、民族、人民等这些中间价值系统进行探讨,缺乏对个人存在、个人命运等终极价值的写作,即使略有涉及,也常常把它寄托于沉重的历史脚步之中。在"宏大叙事"写作方式的烛照下,反观毕淑敏的创作,我则认为,她是这种新的"叙事伦理学"的践行者。首先,在毕淑敏的文学世界里,她对人的存在和死亡的等问题的探讨并没有把它本质化为一种"宏大叙事",而是通过"疾病"这一视角切入到主题当中,其中的人物虽以病人居多,但毕淑敏作品中人的世界不仅仅是病人的世界,而首先是一个正常的、活生生的人的世界,人的存在意义也是首先通过日常生活来指认的。毕淑敏也曾在创作谈中说:"我只敢写我大致经历过的事情,我只敢描述那些我确有把握的情景。这真是我的悲剧,它们像两块坚硬的石头,缀在我想象的翅膀上,使它无法飞翔。"②所以,毕淑敏的小说里写的是极为密实的、通俗的、日常化的当代生活,比如《预约死亡》中即将寿终正寝的老人们,《红处方》中的张大膀子、庄羽等人,《拯救乳房》中的卜珍琪、周云若等。毕淑敏把他们的日常生活一五一十地全部告诉了读者,他们的生活是琐碎的,轻如雪花,但给人以强烈的"在场感",这种弘扬日常生活精神、反"宏大叙事"的写作方式写出了日常生活的内在真实,而人恰恰需要诗意地栖居在这样的"真实"中。毕淑敏小说中的日常生活是丰富的,有普通市民的生活,有高干子女的生活,有知识分子的生活,有底层人民的生活,为我们提供了一个真实的生活世界,而不是概念化的,被简化的生活世界,在这个世界生活的人有喜怒哀乐和爱恨情愁,这样的人便有了挂靠,不至于虚空。

疾病在现代社会是其实一种隐喻,在苏珊·桑塔格那里被解释为:"为现代幻象所包

---

① 刘小枫:《沉重的肉身》,上海人民出版社 1999 年版,第 4 页。
② 毕淑敏:《别把你的秘密告诉我》,《小说月报》1992 年第 11 期。

围的那些疾病则被视为自我审判的一种形式,自我背叛的一种形式。"①这些人患上疾病以后,就犹如打开了"潘多拉魔盒",所有的苦难和不幸都接踵而来,让她们的灵魂无所依傍,无法确认自身存在的意义,在疾病的纠缠下,她们开始了"自我审判",发出了对自我存在的狐疑,进而背叛了自己日常中的亲情、爱情和理想。实际上,对于生活在社会中大多数人而言,这些人在疾病面前的表现具有十分重要的"镜像"意义。疾病是无处不在的,是任何人都要面对的事实,但"疾病并非隐喻",只要我们找到一个合适的面对疾病的方法。在毕淑敏的文学世界里,疾病是死亡的隐喻,乳腺癌,吸毒,先天性白血病,这些都是象征死亡的"符号",不敢正视疾病,就是不敢面对死亡,只要敢于面对死亡,疾病的隐喻特征便不攻自破了,要达到这种状态,理解人的生与死的辩证关系就显得尤为重要了。

　　古人云,杀身成仁,舍生取义。古人把死亡看得过于沉重,赋予了死亡太多形而上的意义,毕淑敏的这种死亡观是对我国传统死亡观的反拨,这一点在她的《昆仑殇》、《雪山上的少女们》等作品中可以充分地表现出来,这里面的人在自然面前是十分渺小的,还不如一块沉睡千年的陨石,这里面没有标志死亡的血腥场面,这里面即将死亡的人想着的是日常生活的场景。不难看出,毕淑敏已经把死亡本质化为生活中的一部分,就如同日常生活中应有的快乐和痛苦一样。这种思维反映到文学创作中就表现为:敢于正视死亡并把死亡生活化的人就可以回到"太阳闪烁的那一截",如经心理治疗后患乳腺癌的人们,如夏早早、简方宁;不敢面对死亡并把死亡看做非人的生活的人便只能"隐没在无边的黑暗中",而且造成了自己和他人的悲剧,如庄羽。毕淑敏说:"我希望对死亡有重新的解释,死亡在我们的概念中不再是肮脏的、悲惨的,它并不可怕,有时只是我们不能接受死亡而已。死亡是生命最后一个过程,有它的存在,生命才得以完整,我们不是要挑战死亡,而是接纳死亡。"②毕淑敏把死亡日常化、平常化,这在中国当代文学的叙事中是比较罕见的,但这不是对死亡的亵渎,而是对灵魂的敬畏,不把这一层面的意义揭示出来,很容易把毕淑敏的写作视为俗物,很难进入毕淑敏真正的心灵世界。当我们进行正常的生活时,我们很难感到灵魂的存在,这是因为我们的灵魂已经与身体、生活融为一体,它就是我们的喜怒哀乐。而当面对像疾病这样的生死考验时,我们会突然发现不能再进行正常的生活,灵魂也从我们的身体中游离出来,它无所依靠,它好像是另外一个自己,无法确认自身,进而变得孤独、冷漠。毕淑敏给我们的启示是:让游离出来的灵魂重新回到自身,回到日常,不能让我们的灵魂任意地游荡和遭践踏,欲做到这一点,必须把死亡日常化。只有这样,疾病才不会成为隐喻,我们才能懂得生命的意义,那就是善待灵魂,敬畏灵魂。所以说,毕淑敏的写作是敬畏灵魂的写作、光明的写作。

二

　　身体,并不单单是指肉体,而是充满欲望的肉身。长期以来,身体成为中国当代文学所放逐的、革命的对象,因为身体是"个人"的代名词,是邪恶欲望的化身。进入20世纪90年代之后,"个人化"写作开始初露端倪,这种"个人化"写作的自我意识就是身体叙事,身

---

① 〔美〕苏珊·桑塔格:《疾病的隐喻》,程巍译,上海译文出版社2003年版,第38页。
② 毕淑敏:《我敬畏生命的过程》,《我敬畏生命的过程》,花山文艺出版社2006年版,第113页。

体成为这次"文学运动"的主角,但仔细阅读这些作品之后,我们不难发现这样的身体如果除去肉体和性的因子,那么就很难再发现与身体有关的东西了,这种身体是肉体的狂欢,是"力比多"的温床,正如马尔库塞所言:"整个身体都成了力比多贯注的对象,成了可以享受的东西,成了快乐的工具。"① 这种"个人化"写作所表现出来的身体观与先前对身体的看法并没有本质的区别,只不过是禁止表现与允许表现的区分。所以,针对这种"力比多"泛滥的创作情形,一种欲终结"身体叙述"的姿态呼之欲出,极端年代思维模式的魂魄又向我们逼仄而来,历史的迷雾总是难以消散,"身体"为何总是成为被禁锢的对象?人并非只是"下半身"动物,它也有头脑、躯干和感情,人的欲望也不只是"下半身"的欲望,这种把人割裂开来看待的身体观注入文学创作中便出现了以上的情况,因此,当代文学应建立一种新的整体的身体观,那就是要看到有欲望、有灵魂的身体,而不是再次把身体放逐。

近几年来,与"青春作家"的"下半身"写作不同的是,有的作家在其文学创作中开始试图建立一种新的整体的身体观,毕淑敏的《红处方》、《拯救乳房》等几部作品就是不错的尝试。毕淑敏的写作并没有回避人的欲望,比如,《红处方》中集天使与魔鬼于一身的庄羽,她有着天使般的面孔,却同样具有"邪恶"的心灵,她之所以是"邪恶"的,完全是由于戒毒医院这个特殊的场所和吸毒病人这种特殊的身份所决定的,因为,她的欲望如爱美的欲望、性的欲望、渴望自由的欲望等等,完全是一个正常人所应具有的欲望,但是现在看来,这一切都变成了不正常的需求。这时,戒毒医院的医务工作者们治疗的只是他们的肉体,而不是身体,如同那些实验室里的猴子和小白鼠一样,并无限压抑庄羽们的欲望,想彻底拯救他们就彻底成了虚妄,所以,有了频繁的复吸者,戒毒医院也成为一个充满罪恶的场所。与其在虚无中抵抗,还不如让它灭亡,这就造成了庄羽的悲剧,简方宁则充当了这种虚无的治疗中的"殉道者"。庄羽的悲剧是由两方面造成的,一是因为她太放纵自己的欲望,忽略了自己的肉身,二是因为在拯救她的肉身时而忽略了她的欲望,对于一个人的身体来说,两者缺一不可。其实,这也反映了科学与人的本质之间的一种悖论,用数据和实验来说话的科学只关心人的身体的各项生命指标,与人的本质之间存在一条难以弥合的裂隙。毕淑敏的写作同时也触及到了这一悖论,比如,《预约死亡》中临终医院里那些因痛苦而死去的老人们,除了"安乐死",科学对他们的肉身已经无能为力,此时,他们有一种结束自己生命的欲望,但却得不到科学的给予;再如《血玲珑》中对那个襁褓中的婴儿的处理,这个婴儿的身上寄托了太多人的感情,但也是为科学而生的工具,最终还是人的情感占据了上风,却是由于另一个女孩夏早早的离开。因为夏早早找到了她灵魂的落实之处——这个婴儿身上,死亡对于她来说已经意味着新的生命的开始,所以她选择了"向死而生",这可看成毕淑敏的一个叙述策略,这种修辞不仅避免了夏早早痛苦地死去,而且也使那个婴儿扑朔迷离的命运有了归属,也不至于使作品带有很浓重的悲剧感。

梳理毕淑敏的创作历程,她总是试图为面对生死考验的人找到一条拯救之路,从死亡前的"临终关怀"到"心理小组",这一嬗变过程充满了曲折,发生过许多悲剧,从表面上看,这些悲剧的原因是由于病人不敢正视自己的疾病,但本质上是他们没有一个正确的身体观,意识到的只是孤零零的肉体,这样就放逐了他们的欲望和灵魂,最终走向扭曲,更是无

---

① 〔德〕马尔库塞:《爱欲与文明》,黄勇、薛民译,上海译文出版社1987年版,第147页。

法确认自身存在的意义。相反,同为病人的史铁生有一段话就非常值得我们深思,他说:"'我'在哪里?在一个个的躯体里,在与他人的交流里,在对世界的思考与梦想里,在对过去的回忆,未来的眺望,在终于不能不与神的交谈之中。"[①]与那些活在疾病中,活在肉体中的人相比,史铁生却活在自己的身体里,因为这里面有肉体,有灵魂,并构成了一个完整的自我。

  一个不能确认自己的人就不能正确地把握现实,毕淑敏的创作努力首先表现为让生活在疾病的折磨中不能确认自己的人能够确认自己,进而把握现实的本真世界,达到这一目的的途径就是凝视自己的身体,确认自己的存在。这种通过凝视身体而达到确认自己的目的的创作倾向是毕淑敏新的话语实验,是一种叙述的"原点",一种"私密话语"。之所以称之为"私密话语",首先是因为这一话语结构是潜藏在文本内的,其次是因为身体,尤其是女性的身体是私密的,有尊严的,并不是被人任意"抚摸"的,毕淑敏的《拯救乳房》就很好地诠释了这种"私密话语"。就这篇小说的标题来说,它就十分惹人注目,但不是因为"乳房"这个让人想入非非的词语,而是因为为什么要"拯救乳房",究竟"拯救"什么样的"乳房",怎样"拯救乳房"。透过文章的内容,其实要拯救的是患乳腺癌的病人们,这句话的主干部分就是"拯救人",这里的"乳房"成为了"人"的借代,我想,这种修辞是合理的。因为"乳房"作为人的身体的一部分,是男人和女人共有的,它不但有生理上的意义,而且还代表着一种伦理,它是女性的第二性征,是确认女性性别最直观的存在,如果它出了问题,无疑会给女性带来沉重的精神压力,它还是男性最不重视的一个身体部位,但它一旦出现了差错,同样也会对男性的自身确认带来困难,小说中成慕海这个人物形象就充分证明了这一点。因此,就"乳房"替代"人"的功能而言,是身体其他部位所不具备的。此时的"人"不是抽象和虚空的人,而是有血有肉,有情感,有灵魂的具体的人,它的核心意象是指人的身体。

  《红处方》中人物的身份是多种多样的,并都分布在各个年龄阶段,他们在迷惘和忐忑中加入了程远青组织的心理治疗小组,后来的事实证明,这个心理小组是病人由阴暗走向光明的一座桥梁,这也是毕淑敏创作上的一种建设和发现。在接受心理治疗以前,他们没有意识到自己身体的完整性,只是单单看成是肉体或者是欲望的化身,比如小说中让人又爱又恨的小五,她为了给哥哥治病出卖了自己的肉体和灵魂,得病以前,小五完全把自己的身体视为一堆死死的肉体,供男人取乐和自己赚钱的工具,而得病后,她又把身体完全当做欲望的化身,全然不顾病情的恶化,只是为了满足自己当一名"名妓"的变态欲望。经过心理治疗后,她猛然发现自己的人生世界里没有灵魂,只有非常态的欲望,这首先就是因为她没有发现和善待自己的身体,即使她曾经把自己的灵魂寄托在对哥哥的美好的爱情想象上,但这一切却是浮云,"此情可待成追忆,只是当时已惘然",当她知道哥哥并不真心爱她的时候,她才知道自己的灵魂一直挂着空,自身的存在意义也就没有了。所以,她醒悟后选择的第一步就是治疗自己的疾病,善待身体,回到正常人的生活轨道。小说中的其他人物如卜珍琪、周云若、应春草、成慕海等与小五的处境有着本质的相通之处,他们都不敢正视自己得病后的身体,或者把身体当做肉体的等身,疾病在他们的身上变成了隐

---

  ① 史铁生:《病隙笔记》(之一),《对话练习》,文化艺术出版社2000年版,第303页。

喻,由此而进行了自我审判和自我背叛,最终失去了灵魂。在程远青的心理小组里,他们体验到了死亡的静谧和安详,明白了怎样"幸福的度日,合理的做人"。纵观全篇,毕淑敏所要告诉我们的是要找到自己的身体,并凝视身体,"它不是灵魂的虚化,也不是肉体的崇拜,而是肉体紧紧拉住灵魂的衣角"[①],在生活中自由地安居。

　　综上所述,毕淑敏对日常生活和人的身体的肯定是对"宏大话语"这一结构性写作的反拨,但她也没有沉迷于个人经验的叙述,反而呈现出一种"公共写作"的趋向,也就是说,文本中所建构的这种"私密话语"并不仅仅对病人们有效,它的精神内涵指向了人的共通生存处境。毕淑敏总是努力地去书写中国现实中所熟悉和关注的领域,这充分表明毕淑敏是一个有自觉担当意识的作家,作为一个军人、医生、作家,她对自身的境遇有着深切的自知,面对死亡,面对生活,毕淑敏始终活在自己的真实经验里,这样的写作才是对现实发声的写作。

(陈金波:中国海洋大学文学文学与新闻传播学院中国现当代文学专业研究生)

[①] 谢有顺:《文学的常道》,作家出版社 2009 年版,第 71 页。

论毕淑敏小说《血玲珑》中的生命意识

颜 娜

毕淑敏是一位有着丰富人生经历的作家,尤其是她20多年的从医经历,对后来的文学创作产生了重要的影响。毕淑敏不到17岁就到西藏的阿里高原当部队的军医,在人迹罕见条件艰苦的高原工作了11年,30多岁开始文学创作、攻读文学硕士,40多岁攻读心理学博士、开设心理咨询室,毕淑敏以惊人的毅力创造了常人所不及的成绩。当毕淑敏专职从事文学写作后,她把这种特殊的人生经历和感悟都注入文学作品中,执著地书写人的身心健康,关注生命的本身和存在的意义、价值。王蒙评价毕淑敏:"她太正常、太良善,甚至于是太听话了。即使做了小说,似乎也没有忘记她的医生的治病救人的宗旨,普度众生的宏愿,苦口婆心的耐性,有条不紊的规章和清澈如水的医心。她有一种把对于人的关怀和热情、悲悯化为冷静的处方,集道德、文学、科学于一体的思维方式、写作方式与行为方式……""她会成为文学界的白衣天使"[①]。无论毕淑敏有几种身份——医生、心理咨询师、作家,都有一个共同点就是关注人、关怀生命,通过分析其文学作品我们可以深入探寻此点。

毕淑敏的许多小说都是围绕着人、生命来讲述故事,对疾病和死亡有着独特的感受和认识,其中长篇小说《血玲珑》就是一部比较有代表性的作品。小说通过女孩夏早早患病,骨髓的造血功能丧失,要想根治需要其母亲卜绣文再生一个血型相配的孩子,抽取这个孩子的骨髓来救治夏早早,而代价是要用这个孩子的生命来做试验。医学专家钟百行对这个试验很感兴趣,因为如果成功的话就可以在医学史上留下辉煌的一笔。因此他就计划让卜绣文再生一个孩子来做试验,而卜绣文为了救治女儿的病也愿意再次怀孕,于是就有了"血玲珑"计划,同时又从这个计划牵扯出一连串的感情纠葛。小说故事情节曲折离奇,同时又能引起读者对生命和科学矛盾关系的思考,从中我们也可以看到作家毕淑敏对生命的关怀、对死亡的认识。

一

生命意识是个体对自己或者他人生命的自觉认识,包括生存意识、安全意识、死亡意识等。在对生命的不同认识中,最重要的应该是对生命的爱、对生命的分量与价值的珍视,尤其是面对死亡的威胁,在生与死的对比中更能显示出爱的力量。毕淑敏在小说中执著地讲述着关于生命故事,在散文中诉说着关于幸福的真谛,正是因为她对生命无限地热爱,对幸福生活的期盼。从医的经历使她目睹太多的不幸和痛苦,因而使她更加意识到生命的可贵,比普通人更多了一份对生命的深刻认识。

---

① 毕淑敏:《爱怕什么?》,华夏出版社2006年版,第3页。

在小说《血玲珑》中,这种对生命的爱与守护主要表现在母亲卜绣文身上。卜绣文是一位事业上的女强人形象,生意场上思维敏捷、干练精明、冷静果断,但在得知女儿早早生病后,卜绣文的形象逐渐地发生了转变——由刚刚得知早早生病时沉着的反应,到知道病情严重无法救治的绝望表情,再到最后离开了生意场成为一位为爱奋不顾身的母亲。为了救女儿的病,卜绣文同意实施"血玲珑"计划,即使是把第二个孩子当做"药",她也在所不惜。年过40的卜绣文为救女儿同意怀孕,但当她得知早早并不是丈夫夏践石的孩子,而是13年前她被强奸所生的孩子时,她几乎崩溃,过去的痛苦遭遇又浮现在眼前。但她仍然爱着早早,她和夏践石早已把早早当做了自己的孩子,所以为了早早,她决定找到当年的强奸犯再次怀上他的孩子。卜绣文不惜一切来挽救孩子,尤其是忍受着巨大的侮辱和沉痛记忆,让人感到母爱的震撼和力量。

小说没有仅仅停留在卜绣文牺牲一切的母爱上,而是把这种爱表现为挣扎和矛盾的心理情感,增加了小说的思想深度。虽然卜绣文在怀孕的时候一心想着女儿的病,认为在孩子出生后把"它"交给医生就可以什么都不想,等着领早早回家就可以了,但是一旦孩子出生,卜绣文的心就被分成了两份,或者是她的母爱就被分割成了两份。虽然她努力克制,不给孩子哺乳、不看孩子,但新生孩子晚晚牵动着她的每一根神经,她在夜晚会突然惊醒感觉到晚晚出了事,护士去检查果真孩子的口鼻被被角堵住了,没有任何声音只是因为母子连心,因为那份牵肠挂肚的母爱。为了一个孩子而要失去另一个孩子,这对一个母亲来说是多么痛苦的事情,卜绣文的内心饱受煎熬,在两个孩子的生死间苦苦徘徊和挣扎。对新生命的爱,使整个计划变得很复杂,冰冷的医学和充满爱的生命注定要产生冲突。

毕淑敏有着20多年的从医经历,目睹过无数的生命垂危的病人,对生命的脆弱充满了惋惜。小说中活泼可爱的女孩早早因为身患疾病而渐渐衰弱,造血功能的丧失使她必须靠输血维持生命,刚刚输入新的血液,小女孩就活蹦乱跳、浑身有劲,而过了几天小女孩就像一片枯萎的树叶,变得单薄而憔悴。当生命遇到医学的局限,变得如此脆弱和无助。精通心理学知识的毕淑敏,同样关注着人的心理健康,身体的疾病必定会引起心理的问题,在医院中病人一旦被确诊为某种病症,首先在心理上就被挫去了一半的勇气,在医生面前也变得非常自卑。毕淑敏的小说中还表现了医生对病人缺乏关爱,冰冰的治疗使本来就很脆弱的心理变得更加不堪一击。心理问题有时比身体上的疾病更重要,小说中女孩早早在住院后逐渐变得忧郁,尤其是同病房的梁奶奶的死,使她意识到自己有一天也会死去,开始思考关于生命和死亡的问题。当她得知要用自己妹妹的生命来救自己时,毅然地决定自杀。她说:"她要拿妹妹的命,送给我,我要不要呢?命是什么呢?是一个萝卜还是一个石头呢?要不,就像刮风下雨一样,是一种天气现象?"从一个孩子的口气中,我们仿佛看到了生命的分量。生命是珍贵的,医学又是挽救生命的途径,所以当医学的进步和生命发生冲突时,必然会引起人们的思考。

二

当生命进入两难境地,应该如何取舍与选择;对待种种矛盾,又应该如何去化解,在小说曲折离奇的故事中我们可以看到作家毕淑敏对待生命的态度。这部小说是作者1993年开始动笔写的,那时作者还不知道骨髓移植的方法在医学上说可以完成的,所以在小说中"血玲珑"方案是一个有很大风险的试验。对于这种小说与现实的落差,作者在回答记者提问时说道:"我的小说并非研究医学,它的核心问题是探讨高科技对人的生命的干预。科技的发展,医疗的进步,能延长人的生命,给人带来幸福,似乎科学可以解决生命问题,但我对此却不能抱完全乐观的赞成态度。……有的读者会被故事的悬念牵着走;也有读者能领会其中生命的内涵、科学的两难处境等话题。我希望传达出自己的思索和忧患。"①小说中涉及的医学问题我们可以把它看做一种符号和象征,由此表现出来的医疗、科技和生命的矛盾关系才是作者关注的重点。当生命遇到了医学的局限,疾病的攻克是建立在生命的试验的基础上,我们能对此抱着乐观的态度吗?辉煌的医学发展史注定要以牺牲微小的个体生命为代价吗?生命对每个人来说仅有一次,生命的价值和分量难道不值得我们去珍惜吗?在医学与生命的矛盾之中,作者的无奈、选择、尝试和痛苦都深深地影响着读者。

在阅读小说的过程中,我们时时会被其中的矛盾所困扰。医学领域对普通读者来说是陌生的,因而作者在讲述故事的同时引导了我们去思考医学掩盖下的种种矛盾真相。通过分析小说中的矛盾和冲突,我们可以体会到作者的生命态度,在矛盾和痛苦的选择中体会作者的无奈和退守。

小说中的医学专家钟百行为了追求医学上的成绩,而无视一个生命的存在,他在医学和生命面前选择了前者。而他的助手和学生魏晓日虽然愿意执行血玲珑计划,但他心里仍然有顾忌,尤其是孩子即将出生前,钟百行命令他注射X针剂,导致婴儿在没有出生前就脑死亡,那么以后的试验就不用负法律责任。但他的良知阻止了行动,他不能残害一个无辜的生命。钟百行和魏晓日作为医学界的两种对立的存在,也是作者矛盾心态下的投射。钟百行用新生儿做实验,假如成功的话,医学取得了进步,以后岂不是能够拯救更多的同类病症的患者?显然作者的心理是矛盾的,她避开了可能造成自己和读者心灵冲突的情节设计,而是把钟百行描写成一位一意孤行的冷漠医生。可见作者的心地是善良和柔软的,她没有把矛盾的本质表现出来,而是让读者自己去思考。这也许给作者以后的创作提供了更加深刻和宽广的空间,即描写人物复杂丰富的内心,从浅层的故事叙述转向深层的情感叙述。

古生物学家梁秉俊到民间寻找偏方,在残酷的医学实验之外,尝试其他方法来治疗疾病。元素疗法和神奇的百血丹在读者看来都是虚构的东西,显然没有科学的根据,在治病上根本起不了作用。通过这种情节的设计我们可以看出作者的良苦用心,这两种尝试仅仅是作者的假想和虚构,以此为象征,希望在未来的医学道路上可以有更多的尝试,而不是要以生命的代价换取医学的进步。但这也许仅仅是作者不愿面对矛盾的退守和无奈之选,难道其他的方法就不需要临床试验了吗?而最后梁秉俊不也是冒着生命危险尝试了百血丹吗?或许是作者不忍走向一种残忍的极端,不忍面对血淋淋的残酷事实,而避开了矛盾的焦点,转向了奇异的民间医术,来寻求一种寄托和希望。她希望在世界的某个地方存在着治疗疾病的方法,而不是依靠用生命做实验换取医学的进步。面对生命的脆弱和无助,她既希望能够挽救生命,又不希望这种治疗是建立在可能残害生命的基础上。这里面包含了作者的无奈和矛盾,也体现了作者的善良和悲悯的生命关怀精神。

---

① 毕淑敏:《大雅大俗〈血玲珑〉》,人民网,http://www.people.com.cn/GB/wenyu/66/134/20010118/381387.html。

三

对于普通人来说,生命的存在一般很少被感知,只有当生命和新生、疾病、死亡在一起时,我们才能注意到它的存在和意义。有着特殊人生经历的毕淑敏,在走上了写作之路后,更加执著于对生命的探寻。生命对于个人是一个从降生到离去的过程,而从人类的角度看,生命又是一个循环往复、生生不息的过程。既然死亡无法避免,那就让生命以另一种形式延续下去,超越生与死的界限,用一种更加宽厚的情怀去包容万物,也包容死亡。

小说的结尾早早自杀,钟百行被阻止抽取晚晚的骨髓,新生婴儿晚晚有力的啼哭昭示着生命的力量和希望。小说的前半部分写了女孩早早生命凋谢的过程,造血功能的丧失使她从健康到慢慢衰弱。随着"血玲珑"计划的实施,一个新的生命在孕育,出生后的小晚晚和早早很像,但比早早要健康要富有生命力得多。作者最后的笔墨也主要放了对新生命生机勃勃的描述上,周围的人都对这个小生命充满了爱怜。而且对于早早的自杀,作者也是简单地带过,忽略了自杀时痛苦的过程。早早、晚晚,此起彼伏,暗示了一个生命循环和延续的周期。在两个生命矛盾的化解中,作者让我们把希望放在了新生命上面,生活继续向前,生命继续延续。就像小说中早早说的:"我要感谢我的小妹妹,她帮了我。我把属于我的东西拿了回来,那就是我的命,我可以用它做我愿意做的事情了。……我会住在我的小妹妹的身体里,感觉到他们的爱……"属于早早的生命在晚晚身上得到了延续,早早没有死,她的生命在晚晚的身上复活了。

通过分析小说的故事情节,我们可以从中发现一种隐含的生命态度,这是作者潜在的生命关怀在小说的显现,即一种人生观或生死观决定一种小说的面貌。毕淑敏总给人一种平静、温厚、安详的感觉,这种外在的神态气韵是内心豁达、从容乐观的表现。从医经历对毕淑敏有着特殊的影响,使她对待生命有了更深刻的认识,既对生命的离去充满惋惜和痛苦,又从哲学的高度看透了生死的循环。小说《血玲珑》的最后是对美好新生命的赞美和爱,这是经历了疾病和死亡阴霾后的希望之光,是超越了苦痛之后的坚强和积极的心态。这种对死亡的正视和超越,是对生命离去的尊重,是一种坦然面对死亡的生命态度。这在毕淑敏的其他小说中都有不同程度的表现,如果说在《拯救乳房》类的小说中作者表现了"死亡是成长的最后阶段",就像安疆老人的平静离去,完成了一个死亡的典礼,那么《血玲珑》则更进一步有了哲学的味道,即把生死看做循环往复、生生不息的过程。

从以上的分析中我们可以看到曲折的故事背后是作者对待生命的认识过程:从对疾病笼罩下生命的爱和痛,到生命与医学的矛盾关系中的无奈和退守,再到对死亡和生命的超越性、循环性的顿悟,把对生命的思考向前推进一步。这部小说延续了毕淑敏一贯的生命关怀主题,同时又提出了生命和科学冲突的两难矛盾,在矛盾解决过程中即不同人物对生命、医学和死亡的认识上,表现了作者的生命态度。在对待生命的态度上,作者总是充满了深深的爱,正是因为有爱所以对生命的离去有痛惜有不舍,又是因为对生命的大爱,所以对死亡有着透彻的认识,视之为生命圆满的终结,因而对待新生命也就有了一种更高层次的爱,这是对生命意识的一个循环上升的认识过程。

(颜　娜:中国海洋大学文学与新闻传播学院中国现当代文学专业研究生)

论毕淑敏小说的伦理叙事

——以《血玲珑》为中心

王海燕

毕淑敏是中国当代文坛一位独具个性的作家,在她的小说创作中,医学题材占了相当大的比重。作为反映社会生活的小说,毕淑敏这些小说的内容与伦理有着千丝万缕的联系,小说故事的讲述往往与伦理道德结合,涉及家庭生活、医患关系等等,形成毕淑敏独具特色的叙事风格,《血玲珑》就是这样一部典型的作品。

伦理关系是人与人之间的一种最本质、最稳定、最具传统色彩和规范意义的社会关系。《血玲珑》讲述的是一位母亲千方百计设法拯救身患重病女儿的故事。卜绣文和夏践石的女儿夏早早患上了一种罕见的渐进性贫血症,骨髓停止造血,生命危急。为了拯救女儿的生命,卜绣文倾尽所有,包括时间、金钱甚至是生命。年轻的医生魏晓日十分同情同情卜绣文的遭遇,并为她的独特气质所吸引,为此他求助于自己的导师医学泰斗钟百行。钟百行制定了"血玲珑"计划,要年过40的卜绣文再次怀孕,以期胎儿的基因与夏早早的相同,从而可以抽取骨髓来救早早。卜绣文按照计划怀孕,却发现腹中胎儿与早早并不是同一个父亲。经过一番周折,终于找到了13年前强奸卜绣文的男人,商人匡宗元,在匡宗元妻子的帮助下取得精子,让卜绣文人工受孕。在"血玲珑"计划实行的最后阶段,正当要抽取婴儿骨髓的时候,却传来了夏早早自杀的消息,"血玲珑"计划被迫中止。小说当中如何看待生命的死亡、科学的进步与人类生命之间的取舍等等伦理问题与故事的讲述相互交织,形成了其独特的叙事特色。

一、平衡与不平衡的叙事循环

小说是一种虚构性叙事文体,通过语言文字塑造人物形象和艺术情境,传承历史文化精神,开启人类的心智方发挥着重大的作用。这种效果的取得与小说的叙事技巧的运用不可分离。毕淑敏是一个擅长叙事技巧的作家,她能够将故事讲述的环环相扣、悬念迭出,吸引着读者不断地读下去。从表面来看,《血玲珑》只是一个"生病——救治"简单故事,实际上整个故事有着深层的叙事语法结构。

俄国学者普罗普在《故事形态学》一书中,通过对100个民间故事的研究,总结出人物的31种功能,托多罗夫在此基础上对叙事结构作出了阐释:"一篇理想的叙事文总是以一种稳定的状态为开端,然后这个状态受到某种破坏,出现了平衡失调状态,最后另一个来自相反的力量恢复了平衡。"①《血玲珑》的故事就是这一叙事结构的复杂化。故事的开始

---

① 转引自张寅德编选:《叙事学研究》,中国社会科学出版社1989年版,第85~86页。

就是由外在的力量疾病打破了卜绣文家庭的原本的和谐平衡状态,卜绣文千方百计设法救治女儿早早就是为了重新达到平衡。在这之间经历了多个由不平衡到平衡的过程。夏早早身患重病造成不平衡,魏晓日求助导师钟百行制定"血玲珑"计划,早早有了治好的可能达到平衡;卜绣文所怀胎儿与夏早早基因不符又打破了平衡,几经波折找到夏早早真正生父,进行人工授精再次怀孕,故事又达到了平衡;随着故事的推进,众人对卜绣文所怀胎儿产生感情,对是否要牺牲卜绣文和胎儿的生命里救治夏早早产生异议,故事的平衡再次被打破,夏早早自杀消息传来,抽取骨髓的手术被迫中止,卜绣文的小女儿夏晚晚得到保全,夏早早得到抢救,并且找寻其他救治办法,故事在这里结束,又达到了一个新的暂时的平衡状态。

在整体的平衡到不平衡再到平衡的故事架构中,作者设置了层层悬念,例如夏早早的生父究竟是谁,通过插叙卜绣文被强奸的往事,考古学家梁秉俊像一个侦探一样,进过调查推理,寻找出夏早早的生父。《血玲珑》故事曲折、紧凑,扣人心弦,显示出作者良好的叙事功底。

在小说形式技巧的诸多因素之中,叙事视角具有举足轻重的地位。叙事视角是叙事语言中对故事内容进行观察和讲述的特定角度,作家通过他所选定的叙事视角将故事、事件人物以及有关的一切告诉读者,从不同的角度去看同一事件,就可能呈现出不同的面貌,在不同的人看来也会有不同的意义。毕淑敏的小说通常采用传统的第三人称叙事视角,叙事者以一种全知全能的方式存在,置身于事件之外获得充分的叙事自由,对作品中的人物进行全面的观测。叙事者的这种冷眼旁观,使读者在阅读中更充分感受到毕淑敏小说中人物的一种无奈之情和无力之感。

《血玲珑》中,卜绣文是作者着力刻画的主人公,同过作者的描述可以看出她是一个沉着智慧的女强人,但是面对女儿夏早早的时候她只是一个单纯的母亲,商场上的冷静算计在这里完全失去了作用,作者从旁观察这位陷入困境的母亲,冷静客观的叙述将卜绣文对于女儿罹患绝症的恐惧和哀伤,绝望和无助展示得更加充分深刻。而且作者还时常将全知视角内化,透视人物内心深处的想法:"她双手合十,仰望上天。她不是佛教徒,也不信那些有名有姓的神。但她为自己创立了一尊神,每当她陷入极大的恐惧之中的时候,她祈祷这尊神,期待着神理解她的苦心,原谅她的暴行,不要把更大的灾难降临在她的头上。"[①]作者深入卜绣文的内心,以全知的视角将她内心的不安和挣扎表现出来。卜绣文并不是没有是非道德感的人,但是出于母爱的本能,女儿在她的眼里重于一切。只要是可以救治女儿,她可以放弃自己的家庭、尊严、幸福、骄傲,利用魏晓日医生对她的好感,向强暴她的罪犯低头哀求。卜绣文并不是道德的完人,她的许多行为暴露出人性中利己的灰暗一面,但她始终是一位伟大的母亲,她对于女儿是无条件、不计后果地付出。而也正是这种忘我无私的母爱使卜绣文选择再次怀孕,最终陷入了为了救治一个女儿而需要付出另一个女儿生命的伦理困境当中。人的命运似乎被一只看不见的大手所操纵,从一种不幸跳入另一种不幸。

---

① 毕淑敏:《血玲珑》,现代出版社2005年版,第116页。

二、母爱推动叙事的演进

叙事学上认为:"来自'真正的作者'的动力(宗旨、动机、情感等)业已在构思时糅入故事,叙事一经开始,它便受着故事动力的连续推动。叙事本身没有意义,'叙述者'也只是为故事而存在,没有故事的支撑与推动,叙事随时可能停止。"①《血玲珑》的中心事件是为夏早早寻找治病的方法,中心人物是卜绣文,在推动故事的进展中,伦理道德因素起了十分重要的作用,确切地说是卜绣文对于女儿夏早早的母爱成为了叙述的动力。

王纯菲认为:"叙事一经开始事件就获得了自身的动力展开规定性,它本身存在一系列逻辑规定者由开端向结局的演进。叙述者面对流动起来的事件,只能因势利导。"②在作者对人物设定之后,整个故事便是由故事中人物来主导了,毕淑敏试图在小说中表达"死亡是成长的最后阶段"这一理念,但是令读者印象最为深刻的依然是卜绣文为了女儿不顾一切的爱。弗洛姆说过:"母爱说到底就是对孩子的生活和需求做出的毫无条件的肯定"。③他在对比了父爱和母爱之后作出结论,父爱是有条件的,而母爱则是无条件的。但母爱并不是爱的高级阶段,因为它仅仅是一种本能,是非理性的,所以无私而神圣的母亲在孩子身患重病时,迸发出的母爱是伟大而又可怕的。

在《血玲珑》当中,非理性的母爱让卜绣文陷入了重重困境当中。卜绣文性格坚忍、倔强不服输,不肯放弃任何救治女儿的方法。为了寻求拯救女儿的办法,她与医生魏晓日产生了缠绕不清的感情纠葛;为了筹备女儿女儿手术所需的费用,她与虎谋皮,最后破产,事业破灭。为了再次怀孕,她放弃自尊,求助于曾经强暴过他的坏蛋,她的一意孤行几乎与丈夫反目。故事每次达到的平衡都是暂时的、极不稳定的平衡,她无私的、非理性的爱让她陷于感情、经济的重重危机。她陷于人生的困境难以自拔,越是挣扎就陷得越深,她试图通过拯救女儿,完成自我的救赎,她必须将早早救活才能不让另一个孩子白白牺牲,也能让她不安、矛盾的心灵得到一些安慰。但是她苦心拯救的女儿却并不赞同她的做法,我们可以想见,"血玲珑"计划的成功将会成就卜绣文母爱的伟大、无私,却会让她的女儿夏早早活着充满了负累和内疚。在小说的最后,看似达到了暂时的平衡,实际上卜绣文又陷入了更深的危机,故事的结尾是开放性的,我们可以想象作为药来制造的小女儿夏晚晚会给她带来更多的困扰,如何面对两个女儿的生父——造成她不幸的强奸犯匡宗元?卜绣文以爱之名做的一切对于不知情的孩子来说是否公平?卜绣文因为救治女儿所搁置的问题,情感纠葛,经济危机,伤痛仇恨迟早都要爆发出来。

三、生存困境的隐喻

毕淑敏有着20多年的从医经历,与死亡的近距离接触使她对于生命的脆弱和易逝有着更为深刻的体味,因此她的作品中也包含了更为涵盖深厚宽广的对生命的关爱。王蒙曾经这样评价她:"她太正常、太良善、甚至于是太听话了。即使做了小说,似乎也没有忘

---
① 傅修延:《讲故事的奥秘 文学叙事论》,百花洲文艺出版社1993年版,第95页。
② 王纯菲:《谈史诗〈江格尔〉的叙事动力》,《民间文学论坛》1997年第2期。
③ 〔美〕弗洛姆:《爱的艺术》,李健鸣译,商务印书馆1987年版,第46页。

记她的医生的治病救人的宗旨,普度众生的宏愿,苦口婆心的耐性,有条不紊的规章和清澈如水的医心。她有一种把对于人的关怀和热情悲悯化为冷静的处方的集道德、文学、科学于一体的思维方式、写作方式与行为方式……"①毕淑敏对于笔下的人物常常怀着悲悯之情,无论是从早期的《昆仑殇》等直面死亡的作品,还是后来像《女心理师》这样探讨现代人心理状况的小说,毕淑敏描写苦难总是有所克制,她的小说常含着一种温情。因此,在情节设计上,《血玲珑》的结局是给人留以希望的,考古学家梁秉俊寻找的偏方或许可能成为救治夏早早的良方,两个可爱年轻的生命早早和晚晚都能够健康成长是我们最为期待的结局。

但是,抛开温情的假设,卜绣文实质上充满了悲剧色彩的人物。年轻时被坏人强奸这一偶然性因素随着时间的推移成为她不幸的源头,外来的不可抗力与自身的性格共同造成了她的不幸。卜绣文的境遇是各种苦难集合的一种极致性地表现,实质上隐喻了一种人生存的普遍困境。人的一生伴随着苦难,既有来自于外界的不可抗拒的自然因素,也有人与人之间不能相互理解的孤独,各种两难的抉择,无望的挣扎等等。

在西方神话中,西绪弗斯因触犯众神被罚推一块巨石到山顶,每次当西绪弗斯把巨石推向山顶的时候,巨石就会又滚下,于是他就要不断重复、永无止境地做这件事。卜绣文的生存境遇充满着苦难,她试图通过拯救女儿救赎自己,却加剧了她的悲剧性,在母爱光辉的掩映下,她的挣扎和西绪弗斯一样充满着无望之感。

(王海燕:中国海洋大学文学与新闻传播学院中国现当代文学专业研究生)

---

① 王蒙:《作家——医生毕淑敏》,《毕淑敏作品精选》,中国三峡出版社1995年版,第89页。

医者圣心
——浅析毕淑敏人生经历对其散文创作的影响

马闪闪

毕淑敏作为当代一位影响广泛的女作家,她丰富的人生阅历、博爱的情怀以及强烈的社会责任感使她的散文作品既不同于一般的小女人散文,又有别于大部分的男性散文。

文学作品是作家人生经历和心灵世界的集中反映,散文尤其是如此。作为女性,毕淑敏的散文多了一份细腻敏锐、一份对女性的特别关爱,而在藏北阿里11年的军旅生活又使她的散文平添了一份乐观、一份崇高,同时22年的从医经历和深厚的心理学知识素养又使她的散文弥漫着一股冷静、睿智的气息。

毕淑敏作为女性作家对其散文的创作影响可以大体表现在两个方面:一是她的散文大量取材于女性方面,对女性的关爱更突出,如《去学女儿拳》、《女思考者》、《致被强暴的女人》、《女抓捕手》、《问女应几佳》等。她的此类文章深切表达了对女性不受重视、被歧视甚至被戕害的愤怒和不满,她鼓励女人应该站起来、强大起来捍卫自己的尊严和权利,并且自己身体力行为女人争取应得的权利。她的散文像一剂良药,为广大妇女疗伤打气,为这个社会存在的弊病诊脉开方。二是作为女性的毕淑敏更了解女人的内心,因而较之其他散文作家,她关于剖析女性心理的散文更敏锐,更独到,更显深刻。如"我说那你为什么不在事先告诉我实话呢?她说,她不愿意说实话。她不愿独自承受痛苦,她希望有更多的人和她有一样的遭遇","我说,不要以为在这个过程中,女医生和过来人的话就可以听。女人伤害起女人来,背叛起女人来,也许比异性更甚。人性的幽暗在这里会更充分地暴露"(《费城被阉割的女人》),"述说女儿是个娇娇小姐……让他们先为自己儿子日后的妻管严捏一把汗。最后,做一副可怜相,告知我和老公浑身是病,一个女婿半个儿,后半辈子就指望他们儿子了……她说到这里,得意地笑了"(《娘间谍》)。毕淑敏在剖析女性深层阴郁心理方面于冷静之中见犀利,切肤之痛隐藏于节制和平和的表述之中,更显出人性阴暗一面的残忍和冷酷……这与她一贯的温和作风迥异,更显出她的坦诚、敏锐和勇气。"我知道这不仅仅是我个人的事情了,是众多的女性所面临的重大问题。我要尽我的力量。我到电视台去宣讲我的主张,我的孩子和我离婚的丈夫,都在看这个节目。我吓得要命,临进演播室的时候,我一口吞下了两颗强力镇静剂。"(《费城被阉割的女人》)毕淑敏不仅仅是揭露更是身体力行,她鼓起所有勇气加入到关爱妇女的实际行动中去——克服怯懦,硬着头皮,不是为了自己,而是为了其他的姐妹免受痛苦宁肯自己承受巨大压力,所谓人品决定文品,毕淑敏的作品之所以引起强烈反响也和她本真的善良和勇敢是分不开的,特别是散文的创作更是与作家的心灵世界水乳交融。

作为一位女性作家,毕淑敏对女性命运和生存状态的关注尤为明显,面对女性不平等的社会地位甚至于受男性欺辱的生存状态,毕淑敏深感悲愤,她取材与这方面的散文无疑对改变女性生存窘境起着积极巨大的作用,这也是毕淑敏散文区别与大多数男性散文作品的一个突出特点。同样作为女性作家,毕淑敏的散文较之于其他女性作家的散文又有所不同,她的散文更大气,更乐观,充满了力量,完全不同于时下流行的小女人散文那种调调,而是更显阳刚之气,更客观冷静,更富于思想启迪性。

在藏北阿里 11 年的军旅生活,对毕淑敏整个人生的影响都是巨大而深远的。在阿里,她经历了极端的苦难,见惯了死亡,生命时刻受到威胁。作为一个 16、17 岁的小姑娘,在这种环境下生活了 11 年,她的青春在这片广袤崇高而又苦难的土地上流逝,她的思想在这里铸就。面对恶劣的自然环境、生命时刻受到威胁的生存状况,毕淑敏感觉到了生命的脆弱短暂,在这种情况下,活着就是幸运,能够存活下来就是很大的幸福,这些刻骨铭心的经历让毕淑敏早早就明白了生命才是最重要的,能活下来就是天大的福气,这大概也就是她散文作品中满含温情的原因吧! 能活着就是幸运,还活着就是上天的恩赐,就该感激,试想一个时刻心存感恩之心的人,她的心灵又怎能不满怀爱意,她的作品又怎么能不满溢温情!

同时,恶劣的生存环境也残忍地夺去了许多战友的生命,那些亲爱的年轻的战友们,为了戍边,为了保家卫国远走他乡,最终埋骨大雪山下,"无数人的奉献与牺牲,才使得我们懂得做人的责任,领悟到真理与庄严、崇高与伟大,勇敢与坚强的内涵。人生可能有许多事情还难以选择和把握,但有一点,人是可以选择和把握的,那就是自己对人生态度,只有积极的、向上的、友善的、努力的、乐观的、充满信心地去对待生活,人生才会有亮色,这也是我这段西部生活的价值"①。毕淑敏在阿里的这些生活经历和思想活动使得她后来的散文作品整体上都弥漫着一份乐观、一份崇高。同时,她在阿里的军旅生活经历培养起了她强烈的责任感,她明白了生命的珍贵和生命的脆弱,在以后的日子里无论是做医生还是心理咨询师抑或是从事文学创作,她都格外关注对人的身体和心灵的双重呵护。做医生,她认真对待病人的病情;做心理咨询师,她努力救治呵护病人的心灵精神世界;从事文学创作,她积极倡导人们应该相亲相爱,彼此理解,互相体谅。她把关爱他人、提倡大家相互关爱作为自己义不容辞的责任,兢兢业业地贡献自己的所有力量。她的责任心、她的仁爱、她的无私汇聚于她的心灵深处,并最终通过她的作品给世人传递了爱的力量,尤其是她的散文作品,更是像心灵鸡汤一样滋润了世人荒凉自私的心灵世界,她的作品中的挚爱、呵护和温情也正是她的文学作品深受读者喜欢的重要原因之一。

毕淑敏有 22 年的从医经历,又系统地学习了心理学的知识。作为一位资深的医者,她见惯了死亡,也明白死亡是大自然的规律,是生命的最后阶段,是所有人都不可避免的最终归宿,因此,她的散文透露出一股睿智、淡定和达观。中国的传统文化一向是"好生恶死"的,对死亡这个话题忌讳颇深,这样就造成了中国民众对死亡的恐惧,"好死不如赖活着",一味追求生命的数量,忽视生命的质量。毕淑敏创作了大量关于死亡题材的散文,如《让死亡回归家庭》、《与青年学生谈生与死》、《21 世纪,我们死在哪里?》、《艾滋之椅》等。她的此类散文的一个重要主题就是:死是不可避免的自然规律,我们应该坦然面对死亡,死亡是生命的最后一个阶段,有了死亡生命才更完整,因为死亡生命才更有意义。生命是

---

① 毕淑敏:《毕淑敏文集:格布上的花——领悟人生的亮色》,群众出版社 2004 年版。

可贵的,也是短暂的,我们应该珍惜自己的生命,在有生之年好好爱好好生活,尽量实现自己的理想,在面对死亡时亦无需惊慌,应该坦然处之,甚至于应该学习如何面对死亡、欣然接纳死亡。生命是有限的,对于这一点,突飞猛进的医学也对之毫无办法,既然如此,那么倒不如顺应大自然的规律,坦然面对死亡。所谓善始善终才是明智之举。毕淑敏对于死亡的独到见解对于现代的中国人来说无疑是影响深远的,对当代文坛的贡献也是有目共睹的。

值得强调的是毕淑敏对死亡的坦然豁达态度并不是消极的,恰恰相反,她是积极的。她是想通过死亡学让更多的人明白,生命是有限的,在这有限的时间里,我们应该充分利用这有生之年多做些有意义的事情,而不应该把宝贵的时间浪费在蝇营狗苟上,浪费在无谓的事情上,应该心胸豁达的生活,应该怀着感恩的心热爱生活。

毕淑敏关于死亡题材的散文还有一个突出的特点,那就是她极力提倡"让死亡回归家庭"和"尊严地死亡"。随着社会和医学的迅猛发展,我们大部分人都在医院走完了生命的最后一程,基于种种原因,我们已经遗弃了在家中被亲人围绕着平静死亡的传统。明知道病人已经完全没救了,还要徒劳抢救,使得即将离世的人也不能尊严地体面地走完人生的最后一程。她认为面对死亡,医学也是无奈的,滥用医疗设备、一味盲目徒劳的治疗是一种对资源的浪费和对临终人员的不尊重,既然医学已经无力回天,那么让临终者回到熟悉的家中,在被亲人围绕的温暖气氛中静静地离去才是更佳的选择。有尊严地活着,这是我们都赞同的,然而尊严地死亡却一直不被重视,毕淑敏关于"尊严地死亡"这一论断亦是睿智和独到的。

毕淑敏在阿里11年的军旅生涯、22年的从医经历以及她渊博的心理学知识和文学知识使她的作品整体弥漫着一股乐观、坚强,睿智和豁达的气息,她的散文作品温情之中见冷静,平凡之中显睿智,耐人寻味,再加上作品中满含的爱意和乐观的基调被大众热衷乃是水到渠成之事。

无论是作为外科医生、作为心理咨询师还是作为作家,毕淑敏都可称得起是真正的医者。更确切地说,正是毕淑敏的这些经历才使得她成为了一个全面的医师:作为外科医生,她救治病人的生理疾病;作为心理咨询师,她救治病人的精神疾病;作为作家,她救治读者的心灵世界。

可以说毕淑敏的特殊丰富经历铸就了毕淑敏在当代文学界的辉煌,特别是她的从医经历更是奠定了她散文作品的独特风格基调,使她在当代文坛芸芸大众中脱颖而出。然而正是由于她从医经历的丰富和文学功底的相对薄弱,使她的散文创作在文学性、艺术性方面却是有待商榷和继续努力的。诚然,散文较之于其他文学体裁更注重表达作者内心的真情实感,散文创作也更随性、更自由,但作为一种文学样式,散文的文学性和艺术性亦是非常重要的,是需要格外关注的,散文不仅仅是思想的传声筒和写药方的砂纸,它更是文学作品,是给读者于审美享受和思想启迪的艺术品。

毕淑敏,她是从阿里高原款款而来的医者,笑容温和,睿智淡定,她勇敢地履行社会和时代赋予她的使命,兢兢业业奉献。虽然她的文学创作亦有不足之处,但我们仍旧有充分理由相信这位从阿里高原而来的白衣天使会在当代文学界走得更远更好……

(马闪闪:延安大学中国现当代文学专业研究生)

毕淑敏散文中的女性理想

徐珊珊

毕淑敏是我国新时期以来重要的女性散文家,她以自己丰富的人生阅历和独特的女性视角为中国散文界带来一缕清新的空气。她的散文世界里,没有"胡马北风"式的壮志豪情,更多的却是女性的坚忍与不屈;看不到"小女人散文"里的柔情蜜意,却满溢着女人独有的生活智慧。每当走进毕淑敏的散文世界,不得不由衷地慨叹她作为一名女性,笔下怎能一如既往地闪烁着理性、智慧之光?医生、心理咨询师、作家,三重身份锻就了她如鹰隼般敏锐的视角;而思考,则是她成就智慧的重要因素。在她的笔下,看似平常的生活点滴也可成为一门独特的"毕氏哲学"。

当代作家王蒙说毕淑敏是文学界的白衣天使[1],这也与毕淑敏的职业经历有关:17岁在西藏阿里地区当兵,由卫生员成长为一名军医。在那片广袤而神奇的高原上,她过着几乎与世隔绝的日子。当时正值"文革",西藏让她远离那场政治浩劫,同时也奠定了她日后作品纯净、健康的基础。回到北京后她又学了心理学,成功转型成为一名心理咨询师,并写出了不少"心灵处方"式的散文。在她谈到为何弃医从文时,她说:"说实话我不喜欢当医生,因为医生看到的永远是愁眉苦脸,每天一开门看到的不是捂着肚子就是一瘸一拐的人,从没有谁快快乐乐地来看病的,我当时想当医生很倒霉。但组织这么分配的只好做下去。而12年后我从西藏回到北京,我在一个铜厂的卫生所继续当医生。我感到人们并不真正了解西藏,那里的一切都太遥远了,可是我真的不甘心让那些我亲眼所见的惊心动魄的故事轻易被山风吹散,我就想一定要记下来。现在看来那种冲动也是一种本能吧。"[2]中国文人自现代起就有着"弃医从文"的传统,鲁迅,郭沫若,冰心……从医所挽救的生命是有限的,从文则可以拯救无限人的精神世界。若说鲁迅先生是医治国民劣根性的圣人,那么毕淑敏则是为当下,尤其是为女性心理开处方的贤者。

翻开"毕氏哲学",毕淑敏用一贯的女性视角观察社会,审视生活,用女性特有的敏锐与细腻品味情感,并坚持不懈地编织着自己严谨的思维理念。作为女性,要接受社会的挑剔,生活的苛待,《女人什么时候开始享受》就描绘了一幅忧郁而凄凉的女人一生都在热望享受,却屡屡与享受失之交臂的图画。在文章的最后,她大声呼吁:"善良的女人们,请从这一分钟开始,享受生活。"[3]女人是弱者,这样的局面是千百年来封建枷锁留下的阴影,这样的阴影在女性的心中刻下了累累伤痕,甚至许多女性开始自怨自艾,抱怨命运竟然如此不公。这时,毕淑敏跳出来,昂起头,响亮地向所有人宣布——《我很重要》:"重要不是伟大的同义词,它是心灵对生命的允诺","人们常常从成就事业角度,断定我们是否重要。

---

[1] 王蒙:《作家——医生毕淑敏》,《毕淑敏作品精选》,中国三峡出版社 1995 年版。
[2] 李冰:《毕淑敏:弃医从文写心灵》,《深圳特区报》2009 年 7 月 3 日。
[3] 毕淑敏:《心灵处方》,作家出版社 2008 年版。

但我要说,只要我们在时刻努力着,为光明在奋斗着,我们就是无比重要地生活着"①。梁漱溟先生早就指出,"中国文化最大之偏失,就在个人永不被发现这一点上"②。因此,当"我很重要"这个口号从女性作家笔下喊出的同时,其作为一名女性的自信与自豪可见一斑。事实也是如此,毕淑敏的散文中,到处充盈着成功女性自强、自立、自豪的感情。《我爱我的性别》宛若一声呐喊,惊醒世间的女人,告诉她们,"女性,这一神圣的性别,和男性具有同样的思索与行动的能力。因此,她是平等和光荣的。她所具有繁衍哺育后代的结构和职责,更使她辛劳和伟大"③。长久以来,中国的女性意识被其父权机制所遮蔽,女性往往是消极、被动的同义词,而毕淑敏在她的散文中坚持不懈地为女性意识摇旗呐喊:《致不美丽的女孩子》、《素面朝天》教女人以自信;《去学女儿拳》、《致被强暴的女人》鼓励女人要学会自强;《我所喜爱的女性》、《寻觅优秀的女人》、《淑女书女》则让女人们知道应该怎样去完善自己,从而因为自己是一名女性而自豪。她用散文顽强地营造着自己理想的世界:女性应该走出生存困境,追求人格尊严。如她在《问女应几佳?》中所期待的那样:"给女性以光明,给性别以平等,给社会以公正,给明天以祝福。"④

毕淑敏还是有着明确的爱憎与社会责任感的作家,经她精致装潢的文学世界,强烈地直抵人心。偶尔,她对现实有些小不满,但她没有把散文当做宣泄自己不满情绪的工具,而是积极调动自己的智慧来应对这些不满,做自己应该做的事,写自己想写的文章。在她的文学世界中,我们可以明确地看到,她用自己的努力去向所有人闪耀着她智慧和道德的光辉,号召人们依靠个人的力量去完善他们各自所生活的世界。在她的"毕氏哲学"里,有一个贯穿始终的潜在主题,那就是"爱、幸福、生活"三者之间的紧密关系。毕淑敏生活在平常人中间,她的散文世界所展示的也是普通百姓的日常生活。"生活是文学艺术的唯一源泉"⑤,她的散文多是从生活中信手采撷的一颗颗珍珠,个个光洁饱满,晶莹通透。如《暴雨筛》、《友情如鞭》、《平安扣》、《女孩,请与我同行》、《呵护心灵》……每一颗读来都让人似曾相识,感触良多。

作为女性,婚姻、家庭在生活中所占比重不轻,毕淑敏的散文作品题材大多与之相关。对待婚姻,她在《结婚约等于》里提醒婚姻中与即将步入婚姻生活的人们:"婚姻并不仅仅是快乐,是节日,是两情相悦,是生死与共。它还是考验,是煎熬,是一种熟悉生活的破坏和一种崭新模式的建立,是包含着智慧勇气人格意志的双方重新组合。"⑥在婚姻生活中,她还看到《婚姻有漏》:"漏是沙漏的漏,一个缓缓下旋的洞。""一个有漏的婚姻,从一开始就是不结实的。当所有的情感都漏光的那一天,婚姻就瘪了。"最后她总结道:"婚姻无漏的理由只有一个,那就是爱。因为有了爱,才会长出茁壮的忍耐。忍耐磨砺着爱的光洁,使它在坚硬的同时润泽而美丽。"⑦毕淑敏散文之所以能够充满爱,与她的生活经历分不开。她出生在一个温馨幸福的家庭,孝顺父母,呵护弟妹,结婚后与丈夫恩爱融洽,在家里

---

① 毕淑敏:《我很重要——毕淑敏哲理散文精选》,时代文艺出版社 2005 年版,第 41 页。
② 梁漱溟:《中国文化要义》,学林出版社 1987 年版,第 259 页。
③ 毕淑敏:《人生真实》,时代文艺出版社 2006 年版,第 41 页。
④ 毕淑敏:《人生真实》,时代文艺出版社 2006 年版,第 257 页。
⑤ 毛泽东:《毛泽东选集》(第三卷),人民出版社 2007 年版,第 860 页。
⑥ 毕淑敏:《心灵百合》,求真出版社 2010 年版,第 140 页。
⑦ 毕淑敏:《心灵百合》,求真出版社 2010 年版,第 167 页。

备受儿子的爱戴,这样的生活让毕淑敏心中充满爱,在作品中宣扬爱。正如她自己所说:"爱是需要学习,需要钻研,需要切磋,需要反复实践,需要考验,需要总结经验,需要批评帮助,需要阅读,需要讨论,需要提高,需要领悟——总之,需要一切手段的打磨和精耕细作的艺术。"①

读她的散文,不用刻意提醒,也能看得出她作为心理学工作者所具有的一眼洞穿人们内心的强大能力。在人们的幸福感指数普遍低下的今天,毕淑敏用《提醒幸福》唤醒了一直生活在混沌中的人们:"我们太多注重了自己警觉苦难,我们太忽视提醒幸福。""享受幸福是需要学习的,当幸福即将来临的时刻需要提醒。"因为"人们常常只是在幸福的金马车已经驶过去很远,拣起地上的金鬃毛说,原来我见过他。"见过幸福却不曾拥有幸福,乃是人生一大憾事,所以"常常提醒自己注意幸福,就像在寒冷的日子里经常看看太阳,心里就不知不觉暖洋洋亮光光"②。在《银与福》里她借神秘的羊皮画强调"银子不能永远骑在福头上。"她用《幸福盲》启示大家,生活中也不缺少幸福,只是缺少发现幸福的眼光。毕淑敏用温婉柔和的语言,真切灼热的感情向读者展开了一幅女性理想世界的场景——充满爱与幸福的生活。爱,是女人跳动不息的脉搏;幸福,是女人奔腾不止的血液。毕淑敏散文中透露出的女性理想清晰可见:女性本应该在充满着爱与幸福中生活。

在表达方式上,女性擅长的形象思维在毕淑敏散文中起到了不可替代的作用。她利用典型化和想象的方法,把抽象的概念幻化成具体艺术形象来调动读者的各种感官,以达到化繁为简,化整为零的最终目的。例如,她说语言"是一种比玉石还要坚硬比煤渣还要普通比豆腐还要软比草莓还要新鲜的材料"③(《回答海浪》);说结婚"约等于一次必将穿越风暴的航行。当新船驶离港口的时候,两个水手要将自己的身心调整到最光明最昂扬的状态,镇静地眺望远方,携手向前"④(《结婚约等于》);在鼓励女人要自强时说"强暴是发生于刹那的地震,我们需要久久地修复。但女性生命的绿色,必将覆盖惨淡的废墟"⑤(《致被强暴的女人》)。用艺术形象表达作者的思想感情往往比单纯的说理更有效,更容易达到作者与读者感情上的共鸣。

为了写作,毕淑敏认真地攻读了中文系与心理学,但是医生出身的她在散文语言方面仍然保持着自己的特色,散文语言像医生开的处方一般干净利落,用平常、质朴的文字向人们传达她的理想。她的散文不同于同时期的很多女性散文家,例如读舒婷散文可以明显感到舒婷诗人气质对其散文语言的影响,字里行间流露出浓浓的诗意诗情。而读毕淑敏的散文,听她循循善诱,却给人以如话家常的感觉。

毕淑敏是一位高产作家,几乎每年都有大部头作品问世。期待着她继续为女性打造理想世界,为世人建筑"精神的小屋"!

(徐珊珊:延安大学中国现当代文学专业研究生)

---

① 毕淑敏:《爱怕什么》,华夏出版社2000年版,第78页。
② 毕淑敏:《我很重要——毕淑敏哲理散文精选》,时代文艺出版社2005年版,第25页。
③ 毕淑敏:《我的故事》,中国青年出版社2005年版,第82页。
④ 毕淑敏:《心灵百合》,求真出版社2010年版,第140页。
⑤ 毕淑敏:《人生真实》,时代文艺出版社2006年版,第238页。

解读毕淑敏散文中的女性关注

朱翠翠

毕淑敏的散文常常以真挚、诚恳的话语给予人们感情的引导。在散文中,毕淑敏尤为关注女性,她常常以女性的视角去解读社会中的很多问题,主要涉及婚姻、家庭,她从自身的情感认识出发去关注女性在家庭和社会生活中面临的困难处境,并给出一些理性恳切的见解,因而毕淑敏的散文有着鲜明的女性视角。毕淑敏从女性视角去解读女性在生活中的困难,又对女性在婚姻、家庭中的情感进行了探讨。她认为女性的爱包括对恋人的爱、对家人的爱,是女性的一种本能,也是女性生活中不可缺少的部分,怎样正确地面对爱情婚姻,怎样处理好与恋人、家人之间的关系,是毕淑敏所思考的问题。毕淑敏对女性情感的思索,实际上是对女性自身的关心和关注,她呼吁女性关注自我、关爱自己,帮助女性梳理自身的情感,希望女性以健康的心态来面对人生、面对婚姻、面对家庭。毕淑敏关注女性和女性的情感究其根本是对人的生命的关注,她从心理学的角度给人们心理上的指引,鼓励人们理智而乐观地面对生活,因而她倡导的是一种健康的生命状态,尤其是精神的健康。

一

毕淑敏在散文中以女性的视角来观察社会生活和家庭生活,关注女性在家庭和社会中的困难处境。在家庭生活中,女性既要担负起繁育后代的职责,又紧紧束缚在家务劳动之中。在人们的家庭意识中,女性承担家务劳动成为了理所应当的事,因而女性的付出更容易被家人所忽略。在这样的处境中,女性的心理也渐渐变得疲倦,毕淑敏在散文《对女机器人提问》中说:"在人们的意识中,家务劳动是被故意忽视或者干脆就是藐视的。它张开无言的长满黑齿的巨嘴,把一代代女人的青春年华吞噬,吐出的是厌倦和苍老。"[①]女性在家庭生活中感到厌倦是由于女性劳动的价值被无视和否定,女性的劳动没有得到应有的承认和尊重,随着在家庭中女性作为个体的价值被否定,女性自身的主体意识也呈现缺失状态。"由于女性长期处于被动地位,主体意识缺失,因而女性主体意识的确立,是女性充分发挥主体的能动性和创造性的来源和基础,是女性对自身价值的认可和追求的理性起点,更是女性发展的基础。"[②]怎样面对女性在家庭生活中面临的这些问题,怎样重新回复女性积极的心态和主体意识,毕淑敏首先提出女性要从自己的精神世界解放自己,她提

---

① 毕淑敏:《结婚约等于》,北京十月文艺出版社2003年版,第14页。
② 黄蓉生、任一明:《现代女性学概论》,西南师范大学出版社2009年版,第86页。

出,"女性解放自己,首先要让自己活得轻松快乐"①。积极健康的心态可以让女性重新重视自我,重新确立自身的主体意识,对自己的家庭工作、自身的心理需求有了更清晰理智的认识。同时,女性要从厌倦的家务劳动中解脱出来,从疲倦的家庭生活释放出自己,需要自己的努力,更需要家人的参与。男性作为家庭的重要成员要尊重女性的劳动,理解女性在家庭生活中的努力,男性更应该尽力分担家务,共同维护好一个舒适美丽的家园。

毕淑敏从自身经验出发,提倡女性在家庭主妇角色之外应该有自己的社会角色,即应当有一份属于自己的社会工作。虽然女性在家庭生活中极为重要,但作为一个完整的有主体意识的个体,也需要参与社会生活,在工作中实现自我价值。毕淑敏自身的生活经历让她清晰地认识到之一点,在全职的主妇生活中,她听到了自己精神世界的呐喊,追求自我价值的精神需求促使她开始了文学创作生涯。在散文《写作是一种命运》中,毕淑敏记录了自己走向文学创作时的心境。"当我把家里的事都干得差不多了,开始有时间打量这个喧嚣的城市的时候,我突然听到灵魂深处的呼喊。我在这个世界上,还有一件非常紧要的事情没有做呢。"②这件非常紧要的事情就是文学创作,毕淑敏就是通过文学创作实现了自我,实现了精神上的满足。其实,在现实社会中尤其政治经济领域,女性的地位仍得不到应有的重视,性别歧视潜在或明显地存在。面对女性在社会生活的困难处境,毕淑敏没有感到悲观失望,也没有强烈地抵触或抗争,她更多着眼于女性心理世界,指引女性精神上的完善。同时她又对社会上的性别观进行了否定,指出女性和男性是平等的。在散文《我爱我的性别》中,毕淑敏强调:"女性,这一神圣的性别,和男性具有同样的思索与行动的能力。因此,她是平等和光荣的。"③

二

毕淑敏的散文有相当一部分涉及婚姻和家庭,她站在女性立场上探讨女性怎样理解爱情和婚姻,怎样选择自己的婚姻,怎样解决婚姻家庭中的矛盾,又怎样处理好家庭与工作的关系等等。这些文章大致可以分为恋爱和家庭两类,也就是爱情和婚姻两方面的问题。她肯定真挚的爱情并着力从心理学的视角去分析女性应抱有的正确的恋爱观,以及女性走向婚姻家庭后面临的情感问题。

毕淑敏在散文中主张一种健康的爱情观。散文《虾红色情书》中描述了这样一种爱情心理:女孩收到了男友血写的情书后陷入了痛苦的思索和抉择,一方面她真切地感受到了男友的爱意,另一方面她又感到逼迫和恐惧。作者冷静地分析了男友的性格心理,并对他们的情感表达了自己的见解。她认为:"爱情绝不是单一的狙击,爱是一种温润的恒远。"④男友以这种自残的方式,几乎是逼迫着女孩接受自己的情感,更像是一种爱的威胁,这种爱情是不正确、不健康的,这种爱情心理将会把他们的爱情引向危险的境地。因而在毕淑敏看来,爱情不应是疯狂的,不应该是逼迫和对抗,爱情是温和的,应该是长久的爱惜与尊重。《眼药瓶的奥秘》中作者面对的是一个因为谎言而失去爱情的女孩,女孩欺骗了男友,

---

① 毕淑敏:《结婚约等于》,北京十月文艺出版社2003年版,第15页。
② 毕淑敏:《忍受快乐:毕淑敏散文集》,新华出版社2004年版,第230页。
③ 毕淑敏:《结婚约等于》,北京十月文艺出版社2003年版,第110页。
④ 毕淑敏:《忍受快乐:毕淑敏散文集》,新华出版社2004年版,第237页。

导致了男友的痛心离去,也给自己带来了痛苦。作者指出,女孩付出了惨痛的代价,但她没有反思出问题的关键,她之所以失去爱情并非是由于过去的经历,而是在面对问题时没有向男友说出实情,反而想方设法去掩盖和欺瞒。作者感叹:"恋人之间,谎言注定要杀伤幸福……真正的爱情必定是真诚基础上的建筑。"①人与人的交往需要真诚,在爱情中真诚尤为重要。毕淑敏主张的爱情必然是相互之间的真诚,以真诚为基础,恋人才能具有健康的正确的爱情观,拥有真挚的爱情。

对于女性在婚姻家庭中的问题,毕淑敏给出了自己的一些见解。在现实的婚姻的问题上,作者理性甚至残酷地打破了女性为自己编织的婚姻爱情的美梦,使女性更清醒而现实地看待自己所面对的婚姻建筑。毕淑敏认为,文学作品中所谓的唯一是骗人的,世界上并没有注定的唯一,女性在寻找伴侣的道路中有多种可能,女性不应该把对幸福的希望寄托在所谓的唯一上。"有成千上万的男人,可能成为某个女人的好丈夫。"②怎样选择合适的伴侣,怎样选择美满的婚姻,毕淑敏在《婚姻鞋》中进一步回答:"婚姻是一双鞋。"③女性选择合适的伴侣就像脚选择一双合适的鞋子,世界上有很多漂亮的鞋子,你需要听从脚的感觉,找到真正适合自己的那一双鞋。找到了合适的伴侣,女性开始走向婚姻,走入婚姻建筑。历经生活的磨砺,爱情开始渐渐淡去,婚姻建筑也开始磨损、断裂、毁坏,甚至在风雨中摇摇欲坠。毕淑敏提出我们要修补爱情,"爱情是我们一生中最需精心保养的器皿,他具备可资修补的一切要素"④。当爱情系统出现问题,我们只有认真思考检查,及时维修处理,日复一日地完善,爱情才能美好而长久。

综合毕淑敏对女性情感的分析,可以看出她关注的并不局限于事件本身,而更多的是探讨女性在遇到这些问题时心理情感的变化,也就是说,毕淑敏对女性情感的分析立足于对女性自身的关心与关爱,她希望女性能够正确面对情感问题,关爱自己,积极健康地生活。对女性自身的关爱首先表现为对身体的珍爱。毕淑敏认为,身体是女性的美丽的资源,应该得到女性的尊重和保护。散文《校门口的红色跑车》中女孩为了金钱伤害了自己的身体,悔恨之余,她才深切地感受到爱惜自己的重要。毕淑敏散文中对女性的关爱更多体现为对女性心灵的维护、抚慰。她深切地感受到女性在现代社会,在婚姻家庭中心灵上出现的种种问题,以心理学的方法,解开他们藏在内心的枷锁,帮助他们从阴影中解脱出来,重新感受到生活的美好。可以说,毕淑敏通过散文对围困在社会、家庭问题中的女性进行了精神上、心灵上的救赎。而这种救赎,是通过她自然亲切的话语方式实现的,"人们在她的创作中能找到平民百姓的情感和思维方式,能将自己寓于那种安慰、熨帖的百姓情怀之中,自然也就在她的拯救之中"⑤。

三

毕淑敏对女性和女性情感的关注,究其根本是对人的生命的关注与关爱。女性的生

---

① 毕淑敏:《结婚约等于》,北京十月文艺出版社2003年版,第68页。
② 毕淑敏:《结婚约等于》,北京十月文艺出版社2003年版,第1页。
③ 毕淑敏:《忍受快乐:毕淑敏散文集》,新华出版社2004年版,第240页。
④ 毕淑敏:《结婚约等于》,北京十月文艺出版社2003年版,第77页。
⑤ 刘俐俐:《颓败与拯救——毕淑敏与一类文学主题》,华夏出版社2000年版,第103页。

命形态相比男性而言要更加脆弱,女性在社会生活中也处于较为弱势的地位,人类生命的困境在女性群体中表现得更为鲜明。毕淑敏从女性视角入手,发现女性在社会和家庭生活中的遇到的现实的或心理上的问题,实质上就是对生命在现代社会中处境的关注。毕淑敏运用心理学方法排解一些女性的烦恼,引导他们的心理世界走出阴霾,走向健康积极的生命状态,实际上表现出了她对人的生命的关心与关爱。在散文《精神的三间小屋》中作者为自己的精神修建了三间小屋,一间装着我们的爱与恨,一间装着我们的事业,一间安放我们自身。可以看出,毕淑敏散文对人的生命的关注,对健康生命状态的倡导主要通过情感世界、人生价值、精神世界三个方面来表现。

人的情感世界是洞察人的一生的一把钥匙,亲情、爱情、友情、仇恨、愤怒、厌恶……通过它可以看到人的生命中所爱的所恨的一切。毕淑敏散文对人们的亲情和爱情进行了思考,阐释了在人的生命中亲情和爱情的重要性。在散文《孝心无价》中,作者一面感动于父母对孩子深沉的爱,另一方又感叹现实社会中孩子们很少向父母尽孝。作者认为,对父母尽孝是作为子女的义务,更是对生命的崇敬。一些孩子极度自私,为了自己的利益而置父母于不顾,作者对他们进行了严厉的斥责:"一个连母亲都无法挚爱的人,还能指望他会爱谁?把自己的利益放在至高无上的位置的人,怎能成为为人类献身的大师?"①在散文《修补爱情》中,作者不遗余力地赞美爱情:"爱是珍贵的,爱是久远的,爱是有历史的,爱是渗透了情感的,爱是无价之宝。"爱情的宝贵足以令人们去精心保养,去细心呵护。同时,毕淑敏也在散文中对人的消极情感进行了探讨。在《珍惜愤怒》中,作者坦然说出:"愤怒是人们正常情感之一,没有愤怒的人生,是一种残缺。"②愤怒同亲情、爱情一样也是人们应具有的情感,它在表现出人们对一种行为或思想的不满时,也从另一面展现了自身的思想和价值观,它是人们情感中重要的一部分,展现了人们情感中真实的一面。

在《精神的三间小屋》中,人生价值指的是人们的事业,人生价值的实现需要人们寻找到真正适合自己的事业并在事业中付出努力。散文《我很重要》把自己的事业作为证明我很重要的一个重要的因素。寻找适合自己的事业是一种相互的关系,自己要适合这项事业、热爱这项事业,相对的,你也要具备驾驭这项事业的能力,在这项事业上做出一定的成绩,只有这样才能说,在这项事业上我很重要。毕淑敏也从自身出发,探讨写作这项事业对自己以及对其他作家的意义。《独自远行的事业》提醒人们,在发展事业、实现人生价值的路上,困难和挫折总是不可避免的,人们应充分做好受挫的心理准备,以抵御随时而来的挫败感和失落感。在事业奋斗的过程中,人们还往往面临生活中的其他问题,学会协调事业和生活之间的关系十分重要。《七万小时之外》探讨的是职业对人的正常生活的影响问题。有些人过于投入事业,性格也随之变化,以至分不清职场和家庭的界限,扰乱了正常的生活状态。只有保持了健康的心态,正确地对待工作和生活,才能合理规划好自己的生活,做好自己的事业。

关注人的精神世界是生命关注中最重要的部分,毕淑敏以心理学家的敏感对人们在现代社会中的精神世界、心理特征作了细致的分析和思考。散文《提醒幸福》形象描绘了

---

① 毕淑敏:《结婚约等于》,北京十月文艺出版社 2003 年版,第 31 页。
② 毕淑敏:《结婚约等于》,北京十月文艺出版社 2003 年版,第 95 页。

作者的幸福理念,即幸福常常就在我们身边,我们要学会感受到幸福,捕捉幸福的真谛。文章注重于对幸福价值的强调,阐释出良好的精神世界对于人的生命的重要意义。"所以,当我们一无所有的时候,我们也能够说,我很幸福。因为我们还有健康的身体。当我们不再享有健康的时候,那些勇敢的人可以依然微笑着说:我很幸福。因为我还有一颗健康的心。甚至当我们连心都不再存在的时候,那些人类最优秀的分子依旧可以对宇宙大声说:我很幸福。因为我曾经生活过。"[①]拥有一个健康的、积极的、乐观的生命观,是人们战胜生活中的苦难,勇敢坚强面对人生的重要武器,也是人们保持善良、真诚、感恩之心的必要条件。文章想要告诉我们的是,感受幸福的关键不在于幸福是否存在,而在于你是否具有感受到幸福的心灵。毕淑敏提倡的健康的精神世界,也可以说是一种乐观的心态。这种乐观并不是盲目的,它是清醒而理智的。生活中的确存在着很多的艰辛,未来也许会有很多困难和挫折,但我们不能始终生活在悲伤和痛苦中,为不可预知的困难所吓倒。我们需要学习快乐,它使我们在困难到来时积极面对,困难过去时得到宝贵的经验。毕淑敏的快乐哲学为人们指出了一条走向健康、积极、乐观的精神世界的道路,是对人的心灵世界的滋养,也是对人的生命状态的一种真切的关爱。

毕淑敏的散文从女性视角关注女性在现代社会中所面对的婚姻家庭和社会生活问题,关注女性情感在婚姻家庭中的困难处境。她通过心理学知识对这些问题进行理智的分析,帮助他们找到走出困境的方法,又通过文字记录下她的所思所感,给更多有困难的女性以心灵的启示。在她的散文中,我们不难发现她对人的生命关心与关注。她是一位心灵的医生,美丽的文字足以成为疗伤的良药,她试图通过自己所持有的积极、乐观的人生态度来感染更多的人,促使人们走向一种健康的生命状态。

(朱翠翠:中国海洋大学文学与新闻传播学院中国现当代文学专业研究生)

---

① 毕淑敏:《忍受快乐:毕淑敏散文集》,新华出版社2004年版,第86页。

浅谈毕淑敏散文中的女性话语特征和女思考者的建构

李 沫

毕淑敏作为我国当代文学著名的女性作家,以其独特的人生经历和女性情怀来挖掘、感悟生活,她散文中所形成的别具一格的"毕淑敏式"的女性话语特征使得她在文学创作方面,比较注重女性情感体验以及女性本体性价值意义的表达,而这与她的经历是分不开的。毕淑敏年轻时入伍,在西藏当兵 11 年,因此她的文学创作中时时会透露着一种悲壮苦难的情怀,而她做内科医生的职业经历又为她的写作增添了一份对女性群体的"救赎情结"。

一、女性话语的特征

毕淑敏在年仅 17 岁时就作为昆仑山仅有的一批女兵登上青藏高原,毅然在西藏阿里戍边 11 年,这种早年的艰苦环境让她过早体会到了生活的苦涩,并唤醒了她的女性生命意识。在文学创作中,她通过女性独特的生命体验,探讨、思索女性的存在和意义,这使得她散文创作带有一种理智的女性思考方式和感伤的话语特征。

1. 理智性

毕淑敏的文章同她早期的经历是分不开的,早年当兵的经历让她品尝到了生活的艰辛,也让她更加的成熟,并且她受到早期行医生涯的影响,在从事文学创作后仍带有职业性的理智和冷静。她的文章就像一名医生对病人的各种疾病进行理性分析一样,有条不紊,对问题的分析又常常是一语中的。作为女性作家,这是毕淑敏的独特性所在。而在文学创作中,她更是将这种独特性融入其中,因此她的文章读上去会给人一种理性十足的感觉。

在《婚姻没有快译通》的这篇散文中,毕淑敏理智地指出"会听的心,要有大的空间,除了容纳自身,还能接纳他人"[①]。她进而分析,"会听的心是坚强的,因为它有自己顽强的意志,不会在袭来的痛苦之中摇摆沉默"[②]。作为一个有着细腻情感的女性同时却有着男性的某种豪迈在其中,这种理智性使得毕淑敏的文章柔中带刚。

而在《婚姻断想》中,作者对婚姻的分析可谓见解独到,她认为婚姻是创举、进化,更是艺术,婚姻是含有人类所有品质和关系的总合,爱情是基础。她否认了婚姻的无师自通,而是把婚姻的社会性看得很重要,认为婚姻是需要学习的,婚姻也是一种教育,而婚姻研

---

① 毕淑敏:《女思考者》,中国文联出版社 2009 年版,第 6 页。
② 毕淑敏:《女思考者》,中国文联出版社 2009 年版,第 6 页。

究所的责任就是去教授这门"课程"。毕淑敏在文章中的主张让我们看到的不仅仅是一个女性作家的感性写作,而更多的是让我们看到了近似于医生的那种理智。

另外,我们在她的《婚姻建筑》中也可以很清楚地看到她的这种理性。在这篇文章中,她以独到的方式解读了婚姻中的不美好,甚至是衰败。她甚至明确地说出了性格和观念是决定和把握婚姻的关键。

2.感伤的话语特征

毕淑敏散文的话语特征另一个特点就是感伤性,这种感伤并不是无病呻吟或者博得读者同情而专门写就,而是通过作者作为女性的独特心理感受总结得出,就像沉闷的夜晚吹来的一阵微风,在人们的心间荡起某种感伤的涟漪。

《女人从什么时候开始享受》这篇文章用这样一种设问形式对女性的付出作出了细腻又真实的描述。在文章中,毕淑敏对普通女人一生总结式的阐述让人为之动容:"我们说的女人的享受,只是那些属于正常人的最基本的生活乐趣。只因无数的女人已经在劳累中将自己忘记。女人何尝不希冀享受啊?"[①]但是女人的一生奉献给了孩子、丈夫和家庭,直到她的容颜老去,无法再承受生命之重而永远地睡去。这篇文章就像是女性群体人生的传记,通过这些普普通通的文字透露出令人心碎的事实和感伤的气氛。作者以她女性特有的"极为敏感的感知能力,像一个富有经验的猎手,透过蛛丝马迹,一路跟进探索"[②]。作为半边天的女性的一生几乎不是在为自己而活,这种接近悲剧式的陈述使得她在最后大声呼吁:"善良的女人们,请从这一分钟开始,享受生活。"[③]

在另一篇文章《每一天都去播种》中,作者更是一开笔就切中女性的痛处——"在辛劳了一辈子之后,突然发现整个世界不再需要自己。他们坠入空前的大失落,甚至怀疑自己生存的意义。女人,你究竟为谁而活?"[④]这种正面的诘问带来的冲击对于女性价值的思考是深远的,这些感伤的话语揭示了女人通过奉献而获得暂时心理的满足并不是女人自我价值的全部体现这一真谛。进而毕淑敏指出女人要为自己活:"女人是属于自己的,生命是朴素的,它让女人领略的旖旎的风光之后,回归到原始的平静。在这种对生命本质的探讨中,女人更深刻地认识自己的价值。"[⑤]

在《母亲无节》这篇散文中,毕淑敏更是颂扬了天下母亲的辛苦和母爱的伟大,母亲孕育了生命,然后沉浸到前所未有的操劳之中,痛并快乐着,默默付出,不求回报。虽然世人设立了母亲节,但母亲却没有节日,她们有的只是用辛劳和汗水换取的孩子的笑容和成长。

这些文章字里行间并没有刻意描写女性的伟大,却通过以小见大的方式以感伤的文字表达了出来,它其实并不是作者故意为赚取读者眼泪而为之,这使毕淑敏的文章带有一种自然的、感伤式的话语特征。

---

① 毕淑敏:《女思考者》,中国文联出版社2009年版,第167页。
② 毕淑敏著,李冰赏析:《毕淑敏散文精品赏析》,学林出版社2006年版,第26页。
③ 毕淑敏:《女思考者》,中国文联出版社2009年版,第169页。
④ 毕淑敏著,李冰赏析:《毕淑敏散文精品赏析》,学林出版社2006年版,第3页。
⑤ 毕淑敏著,李冰赏析:《毕淑敏散文精品赏析》,学林出版社2006年版,第4页。

二、女思考者的构建

1. 女性主体性建构

毕淑敏漫长的从医生涯使得她的文学创作带有明显的医生式的救赎情结,这也许并不是她刻意为之,但是这种职业素养让她在文学创作中不仅仅是细致入微,更是一种"内在的激情"①。她在医学界的职业道德使得她在文学创作中自然流露出"白衣情结",体现在文学中,更是对"毕淑敏式"的女性文学构建起到了重要的作用。"她有一种把对于人的关怀和热情、悲悯化为冷静的处方的集道德、文学、科学于一体的思维方式、写作方式、行为方式。"②她的散文中则主要建构了女性作为主体在男权社会中的独立意识。

中国是一个具有两千多年封建文化的国家,男权思想一直是居于统治地位,即使是当代,这种男权文化对女性的压迫仍然很具威力,而男权文化中对女性的压迫主要体现在不平等的关系上。传统男权社会中,女性是站在被欣赏的角度,是以温柔、弱者的形象示人,而且美丽则更是代表男性群体对女性的审美要求,美女效应在报纸、杂志、电视等媒体中随处可见,这是吸引眼球的一个行之有效的方法。在这样一种文化氛围的包围下,毕淑敏以她医生的洞见力开出了自己的药方,她认为一个真正优秀的女人,这几样是不可或缺的——善良、智慧、勇气、美丽。在她看来,美丽并不是一个女人所拥有的全部,何为美丽?毕淑敏指出:"美丽的女人首先是和谐的。面容的和谐,体态的和谐,灵与肉的和谐。"③所以"所有美好的女人都是美丽的"④。毕淑敏对女性美丽的诠释是,美丽不仅仅存在于外表,内在的气质和女性美好的品德比外在那种极易消失的美更加重要,并且她指出女性外表不美丽一样可以拥有自信和幸福。

在《淑女书女》的文章中,毕淑敏重新解读了淑女,认为淑女是由书女构建的,女性,只有不断地充实自我,才会有自己的思想,去思考世界和人生,才会勇于决断,并且充满自信。这是因为"读书的女人,较少持续地沉沦悲苦,因为晓得天外有天乾坤很大。读书的女人,较少无望地孤独惆怅,因为书是她们召之即来永远不倦的朋友。读书的女人,较少怨天尤人孤芳自赏,因为书让你牢记你只是沙粒沧海一粟。读书的女人,较少刻毒与卑劣,因为书中的光明,日积月累浸染着节操鞭击着皮袍下的小……"⑤所以,女性的自我充实,其实是女性成为一个独立思考者和真正淑女所必备的条件,这就是思想带给女性的力量。

《紧握你的右手》进一步表达了毕淑敏对女性主体价值的思考,这篇文章从我国传统的看手相说起,众所周知,男左女右是我国手相文化中的传统,但毕淑敏从一个知性女子的角度指出,她并不相信命运,只相信自己的手,也不相信手掌纹路,而是相信手掌和手指的力量。从这些语句中,我们可以清晰地看到一个有着独立意识,争取主动掌控自己的命运而不是将自己的命运托付给别人的智慧女性,这体现的是一种积极面对现实的女性主

---

① 张厚萍:《凝视崇高 救赎当下——论毕淑敏小说创作》,《当代文学》2009 年第 9 期。
② 王蒙:《作家——医生毕淑敏》,《毕淑敏自选精品集》,中国社会出版社 2002 年版。
③ 毕淑敏著,李冰赏析:《毕淑敏散文精品赏析》,学林出版社 2006 年版,第 14 页。
④ 毕淑敏著,李冰赏析:《毕淑敏散文精品赏析》,学林出版社 2006 年版,第 16 页。
⑤ 毕淑敏著,李冰赏析:《毕淑敏散文精品赏析》,学林出版社 2006 年版,第 9 页。

体意识。

2. 女性婚姻观的构建

婚姻无疑是每个女性生命中最重要的组成部分,而婚姻也需要精心经营,用心呵护,但是还要有一颗豁达的心、独立的人格,才能在婚姻中幸福美满。例如在《成千上万个丈夫》中,作者说:"女人不要把一生的幸福,寄托在婚前对男性千锤百炼的挑选中,以为选择就是一切。"①"不要相信唯一。世界上没有唯一的行当,只要勤劳敬业,有千千万万的职业适宜我们经营。世界上没有唯一的恩人,重要善待他人,就有温暖的手在危难时接应。世界上没有唯一的机遇,只要做好准备,希望就会顽强的闪光。世界上没有唯一只能成为你的妻子或丈夫的人,只要有自知之明,找到相宜你的类型,天长日久真诚相爱,就会体验相伴的幸福。"②作者通过类比,说明了自己的立场:自己选择的另一半并不是唯一的,而唯一也不是终生的保险单。婚姻和另一半都是需要精心呵护的,不能放任自流。

在《婚姻鞋》这篇文章中,作者形象使用了一个比喻来形容婚姻——婚姻就像鞋。她把男人和女人比作脚,先有了这双脚,才会有婚姻这双鞋。"脚终有不长的时候,那就是我们开始成熟的年龄。认真的选择一种适合自己的鞋吧!一只脚是男人,一只脚是女人,鞋把他们连接为相似而又绝不相同的一双。"③在婚姻的这座围城中,男人和女人要齐心协力去经营他们的婚姻,并且应该忠诚于彼此,不要因为现在的富裕而忘记曾经的共患难。但是如果不幸的婚姻确实伤害了彼此,那脱离这种痛苦才是正确的选择。毕淑敏的观点是"鞋"什么样不重要,关键是合脚,也就是说婚姻最重要的是合适。她用这种浅显的方式告诉人们婚姻长久的道理。而鞋是否合脚只有穿鞋的人才明白,所以婚姻是否合适只有自己才能知道,就像她说的"别人看到的是鞋,自己感受的是脚"。④ 这些话语很清楚表达出她对婚姻的态度。在这篇散文中,其实流露出的是作者在自己婚姻生活中的感悟和在岁月的积淀中经营婚姻的那种睿智,是一种豁达的婚姻价值观。

综上所述,由于毕淑敏身兼医生与女性作家两个角色,她的散文创作更多以文字的形式关怀女性,走进女性的心灵。在她的作品中我们可以感受到女性的坚强和爱,以及女性特有的丰富细腻的情感,对女性的终极关怀就像毕淑敏的一种天然使命,她在字里行间书写着女性的善良和包容,关注着女性的命运和她们的处境,但她从不认为女性是弱势的一方,而是有其自己的价值,无论是爱情,婚姻还是家庭,她都写出了女性的生命意义。毕淑敏站在女性的视角进行书写,对女性的情感世界进行了挖掘,她的作品不仅赞美了传统女性的美德,更洋溢着现代女性意识。这种鲜明的女性主体特质,源于她对女性深层心灵世界的探索。女性书写视角形成了毕淑敏散文独特的女性话语书写风格:理智又略带些感伤,也形成了她对女性本体价值——书女的思考,从而建构了一种独立的女性主体意识。

(李 沫:中国海洋大学文学与新闻传播学院汉语言文字学专业研究生)

---

① 毕淑敏:《女思考者》,中国文联出版社 2009 年版,第 36 页。
② 毕淑敏:《女思考者》,中国文联出版社 2009 年版,第 37～38 页。
③ 毕淑敏:《女思考者》,中国文联出版社 2009 年版,第 54 页。
④ 毕淑敏:《女思考者》,中国文联出版社 2009 年版,第 52 页。

论毕淑敏《红处方》中对生命意义的思考及幽默语言艺术风格

王 兵

《红处方》是中国当代著名作家毕淑敏的代表作之一。1997年这部小说一经出版就引起了读者的强烈反响。作者以小说的创作形式反映了当今社会禁毒斗争的严峻性,展现了毒品世界的冷酷和残忍,以及毒品对生命和社会伦理道德的摧残。小说中对人物形象和人物命运的刻画也充分体现了作者对生命意义的感悟和强烈的社会责任感。《红处方》幽默的语言表达风格也给读者留下了深刻印象,让读者从幽默的语言中感悟作者的思想。

《红处方》不仅是一部内容充实、让读者爱不释手的小说著作,同时也是一部普及禁毒知识的科学读物,更是一部震撼人心的心灵之作。为了写好这部小说,毕淑敏曾亲自到戒毒所采访数月,亲身见证了禁毒工作的不易以及吸毒人员因毒品所经受的身体和精神的折磨。尽管毕淑敏有过20多年的从医经历,但是这种在戒毒所的亲身体验还是让毕淑敏对毒品有了更为深刻的认识。毒品并不像其他的疾病那样只是摧残病人的肉体,更是在于它是一个控制和摧残人类灵魂的魔鬼,人一旦沾染毒品一生就很难摆脱毒品的控制,要经受毒魔带来的肉体和灵魂的双重摧残,直到生命的终结。毕淑敏说过:"记的一位哲学家讲过,一种幸福是一种物质。对一般人来说,幸福是一种感觉。而对吸毒者来说,幸福则是一种物质,它是由吗啡等物质构成的,是物质模拟的。我们知道幸福是凭着劳动智慧得到的。它是一个缓慢争取的过程,它的释放过程则非常短暂,这样的幸福才是珍贵的。而毒品是人用物质虚拟而成的一种幸福,最终它会把人引向一种极端的困境。"[①]正是对生命的深刻感悟和自己的亲身体验,让毕淑敏对毒品危害有了更为深刻的认识,从而能写出这部反映禁毒斗争的现实主义力作《红处方》。

一、对生命意义的思考

毕淑敏可以说是一位大器晚成的作家,在经过20多年的从医生涯后,弃医从文,并在很短的时间内创作出了大量具有影响力的作品。小说这种艺术创作不仅是给读者讲故事,它也会融入对社会、对人生种种认识和思考。在毕淑敏的小说作品中,我们不难发现许多都涉及了死亡这个话题。生老病死是人生常态,而死亡则是生命的最终归宿,任何人都无法逃脱和回避。面对死亡,不同的人有着不同的观点,有人淡然,有人怯懦。在毕淑敏的作品中充满着面对死亡的无惧、坚毅;也充满着正视死亡的理智、客观。[②] 在人生的漫

---

① 江熙、张英:《毕淑敏——生命的红处方》,《生活时报》1999年5月4日。
② 李扬、吕宁:《珍视生命 正视死亡——毕淑敏作品的主题再探》,《白城师范学院学报》第21卷第4期。

漫历程中,需要珍视生命,同时也要直坦然、平和地面对死亡。这也许就是毕淑敏在其作品中想要向读者传达的对生命意义的感悟与思考。毕淑敏这种豁朗的人生观不仅来自于其固有的人格魅力,也来自于其特殊的人生经历。

毕淑敏17岁入伍,离开北京,去到自然条件恶劣的藏北高原当了一名卫生员。从那时开始一直到弃医从文的20多年中,毕淑敏见证了太多的死亡,正是这种特殊的人生经历,让毕淑敏对生命的意义和价值有了更多的感悟。治病救人是医生的天职,尊重生命是医生的本性,而毕淑敏作为曾经的一个医生同样也对生命充满了挚爱的感情。她说过:"正因为我对生命充满了挚爱,我才会写《红处方》。"可见《红处方》不只是一部简单的小说,也是毕淑敏对生命意义思考的一部灵魂之作。

在《红处方》中,主人公简方宁的人生历程向我们揭示了生命的意义和价值所在。戒毒院院长简方宁是一个拥有崇高理想和人格的医生,她立志献身医学科学,为禁毒工作做出了巨大的努力和牺牲。在为戒毒事业努力的艰难历程中,她也遇到了种种的挫折和不顺,失去了自己的爱情和家庭的幸福。然而面对众多的困难,简方宁并没有选择退缩,而是仍然坚强地为自己的事业而奋斗。可以说,主人公简方宁所呈现的人格魅力是感染读者的一把利剑。在当今社会能够坦然面对困难和挫折,依然坚守自己的人生态度是多么的难得。在被吸毒人员庄羽设计圈套染上毒品以后,简方宁毅然选择了用结束自己的生命的方式与毒魔抗争,她宁愿离开这个世界,也不愿意依靠毒品行尸走肉地活着。在简方宁的遗书中有这样几段话:"我爱生命,但当我不可能以热爱的方式生存时,我只好远行","我要证明,人的意志是不战胜的,毒品可以使我中毒,却无法使我屈服"。可见,毒品并没有让她屈服,她始终都在坚持着自己的人生理想。简方宁的角色也传达出作者面对死亡的勇敢和淡然,以及对生命最崇高的敬意。而作为反面人物的庄羽则是一个不折不扣的瘾君子。庄羽家境优越,但为了追求所谓的快乐不慎染上了毒品,从此在毒品的炼狱中不能自拔,失去了自我。在禁毒医院戒毒期间,她始终都无法摆脱毒品的诱惑,甚至还产生了让院长也一起吸毒的罪恶念头,最终她通过卑鄙的手段让院长也染上了毒品。庄羽的角色呈现出了一个吸毒人员在毒魔的控制下丑陋和扭曲的人格。其实不管是自杀的简方宁还是瘾君子的庄羽都是毒品的受害者,在这场没有硝烟的斗争中,没有任何一方是绝对的胜利者。但是一方实现了人生价值,对生命作了最负责任的交代,而一方却堕落了人生,成了行尸走肉。

在这部小说中,作者充分传达了自己对生命意义的思考。生命对每个人来说都是弥足珍贵的,我们要珍爱生命,而不能肆意地挥霍生命。而那些吸毒人员,仅仅为了追求短暂的虚幻的享受,却将自己的生命置于万劫不复。同样,人的生命中终会有终结的那一天。面对死亡,主人公简方宁选择了淡然地面对,她是用自杀的方式保证了生命的纯洁和对自己人生价值的追求,这种莫大的勇气和对生命的执著实在令人钦佩。

二、强烈的社会责任感

毒品的危害不言而喻,抵制毒品是每一个社会公民的责任和应尽的义务。但是我们必须看到在当今社会,吸食和贩卖毒品这些丑陋的现象还是普遍存在的,它如同一个无影的杀手,不断夺取一个又一个鲜活的生命。毒品最大的危害是对吸毒人员精神的控制,它如同魔鬼撒旦一般邪恶。而书籍则是人类灵魂的工程师，一部优秀的书籍可以启迪心智，让人们在字里行间感悟人生，充实自己的精神世界。同样书籍这样的精神良药在禁毒斗争中也会发挥举足轻重的作用。毕淑敏的《红处方》就是这样一本禁毒题材的现实主义力作，这部小说的问世让更多的读者认识到了毒品的危害性，让读者阅读的过程中接受了一次灵魂的洗礼。

作为一名知名作家，毕淑敏写了许多优秀的作品，同时她也是一位人生的智者，一位有着强烈社会责任感的公民。谈到写《红处方》，毕淑敏曾说："当我看到戒毒医院里那么多年轻鲜活的生命奄奄一息时，我的心受到了巨大的打击，我想起了那些长眠在雪山草地上的战士，这种疼痛无法用言语形容。问那些年轻的吸毒者知不知道吸毒的危害行，'不知道'。我太替他们难过了。"①正是基于这样的出发点，毕淑敏搜索了大量的戒毒资料，并身体力行，深入戒毒医院体验戒毒工作。在《红处方》中，作者融入了大量的戒毒知识和戒毒资料，因此《红处方》不仅是一部小说，也是一部介绍戒毒知识的科普读物。书中对各个人物形象的细致描画，让人们深深感受到了毒品对生命的摧残和社会的危害。读者在欣赏作品艺术性的同时，也获得了大量有关戒毒的知识。毒品如同洪水猛兽，人一旦接触毒品，就会成为成为毒魔的奴隶，虚幻的享受只会摧毁美好的人生。因此远离毒品、珍爱生命，是作者在《红处方》中向读者传达出的重要信息。著名作家王蒙曾经提到："毕淑敏做了小说，也没有忘记医生治病救人的宗旨。总之，她有普度众生的宏愿，苦口婆心的耐性，有条不紊的规章和清澈如水的医心。她有一种把对人的关怀、热情和悲悯化为冷静的处方的集道德、文学、科学于一体的思维方式、写作方式与行为方式。"②这不只是对毕淑敏作为一个作家的褒扬，也是对其强烈社会责任感的一种肯定。

三、《红处方》的幽默语言艺术

毕淑敏的《红处方》既是一本充满人文关怀，反映禁毒斗争的现实主义力作，同时它又是一部语言幽默风趣，叙述生动形象，充满时代感的小说。读这部小说，我们会发现其中有许多极具幽默色彩的语言，幽默是《红处方》最大的语言风格。

幽默的语言风格可以使作品更能吸引读者的关注。一部好的小说不仅需要严密的结构、逻辑性强的叙述，同时也需要在文章语言风格方面有自己的特色，而毕淑敏的《红处方》则成功地做到了这一点。我们看到在《红处方》中作者采用了多种修辞手法来营造幽默的语言环境，幽默可以使人物形象更加生动，人物性格刻画更为逼真。在这部小说中作者就采用了仿造新词、旧词新用、比喻、夸张等手法，这些手法的使用增强了语言表达的张力，取得了很好的表达效果。

就仿造新词而言，如"管他谁有大哥大，还有小哥小，我也用不着"，"大哥大"是当时流行的移动通讯工具，作者在这里巧妙地仿造出一个"小哥小"，无疑增强了说话人的幽默感。小说还采用了旧词新用的幽默表达形式，如"沈若鱼痛心疾首地说，你怎么能把革命群众想得这么肮脏？我能连这么起码的阶级觉悟都不具备了吗？同志，你真辜负了我多

---

① 张英：《毕淑敏：生命、经历与写作》，《文化月刊》1998年第2期。
② 参见百度百科《红处方》，网址 http://baike.baidu.com/view/1145552.htm#sub5113874。

年对你的信任"。"革命群众"、"阶级斗争"等都是我国在特定历史时期的政治术语,在现代生活中已不被使用。当然这些旧词语在小说中的使用不是为了强调其政治概念,而是通过对旧政治词汇重新使用来增强语言的幽默效果。在多种修辞方式中,比喻是最能起到幽默表达效果的修辞方式,《红处方》中就有许多有趣的比喻。如"你的知识就像老太太的一床旧棉絮,千疮百孔,现在有人捧来了一堆新棉花,只要你有耐心,他就会不厌其烦地替你把网套上所有透亮的窟窿,填的风雨不透"。博士毕业的蔡冠雄将沈若鱼的毒品知识比作老太太的旧棉絮,事实上沈若鱼的有关毒品的知识并不丰富,因而比喻成千疮百孔的老太太的旧棉絮可谓再恰当不过了。再比如,"滕医生是纸上谈兵的元帅,我是亲临前线的指挥官"。简方宁把滕医生看成是纸上谈兵的元帅,因为他只负责门诊。而有着丰富禁毒经验的简方宁则负责对病人进行治疗,因而把自己比喻成前线的指挥官,来暗指两人的职责不同。其他比喻还有"科学永远是中性的,他是天使的助产婆,也笑眯眯地为魔鬼铸剑"。这个生动的比喻充分阐述了科学的本质,科学本身无所谓好坏,其能产生不同的效果在于使用科学的人。"他的上颌和颧骨猛烈地前凸,好像在从猿到人的进化旅途中,只走了三分之二的路程"。这个比喻则形象、生动地刻画了吸毒人员丑陋的形象,无需做过多的描述,让人一目了然。比喻修辞的一个很重要的特点就是使语言表达更加生动形象,增加幽默感。当然小说中幽默风格的营造的方式和手段还有很多,我们在此就不做一一列举。

　　幽默的语言风格来源于现实,也反映着现实。毕淑敏的《红处方》塑造的人物幽默语言会让读者捧腹大笑,同时作者幽默的语言也向读者传达着对人物命运的思考。也许在毒品这样一个沉重的话题下,小说带给我们更多的是感悟和沉思。

　　总之,一个优秀的作家不仅需要有强烈的人文关怀,有着一定的社会责任感,还需要有自己独特风格的写作方式。毕淑敏的《红处方》正是一部充满着对生命的关怀和社会责任感的作品,它彰显了这位对人生有着睿智见解并极具社会责任感的作家的人格魅力。通过对小说《红处方》的简单解剖,让我们认识和了解了一个可爱、可亲、可敬的毕淑敏。

　　　　（王　兵：中国海洋大学文学与新闻传播学院汉语言文字学专业研究生）

毕淑敏的中小学教育观

曹鸿鹤

毕淑敏在《阅读是一种孤独》中说："阅读是一种精神的按摩，在书页中你嗅得见悲剧的泪痕，摸得着喜剧的笑靥，可以看清智者额头的皱纹，不敢碰撞勇士鲜血淋淋的创口……当合上书的时候，你一下子苍老又顿时年轻。菲薄的纸页和人所共知的文字只是由于排列的不同，就使人的灵魂和它发生共振，为精神增添了新的钙质。"

作为一名教育工作者，在读其书的过程中，我们补充了大量精神钙质，提升了自我，收获了很多。毕淑敏的身份是作家，但我们从她的作品中读出浓浓的教育味道。

毕淑敏的教育理念里渗透着清新和自然，她不习惯于将教育和功利联系在一起，而是始终尊重孩子追寻幸福的天性。她轻轻道一声：把幸福的密码还给孩子，希望为孩子们找回最初的梦想，的确，我们的孩子唱着"幸福在哪里"，却在成长的过程中渐渐被带离幸福的园地。他们曾经有过关于幸福的梦想，却在今后的岁月里，被父母的期望加以改造，梦想愈发伟大，幸福却变得渺茫。在《把幸福密码还给孩子》一书中，毕淑敏提到：实现梦想是人类最美丽的梦想。没有梦想或失去梦想，是一件很可怕的事，在当下的社会环境中，为什么选择越多，有些孩子的梦想越少？为什么孩子的梦想与家长的意愿会产生严重分歧，进而使家庭模式走向死局？为什么远没有到走投无路、生活无靠的地步，却总有人放弃年轻的生命？怎样看待孩子的人生价值、梦想与成功？那就是：尊重孩子的梦想，让孩子一生幸福，就是最大的成功。

提到"教育"，母亲的职责就尤为重要，因为母亲是孩子第一位老师。毕淑敏的首部亲子教育小说集《妈妈是孩子最好的老师》中汲取了她从事多年儿童教育的精华，她心怀一颗慈爱真挚的心，用一个个令人感动的故事，为每一位妈妈讲述自己的亲子教育心得。小说集中每个故事都讲述着家长与孩子沟通的科学方法，体现着家长与孩子相互理解、尊重的重要意义。毕淑敏说，自己的这本集子，"写了妈妈们的困惑和寻找，也写了孩子们的期待和逻辑"，而她最大的希望，是"每一位妈妈，读过这本书后，都成为孩子最好的老师"。正如毕淑敏在本书自序中写道：其实，我并不觉得母爱有多么了不起。因为有遗传规律管着呢。比如动物，也常常可见母兽为了幼崽，奋不顾身的抢救和以身饲喂的壮烈。人的母亲，不必在这些细枝末节上与动物一比高下，而应该把一种高尚和珍惜的情怀传递给自己的后代。而《毕淑敏母子航海环球旅行记》便是毕淑敏对于这种理念的完美诠释。当我们国家大多数20多岁的孩子忙于成家立业时，毕淑敏选择让儿子行万里路。虽然不同的年龄，不同的兴趣的母子，面对相同的事物时，所思所写大相径庭，但当看到儿子和冰川告别的照片，当听到儿子说"下一个目的地，就在前方"时，你会不禁赞叹这位母亲把幸福的密码和成长的密码统统交给了儿子！

毕淑敏对于教育的关注是广泛而又全面的,当人们惯于把教育理解为知识和技能的传授时,作为职业心理医师的毕淑敏坚定地提出心理教育的总要性。她格外关注此前发生在美国的"校园枪击案",据说这起枪击案罪犯患有抑郁症,存在感情问题,所以他首先射杀了他的女友。她指出,很多年轻人在失恋时有崩溃感,是因为尊严遭到践踏了,价值感被人忽略了。所以,她特别建议在大学校园里面,建立广泛的失恋教育。用教育洗涤人们的心灵,毕淑敏这么认为,同时她本人也是这么做的,她选择在北京监狱举行《女心理师》的首发仪式,让教育的春风吹进每一颗心灵。在《心理游戏》中她一次又一次地强调心理教育必须落到实处。在《点击成长》中,她渴望和青少年们进行心灵的沟通!

毕淑敏希望的是可以因教育而教养,因为教养不是活在皮肤上,而是繁衍在骨髓里。毕淑敏说她更愿意把教养理解为"因教育而养成的优良品质和习惯"。教养不是天生的。一个小孩子如果没有人教给他良好的习惯和相关的知识,他必定是愚昧和粗浅的。当然,这个"教"是广义的,除了指入学经师,也包括家长的言传身教和环境的耳濡目染。教养和财富一样,是需要证据的。你说你有钱不成,得拿出一个资产证明。教养的证据不是你读过多少书,家庭背景如何显赫,也不是你通晓多少礼节规范,能够熟练使用刀叉会穿晚礼服……这些仅仅是一些表面的气泡,最关键的证据可能有如下若干。热爱大自然。把它列为有教养的证据之首,是因为一个不懂得敬畏大自然,不知道人类渺小的人,必是井底之蛙,与教养谬之千里。这也许怪不得他,因为如果不经教育,一个人是很难自发地懂得宇宙之大和人类的微薄的。没有相应的自然科学知识,人除了显得蒙昧和狭隘以外,注定也是盲目傲慢的。而幸运的是,身为作家,毕淑敏可以用她的作品来进行无形之教。

作为母亲,毕淑敏是幸福教育的身体力行者;作为心理医生,她是心理教育的执行者;作为作家,她是融教育于潜移默化的耕耘人。我们庆幸,教育有了你就有更多的钙质!

(曹鸿鹤:中国海洋大学附中)

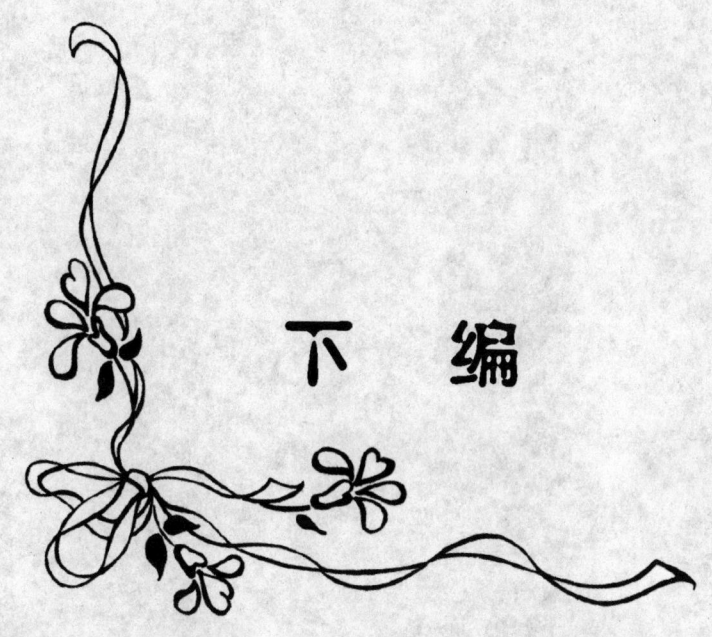

下编

下篇

谈谈中国现当代文学的经典性阅读

黄万华

一、经典离我们有多远

"经典性阅读"既指阅读要选择好经典性著作,也指要用"经典解码"的方法认真展开阅读活动。

在所有的人文经典中,构成其核心的应是文学经典。2004年,在美国有"最为精细的细读者"之誉的范德勒,在极负盛誉的"杰弗逊讲演"上作题为《大洋、鸟和学者》的演讲,就提出,人文学科的核心教材,不应该是历史学家或是哲学家的文本,而应当是人类审美的努力的产物—文学和艺术,这是因为,人们通常记住任何一种文化,主要是通过这种文化里的文学艺术作品达成的。① 因此,解读、传承文学经典,是我们每个人应该具备的最重要的人文素质。然而,现实中却不断发生着经典价值迷失的情况。例如,当一些人狂热而随意地把"当代鲁迅"的"桂冠"抛向一个与鲁迅精神根本风马牛不相及的"媒体人"时,我们看到了鲁迅价值的当代迷失。

20世纪中国文学经典性作品的筛选、确认不同于过去"儒家中国"传统中典律的建构。过去典籍的形成在很大程度上受到国家权力的影响,国家权力的权威性时而要通过典籍的无可怀疑性来体现,而科举制度又将在典籍认定过程中起重要作用的教育系统置于国家权力直接而有力的影响之下。文学经典的认定大致也未摆脱上述因素影响。或者可以说,文学经典的形成有着较大的非民间性。但中国现当代文学的经典形成,已经并将继续呈现根本的差异性。

20世纪中国文学文学的经典性作品,大致是由三类作家提供的。第一类自然是已在目前的文学史著述中基本形成共识的文学大师,如鲁迅、茅盾、老舍、曹禺、巴金、沈从文等创作的代表作;第二类是目前尚未被公认为20世纪中国文学大师,但其创作已明确指向经典地位的作家,如钱锺书、冯至、张爱玲、穆旦、余光中、白先勇、金庸等,他们的创作也会提供经典性文本;第三类是一些重要作家提供的经典性或潜经典性文本,如海子、舒婷、北岛等的诗歌,他们最重要的作品,往往由于代表或引导了一个时代文学审美趣味的变化(而非失落),而在判断那个时代的审美标准及其价值时具有了重要的参照价值。

稍微留意一下第二、第三类经典性作品,我们就会发现,在它们产生的过程中,不仅已不存在过去历史上"强行"颁定经典的政治或宗教的势力。而且政治意识形态的灌输、控制也大大减弱了。经典性作品的形成越来越多地获得自身的自由,或者说。经典性作品

---

① 叶扬:《文学教育还有没有办法补救》,《上海文化》2010年6期,第36页。

的确认越来越成为文学民间的行为。而随着电子网络的普及,一般读者也越来越多地直接参与到文学经典的筛选中来,他们的评判往往直接左右经典性作品的确认。

"经典性不是整个过程某一二个突出因素的结果……实际上经典化产生在一个累积形成的模式里"①,在文学作品经典性累积的过程中,"选辑"、"论述"、"改编"构成最重要的环节。而一般读者在这三个环节上的参与也越来越明显。

选辑就是运用一定的选择原则,在某段时间里从众多作品中编选一套文本提供给读者,除了大系(包括文库、选集等)和文学教学课本等具有传统影响力的选辑外,文学评奖、评选、排行榜等选辑行为也日益具有影响力。而后者往往采用读者直接投票的方式,如香港《亚洲周刊》1999年的"20世纪中外小说100强"、新浪网2005年的"中国文学60家"等有影响的评选都采用专家评审和读者投票决定入选作家、作品的方式,两者往往在"妥协"中决定了"经典名单"。例如"中国文学60家"的评选中,出现了不少专家和读者评价差异很大的作家最终入选的情况,如顾城,专家评分29分,读者评分却高达95分;三毛,专家评分仅22分,读者则给了85分。反之,李劼人,读者评分只有22分,但专家给了78分;赵树理的专家评分(高)和读者评分(评分)的差异也高达30分。而即便是专家评审,读者的影响力也越来越大,如2010年设立的"郁达夫小说奖",评委的评奖机制采用"实名投票,评语公开"的方式,网友跟帖评论,媒体全程参加。这些都说明,在"选辑"这一环节,读者的直接影响力正越来越大,甚至决定了一个作家、一部作品是否会从文学史视野中消失。

选辑认可的一套文本在提供一般读者阅读、教学讲授、文学批评、翻译流通的过程中还需要以往主要由以大学教师、文学批评者、文学史研究者等组成的诠释群体,通过各种形式的论述,包括各种评论、序跋、作家传记、文学争鸣、论战、文学史写作等,来逐步呈现作品的经典性内容,强化作品的经典性意义。"论述"这一环节过去专业性很强,但现在也开始出现某种"世俗化"倾向,尤其是文学、影视等争鸣,读者直接参与的影响力是显而易见的,而专业研究者的论述也越来越多地注意和广大读者的对话。

"改编"是指一部文学作品被改编成其他艺术形式(翻译不妨看成一种特殊的改编)。在这种"形式"的转换中,文学作品的经典性价值会得到丰富,原先被忽视,甚至被遮蔽的内容会得到揭示。因为"改编"往往有一种"大众化"趋势,文学作品往往被改编成更普及的形式,如画本、影视等,即便是"故事新编"一类改编,也往往出于更易为当下读者观众所接受的目的,所以"改编"这一经典性因素累积的重要环节也有着民众的广泛参与。

这种对文学经典化的参与有着世界范围"经典修正"的文化背景。20世纪70年代以来,美国学界对于文学经典的形成、内容及意义就有种种挑战与修正,主要从过去被忽略的女性文学、少数族裔文学等角度,在课程设置与内容、文学史、文学作品选集等方面,把早先被认为是边缘的文本强化到文学教育、阅读中,使多样性、复杂性和矛盾性成为经典化的结构原则,目的是使经典建立于更开放的基础上,更广泛地进入大众文化消费、流通的领域。这种背景也影响到我们的文学阅读对于文学经典形成的参与。

总之,我们每个人越来越广泛、直接地参与着文学作品经典化的进程,或者说,我们每个人对于中国现当代文学将为后世留下什么都负有责任,都需要回答"经典离我们有多

---

① 〔荷兰〕斯蒂文·托托西:《文学研究的合法化》,北京大学出版社1997年版,第44页。

远"的问题。

然而,当文学经典的形成越来越成为文学民间的行为时,经典的权威性也遭到挑战。文本的典律化本来就属于一种选取性、排他性的文学评价运作,由于包括文学观念在内的意识形态的歧见和审美参照系的差异,如何一种文学典律的构建都很难被各方都认同,任何一套文学经典也难免遭受当代其他次群体或不同时代文化人的非议责难。当文学经典确认的民间操作性日益增强,"众声喧哗"的局面、"一个人的经典"的理论都可能将对经典的个人化行为推向极致,以致落入相对主义的泥淖,造成消解经典的结果。所以,我们每个人也必须认真思考、回答"什么是经典"的问题。

二、什么是文学经典

20世纪中国文学作为刚过去的文学时空,其广泛被承认的"恒态经典"并不多,甚至没有。我们接触到的多是经典累积形成过程中可视之为"动态经典"的文学存在。20世纪中国文学研究就是要抓住那些已较清楚地指向经典地位的作家作品,在一定的文学价值体系中,予以初步的带有历史定位的呈现,为日后的经典性累积乃至确认提供重要基础。但文学经典的筛选、"建构"的重要内容并非单个文本的逐个确认,而是对整个经典价值体系的把握,因此,开放的"经典性累积"思路是重要的。

按照著名学者哈罗德·布鲁姆的看法,世界性经典性生成的历史可以用"经典诞生于古代"、"经典辉煌于近代"、"经典衰亡于当代"来概括。古典人文主义宇宙观、人生观将自然生态规律与社会人文性予以合理协调,理智思辨和感性张扬这两翼俱在,甚至得到完美统一,于是产生了包括孔孟老庄、荷马史诗等在内的经典。近代人道主义张扬个性,解放人的主体性,但同时,人的欲望膨胀也产生了种种危机。文学正是在正视这一现实中,在高扬个性自由的同时,深广地展现了物质满足与精神提升之间复杂而激烈的社会、心灵冲突,才赢得了堪与古典人文作品相比的经典地位;而当代经典衰亡的危机则源自围绕考试、文凭建立的现代教育制度,急功近利的学术评价机制和商业化、恶俗化的大众媒介对经典文化的冲击。这些显然能启发我们,保持深邃思辨的理性与生动活泼的感性,直面物质追求与精神提升的巨大矛盾,抵制现实对于经典文化积累的种种侵蚀,才能延续、丰富人类经典的生命。

20世纪人类文化的重要特征是随着人类社会空前的复杂,人对于自身的认识也前所未有的深化,文学表达的复杂性恰恰是与这两方面同步的。20世纪世纪文学的经典,包括《百年孤独》、《追忆逝水年华》、《尤利西斯》、《儿子与情人》、《古拉格群岛》等,都深化了人类对于自身本性的认识,在社会批判、心理探索中凸现了艺术光辉的永恒。20世纪中国文学是在跟世界文学对话中展开其自身经典化的进程的,因此,是否深化了人类对于自身的认识,是否增强了人类表达自身的复杂性,也成为我们考察20世纪中国文学经典化进程最重要的参照系。

20世纪经典化的理论主要有两种:本质主义经典化理论将经典的构成条件限定于文学作品内部,强调经典的美学特质作为一种潜能客观存在于经典文本自身,读者的审美天性、性情与之相遇而将其激活,它坚决捍卫经典的审美价值的独立自主性和自律;建构主义经典化则认为并无普遍有效性的美学原则,经典化在于建构,在于经典化的文化资本被谁占有,关注文化资本在历史演进中对作家、作品价值判断所起的作用,认为从女性、少数族裔如黑人或其他后殖民立场出发,会有不同的经典化结果。这两种经典化理论其实可以构成互补,无论是本质主义还是建构主义的理论,都会涉及文本的经典性因素的基本层面,一种无法同化的原创性,一种在不同的文学价值观的冲突、递变中的代表性,一种在历史传承中对后来者有巨大引导力的影响性等,都反映出文本的经典性累积倾向,是可以作为文本进入文学史的依据的。

在上述背景下,我们可以展开20世纪中国文学经典的价值尺度的思考。

博尔赫斯这样说过:"经典是一个民族或几个民族长期以来决定阅读的书籍,是世世代代的人出于不同的理由,以先期的热情和神秘的忠诚阅读的书。"[①]这种"先期的热情和神秘的忠诚"正来自文学通过其自身的特性表现出来的民族认同感和文化凝聚力、感召力、感染力。

文学自身特性即文学性主要是指文学通过情感性想象展示的生命之美,按照马克思主义的观点,这种艺术思维不同于以逻辑推理揭示事物之真的科学思维,不同于以价值尺度追求人类之善的伦理思维,也不同于以偶像崇拜求得灵魂之安的宗教思维,它以富有个性的情感性想象,在开阔、宽容的心灵视野中呈现具有丰富差异性的生命之美,其"真"、"善"也必须转化、"升华"为"美"才能被视为文学的存在。正如米兰·昆德拉所强调:"发现唯有小说才能发现的东西,乃是小说存在的唯一理由。"[②]发现唯有文学才能发现的东西,也才是我们发现文学经典存在的唯一理由。文学应该是人类包容力最深刻的传达和表现,从而超越了现实功利。但20世纪中国文学往往黏滞于现实社会政治、经济变动和由此关联的文化消费意向、方式等,尤其是政治的掌控更常常造成文学的失落,因此,在文学的价值尺度上应适当容纳进文学的超越,这种超越应该表现为作家对文学的殉道精神,对人性、人的生存状态与命运的深切关怀,对文学形式繁复性的痴醉探索。而当典律建构一旦在文学的层面上展开,文学传统也就不会被割断。

文学和政治的关系是20世纪中国文学最重要的课题之一,法国著名学者布迪厄尔正是在研究了20世纪中国文学后,才在他的文学场域理论中将"政治资本"列为影响文学形态生成的重要因素。我们在20世纪中国文学经典化过程中处理文学和政治的关系时,既要承认政治对于文学的重大影响,更要强调文学对于政治意识形态、作家对于自我意识形态的超越。20世纪中国文学在不断走出社会"政治化"影响下的文学政治化中,积累了丰富的经验,如文学被政治化一定会伤害文学本身,但政治倾向并非一定损害艺术,当政治倾向成为作家整个人生体验的有机部分,并在作家心灵中跟作家对宇宙、生命、世界的深挚感悟融为一体时,政治被艺术化了。又如政治期待和文学创作往往会发生矛盾,政治期待是政党及其领袖直接的政治功利需求,它"召之即来,挥之即去",有着种种现实变动性;文学创作则是情感性想象的长期积累,需要十年磨一剑的努力。创作是作家实现其价值角色的唯一生存方式(当然作家本人还可以承担其他社会角色,但此时他扮演的就不是作家角色了),作家应该珍惜自己的艺术个性,多倾听自己内心的声音,少审时度势的政治智

---

① 吴晓东:《从卡夫卡到昆德拉》,北京三联书店2003年版,第3页。
② 〔捷克〕米兰·昆德拉:《小说的艺术》,董强译,上海译文出版社2004年版,第6页。

慧为宜。还有,政治并非时时以直接干预的方式进入文学领域,更多的时候,它是以政治文化的方式来影响文学。所谓"政治文化"是指"一个民族在特定时期流行的一套政治态度、信仰和感情"①。它作为一种社会文化心理的积淀,潜移默化地影响着人们的政治行为。政治权力的掌控者、政治规范正"是通过营造成某种流行的政治心理、政治态度、政治信仰和政治情感来影响文学创作"②。作家要关注的并非作为政党政策、利益等的政治,也无需通过作品来判定政治是非,而要关注政治文化及其与社会现实的关系,从中开掘文学的资源。类似的处理文学和政治关系的经验,都可以成为我们考察20世纪中国文学经典化进程的重要内容。

　　经典是一个或几个民族世世代代会阅读的书籍,文学又是通过情感性想象展示生命之美,所以文学经典必然具有"历史逻辑修正中的丰富解读性",就是说,一部作品具有诞生它那个年代的时代兼容性,又会在以后时代语境的不断变化中提供新的诠释的可能性,不同时代的读者都有可能对它展开新的解读。而对于20世纪中国文学而言,这种"历史逻辑修正"首先是由生活于中国大陆、台湾、港澳、海外等不同"历史时空"的中国人/华人提供的。换言之,一部首先打动了海峡两岸数地的中国人的作品才可能为世界所关注,才可能被后世一代代人所阅读,也才有可能被称为20世纪中国文学的经典。这种"打动人"会筛选掉作品的表层光环,留下文学史应该传承的东西。反之,如果一部作品只在某种特定时期、某个特定社会环境引起关注,获得赞扬,对其所谓"经典"地位,我们是需要认真再思考的。这是文学常识,但常被忽视。

　　20世纪中国文学打破了儒家中国自足生存的文化生态,开始了跟外部世界频繁广泛的文化交流,而"文学经典作为盛行的价值观的对照物"③,必然会与浪漫主义、现实主义、现代主义、后现代等世界范围盛行的文学价值观展开多层面的对话。也正由于20世纪中国文学与世界文学的密切关系,中西、新旧、雅俗三大关系的处理成为20世纪中国文学最重要的课题。因此,围绕传统与现代、本土与外来、雅与俗这些重要课题,梳理清20世纪中国文学在浪漫主义、现实主义、现代主义、后现代主义之间的递变、冲突,集中于不同文学价值观间的对照来筛选、确认文学经典是从整体上来审视20世纪中国文学经典构成的重要途径。要弄清楚浪漫主义、现实主义、现代主义、后现代主义等不同文学价值观的核心(现在,这方面的误解还是不少的)及其关系,一种新的文学价值观如何挑战于原有价值观,在展开传统与现代、本土与外来、雅与俗之间对话中不同文学价值观的流变及其产生的文学创新。这其中自然包括传统价值的再发现,就如张爱玲阅读《红楼梦》时称其是"高峰而成悬崖",《红楼梦》继承发展的往往是民族传统中具有人类性价值而以往又被遮蔽的文学内容。总之,文学经典应该是在其自身创新的过程中较集中地体现了某种文学价值观或较完美地融汇了几种文学价值观。

　　文学经典的语言典范性显然也是我们考察经典的最重要的内容之一,20世纪中国文学尤其应该凸显出汉语强盛、丰富的衍生力,凸显出语言比"领土、矿藏"更重要的民族资

---

① 〔美〕阿尔蒙德:《比较政治学:体系、过程、政策》,曹沛霖等译,上海译文出版社1987年版,第29页。
② 朱晓进等著:《非文学的世纪:20世纪中国文学与政治文化关系史论》,南京师范大学出版社2004年版,第7页。
③ 〔荷兰〕佛克马、蚁布思合著:《文学研究与文化参与》,俞国强译,北京大学出版社1997年版,第63页。

源性。20世纪认识哲学向语言哲学转变的背景使得人们越来越深刻地认识到,语言对于民族、人类生存的重要。"所谓传统,主要是指通过语言传下来的传统,即用文字写出来的传统"①,语言的萎缩或消亡就是民族传统的萎缩或消亡;"每种语言中都包含着属于某个人类群体的概念和想象方式的完整体系"②,只有语言才隐藏着个民族根本性的智慧、思维、秘密等;语言在深层次层面上决定着一个民族思维的方式,因此,"一个民族的精神特性和语言这两个方面的关系极为密切……民族的语言即民族的精神,民族的精神即民族的语言,二者的同一程度超过了如何想象"③。而只有语言才能使文学真正回归自身,也构成文学经典化最重要的基石。五四后产生的现代白话文,开始了中华民族语言的根本性变革,但在其自身发展、丰富的过程中,也遭受种种语言"暴力"的侵袭,即种种非语言的力量凭借其强大的强制性破坏语言的稳定、清新、丰富,使语言受到严重"污染",例如僵化的政治意识形态的钳制使语言在套话、空话、谎话的腐蚀下失去语言的张力,变得单一、僵硬;工商模式的冲击使语言消费在"精神快餐"中变得平庸芜杂,语言在频繁、疾速的替换中失去理应有的清新感、稳定性……文学史要关注的正是作家对于语言"暴力"的抵抗,正是那些优秀的作家用自己的作品突围出思想高压、商品消费等陷阱,用诗性语言抵御"暴力"对语言的生命意味、生命质地的侵蚀、剥夺。金庸的小说语言既继承了从张恨水、刘云若那个传统下来的自然、流畅,更多吸收了民间社会清新的语言活力,又发挥了文人传统语言的"筛选"作用,去掉了市井语言的芜杂性,也没有欧化腔、启蒙腔,在优美而传生活之神中沟通雅俗,保持了文学的自由精神。而这种语言上的努力是大量存在的。海外的鹿桥、熊秉明、张爱玲等,台湾地区的於梨华、王鼎钧、白先勇等,香港地区的刘以鬯、徐訏等,甚至大陆的孙犁、赵树理、丰子恺、穆旦等,此时期的语言都有着文学"突围"的意义,他们个性化的努力中更包含诗性语言对于"暴力"语言的有力抗衡,才使得这一时期的文学不至于出现"经典空白"。百年中国文学的经典化一定要凸现作家在现代汉语的丰富发展中的贡献,凸现语言这一诗性栖息地的价值和意义。

三、经典性阅读的关键在于创造性阅读

在大致了解了什么是经典和我们每个人的阅读都与经典的产生息息相关后,我们该做一名什么样的读者呢?

20世纪前的文学阅读、研究基本上是以作家为中心的,努力去还原作家的创作意图、创作内容。作家对于自己作品的任何言论,其权威性都会在任何读者的见解之上。自从米·巴赫金1926年提出艺术作品"都是说者(作者)、听众(读者)和被议论者或事件(主角)这三者社会的相互作用的表现和产物"④的重要观念后,艺术品"凭觉中的再创造而得以完成"⑤的审美交往性被揭示,读者在艺术存在中的重要作用也日益被关注,文学作品正是在作者与读者的文学沟通中得以实现,文学批评也转向读者及读者、作者、作品三者

---

① 纪亮:《伽达默尔》,《当代西方著名哲学家评传》,山东人民出版社1996年版,第418页。
② 〔德〕洪堡特:《论人类语言结构的差异及其对人类精神发展的影响》,商务印书馆1997年版,第70页。
③ 〔德〕洪堡特:《论人类语言结构的差异及其对人类精神发展的影响》,商务印书馆1997年版,第50页。
④ 〔俄〕巴赫金:《生活话语与艺术话语》,《巴赫金文集》(第二卷),钱中文译,河北教育出版社1998年版,第92页。
⑤ 〔俄〕巴赫金:《生活话语与艺术话语》,《巴赫金文集》(第二卷),钱中文译,河北教育出版社1998年版,第83页。

关系。同时,形式主义批评,尤其是"新批评"方法的兴起,强调了文本的自主自足性,读者可以越过作者的意图等,直接经由作品的语言探寻作品的意义。尽管"新批评"对于文本的"封闭性"阅读有其缺陷,但它确实把作品从作家手中"解放"出来,给读者的阅读提供了开阔的领域。正是在这一背景上,接受美学或读者反应批评得以产生,其中尤以德国康斯坦斯大学的尧斯(Hans Robent Jauss)等的学说影响为大,强调作品的意义并非独立自主的存在,而是由读者"具体化"("concretized")的结果,读者作为文本观照的主体,统合历史的、美学的等内容,在阅读的过程中,将自己阅读的瞬间与作者创作的瞬间连接,是读者的阅读决定了作品的意义。

读者反应批评理论也提出了许多种类的"读者",如"意图性读者"("the intended reader",作者心目中的理想读者)、"假想性读者"("mock reader",阅读中会扮演作品中角色的读者)、"超级读者"("the super reader",有超凡的语言认知能力,能检视作品风格的读者)等等。读者反应批评理论还提出了关于阅读时读者意识活动的种种看法。有的强调读者与作品的独处认同,在阅读的瞬间,读者的心灵没有额外的空间可以容纳其他文字或事物,而读者原来的"我"也会抽离,而代之以另一个心灵的"我",这种完全的自我释放会在主客融通中仔细倾听"他者"的声音。有的认为作品,尤其是现代文学作品,富有"空隙",阅读能让读者借由"空隙"发挥想象力,甚至与作者的想象力展开竞技。而不同的读者会面对不同的"空隙",甚至同一个读者,每一次阅读也会面对不同的"空隙",用不同的方法填补,于是,每一次阅读都是独一无二的阅读。有的更是认为"阅读的事件就是意义",诗的意义就是阅读过程中的感受与体验,精读的重点不是文本的繁复,而是读者心灵的纤细。不管哪一种看法,都包含着阅读是一种创造性活动的要求。对经典的阅读更要强调创造性阅读。

经典的阅读必须要有必要的知识、修养等准备。按照读者反应批评理论,阅读是读者既有认知和多重语意的文本互相开放、辩证互动的过程,既不是原有认知的重复,也不可能与既有认知完全背道而驰。一个文本,对读者既有新鲜感和挑战性,又不会让读者感到过分陌生,阅读困难,这样一种"适度性"最有利于读者具有创造性的想象力的展开。对于读者而言,就需要为这种"适度性"做好知识、修养等准备。平时开卷有益,多有积累,尤其要有大历史的视野,多读些关于民族的、历史的书籍。如果每年都会有几本自己喜爱的书,就会为经典阅读创造积累更多有利条件,例如,经典阅读时产生的相关联想越多,越有利于产生创造性思维,而平时阅读积累越多,促成经典阅读时联想发生的因素也就越多。

直面作品,避免种种"先入为主"情况的发生。要相信自己与作品直接对话一定会有收获,要先读作品,不要先读理论,尤其不要先看相关评论,不要让文学理论和作品评论遮蔽了读者个人对作品的心灵感受;并非拒绝理论,而是暂时"悬置",让自己的心灵与作品直接交流。也要将自己原先习以为常的态度、观念暂时"悬置",尽量开放自我去倾听,从而进入对自己难免陌生的文本世界。阅读经典,"就应该准备,至少是暂时的,成为与本来的自己不同的另一个自己"①。在这样的阅读过程中,读者会意识的以前并未意识到存在的自我,或者说,发现了隐藏的"真我",也就是发现了自己解读诠释作品的能力。要特别

---

① 〔美〕迈克尔·莱恩:《文学作品的多种解读·序言》,赵炎秋译,北京大学出版社2006年版,第1页。

珍惜自己阅读作品的第一感受,尤其是自己心灵与作品发生的冲撞。在此基础上,再让相关理论介入与作品的对话。

作为一个中国读者,在展开与经典的心灵对话中,应该珍惜中华民族的良好品格,保持中国人的美好性情。1920年代,英国著名哲学家罗素登上泰山时,让他最感动的不是泰山的雄奇,而是中国挑夫谦和的神情、幸福的微笑。他说,他由此领略到中国文化的魅力、中国人的性格,从而去反省人生与幸福的真谛。泰山挑夫体现的中国人的性情、品格当初感动了英国人罗素,今天也能促使我们更好地进入经典。当今社会存在少数不良现象,滋长着种种戾气、霸气、俗气,扭曲心灵,遮蔽经典,所以我们更要以谦和、平等、质朴去阅读经典,体悟人类博大的心怀、美好的情感,不要让经典淹没。

经典的阅读需要运用多种方法进行经典解码。作家写作是一种文学编码的行为,其作品往往包含多重含义,阅读自然需要相应的解码方法。但我们从小所接受的教育,缺乏"怎样理解诗歌"、"怎样阅读小说"等的学习,以致我们对文学的解读趋于单一,文体意识薄弱,分析停留于所谓的主题思想等表层。文学内容形式的繁复和人类认识世界、自身的深入是同构的。20世纪人类社会的变动、人类对于自身认识的深化都是前所未有的,而从现实主义到后现代主义,文学表达的复杂也是空前的,由此产生的创作方法、理论学说也丰富多样。创作、理论与阅读的互动关系密切,而"每一种理论流派似乎都偏爱某些类型的文本。比如,解构主义批评家喜欢象征主义诗歌,而马克思主义批评则青睐现实主义小说","每种理论阐述文学作品的一个不同的方面"[①],因此对20世纪中国文学经典的阅读显然也要有多种专门的方法去解读,这种解读才能为后世留下诠释经典的开阔空间。

在互联网搜索功能日益强大的今天,人们阅读能力的萎缩应该引起高度关注。对搜索引擎的过分依赖,使人们在极快获得所需知识答案的同时,也失去了对知识进行过滤、反思、整合的过程。这种情况在学生中也严重存在,其危害不言而喻。德里达在《文学行动》一书中主张以"文学阅读"来理解文学,以此取代以"文学定义"来理解文学。这样主张凸现了"文学阅读"的个人体验性和理解多样性的积极意义。在文学阅读越来越多地显示其重要性时,其危机也日益严重,因为不是任何阅读都会产生理解,尤其是独特性理解。互联网时代,模仿性、依附性阅读和理解严重冲击着批判性、创造性阅读和理解。所以,我们更要呼吁,我们每个人都要直面经典,以自己的独立思考、创造性阅读去走近文学经典。阅读经典,最重要的问题始终是不要让人云亦云淹没了自己的心灵。

早年的鲁迅就曾告诫我们,"以艺文思理,足为人类荣华者是尚"乃真正的爱国,而"援甲兵剑戟之精锐",却可能陷入"兽性爱国"。这一告诫实有我们深思之意。加之"中国在昔,本尚物质",当今消费社会,更助长物欲之风,鲁迅的告诫也更有惊世之意。物质的富裕、兵力的强盛是重要的,但一味地追求却有着种种陷阱;而无论国家,还是个人,"艺文思理"越是丰沛,就越宽以待他者,世界也在丰富多元中获得健康发展。阅读经典,走近经典,正是我们对鲁迅告诫的回应。

(黄万华:山东大学文学与新闻传播学院)

---

① 〔美〕迈克尔·莱恩:《文学作品的多种解读·序言》,赵炎秋译,北京大学出版社2006年版,第1页。

"父"之缺位与"时代孤儿"的道德困境

——东西的《耳光响亮》、《后悔录》与后传统时代的寓言化写作

耿传明

纪晓岚的《阅微草堂笔记》第十七卷"姑妄听之三"讲了这样一个故事:说是张铉耳先生家有一个婢女,有一晚突然失踪,以为是私奔了,但后来发现是醉卧在后院一间空房子中。经询问得知是一帮狐魅作怪,将其灌醉之后、抛在哪里。这位铉耳先生闻之大怒,跑到后院亲向狐魅问罪说:我们"相处多年,除日日取柴外两无干犯,何突然越礼,以良家婢子,作娼女俳优?"随之质问道:"子弟猖狂,父兄安在,为家长者,宁不愧乎!"这一质问在传统话语场中堪称是掷地有声!果然至夜半窗外就有了回话:"儿辈冶荡,业已笞之,然其间有一线乞原者,此婢先探手入门,作谑词乞肉,非出强牵。且其月下花前,采兰赠芍,阅人非一,碎璧多年,故儿辈敢通款曲。"故而"防范之疏,仆与先生似当两分其过,惟俯察之。"这位铉耳先生也没有得理不让人(狐),说:"君既笞儿,此婢吾亦当痛笞。狐哂曰:过笄梅之年,而不为之择配偶,郁而横决,罪岂独在此婢乎?"于是,"先生默然。次日呼媒媪至,凡年长数婢尽嫁之。"于是,一场人狐之间的纠纷就这样在天理人情之间的互动中得以平息,处理这种纠纷的原则来自于天人相应的传统伦理秩序。

纪晓岚的这个故事让我们看到了"父兄"之属在传统生活中所担负的重要角色,父兄不但承担着训诫子弟的责任,它还是一种秩序、风纪和现实世界的生存规则的代表,而父之死亡、缺位则意味着这种秩序的解体、失范和人的内外生活的混乱和失序,但这种混乱和失序又似乎成为了现代人的无可逃避的宿命,文化人类学家乔治·巴朗蒂耶就曾给现代性下过这样一个简明而较少争议的定义:"现代性就是运动加上不确定性。"[①]于是,现代性的唯一不变的本质就在于其"变",而"变"又是一切秩序得以产生、维系的天敌,由此,现代人的生存也就陷入了一种不由自主的漂浮和失根状态,反映于文学由最初的"杀父"的亢奋转向"寻父"、"寻根",与现代人由挣脱传统时的激昂转向现代性情境下生存的迷惘密切相关。

东西的小说接近于一种本雅明意义上的寓言式写作,因此不能用一般现实主义文学的标准来规范、解释它。所谓寓言式写作,是由本雅明提出来的一种与社会衰败期的碎片化现实相匹配的写作方式,本雅明认为"寓言在思想领域里就如同物质领域里的废墟"[②]这是一种人为物役时代的生存寓言,在物的压迫之下,心灵让位于外在的形式,而形式最终让位于物本身,这便构成了本雅明式寓言产生的背景。寓言具有一种言此意彼的特性,它

---

① 〔法〕伊夫·瓦岱:《文学与现代性》,田庆生译,北京大学出版社2001年版,第26页。
② 〔德〕瓦尔特·本雅明:《德国悲剧的起源》,陈永国译,文化艺术出版社2001年版,第146页。

在形式上是离心的,其结构呈现为一种不完整的、破裂的碎片。因此,寓言会取代象征而成为表现这种衰败现实的适用形式。既往的以表现"总体性"为志趣的、向心性的"象征"形式已难以把握当下的内外现实,而寓言因其离心性、碎片性更适于表现人在这种异化环境中的心灵的破碎和精神的衰败。在这个意义上,本雅明认为卡夫卡式的寓言式写作才是最适应现代社会的特定艺术形式。的确,本雅明对象征和寓言的区分是颇具洞见的,举例来说,鲁迅的《狂人日记》即是一种向心性的、总体性象征,狂人狂言犹如照亮黑暗的火炬,是"另一世界对这一世界的朗照"①;而余华的《四月三日事件》则是一种寓言式的写作,主体性的消解使小说主人公对外部世界的感知犹如四散分布的星光、流萤,最终迷失在亦真亦幻的现实迷宫之中。但象征和寓言也具有内在的一致性,即都是一种具有双重结构的文本,都是需要借助于出入文本的内外阐释才能充分理解其寓意。

东西的写作不像纯粹的寓言式写作走得那么远,他是一种与经典现实主义貌合神离式的写作,他不以塑造人物形象自身为目的,也无意于对生活的原生态还原,而是从一种时代的精神普遍性出发去寻找特殊个体,从特殊个体的极致化形态来凸显某种具普遍性的精神处境。因而其小说就具有了观念现实和生活现实两个层面,他在人物描写上也就有些夸张、变形、漫画化,因为其人物存在的意义不只在于其自身,还来自于超出其上的观念现实。

《耳光响亮》所关注的就是1976年文化精神和家庭生活意义上的"父亲"双双弃世、出走之后作为时代孤儿的成长形态和生存境遇。这些时代孤儿在经历了初期寻父的徒劳之后开始了在本能指引下的生活,"无父"既给他们带来空前的"自由",但权威、规范、秩序的缺失也造成了他们内外生活的混乱、失序、盲目和空虚,他们的生存状态用鲁迅评点豆腐西施的话说,就是"辛苦而恣睢",所谓"辛苦"不言而喻,至于"恣睢"一词则用得不同寻常,成语中有"暴戾恣睢",一般是形容暴君和强盗的凶残横暴、为所欲为的,鲁迅将其运用到社会底层女子"豆腐西施"上,显得有些特别,但我认为这恰恰深刻道出了现代人在传统秩序瓦解后顾忌全无、欲望至上的生存特性。西方"上帝死了之后,人相互为上帝"的状态在中国就以"皇帝既无,人皆是皇帝"的形态表现出来,任何对于人的本能欲望的限制都失去了合法性、正当性。满足欲望、追逐快乐成为人生的基本原则,一个世俗化狂欢的时代即将到来。

父亲出走时刚刚18岁的女儿牛红梅,美貌性感,成为男性竞相追逐的欲望对象,而她对自己的情欲采取的也近乎完全的"无抵抗主义",她先是为省医院的医生冯奇才所勾引、诱惑,在胃痛检查时,自愿与其发生关系,之后被人捉奸在床,闹到家里,使全家蒙羞,靠着母亲的抢刀上阵,才得以解围;接着又被街上的小流氓宁门牙盯上,被讨好流氓的大弟牛青松出卖,遭宁门牙强暴。在与这两个男人的瓜葛中,牛红梅怀上了第一个孩子,但两个男人都不承认孩子是自己的,牛红梅愤怒之极,疏远了冯奇才,小弟牛翠柏趁机又将自己的体育老师杨春光引荐给了姐姐,她为了和杨春光开始恋爱,不得不进行了第一次堕胎。她给她怀的第一个孩子取名叫"牛爱",即为爱而堕胎之意;而她所深爱的丈夫杨春光在考上大学之后,又有了新欢,费尽心机地要和她离婚,精心设计了一场夫妻羽毛球赛,让牛红

---

① 转引自郭强:《现代社会的漂浮:无根的现代性及其呈现》,《社会》2006年第4期。

梅的第二个孩子流产,牛红梅给这个孩子命名为"牛恨",以表达对杨春光和自己的怨恨。牛红梅的第三次流产是被开发廊的刘小奇强奸怀上的孩子,她给这个孩子命名为"牛感情",以示从此之后再也不谈感情,这个孩子是在她看小品《吃鸡》时,大笑不止而流产的,从此牛红梅丧失了生育能力。离婚之后的牛红梅在北京征婚又遇到了冒充美男子实则长相丑陋、身材矮小的苏超光,结果两人的恋情又是"见光死",迅速终结;牛红梅的第五个男人颇为出人意料,那就是她的继父金大印,发财之后的金大印非常想要一个孩子,而与他同居的母亲何碧雪又生不出孩子,母亲为了肥水不流外人田,就答应把自己的女儿嫁给金大印,以便自己仍可以垂帘听政、在背后掌控一切,于是,牛红梅最后又被自己的母亲利用,再次成为他人欲望的牺牲品。

  牛红梅在父之出走后的遭际、命运与后革命时代世俗化的现代性大潮所引发的价值的颠覆有关,马克斯·舍勒的价值伦理学着重研究的就是现代性如何改变了人的心性结构,使客观的价值等级秩序陷入混乱的,他认为客观价值秩序可按由低到高的等级分为五个层次,即感官价值、实用价值、生命价值、精神价值和神圣价值,进入现代之后,这种价值秩序发生了颠倒和位移,位居其下的感官价值和实用价值上升为主导价值,神圣价值、精神价值和生命价值在人们的生活中变得可有可无、退居次要地位,由此造成的结果就是人的生存的世俗化、感性化和庸俗化。① 具体到牛红梅那里,我们可以深切地感受到这种现代性的价值颠覆和移位造成的人的心性的改变,那就是性和灵魂的"羞感"的丧失,感性欲望和为满足这种欲望产生的使用价值占据上风,成为主导性的价值。舍勒认为性和灵魂的"羞感"对于人来说具有至关重要的意义,因为"人在世界生物的宏伟的梯形建构中的独特地位和位置,即他在上帝和动物之间的位置,如此鲜明和直接地表现在羞感之中,对此任何其他感觉无法与之相比"②。人是居于上帝和动物之间的存在者,上帝和动物都无羞感,羞感是人所独具的标志,中国古人讲:"人之异于禽兽者几希!"强调的也正是这种人居于圣贤和禽兽之间的存在特性。在神圣价值、精神价值生命价值被解构之后,人成为了一种工具化、感性化、欲望化的存在,失去了掌控、制约、规范自己的本能欲望的能力,只能陷入"跟着感觉走,手牵着梦的手"感性生存状态,沦为被欲望牵引的快乐奴隶。羞感这种"天然的灵魂罩衣"、"身体的遮蔽物",也就成为了一种烦琐的不必要的装饰。"羞感"的丧失意味着人的世界在向动物世界靠拢,这种贬低人的文化与过度压抑的文化一样也同样会造成人性的异化和扭曲。现代性催生了发达的生产力,造就了一个高效率的社会,创造了极其丰富的物质财富,但也使现代社会成为了一个使人们普遍感到无家可归的、支离破碎的高风险社会,所以小说中的牛家姐弟始终无法忘怀已失踪多年的"父亲",希望通过找回父亲来结束自己精神上的六神无主状态,也就不难理解了。在现代性尚未真正启动之时,人们往往把一切的苦难、不幸、无奈、不如意都归之于父辈的压抑、强制、无能、专横,认为只要把父亲打倒,幸福、自由就可唾手可得,所以"杀父"会成为社会变革动员期的文学主调,清末的无政府主义革命者提出的口号即是"无父无君无法无天"的"四无主义";然而,一旦真的步入现代社会,人们就像沙丁鱼般地挤在公共汽车上的乘客一样,急于要抓

---

① 〔美〕曼弗雷德·S·弗林斯:《舍勒的心灵》,张志平等译,上海三联书店2006年版,第11~65页。
② 〔德〕马克斯·舍勒:《价值的颠覆》,北京三联书店1997年版,第164页。

住一个把手,保持平衡,由此"寻父"文学又会引起人们的共鸣,吸引人们的注意。但是如何能够找到或创造出一个真正能为儿辈所由衷认同的"父亲"?成为后传统、后革命时代的一大难题,它所牵涉到的是现代社会的权威认同的困境。

所谓"权威认同"也就是对某种值得尊重的、享有崇高威望的人和事物的认可和赞同,权威作为在社会生活中靠人们所公认的威望和影响而形成的支配力量,是社会生活不可缺少的条件,通过权威的运用,个别行动者的行动才能被纳入有秩序的状态中,个人生存的目的、价值、意义也由此获得确认。在前现代社会,权威的形成是一个自然的过程,宗教信仰中的"上帝"和宗法社会中的"父亲"权威就是这样形成的。而现代社会的权威则须来自于人自身的创造,现代社会把对彼岸神圣世界的权威认同变成了对此岸世俗世界的权威认同,而且其自身处于无休无止的自我矛盾和自我分化之中,这就使得现代社会的权威认同陷入困境之中。现代世界作为一个单一平面的世俗世界,人们需要把这种世俗有限之物神圣化来树立这种权威认同,而这种世俗之物的神圣化更多产生的是以荒诞为主调的黑色幽默。《耳光响亮》里的金大印便是这样一位在牛家父亲牛正国失踪之后试图补缺的"继父",但这位试图入主牛家的继父遭到了牛家儿女的顽强抗拒,在他们眼里,金大印鄙俗、滑稽、猥琐不堪,是个望之不似人父的"谵主"、"伪父",绝对无资格成为他们的父亲,所以他们合力抵抗,联合小流氓把金大印打得头破血流。这次对继父的施暴使得母亲颇为寒心,彻底离开儿女和金大印住在了一起。想成为真正的为儿辈尊敬、认可的父亲的金大印并没有放弃他的努力,他想首先获得社会承认再让孩子们对他刮目相看,于是就有了他和报社编辑马艳共同制定的成为"英雄"的计划,马艳给了他四个信封,让他依序按信中指令行事:第一个信封是让他去照顾一位孤寡老人,他依计而行,但结果出其意料,老人得寸进尺,不但让金大印给她做种种杂务,而且在她自己可以洗澡的情况下让金大印给她擦洗身子,好像她成全了金大印成为英雄的愿望,金也就要满足她的所有欲望;第二封信是让金大印去救人一命,金大印在江边守护多日,终于从面包车下救了一个小孩,自己也受了伤,小孩母亲在叫出租把金大印送到医院后就再也不承认他救人的义举,后来在马艳的劝导下,才答应承认此事,但在金大印找到她家里时她又让金大印"帮人帮到底",满足她丈夫离家多年后无法满足的性需求。总之,在现代性借重的使用价值取代了位居其上的生命价值、精神价值和神圣价值成为主导价值之后,"有用性"成为了人们唯一关注的东西,基于利益交换的关系成为人与人之间的基本关系,"无利不起早"成为人们判断他人的一个屡试不爽的信条。金大印的"英雄梦"在功利主义的时代已显得不合时宜,在经历了成为"英雄"的种种烦恼、不便、人格扭曲之后,金大印不想再当"英雄"了,马艳又给了他一个信封,这次是让他去赚钱,因为时代已经成为一个"谁有钱谁就是爹"的时代。金大印依计而行,辞职去作了小煤窑的矿主,果然成了千万富翁。成为富翁之后的金大印终于得到了他梦寐以求的来自儿辈的承认,小儿子牛翠柏为拍电视剧需要 30 万赞助款,金大印一口应承,素来瞧不起他的牛翠柏在达到了目的之后,按捺不住高兴:"我说你真是个好人,一个懂得艺术的人。我差不多叫了一声爸爸。"①金大印提出的交换条件是娶牛红梅为妻,好让年轻的牛红梅给他生一个亲生的儿子,但他并不知道牛红梅在这样一个欲望化的时

---

① 东西:《没有语言的生活》,江苏文艺出版社 2009 年版,第 254 页。

代已被过度"开发",丧失了生育能力。金大印的确成为了牛家的父亲,只是使他成为父亲的不再是他本人,而是"有钱能使鬼推磨"的时代。

与金大印努力成为继父的经历不同,小说中的生父牛正国则经历了一个失踪、堕落、失忆的过程,这是一种儿辈记忆中的伦理之父在时代迁变中的自戕、自毁之举,这种父之自毁的主题在朱文的小说《我爱美元》中曾以儿子试图为父亲找回"性福",所以带着父亲去找小姐,最后却因为没有美元未能如愿的极端戏剧化形式得到过表现,而这在《耳光响亮》中成为贯串全书的中心线索,牛正国由一位革命时代的循规蹈矩、谨小慎微、克己本分的小学教员在出走之后变成了偷越国境、走私毒品、嫖赌、失忆的罪犯。牛正国的这种变化也并非偶然,因为他既往所接受的是一种由现代卡理斯玛式权威给定的带有特定功利性的伦理秩序,它不需要来自个人良知的支持,这种秩序的存亡全系于卡理斯玛式权威一身,一旦泰山崩颓、权威辞世,这种高乎、悖于人性、人情的权威秩序也就迅速崩解,小说中牛正国上班时骑的自行车在其出走后一夜之间就变成锈迹斑斑的一堆废铁,与此大有关系,它也预示了后革命时代牛青松式的执著的寻父之旅的徒劳,如此,留给人们的道路似乎只剩下一条,那就是金大印在迎亲车队出发前所反复告诫大家的:"所有人都不能回头,如果一回头,我们就会回到贫穷的生活里。"①这就带有了不敢正视现实的鸵鸟式的自欺性,而且其中潜藏着将富有与道德截然对立起来的虚妄逻辑。

"时代新父"金大印代表的是在这个时代肆虐的金钱的力量,这种力量的破坏性正如薇依所言:"金钱渗透到哪里,就毁坏了哪里的根,用赢利的欲望替换掉所有的动机。当落入一种灵魂的惰性状态的时候,当常常采用最具暴力方式的时候,我们就处在被拔根的状态中。"②这种拔根中最不可忽视的是文化的拔根,"它所导致的是在所有的领域都普遍出现这样的情况,各种关系被切断了,每一事物都被看做是自身的目的。"③由此,人的存在的意义也会发生严重的危机,每个人都成为了一个孤立的岛屿,与世界与他人都失去了必要的联系。金钱至上对于社会的破坏性犹如强酸,正如马克思所言,它将"一切固定的古老的关系以及与之相适应的素被尊崇的观念和见解都被消除了,一切新形成的关系等不到固定下来就陈旧了。一切固定的东西都烟消云散了,一切神圣的东西都被亵渎了"④。在此背景下的"寻父"、"寻根"也就是对人的生存的确定性追求。人生在世实有两种基本的需要:一是"遂生",一是"安所";"遂生"即是指人的生命欲望的逐求、实现,"安所"即是指的人安心立命,得其所在,一种可以使人的灵魂得以安顿的精神家园、心灵秩序。变革时代的中国,首先唤起的是人的"遂生"的需要,将人从一切束缚中解放出来,以推动社会的变革,因而安所的需要也就无从顾及。革命时代的禁欲主义伦理产生于由传统的"神人文化"向"人神文化"的转变,"以出世的精神从事入世的事业",是对这种现代性的道德理想主义志趣的典型、精炼的表述,也就是说它是通过将人神圣化,建立起来的一种功利性的伦理秩序,其最高目的是为实现一种共同的事业。这种伦理秩序具有他律性的特点,本身排除了与个人良知的联系,是一种集团主义的伦理规范,因此其对于个人来说具有异己

---

① 东西:《没有语言的生活》,江苏文艺出版社 2009 年版,第 254 页。
② 〔法〕薇依·西蒙娜:《扎根——人类责任宣言绪论》,北京三联书店 2003 年版,第 34 页。
③ 〔法〕薇依·西蒙娜:《扎根——人类责任宣言绪论》,北京三联书店 2003 年版,第 54 页。
④ 《马克思·恩格斯选集》(第一卷),人民出版社 1975 年版,第 253~254 页。

性、外在性和强制性。它以高于人性、超乎人情的出世精神为依归,自然会对人的自然本能欲望造成高度压抑,从而导致一种人以自己的本能欲望为耻的禁欲主义心理。东西的《后悔录》表现的正是这种革命时代的伦理秩序派生出的禁欲主义文化对人性的异化和扭曲以及个人良知从这种异己的、他律的伦理秩序中逐步复苏的过程。与《耳光响亮》一样,他所关注的重心仍是这种时代孤儿的精神困境与生存状态,只是更集中于主人公的"性"的磨难,以及时代由禁欲到纵欲的翻转对于无力把握自己命运的小人物所带来的尴尬和困窘。

《后悔录》这篇小说令我首先联想到的是根据英国作家安东尼·伯吉斯的同名小说改编的电影《发条橙》。其中的主人公阿历克斯原是一个肆无忌惮、无恶不作的小流氓,入狱之后经过狱方别出心裁的"洗脑"实验,成为了一个打不还手、骂不还口、无法接近女色而且绝对不会危害社会的"新人"、楷模。然而成为这种标准好人后的阿历克斯却无法在社会上生存,最后官方又只得使其恢复原状。该片的主旨强调的是人的道德自主性,也就是一个人的行善作恶必须是出自个人自主的选择,如果剥夺了个人的这种自由意志,那么不论是强其行善还是强其作恶都不复是人的行为,而是一种机械反应。这种伦理秩序下的人也只是一种机械的、人造的、上了发条的人。所谓"发条橙"的寓意按照伯吉斯的说法是:"它标志着把机械论道德观应用到甘甜多汁的活的机体上去。"①而《后悔录》中的曾广贤的人生悲剧的成因在很大程度上便是奉行这种他律的、异己的机械论的道德观的结果。小说以性为中心,讲述了主人公从禁欲时代到纵欲时代的性的失败史,禁欲时代的人奉行的是禁欲主义机械的伦理观,它从根本上否定性的存在的合理性,人们以成为"无性的人"而骄傲、已成为国家机器上的零件而光荣,于是,就会引发一系列的悲剧。

小说中曾家的父亲曾长风作为父亲已完全失去了其在传统家族社会中的道德权威地位,他是一位被时代废黜的父亲,国家把原属于家族和个人的道德自主权收归了"国有",所以他与儿辈地位平等,都是最高权威派生出的禁欲主义伦理秩序统辖下的芸芸众生,同样都是那种机械论的道德观监视下的囚徒。他的悲剧与他的妻子极力要成为"无性的圣徒"直接有关,妻子的这种道德洁癖最终使丈夫走上了以偷情来满足性欲的道路,而又不幸被同样习得这种洁癖的儿子发现,告诉他人,结果父亲被卫道者们痛殴,"生殖器官肿得像铅球一样"。随之,儿子又无意中从窗户看到动物园长调戏母亲的一幕,就冲进去责骂、唾弃母亲,不听母亲的辩解,结果,母亲第二天就将自己喂了动物园的老虎,自己"羞死了"。这种大义灭亲的禁欲主义伦理对于家庭亲情的伤害于此也达到了极点。在这样的他律性、异己的伦理规范下要接纳性、学会爱、懂得在社会设定的道德规范之内来实现自己的本能、欲望,显然是一件难事。因为父亲在性方面受挫之后,给他的最大教训就是:千万不要在这方面犯错,实在压抑不住就自己解决。所以,长大后的曾广贤也一再在性的问题上碰壁、无所适从,直至因为半夜闯进他所爱慕的美女张闹房间被发现,锒铛入狱,被判了8年徒刑。坐牢期间,他的同事卢小燕对他不离不弃、关爱有加,所以两人成了一对恋人。但出狱后的曾广贤又被贪婪、狡诈的张闹算计,张设计拆散了他和卢小燕的婚姻,又骗曾与她结婚以图谋政府退还给他的财产。后来曾费了很大劲,才得以和张闹离婚。而

---

① 转引自张和龙:《人类社会的自由难题——评安东尼·伯吉斯的〈发条橙〉》,《外国文学评论》2002年第1期。

这时的他已步入中年,仍是孑然一身。小说由曾广贤对按摩小姐和躺在床上已成植物人的父亲的长篇倾诉构成,曾广贤最后对他爸爸讲,他"一辈子最后悔的事就是没有过一次那种生活。小池在仓库脱裙子时,我骂她流氓。闯进张闹房间的时候,我都还没动手,她就喊救命了。从杯山出来时,小燕想脱我的衣服,我害怕那是非法同居,也没敢让她往下动。跟张闹谈婚论嫁的日子,天天都有机会,我却偏要等领结婚证,偏要布置新房。等于百家睡到了张闹的床上,我就看不起她了,把她当狗屎了,没想到几年之后,自己想吃回头草了,她却说档次上去了,下不来。尽管现在不一定非得跟她们过那种生活,尽管到处都有过那种生活的机会,我的心理却有了障碍,就像面前有一座大山,怎么也翻不过去,就像我的脑袋刚刚冒出井盖,就被棍子打了回来,打多了,脑袋就再也不敢冒出去了"[①]。

曾广贤的这种性爱史颇有黑色幽默的色彩,具有荒诞性和残酷性。禁欲时代的他奉行的是异己的机械论的道德观,个人的自由意志、道德自主性都被褫夺,人成了国家机器上的一个零件,也就无法为他的害人害己的行为负责;而纵欲时代的他又处身于了一个人欲望至上的时代,一个规则全无、藩篱尽撤、人向动物看齐的时代,而他又无法放弃自己作为人的最低底线(如乱伦的禁忌),所以只好一再与似乎唾手可得的幸福失之交臂。60多年的时间里,中国社会的道德气候经历了从冰点到沸点的反转,从一个极端走向另一个极端,都与道德自主性的缺失有关。极寒与极热的环境都极不适合于人的生存,它也是曾广贤欲望难遂的主要原因,因此营造一个适合于人的生存的道德环境就成为当务之急,而这要走的第一步就是要将人的道德的自主性、自由意志归还给人,使其可以对自己的选择负责。如此,曾广贤也许可以减少因为社会客观原因而造成的后悔和遗憾,更有可能遂生、安所,得到使自己感到身心安宁的幸福。小说中已成为植物人的曾广贤的父亲在听完儿子的倾诉后,眼中居然流出了泪水,也正代表了这种历尽磨难之后父子的和解、人的道德自主性的复归。

2011 年 3 月 21 日于天津

(耿传明:南开大学文学院)

---

① 东西:《后悔录》,《收获》2005 年第 3 期。

从《小城三月》看萧红的创作个性

——兼论其对当前文学创作的启迪

贺仲明

记得前几年有学者为萧红《呼兰河传》的主题意蕴发生争执。争论的焦点是对茅盾当年批评《呼兰河传》的回应,即作品的主题究竟是表达作者的孤独寂寞,还是继承了五四启蒙传统,以国民性批判为中心。[①] 其实,这两方面的意蕴《呼兰河传》都有所包含,或者说,萧红作品的长处,正在于能够将个人情感世界与宏阔的民族社会主题相融合,既真切地融入自己的创作个性,又渗透着对时代和社会的深刻剖析。这一点,在萧红的著名短篇小说《小城三月》中亦可清晰地见出。

一

从表面上看,《小城三月》的悲剧似乎完全是个人的。翠姨的死,除了她自己,似乎与谁都无关。她暗恋一个男青年,却没有勇气表白,更没有勇气对家里安排给自己的婚姻进行拒绝,只能在绝望、寂寞和痛苦中憔悴,最终,在出嫁前夕郁郁而终,走向死亡。而事实上,她并不是完全没有摆脱这种悲剧的可能。因为她的家庭并不是那么专制,如果她能够坚决拒绝,她的包办婚姻是可能被取消的。所以,这悲剧,似乎只能归咎于她的性格,或者抑或是她的宿命⋯⋯

但细致察来,并不如此。悲剧虽然与翠姨的性格有关,但同时也是她所生存的时代的产物。正像小说标题所寓意的,此时的小城还是处在乍暖还寒的料峭早春,处于新和旧的交替当中。城中虽然已经有了像我伯父家这样开放的家庭,但更多的人却还处在传统观念之中,或者说还在经受着传统与现代的过渡,人们的生活方式,特别是心灵,还没有从传统的束缚中解脱出来。翠姨的生活中就可以清晰地感受到传统文化的无形压力。如仅仅因为她出身于寡母家庭,就遭到别人的轻视和拒绝。当然,更重要的是,翠姨自己也是这样一个典型时代夹缝中的悲剧人物。一方面,她虽然出身低微,也没有文化,但在时代的感召下,她的心灵有了初步的觉醒,有了对自由和爱情的渴求。但另一方面,她还没有真正的觉醒,还部分地徘徊在过去、为其所羁绊和束缚。她还没有真正独立走向自由、追求自由的勇气和能力,还会为自己的家庭、身份而自卑,成天生活在压抑和怀疑中,只能默默地爱默默地死。

[①] 参见王科:《"寂寞"论:不该再继续的经典"误读"——以萧红〈呼兰河传〉为个案》,《文学评论》2004年第4期;陈桂良《"寂寞"论果真是对萧红作品的"经典误读"?——也谈茅盾评〈呼兰河传〉并与王科先生商榷》,《文艺争鸣》2005年第3期。

在这个意义上说,翠姨如果丝毫没有觉醒,没有追求自由的愿望,也许就不会有这样的悲剧;而如果她能再进一步,能够更果敢地说出自己的愿望,大胆进行自己的追求,也许就会得到幸福,至少不会陷入现在的悲剧结局。只有在这新旧交替之际的时代夹缝中,才可能出现这样的悲剧——这,也就像作品中反复出现的时间隐喻:早春。一切似乎醒了却又没有真正觉醒。就像是黎明前的黑暗,又像是战争结束前的最后一颗子弹。因其与光明太近,因其是黑夜的最后余威,因此,它才显得特别的遗憾,特别的令人惋惜。

所以,翠姨的悲剧可以说是个人的,但更是时代的,她的悲剧,是一个时代的缩影,也是一个从旧到新、从传统到现代不可缺少的过渡阶段。也就是说,她的思想、行为、命运虽然是个人的,但却是时代文化真实的产物。这一点,就像那些刚刚从母亲的怀抱中挣脱出来的小鸡雏,它也有自由和独立的渴望,向往这外面的世界,但它的能力却还不够,也许,它就会死亡在这样的诱惑和追求中——放开一点想,翠姨的自卑和绝望也不是完全没有道理,或者说她的被扼杀具有某种必然性。时代和社会已经先在地限制了她的生存空间,窒息了她的生存希望,她对爱的憧憬确实一定程度上超越了她的现实能力。正因为这样,她所爱的对象居然对她的爱一无所知,也没有得到任何爱的回报。我们设想,即使她大胆回绝了旧式婚姻,也很难说就能够得到自己理想的爱情。通过她的悲剧,萧红对社会提起了无声的控诉。在这里,她的家庭,以及周围的环境,都作为铺垫,与翠姨的这种矛盾心境和表现一样,体现着新旧交替之际的时代状况。不过,翠姨的心境体现得隐晦,而她的家庭、社会体现得更明确更具体罢了。所以,小说虽然写的是一桩个人化的小悲剧,却从一个普通的、微不足道的年青女性的悲剧中透视到时代的脚步,看到热闹繁华背后的冷清和寂寞。

在从传统到现代的巨大转变中,这样的悲剧数不胜数,或者说,它太微弱了,太渺小了,很难引起我们的关注。尤其是与我们的时代洪流比较起来,这样的小人物的悲剧似乎没有值得书写的价值。正是在这里,萧红体现了她的特别。这不仅是体现了她作为一个女性作家特别的敏感和细腻,更重要的,是表现了作为一个优秀作家所必须具备的大爱精神——《小城三月》这样的悲剧,这样弱小卑微的灵魂,只有不完全被政治大语境所束缚,只有保持了自己真实的自我,只有真正的对人的尊重和平等意识,而且还具备着充满怜悯和温情的关爱,那种细腻而真切的人性柔情,才能够捕捉到,而且能够深入地加以表现。

《小城三月》中,个人与时代的主题丝毫不显生硬,而是水乳交融,相互地促进和补充。或者说,正是因为作品充满了对心灵的关爱,翠姨的悲剧才显得那么沉重;反过来,翠姨的悲剧是源于那么微小却又是很深刻的原因,她的悲剧才那么触动人的心灵世界,既为她感到惋惜,又对这个社会的文化更新有了更多的期待。

二

《小城三月》的艺术表现也非常契合其主题表现。从表面上看,作品非常温婉,带有强烈的个人气息,但另一方面,作品的内核又实际上是充满着刚健的,个别叙述甚至可以用冷峻来表示。

从个人方面说,如作品采用的儿童(少年)叙述视角。通过一个不太谙世事的小女孩来叙述故事,她又是与主人公有很好的关系,其叙述自然很有感情,具有打动人的力量,而且,这样的叙述也很婉转曲折,细腻地再现了女主人公委婉而复杂的心态。如作品中的买绒绳鞋情节,通过儿童旁观视角写出来,效果非常独特,既没有让其心理和情绪过分外露,又巧妙地传达出其敏感脆弱的内心世界。作品强烈的抒情笔致也是个人性的。作品的开头和结尾都有大段的写景,这些美丽的自然景物描绘中蕴藏着叙述者的深厚感情,也加深了作品的感伤色彩。

但是,作品的深层世界并不像这么简单,或者说在它童稚化和抒情化叙述的背后,包含着比较深的技巧。比如叙述者,其实并不真正是那个小女孩,而是一个对人生有太多感悟,对社会有太多感触的成年人。她当然也可能还是那个小女孩,但肯定已经是长大了的现代女性。作品开头和结尾出的深情感喟,正充分地体现出这一点。所以,小说的儿童视角不过是一个幌子,或者说只是一个技巧,其真正的叙述意图是在其背后。比如情节的设计就颇为精巧。如买绒绳鞋,如客厅中翠姨与"哥哥"的单独相会,都很有暗示意味,也是情节推动的重要因素。

这一特点在作品的细节描写上可以看得很清楚。或者说,作品有一些细节是模糊、不够清晰的。这种模糊是成年和童年两种视角的融合,体现的也是两种不同的心理。特别是人物心理,都始终放在模糊朦胧的背景下来展现,包括她复杂的情感世界,包括传统文化对她内心构成的伤害,都含而不宣,深藏在文字的背后——这一点,很容易使我们想到《红楼梦》对林黛玉的描写。正如很多研究者指出来的,《红楼梦》中的林黛玉贵为贾母的外孙女,日常生活也似乎平淡温暖,但实际上,她内心中蕴含着很深的悲苦,失去双亲的痛苦,寄人篱下的感伤,是她对爱情特别珍惜,也拥有着似乎略显病态的敏感和担忧。而这一切,作品都没有明示,只是在一些非常小的细节中传递出来,让细心的读者去揣摩体会。有学者指出萧红创作有《红楼梦》的影响,在《小城三月》的细节描写中可见清晰的印记。——我相信,这种模糊与暧昧不完全是艺术上的刻意追求,而是作者心灵的自然体现。或者说,作品的这种矛盾,正折射着萧红内心中两种复杂情感和文化态度,或者说是两个萧红的精神世界在交叉。一个是个人的,一个是集体的;一个是怀旧的、感伤的,一个是批判的、否定的……

所以,作品中前后的写景和抒情都不简单停留于情感层面,而是具有更深的象征含义,寄托着作者的寓意。其对乍暖还寒的早春场景的描写,春天到来的不容易:"郊原上的草,是必须转折了好几个弯儿才能钻出地面的,草儿头上还顶着那胀破了种粒的壳,发出一寸多高的芽子,欣幸的钻出了土皮。"固然是隐含着对时代的感叹:"春来了,人人像久久等待着一个大暴动,今天夜里就要举行,人人带着犯罪的心情,想参加到解放的尝试……春吹到每个人的心坎,带着呼唤,带着蛊惑……"结尾处对春天的歌颂和慨叹,更是体现着对美好希望的憧憬:"春天为什么它不早一点来,来到我们这城里多住一些日子,而后再慢慢的到另外的一个城里去,在另外一个城里也多住一些日子。"其对翠姨命运的叹惋,同样包含着时代的喟叹:"不久春装换起来了,只是不见载着翠姨的马车来。"

《小城三月》的这些艺术特点与萧红创作时的心境有关,也联系着当时的时代社会背景。作品创作于1941年,是萧红的最后一部作品。当时的萧红流落香港,身心俱疲,《小城三月》自然会流露出其个人心境,蕴含她思乡中的痛苦记忆。此时节的中国,也正处在抗战中最艰难的季节,国土沦丧,子民颠沛。萧红在作品中寄寓的感伤显然有这双重的烙印存在。但是，毕竟萧红是五四文化的继承者，也在北国生活和文化中长大的萧红的独特气质，因此，《小城三月》尽管感伤，却并不低沉，虽然个人化，却也时刻联系着时代，既充满着希望和对未来的憧憬，也将个人悲剧与时代批判结合在一起。作品的结尾，虽然女主人公翠姨非常遗憾地过早离开了人间，但是春天还是不可避免地来了，"人们三三两两地……"春天的气息，人们的幸福和欢乐是不可阻挡的。所以，作品叙述的虽然是一个悲剧故事，虽然柔情却不软弱，虽然感伤却不低沉，更促使人对社会和现实进行思索。

三

《小城三月》虽然只是一篇短篇小说，但它所表现出的创作特点却是萧红许多作品所共同拥有的。《呼兰河传》如此，《生死场》等也未尝不如此。这是萧红小说能够在中国新文学历史上留下自己深深印迹的根本，而且，它的价值不只是对萧红个人，对整个新文学、尤其是女性文学都有启迪意义。

因为受文学传统、启蒙思想与国家政治环境的影响，新文学作家们的文学创作主流与时代政治有着较深的关系，或者说，作家们大多积极关注宏大的社会政治事件与文化批判主题，对时代中的个人命运和心灵世界却比较疏忽。甚至存在为了成就宏大主题而牺牲个人价值的情况。表现在女性文学上，是许多女作家选择主流化的政治文化认同，她们的创作中没有显著的性别特征，或者说完全可以混同于男性作家；作为对这一主流的不满与反抗，新文学也存在另一种创作潮流，那就是完全沉溺在个人世界里，自觉隔绝于外在社会。典型如上世纪八九十年代的"先锋文学"和"个人化写作"潮流。在女性文学领域，早先有张爱玲为代表，近年来兴起的"小女人写作"和"女性主义写作"也基本上属于这一类型。

这些创作现象的出现有其存在理由和社会背景，但它所产生的局限是明显的。因为文学从本质来说就是个人与社会的结合，没有个人心灵的关注，也就失去了文学的独特魅力。完全切断与社会的联系，也丧失了文学（包括作家本人）作为社会存在物这一基本原则——尤其是在20世纪以来中国社会的背景下，完全疏离社会确实不应该是作家的正常写作状况。更重要的是，这样的执其一端，很容易影响文学一个非常重要的因素——对爱的关注。文学的独特之点是切入人的心灵，其重要特点是以情感人，爱是其不可忽略的前提。真正优秀的文学，就往往是既有个人的真切，又有深远的关怀，蕴含着博大深切的爱心。如安徒生的《海的女儿》、《卖火柴的小女孩》等作品，写的是再小不过的生活，它们能够成为人类文学的名篇，所依靠的正是真切的个人情感力量和深远的人道主义精神。中国的《红楼梦》等作品，也是既深入人的灵魂世界，表达在巨大封建家族势力下个人的追求以及失败的过程，对人物的关爱和社会揭示的深度是其拥有漫长生命力的重要原因。没有个人关怀，就难以形成真正的、具有感染力的情感价值，而反过来，如果局促于自我世界，其关怀深度和广度都必然会有大的局限，容易陷入鲁迅所说的"咀嚼着身边的小小的悲欢，而且就看这小悲欢为全世界"[①]。

同样，女性作家最本质的身份还是作为社会的人，性别只是其身份之一。她作为作

---

① 鲁迅:《且介亭杂文二集〈中国新文学大系〉小说二集序》。

家,也首先不是因为其性别,而是因为其文学:"她们令人尊敬,并非因其为女性,而是因为她们是伟大的作家。"①也就是说,一方面,女作家不需要刻意地去回避社会,回避自己作为正常社会人的自然关注。她可以表现自己的性别身份,但不应该以之局促自己、限制自己。文学写作的目的并不是在于女性自身,而是实现更广泛更深远的关怀;另一方面,女性作家需要表现出自己的优势特征。这种优势特征,我以为不是女性独立的生活世界,而应该是对心灵世界的独特敏感,更富有情感的艺术表现,以及更敏锐细腻的艺术感觉。将这些特点发挥出来了,不管作家是否在写自我,都不会局限女作家的创作价值和创作生命。如果能够将这些特点伸展到更广阔的世界,只能使作家的意境更为幽深,境界更为博大,所表达的思想情感更为深邃悠远。

在这方面说,萧红的作品确实具有其超越性意义。她将个人关怀和社会剖析结合在一起,既保持个人的关爱,又能目光深远,将视野超越个人悲欢之上。她不只关注自身,也关注社会,关注更广大的大众。同时又始终保持自我的独立,不做政治与集体的奴仆和宣传品。而且,她能够充分地凸显出自己作为女性作家独特的文学特征和价值,并将时代主题和个人心灵密切地交融在一起,丝毫不显勉强和造作。正是这些方面,使萧红创作的价值超越了单纯的女性写作范畴,又具有自己作为女作家的充分个性,进入到更深远的意义和历史当中。

在中国新文学中,萧红的创作并非个案。尤其是进入1980年代后,越来越多的女作家(如张洁、迟子建、毕淑敏、孙惠芬等)对个人世界和群体世界的关系有了更深的认识,也准确地把握到女性作家的真正独特所在。不过,这种状况的出现并无损于萧红的价值,或者说,更多真正凸显女性个性气质作家的出现,更多将女性气质与社会关注相融会作品的问世,能够进一步提升女作家创作整体上的独特价值,也更能显示出萧红及女性文学在文学史上的地位和贡献。

(贺仲明:山东大学文学与新闻传播学院)

---

① 〔法〕阿尼科·热尔:《作家/女作家:不同物种之间的纽带》,《文艺报》2011年3月2日,第6版。

新世界背景下"新生代"作家为何叩问经典意识
——以徐则臣、甫跃辉小说为例

徐 妍

每个时代的文学都要经历代际的更替与转换。每个时代都有自己的"新生代"作家。中国文学进入到 21 世纪之后,"70 后"、"80 后"命定地成为了新世纪的"新生代"作家。只是,与以往时代年轻作家所置身的文学境遇不同:新世纪的"新生代"作家在他们的成长阶段,相逢了一个文学由中心到边缘的时代。市场化、全球化、网络化等因素混杂在一起,使得文学的生产、传播、评价机制皆发生了巨大的改变。"新生代"作家如何应对这个文化失序的文学生态?如何选取个人的文学行动?有的继续留在寂寞的传统旧文坛,有的奔赴热闹的图书新市场,有的因生计的困窘而索性搁笔,有的借助网络平台而"蹿红"。即便留在传统文坛,状况也很不一样。有的倾心于小资写作,有的醉心于底层写作,有的探索着先锋写作,还有的致力于青春叙事、历史叙事、悬疑叙事、玄幻叙事,等等。其中,"70 后"作家徐则臣和"80 后"作家甫跃辉的小说创作,颇与当下"新生代"所汇入的各种时尚潮流不同,甚至逆向而行。在当下"新生代"作家纷纷祛除经典意识的新世纪,徐则臣和甫跃辉不约而同地接续了现代文学史上废名、沈从文、汪曾祺等所主张的古典美学精神的流脉,同时又汲取了新时期以来先锋作家所延展的现代主义文学传统,由此通过对经典意识的叩问,来反省中国文学何所来,又何所去,以及自身的精神构成。

一、"新生代"作家徐则臣、甫跃辉叩问经典意识的历史语境

"新时期文学"以来,中国当代文学如何经典化的焦虑就一直存在。而且,越来越难以回避。与中国当代文学对政治意识形态、商业冲击的公开抵抗不同,中国当代文学如何经典化的焦虑,大多是以潜在的方式深藏着。而且,焦虑郁积得越久,当代文学界的困惑就越深。从这一问题出发,如果重新辨析新时期以来围绕"纯文学"的几次论争,则会发现,无不与中国当代文学如何经典化的问题纠结在一起。而中国当代文学界如何看待经典化问题,也便构成了新世纪背景下徐则臣、甫跃辉"新生代"作家叩问经典意识的历史语境。

上世纪 80 年代中期,在意识形态不断洄流的同时,当代文学界反复表达着"让文学回到文学自身"的欲求。1985 年,文学批评家刘再复发表了《论文学的主体性》。该文在当时的文学界影响广泛,虽然在激烈的论争中受到批评,但"赋予'主体'以超越具体时空、拥有无限可能性"[①]。不仅如此,"主体性革命"从文学批评的层面,唤醒了作家长期被禁锢的主体意识,进而以主体意识的自觉来叩问中国当代文学的经典意识。与刘再复的"主体论"

---

① 洪子诚:《中国当代文学史》,北京大学出版社 2007 年版,第 206 页。

同步,80年代中、后期的文学批评理论转向了"文学语言学"。这一转向,虽然接受了韦勒克《文学理论》对作品的"内部研究"与"外部研究"的启发、借助了符号学、新批评、形式主义对审美/文学的自律场地的划定,暗含了对"政治(社会)决定文学"的颠倒,但也寄予了当代文学界对中国当代文学如何经典化的探索。当时,无论小说家实验的"怎么写",还是诗人主张的"到语言为止",或者评论界倡导的"纯文学",都无不传递出中国当代文学如何经典化的具体举措。而1985年学术界和批评界提出的"二十世纪中国文学"的文学史观和1988年到1989年间"重写文学史"的讨论,则是通过"打通""现代"与"当代"的方式,探索二十世纪中国文学的经典化叙述。遗憾的是,80年代的当代文学界大多囿于新的二元对立思维方式的限定,中国当代文学如何文学经典化的问题,依然茫然无措。

90年代以后,中国当代文学失去了80年代的"轰动效应"。中国当代文学如何经典化的问题似乎暂时被悬置起来。当代文学界的几次大争论——"人文精神大讨论"、"二张"与"二王"现象、"新左派"与"新自由主义"知识分子的论战,从80年代当代文学界开启的文学"内部研究"中撤离出来,而回到道义、立场的"外部研究"。而且,每一次争论又都不了了之地被商业市场中崛起的"大众文化"所淹没。不过,90年代,当代文学界对中国当代文学如何经典化的问题并没有真正遗忘。1994年,王一川主编的《20世纪中国文学大师文库》为20世纪中国优秀小说排序,结果仅有9名小说家被他看中,排出的名次是:鲁迅、沈从文、巴金、金庸、郁达夫、老舍、王蒙、张爱玲、贾平凹。这个事件,一时间带给当代文学界不小的震动。现在看来,它至少传达出一种信息:90年代的文学界,再怎么茫然,中国当代文学如何经典化的焦虑依然是挥之不去。

新世纪十年,不仅没有改变90年代以来文学的低迷状态,反而陷入更加惨淡的边缘化境地。加上文学本质论被不断消解,新世纪文学可谓压力重重。然而,与此同时,中国当代文学如何经典化的焦虑,一遇时机,就浮现出来。当代文学界已不再满足于在"二十世纪中国文学"的概念下对现、当代作家进行经典化,已初步完成了对"十七年文学"的经典化,近年来又延展到对"八十年代"文学的反思。不仅如此,新世纪十年里,当代文学界的论争常常不禁牵连出中国当代文学如何经典化的问题。譬如,2001年,李陀发起的对或许并不存在的"纯文学"亡灵的追悼性反思,以及2007年4月汉学家顾彬批评中国当代文学所引起的激烈论争,背后隐含的都是当代文学如何经典化的焦虑。不过,中国当代文学究竟如何经典化,包括究竟如何评价中国当代文学,迄今莫衷一是。

总之,徐则臣、甫跃辉等"新生代"作家,就成长于中国当代文学如何经典化之中。这种焦虑虽然只是中国当代文学史的一条隐在的线索,但内在地影响了"新生代"作家的写作起点和发展方向。

二、内心比前辈更焦虑

徐则臣、甫跃辉等"新生代"作家,真正步入当代文坛,正值新世纪十年的背景下。他们刚刚接受了新时期文学的写作传统,并建立起自己的朦胧的文学观念,便相遇了文学被彻底边缘化的命运。如何在市场化、全球化冲击下保持一位作家的尊严,保持文学的品格,进而以文学的方式抵抗这个时代的各种冲击?徐则臣、甫跃辉转向了对经典意识的叩问。虽然依靠文学自身的力量,未必能够摆脱文学的困境,但除了文学自身,还有什么更值得依靠吗？徐则臣、甫跃辉试图在坚持文学的道义、立场之外，从经典文学中汲取文学创作的资源、力量和信念，以此获得中国当代文学具有经典可能性的探索。沿着这一路径，一系列无法回避的问题不得不被重新反思：什么是文学的"现实"？什么是文学的"梦想"？什么是文学的担当？什么是中国文学的品质？什么是人的灵魂、人性的构成？据此，徐则臣、甫跃辉通过对经典意识的叩问，不仅重复了文学前辈的中国当代文学如何经典化的焦虑，而且比前辈作家更为焦虑。

于是，我眼中的徐则臣，可谓新世纪背景下一个独特又矛盾的存在。在现实生活中，他格外低调，一脸诚挚的笑容总是很有包容力地接纳着现实社会中的一切。但是，一经进入小说世界，他便呈现出一种执拗的理想主义神情。他不仅"把大师挂在嘴上"，而且将经典意识作为他小说的创作尺度，认为"对一个创作者来说，文学的立法者就是经典"。这种对经典意识的自觉追求，正如同样具有经典意识的"70后"小说家李浩惺惺相惜的评价："70后徐则臣：内心树起经典的塔"①。事实也是如此：徐则臣的小说，无论是"花街系列"，还是"京漂系列"，都从经典文学中获得大恩大惠。鲁迅、废名、沈从文、汪曾祺等本土经典作家，福克纳、卡尔维诺、海明威、契诃夫、帕默尔、巴别尔等异域经典作家，乃至新时期以来余华、苏童、张炜、曹文轩等著名作家，都为徐则臣的小说创作提供了不竭的养分。可以说，经典作家对于徐则臣小说的悲悯情怀、"故乡"的追忆模式、成长故事主题、现代性批判立场、古典的审美精神、现代主义的叙述方式等方面，都起到了重要作用。即便是徐则臣曾经有所质疑的卡夫卡、卡佛，也以"反作用力"的方式作用于他的小说。而况，一位优秀作家，对于经典作品的吸纳，是以非常复杂的方式来实现的。这一点，正如利维斯所说："一个具有独创性的艺术大家从天赋到问题都与其必然很不相同的另一个那里学到些什么，这是一种难以加以界定的'影响'，尽管我们也看出它的意义重大之极。"但无论怎么说，徐则臣小说创作的一个重要动因即是为了向经典文学致敬：以经典意识的自觉，回溯到日渐远去的乡土记忆中去，并介入到当下现实中国问题中来，进而体认自我。只是，徐则臣对经典意识的叩问始终处于一种矛盾状态：从本土经典文学中获得古典审美精神，却从异域经典文学中获得现代主义形式；注重小说与现实的关系，却又警惕"现实主义的惯性"②。

与徐则臣相比，甫跃辉倒是很少表明自己的创作观念。但是，在一次访谈中，甫跃辉还是吐露了创作与自己的关系："学写作起码让我有了自省精神，知道自己过去写得很差。起码我知道该怎样当一名作家，至于要当伟大作家，那就要靠自己了。"③"当伟大作家"，应该说是甫跃辉对自己的最高期许。甫跃辉不仅这样表达了他的创作观，而且，与徐则臣一样，他也是选取中、短篇小说创作来表达他对经典文学的致敬之意。这种写作思路，在这个宠爱长篇的市场化时代，很不讨巧。但是，作为具有经典意识的"新生代"作家，则是必然的选择。因为扎实的中短篇为小说创作，对于优秀的"新生代"小说家而言，不仅是一个必要的基本功训练，而且是一种庄严的职业态度。所以，自2006年，甫跃辉在《山花》上发

---

① 李浩：《徐则臣：内心树起经典的塔》，《文学报》2008年2月21日。
② 徐则臣：《我的现实主义危险》，见徐则臣博客。
③ 尚青：《作家能够"栽培"？》，《北京晚报》2010年6月3日。

表了第一个短篇小说《少年游》,到最近两年发表的中篇《鱼王》和《鹰王》,都显示了他自觉的经典意识,以及经典意识所依托的古典审美精神。甫跃辉的小说一直写得很慢,发表的数量也有限。为了保持小说的文学品格,他甚至听从导师王安忆的教导而停笔一年。迄今为止,他还没有触碰长篇小说这一文体。他始终在不急不躁用虔敬之心经营着他的小说领地。虽然我们很难断定他小说世界背后伫立的究竟是废名、沈从文、余华,还是海明威、塞林格、茨威格,或者其他多得数不过来的经典作家,但从他小说的语词、细节、文脉、纹理、叙述方式、叙述心态、叙述结构等方面说来,无不渗透着经典意识的导引。

当然,徐则臣和甫跃辉叩问经典意识的前提,便是要界定什么是"经典"?"经典"是一个有着普泛化倾向的概念。但是,在新世纪文学背景下,对于徐则臣和甫跃辉而言,"经典"是古典性、现代性、世界性的概念。经典意味着已本质化的文学观。经典意识,对于他们而言,既意味着接续鲁迅、废名、沈从文、汪曾祺所开创的古典美学精神,也意味着汲取福克纳、卡尔维诺、海明威等各式西方现代美学精神,还意味着将未来的文学写作放置在世界文学的坐标上。进一步说,"新生代作家"对经典意识的叩问意味着必得坚持三个必要条件:其一,坚持文学的本质论。无论新世纪文坛的格局、传播媒介有多少变化,未来的文学有多少新质生成,文学固有的基本特质没有变化。其二,坚持文学的审美品质。无论文学作品可以有多少种评价标准,未来的文学形态有多少种写作形式,但文学作品在语言、人物、结构的审美品格不应该降低,更不能放弃。即"好小说"的首要评价标准就是其美学品质的高下。其三,坚持文学创作的经典尺度。虽然这是一个消解经典的时代,但是,对于优秀作家而言,除了经典尺度,没有任何评价尺度可以让他获得不竭的创作动力。

然而,在新世纪背景下,经典意识已遭消解,徐则臣、甫跃辉对经典意识的叩问能够抵抗当下强大的颠覆经典的势头吗?他们的文学理想能够延宕文学本质被消解的趋向吗?前辈作家至少还拥有过文学的光荣记忆,而"新生代"作家则面对着文学梦想碎裂后的幻灭。这种切肤之痛,正如年轻作家李浩所说:"从八十年代的现代性神话幻灭,处于现代性危机之中。借助什么思想资源反思,批判现代性,非常困惑。"而况,徐则臣和甫跃辉所感受到的困境恐怕还不止于此。如何确立新生代作家的写作谱系?如何以文学的形式介入当下现实?如何获得汉语写作的世界性意义?如何获得中国当代文学经典的可能性?尤其,对于没有根性"故乡"的"新生代"作家,应该怎样构建"纸上乌托邦"?等等疑惑,都是无法回避、也难以回答的。但也正因如此,徐则臣和甫跃辉作为新世纪文学背景下的"新生代"作家,才能够以小说的方式构成当下文学潮流的抵牾性存在。

三、如何体认自我

在新世界文学背景下,徐则臣和甫跃辉,对经典意识叩问的动因,在我以为,固然源自他们对当下中国文学的焦虑,但也同时源自他们对自我体认的欲求。从某种意义上说,他们叩问经典意识,即是如何体认自我的方式一种。

阅读徐则臣、甫跃辉的小说,便可以发现,体认自我,正是徐则臣、甫跃辉这样的"新生代"所探索的文学现代性命题。他们的小说创作无论担当多少文学的困惑,时代的困惑,但最终都忠实于诚挚的自我体认。他们的作品、他们的文学行动,与他们的自我构成是一个完整的个体。特别是他们笔下的人物与他们呼吸相通,如徐则臣所说:"毋庸讳言,他们中有'我',有我对'城与人'关系的思考,我抽象在他们身上。"当然,他们对自我的体认始终伴随着经典意识的自觉来实现的。小说的经典意识越自觉,自我认知就越深入。

颇有意味的是,徐则臣和甫跃辉的小说都选取了现代小说经典叙述模式——城乡双向叙述模式。他们的小说经由现代"城市"与乡土"故乡"的不断转换,而不断深化对自我的体认。徐则臣从《忆秦娥》的乡土叙事出发,经由小说集《鸭子是怎样飞上天的》,开启了"故乡"系列创作的自觉阶段。然后,又通过小说集《跑步穿过中关村》、《天上人间》等转换到"京城"。由此,徐则臣小说围绕"石码头"和"花街"这两个"故乡"的核心场景展开,生发出"水""船""岸""树""花"等意象,这些意象与"故乡"系列中的人物一道聚合为自我的根性记忆。同时,"中关村"、"海淀"、"北大"、"西单"、"颐和园"、"石景山"与"京城"中的人物一道负载着另一个"自我"——自我的现实记忆。不过,无论"故乡",还是"京城",都不是徐则臣小说中人物的精神栖居之地。"故乡"日渐远去,"京城"又让人物成为"边缘人"。于是,徐则臣长篇小说《午夜之门》、《夜火车》、《水边书》中人物就不断地犹疑在"故乡"与"城市"之间。这样,徐则臣所体认的"自我"与当下许多"追新"的年轻作家的精神构成很是不同:"故乡"就是他的经典记忆,生命之源,小说之源。对此,徐则臣一点也不讳言:"可能因为少小就离家,我对故乡满怀敬畏,对故乡的人事也敬畏,不敢在情感上稍有怠慢。我总以为,那是源头,母亲在那里坐着,不管你跑到哪里,浑浊成什么样,溯流而上时你必须是清的——即使浑浊,也得清清明明地浑浊,别加漂白粉和清新剂。如果对故乡都不能平实、真诚和沉切,我过不了自己这一关。"①可是,"城市"就是他的梦想,生存之地,小说介入之所。徐则臣和他笔下的人物一样,再怎么批判"城市"的文明陷阱,也还是难以下决心逃离出去。因为"城市"寄予了"70后"一代人对现代性的想象,即"70后"一代人"中国梦"的情结。同样的心路历程,也生成了甫跃辉小说的叙述模式。甫跃辉从《少年游》出发,经由《初岁》、《走失在秋天的夜晚》、《滚石河》、《雀跃》、《街市》、《守候》等,汇聚为《鱼王》和《鹰王》。其间,也曾经将叙述模式中的场景转换到"城市",如《弯曲的影子》,但甫跃辉小说叙述模式的中心地带迄今没有改变。那就是以"故乡"云南保山为根性记忆的的小镇、小街、供销社、河塘、鱼塘、石榴树、大榕树……特别是"故乡"中的少年伙伴,少年目光中存储在记忆中的人物影像,都是他小说的情感资源、叙述资源。比较徐则臣,甫跃辉的"城市"叙事,迄今为止,还没有很有规模地建立起来。他的小说创作更多地建立在"故乡"叙事中,或者说,甫跃辉更多地依靠"故乡"记忆来体认自我。但是,"城市"的背景,却因为他对自我体认的加深,日渐成为一个隐蔽却实有的存在。所以,在《鱼王》和《鹰王》中,甫跃辉依凭诸感人细节托举起来的现代性批判,具有动人的力量和令人惊叹的气象。需要说明的是,徐则臣与甫跃辉借助小说来实现自我体认,归根结底与中国现代化进程具有内在联系。

当然,拥有"故乡"的根性记忆,或者拥有"城市"的伤痛记忆,并不意味着徐则臣与甫跃辉这样的"新生代"作家,就能够获得自我认知。事实上,他们与笔下的人物一样,充满犹豫和茫然。但正因如此,徐则臣和甫跃辉对自我的体认即是对自我幻灭部分的抵抗。或者说,在新世纪中国文学纷纷熄灭理想主义的光焰时,徐则臣和甫跃辉不约而同地接续

---

① 徐则臣:《持之如心痛——〈小城市〉创作谈》,见徐则臣博客。

了现代经典人物的塑造方法——理想主义人物形象。于是,我们看到:在徐则臣小说中,无论人物遭逢多少磨难,都保有"理想主义"的信念。姑且不说"故乡"系列中的老默、麻婆、高桑、杜老枪、木鱼、伞兵等各有执念,就是那些"漂"在北京的"边缘人"也始终为"理想"而活。如果说最初的"京漂"小说《啊,北京》、《西夏》、《三人行》更多地呈现出单纯的"理想主义",那么自《跑步穿过中关村》的一跃则表现了悖论的"理想主义"。这个中篇的结局意味深长:夏小容的流产与七宝的怀孕,可谓一面让人物目睹理想的幻灭,一面让人物更加顽强地追求"理想主义"。此后,《我们在北京相遇》中的一明等"边缘人"越是对北京充满迷茫,就越是"打算像一棵树一样在这里扎下根来"。尤其是《天上人间》中的子午,可谓更深地陷落到"理想主义"的悖论性深渊之地。子午越是遍尝"京漂"的各种苦楚,越是将理想作为反抗的极端方式:"等我赚够了钱,就娶个北京老婆,在北京安家。我干别的营生去,开公司,做老板,开他妈的十家旅馆,第一次来北京的穷人全他妈的免费,想吃吃,想住住。"这种"理想主义"的描述,当然带有自我幻灭的成分,同时也将自我体认为一个悲壮的理想主义者。同样,我们还看到,《鱼王》中的外来渔民老刁与儿子海天在性格上具备了乡土"故乡"人的秉性:老实本分、略带羞赧却都豪饮烈酒,木讷性格的深处内含坚忍。但是,老刁和海天身上更具有一种"王者"的神性光芒,是作品中真正的"鱼王"。他们都是硬汉,越遭遇困苦和磨难,就越能够激发出斗志。这种将人物放置在写实与隐喻之间的处理方式,似乎超出了作者的生活经验,实际上则深切地忠实于作者的自我体认。老刁和海天的执拗、孤独、绝望、守望,皆与甫跃辉的自我世界息息相通。塑造老刁和海天的过程,也是作者在体认自我的精神构成的历程。同样道理,《鹰王》中的乡村医生余顺来也叠合了作者的自我体认。余顺来因亲人一一离去而丧失了生的念想和尊严,却因与"鹰王"相遇而复苏做人的希望和尊严,又终归圆寂于肉身和灵魂的故乡——死亡,整个灵魂跌宕的过程正如一个人自我体认的过程。比较《鱼王》,甫跃辉更加迷恋于自我认知的现代性体验。生活经验与心灵体验的搏击,更加难分难解。

自我认知,可谓现代中国人无法祛除的焦虑。虽然上个世纪现代中国一开端,中国人就踏上了"自我体认"的现代旅程,可这个在"故乡"和"城市"之间不断往返的漂泊行程总是让"自我体认"陷入迷途。徐则臣和甫跃辉,作为新世纪背景下的"新生代"作家,是否能够走出这个迷途呢?换言之,他们依凭什么重新建立自己的"文学梦"、"中国梦"?在西方中心主义的世界性文化格局中,何谓"中国"?何谓"中国人"?何谓"中国作家"?何谓"中国知识分子"?这些问题在新世纪背景下的中国依然处于暧昧不清的状态。徐则臣和甫跃辉的自我体认则一定别有一番更为复杂的滋味。

(徐　妍:中国海洋大学文学与新闻传播学院)

当代文学的新乡土叙事
——以《陈奂生上城》、《活着》、《秦腔》为例

韩鲁华

为了便于论述,本文选择《陈奂生上城》、《活着》、《秦腔》①三部作品为例进行分析,以期对20世纪80年代、90年代和新世纪乡土叙事创作作出描述和价值判断,进而探析30年来乡土叙事的发展变化,以及新乡土叙事的基本特征。

关于世纪乡土叙事问题

关于乡土叙事,经典型性的论述恐怕当属鲁迅和茅盾、周作人的观点。他们从不同的视野,对乡土文学及其叙事,作出了自己的阐释。至今,我们仍然可以从中读出他们不同的人生与文化精神和文学艺术的背景。

鲁迅在为"中国新文学大系小说二集"所做的导言中,有这么一段精彩的话:"蹇先艾叙述过贵州,裴文中关心着榆关,凡在北京用笔写出他的胸臆来的人们,无论他自称为用主观或客观,其实往往是乡土文学从北京这方面说,则是侨寓文学的作者。但这又非勃兰兑斯所说的'侨民文学',侨寓的只是作者自己,却不是作者写的文章,因此也只见隐现着乡愁,很难有异域情调来开拓读者的心胸,或者炫耀他的眼界。许钦文自名他的第一本短篇小说集为《故乡》,也就是在这还未开手写乡土文学前,他却已被故乡所放逐,生活驱逐他到异地去了。"②不难看出,鲁迅先生于此更看重被放逐的乡愁的叙写。

茅盾则更强调社会生活与命运在乡土文学叙事中的作用,他明确表示:"我以为单有了特殊的风土人情的描写,只不过像看一幅异域的图画,虽能引起我们的惊异,然而给我们的,只是好奇心的餍足。因此在特殊的风土人情而外,应当还有普遍的与我们共同的对于命运的挣扎。一个只具有游历家的眼光的作者,往往只能给我们以前者;必须是一个具有一定世界观与人生观的作者方能把后者作为主要的一点而给予了我们。"③

也许,周作人的观点,更侧重于人的生命体验在乡土文学叙事中的浸透。他说:"我们所希望的,便是摆脱了一切的束缚,任情地歌唱。""只要是遗传、环境所融合而成的我的真的心搏,只要不是成见的执著主张、派别等意见而有意造成的,也便都有发表的权利与价值。这样的作品,自然的具有他应有的特性,便是国民性、地方性与个性,也即是他的生

---

① 高晓声:《陈奂生上城》,初刊于《人民文学》1980年第2期;余华:《活着》,初刊于《收获》1992年第6期;贾平凹:《秦腔》,作家出版社2005年版。
② 《中国新文学大系·小说二集·导言》,上海文艺出版社2003年版(影印本),第9页。
③ 《关于乡土文学》,《茅盾文艺杂论集》,上海文艺出版社1981年版,第576页。

命。""现在的人太喜欢凌空的生活,生活在美丽而空虚的理论里,正如以前在道学古文里一样,这是极可惜的,须得跳到地面上来,把土气息、泥滋味透过了他的脉搏,表现在文字上,这才是真实的思想与文艺。这不限于描写地方生活的'乡土艺术',一切的文艺都是如此。"①

关于乡土叙事,上述诸位大家的话归结起来有这么几点:一是地方性,二是乡土性,三是乡土情怀,四是真实性与世界性。有人还认为地方色彩与风俗画面,是乡土叙事的根本特征。

在此,笔者认同周作人的观点更多一些。从叙事角度看问题,可否这样来认知乡土文学及其叙事:就叙事对象而言,自然是以乡村的人、事、情、景作为叙述的基本对象。于此,乡土文学及其叙事,自然是以其特定的地域为其基本的叙写基地,就如鲁迅之于以鲁镇、未庄等命名的绍兴,沈从文的湘西凤凰等。作家笔下的一切,均离不开他所生存过的故土。作家自然叙写着自己曾经的生命记忆,这种记忆浸透在作品中所叙写的人事情景之中。就叙事的艺术表现而言,重在叙写于人事情景中所蕴含的独到的地域风土人情。不同的地域在其漫长的历史建构中,形成了有别于其他地域的风土人情、生活习俗等。不论作家怎样强调社会历史发展的概括性的价值,都无法将特定地域的风俗文化、民风民俗所摒弃。不仅如此,乡土文学叙事则更为倚重的恰恰是地域风土人情的叙述,方使得作品有了更具艺术生命的魅力。就作家的叙事情怀而言,应当在叙事中熔铸着一种乡土情怀。这种乡土情怀,是作家的生命情感命脉与乡土的生命情感命脉相融汇的;就其叙事所表现出的审美特征而言,应当突出的是地域色彩和风俗画境;就其叙事的内涵追求而言,是于地域之中蕴含着具有超越地域性而实现与人类历史发展趋向精神价值的同构。至于说艺术表现的方式方法,我以为可以是不拘一格的,正如鲁迅所言,不论是主观或者客观,也不管是侧重于社会人生,或者生命情感。

中国的乡土叙事文学创作,肇始于以鲁迅为标志的五四,经由二三十年代的承续,到了40年代的变化,于50~70年代被弱化,80年代后又重新实现与二三十年代的对接,并得以发展与丰富。

以鲁迅为标志,包括稍后出现的以乡土文学命名的乡土派创作,基本的思想基调是启蒙。乡土派创作,亦分为写实与写意,写实是主流,像许杰、许钦文、蹇先艾、王鲁彦、彭家煌、黎锦明、叶紫等。写意一路主要是废名、沈从文。30年代,乡土文学于主体上便开始逐渐地离开启蒙主题,而倾向于社会化主题。像沙汀、艾芜、张天翼、萧军、端木蕻良、骆宾基等。此时超越社会化主题的是沈从文,具有写意诗性的是沈从文、萧红。40年代乡土文学,具有代表性的是革命文学创作,像赵树理、周立波等一批解放区的作家。50年代后,是一种社会政治模态的农村叙事,标志性的人物是赵树理、柳青、周立波、康濯、孙犁、王汶石,直至浩然发展到极致。80年代后,乡土叙事逐步得以回归,从社会政治逐渐蜕变为社会生活到历史文化,走向了多元化的乡土叙事,像古华、高晓声、周克芹等等。贾平凹属于所谓新时期成长起来的一代作家,像张炜、路遥、陈忠实等,应属同代作家。比较特异的是老作家汪曾祺、贾平凹,他们承续着废名、沈从文的路子。这一路乡土叙事的文脉比较弱,

---

① 周作人:《谈龙集·地方与文艺》,河北教育出版社2002年版,第10~13页。

但是,一旦出现,都具有开拓意义,具有大家风范。

命运:社会生活化的乡土叙事

从文学叙事思维方式以及叙事模态建构来说,中国当代 1950～70 年代的文学叙事,是一种社会政治叙事模式,这种叙事模式,以社会政治及其在此种观念下所建构的社会结构与生活模式,来框套文学创作,追求的是文学叙事艺术建构与社会政治建构的同一性和同步性。因而,文学艺术失去了自己的独立主体性和审美品格,而成为社会政治及其生活的演化与阐释。这种文学叙事思维及其叙事模式,作为一种历史惯性,于 1970 年代末至 80 年代初,一直在向前滑行着。"伤痕文学"、"反思文学"、"改革文学"等,虽然在相当大的程度上,挣脱着社会政治叙事思维及其模态,但仍留有其痕迹。1985 年后出现的"寻根文学"、"现代派"文学,标志着中国当代文学叙事思维及其叙事模态走向多元化,步入了中国 20 世纪文学创作的又一个辉煌的历史时期,并实现了与五四文化思想与文学叙事艺术传统的对接。

因此可以说,中国当代文学的乡土叙事,从 1950 年代后《登记》、《三里湾》经由《山乡巨变》、《创业史》,到了《艳阳天》、《金光大道》,承续的是社会—生活式的乡土叙事模态,并将其发展到了极致,形成了社会—政治乡土叙事模态。直至 1980 年代后期,其状况方有了改变。可以说,1980 年代之前,处于主流地位的是社会政治化的乡土叙事,形成了社会政治话语式的乡土叙事传统。作为一种历史的延续与承接,1980 年代的乡土叙事,首先秉承的自然是这一当代叙事传统。比如《许茂和他的女儿们》、《犯人李铜钟的故事》、《芙蓉镇》甚至像《人生》等等。这些作品于社会生活话语下,均有一个共同的叙事特征,那就是当代中国农民的社会历史命运与个人的生活命运问题,实现的是个人命运与社会命运的叙事同构。这类创作中,高晓声以《陈奂生上城》为表志的"陈奂生系列"作品是具有代表性的。

1980 年代的乡土叙事,自然存在着发展变化。基本路向是从"伤痕文学"的揭露与批判,经由对于中国当代社会历史生活的反思,到从历史文化上对于当代中国社会历史更深一步的反思与批判。直至 1980 年代的后期,乡土叙事走向了多元化的艺术建构。也就是说,当代中国文学的乡土叙事,就对于人的揭示与艺术表现来看,是从社会政治化走向历史文化,最终成为自我的本体存在。

对于乡土生活的叙事,不论是刚刚被解放出来的作家,还是初登文坛的青年作家,于艺术建构上,均是以整个中国社会时代生活为其大背景的,着重表现的依然是中国社会政治化的现实生活情境,自然而然地将农民的命运、乡村的命运,与整个中国的社会历史命运紧密地结合在一起进行叙写。通过作品中人物的生存状态及其命运,来展现中国的当代社会历史命运。当然,在具体的艺术表现上,他们之间虽然有一定的差别,但基本叙事主题格调则是一致的。

但是,在这种叙事模态下,亦有着某种突破,比如高晓声的《陈奂生上城》,就在相当程度上突破了社会命运,而进入到了人的精神领域,直指的是中国国民性等问题,具有更为广阔的意义空间,引发出人们更多的思考,也将乡土叙事引向了深入。

高晓声所塑造的陈奂生这一当代中国农民形象,是当代中国文学艺术殿堂中的一个艺术典型。陈奂生的人生道路及其生活命运,就是当代中国农民的命运。由《"漏斗户"主》、《陈奂生上城》、《陈奂生转业》、《陈奂生包产》、《陈奂生出国》等作品,构成了陈奂生当代生活历史命运的叙事建构。如果将作家另一篇作品《李顺大造屋》联系起来看,当代中国农民的吃、住问题,从1950年代就开始解决,可是,因为社会生活的种种不正常,尤其是违反农民意志的、以社会政治化的方式,来解决乡村生产与生活问题,其结果是农民的基本生存,即吃住问题不仅未能解决,反而更加严重。直到1979年后进行乡村改革,这一问题才得以解决。之后,陈奂生上县城卖过油绳,当过村办企业的采购员,最终还是回到土地,做了种粮大户,并且出了国。陈奂生这一系列举动,也真实地展现了改革开放后中国农民的生活历程。

问题并非如此简单。如果是这样,那陈奂生这一乡土叙事文学中的人物形象的价值和意义,就要大打折扣。高晓声作为当代中国文学乡土叙事者,其最大的贡献就在于,对于农民解决基本生存问题后在精神上的需求这一问题的思考,以及对于鲁迅所开创的、以启蒙话语为标志的现代乡土叙事传统的衔接。这一方面,较早进行思考的还有贾平凹等。贾平凹于1970年代末80年代初,创作了《"厦屋婆"悼文》等一批从中国文化传统视野反思当代中国社会历史以及农民精神命运的作品,却受到了文学批评界不公正的批评。这类乡土叙事文学的价值就在于,它前承鲁迅乡土叙事艺术传统,下接1985年后出现的"寻根文学"叙事艺术的开启。

鲁迅的乡土叙事,自然是以现代文化精神为背景,对乡土及其文化精神给予了深刻的揭示与批判。于文化精神上,在鲁迅这里,乡土与城市或者现代的文化精神,是相对而存在的,肯定的是现代启蒙文化精神,否定的是以乡土为标志的传统文化精神。鲁迅对于"国民性"的开掘与批判,达到了20世纪最为深刻的程度。可惜1950～70年代,鲁迅开创的这一乡土叙事传统,则被丢弃了。正是在这一意义上,我们说,陈奂生这一艺术形象的塑造,具有更为深刻文学艺术价值。这也可以看出,中国文学在改革开放的历史进程中,逐渐发展进步的历史轨迹。也正因为高晓声从历史文化及其民族文化心理视野,来开掘陈奂生这一艺术形象的内涵,才使得陈奂生的价值超越了社会现实层面,而进入历史文化深层的解析。这正如有的论者所言,陈奂生这一艺术形象,"写出了背负历史重荷的农民,在跨入新时期变革门槛时的精神状态。""陈奂生的精神,典型地表现了中国广大农民阶层身上存在的复杂的精神现象","是一幅处于软弱地位的没有自主权的小生产者的画像,包容着丰富的内涵,具有现实感与历史感,是历史传统和现实变革相交融的社会现象的文学典型"①。

陈奂生这一乡土叙事文学中所出现的典型形象,显然是不同于此前的"小腿疼"、盛佑亭、梁生宝、梁三老汉等先进或落后人物,更不同于肖长春政治符号化人物。② 他在叙事上已经开始脱离社会政治观念化艺术建构,也不是从阶级尺度去审定人,确定人的内涵,而是开始从社会生活层面去审视人,从人的社会生存及其存在的需求,去开掘人的内涵。这

---

① 陈思和主编:《中国当代文学教程》,复旦大学出版社2007年第2版,第237～238页。
② "小腿疼",赵树理《锻炼锻炼》中人物;盛佑亭,周立波《山乡巨变》中人物;梁生宝、梁三老汉,柳青《创业史》中人物;肖长春,浩然《艳阳天》中人物。

虽还未完全回归人自身本体,但是,较前已经开始发生着质的变化。它意味着当代中国的乡土叙事,从社会政治叙事走向社会生活乃至人本体叙事。到了"寻根文学"、"新写实文学"中所出现的乡土叙事,比如《远村》、《爸爸爸》、《小鲍庄》、《远山野情》、《狗日的粮食》、《伏羲伏羲》等等①,已经开辟着多元化的乡土叙事形态。并且,这一影响是深远的,直到21世纪,仍然将文化与生命存在等作为乡土叙事艺术建构的重要层面。

由此可见,以《陈奂生上城》为开启标志的1980年代的乡土文学叙事,其自身不仅比1970年代之前,有了新的发展变化,将当代中国文学的乡土叙事,推向一个新的高度,而且为新时期文学叙事艺术建构,开启着一个新的历史。更为重要的是,这一乡土叙事在发展演变的历史进程中,与中国的社会历史进步与发展,在内在精神上具有某种同构性。亦即中国的文化思想开放到什么程度,乡土叙事文学的艺术建构也就达到什么地步。或者说,有怎样的文学生态环境,就有怎样的乡土叙事艺术建构形态。这一点不论从什么视角来谈论问题,都是无法回避的事实。1990年代初具有中国特色的社会主义市场经济的建立,给中国的乡土叙事也就带来了深刻而复杂的变化,从而使中国当代的乡土叙事进入到一个新的历史进程。

活着:充满生存哲思的乡土叙事

中国乡土文学进入1990年代,具有代表性的叙事艺术模态,应当是以《白鹿原》、《九月寓言》等为标志的新历史叙事,也就是人们通常所说的"新历史小说"和《马桥字典》、《高老庄》②等现实叙事乡土文学创作。但是,真正对乡土叙事产生巨大冲击力的,则是延续"新写实"创作中所出现的莫言、余华、刘震云、刘恒等的新乡土叙事。本文对于1990年代乡土叙事解读,之所以未以此为蓝本,而选择余华的《活着》进行典型个案解剖,那是因为在笔者看来,《活着》作为乡土叙事文本,在突破社会历史乃至文化,而进入到人本体的层面,从人自身生存的价值意义视野来审视乡土生活,来审视人,从而建构起以人为本体的乡土叙事形态。

但是,于此我们有必要先对新历史叙事和现实叙事的乡土文学创作,作一概括性的描述。

1985年后,中国的文学叙事艺术,发生了巨大变化,出现了有别于此前的叙事艺术新质,新历史叙事就是其中之一种表现。于1980年代出现的西方文化思想、文学创作等再次涌入国门,形成了20世纪中国史上第二次文化思想解放,给当代中国包括乡土文学在内的文学创作,带来了巨大的冲击力。其中美洲的魔幻现实主义对中国文学创作的巨大影响,就是一例。1986年张炜的《古船》,就明显地受到马尔克斯《百年孤独》的影响,学习模仿的痕迹是显而易见的。陈忠实的《白鹿原》,从叙事方式到叙事语言,亦留有《百年孤独》的痕迹。这种新历史叙事,将中国当代文学叙事推向一种新的艺术境地。这就是从一种新的文化与历史视野,来解构和建构乡土历史,以期对已有历史作出新的艺术阐释。其

---

① 《受戒》,作者汪曾祺;《远村》,作者郑义;《爸爸爸》,作者韩少功;《小鲍庄》,作者王安忆;《远山野情》,作者贾平凹;《狗日的粮食》、《伏羲伏羲》,作者刘恒。

② 《白鹿原》,作者陈忠实;《九月寓言》,作者张炜;《马桥字典》,作者韩少功;《高老庄》,作者贾平凹。

中民间文化立场和民间文学艺术精神,是其乡土历史叙事的一种基本的立场和情怀。可以说,这种叙事立场和精神,在1980年代之前的文学叙事中,是不可能的。也只有经历了十多年的思想解放和社会的改革开放之后,中国当代的文学叙事,方能如此来叙述历史情境。即便如此,仍有相当一些人不能接受。《白鹿原》出版后的坎坷命运,特别是1990年代初对于这部作品的批判,以及获得茅盾文学奖的艰难历程,就说明了问题。

关注社会现实,始终是中国当代文学创作的一个传统。1992年之后,中国实行社会主义市场经济,这不仅对于现实社会生活产生了巨大影响,对于文学创作亦产生了巨大影响。中国文学创作走向了大众化、世俗化、平面化、欲望化、媒介化。特别是网络文学的出现,将文学推向了大众创作,作家专事文学创作的历史局面被彻底打破。精英化的文学创作与大众化的文学创作平分秋色。但显而易见的是,大众化创作的艺术品位,自然是与精英化的创作难以同日而语的。但是,以网络文学创作为标志的大众化文学创作却有着更为广大的接受群体。这也是中当代文学发展到1990年代后,所出现的一种不可无视的现象。正是在这种文学创作语境下来审视《马桥词典》、《高老庄》等乡土叙事,更显出执著于纯正文学创作的可贵。

现在我们来探析《活着》这部作品。余华的《活着》代表着一种现代文化,乃至后现代文化乡土叙事的文学创作。这类创作,实际上是以一种既不同于《白鹿原》,又不同于《马桥词典》的完全新的乡土叙事。这里可以将苏童的《米》,刘震云的《故乡天下黄花》等等归入此类创作的范畴。于此,他们在结构乡土历史与现实的同时,实质上是在建构着一种新的生命本体化的乡土叙事。甚至超越了乡土现实生活本身,而进入到对于人及其生命存在意义的多种思考。

在《活着》之前,余华创作了《呼喊与细雨》,之后又有《许三观卖血记》问世。① 而被文学界视为先锋作家代表的余华,虽然此时的创作依然是没有离开他所曾经生活过的江苏乡村,他自己也说《活着》是他个人创作的一种延续②,但是,"过去肆无忌惮地使用的时空的任意移位、变形、压缩与置换,人物的陌生化、神经质、绝望感与残酷性被一种人间温情、依恋和对生命的热爱取而代之"③。其实,这不仅标志着余华文学创作的转变,即向现实主义的某种回归,更为重要的是,我以为这是其对于当代中国乡土叙事的一种新建构。从文学叙事的外在结构上看,和此前的乡土叙事具有相似性。它以中国现当代社会生活发展历史为叙事背景,由主人公福贵讲述了他一生的生活经历。可以说在其他作品中所叙述的中国现当代,特别是当代社会历史上所发生的大的事件,都有所叙述。对于中国现当代乡村生活、环境以及风土人情等也进行了描述。可以说,乡土文学叙事艺术的基本要素,在这部作品中均有所体现。但是,就作品的深层叙事结构而言,则是超越了当代中国文学以往乡土叙事艺术的内涵建构,而进入对于人、人生、生命存在与生存的哲学深思。社会现实、历史文化、生活情感,包括人的命运等等,都成为叙事的一种载体,而对于人本体生命及其存在的价值与意义的叩问,才是这部作品的主旨所在。

---

① 《呼喊与细雨》,《收获》1991年第6期;《许三观卖血记》,《收获》1995年第6期。
② 余华:"我只要写作,就是回家",《当代作家评论》1999年第1期。
③ 何鲤:《论余华的叙事循环》,《湖北大学学报》1996年第5期。

作品所塑造的福贵是一个具有特殊文学意义的艺术形象。他本是一位富家子弟,父亲辛勤地挣了一份殷实的家业。但是,福贵不务正业,吃喝嫖赌,社会上所有的坏习气和行为他均有。气死了父亲,家业被别人骗光,在1949年进行土改时成为一个穷光蛋。但他却因此而获福,成了地道的贫农。经历了一系列当代社会生活变故,他所有的亲人都相继离他而去,等到土地承包时,只留下他一人耕种在自己的土地上,与牛相依为命。在别人看来他是不幸的,孤苦的。但是,他却自得其乐,活出了他自己。其寓意可能在于,他在回归土地中,回归了他生命本体。从这里我们可以窥视到,《活着》的乡土叙事,超越了现实,超越了历史,超越了生活,也超越了福贵生活的情景,而进入到自我存在的哲学境遇。也许正因为如此,《活着》作为乡土叙事,才更具有了现代文化精神意味。

其实,《活着》的乡土叙事中,蕴含着一种对于人的思考,体现的是一种人文情怀的现代文化精神。于此,他既不是社会现实生活历史演变式叙事结构,也不是现代与传统矛盾冲突式的叙事结构,而是一种生命本体存在的叙事建构。也正是在这一层面上,《活着》将当代中国的乡土叙事,开拓了一种新的路径。这从一个方面说明,当代中国的乡土叙事真正走向了多元化艺术建构的道路。

断裂:城市化视域下的后乡土叙事

陈晓明先生认为,贾平凹的长篇小说《秦腔》,昭示着乡土叙事的终结,它"与《受活》、《石榴树上结樱桃》这些作品一道,它们以回到中国乡土中去的那种方式结束了经典的主导的乡土叙事,而展示出当下本土性上面的那种美学变革——既能反映中国当下本土生活,又具有超越现代主义的那种后现代性,它的表述策略具有中国本土性特征:语言、叙述方法、修辞以及包含的所有的表—形态"①。这一分析是有道理的。在笔者看来,中国的乡土叙事,自1990年代后期,尤其是进入21世纪之后,便开始了传统乡土叙事的终结,探寻着新的乡土叙事艺术建构,亦即开启着后乡土叙事时代。而贾平凹的《秦腔》,则是传统乡土叙事终结与后乡土叙事开启的一部具有标志性的作品。

这是与中国的现代化进程,特别是快速的城市化进程密切相关的。甚至可以说,当下中国的现实历史境遇,为中国当代的乡土叙事,提供了一种现实生活情境。笔者对新世纪乡土生活及其乡土叙事的变化,曾在一篇文章中作过阐述。现转录如下:

"中国现代化进程到了20世纪后半叶,进入到跨越式快速发展时期,与之相适应,中国城市化进程也进入快速发展的快车道,以深圳为标志,成为中国现代化历史进程的晴雨表。于世纪之交,不仅近代以来所建设的城市得以快速发展,就是西安、北京等古老的城市,也像膨化糖一样极度膨胀着。快速城市化进程,带来的不仅仅是城市区域的扩展,更带来了一系列社会、经济、文化等问题。乡土与乡土文化的萎缩乃至消失,乡下人潮水般涌入城市。与此同时,中国文学的叙事,也发生着变化。城市文学叙事表现出要与乡土文学叙事平分天下的姿态。从社会现实的境遇角度来看问题,20世纪90年代出现的始称农民进城现象,就预示着乡土叙事开始终结,城市叙事将成为中国社会叙事的主导流向。打工者、农民工等等词语,作为一种社会意识形态化的称谓,显然是站在城市文化语境立场

---

① 西安建筑科技大学中国现当代文学研究中心:《〈秦腔〉大评》,作家出版社2006年版,第145页。

上来说的。"

"中国的乡村正在经历着从生产方式、生活方式到文化思想,特别是思维方式和行为方式的历史转换过程。在这一历史转换中,乡村及其所承载的乡土文化精神,在不断地被消解着。以城市及其文化为标志的现代生活方式与文化思想,在城市化的快速发展中,冲击并改变着乡村的生活方式及其文化思想结构。如果说20世纪80年代以前,乡村与城市是一种对立性的社会结构形态,那么,此后快速城市化进程,则是在拆解着这种二元对立的结构形态。城市以其强大的建构强势,强有力地冲击着原有的乡村存在建构及其生活方式。中国走城市化的道路,这可以说是一种不可逆转的历史进程,而且在这个历史进程中,乡村土地在逐渐地消失,农民为此将付出沉重的代价。我以为中国便进入到一个后乡土时代,即于城市化、现代化的历史进程中,乡村及其乡土式的生活建构形态与文化精神在急剧瓦解、解构的时代。乡土叙事,是以乡土生活为叙事的生活基础的。不论作家是对故乡生活的回忆,或者是对于乡土生活的解析与建构,其间都蕴含着一种深厚而温馨的乡情,浸透着乡土文化、乡风民俗,以及乡村的生活习惯、生存方式等等。更为重要的是,不论是从情感上还是理智上,作家都表现出对乡土式的生活方式及其文化精神的认同。但是,如今的乡村生活方式及其文化思维情态,都在发生着裂变,此乡土而非彼乡土,因此,就如《秦腔》是的乡土叙事,虽然作家对其倾注了难以割舍的生命情感,但最终也不得不发出'故乡啊,从此失去记忆'的喟叹。实际上在《秦腔》中,就已经蕴含了新的文化精神的因素。如果从文学叙事话语角度看,中国寓意当代乡土叙事终结的文学创作,显然不是始于贾平凹的《秦腔》,但是,明确提出乡土叙事终结,却是因为《秦腔》。……也就是说,贾平凹《秦腔》的叙事,已经探寻乃至建构着新的乡土文化。"①

那么,《秦腔》等新世纪的乡土叙事文学创作,与此前的乡土叙事文学创作相比,在叙事上有哪些新的变化呢?

首先是乡土叙事的全球化视野与中国现代化历史进程中城市化的语境。很显然,《秦腔》等乡土叙事的文学创作,开始将当代中国的乡土生活及其叙事,置于全球化的历史进程和文化语境下,这与1950~1970年代的自封闭式乡土叙事不同,亦与1980~1990年代以西方文化比照视野不同,而是在回归中国本土化叙事中,蕴含着全球化的文化视域。这体现的不仅是文学叙事的艺术视野,更表现着中国当下现实社会的文化精神与情怀。就中国社会历史转型而言,将发展之视野从乡土转向城市,于乡土叙事中蕴含着城市叙事的文化因质。因此,在乡土叙事上,不仅体现着现代文化精神,甚至具有了一定的后现代文化因素。

其次是新世纪的乡土叙事,真实地记述了乡土社会生活与文化的解构历史过程。特别是《秦腔》,贾平凹在对乡土生活与文化解构与消解乃至消失的历史叙事中,虽然是一曲乡土生活与文化挽歌,但是,正如作家所说,"农村走城市化,或许是很辉煌的前景,但她要走的过程不是10年、20年,是一个漫长的过程,它必然要牺牲一代、两代人的利益,但是作为一个人来说,这就了不得了,他们一辈子就牺牲掉了。但是从整个历史来讲,可能过上若干年,农村就不存在了,但是在中国的实际状况又不可能。路是对着的,但是具体来讲

---

① 韩鲁华:《城市化语境下的后乡土叙事》,《小说评论》2008年第2期。

就要牺牲两代人的利益"①。特别是作品中对于城市生活与文化对于乡村生活与文化巨大冲击的记述，其间包含着乡村生产与生活方式、生活结构与文化思想观念等诸多方面的变化。"秦腔"作为一种乡土文化符号的象征，面临着消亡的命运。而标志现代乃至后现代的文化现象，进入乡村生活并成为生活与文化建构不可或缺的有机因素。

再次是城乡交汇中出现的"乡下人进城"及其叙事，带有亚乡土生活与文化的特质。实际上这是乡土文化解构过程中，所形成的后乡土文化现象。交通与通讯等在乡村的发展，缩短着城乡之间的时间与心理空间距离。因此，城乡二元对立社会结构与文化语境，正在被消解。于此情境之下，以"乡下人进城"及其文学叙事为标志，实际上也在消解着乡土叙事与城市叙事对峙的界限。而像《上种红菱下种藕》(《十月》2002年第1期)的叙事，则是一种"乡村生活与城市生活已无本质差别"的叙事，"反映了乡土和城市关系的结构性变化"②。当然，也有作品表现的是城乡的紧张关系，甚至是一种二元对立的叙事思维方式。但是，作为一种文学叙事的发展趋向，这种亚乡土文化叙事，则体现出更为强劲的城乡文化交融的新建构。

最后要说明的是，《秦腔》等后乡土叙事，实际上是进行着中国20世纪乡土叙事的解构与重新建构。也就是说，作家在进行21世纪的乡土叙事时，显然不能以20世纪的思维方式进行艺术建构。必然是在解构20世纪乡土叙事传统的同时，去建构起新的乡土叙事艺术形态。

从以上对当代中国乡土叙事简单的论述中，可以明显地看到：这30年间，中国的乡土叙事发生了巨大的变化。从社会政治化乡土叙事模态到人本体存在思考叙事模态，再到城乡二元叙事建构的消解，在全球化文化视野层面，去审视乡土生活和城乡关系，建构新的乡土叙事模态。

(韩鲁华：西安建筑科技大学文学院)

---

① 贾平凹、韩鲁华：《写出底层生存状态下人的本质——关于〈高兴〉的对话》，《西安建筑科技大学学报》2008年第3期。
② 曾一果：《论八十年代后文学中的"城乡关系"》，《文学评论》2007年第6期。

如何"透视主义"地透视鲁迅
——对文学史述史中鲁迅评价的反思

贾振勇

近百年鲁迅研究和评价史上有两个极致:一是毛泽东,一个是苏雪林。前者赞誉鲁迅为"中国的第一等圣人"、"新中国的圣人"、"三个伟大"、"九个最",评价之高中国自古以来好像也未有几人堪享此荣,不但确定了鲁迅研究的走向,而且成为妇孺皆知的常识甚至思维习惯。后者的《与蔡孑民先生论鲁迅书》堪称贬斥鲁迅的登峰造极之作,辱骂之激烈和恶毒,连她引为靠山的胡适都皱眉头:"至于书中所云'诚玷辱士林之衣冠败类,二十四史儒林传所无之奸恶小人'——下半句话尤不成话——一类字句,未免太动火气,此是旧文字的恶腔调,我们应该深戒。"①评价之低好像自此之后再也无人罔顾人伦风范用如此"恶强调"评价鲁迅,但"她的这些观点也正是不少同类知识分子的观点,不过她更真诚些、更不顾及自己宽容中庸的道德外表,因而她把同类知识分子的看法公开发表了出来"②。最近30年来死灰复燃的贬鲁之风,只不过大都顾及道德外表、包装学理外衣。多年来人们对鲁迅的评价和定位,大致就游荡于"捧杀"与"棒杀"两极之间,而且褒与贬的形式五花八门、动机万万千千。这是鲁迅巨大影响力的写照。

那么鲁迅获得巨大影响力的个体的、自足的根本原因何在? 鲁迅生前声望就如日中天,尤其是在那个红色30年代,如苏雪林《与蔡孑民先生论鲁迅书》中所列举的"青年导师"、"思想界权威"、"革命斗士"、"民族解放战士"、"中国萧伯纳"、"中国高尔基"、"东方尼采"、"中国列宁"之类尊号,只消翻翻那时的各类报纸杂志等传媒就能知道她所言不虚。苏雪林之所以不顾道德羽毛装饰歇斯底里发泄,正是鲁迅的巨大影响力导致她心理严重失衡:"几个我素投稿的刊物的编辑人,一听我要反对鲁迅,人人摇手失色,好像鲁迅的灵魂会从地底下钻出来吃了他们似的。一连接洽三四处都遭婉谢。鲁迅在世时,盘踞上海文坛,气焰熏天,炙手可热,一般文人畏之如虎,死后淫威尚复如此,更使我愤愤难平了。"③如果当时有人文社科影响力排行榜,鲁迅毫无疑问要名列榜首。他死时那场隆重的葬礼尽管有地下党的参与和策划,但更最主要的原因还是鲁迅自身的巨大影响力为社会各方所无法漠视,连孔祥熙都送挽联,死后几年的纪念活动如潘公展等主管文化宣传的官员都参加,巨大的影响力使鲁迅获得了至少是表面上的官方认可。即使1949年之后鲁迅被捧

---

① 胡适、苏雪林:《关于当前文化动态的讨论(通信)》,《1913—1983鲁迅研究学术论著资料选编》(第二卷),中国文联出版公司1986年版,第690页。
② 王富仁:《中国鲁迅研究的历史与现状》,浙江人民出版社1999年版,第76页。
③ 胡适、苏雪林:《关于当前文化动态的讨论(通信)》,《1913—1983鲁迅研究学术论著资料选编》(第二卷),中国文联出版公司1986年版,第693页。

得那么高,我们也要问问为什么不是郭沫若、茅盾而是鲁迅?毛泽东一言九鼎固然重要,除了鲁迅及其作品中那些可做敲门砖的因素外,有没有鲁迅及其作品中那些不可化约、不能消解的基本品质以潜在的影响力和能量发挥作用?或者说是那个时段国家和民族的精神文化发展的内在要求以偶然的"曲解"形式表达了必然的"正解"追求?

对鲁迅评价的是非曲直暂且不论,鲁迅及其作品产生巨大影响力的最根本也是最自足的因素在于:鲁迅是一个依靠辉煌的文学创造赢得了社会评价系统高度认可的文学家。这不仅是鲁迅产生巨大影响力的支点,也是鲁迅研究和评价的起点。而这个常识倒是经常被专业人士所有意无意地忽略。之所以这么说是基于关照、评价视野的区分与交叉这样一个重要的认识论及其技术问题,即专业视野和非专业视野的相通与差异。社会一般评价系统所采取的往往是综合的、模糊的、收敛型评估模式,通过删繁就简、避轻就重等手段进行归纳、概括和理解,如孔祥熙"一代高文树新帜;千秋孤痛托遗言",可以说体现了一般社会意识和视野对鲁迅巨大影响力的非专业化的观照与评估。而专业评价系统采取的往往是分析的、精确的、发散型评估模式,通过微言大义、毫发毕现等手段进行认知、阐发和演绎,迄今为止汗牛充栋的鲁迅研究成果大多属于此类。实际的研究与评价当然不会这么泾渭分明,而是杂然相处中突出和展现一个主导面,做个笼统比喻:前者主要是通过望远镜观测,后者则主要通过显微镜审视。

一般社会评价系统和专业评价系统的衔接与交汇点,最典型的我以为就是文学史述史。文学史述史往往自觉不自觉地担负着意识形态宣传、文学教育、文学知识普及、审美能力培养等各种社会职能,主要预设对象是大学中文等相关专业学生以及文学爱好者,而这个群体在向社会传播文学信息过程中起着相当重要作用,如果再考虑到中小学语文教材关于文学信息的介绍与讲述基本上也是来自文学史述史,那么显而易见它就成为社会各阶层接受文学信息的最主要、最权威的渠道。文学史述史系统中的研究和评估结果,代表了社会整体系统对文学诸问题的中等层次的认知、理解和接受程度,趋近于社会整体系统对文学认知、理解与阐发水平的平均值,是一般社会意识系统和专业意识系统发生关联的重要中介。基于这样一个认识论及其技术问题的视角,来审视文学史述史系统中鲁迅及其作品的阐释与评价,我以为还存在很多值得重新思考的地方(可能也存在于专业研究中),限于篇幅主要谈三个问题。

第一,漠视作为历史和社会存在的鲁迅的第一存在属性:文学家。

要说文学史编撰者们漠视鲁迅的文学家身份,估计会被斥为无稽之谈。看看据说已有的大约2000多部中国现代文学史,哪一部不把鲁迅放在最显赫的位置,给予最多篇幅的解说,并试图给予高、精、深的阐发?我所说的漠视不是存在于这种述史的表象,而是从接受效果这个层面切入本相之后的感触。或说既然是文学史述史,所有作家和文学现象都应该置放到一个平等和统一的平台上,不必刻意强调鲁迅的文学家身份,这个原则自然没错。然而对鲁迅而言,文学家却是一个轴心式的原点命题。鲁迅除了文学家还有很多身份和角色,诸如思想家、启蒙者、学者、革命家、批评家、精神界战士、民族斗士等等不一而足,这当然是因为鲁迅及其作品的博大精深,研究者和编撰者们也沿着这些不同角度领略和阐发了鲁迅及其作品的博大精深,并得出了不少出色的研究成果。然而问题也就在此出现。不少研究者和编撰者们对鲁迅及其作品进行发散式理解和阐发时,往往有意无意忽略了一个基本事实,即这些身份与角色都附属于已经实现历史完型的鲁迅作为文学家的这个第一存在属性。研究和编撰过程中原点意识的模糊,很容易造成理解、阐释和评判的诸多可能性误区。这也是多年来总是有学者强调鲁迅作为文学家重要性的原因所在,如日本学者竹内好所强调的鲁迅的文学家的基本立场,就颇得不少学者共鸣。李欧梵谈及鲁迅晚年政治姿态时认为:"作为一位从事文学的知识分子而非政治活动家,鲁迅执著地关心的,主要是文学与革命的理论问题以及在政治承担的框架以内确定自己生命'存在'的意义的问题,而不是革命的策略问题。"[①]鲁迅何止仅仅是从文学的角度对待政治与革命,他的一生及其创造基本上都是围绕文学家这个自我存在的第一社会属性来建构与完型的,也就是说他生命中的绝大部分人生选择和创造性精神产品都离不开这个第一社会属性的统摄与约定。不少高、精、深的研究成果往往忽略和偏离这个原点,难免产生阐释过度、盲点扩散或者方向紊乱等问题。漠视和偏离这个原点与轴心,就难以对鲁迅及其创造做出更为准确的定位与衡估,尤其是在文学史述史这种既面对专业意识系统又衔接一般社会意识系统的介绍与评价机制中。一个社会或者一个系统都有不为人力所控制甚至不为人知的自我调节的规律和机制,如"上帝之手"那样掌控和协调着社会与系统的运行,原点和轴心命题的价值和意义就在于,当研究系统产生不堪重负的问题累赘时它就自然启动,再次照亮被问题累赘所遮蔽的视野与路径。

第二,对鲁迅作为文学天才、鲁迅作品创造性的分析和评价难以令人满意。

在中国现代文学史上,有不少作家被视为才子才女甚而天才,比如郭沫若、徐志摩、张爱玲、萧红等等。可是在如今的各类评价系统和机制中几乎看不到如此评价鲁迅者,难道一顶伟大的文学家桂冠就囊括了他的文学天才?是研究者们沉浸已久而习焉不察抑或不识庐山真面目、只缘身在此山中?可是在鲁迅生活的那个年代,很多同代人都称赞他的文学天才,如蔡元培的评价:"他的感想之丰富,观察之深刻,意境之隽永,字句之正确,他人所苦思力索而不易得当的,他很自然的写出来,这是何等天才!又是何等学力!"[②]老革命党陈独秀的评价或许更发人深省:"世之毁誉过当者,莫如对于鲁迅先生。……在民国十六七年,他还没有接近政党以前,党中一般无知妄人,把他骂得一文不值,那时我曾为他大抱不平。后来他接近了政党,同是那一般无知妄人,忽然把他抬到三十三层天以上,仿佛鲁迅先生从前是个狗,后来是个神。我却以为真实的鲁迅并不是神,也不是狗,而是个人,有文学天才的人。"[③]如蔡、陈能知人论世者,在鲁迅那个时代不乏其人,苏雪林恶骂之余都能在《"新文学研究"讲义》中欣赏并传达《野草》的独创风格和情味,可是如今对鲁迅及其作品的文学天才却鲜有论及者。如今的文学史述史已经把鲁迅及其作品经典化甚至是神圣化,以大量的篇幅、运用各种新颖的理论术语,面面俱到地阐释和评价鲁迅作品的思想内容、主题意蕴、人物形象、结构、情节、风格、类型等等各个逻辑层面上的价值和意义。然而这种浮光掠影式的评价与其说给予了鲁迅以充足的肯定与荣耀,不如说是戕害了鲁迅

[①] 〔美〕李欧梵:《铁屋中的呐喊》,岳麓出版社1999年版,第156页。

[②] 蔡元培:《鲁迅先生全集序》,《1913—1983鲁迅研究学术论著资料选编》(第二卷),中国文联出版公司1986年版,第910页。

[③] 陈独秀:《我对于鲁迅之认识》,《1913—1983鲁迅研究学术论著资料选编》(第二卷),中国文联出版公司1986年版,第884页。

及其作品的真正价值和意义。这类评价与阐释方式尽管是业内人士完全理解的行业惯例,但是却遮蔽了鲁迅能够成为经典的那个独创性品质的显现,误导社会一般评价意识系统甚至部分专业人士对他的文学天才的准确认知与理解。当然不是给鲁迅加上个文学天才的头衔就能解决这个问题,而是说如何以专业的高超水准、用社会一般意识系统能接受的精确表述方式去解读和评价鲁迅,让接受者真切地认识和感受到"鲁迅的独到之处,即鲁迅之所以成其为鲁迅的东西",从而领悟和体验到鲁迅及其作品独特的创造性才华和天才魅力。

第三,有关鲁迅的文学史述史(包括一些专业论述)存在模式化、公式化、脸谱化、教条化倾向。

一个杰出历史人物的影响力、一部杰出文学作品的魅力,往往在于其本身具有丰富的包孕性和开放性,在于后来者理解和阐释的不可穷尽性,在于其影响力和魅力总是能不断冲破评判者们套在他们身上的种种标签、理论、概念、模式和定论,总是每隔一段时间、每换一个空间就展现出某些不可磨灭的精神感召力和影响力,总是能穿越漫长的时空界限实现古今心灵的对话。对于后来者来说,问题在于如何追复、领略历史上那些杰出的精神律动。人们常说历史现象经过历史化处理、拉开时空距离后会看得更清楚、更真实,其实这只是万般可能中一种最好的可能,更可能出现的情况其实是尘封和背离那个曾经存在过的真实。自近现代以来,文学史的述史和文学研究的叙述成为追慕与复活过往文学之神的最重要的形式之一,而且一般会选择杰出的文学现象和杰出的作家作品,分析和展示其杰出之处。从这个角度观测中国现代文学史述史系统中的鲁迅及其作品,观感如何呢?就自己的体会而言,我更感兴趣的或者说更重视的是 1949 年之前的鲁迅评论和研究。那些研究和评论的文本,鲜活、生动、富有个性,很少千人一面、万般雷同。固然其中有不少被视为过时和陈旧,但无论是褒还是贬,几乎无不透露出评论者和研究者的真诚气息与独立风姿,不但能让我们领略他们眼中活灵活现的鲁迅及其作品,而且能让我们领略民国文人的气度与风范、领略民国机制的某种弹性与宽容。更重要的是其中还有不少的评论与研究成果,是我们至今都难以把握和超越的。反观 60 多年来的文学史述史,说是一本正经、面目可憎固然极端,可是有多少人有兴味盎然的阅读体验?或说文学史述史是学术著作不是通俗读物,可是塑造一个"八股鲁迅"和"鲁迅八股"就是文学史述史的必然使命和规定任务吗?如果把文学的历史比喻为风景优美的自然风光和名胜古迹,那么文学史述史就是导游和各种宣传手册,其任务就是如何引导人们"慢慢走,欣欣赏啊!"人们论及文学总是要讲究审美性、强调有意味的形式,难道文学史述史就不必讲究和强调这些吗?中国古人的儿童发蒙读物如《三字经》、《千家诗》等还注重借艺术的形式来"载道"呢,要知道文学史述史者绝大部分是有深厚文学造诣的专家学者,述史的最终目的不是束之高阁而是让人理解和接受。文学史述史固然不必一定讲究形式是否有意味,但是那种"话在说人"的述史模式只会让我们和文学史上那些杰出的精神律动渐行渐远。

除上述三个宏观层面外,尚有很多值得我们重新思考的命题,比如在文学史述史和研究成果的叙述中,存在一个不引人注意也常常导致逻辑混乱的情况,即忽视鲁迅本人与其作品之间的距离、抹杀鲁迅的人生行径与他的语言表述之间的差异、混淆"为自己"的鲁迅和"为别人"的鲁迅也即"为公"的鲁迅和"为私"的鲁迅的界限等问题。最简单的一个事实是,我们今天看到的鲁迅的言说和作品,只不过是他在特定时空背景下留下的一堆文字记录,和鲁迅内心世界、鲁迅的行为绝非对等关系。更为无奈的是,还有大量时代的和个人的那些潜意识的真实信息永远尘封在漫漫历史的废墟中永远难以再现。其实,我们无法摆脱过去之神的掌心,我们的肉身与心灵更受当代之手的操控,我们能够精确地在述史中把我们所能看到的鲁迅及其作品的杰出和精彩之处展现出来都存在很大难度。

问题是我们如何在有限之中达到述史理想的最佳化。我以为,史的层面的可靠与全面、诗的层面的体验与悟性、哲学层面的深刻与高度,是文学史述史的一个最低限度和基本保障。韦勒克曾设想"透视主义"这样一种理想的文学研究方法,概言之:一件艺术作品既是"永恒的"又是"历史的",研究者必须能够指出它在自己当代的和以后历代的价值;文学史既不是一系列散乱的、不连续的残篇断简,也不是为趋奉某种风尚而设定的一些抽象的、非文学的理想和观念;文学既不是一系列独特的、没有相通性的作品,也不是被某个时期的观念所完全束缚的一长串作品,而是一个在不同的时代发展、变化、可以相互比较、充满各种可能性的整体。① 仔细琢磨,"透视主义"所要求的大体相当于我们常说的如何"科学、客观、公正"地到达那个我们虽身不能至、然心向往之的"真实"。"天晓不因钟鼓动,月明非为夜行人",历史上的鲁迅及其作品不是为身后的文学史述史而存在的,所谓"诸佛妙理,非关文字"亦可喻此。但是,既然存在了文学史述史这种宣讲过往文学精彩与神髓的形式,就应该让这种形式发挥出最大的效能。"流水落花拦不住,几多春色在人间","透视主义"地透视鲁迅,就是如何借文学史述史这个中介,尽最大可能将鲁迅的天才与神采更丰富地展现给人们。

(贾振勇:山东师范大学文学院)

---

① 〔美〕勒内·韦勒克、奥斯汀·沃伦:《文学理论》,刘象愚、邢培明、陈圣生、李哲明译,江苏教育出版社 2005 年版,第 37 页。

孤独的先锋

——兼谈"青春叙事"赋予"文学深圳"景观存在的合理性

王素霞

就都市的发展历史来看,深圳与北京、上海等大都市有着相当大的文化差异。它不像上海那样有着百年的浮华与绚烂,虚荣与高傲;也不像北京那样抹不去华彩般的优越与古老、厚重与博大。深圳的诞生就是与中国经济的开放紧密地结合,并在发展的过程中有着无与伦比的优势:它拥有着不受历史羁绊束缚的自由空间,以此便不受任何历史核心文化的现实抵触;它拥有着波澜壮阔的移民大潮却没有都市改造的现实困惑,等等。深圳极其年轻,充满旺盛的精力,根本不需要、不能也不可能怀旧,所以它也就没有了上海"回头看"的姿态;没有了在北京"漂泊"的无根与无奈。当其他都市的历史羁绊与现实困惑都会给都市的发展造成某种矛盾与痛苦的时候,深圳没有这种麻烦,相反,它作为经济特区的特色使之成为上个世纪80年代以后中国人趋之若鹜的追求目标,而文学所要表达的精神痛苦与追求、身体的困惑与沉沦,以及面对都市的巨大发展所产生的困境等等,都使它成为一种领先于其他文学文本的先锋追求,我们在"特区"这一独特的经济行政区划的视野里遭遇了文学的新形式。

一、"文学深圳"的地理坐标

相对于文学文本来讲,这里的经济文本得到了更多人的关注。可是,当深圳繁复的经济巨变不断超越人们视野的时候,文学,尤其是青年文学同样呈现了不可替代的先锋性,这种先锋性,不只表现在具体的文学文本世界里,它同样也深深地参与了深圳的特区建设,并以其不可估量的想象力,涉及了深圳特区的物质文化的发展过程。当然,这种先锋特性,并非大肆张扬,而是潜移默化;并非整体铺排,而是散兵游勇,冲击着文坛。我们在青年作家的叙事中,见证了深圳这一都市的现实生活场景,并在深圳的都市特性里预演了整个中国都市发展的现实场景;同时,文学又将都市的现代意识逐步渗透在深圳发展的各个脚步中,清晰而醒目,并以不可取代的超前力量向前推进。在这里,每个人都可以找到自己的生存与展示空间,有着看似平等的生存竞争权利,这就为形成深圳独到的文学景观即"文学深圳"奠定了理论根基。

"文学深圳"并非简单认识论上的"深圳文学",一定意义上它是将散落在深圳的文学文本提升起来,以"空间"的形式突显深圳这一独特地理景观所涵盖的文学价值。这里的深圳亦不单纯是自然地理概貌,因其在经济发展的过程中所具有的先锋特性自然而然地呈现了一种独到的文化景观特色,这就是它的"青春叙事",深圳成为一种特别的青春空间,而文学文本的意义在此彰显得淋漓尽致,因为这样一个青春城市所内含的"青春叙事"

即为我们"勾画了一个包含了理性知识和控制、男性的权力、经济的繁荣和困境以及性别欲望的地理学"①。在这种地理学中,"描写地区体验的文学意义以及描写地区意义的文学体验是文化生成和消亡过程中的一部分。它们并不因作者的意图开始或停止,不寄居在文章中,不局限于作品的创作和推广,也不因读者的类型和特性而开始或结束,它们是所有这一切或更多综合作用的结果。它们是历史发展过程中空间被赋予意义的时刻"②。

从整个都市文学的地理坐标来看,"文学深圳"这一视角为我们考察深圳的文学发展提供了一种新的可能性与合理性。其中,"青年作家"的文本和生活经验构成了确立"文学深圳"这一景观的"青春叙事",它赋予了深圳文学发展的强烈使命感与难能可贵的先锋经验,并为"文学深圳"景观的彰显铺垫了一定意义上的合理性。

二、先锋的"青春叙事"

首先,"青春叙事"为"文学深圳"这一景观的发展涂抹了先锋意义上的思想转型。在这里,青年作家创作观念上的巨大变革使"文学"这一概念的外延和内涵都发生了巨大的变化,可以说具有先锋性的拓展价值,而"文学"在深圳世界里的认识作用及其在全国的领先作用同样发挥得淋漓尽致。

在开放之初的"窗口"里,是文学以一种先锋性的视角考察了经济特区内部所存在的诸多矛盾与困惑并用多重笔墨表现出来,这对全国文坛来说无疑有着向前冲的"新潮"价值。由于特区超前的经济模式致使深圳作家心理与人生观念发生了巨大变革,并在那个年代革新了人们的世界观。如,时间就是金钱,它引导着作者以特区速度创作文学、反映深圳,人们仿佛膨胀在一种从所未有的观念与世界之中,呐喊着中国的经济变革。于是刘学强的纪实体散文《红尘新潮》让中国人发现了特区的新型生存观与世界观;而刘西鸿《你不可改变我》曾获全国优秀短篇小说奖,更引起了全国轰动。此时,它与刘索拉的《你别无选择》、徐星的《无主题变奏》一起共同演绎着那个时期中国的"现代性",热闹而喧嚣。渴望自由与自我的现代人的主体意识在他们笔下诞生了。而这一切均作为一种无可抵挡的青春叙事冲击着多年来人们身上被束缚着的道德底线及生活惯性,呈现着新型都市所具有的虽然粗糙但是新颖的审美空间,文本里洋溢着"创新"所带来的或直截了当的评判,或直抒胸臆的赞美。有些简陋和单调,但敏锐与热情、快捷与冲动确实是"窗口"之初文学的叙事风格,而且这一种"新"风是建立在对当时社会"热点"问题的敏锐考察上。像反映"文人下海"的《特区不浪漫》,展示打工生活的《别人的城市》《下一站》《敬你一杯苦酒》,揭示市场经济下高雅艺术生存艰难的《舞》等。这一切都是向全国的文学创作打开了一道"新"的认知窗口,吹醒了依然沉睡在象牙塔里的整个中国文学。无论文学界对它的评价是怎样的,但它的先锋性与探索性是不容置疑的。

其次,年轻的"深圳"又为"青春叙事"的变化提供了观念上的可变空间。换言之,"深圳"与"文学"相互依托,它在一定意义上促进了青年作家与评论家在文学观念方面的更新

---

① 〔英〕迈克·克朗:《文化地理学》,杨淑华、宋慧敏译,南京大学出版社 2003 年版。其中,"palimpsest"一词源自中世纪书写用的印模,原先刻在印模上的文字可以擦去,然后在上面一次次地重新刻写文字。其实以前刻上的文字从未彻底擦掉。

② 〔英〕迈克·克朗著:《文化地理学》,杨淑华、宋慧敏译,南京大学出版社 2003 年版。

与变革,并为这种变革提供了簇新的呈现空间;尽管这种空间里的叙事依然流动着无以言尽的孤独,但它真实而客观地走在了文坛的前列,具有不可抹杀的先锋力量。

自 20 世纪 90 年代始,伴随着中国经济、社会、文化的快速发展与转型,中国城市,尤其是特区,由于经济基础变动,呈现出一种前所未有的社会——文化形态,基于这一背景的新都市文学应运而生。在理论构建方面,是深圳提出了"新都市文学"这一推动全国文学发展的"新"概念革命。《特区文学》于 1994 年提出了"新都市文学"理论,并成为深圳文坛的旗帜,在国内外产生了轰动。与此相和,北京、上海也相继推出"新状态文学"与"新市民文学",为都市文学的发展摇旗呐喊。这一理论的提出,既昭示了一种新的文学——文化现象,同时也为深圳文学的多元性与多样化提供了一种可供参照的平台,从而形成了一种新的气候,一种只有在深圳才能发生的促进文学理论更新的文学现象,而"文学深圳"的新都市意味也在全国展示出先锋的特质。比如说它考察了经济特区内部所存在的诸多矛盾与困惑,在题材的创新方面有着自己独到的敏锐与冲动。"新都市的文学"与"新的都市文学"在此相辅相成,并在文学表达上展示了多种新都市中的新意识、新观念以及新都市人等等。我们总能看见这样的人物,他们有一个信条,人往高处走,不断追求;无论做任何事情都勇敢作为,不怕磨难,不怕挫折,更不怕任何代价的付出,他们是生活在自由开放的经济环境中的行动型人物。如《驶出欲望街》中的志菲,从走进"欲望街"到驶出"欲望街",都是一样地果断毅然。尽管她有不俗的外表,又有外语学院毕业生的学历,自尊心与自信心都很强,但磨难的生活令她放弃了自我追求,因此她答应了大老板阿昌的条件,做她的"包妹"。因为她坚信:"既然做了,就不要在乎","总有一天,我所做的一切都会得到报偿"。最后她果真如愿以偿,义无反顾地断然拒绝阿昌的要求,走出了欲望街,迈出了人生道路上最为艰难的一步。在此,缪永为我们描述了青年女性在沉沦之中的飞翔,因为男人不是欲望的依赖,也不是自我的归宿,志菲要凭借自己的聪明和智慧,开始自我救赎之路,并找回了女性的自尊、自立与自爱。虽然退出了婚姻,但赢得了自由与独立。这篇小说打破获女性的沉沦模式,而从人格意义上探寻了女性真正的救赎,在当时的文坛上同样显示了超前的先锋意识。

新的社会转型带给深圳的是一种开放、自由、平等、对话的视野和眼光,而深入其中的"青春叙事"更是以这种眼光来评判或创造自己的世界。在此,深圳以其兼容与博大为不同类型的文化提供着生存的土壤,但同时,又将各种文化纳入商品经济轨道,使之成为满足人们欲求的文化消费对象,从而改变着既有文化原来的特质。它所带来的新的价值观念有助于引导个人走向新的成功与目标,由此也造就了一些新的精神品格的诞生,比如:冒险、自由、坚守、拼搏、创新、张扬自我等等,这在深圳的"青春叙事"里俯拾即是。

以市场经济为核心的新的社会环境造就了一批敢打敢拼的都市成功者形象。这类形象,有着对都市生活的全方位欲望和评判准则。他们自信而能吃苦,坚定而能取舍,因为在他们心中,"成功"是其终点站。在经济大潮之下,一切重新洗牌。"不管白猫黑猫,抓住老鼠就是好猫"。对于目标的确定性与坚定的信念成为整个深圳人的新的理想追求。在这类小说中,实现来自生活的欲望与目标是深圳人的原动力,它激发了人们的创造力与想象力。也许会在追求的过程之中不择手段,但期间的勇敢与拼搏,对自我的个性张扬成为整个深圳文化的一种新质。虽然在诸多的文本中,激情与沉思同在,孟浪与平稳共舞,但其中的"新"思想确实又一次浪击了我们的文坛。

当然，冲在浪尖上的"弄潮儿"毕竟走在了都市化的前沿，他们不是带着对都市这部战车的理性思索冲在前面，而是以敏锐的嗅觉顺之则昌，因此他们也成为都市欲望的获胜者。那么，隐藏在都市角落里还有一些思考着的"眼睛"，这些眼睛构成了医治都市弊病的一剂"良药"。这是一种看似落后实则先锋的精神：坚守家园不懈守望。拥有这种精神的是一批"游荡者"，他们不是商业社会的既得利益者，他们面对的是都市的病症，是不愿意沉沦却又无奈的"思想者"。他们的清醒与理智、先锋与犀利混同在都市欲望的蔓延与扩张之中，显得另类而不可理喻，看似老朽实则超前。在他们的心智中，依然保持着一种对精神、灵魂、价值取向的渴慕与追求，对精神家园的皈依和神往；他们依然不愿意沉沦于世俗的风化之中，依然对欲望保持着清醒的理智。但在无钱、无业的生活之中却又寸步难行，由此而造成其精神上的迷惑与困扰。

深圳的快速发展及商业利益的彻底垄断一方面加快了都市化的进程，另一方面也激化了许多隐蔽在浮华背后的诸多矛盾。比如，城市与乡村距离的日益扩大，物质追求与精神追求间的鸿沟，灵与肉的脱离乃至人性的堕落等等。这些游荡于都市的清醒的思考者，尽管在物质方面他们依旧贫穷，但是面对飞速发展的经济社会以及由此而带来的各式各样的问题，他们无法及时解答，只能陷入沉思。就此而言，他们是思考者，是有先锋意义上的哲学家。但是他们还是没有找到超越于现实的出路，既不愿意与现实同流合污，又不能解决自己的物质问题，生活的悖论在他们身上体现得十分明显。谭甫成的《小个子马波利》中这个小个子就是此类人物的代表。

小说以外视的目光透视了一个人文学者是如何被都市所异化的。这包括：酒、色、物、欲。作为一个对文学或者说对文化有着自己独到思考的人，在深圳这个充满着物欲的都市里，他所处的地位与思索是极其尴尬的，因此，小个子总是以其焦虑与落魄、偏至与不俗的表现落了个与众不同的孤僻。所以"我"和一个女人就想改造他，使他成为一个世俗世界中的普通人。小说在高潮处有一段描述，既写出了他的孤独，又以无奈的力量暗示了他的无力与无奈，并暗示了这类人物随时会被毁灭的可能。"马波利走了。天愈加暗了，街灯亮了起来。对面金灿灿的大剧院也蒙上一层铅灰色。哦，波利波利，在这细雨蒙蒙的寂静傍晚，我伫立在华丽宫门口大理石柱旁，注视十字路口的十几盏红绿灯明明灭灭，依稀看见你在路口中央忧郁地、心怀愤懑地跳来跳去。华丽宫大堂游人进出，上面的歌舞厅开始隆隆作响。""你跳的不是狐步，不是华尔兹，更不是现代迪斯科。你跳的是一种古老的、忧郁的探戈。蔡屋围大放光明，生意兴旺；国贸大厦耸入夜空的旋转餐厅，一圈白炽灯光缓缓转动，似乎在向外空发出邀请的讯号，欢迎他们也来加入地球上人世间的欢乐；而波利，你的舞步如泣如诉，孤独愤懑。汽车喇叭长鸣，红绿灯疯狂闪动，你全不顾及。你全神贯注在自己的舞步里……一脸的痴狂绝望，痛不欲生，这是为什么，波利？城市进入夜间狂欢的歌舞，人人欢欣，喜气洋洋，你为什么要独自去跳那古老忧郁的探戈……"物质世界的奢华与人物心灵世界的阴郁比较，物欲所带来的疯狂与快乐在人物阴郁的心理中，投下的却是孤独与愤懑，以及由此而产生的痴狂绝望。这种精神，是与商业原则潜在的反抗，是对物欲横流的反叛与抗拒。在大的时尚潮流面前，这类人既显得非常渺小，孤芳自赏，同时又以不可抗拒的力量暗示了它的强大，这是它具有的先锋特质所带来的。比如在这篇小说中,常常看到这个人物的理性分析,"我们目前正在经历的现代化也不是我们民族文化史和社会生活史的自然延续,而是为世界性的生存所被迫做出的抉择。这就产生了一个严重的问题:人们被从密不透风一片黑暗的房间里骤然放出到光天化日之下,眼前照样一片花白,不辨方向。那就是说,人们缺乏良心、道德和责任感的准备,任何法规条文也约束不了他们。他们将为所欲为,直到大难临头。"这个论断,是在20世纪90年代初宣告的,直到今天,我们惊奇地发现,这种预言性质的结论,已在相当程度上暗示了都市化所带来的精神危机,这不能说不具有前瞻性,而且这种前瞻性的意义是不可估量的。

再次,青年"作家群落"的形成为"文学深圳"景观绘出了真正意义上的"青春叙事"图标。深圳就是深圳,它的移民特性使它没有核心文化的抵触,它广纳各地人士,暗藏了许多无法言清的神秘与玄机。年轻、浮躁、快捷、琐细、精明、务实,这就产生了人与人之间"过客"般地相遇,水中浮萍样地交往,"短、平、快"。这期间的欲望与诱惑已不只是两个简单的词汇,它们时时刻刻都在左右着人们的生活。它不像北京、南京、上海、广州那样有着较长的历史根基,同时也就排除了诸多的等级观念和文化相斥现象,从而产生了包容与丰富相间,驳杂与参差共存的文化现实,这也相应助长了深圳追求经济效益和经济地位的优势,同时也使深圳在"金钱利益"至上的趋同性与一致性上达到了最快与最和谐的统一。这就为深圳作家群落的形成奠定了现实根基。

这里,虽然还涌动着体制内、外作家身份差别的潜流,但更多不受体制阻挠和限制的作家群落已经或者正在形成,他们构成了最值得颂扬的"青春叙事":以郁秀为先锋的校园青春文学在全国轰动一时;而安子的《青春驿站——深圳打工妹写真》、林坚的《别人的城市》、张伟明的《下一站》等又一次走出深圳,掀起了"打工文学"的热潮。随后,曾以王十月为代表的宝安31区的打工作家群,又在全国引起了对"底层写作"的关注与研究,它从一定意义上提供了超前的现实基础、敏锐的创作实践和冷静的批评总结;而《驶出欲望街》、《咸水淡水》、《都市孤独》等小说旨在以"现代"为依托,绘写都市的新景观,展示深圳人在现代社会中的生存状态和文化性格,具有超前的先锋意识。其后,以谢宏为主力的新都市作家群和以丁力为代表的商业作家群,又将深圳这一独特城市呈现于国人面前,令人耳目一新。

进入新世纪以来,盛可以、谢宏、戴斌、吴君等作家的新都市小说,并不是让目光聚焦于高大有序的都市建筑群落,也不是表现人生获得"成功"的艰苦历程;他们将目光抛向了井然有序的都市景观的背后,选择了有着太多故事的"后街"这一无序而活泼的生活空间而非交际空间。以谢宏为例,谢宏选择了深圳,并不是让目光聚焦于高大有序的都市建筑群落,也不是表现人生获得"成功"的艰苦历程;他将目光抛向了井然有序的都市景观的背后,选择了有着太多故事的"后街"这一无序而活泼的生活空间而非交际空间。这一空间让我们更深层地体味出都市人的存在状况。也许在其中你看不到诸多的都市风景,"后街"的形象模糊而暧昧,但出于被都市青春的敏感所刺激,谢宏摒弃了从表面上呈现喧嚣都市的浮华与堕落的手法,而是以一种静如止水的心态,宕开了后街人生的浮躁与波动。他不是不写动,而是以静显动,从而透露都市人生的变化与无常,焦虑与饥渴,而这恰是他的妙笔所在。由此可见,"后街"这一空间让我们更深层地体味出都市人的存在状况,同样具有超前的都市眼光。

现在活跃于文坛的谢湘南、于怀岸、卫鸦、宋唯唯、钟二毛、厚圃、秦锦屏等,他们虽远离家乡,但仍以深圳这座城市作为自己的写作故乡,以更为冷静、隽永的风格,细腻、纯熟的文笔,叙写了新世纪以来的文学深圳景观,在创作上更是长江后浪推前浪,气势夺人。当然,还有很多活跃在网上的写手,畅销书作家,等等。三教九流,各色人等都为深圳这一都市的发展历程展示了很有特色的笔墨。由此,多元的"作家群落"构成了独特的"青春叙事"人文景观。作家在深圳,享受了充分的文学自由,这里没有职业的差异,这里也不论地位的差别及行业的资历,他们面对深圳,抒发的是对这一城市的精神想象,他们的想象共同构成了三十年来的"文学深圳"景观,并因此而走在了前沿。

当然,这些群落的构成差异相当大,作家结构不一,分散无序,作家群落的文本层次也相当分明,有的甚至反差极大。同时,它不像北京、上海,文学的话语权还只是掌控在极少数的作家、文人或教授、评论家的手中,相对比较集中。但是,多个群落的形成最大限度地摹写了这个都市,最大范围地展示了这个都市,最大空间地呈现了这个都市,因此,造就了多语和弦的文学氛围并强化了"青春叙事"的独到特征,它的多元、包容与涵纳百川使"文学深圳"的地理景观终于浮出海面。

三、"文学深圳"的历史意义

上述"青春叙事"既有从"上面"考量城市,即站在城市之外,用局外人的眼光观望城市,城市是外在的模糊存在、抽象文化符码和混沌意象,代表与乡村文明相对的都市文明;也有从"街道"水平上观察,即在认同中又与城市保持一定距离,在对城市进行贴切描绘的同时,又保持清醒的批判意识;更有从"下面"观察,切实发现城市的文化本能、城市人的潜意识和内心黑暗及街道上被遮蔽的事物,创作者进入城市的精神层面,在认同中保持疏离。① 三种视角都有不同的特色,但第三种即从"下面"叙事的空间视角,使整个"青春叙事"都弥漫着都市的现实经验,所有关于都市的日常生活已经渗透到人物的生活方式、价值观念、生活理念及人生态度等各方面,以此彰显着深圳的都市特性。因此,它在最大程度上呈现着我们的"文学深圳"景观,同时也使它走在了都市叙事的前列。因为"它们内里,潜伏着一种能量,以恒久不移的耐心积蓄起来,不是促成变化,而是永久的动力。所以,它们并不像表面看起来那样安静,是有着充沛的活力,执著的决心。它们实在是相当丰富的,同时,又是单纯的"②。

客观地说,"青春叙事"的部分文本里也暗藏了诸多的不利因素,如情感宣泄的泛滥,文字的清浅,结构不致严谨,大波大澜,冲动张扬,缺少冷静与沉思等等,但过偏才可以显正,只有在如此先锋的创作中,"文学深圳"这一命题才有着特殊的前瞻性与历史意义,我们也才能在"青春叙事"里看到了深圳30多年来所带给文坛的深刻变化;而且,思潮、理论的创新也只有在"青春叙事"里才真正尘埃落定,深圳为中国的当代文学才真正地绘出了它真实的面孔,并为当代文学的发展涂抹了孤独的先锋符号。正如索尔所说:"如果不从时间关系和空间关系来考虑,我们就无法形成地理景观的概念。它处于不断发展或消亡、

---

① 〔美〕R·E·帕克等著:《城市社会学:芝加哥派城市研究文集》,宋俊岭译,华夏出版社1987年版。
② 王安忆《序》,《女友间》,上海文艺出版社2001年版,第1页。

替换的过程中。""文学深圳"作为一种文化地理景观,已经成为潜在的"历史重写本",即"palimpsest,它经过不同的反复擦写,并随着时间的流逝,新、旧文字就混合在一起:重写本反映了所有擦除及再次书写的总数。我们可以看到这与文化有着相似之处"。因为"文化在一个地区留下的痕迹间接表明了不同时期地理景观的消逝、增长、变异及重复的总数"[①]。就在这种摹写中,深圳文学的先锋特性才会始终站在潮头的浪尖上。我们期待着它的辉煌。

2011年3月18日三稿于桃源村

(王素霞:深圳大学国际交流学院)

---

① 引自〔英〕迈克·克朗著:《文化地理学》,杨淑华、宋慧敏译,南京大学出版社2003年版,第333页。其中,"palimpsest"一词源自中世纪书写用的印模,原先刻在印模上的文字可以擦去,然后在上面一次次地重新刻写文字。其实以前刻上的文字从未彻底擦掉。

农民工书写的文学焦虑与叙事伦理[①]

江腊生

当下农民工书写在人道主义的观照下,表现并抚慰着农民工在精神漂泊与文化失根后的焦虑,真实、生动地揭示了打工者的生存境遇与精神状态。作品中底层民众的生存焦虑,集中体现了明显的人道主义同情和怨恨的情绪,往往容易走向一种道德上的虚伪姿态,甚至有以悲苦来换取市场效益的嫌疑。这种城市空间里的农民工生活书写,大多只是局限于物质层面、欲望层面的生存空间的寻找与应对,身份认同的危机并没有给当代文学带来一个自由灵动的诗意世界。作家强烈的道德焦虑和价值焦虑,往往通过曾经有过的革命伦理和革命话语的乞灵,与自身真切的体验相互结合,完成一套情绪化与力量型的底层话语叙事。

讨论近年来的农民工书写,应该立足于中国本土几十年的文化事实。对于一个处于快速现代化的古老国度而言,短短的几十年中经历了西方几百年的现代化进程,社会阶层日益分化,中国人在现代化高速度的眩晕中不断处于焦虑状态,这是无可忽视的。尤其对于从乡村到城市的农民工而言,更是经历了从农耕文明到后现代城市文明的巨大跨度。于是,紧紧扣住关于农民工题材的焦虑形态,分析其中的叙事伦理,便具有一定的时代典型意义。

当下农民工书写以真实、生动的笔触揭示着打工者的生存境遇与精神世界,以知识分子特有的人道主义情怀抚慰着农民工在精神漂泊与文化失根后的焦虑。阅读这些农民工题材的创作,总能感觉到其中原生态的声音与情绪,其中既有对底层生存的关切,又有渴望改变生活的热切;既有对社会不平的怨恨,也有对底层民众的同情。这些复杂的焦虑叙事正是广大农民工全面遭遇市场话语的浪头,而表现出来的眩晕感和阵痛感的文学表征。贺绍俊从"新国民性"角度,提出这种文学思潮是新的历史语境中城乡冲突的审美表达,"新国民性是在计划经济和市场经济两种体制相互矛盾、相互碰撞、相互妥协、相互调整的文化语境下生成的"[②],对这种生存现状的表达,隐含了一种现代性的审美诉求。如果说乡土文学、改革文学、现实主义冲击波等文学现象是一定时代的作家关注人的现代性发展的历史努力,而农民工书写则是广大农民在改革深化的过程中对现实生存的近距离关怀。它既展现了特定时代语境下的特定的农民工群体生存方方面面的焦虑,也是人本关怀这一现代叙事母题的延伸与承续。

[①] 本论文系 2009 年教育部人文项目"新时期文学的焦虑叙事研究"(09YJA751039)的阶段性成果。
[②] 贺绍俊:《底层写作中的"新国民性"——以刘继明创作转向为例》,《文学评论》2007 年第 6 期。

一、生存焦虑

对于广大农民工而言,随着市场经济的推进,城乡间的物质差异越来越大,城市逐渐成为一个物质欲望的巨大参照与诱惑,而相反的乡村文化则日益显得贫穷与衰退。在市场经济这个强大的巨手的拨弄之下,农民工被城市化的浪潮席卷到了城市,寻求自己的生存之所,实现自己的物质欲望和经济享受。"在城市文化随着城市化推进而逼近乡村之际……二元经济结构文化处处显露出它对乡村文化的文化优势、文化特权,二元经济社会文化结构使乡村处于一种尴尬的境地。"①作为弱势群体的打工者,面对经济的窘迫和生存的艰难,迸发出倾诉生存境遇与渴望改变个人命运的呼喊,其写作与生存完全处于相互纠结的共生状态。在个人对残酷生存的感受与体验中,扑面而来的是浸透民间与草根气息的真诚与质朴,沉重和叹息。王学忠的《三轮车夫》:"家人的期盼揣在心口/女儿流泪的学费/妻子叹息的药瓶/每天不蹬十块八块的/躺在床上三轮车在梦中也不安地转动/处理的人都不怕累,不怕冷/当城市冻得发抖/屋檐下的冰凌柱眨着狡黠的眼睛/三轮车在风雪中冒着汗飞转/10年前的旧厂服/胜过不怕冷的北极绒。"没有作家切身的生活体验,是写不出在天寒地冻的时候"三轮车冒汗"这样耐人寻味的意象的。

王祥夫的《花落水流红》中,身处穷乡僻壤的桃花冲人为了摆脱贫穷,全村的女孩几乎都争着进城做暗娼赚钱,为的是能够更好地生存。对于广大农民工而言,因农村的贫困、生活的窘迫而进入城市。《麦子》中的建敏不外出务工,家里的房子就没法翻盖,弟弟的学费也难以支付。《兄妹》中的"心",为了减轻二哥的负担,来到一个陌生的城市打工,先被老板强暴,后被逼迫做起卖淫的营生。荆永鸣的《北京候鸟》中,"来泰"瘸着一条腿,带着难以填饱的肚皮来到北京。他拉三轮车,被城里的保安殴打、敲诈;他开饭馆,却中了别人的骗局。对于本分的来泰而言,无论离开乡村,还是拼命挤入城市,生存总是第一要务。

这种因穷而进城打工、打工而遭受苦难的模式,决定了当下农民工书写从生存焦虑自然过渡到物质层面的哀怨和愤怒。在城市文化的压迫下,民工严重的身份认同危机,进城后的梦想破灭,使他们不再相信一系列的成功神话,而是选择疯狂报复城市的极端方式来凸显自身的存在。在《马嘶岭血案》里,九财叔和"我"仅仅因为二十块钱的缘由,竟连杀七人,最后九财叔连"我"也不放过……王祥夫的《一丝不挂》中,"阿拉伯兄弟"被年轻的老板侵吞了一年的血汗钱,没有一分钱回家过年。他们铤而走险劫持了年轻老板,扒光他的衣服,让老板一丝不挂地开车回去。北村的一小说名干脆叫《愤怒》,来城市谋求生路的农民工李百义,历尽各种苦难与挫折后,开始组织一个百多人的团伙,专门剥夺"地主老财"的钱财来周济穷苦人,并杀死将他父亲虐待致死的警察。小说的字里行间,我们看到了弱势群体令人难以置信的生活境况,也不难捕捉到文本当中难以遏抑的不满和愤怒。沉重的叙述笔调下,文本揭示了国家高速现代化进程中产生的一系列不和谐音符,也折射出作者可贵的人道主义忧思。

关注底层的生存状态,体现了当下的文学一种人文主义的观照。当作家用极尽悲苦的笔触深入打工群体的生存世界,制造出愁云惨雾的氛围,仿佛愈是悲苦,就愈能贴近打

---

① 赵静蓉:《在传统失落的世界里重返家园——论现代性视域下的怀旧情》,《文学理论与批评》2004年第1期。

工者的生存状态,越能体现出作家的人道主义关怀。这种关怀往往容易走向一种道德上的虚伪姿态,甚至有以悲苦来换取市场效益的嫌疑。底层写作这个词本身很好,当前却呈现在我们面前的大都是外围的想象,猎奇的故事,小姐、发廊、暴力情欲等,却很少有人真正以人文主义的情怀关注农民进城谋求生存的动机和境遇,很少有人关注他们心理上的喜怒哀乐。这种偏执型的叙事伦理,往往造成对农民工进城的一种遮蔽,显然无法实现生存的复杂表现。

二、身份焦虑

"乡下人"是一个宽泛的概念,"它最主要是作为都市/城里人的相对性概念,包含有身份悬殊,既得权利与分一杯羹者的竞争,它还是一个有悠久传统的历史概念,带有社会构成的一端对另一端的优势。当下的乡下人进城指80年代以来从有限的土地上富余的农村劳力中走进城来、试图改变生活的带有某种盲目性的上亿计的中国农村人口。他们带着梦想、带着精力与身体、带着短期活口的一点用度本钱,到城里来谋取一片有限而不无屈辱意味的生存空间。"① 贯穿农民工书写中的生存焦虑,具体表现为农民"由乡入城"而引起身份上的焦虑。城市文化的日益突出,"乡下人"已经很难继续安于乡村文化的贫穷和屈辱,并且似乎是看不到前景的社会身份。郑小琼在《印刷厂》中写道:"多少年来,我一直是这样地在城市间生活,我一直不想让人看出我来自于贫寒的乡村。但实际上,我们的动作、表情已经泄露了我们不属于这个城市的秘密。这种胆怯连同我们的神态、动作、表情等交织在一起,凝结成了一个烙印,在我们的身体上、心灵上、灵魂间烙上了一个乡下人的印记。它是那样的敏感而沉重,我时时能感受到它的存在,感受到它像一台不停运转的印刷机一样,在我们的脸上不断地印着:乡下人,乡下人。"正是这种对农民身份的焦虑不安和改变这一身份的渴望,构成了打工文学内部潜在的强烈的心理动力。《歇马山庄》中农村女青年小青所说:"我不是个能塌心过乡下日子的人,我的心从来没有在乡下停留过。""我无法忘掉我在吃苦,我在遭罪,这个念头非常可怕。"这是一个当代农民对自己生存处境的真实感觉。正是从勇敢地面对这种真实感觉不再自欺欺人开始,小青决心拒绝这种身份而寻找另外一种虽然也需吃苦遭罪、却能看得到前途的"不同于乡下女人的另外一种生活"。于是,对"乡下人"身份的拒绝连带着对"乡下人的妻子"这一性别身份的拒绝,她决定和丈夫离婚,到城里去做打工妹,"在经济上、生活上全面独立,不依仗任何人。"

当代中国的现代化崛起,历史的发展和时代的嬗变,使得中国大地上到处闪动着由乡村奔向城市的身影。刘庆邦的小说《到城里去》,城市就像一个欲望神话,"到城里去",是农民处于乡村的贫困和窘迫的深刻体验之下,集体发出的一声号角。在宋家银的心目中,取得工人家属的名分、领取工人的工资,就是取得了城市人资格。宋家银像发疯似的驱使丈夫出去工作——只要不在土地上劳作,哪怕再苦再累的工作也在所不惜。他们追求城市的户口,寻求城市的物质享受,甚至包括爱情的追求,这一切等同于城市本身。李一清的小说《农民》中,到城里摆水果摊的农民"大苹果",通过出卖自己的肾脏,买了城里的房子而拥有了城市户口。李铁的《城市里的一棵庄稼》中,农村姑娘崔喜通往城市而付出的

---

① 徐德明:《"乡下人进城"的文学叙述》,《文学评论》2005年第1期。

代价,向人们昭示了城市神话带来的苦痛与挣扎。为了能够拥有在她看来"天堂一样"的城里人的生活,她出卖了自己的爱情和青春,成为城里人宝东延续香火的生育工具。然而,已经拥有城市人的户口、做了城里人媳妇的崔喜,并没有被城市所接纳。尽管她按照城市人的生活方式和审美水准要求自己的日常行为,得到的回答却是"你不像农村人了,但也不像城里人"。城市,对于崔喜来说,仍然是一个虚幻的神话。

"从乡村来到城市",意味着越过边界,双重性是移民经验的本质。陷于两个世界之间,作为移民的打工者,要转换一个新的社会空间;陷于两种文化之间,作家要转换一个新的文学空间,重要的是要"以何种面目楔入城市"。王十月《纹身》中的少年,为了保护自己不再受人欺负,便用自己积攒下来的钱去做了纹身:一条醒目的、粗糙的、张牙舞爪的龙。他把纹身看成是城市人的符号和象征,本想终于可以扬眉吐气、不再受人欺负,可以自由、快乐地活着,"可是纹身并没有像少年想象的那样给他带来立竿见影的安全效果。他反倒因此而摊上了许多麻烦":工友的疏远、经理的解雇、管理者对他的异样的眼光,最终被警察抓捕。因此,龙的纹身便成了进城农民工身份焦虑的隐喻,无论少年如何改换自己的形象,但骨子里的城乡文化错位并不可能真正消失。

城乡空间的焦虑,决定了农民工书写中城乡世界的截然对立,而不是像路遥小说的中那种城乡交叉地带。城乡二元对立,则在文本中出现了黑白两个世界。其中城市代表着罪恶,代表着人性的诱惑,代表着对乡下人的凌辱和压迫,而乡村则代表着善良,代表着人性的淳朴,代表着城市截然相反的贫穷与落后。声色城市以它令人炫目的奢华欲望和感官享乐引诱着这些朴实躁动的心灵,他们选择了城市的生活方式和欲望法则,却发现城市并非他们所想象的那样,城市是一个美丽的陷阱。池莉的《托尔斯泰围巾》中,代表城市的警察没有把老年农民工——老扁担当做"人"来看待,不分青红皂白地把老扁担抓进派出所痛打一顿。陈应松的《太平狗》中,农民工与狗形成互文,集中表现出城市最为黑暗和陌生的一面——城市人、包工头、黑工厂等。它适合城市人幸福地活着,却并不适合卑微的打工者生存,甚至不适合一条狗生存。

尽管如此,城市陷阱充满色彩斑斓的诱惑,农民工注定了无法逃离。张继《去城里受苦吧》中,复杂的城市生活令贵祥身心疲惫,在李春与徐钦娥感情纠葛之间艰难做人。他怀念种地时那种"省心,少是非"的日子,于是兜里揣着打工积攒的血汗钱,身上穿着在洗衣店烫过的西服,带着烫了发的老婆回到故乡。在乡亲们羡慕的眼光与夸赞的话语之中,他发现城市里面的"受苦",使他在乡村反而实现了人格上的自尊与满足,但最终还是愿意回到城市。因为乡村的贫困与落后难以提供他人格尊严的物质基础,受到文明洗礼的心灵再也不会牢固地把他们的身心贴近乡村的大地。方格子的《上海一夜》,叙写乡下妹子杨青来到城里,无奈地出卖自己的肉体。在她厌倦了城里的生活后,决心彻底离开城市回到家乡,回归以往物质贫穷精神丰富的生活。正当她痛下决心,高兴地坐在火车靠窗的座位上等待着欣赏回乡的美景时,却收到了好友阿眉的短信:"阿青,我又回来了,我又要回到上海来了。"阿青试图逃离城市的挤压,却发现先她觉醒的阿眉,最终逃脱不了城市的现代化诱惑,而坐在火车上的阿青,不过是在重复着阿眉所走过的路而已。因此,从乡下到城里不仅是身体的空间挪移,同时也是乡村文化记忆不断被城市文化吞噬的过程。

可见,"乡关何处"这一西方现代主义式的个体灵魂家园的追问与缅怀,对农民工群体而言,却是具体的生存空间焦虑的体现,远没有西方存在主义文学的从容与大气。这种城市空间里的农民工生活书写,大多只是局限于物质层面、欲望层面的生存空间的寻找与应对,身份认同的危机并没有给当代文学带来一个自由灵动的诗意世界。正如李欧梵在《论中国现代小说》中指出:"城市从来没有为中国现代作家提供陀思妥耶夫斯基在彼得堡或乔伊斯在都柏林所找的哲学体系,从来没有像支配西方现代派那样支配中国文学想象力。"①城市生存空间的焦虑只是深陷底层农民工的初级生命需求,并非达到高层次的哲理性的永恒追问。可见,农民工进城之后饱受个体的煎熬,但城市神话一直就像黑夜中的一盏灯,带给他们温暖和信心,让他们在繁华的城市海洋中保留对城市的简单幻想,吸引他们为改变自身命运而闯入城市。城市现代化本身的复杂多元却让他们无所适从。他们身上带来了乡村传统与城市取向混杂并存的特征,他们的身份呈现分裂状态,只能在城市与乡村之间游走。但问题是这类文学笔下的"打工者"并没有成为城市与乡村、传统与现代共同塑造的"中间物",这类书写并没有集中表现他们在城乡之间尴尬、困惑、悲苦和喜悦等复杂多元的精神气质和文化世界。正如他们的身份一样,其中的叙事伦理也是遵循二分法原则,或者写他们在城市在悲惨遭遇,或者写他们在乡村的贫穷;或者城市遭遇到的人性恶,或者写流连于乡村的人性善,其中的叙述主体缺乏一种主体存在的自觉意识,将农民工进城遭遇认同危机的本质书写出来,更多的是城乡二元身份焦虑下的简单化叙述,而非切入肌理的个体心灵空间的把握。

三、精神焦虑

如果将城乡二元对立的空间焦虑进一步深化到精神伦理和道德价值层面,一部分作品不仅书写了二者地缘概念上的焦虑和身份的认同,更重要的是进入到他们的文化精神层面,书写了农民工进城的道德焦虑和价值焦虑。《出租屋里的磨刀声》表现出打工者在他乡的生存焦虑感和"如履薄冰"的状态,揭示了打工者的精神困境和心理变异。天右的欲求极其简单,性的满足与出租屋的安全感是他唯一追求的东西,只有这样才能使他拥有幸福的感觉。但现实的残酷是磨刀人夺走了他这最后的一点幸福的感觉,女友离他而去,如此简单的欲望也无法实现。经济上的穷困,已经把他的心理和精神压抑到了畸形的程度。于是,天右不可避免地成了又一个磨刀人。小说再现了打工者对自身生存状态的无奈,释放了打工群体的压抑,展示了他们的精神状态。

"局外人的主要愿望是不再作为局外人。"②怀抱着城市梦想的农民工渴望认同城里人的价值标准,他们渴望像城市人一样生活。为了缓释自己在精神和心理上的城市焦虑,他们往往效仿城市人的举动,弥补自己和城市之间的价值鸿沟。《接吻长安街》的主人公认为在长安街接吻是"逼近城市精神内核的一个举措",于是想以"长安街接吻"来证明他在这个城市的存在。尽管他也明白"接吻之后并不能改变什么,我依然是漂泊在城市的打工仔,仍然是居无定所,拿着很少的工钱,过着困顿而又沉重的生活",但是这个在城市人眼中司空见惯的事情居然成了"我"不可遏止的心病。《谁能让我害羞》的主人公积极进取,

---

① 李欧梵:《论中国现代文学》,《中国现代文学研究丛刊》1985年第3期。
② 〔英〕科林·威尔逊:《局外生存》,译林出版社2000年版,第14页。

希望成为物质的主人,希望得到白领女人的关注,希望得到平等的权利。可白领女人却把他永远地定位于农民工,农民工就该是农民工的样子,只配喝水龙头的水,穿脏兮兮、皱巴巴的衣服。尽管小男孩在努力着,他希望女人注意到他的存在,甚至仅仅想喝到一口自己每天送的水,可是他却失败了。在喝纯净水的要求一再遭到拒绝时,男孩亮出了刀子,他要争取的不是水,而是人与人之间的平等。也就是说,男孩在精神焦虑之下出现了道德的失范,他采取了极端的暴力方式来加以放抗并追求城市价值的体现。

  由于进城农民工生存境遇与城市想象的落差太大,造成这些作家强烈的道德焦虑和价值焦虑,他们自然而然回到曾经经历过的社会体制和经济体制中去,寻找自身的精神皈依和批判的力量。内心发出的朴素的阶级论,正好续接了曾经的革命意识形态,以一种强烈的抗击精神来面对一个丑恶的城市世界。因此他追求的抒情伦理很大程度上出于民间最为原始的道德义愤和曾经影响深刻的革命伦理。由于这些作家的生活背景,他们很快找到诗歌写作的另一个文化资源,那就是曾经影响深刻的革命伦理和革命话语。王学忠的《人啊人》:"抬轿子的轿夫/日子过得好凄凉/呼哧呼哧三十载/弄得遍体鳞伤/临末冷屋冷饭冷床/斜倚一轮残阳/坐轿子的老爷/披一身霞光/嘴皮子动与不动/大把大把的银子都往兜里装/'今天又是好日子'/唱得飘悠悠的/若节日的霓裳/这个世界真他妈的混账/啥时家家窗玻璃上/辉映英特耐雄纳尔的曙光……"显然,诗人按照革命话语的思维,将人分为两个对立的阶级,并呼唤"英特耐雄纳尔的曙光"来作为自己怨与刺的力量。《想起那年的红军》、《想起毛泽东》、《社会主义康庄道》等诗,更是直接通过缅怀当年的革命历史,接过当年的革命豪情,来支起底层民众生活的信念和获取抵抗权力话语的力量。红军、毛泽东等革命话语给了他们想象的空间,也潜在地呼应了中国自古以来弱小民众内心俱来的神性崇拜。通过这些革命伦理和革命话语的乞灵,诗人将其与自身真切的体验相互结合,完成了一套新时代的底层话语叙事。可以说,诗人的力量、诗人的责任感,诗人对弱势群体的关怀感动了无数的读者,也缓释了众人的内心的生存焦虑。

  当我们考察20世纪90年代以来的"现实主义冲击波"作品,其中既表达了作家对底层民众的深切同情、对丑恶事物的痛恨,也透露出对现实的忍耐与承受。刘醒龙说:"我将这些捏在一起写成《分享艰难》,当写到孔太平为了公众的利益,不得不放过强奸了自己表妹的洪塔山时,我的心有一种被人撕裂的感觉,……擦干眼泪后,我不止一次地问自己,如果自己面对这些又会怎么办!我一遍遍地回答:谁敢这样就宰了谁!可生活不是这样选择的,它默默地承受起这最让人不能接受的艰难。生活又一次告诉我,仅靠情感是无法实现超越的,必须用自己的灵魂和血肉去做无情的祭奠。"①相反,农民工书写中疾恶如仇、扬善除恶等决绝的抗争姿态,使这些作品总是蒙上强烈的怨恨之气,甚至化为一种嗜血的暴力倾向,来缓释精神焦虑的紧张。在王学忠的《腐败分子》一诗中,作者满怀怨恨地写道:"倘若用其皮制成鼓,每日击一下,定能警示后人。"其中食肉寝皮的想象,让我们无法忘记作者诗作中抗争精神的激烈。这些精神焦虑产生的怨怒情绪,已经不属于文学的批判,而是一种控诉力量的体现。许强的《为几千万打工者立碑》写道:"为什么我们敞开的喉咙声尽力竭发不出声音/为什么我们多少被机器吃掉四肢的兄弟姐妹/他们喉咙发出的声音喊不

---

① 刘醒龙:《仅有热爱是不够的》,《当代作家评论》1997年第5期。

回脸朝背面的公道/为什么劳动法只是举着利剑的雕塑/只打雷不下雨/几千万人悄悄流逝的青春冲击成了/珠江三角洲灯火辉煌的现代文明/为什么南方常常暴雨那是我们内心越积/越多的乌云在碰撞呐喊/又有谁伸出过手来抚摸过我们内心的伤口。"透过这一系列的"为什么",我们似乎能够感受到类似于"西里西亚的纺织工人"那种控诉的力量。然而,革命伦理的乞灵和控诉力量的凸显,带来的往往是作家情绪化的表达。

可以说,正是农民工书写中表现出来的精神焦虑和价值焦虑,成就了他们在当下的轰动效应和美学突破。一方面,精神的焦虑,为农民工书写赢得了道德上的同情与力量,在似乎接通左翼革命文学的现实主义精神时,赢取了主流意识形态的关注与重视。另一方面,也是农民身上原始的不平而起的民间伦理的体现,在探入人性深处的同时获得了美学上的局部成功。无论如何,对于表现当下"农民进城"这一文化现象关键,重要的不是居高临下地书写他们身上的生存苦难,而是书写他们精神层面的内在焦虑、道德与价值的困惑;不是超然于物外的愤怒与廉价地掬一捧道德同情的泪水,而是以人本关怀为突破口,挺进人性美学的制高点。

(江腊生:九江学院文化传播学院)

抵抗现代性的寓言①

——重读韩少功的《马桥词典》

张伯存

韩少功的长篇小说《马桥词典》以其思想的深邃和形式的独特,在20世纪90年代甫一问世就引起文坛的高度关注、争议,随着时间流逝,毫无疑问,它业已成为20世纪中国文学的一个重要收获。② 韩少功的《马桥词典》多少受到西方哲学界"语言学转向"的启发,它探究、表现了"语言"作为一种符号是如何介入人生、生活的。它的词典体、词条格式也很容易吸引评论家高度关注它的语言、形式问题、跨文体写作问题,人们也往往从语言这一路径解读它。但是,语言、词语只是一个符号、外壳、容器,它所包裹和承载的是一个"方言共同体"、一个社群的生活方式、价值观念、情感表达和生命形态,而这才是问题的关键和实质,语言是人的思维的表征,是生活的产物,其背后历史的、社会的、政治的、经济的、文化的、心理的——即以"人"为中心点交织的网络,才是我们要高度关注的对象,也就是说,在"人——言"的分析框架中,我们要高度重视"人",马桥方言所表征的马桥人的所思所想、世界观、价值观、生活方式,对他们和我们而言意味着什么? 马桥这个小村落,一个化外之地,对中国对世界而言又意味着什么? 如何理解知识、理性、科学、文明、进步、发展这些现代性的范畴? 如何理解普遍与特殊、同化与异质、同一与差异、全球化与地域性? 我们需要一个怎样的美好幸福的生活? 这些困扰当代中国人的问题,90年代以来特别是进入新世纪之后日益凸显出来,成为当代中国最大的文化政治和精神价值问题,而这些问题,《马桥词典》以文学的方式做了或隐或显的应答,就此而言,不能不承认它的敏锐性和超前性,而它对当今社会生活问题和精神价值问题的回应,又证明了它迥异于主流社会思潮的异质性与深刻性。

现代性肇始于16世纪前后的欧洲,它意味着一种与过去断裂面向未来的线性时间意识和历史意识,它蕴含着进步主义和发展主义的内在逻辑,越是新的,越是现代的。现代性几个世纪以来无远弗届,深刻地影响了全球政治、经济、文化,几乎所有民族国家都被吸纳到工业化、市场化、科学化乃至欧美化的历史进程中,中国的"被现代"肇始于19世纪中叶。在韩少功的《马桥词典》中,马桥人的时间意识和历史意识恰恰是反现代性的,"他们甚至根本不知道什么叫做'1948',也从来不用公元纪年"。他们表示那个年头的用词有以

---

① 本文为国家社科基金项目《20世纪90年代文学转向与社会转型研究》(批准号08BZW060)阶段性成果,山东省博士后创新项目专项资金资助成果(资助编号200803082)。

② 据《文艺报》2000年9月26日报道,由上海市作家协会和《文汇报》等数家单位联合发起组织的全国百名评论家推荐90年代(1991~2000年)最有影响的作家作品活动中,《马桥词典》在最有影响的作品排名中位居第3位。

下一些:"茂公当维持会长那年"、"张家坊竹子开花那年"、"光复在龙家滩发蒙的那年"等等(词条"马疤子(以及1948年)")。他们记忆中的历史时间不是一个抽象的空洞的年份,而是以一个个用心体验过铭记在心的历史事件为标尺,是从文化上去体验和评价的人性时间与历史感,尽管这样事实上造成了时间的混乱、错接、篡改以及与外人交流的障碍,他们也浑然不觉、毫不为意、我行我素。这是一种"心智时间"、心理时间、情感时间,而不是均量的、匀速的物理时间,时间只有被人主观上感知才有意义。

从哲学层面上说,笛卡尔的理性主义奠定了现代主体哲学,现代主体既是自然世界又是自然身体的对立面,它被赋予清除自然界的魔障、驾驭自然的使命,直至一切事物和观念都必须受到理性的审判,这是现代主体的处世法则和定规,理性、启蒙、科学、文明、进步等等,都是这个巨大的理性主体的衍生物或功能域。在这一点上,马桥人恰恰是反现代、反科学、非理性的,不仅没有驾驭自然之意,反而有顶礼膜拜之心,如果从所谓"现代"的眼光看,他们的思维意识是混沌未开的,思想观念是愚昧落后的。他们认为万物有灵(见词条"公地"、"枫鬼"、"肯"、"月口"、"台湾"、"神"、"黑相公(续)"、"根"等),他们认为生死相通、阴阳无间(见词条"飘魂"、"走鬼亲"、"梦婆"、"企尸"等),他们生活中充满了各种各样的禁忌(见词条"嘴煞"、"魔咒"、"结草箍"等),他们生活在一个异质性的空间里。

现代社会是一个世俗化的社会,没有灵异、禁忌、鬼神崇拜,是一个不断追求同质排斥异质的社会,西方现代性话语在全球的散播和蔓延,塑造出一个日益同质性的文化,全球化使得人类社会越来越趋同、均质,服从于逻辑推演和理性算计,将生命活动控制在功利的范围内,而异质性是无法归化于同一秩序的"余数",它能将生命活动散播在无限的空间。《马桥词典》中,马桥人的巫术意识、灵异性思维、神秘的禁忌,构成了一个与现代社会、现代人相对立的异质世界,他们执著地坚守着自己的文化空间。我们知道,理解当今世界的一个基本框架是,先进与落后、文明与愚昧、"前现代"与"现代"这样一系列的二元对立的思维和认识规范。而这恰恰是我们应该反思的,什么是先进?什么是落后?什么是文明?什么又是落后?它们的标尺究竟是什么?这个二元对立的认识论烙上了西方殖民主义、帝国主义的烙印,当然也烙上了现代性的烙印。在当今全球化时代,抵抗、规避文化同质化危险的唯一出路是张扬自我的文化的异质性。在当今全球化时代,我们有必要对文化、地域、宗教、政治制度和主体性论述等"空间性的"或"话语建构性"的差异做出细致的考察。

这就涉及空间问题,生活空间、文化抵抗的空间以及共同体的空间意识问题。进一步,自然就涉及中心与边缘问题,哪里的空间、谁的空间的问题,即空间的区分、分割和争夺问题。中华帝国时代的皇帝会认为,中国是世界的中心,欧洲中心主义者认为西方是世界的中心,而在马桥人看来,马桥村就是世界的中心,外面的世界是"夷边",这让叙述者大感不解:"我怀疑他们从来有一种位居中心的感觉,有一种深藏内心的自大和自信。他们凭什么把这些穷村寨以外的地方看做夷?"(词条"夷边")当然,你大可以断言这是夜郎自大,但这种自大当中难道没有一种强大的价值系统和精神信念的支撑吗?《马桥词典》构建起马桥村一个相对稳定的文化、心理、道德和习俗的系统。它类似于黑格尔所描述的"伦理世界","普通人风土人情、喜怒哀乐,他们活生生的、从祖辈那里继承下来的生活世界,就是'伦理世界'。这个伦理世界包括传统、过去、习俗、家庭结构、男女关系,以及对这一切习以为常的态度和价值判断"①。比如,他们认为"科学"就是"懒"的代名词。马桥人对城市、城市生活、现代化从心理上拒斥,无法接受,农民兆青进一趟县城哪儿都不去,没兴趣,心里堵,甚至看到火车站里即将运走的大理石材痛哭流涕,"兆青的泪水总是在现代化的美景前抛洒"(词条"怜相");马桥人有晕街的毛病,到了城里就发作,类似晕船、晕车,本义复员转业后适应不了城市生活,回乡当了一辈子农民。他们对知识、技能、科学本能地排斥,"在他们往日的经验里,掌握着知识和技能的人,对于他们来说,天然地具有一种侵夺和强霸的可能";"他们对一切知识和技能,暗暗设定了一个道德败坏的位置,恶狠狠的位置"(词条"狠")。一伙马桥后生不无快意地砸了一辆停在马路旁的汽车,他们"嫌恶一切新玩意,一切科学的成果,一切来自现代都市的机械怪兽"(词条"科学")。马桥人同样具有反智心理,"他们天经地义顺理成章不假思索不约而同地把聪明认定为敌人,把才智认定为险恶——尽管对聪明和才智不无暗暗的崇拜"(词条"怪器")。

在马桥人词汇中,"他"与"渠"是一对近义词,"'他'是远处的人,相当于那个他;'渠'是眼前的人,近处的人,相当于这个他"(词条"渠")。马桥人在语言中刻意而顽固地区分他人的相对空间位置。

在马桥人词汇中,"散发"就是"死"的意思,但这个词的内涵在延伸,从电视里获得越来越广泛的知识、信息,人被电视激发出越来越多的欲望,这样下去,他们认为,人就要散发了,"他们对任何散发式的状态,比如人在缤纷电视面前心神奔放的状态,与更大世界融合的状态,持有一种马桥人的顽固警觉"(词条"散发")。

马桥人抵抗一切"散发"的现象、状态,这得从他们固守的生命形态和生活方式说起,而其中的极端分子和代表人物就是一个叫马鸣的人。他几十年来从不干活,不吃熟食更不吃肉食,不喝村中井里的水,他住在废弃的破宅、防空洞甚至野宿山上枕风寝露,"他天天游山玩水,天马行空,冷眼人世"(词条"隔锅兄弟")。他时常"登高远望,胸纳山川,腹吞古今,有遗世而独立羽化而登仙的飘逸之姿"(词条"神仙府(以及烂杆子)")。"他餐风露宿,甚至比绝大多数的人都活得更加身体健康"(词条"觉")。历次政治运动与他无关,他是一个清白的局外人、旁观者。他一无所有而又无所不有,那么,他是愚蠢还是聪明呢?耐人寻味的是,他不是一个特例、个案,"在马桥以及附近一带,像马鸣这样自愿退出了人境的活物还不少";"他们是这个世界里已经坍塌和消失了的另外一个世界"(词条"神仙府(以及烂杆子)")。马鸣他们的生活方式和生命存在是本真的、原初的、简朴的,他们无利欲之心,抱朴守静,无欲则刚,大踏步地回退,甚至回退到社会组织结构形成之前的状态,人与自然和谐相融的生活状态,赤子之心,自然之子,他们是现代的隐士,现代的伯夷、叔齐。这样的生活方式恰恰和现代性所开创的现代生活方式也就是西方生活方式格格不入,后者意味着尽情享受着不断的科技进步所带来的物质生活的便捷、富足、舒适、安逸,物质欲望的无尽追求,生活的消费主义意识,还有相伴的对环境的破坏对自然的掠夺。这样的生活方式被看做幸福美满的,对当代中国年轻人产生极大的吸引力。作为体验层面上的现代性,这样的生活方式能给人带来内心的宁静、人与自然的和谐、人与人之间的和谐吗?恰恰相反,在"铁笼"(韦伯语)的囚禁下,在"巨型怪兽"(吉登斯语)的碾压下,人们

---

① 张旭东:《远离集体焦虑的策略:全球化时代的文化认同》,《21世纪经济报道》2006年12月18日。

身不由己地陷入一个"大漩涡"(马歇尔·伯曼语)之中,体验着孤独、无助、焦虑、痛苦。马歇尔·伯曼这样论述:"所谓现代性,就是发现我们自己身处一种环境之中,这种环境允许我们去历险,去获得权力、快乐和成长,去改变我们自己和世界,但与此同时它又威胁要摧毁我们拥有的一切,摧毁我们所知的一切,摧毁我们表现出来的一切";"现代性把全人类都统一到了一起,但这是一个含有悖论的统一,一个不统一的统一:它将我们所有的人都倒进了一个不断崩溃与更新、斗争与冲突、模棱两可与痛苦的大漩涡"①。

在这种意义上,马鸣他们的生活就具有了抵抗作为体验的、经验的现代性的寓意。现代性是脱离传统的、动态的、变动不居的,融化、裹挟一切的,滚滚向前的;而马鸣的生活是回归遥远的传统,静态的,安宁的,他拒绝成为一体化世界的一分子,像顽石一样拒绝被裹挟、被碾压、被融化,拒绝"烟消云散"。他的不屈姿态象征了一种文化权利,一种迥异于现代性向度的价值观,他就是那个永远除不尽的"余数",在现代性壁垒的裂隙处一个异质性文化空间的存在,为新的文化斗争提供了想象空间和文学资源。有学者指出:"近代中国遇到的最大问题,在维护生存权之外,始终就是如何为自己的伦理世界辩护的问题";"任何起源性的问题,都提出了一个生活世界最内在的'变'与'不变'的问题。近代以来的中国一直处在'变'的必然性的支配下,但在求'变'或不得不变的过程中,却一直没能对'不变'的范畴作出深入的思考"②。马鸣们的生活就是一个"不变"的世界,《马桥词典》以文学的方式思考着近代中国以来的历史大命题。

《马桥词典》与其说是一部具有形式革命意义的长篇小说,毋宁说是一部现代寓言,一部抵抗现代性的寓言。

寓言是扩展了的隐喻,它表征隐含在具象之外的抽象意义。在本雅明的文化理论中,寓言还是一种观察世界的有机模式,是表现人类状况的"具有道德责任感"的形式,它能够为受众提供一种未被谬见污染的经验形式,在某种程度上扮演着积极的政治角色。它关注在种种政治暴力、文化暴力的摧残、压制之下,历史的片断如何重新发展,形成其历史意涵,如何通过辩证的方式,将历史中具体遭受压迫与被隐抑的部分加以呈现出来。《马桥词典》就是敞开一个被隐抑、被遗忘、被压制的原生态生活方式及观念。在这层意义上,我们说《马桥词典》是高度思想化的"寓言"。寓言的基本特征是断裂性,语言文本不追求完整的关系结构,而代之以任意性甚至是混乱,是"无定形断片"。《马桥词典》的词典体、词条释义方式不就是一堆"无定形断片"吗?在这层意义上,我们说《马桥词典》是高度艺术化的"寓言"。

《马桥词典》与普遍主义的、本质主义的宏大叙事拉开距离,它是反总体论,反宏大叙事,它是一堆碎片,语言的、臆想的、人物的、历史的、文化的碎片,它是无中心的、开放化的。这透露出后现代的品格。其实,这一点在《马桥词典》中已有韩少功的夫子自道:"一个人常常处在两个、三个、四个乃至更多更多的因果线索交叉之中,每一线索之外还有大量其他的物事和物相呈现,成为了我们生活不可缺少的一部分。在这样万端纷纭的因果网络里,小说的主线霸权(人物的、情节的、情绪的)有什么合法性呢?"(词条"枫鬼")。韩

---

① 〔美〕马歇尔·伯曼:《一切坚固的东西都烟消云散了》,商务印书馆2004年版,第15页。
② 张旭东:《远离集体焦虑的策略:全球化时代的文化认同》,《21世纪经济报道》2006年12月18日。

少功从小说文体意识形态为起点,抵抗文体霸权,解构中心主义、主线主义,直至解构文化中心主义。在这种新的创作观驱使下,韩少功一路走来,在新世纪又创作了跨文体佳作《暗示》、《山南水北》。

我愿意将韩少功后期的这类文本指称为"中国的后现代的文学"。它不是西方后现代主义文学的简单模仿,无论是历史时期、文化语境还是文学技巧,它与西方后现代主义文学没有必然的直接的联系,说它是后现代文学,是仅就后现代精神这一点而言的,并且是基于中国本土经验、社会现实和文化意识,因此说是中国的,更重要的是,"后现代"概念可以抵抗西方现代性的宏大叙事,打破"前现代"和"现代"的二元对立,提供一个新的思维和认识的方法论,为激发中国社会现实的内在活力提供一种可能性,在这层意义上,韩少功凭借其独特的文学想象努力在现代性话语之外建构一个新的开放性的文化空间,《马桥词典》超越了前现代与现代、传统与当代、中国与西方的种种二元对立。中国乃至人类社会历史是直线向前还是循环往复?还是进步的回退?它做出了或清明或混沌或沉实或惶惑的文学回答,它昭示我们,"文学永远像是一个回归者,一个逆行者,一个反动者"①。

随着中国的方向代表着什么?我们怎样做中国人?什么是我们追求的幸福生活?当代中国最重要的文化政治和价值建构是什么?中国如何为全人类的发展做出独特的贡献?这些问题日益浮出水面并会在很长时间里困扰着我们激发着我们去思考、寻找答案,我们不应该忘记,早在 20 世纪 90 年代面世的《马桥词典》已做出了文学的、形象的、符号的、寓言式的回答。我们不应该忘记,在文学王国里有一个马桥,"一个几乎遗落在地图里无法找到的小村寨"(词条"归元"),那么,如果存在着千千万万个"马桥",这个世界会怎样?

(张伯存:《枣庄学院学报》编辑部)

---

① 韩少功:《进步的回退》,《大题小作》,湖南文艺出版社 2005 年版,第 8 页。

《古炉》的哲理化视角及其
对"文革"题材小说创作的推进

韩 蕊

贾平凹新作《古炉》的问世,使已经淡出读者视野多年的"文革"题材小说重新引起人们的关注。相较于以前伤痕及反思文学的控诉与揭露,《古炉》寓言式的写作更多地透露出作家本人对于"文革"、人生及人性的理性思考。文本以一个备受歧视儿童的纯白内心去关注整个古炉村所发生的"文革",近乎童话般的世界让读者第一次从人性角度对当年"文革"的发生重新审谛。像古炉这样一个偏远山村为什么同样也会遭受"文革"的灾难?原本和平共处的邻里乡亲转眼间怎么反目成仇甚至要你死我活?是什么使人们变得如此冷漠残忍?"文革"似的运动以后还会发生吗?……这一系列问号不仅摄取着读者的阅读兴趣,同时也构成了《古炉》写作上独有的哲理化特色,显示出作家独到的人文关怀。正是在这种哲理性视角关照下,小说通过对底层人生的叙写及立体杂糅人物的塑造,形成对"文革"一种别样的日常哲理叙事,这不仅极大地丰富了"文革"小说的题材,对此类小说创作的整体推进亦居功至伟,确值一议。

"文革"是文学创作中一个备受关注的话题,1980年代最初书写"文革"题材的"伤痕文学"揭露"文革"给人们带来的伤害,描述知青、知识分子,受迫害干部及城乡普通民众在那个特殊年代的悲剧性遭遇。其代表作如卢新华《伤痕》,"反映人们思想内伤的严重性"并"呼吁疗治创伤"[①],随后,从维熙《大墙下的红玉兰》、冯骥才《铺花的歧路》、周克芹《许茂和他的女儿们》等系列作品涉及题材虽丰,但大都以朴实甚至有失单薄直白的形式,晾晒"文革"给人们造成的创伤,释放十年来积郁心头的强烈情感,具体表现为对极"左"路线和政策强烈的否定与批判意识,伤感、失落、苦闷和迷惘的情绪弥漫于作品之中。

相较于"伤痕文学"浓重的感伤情绪,其后的"反思文学"多了一些理性的思考,王蒙的《蝴蝶》、张贤亮的《绿化树》、茹志鹃的《剪辑错了的故事》、高晓声的《李顺大造物》、古华的《芙蓉镇》等作品都重在揭露批判极"左"路线和官僚主义,呈现并剖析人物的命运遭遇。然而这些文本"反思"的内容在一定政策的限阈内徘徊,加之作家的理性主义色彩较浓,在某种程度上回避了"文革"的灾难性实质,最终多数作品以苦尽甘来的"大团圆"为结局,政策与作家的双重局限淡化了伤痕文学那种刻骨铭心的忏悔与绝望,也在某种程度上消解了反思的真正意义。

1990年代以后,文学处于无名时代,"文革"题材小说的创作虽不绝如缕,但基本延续

---

① 冯牧:《对文学创作的一个回顾和展望——兼谈革命作家的庄严职责》,《中国新文艺大系——1976—1982理论一集(上卷)》,李庚主编,中国文联出版社1988年版,第154页。

了反思文学的方法,如余华的《活着》重点在于揭示老百姓在灾难面前的承受与隐忍,《马桥词典》《玫瑰门》《血色黄昏》等都是将"文革"作为展开故事或描摹人物的时代背景出现,对于"文革"本身的思考则因为作家的回避态度而基本消散了。

《古炉》的问世,又使"文革"重新进入我们的视野。相较于以往"文革"小说不同的是,作者第一次从人性的深处追索挖掘"文革"的起因,在情节叙事背后,一条理性思考且带有某种预言性的线索隐约可见,常会使读者对照联想当下的现实。文本中,"文革"已经不仅仅是当事人的某种回忆叙事,而是渗透着作家以当下观念对这段沉重历史的理性思考,我们将这一与众不同的视点称之为"哲理化"。再次回望那一段蹉跎岁月,再次看到人们惨痛的付出,文本的哲理化视角更带给我们深深的思索,我们应珍视书中发生的往事,因为这不仅仅是作家一个人的记忆,更是我们民族我们国家的整体记忆。

一、追问人性本源,直击底层人生

开篇的古炉村还是一派宁静气象。人们遵照既有秩序生活、劳动、休息,虽然每个人心中的幸福指数并不太高,彼此间也存在一些矛盾冲突,但没有外来干涉的话,基本上很可以日复一日年复一年地平静生活下去。然而该发生的都按照它既定的方式发生了,从霸槽抢军帽开始,古炉村与"文革"发生了联系,下来的成立榔头队、贴大字报、打砸抢、成立红大刀队、两派武斗、枪毙武斗指挥者都"水到渠成"地相继发生。"如果一件事的因已经开始,它不可避免地制造出一个果,被特定的文化或文明局限及牵制的整个过程,这可以称之为命运。"①事情的出现一定有它内在外在的原因,古炉村怎么就有了"文革"的命运?

古语云,不患贫,患不均。特别是这种不均是通过不正当手段造成的,表面的平静中就会潜伏危机,日积月累的高压到了临界点总会爆发。古炉村里早就存在不公正现象,因为地偏人贫,村民们年年是要等上级发救济粮的,而在大部分人家吃酸菜麸皮喝稀糊汤时,支书朱大柜家在晒点心、吃荷包蛋,特别是在被造反派打倒并关押后,老婆每天要送一罐鸡肉。在位时,支书以权谋私的事情时有发生,为自己拉关系将公有财产送给上级,导致出窑的瓷货数与卖出的数目严重不符;为给儿子结婚,自己仅用300元买下队里的公房等等。这些以往不为或少为人知的现象一旦公之于众,可以想见的村民的义愤填膺,霸槽也正是利用群众的这种极端的情绪达到了推翻支书自己取而代之的目的。

贫富不均还只是不公正的一方面,另一个重要方面便是人不能通过正当途径展现其才华,获得其应有的肯定,"不平则鸣",他的力量就会通过其他渠道以非正常方式表达。霸槽可谓是古炉村最不安定的因素,他不满于现状,既不参加队里的集体劳动私自在大路上补轮胎又不按规定给队里交钱,在阅读之初我们就明显感觉到霸槽总是跃跃欲试地想改变什么,一旦机会到来,他一定是风口浪尖上的人物。果然,从强抢黄生生军帽开始,历经组织榔头队、打砸村里四旧、抢占神庙古窑,结识马部长,他逐渐地达到了自己人生的巅峰时期。问题是当反抗者获得想要的一切,特别是对被反抗者取而代之以后会怎样呢?

"人人爱当官,当官都一样"。中国的官本位思想早已积淀为集体无意识,掌权之后新

---

① 贾平凹:《古炉·后记》,人民文学出版社2011年版,第604页。

一轮的恶性循环从头开始,反抗者会成为新的不公正者或曰压迫者。周大新的《湖光山色》正描述了这样一个故事,可以和《古炉》形成映证。昔日家里被称为"穷坑"的平头农民旷开田,在娶了暖暖后日子富了,又在妻子的支持下当选了村主任,特别是实景演出中"楚王赟"的扮演使他在心理上完全将自己等同于"楚王",直至最后成为楚王庄的土皇上。开田不再是过去那个朴实的农民,完全是一个自私贪婪暴虐的压迫者。人性的变化可谓惊心,只是因为全书的主人公是暖暖,开田虽然刻画最成功却是作为陪衬人物出现,这个充满张力的形象未能引起足够的重视。

与开田相比,霸槽更具主动性与进攻性,一旦掌权,就利用人们彼此间自私相斗的心理,发起了第一次的打砸抢。当年与杏开的婚事一直不被杏开父亲老队长满盆同意,就是因为他的"不务正业",霸槽对此事是怀恨在心的,今非昔比后有了一定地位,不仅仅是完成过去的心愿,个人私欲的极度膨胀使他也变得和从前不一样了,抛弃爱他的还怀着他的孩子的杏开,另攀高枝与城里来的女造反部长相好。而狗尿苔之所以在一开始喜欢和霸槽在一起,一是因为自己喜欢杏开而他和杏开相好,另一个重要原因则是霸槽不因为他的怯弱欺负他,但后来霸槽也变了,甚至要利用狗尿苔让他做自己的"特务",丝毫没有想到一旦被对方发现会给孩子带来的危险。

人性中的自私与贪欲是这场运动兴起并迅速扩大的另一个重压原因。霸槽振臂一呼,为什么能迅速组建起榔头队?看一下其组成人员,秃子金、水皮大部分是平日被轻视的、受压抑的不得志之人,物以类聚,他们大都是想借此机会改变自己的处境与地位;而对立派红大刀队的天布、磨子、灶火等都是村里以前的干部,他们维护老村委会,最终目的是维护自己的既得利益。霸槽开始的造反似乎在替民说话,但实际上是权力、利益之争左右着古炉村的一切。其他跟着跑的人则多是出于自保的缘故——作为群居的社会人,村民觉得自己总得有个归属,不孤立才有安全感。狗尿苔之所以委屈而自卑,就是因为哪一派都不接纳他,孤独是对一个人尤其是孩子的最大惩罚。

在以前"文革"创作以知识分子、老干部为主题的精英写作中,缺少话语权的农民们基本上是沉默的,《古炉》将目光聚焦于中国社会的最底层——贫穷偏僻的烧窑山村,作家描述与揭示的是"文革"究竟是怎样在底层的农民间发生的。因为那场运动之所以能迅速地席卷全国,是必须有深厚的群众基础的,最深切的原因应该也只能到民间到底层去寻找。

对比伤痕与反思文学多将"文革"悲剧归咎于上层政治或社会时代等外来因素,《古炉》在探究"文革"起因时,直指人心,因为在事物发展中起决定作用的是内因。人性中的功利、自私与贪婪造成了村民们的争强斗胜,而未能完全摆脱的动物嗜暴性又使这场争斗愈演愈烈,人们打着革命的旗号做的是维护自己利益的事情。当彼此的私利发生冲突时,更激起加倍的贪欲,仇恨与报复最终演化为肉体的搏斗:"古炉村的人们在'文革'中有他们的小仇小恨,有他们的小利小益,有他们的小幻小想,各人在水里扑腾,却会使水波动,而波动大了,浪头就起,如同过浮桥,谁也并不故意要摆,可人人都在惊慌地走,桥就摆起来,摆得厉害了肯定要翻覆。这浮桥便好似古炉村了。"[①]《古炉》村的运动,外来的政治因

---

① 贾平凹:《古炉·后记》,人民文学出版社2011年版,第606页。

素只是导火索而已,悲剧的酿成完全来自村民们日积月累的人祸,来自劣根的人性,而这些或卑劣或残忍的性格特征,文本则通过对各色人物的准确刻画得以真切体现。

二、小人物大命运,杂糅中呈动态立体

《古炉》虽然处外孕育着哲理化的思索,但作者毕竟不是思想家,他的所有思考必须以文学的方式来传达,其意切情深是通过人物的丰富性表现出来的,这沿袭了作者一以贯之的小说风格。

《古炉》人物形象承继作家《秦腔》、《高兴》等作品的底层写作特点,在真实性上还原生活本真,避免伤痕及反思文学中由道德完备意志坚定的老干部、处心积虑品德败坏的得志小人、心地善良同情弱者的人民群众组成的"铁三角"式的程式化写作,人物来自生活原型,作家在塑造丰满立体艺术形象的同时,揭示出人性的复杂与多变。

古炉村"文革"的始作俑者霸槽的性格张扬彪悍,在造反之初他还有正义的一面,揭发支书的贪污、给村里得了瘟病的猪打针等等,而最后的砸窑、武斗就已经走上穷凶极恶的歧途了。上文重点从官本位思想对其行为的前后变化作了分析,实际上,从人性的角度同样可以切入:反抗者在自身弱小时往往是谨慎的,容易彰显其人性中高尚的一面;当获得想要的一切,特别是对被反抗者取而代之以后,人物的性格发生了变化,或曰卑劣性一面得以充分的扩张。人的欲望没有穷尽,当狗尿苔强调杏开是队长的女儿时,他说"要的就是队长的女儿"。可见他的爱情是掺杂功利的,当更有来头的马部长出现时,他立刻弃旧从新了。

天布开始似乎很像正面角色,但和秃子金老婆半香的相好就显得苟且,在与秃子金的冲突中又很是以强欺弱,直接导致了后者加入榔头队的反抗行为。所以无论是榔头队还是红大刀队,从霸槽到天布,从秃子金到灶火,很难以道德标准来衡量谁是好人坏人,就是在传统"文革"小说中往往被塑造为正面形象的被打倒的老干部支书朱大柜,平日在村民眼中德高望重,在任时也有贪污和行贿行为,在给天布和秃子金断私通案时,又官官相护地偏袒天布。

支书、霸槽、守灯等人物形象矛盾而复杂,但人物塑造仍然有贾氏小说一贯的理想化特点。狗尿苔的形象使全书悲苦中带有生趣,暗淡中还有亮光,集中地显示了作家对于人类生存困境的思考,特别是对于弱势群体的悲悯同情。他生无来处,因身材矮小被人轻视,原名"平安"除了蚕婆再无人使用,都用低贱的狗尿苔来唤他,弱小而委屈的他却有善良、争胜好强而又服低服小的心,被村人看不起,就靠跑小脚路来取悦他人,腰间总绕着一根火绳随时应和吸烟者的呼唤,不论派别不分亲仇能救的人他都救,在他那里没有什么政治界限,谁有麻烦谁处弱势他就帮助谁。因为不被他人重视,狗尿苔将注意力转向了自身,转向身边的自然环境。没人理他时,便与鸡牛狗猪交谈,拥有善良本性的他与动物们天然地接近。

每个人生来就是不平等的,但每个人都能够通过后天的努力达到平等甚或超越原来的次序是至关重要的。马斯洛的需求层次也早已告诉我们每个人都有发展的需求,如果从出生到死亡,都是被定位的低贱人生,这个人物无疑是悲剧的,也是不合理的。在《古炉》后记中,作家表达在写作的时候,常有一种幻觉,"狗尿苔会不会就是我呢?我喜欢着

这个人物,他实在是太丑陋、太精怪、太委屈,他前无来处,后无落脚,如星外之客"①。狗尿苔既是作家的创作,带着很多他自己主观意念的痕迹,又是那样地真实和贴近生活,而恰恰是狗尿苔的存在,让读者感受到小说的一缕暖意,看到古炉村的一线希望,也许霸槽儿子在狗尿苔的带动与影响下,会涤荡人性中恶的部分,以善良来统一本心。

与狗尿苔一样有着善良美德的,古炉村就还剩善人、蚕婆、杏开了,他们却都是村里的弱者。作为古炉村道德象征的善人,总是用自己的思想为别人排忧解难,多少人的病被他"说"好了,最终自己烧死在屋中。善不在了,还有多少人在继续得病却无治呢?蚕婆战战兢兢而又是坚强地活着,也是帮助一切她所能帮助的人,从不落井下石,就是这样的一个具有地母象征的人物,最后却全然地聋了,完全地沉浸在自己剪纸的艺术世界里,或许是她实在不愿再听见这人世间一切的争斗与烦扰。蚕婆是狗尿苔唯一的保护神,也是古炉村善良的最后守护者,在一切都卷入"文革"而混乱迷失的时候,毕竟还有未失本心的真正人在。

三、哲理来源生活,深刻寓于日常

以哲理化视角写作极容易产生说教特点,如18世纪启蒙作家创立的哲理小说就是以鲜明的政治教诲形式,使读者了解作者的政治观点和哲学思想,但由于忽视典型人物形象的刻画和描写,小说中的主人公成了作者哲学思想的代言人,作品往往因此而缺乏艺术感染力,如孟德斯鸠的《波斯人信札》、狄德罗《拉摩的侄儿》等。反思文学也有过这种类似的缺憾,从理论到理论的思维推导,哲理因与生活的相隔而显得空泛,作家的教化痕迹十分明显,《绿化树》中章永璘的哲学思考、《古船》里隋抱朴的苦难沉思等等均是如此。

其实,任何小说作品可以也必须写出作家的思考,而且思考的独特性是衡量一部作品的重要标准,但关键的是这种思考是必须不露痕迹地融于人物与情节之中。对此《古炉》作者有自己的看法,

> 以我狭隘的认识吧,长篇小说就是写生活,写生活的经验,如果写出让读者读时不觉得它是小说了,而相信真有那么一个村子,有一群人在那个村子里过着封闭的庸俗的柴米油盐和悲欢离合的日子,发生着就是那个村子发生的故事,等他们有这种认同了,甚至还觉得这样的村子和村子里的人太朴素和简单,太平常了,这样也称之为小说,那他们自己也可以写了,这就是我最满意的成功。②

后记中的这段话可以看做作家的经验之谈,只有先相信了书中的生活,才会认可由这生活而来思考与结论。考察贾平凹的创作轨迹,再看他的《四十大话》、《五十大话》,我们会真切地触摸到作家日益的洞明澄澈与慈悲宽厚,但这种大觉大悟也是要通过人物和情节来传达的。作家首先必须是会讲故事的,而贾氏小说历来是以人物和细节著称的,《秦腔》和《高兴》已经显示出作家书写日常生活炉火纯青、返璞归真的艺术技巧。

从生活琐事中去发现和书写哲理是《古炉》创作的显著特征。最容易的其实是最难的,与《秦腔》一样,《古炉》看起来也是鸡零狗碎的日子,只是有了"文革"的主题,有了武斗

---

① 贾平凹:《古炉·后记》,人民文学出版社 2011 年版,第 604 页。
② 贾平凹:《古炉·后记》,人民文学出版社 2011 年版,第 606 页。

出了人命才显得血腥而揪心。村民们的吃喝拉撒、家长里短、下田劳动及后来的政治活动均是表现内容,而正是在这些平常的生活图景中,注入了作家的理性思考。譬如丢钥匙事件就写得极为有趣,虽然带有夸张性,但却合情合理。如果说狗尿苔最早偷水皮家钥匙是为报复后者的冤枉自己,所有人家都去用邻居的钥匙开自家的门并且一借不还而导致全村丢钥匙,这就是人本性中损人利己的表现了。另如文本结尾处安排了一个奇怪的情节,狗尿苔和牛铃打赌吃屎,情节看似荒诞,但因为有了疯子老顺摆炒面屎的伏笔,就显得顺理成章,狗尿苔与牛铃的吃屎也就寓意深刻,可谓是对全书的总结:榔头队与红大刀队的争斗谁也没得到任何好处,两败俱伤正像这两个孩子做的孩子事,成人不仅仅是年龄的划分,心智的成熟才是衡量的标准,我们什么时候才能真正地成人呢?

哲理生活化的另一个独到表现是善人的说病,他从自身经历出发的悟道,朴素中透露出中国传统儒道思想的光辉。他是医治人们心病的心理学专家,更成为了古炉村道德的代表,走街串户的善人联系起几乎所有的村民,他们生活中的婆媳关系、邻里相处、生男育女、清心减欲等等无不是他最关心的,几乎磨破嘴皮的耐心劝说是他最有成就感的事情。善人的出现既符合古炉村地处偏远医疗落后的现实,更是小说中理想人格的一种象征,而他的最终自焚则是善的毁灭,古炉村真的陷入了灭顶之灾。作家的思想正是这样借助于人物之口得以巧妙而自然地传达,这也是贾氏写作的一贯风格。

《古炉》能够将哲理融于生活,一个重要原因是作家自己就是这段生活的亲历者。海明威认为一个作家最好的早期训练是不愉快的童年①,这里的童年应扩大为早年生活。不愉快的甚至是不正常的少年经历使作家较同龄人早熟,养成了性格中内省的倾向,这种倾向使他们能够从自身的经历中提取更多的东西,进而拥有一份独到的人生经验,加之各人的聪灵早慧,这有限的阅历便转化为深度的人性体验,并以此为依托,形成其稳定的人生观和审视人生的独特视角。贾平凹正是如此,少年时期的他极少说话,但内心世界却丰富多彩,而恰恰是这种向内心的回归,发展了他细腻的观察力和敏锐的感受力。拿《我是农民》和《古炉》对照着看,就会明白小说写得风声水起而又自然天成的原因,明白其中很多的人物和事件都是源出有自,并且这些人与事给当时处于少年期的作家留下的印象是铭心刻骨和不可磨灭的,这里沉淀的不仅仅是历史,更有个体人对于具体历史时段的那份独特的情感。这一切构成贾平凹式的笔式文法,无人能够仿效,而正是有了这些日常生活的萦绕与渗透,作家的那些哲理性的写作才不是条条框框,才与老百姓的日子显得水乳交融,也才成就了《古炉》的深刻与日常。

(韩 蕊:西安建筑科技大学文学院)

---

① 〔美〕乔治·曾林浦敦:《海明威访问记》,《海明威研究》,中国社会科学出版社1980年版,第76页。

现代文学语言的生成渊源新论

王 平

相继兴起的晚清白话文运动与五四白话文运动之间本应具有一种天然的承传关系,然而五四白话文运动的理论先驱们对此却始终持有异议。胡适曾作出这样的结论:晚清新知识者的最大缺点是把社会分作了两部分,"一边是应该用白话的'他们',一边是应该做古文古诗的'我们'",这远非真正意义上的语言自觉,而仅仅是出于开通民智、启蒙宣传之所需。① 周作人的观点与胡适相近,认为在晚清并不存在真正的白话文,只不过是"由八股翻白话",倡导者们的"态度则是二元的"②。胡适、周作人等人之所以作出如此斩钉截铁的判断,目的是"为了表示与晚清决裂的决心,为了使五四能更一往无前地走向文学革命,而不是像晚清文学那样只是一种改良"③。他们只是对晚清白话文运动作出了一番简略的静态观照,却无暇对其间的种种内在矛盾、悖论予以深入的探察剖析。

对于文学史上这一备受冷落、至今语焉不详的文学现象,我们不禁要追问:晚清白话文倡导者的语言观果真存有如此深刻的悖谬? 在其背后究竟蕴藏着怎样的历史缘由? 他们的语言观念与语言实践之间又是何种关系? 晚清、五四两场白话文运动之间是否存在某种精神上的联系? 本文试图通过梳理晚清新知识者白话语言观的内在机理、历史动因及嬗变趋向,对上述问题作一初步阐释,以期由此来还原晚清白话文运动在近现代文学史上的坐标性位置。

一

对晚清白话文运动发轫阶段的文献资料作一细致检视,我们就会发现,胡适、周作人所言不虚,当时白话文的倡导者确实秉持白话、文言并行不悖的二元性语言观,其间存在着深刻的矛盾和悖谬。以裘廷梁为例,虽然在《论白话为维新之本》这篇纲领性文章中他旗帜鲜明地指出:"愚天下之具,莫如文言;智天下之具,莫如白话",并进而主张"崇白话而废文言"④,其言其情可谓慷慨决绝,但当他的同乡邓似周提出质疑:"白话兴,文言废,文学必亡,此非不可预知者。子果何恶于文言而欲废之?"裘廷梁却转而答复说:"余安能废文言哉。文言特号为士者嗜之,余不忍全民受困于不易解之文字,故欲以白话代之耳。"⑤ 出

---

① 胡适:《五十年来中国之文学》,欧阳哲生编《胡适文集》(第三卷),北京大学出版社1998年版,第252页。
② 周作人:《中国新文学的源流》,华东师范大学出版社1995年版,第55~56页。
③ 黄振萍:《晚清白话文兴起研究》,清华大学硕士学位论文1998年,第46页。
④ 裘廷梁:《论白话为维新之本》,舒芜、陈迩冬、周绍良、王利器编选《近代文论选》(上卷),人民文学出版社1999年版,第180,177页。
⑤ 刘家林:《白话报与白话文的最早创导者——裘可桴》,《新闻与传播研究》1989年第3期。

于启蒙宣传的需要而倡导白话,但私下里仍将文言视为安身立命的根本,裘廷梁这一番自相矛盾的剖白颇具典型性,它不但反映了晚清白话文运动复杂交错的社会文化动因,同时亦折射出晚清一代新知识者"内俗外雅—体用分离"的语言结构和文化心理建构。

众所周知,在古代语言是判定雅俗的一种主要标准,正所谓"按其实而审其名,以求其情;听其言而察其类,无使放悖。夫名多不当其实,而事多不当其用者,故人主不可以不审名分也"①。语言成为一个人身份、地位的标志,文人士大夫须努力迎合这一语言系统所设定的种种规范,与之协调一致,以期取得上层社会的普遍认同。值得注意的是,作为"雅言"的文言其出现是以言文分离作为先决条件的,这样在传统文人的生活世界中就产生了语言的二重性结构。他们日常交流的口语是白话,而提笔为文用的却是文言,与文言相对应的是社稷江山、风雅情怀,与白话相对应的则是街巷民俗、日常琐屑。二者之间是分裂的、错位的,文人们需要努力调适"雅"—"俗"这样两种相互对峙的语言形式,在其间艰难地求取平衡。这种尴尬的语言状态无疑会对人的文化心理产生负面的影响,从而"造成了中国古代知识分子人格上的分裂状态:内在的'俗'和外在的'雅'之间有一堵无法逾越的厚障壁"②。文人的思维方式也随之呈现出一种矛盾性,他们往往无法整合自己思维中的各个层面,而是习惯于对事物进行二元性的剖析。清季著名的"体用之辨"便是传统文人思维习惯的一个具体例证。

在白话文运动中,文人的这种二元性思维习惯再次发挥了作用。在变法自强的强烈呼声中,出于开启民智的考虑,新知识者始把白话纳入了关注的视野。马建忠曾切中肯綮地言及文言的弊端:"计吾国童年能读书者固少,读书而能文者又加少焉,能及时为文而以其余年讲道明理以备他日之用者,盖万无一焉。"③与之相对,白话"多为俗语,易于索解也"。"故用力少而畜德多,数岁之功而毕世受其用也。"④简而言之,白话的重要性就在于使更多的人通晓文字、了解时事,以参与到救亡图存的民族事业中来。可见,语言变革者们虽然对白话文寄予了深厚的期望,但在语言工具论思想的驱使下,白话的许多特质他们没有同时也不可能注意到,他们只是在"用"的层面上来讨论白话文的意义,其内心深处所认同的"体"仍是古朴典雅的文言。

"内俗外雅—体用分离"的语言观对新知识阶层产生了强大的制约作用,使其陷入了一种深刻的困境之中:对外,新知识者与代表"俗文化"的下层贫民、与象征"雅文化"的文人阶层皆处于疏离的状态;对内,其启蒙者的"高雅"姿态与白话文这一"低俗"的启蒙手段之间亦存有尖锐的冲突。此时,白话文倡导者们面临着一个严峻的挑战,就是在雅俗的张力结构中重新找寻一种同一性,以确立自己崭新的身份认同意识和语言认同意识。

二

固守着这充满矛盾的二元性语言观,新知识者开始了他们救亡启蒙、开启民智的语言实践。当时的有识之士指出:"欲稍以新学之事理,激刺其脑部,而变换其知识,厥途有三:

---

① 《吕氏春秋·审名览》,高诱注:《吕氏春秋》,上海书店据世界书局《诸子集成》本影印1986年版,第199页。
② 王富仁:《"新国学"论纲》(上),《社会科学战线》2005年第1期。
③ 马建忠:《马氏文通·后序》,马建忠《马氏文通》,商务印书馆1983年版,第13页。
④ 仁和叶澜:《蒙学报缘起》,原载上海《蒙学报》第1期,1897年版,转引自《近代史资料》1963年第2期。

曰白话报,曰宣讲,曰戏曲。宣讲与白话报,皆近世创建之事。"①这三条传播途径之所以能够脱颖而出,皆因为它们便于直接与广大贫民阶层接触,能够迅捷地将新思想灌输到民众当中去。

在历史上,"戏曲和宗教是型塑中国下层社会心灵世界的两种最重要的工具;在宗教受到知识阶层的挞伐、扬弃,而新的、更有效的教化媒体尚未出现之际,戏曲很自然就成为再造人心的最佳选择"②。与戏曲相比,宣讲则更为知识阶层所重视。在他们看来,演说是"对着众人发明真理,听的入在耳朵里,印在脑子上,可以永久不忘。日子长了,可以把人的心思见解变化过来"③。一般而言,戏曲和宣讲的内容或是以口语化的通俗文字填词的民间小调,或来自于报刊所登载的时事新闻,抑或是用浅显白话写就的鼓动性文章,颇富感染力。但是问题在于,以开通民智为己任的新式戏班子数量极其有限,能胜任宣讲员一职的文化人亦十分缺乏,加之戏院、宣讲所大都设在风气渐开的大城市,因此单凭戏曲和宣讲无法使新思想渗透到内地,更不能使广大的贫民阶层及时获取新的知识观念。在这种情势下,白话报刊便显示出了它的优长所在。

关于白话报的特点,从彭翼仲为《京话日报》所写的发刊词中即可有所了解。"本馆同人,狠想借这报纸,开通内地的风气,叫人人都知道天下的大势","决计用白话做报,但能识几个字的人,都看得下去。就是不识字,叫人念一念,也听得明白"④。可以看出,白话报的创办者们看中了报刊发行量大、传播范围广的优势,希望借助于这种现代传媒形式将新知辐射到偏远的内陆地区。同时,他们将白话报的潜在受众设定为中下层社会粗通文墨的农人、工匠、商贩,试图通过这一社会群体的影响、带动,使开化的风气进一步渗透到社会底层没有阅读能力的贫民们中间。由此,白话报凭借它独具的传播优势一跃成为了清末一种主要的启蒙形式。当时即有人将白话报与小说进行类比,认为"唯白话报则各省颇有增设者,虽或作或辍,而风气丕变,已有端倪。此固有心兴国者,所当引以为喜也。诚以白话报之足以动人,犹之小说"⑤。刘师培甚至将它与文明的兴衰存亡联系起来,指出:"白话报者,文明普及之本也。白话报推行既广,则中国文明之进步固可推矣;中国文明愈进步,则白话报前途之发达,又可推矣。"⑥白话报之广受重视、其影响之深远,由此可见一斑。

1897年,第一份独立的白话报《演义白话报》在上海正式创刊。《平湖白话报》、《蒙学报》亦在同一年相继问世。次年,裘廷梁在无锡创办《无锡白话报》,发行五期之后易名为《中国官音白话报》,并在该报第19、20期上发表了振聋发聩的《论白话为维新之本》,从而将白话文运动引向了深入。自此以后由东南沿海地区逐渐向内地延展,从京、沪直至新疆、西藏兴起了一个白话报的创办高潮。据现存资料统计,1897～1918年间问世的白话报

---

① 林兆翰、卞禹昌、华泽沅等:《天津学务总董林兆翰卞禹昌华泽沅等禀提学司改良戏剧文》,原载甘厚慈辑《北洋公牍类纂》,卷六吏治四,转引自《近代史资料》1963年第2期。
② 李孝悌:《清末的下层社会启蒙运动:1901—1911》,河北教育出版社2001年版,第164～165页。
③ 《敬告宣讲所主讲的诸公》,《大公报》1905年8月16日。
④ 彭翼仲:《作京话日报的意思》,《京话日报》1904年8月16日第1号。
⑤ 姚鹏图:《论白话小说》,陈平原、夏晓虹编《二十世纪中国小说理论资料》(第一卷),北京大学出版社1997年版,第150页。
⑥ 刘师培:《论白话报与中国前途之关系》,《警钟日报》1904年4月25号。

即有 170 余种。①

白话报对新知识者的影响和引导无疑是巨大的。特里·伊格尔顿曾经指出,"一个社会采用什么样的艺术生产方式——是成千本印刷,还是在风雅圈子里流传手稿——对于'生产者'与'消费者'之间的社会关系是一个非常重要的决定性因素"②。从以文言吟诗作赋、书写载道文章到用白话为中下层的贫民写作报章文,这种写作心态的转换绝不仅仅意味着他们将在写作技巧上进行调整,而是另有更为深刻的意义。

通过细读白话报刊来探察、分析清末新知识阶层的语言认同意识和文化心态,关键的一点就是必须选择到具有典型性的报刊文本。对晚清的白话报刊史作一简略回顾,《杭州白话报》即会出现在我们的视野中。《杭州白话报》是一种旬刊,它于 1901 年 6 月创办于杭州,截至 1904 年 1 月停刊总共出版了 82 期。其创办者是杭州安定学堂的项兰生(项藻馨),主要编辑、撰稿人有林獬(宣樊子)、胡修庐、陈叔通(謞者)、孙翼中(独头山人)。《杭州白话报》分为前后两个阶段:创刊伊始,它以"开民智"、"作民气"为指归,执守着"变法改良"思想,热衷于宣传"新政"和社会改革③;1903 年之后,"这张报纸逐渐演变为革命派的舆论阵地,言论更趋激进"④。

《杭州白话报》被认为是"清末创办较早,历时较长,影响也较大的一种白话报刊"⑤,在以"开启民智"为宗旨的前期白话文运动中具有不容忽视的代表性。首先,杭州是当时思想活跃、人文荟萃之地,关于语言变革的许多新观念、新思路都发源于此,这在《杭州白话报》上均有所体现;其次,1901~1902 年正是白话文运动向纵深阶段发展的转折点,这一时期的白话报呈现出新旧杂陈的局面,各种思想主张众声喧哗,鲜明地反映出晚清白话文运动的特性和局限,并在一定程度上预示了其后的发展趋向;再次,《杭州白话报》的创办人和编辑均是出身于文人阶层的新知识者,在晚清白话文运动中具有较大的影响力,如作为主笔的林獬(宣樊子)于 1903 年又在上海创办过享有盛誉的《中国白话报》,开启了白话文运动的另一崭新阶段。

本文以 1901~1902 年间的《杭州白话报》作为解读的中心文本,并将同时期的《京话报》纳入论述的范围以作为比照,通过梳理、分析晚清新知识者在白话语言变革初期的具体写作状态,以期勾勒出这一群体在雅俗坐标上的位移趋向。

三

《杭州白话报》的第一期卷首发表了宣樊子的《论看报的好处》一文,这篇文章其实具有发刊词的性质。当谈到创办此报的宗旨时,作者即申明开报馆"最便我中国的士农工商四等人"⑥。这篇文章的独特之处就在于它将"士"与"农工商"相提并论,把他们均视作白

---

① 蔡乐苏:《清末民初的一百七十余种白话报刊》,丁守和主编《辛亥革命时期期刊介绍》(第五集),人民出版社 1987 年版,第 494 页。
② 〔英〕特里·伊格尔顿:《马克思主义与文学批评》,文宝译,人民文学出版社 1980 年版,第 73 页。
③ 方汉奇:《中国近代报刊史》(上册),山西人民出版社 1981 年版,第 263 页。
④ 徐运嘉、杨萍萍:《清末杭州的三种报纸》,《新闻与传播研究》1989 年第 3 期。
⑤ 蔡乐苏:《清末民初的一百七十余种白话报刊》,丁守和主编《辛亥革命时期期刊介绍》(第五集),人民出版社 1987 年版,第 500 页。
⑥ 宣樊子:《论看报的好处》,《杭州白话报》第 1 期,1901 年 6 月 20 日。

话报的教育、宣传对象。这种叙述角度的转换不免耐人寻味。我们知道,在白话文运动的发轫阶段倡导者们是将"开启民智"作为主要目标,而他们眼中的"民"仅指代下层社会的贫民,并不包括他们所身处的文人阶层。然而时隔仅仅三年,作为知识者的宣樊子竟然将读书人也划入到"民"的行列当中,以往居高临下的教化姿态也随之变成了平等的对话,这种跨越不能不令人感到诧异。

无独有偶,同年9月份创刊的《京话报》在发刊词中也表达了相近的观念:"中国所以不能自强、受人欺负的缘故,不过两端:一是民智不开,一是人心不齐。""这个人心不齐的缘故,大半就在言语不通的上头。""所以要望中国自强,必先齐人心。要想齐人心,必先通言语。"①可以看出,读书人之所以也成为教化的对象,原因就在于只有这样才能将人心凝聚在一起。也就是说,推广白话文的原因一方面是希望以此来普及教育、宣传维新的道理,另一方面还在于试图通过推行"言文一致"使各个阶层趋于理解和沟通。

也就是在这一意义上,白话文运动"开启民智"的主旨被赋予了新的内涵,这就是把"开民智"与"作民气"联系在了一起,二者的关系进而被表述为:开民智只是手段,作民气才是目的所在,"不作民气,便是民智可用,也不过作个聪明的奴隶",知耻、知愤才能产生"爱国的志气","鼓起爱国的热力"②。于是,"民"这一概念被真正提升到了主体的地位,成为白话报的话语主体。

既然新知识者主动投身于"民"的行列,那么他们同文人群体的距离也就越来越远了。这样,当他们以新的身份反观这一阶层时,自然就会产生一种异样的感觉,发出诸多的批判、指斥之词。从《杭州白话报》刊登的一首歌谣里,我们即可以感受到这种批判、指斥的辛辣和尖锐,"汝说秀才果有定国安邦稿,汝说秀才果有治国齐家道,我唱起真情,大家不过一团糟。"③在另一篇文章中,作者对秀才、举人、进士、翰林这些高雅的精英们直接提出了挑战:他们"同外国人打仗,打得胜么?同外国人做生意,做得过么?同外国人办交涉,办得妥么"④?不屑之情溢于言表。

白话报借助于"民"这一话语主体逐渐同文人阶层拉开了距离,于是报刊所登载的文章再也不是文人圈子里的"自言自语",它需要建构起一种崭新的文本形式。我们知道,传统文人做学问、写文章讲求的是义理、考据、辞章,并由此而形成了一套固定的思路范式和修辞规则。在这种背景下,让他们突然间改而写作平易畅达的报刊文,其间的跨度之大可想而知。黄遵宪就曾感叹:"馆中新聘章枚叔、麦孺博均高材生。""章君学会论甚雄丽,然稍嫌古雅。此文集之文,非报馆文。作文能使九品人读之而悉通,则善之善者矣。"⑤使用熟练的文言文写作报章体尚且如此困难,对于新知识者而言,以白话文书写白话报刊文章则更是一个艰巨的挑战,这也可称得上是他们最难把握的一种启蒙形式。

正如前文所提及的,清末存在白话报和宣讲、戏曲这样三种主要的启蒙途径。一般而言,宣讲和戏曲是文人们比较易于掌握的。原因就在于,它们是通过"声音的传播"来向底

---

① 《论看这京话报的好处》,《京话报》第1回,1901年9月。
② 《谨告阅报诸公》,《杭州白话报》第33期,1902年6月1日。
③ 竹实饲凤生:《唱读书人真不了》,《杭州白话报》第9期,1901年9月7日。
④ 突飞子:《续论中国人对付外国人的公理》,《杭州白话报》第11期,1901年9月27日。
⑤ 黄遵宪:《致汪康年书·二十七》,陈铮编《黄遵宪全集》(上册),中华书局2005年版,第396页。

层民众传达维新救亡的道理,与日常口语相连,并由此同文人内在的凡俗的一面达成了一致。也就是说,在这里并不存在雅俗对峙与超越的问题,因为只是以口语的白话进行宣传教化,而不涉及正式的书面语文体,文人们的"高雅"形象也就得以继续维持下去。然而,一旦白话报刊出现,事情就变得复杂化了。文人们须放弃习用的文言文以及与文言文相一致的文章模式,改用作为语体文的白话来写作正式的报刊文章,这一"说"一"写"之间隐含了深刻的寓意,意味着知识者必须在"内俗"与"外雅"之间作出自己的选择。

在这种情势下,白话报的主笔们采取了一种折中的方式,试图以"说"的形式来替代"写"的形式,欲借用古代话本小说的套路来写作白话报刊文。《杭州白话报》就曾经派人到演说堂听讲,然后把议论记录下来,直接登在报上。① 在白话报所登载的论说中,我们也似乎总能看到一位说书人的影子。如《杭州白话报》第二期刊登了謫者的论说《劝人识字说》,开篇作者即摆出了演说家的架势:"列位,你们想天的生人,在面部上安放两只眼睛,这是什么用处呢?原来因为这个花花世界,要把他看看。可怜有一种人,有眼无珠,这不是叫做瞎子么?""我看来,那种不识字的人,也同那瞎子一般。你们只晓得那瞎子的苦处,不把自己不识字的苦处,仔细想想。"②这种别开生面的开场白生动活泼,宛如面对面的交谈,口语化的句式、用词产生了演说一般的效果。而宣樊子关于菲律宾民党起义的文章,则流露出了几分评书的韵味:"菲律宾是亚洲一个小岛,民党是一大股国民,个个相爱如同兄弟,结成一党,好像那三国所说的桃园结义一般。"③将菲律宾的民党比喻为三国的"刘关张",这一叙述方式深入浅出,颇能赢得读者的青睐。

陈平原在论述中国小说叙事模式的转变问题时曾谈到,作家"自觉把写作对象定为'读者'而不是'听众',这是晚清才开始的","中国小说这一传播方式的转变——从口头化(拟想的)到书面化,无疑为中国小说叙事模式的转变提供了必要的文化背景"④。可以看出,小说借助于从"口头化"到"书面化"的转换,完成了由俗文学样式向雅文学体裁的飞跃。白话报则与之相反,书面化的报刊文之所以要采取话本小说的叙述模式,目的就在于希望凭借俗文学之力,来摆脱高雅的文言文章范式的桎梏。

值得注意的是,虽然编辑们努力汲取俗文化的内涵以丰富白话报刊的文本样式,然而这并不意味着他们对俗文化本身持认同态度。换言之,他们仅仅借用了俗文化的某些形式,对其内容则始终持一种审慎、疏离的态度。自第 16 期至第 30 期,《杭州白话报》在"论说"栏目中以《变俗篇》为总题连载了 12 篇文章,对于民间盛行的烧香、扶乩、拜忏、行会、吃烟等不良现象进行了辛辣的讽刺和批判。此外,还在第 12 期至第 31 期设立了"俗语指谬"专栏,辑录并解释了一系列流传甚广的俗语,目的就在于揭示这些俗语背后所潜藏的荒谬寓意。该栏目的主要撰稿人医俗道人在《〈俗语指谬〉序》一文中指出:"那荒谬的话,从千百年流传下来","深深印入脑中,永远不忘。""可怜中国四万万人,不知有多少人,中了俗语的毒。"⑤这些俗语包括:"闲事不管,饭吃三碗","今朝不知明朝事,过一日算一日",

---

① 《再记杭州演说堂》,《杭州白话报》第 24 期,1902 年 2 月 4 日。
② 謫者:《劝人识字说》,《杭州白话报》第 2 期,1901 年 6 月 30 日。
③ 宣樊子:《菲律宾民党起义记》,《杭州白话报》第 15 期,1901 年 11 月 5 日。
④ 陈平原:《中国小说叙事模式的转变》,北京大学出版社 2003 年版,第 20~21 页。
⑤ 医俗道人:《〈俗语指谬〉序》,《杭州白话报》第 12 期,1901 年 10 月 7 日。

"是非只为多开口,烦恼都因强出头","四书熟,秀才足;五经熟,举人足","衣裳欲新人欲旧","男女相去五百级","由天由命不由人","打铁不打钉,好女不看灯,好男不当兵","女儿赔钱货,不赔议不过"等。上述这些俗语涵盖了生活的各个侧面,较为全面地反映出世俗文化当中所蕴藏的消极因素。

白话报一方面积极倡导推行白话俗语①,与此同时,又对俗语中的荒谬寓意作出了一针见血的指斥和揭示,由此我们可以探察到编辑们对于白话、对于俗文化所持有的那种理性、客观的态度。在这种背景下,对白话报刊文章,我们就不宜再进行或雅、或俗二元对立式的简单裁定。事实上,一种超乎于雅俗之上的崭新话语方式至此已是呼之欲出了。

新的话语方式将拥有崭新的接受群体。那么,怎样的接受主体才能够与其相匹配呢?众所周知,在白话文运动之初倡导者即已设定了白话报的潜在读者:"欲民智大启,必自广兴学校始。不得已而求其次,必自阅报始。报安能人人而阅之,必自白话报始。"②换言之,白话报是给那些读不懂文言文章的贫民们看的,真正的知识阶层对其则是不屑一顾。

偏远乡镇的贫民确实是白话报首先要争取的读者群。包天笑回忆《苏州白话报》的创办经历时即坦言:"我们不愿意销到大都市里去,我们向乡村城镇间进攻。曾派人到乡村间去贴了招纸。第一期出版,居然也销到七八百份。"③然而,终日为生计而辛劳奔忙的平民百姓是不可能有觉悟、有能力去坚持购阅白话报的,经过最初的"繁荣"之后,白话报的销路势必会陷入僵局。据报道,嘉兴广智学会的人就曾自费购买《杭州白话报》到茶坊酒肆里面赠予人看④,而求是书院、杭州武备学堂的学生也每月买几百份《杭州白话报》到处送人。⑤ 此时,年轻的新派读书人业已承担起了白话报的宣传、发行重任。

与此相应,白话报的潜在读者也在悄然发生着变化。虽然主笔们声称:"白话报却随便什么人,都可看得"⑥,但我们却分明感知到作者叙述指向中所存有的强烈的倾向性,白话报中有相当数量的文章已远远超出了贫民阶层的阅读视野。譬如,《杭州白话报》即借批评"中国蒙馆先生,教法不好",来呼吁大兴蒙学、创办新式教育。⑦ 并且以湖北襄阳为例,报道了康有为、梁启超的著作是如何在读书人中间受到尊崇、风行一时的。⑧ 此外,有感于中外交流中所存在的种种弊端,《杭州白话报》还专门发表文章,提出和外国人办交涉需要"有个彼此来往公共的道理"⑨,认为要做到知己知彼、不吃人亏,唯一的途径就是开阔

---

① 《杭州白话报》于1902年7月至10月在刊物第2年的第1~12期上,又开设了"俗语存真"栏目,辑录了包括"知己知彼,百战百胜"、"将相本无种,男儿当自强"在内的俗语共11条,对这些俗语中所包含的真知灼见进行了阐释和评述。
② 裘廷梁:《无锡白话报序》,中国史学会主编《中国近代史资料丛刊·戊戌变法Ⅳ》,神州国光社1953年版,第544页。
③ 包天笑:《钏影楼回忆录》,香港大华出版社1971年版,第169页。
④ 《广智学会买报分送》,《杭州白话报》第19期,1901年12月15日。
⑤ 《杭州武备学堂设立分送白话报社》,《杭州白话报》第20期,1901年12月25日。
⑥ 《蒙报大兴》,《杭州白话报》第7期,1901年8月18日。
⑦ 《蒙学大兴》,《杭州白话报》第2期,1901年6月30日。
⑧ 《风气渐开》,《杭州白话报》第21期,1902年1月4日。
⑨ 突飞子:《论中国人对付外国人有四种情形》,《杭州白话报》第7期,1901年8月18日。

眼界、出国留学。①《京话报》也指出,"咱们跟外国人办理交涉,无论照会条约,总得要懂得一点洋文才好。不然中文做得再好,也是无用。"②鼓吹新学、追随康梁、热衷洋务,只有那些具备了一定新思想的读书人才会对这些话题产生浓厚的兴趣。

可以看出,随着白话报的办刊宗旨由"开民智"过渡为"作民气",编辑们心目中的理想读者也逐渐从中下层的平民百姓转换成为具有初步新知的年轻的读书人。也就是说,既往以开启民智为己任的白话报其关注点逐渐凝聚到了新知识群体的边缘区域。

四

与晚清白话文运动倡导者的理论设计相比,白话报为我们呈现出一种迥然有异的话语状态。在一定程度上,这应归因于白话报这种独特传媒形式的介入和引导。

与古代的传播媒介相比,现代传媒形态具有独特的属性特征。较之于同时期的文言报刊,白话报则尤为鲜明地体现了这种现代特征。我们知道,中国最早的报纸邸报只是局限于君臣之间的消息沟通,在这里信息的传递是垂直的、局部的、强制性的,并未起到广泛地传播信息的作用。在近代随着戊戌变法运动的展开,兴起了一个维新报刊的创办高潮,康有为、梁启超、唐才常、谭嗣同、汪康年、康广仁等维新派的领军人物均积极地投身于报刊宣传活动之中,主办了《中外纪闻》、《强学报》、《时务报》、《湘报》等刊物。值得注意的是,这些报刊虽然在启蒙思潮中发挥了相当重要的宣传、鼓动作用,但其接受范围大都局限于中上层的士人群体,显现出了明显的阶层性布局。究其原因,媒介语言是关键之所在。这些维新报刊所尊崇的"去塞求通"③的办刊宗旨,虽深得现代传媒的要义,但使用文言文来写作新闻报道和论说时评,即便是讨论诸如"民智开启"之类的话题也依然摆脱不掉强烈的精英意识,这势必无法冲破雅俗间社会阶层的阻隔,启蒙者的思想影响力亦必将在雅俗的对立、纠缠中受到削弱。

在这种背景下,白话报的出现无疑带来了某种转机。与文言文相比,白话的俗文体性质显然更符合现代传播媒介之需求,更有利于信息的跨阶层传播,而这恰恰与"作民气"的启蒙新主张相契合。由此,白话报即在雅俗之间搭设了一个交流的平台,虽然这种交流是不对等的,只是新知识群体向贫民阶层的单向的教化宣传,然而它毕竟打开了两个阶层之间森严的壁垒屏障,真正实现了雅俗的接触与渗透。我们看到,由于要直接面向广大的普通百姓,启蒙者的写作姿态适时地予以了调整,自觉融入于"民"的行列当中。与此同时,他们还一改往日由文言翻译白话的尴尬写作模式,通过模仿、借鉴通俗文学话语来进行真正的白话文写作。这表明,在雅俗的坐标系上新知识群体已开始向俗文化倾斜,这就使得他们"内俗外雅一体用分离"的语言困境得到了一定程度的缓解。

在其间,有两个微妙的现象尤其要引起我们的注意。首先,新知识者对于来自民间的俗文化并非全盘接受,而是将启蒙话语融入其中,进行了批判性的改造重构,一种崭新的话语形式由此初露端倪;其次,白话报的关注焦点发生了位移,由贫民阶层逐渐转向了具

---

① 《游学生有出身》,《杭州白话报》第13期,1901年10月16日。
② 《洋文京话报》,《京话报》第4回,1901年11月。
③ 梁启超:《论报馆有益于国事》,《梁启超全集》(第一册),北京出版社1999年版,第66页。

有一定新知的青年读书人，现代传媒所特有的组织功能使得新知识者这一群体日渐壮大。这即意味着，白话报将启蒙的根本目的、白话的俗文体性质以及现代传媒的跨阶层传播方式有效地联系在一起，从而建构起了一种超越雅俗的崭新的"同一性"。虽然这种同一性尚缺乏明确的主旨蕴涵，但它却为整个晚清白话文运动提示出另一种发展趋向。其后经过1903年革命风潮的洗礼，新知识群体对于这种同一性的认同意识逐渐加深，晚清与五四两场白话文运动之间内在的发展脉络也就愈加明晰。

（王　平：中国海洋大学文学与新闻传播学院）

镜像自我与语言建构的主体

——1990年代以来小说叙事的认同危机

王金胜

作为普遍存在于当代社会语境中的一种文化心理现象,认同危机的产生和发展有着充分的现实依据与必然性,尤其是作为一个从传统农耕文明向现代工业文明乃至后工业文明转型的后发植入型现代国家,中国所受到的政治、经济、文化的冲击、震荡,更是前所未有的具有立体感和全方位。"身份要成为问题,需要有个动荡和危机的时期,既有的方式受到威胁,这种动荡和危机的产生源于其他文化的形成,或与其他文化有关时,更加如此。"[1]在中国这一个广袤而深厚的空间内,前现代、现代和后现代诸种在它的原生地历时性逻辑展开的文化因素在不到十年的时间内全面抢滩中国。

相对于以往传统型或全能型社会中自我认同的确定性和稳固性,身处"新时期"语境的中国作家的认同危机更为突出,其重建自我认同的愿望也更为迫切。在全球化时空背景下,包括民族——国家构成的变化及其功能的变迁,进步的危机、政治合法性的危机,意识形态的危机在内的政治层面的危机,包括全球化文化功能的变迁,同质文化和异质文化之间冲突和张力在生存个体心理深层的充分展开在内的文化层面的危机,尤其是个体固有的对生活意义感的丧失和自我价值的迷惘,也就是说,精神层面的危机,对那些经历了"文革"理性失序、信仰危机的国人更是造成了文化与价值的急剧挑战。他们在告别一个文化蒙昧和专制时代,刚刚以人性、人道主义话语建构起"大写的人"的呼喊回答了"我是谁"的锥心追问,刚刚描画出一个相对清晰的自我形象,建立起一个相对稳定的认同心理机制时,就被接踵而至的新的认同危机如影随形般地纠缠。此外,现代信息技术、计算机网络文化、当代消费文化的全方位渗透,使现代中国社会的认同危机以前所未有的形式和强度对当代中国人产生了猛烈的冲击。生活于这一充满着矛盾、悖论和危机时代的小说家,作为敏感的精神个体,对认同危机不仅有着切肤之痛,而且这一危机所播撒的种子也在无形中植入了小说家和艺术的肌体,使他们共同呈现出某种认同危机的病症,并促使他们调动起全部的生命、文化能量来抵御这一"病菌"的侵袭,而对他们进行必要的病症描述和病理分析,以寻求解决"新时期"小说认同危机、重塑当代认同的理念和途径,是"新时期"小说重塑自我的必要,也是包括小说家在内的国人对自我的重寻和确证的必须。

---

[1] 〔英〕乔治·拉雷恩:《意识形态与文化身份:现代性和第三世界的在场》,戴从容译,上海教育出版社2005年版,第194~195页。

一、语言的焦虑

语言是存在的家,是作家思索存在、把握世界意义的工具和本体。胡塞尔说,语言不是符号,而是一种引向内心深处的符号(index)。海德格尔则认为:"一旦人思考地环顾存在,他便马上接触到了语言,以语言规范性的一面去规定由之显露出的东西。"①存在唯有在语言中显现,我们也只能在语言中与存在相遇。存在须臾不离作为语言性的阐释。海德格尔这种充分个体化、主体化的存在主义语言观固然有其神秘性和飘忽不定性,但它对于当代小说语言中存在的黑格尔似的以理性压制个性化、主体性的现象来说,是颇有借鉴意义的。而他对人与语言关系的诗意喻说,以及他将"用语词思索和创作的人们"称为语言"这个寓所的守护者",对 1990 年代以来小说中对语言的漫不经心、别有用心或竭泽而渔的功利性使用无疑是当头棒喝。主体自我总是一个说话者,而说话则是一个真正具有人性的主体的个性行为。

从"新时期"小说的语言流程来看,"伤痕"、"反思"小说开始摆脱"话在说我"的强制和暴力状态而在"我在说话"的路途上迈出了相对于"十七年"和"文革"来说可谓是惊天动地的一步,"我"觉醒并成长为"大写的人"。真正作为个体自我来"说话"是从"文化寻根"小说开始的,在对马尔克斯句式的借用中显示出小说家认同对象和文化心理机制的微妙调整。《爸爸爸》中的"×妈妈"、"爸爸爸"显示出作家对传统文化根性和封闭性二元思维模式的思考,《棋王》以清瘦飘逸的语言显示出道家的清风俊骨与无所住心,《红高粱》中天马行空美人枯骨的酒言醉语则是一种语言与生命的灿烂对接。可以说,语言的魅力来自于小说家超越性的情思对日常世俗语言的剔除和梳理,方此,语言才能带出人的生活的独特性和具体性。强调文本自足性和审美自律性的"先锋小说"使小说在语言上达到了它貌似辉煌的顶点,而作家自我感的丧失也就在语言爬到竿顶时暴露无遗。真正的艺术语言要携带着一个社会中那些目光敏锐的人们的声音,无论华丽还是稚拙,它都应当向当代社会中的其他人,向其他社会和其他历史时期的人,传达出深邃的个人意义。把文本实验、语言操作、叙事圈套作为小说的本体,表面上看是对语言的极度膜拜,实际是对它生命力源的釜底抽薪,表面上是语言习性驾轻就熟之后的得心应手,实际是对语言本性的"有知的无知"和极大的蔑视,表面上是对语言"撒豆成兵"神力的膜拜,其背后却是对语言的暴虐驱遣。"新潮作家不再相信文学的社会学和人学价值,也不再理会所谓的典型说,而是把文学视为一种纯粹的审美本体。他们认为人物和小说中的其他因素比如结构、语言一样都只不过是审美符号,就是卡西尔所说的'符号'。"②先锋小说对语言的轻率处理的背后潜藏着巨大的认同危机:文学何为?作家何为?纯文学何为?这一危机在王朔这个"码字儿"的那里终于浮出海面。③王朔对作家所进行的定位性的宣言,是对作家、文学、语言的多重剥夺。正是借助市场经济话语的祛魅功能,王朔竟一语成谶。

小说叙事借助语言文字来传达心灵,展现思想,承载文化,小说如何叙事,其叙事风格

---

① 〔德〕海德格尔:《诗·语言·思》,彭富春译,文化艺术出版社 1991 年版,第 165 页。
② 吴义勤:《文学革命与"小说人物"的沉浮》,《南方文坛》2005 年第 2 期。
③ 关于先锋小说潜在的通俗化倾向,可参看吴义勤:《先锋的还原》,《告别虚伪的形式》,山东文艺出版社 2004 年版,第 1~11 页。

如何,都需通过语言来获得表现。但文变染乎世情,兴废系乎时序,小说叙事语言的存在与发展,却并非单纯的文学语言观念问题,它涉及政治、经济、文化等等各个方面,涉及与时代语境之间的关联。在语言的背后,是作家对自身和语言文字复杂的生存境遇的体贴和理解。

按照传统语言学观念建基于认识论和工具论,将语言确定为一种主体传达思想认识的工具,用于对"在场"的言说——指称事实,并将事实经验抽象为普遍同一的概念逻辑。在此,语言被认为是透明的,无需解释、证明。语言真正成为一个有待解释和理解的问题,始自"语言学转向"。20世纪以来,首先出现于哲学领域的"语言学转向"对于当代思想、美学、文学产生了深刻的影响。结构主义、解构主义以索绪尔的语言革命为基点,发展出结构主义或解构主义的语言学文化策略。现象学美学、存在主义美学、精神分析学、符号学、阐释学、结构主义、后结构主义等都以语言为中心,试图清理语言、思想与存在之间的关系。如伽达默尔断言:"毫无疑问,语言问题已经在本世纪的哲学中获得了一种中心地位。"①"谁拥有语言,谁就有世界。"②保罗·利科指出:"当今哲学的主导性质之一,就是对语言的兴趣……我们时代的特征正是竟然有许多哲学家认为,语言知识是解决哲学基本问题的必需准备。……大量哲学思想界具备如此特点:认为在制定出有关事物的理论之前,可以而且必须有一个关于符号的理论。"③伊格尔顿也认为:"语言,连同它的问题、秘密和含义,已经成为20世纪知识生活的范型与专注对象。"④将语言置于存在的本源之中,突破了工具论的弊端,极大扩展了语言蕴涵空间。哲学、美学领域的语言观转换也深刻影响了20世纪以来的文学观念和叙事观念。其实,早在19世纪,爱伦·坡、波德莱尔、马拉美等诗人就已经将诗人的言说视为语言的自我言说,认为语言而不是观念、思想、情感才是诗歌中最重要的因素。王尔德认为:"生活模仿艺术远甚艺术模仿生活"⑤,"真正的艺术家不是从情感到形式,而是从形式到思想和激情"⑥。兰波甚至认为说过:"不是诗人在说语言,而是语言在说诗人。"⑦

对于语言对人的生存的影响,当代作家是有着理性的认识的。如徐坤在《游行》中曾如此描述:"他的脑袋里被各种各样哲人名人的论断塞满了,他能脱口而出背诵出来,引用得相当准确得当,不用查原文也知道连标点符号都不带引错的。可是这种搅和到一块的引用和背诵,产生的效果却是那么的奇异和混乱,简直让人不知所云,也让他自己不知所措,仿佛他只有不停地说,说,用他自己制造出的嗓音把自己的视听充塞住,这样才能感到安全些。否则他简直就要惶恐死了。他似乎并不在乎说的是什么,只要还在不停地说,口舌还在蠕动着,他才能证明自己还活着,否则他可真的要死了。"李洱的《午后的诗学》中,大学讲师费定无论在生活中还是在讲台上,都是一个非常饶舌的人。他的喋喋不休令人

---

① 〔德〕汉斯-格奥尔格·加达默尔:《科学时代的理性》,高地等译,国际文化出版公司1988年版,第3页。
② 〔德〕汉斯-格奥尔格·加达默尔:《真理与方法》,洪汉鼎译,上海译文出版社1992年版,第578页。
③ 〔法〕保罗·利科:《哲学主潮》,转引自王一川《语言乌托邦》,云南人民出版社1994年版,第30页。
④ 〔英〕特里·伊格尔顿著:《二十世纪西方文学理论》,伍晓明译,陕西师范大学出版社1986年版,第121页。
⑤ 〔英〕王尔德:《谎言的衰朽》,赵澧、徐京安主编:《唯美主义》,中国人民大学出版社1988年版,第132页。
⑥ 〔英〕王尔德:《作为艺术家的批评家》,赵澧、徐京安主编:《唯美主义》,中国人民大学出版社1988年版,第174页。
⑦ 转引自周宪著:《20世纪西方美学》,南京大学出版社2000年版,第19页。

不堪忍受。费定的饶舌绝不是因为他有说不完的话,相反,费定经常处于一种无话可说的失语状态,他必须借助说话甚至说谎的方式来掩饰难言的静寂。对于费定而言,说话是他掩饰精神空洞与内心脆弱的一种方式。费边们频频引经据典、旁征博引,但这只是灵魂放逐后的话语盛宴而已。日常生活的琐屑细节一经费边的分析,便具有了某种诗学的"高度"。但是,真正的诗性也正被消解在这无边的分析中,生活诗学的背后掩饰不住精神的脆弱与苍白。从通过上述分析,我们可以看到,语言符号学模式对形而上的主体性哲学的瓦解。从韩少功的《马桥词典》里也可以看出现代西方语言哲学对他的深刻影响:"大概自维特根斯坦开始,西方很多哲学家把哲学问题归结为语言问题,于是潮流大变,哲学家都成了半个语言学家,被人称作为'语言学转向'。说实话,我写《马桥词典》就是多多少少受到这一思潮的启发。"①这部以词典形式出现的小说在对具体词条进行阐释分析时,遵循着一切从语言出发的原则,在"马桥世界"探索方言对马桥人的生活方式、思维方式、价值观念、道德评判等的规约。

韩少功、徐坤对语言对人的规约、限制,及其对主体的解构和致命性攻击等现象和问题的揭示,在"先锋小说"的历史性命运中有着突出表现。形式和语言在"先锋小说"中具有先在的重要性,但二者又都被放置在社会文化结构中,突出其"现实"内涵和指涉功能。因此,"先锋小说"叙述语言的感觉化、直觉化和不确定性特征,既反驳了此前小说对本质论叙事的注重,又通过对整体性现实、理性主体、总体性意义和形而上中心的颠覆与解构,而最终完成了对"新时期"人的主体性话语的内在消解。也即,从语言的意识形态角度看,它既是1980年代"思想解放"和"新启蒙"运动关于人的现代化设计的后续推进,是"人的主体性"倡导的组成部分,又是对"新启蒙"和"人的主体性"的瓦解。在"先锋小说"中,我们看到的是"人"的渺小及其存在的非正当性,"自我"也就在符号能指链的滑动中无限延宕,并随着意义的弥散而成为一个不断分离、裂变的角色,我们无法从"先锋小说"中看到文学的精神力量和作家的人文主义激情。②

对西方经典现代、后现代文本的"影响的焦虑"和对跻身这一经典序列的极度渴求相纠缠,使"先锋小说"对创新性深度的刻意追求转变成了压力之下的胡涂乱抹——一种严肃面孔下的文字游戏。对梦境、幻觉乃至欲望、性、暴力(革命暴力和以革命名义出现的暴力)的叙述不再具有"思想解放"时期的"解放思想"的爆破力,而变成了打破过于一本正经的广场氛围(以启蒙、教谕、唤醒等为关键词)和学院氛围(以文体、形式、语言等为关键词)的爆竹(以戏谑、反讽的方式,既实现了"解构"、"颠覆"的目的,又使读者从"历史"、"思想"的压力中抽身而出从而进入"文本的狂欢")。"摒弃艺术的指称功能并非一定要割断艺术与现实的联系,但是它却把现实贬到一个微不足道的地位,现实除了提供原材料没有存在的理由,艺术无条件地按照自身的要求进行创造。"③面对着作为"原材料"的现实,作家显然缺乏足够的对话兴趣,小说不再也不能对现实"发言",它变成了自言自语、自说自话,作家不再以历史主体的身份面对历史、社会,他面对内心却又逃离内心,成为一个耽于幻想、

---

① 韩少功、王尧:《语言:展开工具性与文化性的双翼》,《钟山》2004年第1期。
② 具体分析可参看拙作:《拆除深度与意义的重建——论"先锋小说"叙述语言的意识形态性》,《社会科学论坛》2010年第11期。
③〔美〕杰拉尔德·格拉夫:《自我作对的文学》,陈慧、徐秋红译,河北人民出版社2004年版,第36页。

忧郁迟疑的个人,"自我"也就在符号能指链的滑动中无限延宕,并随着意义的弥散而成为一个不断分离、裂变的角色。

尤其值得一提的是,"先锋小说"在叙事形式和语言上对"陌生化"的追求。这一追求是通过对"文学语言"和"日常语言"设置了一个二元性构架实现的。余华认为:"日常语言是消解了个性的大众化语言,一个句式可以唤起所有不同人的相同理解。那是一种确定了的语言,这种语言向我们提供了一个无数次被重复的世界,它强行规定了事物的轮廓和形态。……这种语言的句式像一个紧接着一个的路标,总是具有明确的指向。"①孙甘露希望"创造一个远离世俗的,并且否定生活世界常规秩序的语言幻想世界"②。格非认为由于文学语言和日常语言使用同一种"文学代码",两者互相包孕又互相缠绕,所以很难区分,为了防止日常用语对文学语言的磨损和消耗,作家要不断地对语言进行"'反常化'处理",并由此推动"文学语言本身不断发展变化"。他坚信:"尽管文学语言与日常用语共有一个母语系统,但作家却可以通过创造新的'意象'找到词语之间新的组合关系,或者构筑起新的'隐喻系统'来激活读者的想象力。"③为了挣脱日常语言惯性和惰性的囚笼,"先锋小说"无限拉大文本叙述语言与日常语言乃至日常生活的间距,避免语言的匀质化、生活化和大众化的倾向。但是,对语言也由此进入了一种超重负荷的劳作状态,所以,从"先锋小说"中可以看到一种奇妙的景观,一方面它避免了传统小说单调重复的话语模式,叙述语言绚丽、新奇、缠绕而蕴藉;另一方面,语言的活力、才智与情韵也在循环往复的、不间断的艰苦劳作中消耗殆尽。王安忆曾如此分析小说的困境:"小说的困境是什么呢? 首先它讲的是人间故事,不是神话、童话,这些故事的情节所要求的逻辑是现实生活的逻辑。其次小说是用语言来表达,不是诗歌,而是我们大家日常使用的语言。我们怎样来区别小说的材料和我们生活的材料,这两者如何区别? 这是个很困难的事情。……我们平时说的语言和我们用来写小说的语言有什么区别呢? 为了区别它,我们试着用诗句和谶语样的语言来写小说,但这只能建立一种独特而狭隘的风格,这样的另辟蹊径在突破限制的同时,其实是取消了小说的特性。假如我们承认小说是一个具有着写实形式的艺术,那么我们必须要正视它的困境。"④这一病症分析,同样适用于"先锋小说"。有着这种认识的王安忆,在其《长恨歌》等小说中,探索一种能在上海弄堂色彩的生活家常语言和纯粹精致的文学语言之间保持适当张力的叙述语言。在完成《马桥词典》写作后,韩少功在《暗示》中对自己《马桥词典》中的"语言观"进行了进一步的反思:"我在写完《马桥词典》一书后说过:'人只能生活在语言之中。'这有点模仿维特根斯坦或者海德格尔的口吻。其实我刚说完这句话就心存自疑,而且从那时候起,就开始想写一本书来推翻这个结论,来看看那些言词未曾抵达的地方,生活到底是否存在,或者说生活会怎样地存在。"⑤作家希望能通过这部小说来揭示语言符号背后的话语权力资本对人的压迫,揭破在语言符号压迫下被隐蔽的生活真相。

---

① 余华:《我能否相信自己——余华随笔选》,人民日报出版社1998年版,第167页。
② 转引自旻乐:《母语与写作》,山西教育出版社1999年版,第200页。
③ 格非:《小说叙事研究》,清华大学出版社2002年版,第86页。
④ 王安忆:《小说的技术》,《花城》1997年第4期。
⑤ 韩少功:《暗示·前言》,人民文学出版社2002年版。

也正是基于对"先锋小说"语言实验的不满,最终导致了先锋小说家向"新历史"小说的转向,在"新历史"小说中残留了此前的一些形式技巧、哲理思考和诗性氛围,但更强调了小说在主题、结构、写作方式、审美趣味等方面的模式化、通俗化①,小说家以当下"现实"的情趣、感受、体验化解历史的沉重,文本流溢出浓郁的后现代怀旧风格。在对"历史"的形式化、情趣化、通俗化处理上,"新写实"小说与其一脉相通。1990年代后,小说叙事语言开始普遍走向日常化、大众化甚至口语化。

语言的使用并不是一个简单的修辞学问题,"想象一种语言意味着想象一种生活方式"②。因此,对小说叙事语言的考察也应该放在具体的社会背景、生活历史和文学的历史之中,发现它所依存的现实场域和文化蕴涵。

1990年代后,在消费文化粗暴的抹平作用下,文学叙事以饱满充实的理性内涵来撼动读者的力量遭到极大削弱,其存在的价值仿佛更多地在于让人获得一种心理快慰、欲望宣泄,一种娱乐休闲,一种好奇心和窥视欲的满足,一种与消费规则的私下和解与甜蜜拥抱。尽管在1990年代小说中,你也可以看到天马行空的想象力,看到对这个时代发生的经验细节和灵魂裂变的忠实记录,看到崇高、凝重、壮美、绮丽或空灵的美学风格,看到作家们重构宏大叙事的内在冲动,体会到未曾彻底退隐的人文精神和终极关怀。但不可否认,文学的审美功能发生了重要转向,而且这一转向得到越来越多的潮流性肯定。杰姆逊将苏珊·桑塔格的《反对阐释》代表了1960年代就开始出现的取消"深度模式"的表面化倾向,"她说我们不需要那帮教授、批评家来告诉我们文学的意义究竟是什么,也不需要他们无止无休地来解释一部作品。她认为我们不需要解释文学,而是去体验文学;我们需要的是新的经验,文学应该给我们带来新的经验。文学的刺激性就是目的,而不是要去追寻隐藏在后面的东西"。这无疑是与传统文学理论截然不同的一种新的文学观念、理论视野、思维模式,"所有当代的理论都抨击解释的思想模式,认为解释就是不相信表面的现实和现象,企图走进一个内在的意义里去。所有以这种解释性方法思维的思想模式,都被后结构主义理论抛弃了。"③在后现代消费社会中,读者从文学作品中获得的美感享受(用杰姆逊的表达就是:"陶醉"或"刺激"),与从商品消费过程中所获得的感受庶几近之。实际上,1990年代以来的小说叙事固然打破了"先锋小说"叙事革命所营造的纸面幻象,并重返现实,书写日常生活中个体生存的经验,接通了小说与中国社会、现实的根源地气,但我们也同样能在小说叙事中的社会、现实、经验的背后,发现市场话语和消费话语逻辑的运演。小说叙事逐渐成为一种出于各种消费主义潮流中的消费品。

简单说来,1990年代以来的小说叙事语言存在着如下突出特点。

第一,语言的日常化、生活化,经验主义色彩突出。书面语与口语、文学语言与生活语言之间的距离尽可能缩短,小说叙事语言不受限制地接受甚至完全照搬日常用语。小说语言与现实生活语言之间的界限模糊,叙事变成了一个巨大的语言加工厂。语言的历史、文化和审美特性,都只能从日常化、景观化的生活中获得资源和合法性证明,都停留在对

---

① 参见吴义勤:《先锋的还原》,《告别虚伪的形式》,山东文艺出版社2004年版。
② 〔奥〕路德维希·维特根斯坦:《哲学研究》,陈嘉映译,上海人民出版社2001年版,第19页。
③ 〔美〕杰姆逊:《后现代主义与文化理论》,唐小兵译,北京大学出版社1997年版,第201页。

"现在"、"当下"的平面上。在此情境下,语言的认识、揭示和批判的功能将被大大削弱甚至完全消失,"文学不再高于现实,而是以自身的浅薄组合低于现实,从而遭到现实洪流的一次次无情抛却"①。

对"当下"、"现在"的极度依附导致了小说叙事语言的浓厚经验主义色彩,也导致了叙事想象力的匮乏。小说以高保真模拟现实为荣为乐,缺乏一种突破纯个人化经验和公共性常识的桎梏,获得深挚的情思以传达出生活的多种可能行的能力。想象力是艺术的根基和生命,文学艺术就是通过强劲有力的想象,借助诗性的力量突破庸常现实的桎梏,实现主体内心的自由,展示人类广阔而丰饶的精神景观,体现人类灵魂的深沉、伟岸和不朽。正因为如此,想象力可以视为审察一位作家精神高度、灵魂深度和艺术品位的重要标准,也是作家最为重要的素养之一。第二,语言的世俗化、感官化、符号化。1990年代以来,小说家普遍表现出对个体生存经历和生活经验过分表象化的执著。小说家们在谈到一些具体的事物时,滔滔不绝,可以使用丰富而出色的词汇,"70年代"小说不仅将时装店、影剧院、超市、咖啡馆、夜总会、宾馆、舞厅、网吧、浴室等等消费环境、消费空间复制为叙事空间,而且将"德芙"巧克力、"七星"香烟、"资生堂"化妆水、CD香水、派对、模特、造型师、同性恋、吸毒、画家、酒吧、日本菜、朗姆酒、卡布奇诺、星巴克、范思哲时装商业消费符码点缀其间。卫慧的《上海宝贝》中的一段叙述颇为典型:"在家里我铺开雪白的稿纸,不时照着一面小镜子,看自己的脸是不是有作家的智慧和不凡气质。天天在屋里轻声走动着,给我倒'三得利'牌汽水,用'妈妈之选'牌色拉乳给我做水果色拉,还有'德芙'黑巧克力有助于启发灵感,唱片选有点刺激但不分散注意力的来放,调试空调的温度,巨大的写字台上有数十盒七星牌香烟,像墙那样整齐地堆砌着,还有书和厚厚的稿纸。我还不会用电脑,也不打算学。有一长串的书名已想好,理想中的作品应该是兼具深度的思想内涵,和畅销的性感外衣。我的本能告诉我,应该写一写世纪末的上海,这座寻欢作乐的城市,它泛起的快乐泡沫,它滋长出来的新人类,还有弥漫在街头巷尾的凡俗、伤感而神秘的情调。这是座独一无二的东方城市,从30年代起就延续着中西方互相交合、衍变的文化,现在又进入了第二波西化浪潮。天天曾用一个英文单词'Post'Colonial(后殖民)来加以形容,绿蒂咖啡店里那些操着各国语言的客人总让我想起大兴词藻华丽之风的旧式沙龙,时空交移,恍若一次次跨国旅行。"在这里,消费空间和消费品完全符码化。消费性符码已经不再仅仅作为人物的活动空间,而成为整个叙事的巨大动力,构成了文本主导的审美意趣。小说在告别了意识形态的写作之后,一头扎进了意象形态的温柔乡,做起了中产式的"全球梦"。

在1990年代以来的小说中,消费性符码不仅以"商品"的面目出现,甚至某些"哲学"、"思想"也会变异为消费性符码。一个有意思的现象是,作家们在谈到一些带个人化色彩的经历时,对难以把握的瞬间情绪变动、无法抑制的生理快感也都详尽无遗地津津乐道,但话题一旦进入意义的论域,不是缄口不言就是干枯无味,时时插入国外某大师或其名言警句,更显示出小说家们在言说意义时的"张口结舌,结结巴巴"②。卡夫卡、博尔赫斯、纳博科夫、米兰·昆德拉、乔治·奥威尔、马尔克斯、杜拉斯、亨利·米勒、乔尼·米切尔、村

---

① 毛峰:《后文学时代》,《文艺争鸣》1994年第6期。
② 〔美〕罗洛·梅:《人寻找自己》,冯川、陈刚译,贵州人民出版社1991年版,第46页。

上春树、席尔维亚·普拉斯……这些名字在作家的笔下出现,像路易·威登、宾利、迪奥、阿玛尼、蒂梵尼一样,在 1990 年代以来小说叙事中频繁出现,成了某种流行气质和高尚品位的特别表征,成了别在胸前的耀眼徽章,或某些特定群体的接头暗语。

阿莱斯·艾尔雅维茨指出,图像正在成为后现代社会最日常的文化现实,且所谓的"语言学转向"迅速地被"图像转向"所取代,后现代社会的最大特征就是图像统治。他援引米切尔的话说:"图像就是符号,但它假称不是符号,装扮成(或者对于那迷信者来说,它的确能够取得)自然的直接和在场而词语则是它的'他者',是人为的产品,是人类随心所欲的独断专行的产品,这类产品将非自然的元素例如时间、意识、历史以及符号中介的间接性干预等等引入世界,从而瓦解了自然的在场。"①我们可以看出:图像从其本性而言是符号性的,即它被其使用者用于表情达意,但同时它也总是被当做直接的现实或现实本身,而非语言那样自认为只是现实的模仿、中介或有所不及的替代品。与语言的"现代感性"不同,艾尔雅维茨称图像的感性为"后现代感性":"后现代感性则是形象性的,它特许视像的感性高于文字的感性,形象高于概念,感觉高于意义,直接高于更带中介意味的知识形式。拉什指出,苏珊·桑塔格的'新感性'以及'感觉美学'对'阐释美学'的优胜预示了一个后现代美学的到来,这种美学的概念基础是通过利奥塔关于话语与形象的区分而建立起来的。"②由此可见,形象并非语言的专利,而语言更多是话语性的,苏珊·桑塔格的"新感性"与"感觉美学"在图像时代得到了强化。1990 年代以来小说叙事所体现的"新感性"或"感觉美学"特征,充分展露了视觉文化符号对传统文字书写符号领域的入侵,这不仅体现在以上所说的小说对消费环境、消费品实物的复制,还体现在文学杂志和小说出版中的插图、配图片(照片),影视改编与小说创作互动所引起的小说家为导演打工现象以及小说叙事能力的减弱和可视性质素的剧增。"商品物化的最后阶段是形象,商品拜物教的最后形态是将物转化为物的形象。"③因此,当代消费文化究其实质而言,是一种符号文化,是一种符号的自我显现的文化活动,其目的不是为了反映现实,而是为了消费现实,是为了如何从复杂多变的社会中抽取出可供消费的符号,然后进行符号的排列组合。

在消费环境中出现的"物",由于其内部连贯的交换原则而具有了商品的属性,以及与之相伴随的表演性、展示性。这就与刘心武笔下的书籍(《班主任》)、立交桥(《立体交叉桥》)、张洁的长笛(《从森林里来的孩子》)、铁凝的铅笔盒(《哦,香雪》)、红衬衫(《没有纽扣的红衬衫》)、王蒙的火车(《春之声》)等区别开来。"物"的涵义发生了奇妙的转化。在后者那里,"物"不仅仅是"物",它们是表达启蒙话语的道具,是对"现代化"的召唤,是对消除蒙昧、走出贫穷的乐观想象,作为激情的载体,它们有着深沉、厚重的意义附着,因而具有对文本整体性的统摄意义,它们专注于精神、意识,具有朴素的实在论和极强的认识论色彩。附着于它们的话语不再是纯粹的个人声音,而是那个特定时代文化"我们"的产物。这些小说有着它们自己的意义建构方式和阐释方式,它们的意义建构和解读在普通人的日常经验中就可以顺利进行,日常经验和审美经验的同意使文学产生了轰动的社会效应。

---

① 〔斯洛文尼亚〕阿莱斯·艾尔雅维茨:《图像时代》,胡菊云、张云鹅译,吉林人民出版社 2003 年版,第 26 页。
② 〔斯洛文尼亚〕阿莱斯·艾尔雅维茨:《图像时代》,胡菊云、张云鹅译,吉林人民出版社 2003 年版,第 95 页。
③ 〔美〕杰姆逊:《后现代主义与文化理论》,唐小兵译,北京大学出版社 1997 年版,第 224 页。

当"先锋小说"摒弃了实在世界的参照,而转向主体的内在世界,强调艺术家的"虚构"、"想象"的时候,对意义的解读也就只能让位于艺术自身关于情感、想象和虚构世界的自身判断。"艺术的手法是事物的'反常化'(остраHeHиe)手法,是复杂化形式的手法,它增加了感受的难度和时延,既然艺术的领悟过程是以自身为目睹的,它就理应延长;艺术是一种体验事物之创造的方式,而被创造物在艺术中已无足轻重。"①"被创造物"在艺术中的无足轻重决定了小说家以审美自律为最高法令,那么他们的创作就自然从生活、情感、想象、虚构转向了虚构的虚构,转向了艺术的纯形式特征,对它的意义阐释与与其自身的合法性证明一样也只能在它自身的内在世界中进行,由此先锋小说就从最初的唤回人们对生活、事物的感觉而走到了它的反面。评论家蔡翔的说法颇有见地:"一种过于精致的语言,往往只是经验的重复或累积,而语言的真正力量,却往往来自于它的'生涩性'。正是新的思想和经验的加入,使语言变得生涩起来,从而也使它变得更加强大,拥有更多的信息。"②作为中国"纯文学"的代表性思潮。先锋小说追求叙事创新和语言的能指性(自我指涉性)是公认的,其合法性依据就是西方形式主义美学。但是,这其间存在着对形式主义美学的误读。在形式主义美学家(如什克洛夫斯基)看来,"陌生化"并非纯艺术学或语言学意义上的问题,它存在于艺术与现实之间的恒定性张力关系。"陌生化"的意义不在于建构一个索绪尔意义上的纯语言文本,而是通过将日常事物从日常语境中移置、纳入艺术的框架,把艺术特有的轰动效应再归还给生活,让我们重新感受这个世界,重新发现这个世界,把生活变得更生动活泼,也更有价值。在什克洛夫斯基那里,反对对现实生活采取审美的超然态度,反对艺术天衣无缝地移植或模仿生活,反对艺术直接地、完全地为现实生活服务。因此,在我看来,"陌生化"既是对艺术自主权力的定义,也有对艺术自主权力的挑战。类似的误读,同样存在于对西方经典作家的接受中。关于这一点,本书已有阐释,不再赘述。

从"先锋"、"新历史"、"新写实"以后的小说普遍性地对传统文学和艺术关于真理和人类价值提出了质疑,正如理查德·玻伊利尔所看到的:"当代文学作品以表达消解的种种观念为标识,这些观念从前总是让人感到它的存在是正当的。许多人囿于文化上、道德上、心理上的种种前提,认为文学的本质依然是人文主义的事业,但现在的文学却正在告诉我们它的意义是多么微不足道。"③进入市场状态的小说家感受到的是日常生活而不是思想、意义、精神的压力和磨损("新写实"),感受到的是日常生活而不是思想、意义、精神的炫目和闪光。"日常生活"而不是"生活"成为写作的对象和材料源泉、动力源泉乃至小说叙事流风格。感官化的标题、诱惑性的情节、性感化的细节、暧昧性的场景令人目不暇给,而小说家的创意和表现技巧被"物"的光泽所掩盖,由艺术文本产生联想的意义已经降低到最低限度,"日常生活"直接进入艺术,艺术直接进入日常生活,"先锋小说"的自律论转化为一种新的他律论。小说因其世俗性而成为日用消费品,因其实用性而充当了商品购物指南、商业成功手册或政客官场指南。微不足道的文学又一次奇妙地发挥了它的教

---

① 〔俄〕维克托·什克洛夫斯基:《作为手法的艺术》,《俄国形式主义文论选》,方珊等译,北京三联书店1989年版,第6页。
② 蔡翔:《何谓文学本身》,春风文艺出版社2006年版,第125页。
③ 〔美〕理查德·玻伊利尔:《展示自我:当代生活语言中的组成与分解》,杰拉尔德·格拉夫:《自我作对的文学》,陈慧、徐秋红译,河北人民出版社2004年版,第37页。

谕、引导的实用功能。意义在日常经验和审美经验的混杂中,在喋喋不休与欲说还休的间隙里扭曲、挣扎,无以解脱也让人无以索解。由此,对存在于1990年代后小说中的一个普遍现象——表象的丰饶繁复与意义的贫乏苍白之间存在着可怕的落差,就不难理解了。

二、主体的困境

"文革"后小说中,尽管现代主义文学已经呈现出主体解构的趋向,但作家对社会性、历史性维度的注重,极大地压制着非理性对理性主体的颠覆。而从"先锋小说"开始,理性主体的地位的才真正面临着瓦解性的攻击。从哲学的角度来看,"先锋小说"对主体的解构主要是通过结构主义语言符号学和拉康的以结构主义和解构主义为工具的后现代精神分析学实现的。按照结构主义语言学的观点,自给自足的语言是先在于主体的一个结构、一个系统,言说主体被语言所建构。于是,言说主体、叙事主体就陷落于语言编织的网络中,不是人在说话,而是话在说人。这种观念显然是对主体、理性意识和人道主义的解构。凝固的理性主体在语言的自由嬉戏中变成了需要重新拼接的碎片,确定性的理性主体消融在语言符号的延异中。也就是说,在"先锋小说"强调形式和语言的重要性时,主体的地位也就随之丧失。由于主体地位的丧失,历史也就成为无主体的历史,历史也就变成了"叙事",也就变成了非连续的、断裂的历史。黑格尔、马克思以来的现代性历史观——连续的历史观、螺旋上升的历史观、辩证发展的历史观遭到了质疑。历史,是无主体的过程,是叙事的幻想,存在的只是文本的历史和历史的文本。拉康用结构主义语言学理论对弗洛伊德的精神分析学理论进行了重读和重构,他认为,自我主体可以分裂出言述的"自我"、想象的"自我"和心理的"自我"等多个不同的自我,它们构成了一个奇异的自我形象。因此,所谓真实意义上的自我是不存在的,所有的主体自我都不过是幻想、想象和镜像建构起来的。幻想、想象、镜像和语言在建构主体的同时,也解构了主体。

如果说1980年代小说叙事中主体的崩解,与西方(后)现代主义哲学、美学和文学有着更深层的关联的话,1990年代小说叙事中主体的困境则来自于其特殊的上下文语境和复杂的文化系统。

1990年代消费文化日趋占据社会文化系统的主流位置,构成了当代作家新的生存处境与写作处境。作为一种有着双重属性的精神产品,文学在其生产与传播过程中受到消费文化语境和强大的市场逻辑的深刻制约,给作家的生存状态、生命体验、创作心态和审美体验,以及文学文本的审美特征与审美范式带来了新中国成立后前所未有的变化。布迪厄这样论及文学的外部因素("经济场")对"文学场"自主性的侵害:"对于置身于一定场域中的行动者产生影响的外在决定因素,从来也不直接作用在他们身上,而是只有先通过场域的特有形式和力量的中间环节,预先经历了一次重新形塑的过程,才能对他们产生影响。"①"经济场"对文学场最为深入的侵害,便是作家身份的转型和文学标准的变异:"作家和艺术家与市场建立了联系,市场的无名制约可以在他们之间创作出前所未有的差别。"②面对市场和消费文化逻辑,作家们的表现,如格非所指出的:"与1980年代的'新时期文

---

① 〔法〕皮埃尔·布迪厄、华康德:《实践与反思》,李猛等译,中央编译出版社1998年版,第144页。
② 〔法〕皮埃尔·布迪厄:《艺术的法则:文学场的生成和结构》,刘晖译,中央编译出版社2001年版,第72页。

学'对西方现代文学的盲目拥抱所不同的是,90年代以后的文学(包括一部分所谓'80后'文学)所拥抱的并不是西方现代主义,甚至也谈不上西方文学,而是其背后的市场机制。因此,就对市场的依附关系而言,90年代的文学并不是对80年代文学的解放,而是对它的反动,表现在对市场的更深的依赖。……在90年代,对市场的利用一开始就是一种主动的策略。……中国90年代以来的文学,却将这种文化策略完全当成了自己的目的;现代主义对市场的批判构成了极为复杂的悖论关系,而中国90年代后的文学则干脆将市场销售的数量作为衡量文学作品价值高低的唯一标准。"①处于消费文化语境中的文学,最显著的变化是从以往单纯的精神文化建构,演化成为整个社会文化消费的一个组成部分;曾居主流的精英文学、高雅文学退居边缘,而具有明显商业化倾向的大众通俗文学则异军突起,占据社会文化中心。"真正意义上的文学在进入90年代以后,似乎忽然'盹着'了,进入了群体休眠的状态。而倒是在为精英文学所不屑的电视剧制作领域,出现了某种新的活力。但这种活力对于文学创作而言并非福音。"②

后现代主义文化思潮与消费意识形态的合流。伊格尔顿曾指出:"后现代主义一词通常是指一种当代文化形式,而术语后现代性暗指一个特殊历史时期。后现代性是一种思想风格,它怀疑关于真理、理性、同一性和客观性的经典概念,怀疑关于普遍进步和解放的观念,怀疑单一体系、大叙事或者解释的最终依据。与这些启蒙主义规范相对立,它把世界看做是偶然的、没有根据的、多样的、易变得和不确定的,是一系列分离的文化或者释义,这些文化或者释义孕育了对于真理、历史和规范的客观性、天生的规定性和身份的一致性的一定程度的怀疑。"③后现代主义文化理论进入中国后,在市场消费文化语境下处于极大的被误读或被实用主义的阐述状态,如有学者所言:"后现代在当代中国的历史不只是紊乱,而且被严重扭曲和涂改。——后现代在当代中国一直就被妖魔化,人们根据对后现代的一知半解,不知何故后现代居然被塑造为'什么都可以'的语言游戏——或者解构一切价值准则,反对任何思想目标的破坏者形象。这是对当代中国后现代最经典的定位。"④后现代思潮借助文学、大众传播媒介和消费方式等载体把西方对个体自我的极度张扬,对传统、权威、主流价值观、普遍人性的怀疑、反叛、解构,尤其是后现代的怀疑主义和相对主义对现代性的正义、整体、深度、权威、理性的解构,中国版的"后现代"剔除了其在西方哲学思想脉络中最为重要的反思现代性的部分,转而成为大众消费文化的先声并为后者提供合理性论证。

受制于市场消费语境和中国式后现代主义文化逻辑,文学的叙事美学范式发生着急剧的裂变。1990年代以来小说叙事裂变最突出的表现是,作为现代性叙事的"宏大叙事"及其内含的思维方式、历史结构和美学风格,被以后现代性为核心的"日常叙事"、"微型叙事"、"小叙事"所替代。在此基础上,衍生出其他一系列1990年代以来的小说叙事美学:反本质性的解构叙事,反总体性的碎片化叙事,反思辨性的感觉化叙事,反理性的感性化叙事,反深度的平面化叙事,"时间"的淡出与"空间"的凸显,"叙事"向"描写"的转换,等等。

---

① 格非:《文学的邀约》,清华大学出版社2010年版,第16~17页。
② 格非:《文学的邀约》,清华大学出版社2010年版,第17页。
③ 〔英〕特里·伊格尔顿:《后现代主义的幻象·前言》,华明译,商务印书馆2000年版,第1页。
④ 陈晓明:《现代性与后现代的缠绕及其出路》,《辽宁大学学报》2004年第1期。

在上述叙事美学的种种转换中,隐含着一个共同的主题部,就是生命中英雄主义维度的丧失,崇高感、悲剧感的失落。

"也许最后的时刻到了,/我没有留下遗嘱/只留下笔,给我的母亲/我并不是英雄/在没有英雄的年代里/我只想做一个人。"(北岛《宣告》)但在一个没有英雄或不需要英雄的时代里,做一个人也许会更加艰难。北岛毕竟相信历史会做出权威的裁决,相信"在我倒下的地方/将会有另一个人站起"(北岛《结局或开始》),所以他的"我只想做一个人"的宣告里放射出英雄主义的热力和历史承担的悲剧感、崇高感。如果说在1980年代前期的一些小说里还充溢着一种崇高的英雄气质和道德激情,那么,1990年代后文学则普遍沉入了一种迷乱、颓废、眩惑的精神状态,或热衷于叙写暴力和残忍,或迷恋于怪诞畸形的心理体验,或沉醉于形式主义操练,或倾向于私人感官欲望,或迷醉于自以为是的特立独行。一言以蔽之,这是一个"躲避崇高"、告别悲剧的时代,"它倾向于把丰富多彩的、有深度的和有意义的生活空虚化。……没有为英雄主义、贵族的德性、生活的高级目的或值得为它们而死的事情留有足够的空间……没留下任何能够给生活以深刻而又强有力的目的感的东西;激情失落了……生活中除了'可怜而又可鄙的舒适',没有留下任何渴望"①。"新时期"小说自"伤痕"、"反思"、"寻根"的愤怒揭露和深沉批判之后,就逐渐地整体呈现出以悲剧的独特形式来净化心灵的可能性的弱化,悲剧似乎已经失去了以往曾经有过的审美震撼力和吸引力。"先锋"小说以对人性阴暗的挖掘、暴力场景的展现和对存在之中的偶然性的青睐而著称,但强烈的解构欲望使它在或强或弱的"看客"眼光和反讽语调中与悲剧擦肩而过,"新写实"小说中卑微人物的灰色人生与无奈生存无疑也是形成悲剧的良好机缘,但小说家过于推重与笔下人物"同悲欢"的视点下沉,使二者都对自己的苦难、困境无所体察,从而成就了一种可以称之为"经历化"("经验化")的叙事风格,并传承至今。

可以说,经验构成了小说的叙事动力、材料和根本。日常生活中的身体经验、感官经验,灵魂和精神的阅历,甚至一些不经意的细节,通过作家细密的描绘、耐心的书写,同样可以建构起一个坚固密实的小说世界,一个精神和灵魂的高地。但是,要通过经验书写而获得丰厚的收益,是有条件的。比如,对被同质化的经验有着一份可贵的清醒。如耿占春先生所说:"人人都记得的一件事,谁也不会对它拥有回忆或真实的经验。这反映了经验的日益萎缩,这也表明了人与经验的脱离,人不再是经验的主体。看来不太可能的状况已经出现在我们的生活中:我们生活在并非构成自身经验的生活中。我们的意识存在于新闻报道式的话语方式中,因而偏偏认为:不能为这种话语方式所叙述的个人生活经验是没有意义或意指作用不足的。"②实际上,在1990年代存在着一个悖谬的现象就是,经验的高度同质化,经验的个人化区隔日益弥散——它往往被全球化的时空分离机制和消费主义逻辑所分割和抹平,而在小说叙事中对经验的所谓"个人化"表现却甚嚣尘上。表面的经验膨胀,掩盖不了作家仅仅是在复制某种被某种公共价值所主导的"生活"。仿佛字字都有生活的底子,句句都落在实处,不凌空蹈虚,却对自己已经蜕变为生活的爬行者而不自知,甚至洋洋自得。正如陈晓明先生所指出的:"过分堆砌欲望化场景,追求奇观性效果,

---

① 〔加〕查尔斯·泰勒:《自我的根源:现代认同的形成》,韩震等译,译林出版社2001年版,第787页。
② 耿占春:《回忆和话语之乡》,广西师范大学出版社2003年版,第181~182页。

面对'现在'的小说叙事普遍忽略复杂多变的艺术表现方法。当然,这里并不是所有的小说要进行形式主义实验,而是说小说应该有一定高度和复杂度的叙述意识,这种叙述意识未必要延续先锋派小说曾经进行过的探索老路,恰恰是融化在对当代生活的全方位表现方面,对当代有生气或没有诗意的生活重新进行编目,这需要更高的叙述视点,更广阔的叙述视野,更强的思想穿透力度。"①

本雅明用经验和经历来区分传统社会和现代社会给人的不同的精神—文化影响。他指出:"经验的确是一种传统的东西,在集体存在和私人生活中都是这样。与其说它是牢固地扎根于记忆的事实的产物不如说它是记忆中积累的经验是无意识的材料的汇聚。""在严格意义上的经验中,个体过去的某种内容与由回忆聚合起来的过去事物(材料)融合了起来。"②也就是说,经验体现出叙事者(讲故事的人)对过去与现在、个人和集体、特殊和一般的整合,其中蕴涵着由长期的体验所产生的智慧。而在当下的中国社会中,我们也正经历着本雅明所经历过的经验能力的丧失和经验的贬值,而被本雅明称为经历的个人瞬间破碎的体验则为小说家所普遍感受,这表明个人无法用经验的、传统的方式(知识、技艺)对周围急剧变幻的现实材料进行有效的整合,"新写实"之后小说中普遍存在的新闻化、影像化叙事膨胀而悲剧感、崇高感的丧失直接相关。

按照亚里士多德对悲剧的经典定义:"悲剧是对于一个严肃、完整、有一定长度的行动的摹仿。"悲剧意味着人对自己所处的困境有着清醒的认识,并赋予这种困境以艺术化的形式,来实现对困境的把握。所以悲剧意识首先就是把人类文化的困境揭示出来,其次就是把人类文化的困境从形式上、情感上予以弥合。而只有当人意识到自身价值的高贵,意识到自己本质力量的强大才可能为人的本质力量的异化而悲怆。因此,悲剧精神从本质上说,是人的自我肯定意识觉醒之后的直接现实。悲剧意识的产生来源于人的理性意识的觉醒和文学的人学主题的确立。只有理性才能使人深切体会到现实的悲剧性,才能使人直面现实的挑战——揭示本身就是一种挑战,理性是悲剧产生的前提。但理性作为特定时代人的实践力量的总和又有其历史局限性,它对于人的悲剧性的把握也无能为力。悲剧意识就产生于理性作为前提与必须和理性作为无力与无果所形成的张力之间。悲剧意识因其对困境的揭示而使人产生对现实的怀疑和质询,因其是以艺术化的形式对困境的把握而呈现出一种韧性的承受力。从这个意义上讲,"人类的悲剧意识是由暴露和弥合这两个功能场所组成的"③。悲剧作为一个文化的审美的范畴,不仅需要主体情感的投入,

---

① 陈晓明:《先锋之后:九十年代的文学流向及其危机》,《当代作家评论》1997年第3期。在这篇论文中,陈晓明集中分析了1990年代小说叙事存在的不足和局限:"其一,缺乏深刻复杂的思想意识和历史意识,无力在历史/现在的多元对立关系中来展开叙事。其二,过分的个人化和私人性,使九十年代的文学叙事对现在的把握显得狭隘,无法在深度和广度上表现'现在'。其三,对'现在'进行表象式的书写并未达到较高的艺术水准,表现力单调而缺乏创新的动力。无法把对'现在'的有力表现与更高水准的艺术方法结合起来。其四,九十年代的年轻一代的作家过分热衷于表现怪异的非常态的生活状态,这又使得他们试图表现个人的独特感受的作品殊途同归,显得雷同。其五,在文化全球化的时代,对世界格局,对当今世界思想文化潮流缺乏必要的理解与认识。其六,过分追求市场化的成功,为各种非文学的利益因素所支配,这一切都使九十年代年轻一批作家的艺术水准无法上升到一个较高的层次。"
② 〔德〕本雅明:《论波德莱尔德几个主题》,王先霈等主编《文学批评术语词典》,上海文艺出版社1999年2月版,第566页。
③ 张法:《中西美学与文化精神》,北京大学出版社1994年版,第90页。

还需要主体理性的介入,并"艺术化"而使创作者与接受者共同在恐惧和怜悯中以净化的方式达到灵魂的升华。"新时期"中后期,小说家开始淡化主体的介入,淡化所表现的人物和事件的社会——历史根源,将悲剧从一个审美的和文化的范畴演化为一个单纯的事件或行为的结果,这就将悲剧处理为悲情或悲哀。悲剧的日常生活化,使悲剧的精神也随之消失。而随着遵循快乐原则的大众文化的兴起,它所具有的娱乐性、消费性以及直接的享乐主义倾向,使拒绝悲剧称为历史的必然。这个时代,如贝尔所说:"文化大众的人数倍增,中产阶级的享乐主义盛行,民众对色情的追求十分普遍。时尚本身的这种性质,已使人们日趋粗鄙无聊。"①在社会占主导地位的日常生活意识形态,使人们沉溺于日常生活的现状,滋长着强大的现世主义、享乐主义、物质主义和感官主义,以崇高为内在主导精神的英雄主义让位于日常生活哲学,二者的冲突成为时代审美文化的一个基本冲突,理想型文化开始为世俗型文化让步。

正如克尔·凯郭尔所言,焦虑在一定程度上与自由相随。"自由并不是人类个体的天赋特征,而是导源于对外在现实和个人认同的本体论理解。人类所获得的自主性源于其拓展经验传递的广度的能力:即洞悉在感知卷入的即时情景之外的客体和事件的性质。"②人的"自由"来自于主体能够把现实、现时放在一个对个体来说可以整体和连续把握的整体性和连续性之中,这是一种本体性信念,它能够创造出一个本体性的参照系统来接受现实、理解现实,否则他就会丧失对自我的肯定,而"自我肯定的丧失是焦虑的本质。"③"新时期"小说家面临着严重的时空经验的断裂。"新时期"就是一个以"断代"的形式开始的"新历史",20世纪80年代末90年代初的市场化转型是市场经济与计划经济的"断裂",90年代中期以来中国社会结构的演变又出现了新的趋势,或者说,中国社会发生了一些前所未有的新变化④,而传媒、网络的发达所造成的现实经验的倒置,前现代、现代、后现代诸种文化体验的共时杂糅,更是强化了小说家的时空经验的断裂感,这种断裂使他们无法获得自身经历连续性,没有焦点的时空感觉促成了焦虑的个体情感。"新时期"之初,小说家的自我肯定是在"新时期"/"文革"、"自由"/"专制"、"人"/"非人"的二元对立框架中确立的,其反思、批判的勇气与立场与时代的主导政治文化有着直接的关系,目标明确,态度坚决,而对"大写的人"的确立资源也来自于以鲁迅为代表的五四新文化对"人"的询唤与设计,西方文艺复兴、启蒙主义的人道情怀,他们有明确的对"神性"、"鬼性"、"人性"的感受和认知,其恐惧、痛苦与幸福、欢欣皆来于此,作为一种政治型写作,其文本有着鲜明的焦点,并成为时代人所关注的焦点。⑤ 这种写作的"政治性"还体现在对"细节"的"总体性"关怀。

① 〔美〕丹尼尔·贝尔:《资本主义文化矛盾》,赵一凡等译,北京三联书店1989年版,第37页。
② 〔英〕安东尼·吉登斯:《现代性与自我认同》,赵旭东、方文译,北京三联书店1998年5月版,第52页。
③ 〔美〕保罗·蒂利希:《存在的勇气》,成穷、王作虹译,贵州人民出版社1998年1月版,第68页。
④ 社会学家孙立平将这种新变化概括为:"从生活必需品时代到耐用消费品时代"、"资源配置:从扩散到重新聚集"、"资源的集中与底层社会的形成"、"社会结构显现出种种断裂的迹象"、"开始出现断裂的城乡结构"、"社会生活'西西里化'于新的秩序"等几个方面的特征。可参见孙立平:《关注90年代中期以来中国社会的新变化》,《社会科学论坛》2004年第1期。
⑤ 程光炜指出:"虽然与传统的政治文学不同,伤痕文学突出了人本主义的色彩,而坚决删除了文学依附于政治的做法;然而,它与传统的政治文学却又有着惊人的相似之处:例如声称为'人民代言',例如用意识形态之手来反抗意识形态等等。"可参看程光炜:《经典的颠覆与再建——重返八十年代文学史之二》,《当代作家评论》2005年第3期。

在他们的笔下,"细节"不仅不是庸俗无聊的代称,而是塑造人物形象的主要艺术手段,是推动情节发展的重要动力,更是传统小说包括"革命现实主义小说"("社会主义现实主义小说")的"总体性"和"权威"要求,"细节"是"显微镜"与"望远镜",只有在总体性统摄下的"显微"才不会堕入沉溺于细节的自然主义,正如卢卡契所说:"艺术反映现实的客观性在于正确反映总体性,因此一个细节在艺术上的准确性与这个细节是否对应于现实中的相同细节没有关系。艺术作品中的细节只要属于精确地反映客观现实完整过程中的一个必不可少的方面,它就是对生活的精确反映,无论它是来自于艺术家对生活的观察,还是来自于由直接或间接经验所构成的想象力的创造。另一方面,一个细节照相似地对应于生活的艺术真实纯属偶然、任意或主观。……仅仅将成千上万的偶然性细节简单排列永远产生不了艺术的必然性。"作家为了达到对现实本质的深刻洞察和艺术把握,为了能够对现实做出目的论或总体化的解释,"为了能够用艺术的必然性把偶然性控制于合适的语境中,必然性必须隐身于偶然性并必须表现为细节本身的内在动机。细节必须从一开始就如此选择和描写,以使它与总体的关系成为有机和动态的。对细节的这种选择和组织主要依靠对现实进行艺术的和客观的反映"[①]。

(王金胜:青岛大学文学院)

[①] 〔匈〕乔治·卢卡契:《艺术与客观真理》,拉曼·塞尔登编《文学批评理论——从柏拉图到现在》,刘象愚、陈永国等译,北京大学出版社2000年5月版,第63页。

中国新文学作家侠性心态的生成

陈夫龙

谈到中国新文学作家的侠性心态,就涉及了作家心态问题。所谓"作家心态,是指作家在某一时期,或创作某一作品时的心理状态,是作家的人生观、创作动机、审美理想、艺术追求等多种心理因素交汇融合的产物,是由客观的生存环境与主体生理机制等多方面因素综合作用的结果"①。在这里,客观生存环境包括社会环境、文化(人文)环境和自然环境三个方面,主体生理机制主要包括个人的体质强弱、气质类型以及体征、血型等。它们对作家心态的形成具有直接影响和决定性作用。在人类的现实生活中,每个人都离不开特定的客观生存环境,个性气质的形成和体质的发展往往也离不开特定的客观生存环境的塑造与磨炼。可以说,特定的客观生存环境和作家的主体生理机制,直接影响甚至决定着作家的世界观、人生观和价值观,并进而影响其创作动机、审美理想、艺术追求等心态的构成。新文学作家的侠性心态作为一种作家心态,也是作家的人生观、创作动机、审美理想、艺术追求等心理因素交融的产物,其生成同样也离不开客观生存环境和主体生理机制等多方面因素的综合作用。只不过侠性心态是作家心态中的一种特殊形态,除了具有作家心态的普遍性之外,还具有自己的特殊性,那就是深受侠文化的影响和侠文化精神的浸润。

韩云波指出:"侠文化在其历史发展中,既有沿袭着古老侠义传统而承传下来的游侠行为与江湖世界,也有更为广泛的知识分子化和内在性格化了的侠义心理与民族性格。"②也就是说,传统侠文化在漫长的历史积淀和现代承传过程中,不仅以行为文化的方式影响着人们的行为规范,而且以精神文化的方式作用于人们的人格心理和价值观念,并已经逐渐内化为人们文化心理结构中的有机质素,成为民族性的一部分,即侠性心态或侠文化心理。翻开现代中国文学史,我们可以看到许多新文学作家都有侠的精神气质,他们内在的侠性心态,在其人生道路和文学创作中具有重要的意义与作用。在众多的中国新文学作家中,鲁迅、郭沫若、老舍、沈从文、蒋光慈、萧军等人是侠的精神气质比较鲜明而突出的代表。对于新文学作家而言,侠的精神气质不是天生的,也不是一蹴而就的,它有赖于新文学作家侠性心态的生成。我认为,新文学作家侠性心态的生成,从根本上说,是中国传统侠文化集体无意识积淀和现代承传的必然产物,但具体分析,则是由以下几个因素综合作用的结果:(1)晚清"尚武"、"任侠"思潮的影响;(2)家学文化背景与生活环境的熏染;(3)

---

① 杨守森主编:《二十世纪中国作家心态史·绪论》,《二十世纪中国作家心态史》,中央编译出版社1998年版,第2页。
② 韩云波:《中国侠文化:积淀与承传》,重庆出版社2004年版,第302页。

地域文化精神的浸润;(4)作家个性气质和现代生命体验的激发。其中,前三个因素是外因,第四个因素是内因。这四个因素对新文学作家侠性心态的生成具有决定性作用,特别是纵贯于四个因素之中的传统侠文化的无意识积淀、地域文化精神的浸润以及作为新文学作家现代生命体验激活机制之一的特定时代西方文化思想的刺激,这三者在新文学作家侠性心态的生成机制中至关重要。新文学作家对特定时代精神的回应和对民族新生历史使命召唤的遵从,使他们紧跟时代步伐而上下求索,其侠性心态也会随着时代发展而不断注入新的精神内涵。当然,所有这些因素都不是截然分开的,而是在错综复杂的关系中对新文学作家侠性心态的生成与嬗变起到一种综合作用。

(一)晚清"尚武"、"任侠"思潮的影响

晚清尚武任侠思潮意在探究老大中国积贫积弱的病根,承载着救亡和新民的时代使命。时至近代,西方列强的坚船利炮不断洞开中国的大门,泱泱大国在西方列强的攻势下不堪一击,连连败北,中华民族在被动卷入的世界化语境中丧失了与其他主权国家平等对话的权利,民族危机日益严重。亡国灭种的时代恐慌和救亡图存的历史使命纠结在国人的心头,在这种历史背景下,积淀在民族传统文化深层结构中的尚武任侠精神又应运而兴起了。面临西方列强的军事侵略、经济掠夺和文化渗透,国人只有消除屠弱心理、奋起反抗,才是唯一出路。于是,尚武爱国成为时代的强音。

在中西方文化的冲撞、交流与对话中,基于民族危机的现实考虑和探寻民族出路的需要,许多有识之士往往会以西方近现代文化为参照系来反观民族传统文化。于是,清醒的现代理性意识使他们能够以批判的眼光来审视民族传统文化中腐朽没落的一面,并能够客观公允地比较分析中西方文化的差异,加上国势衰微不振和国人屠弱不武的客观现实,使他们不得不痛感尚武任侠精神对于国家崛起、民族复兴和国人觉醒的重要性。中日甲午战后,以康有为、梁启超为首的资产阶级改良派所掀起的维新风潮,就深刻地反映了近代先进知识分子的民族自省意识和自强精神。戊戌变法虽如昙花一现,但以谭嗣同为代表的"戊戌六君子"慷慨赴义的大无畏英雄气概和我不入地狱、谁入地狱的自我牺牲精神,无不警示国人不要再对反动当局抱有任何幻想。从某种意义上说,侠风烈烈的谭嗣同不愧为"中国为国流血第一烈士"[①],他以一己之躯的牺牲,开启了资产阶级革命派武力推翻清王朝统治的舆论先声。

资产阶级改良派代表人物梁启超是晚清尚武任侠思潮的集大成者,他深感亡国灭种的生存危机,奋笔疾作《中国积弱溯源论》、《中国之武士道》、《新民说》、《祈战死》、《中国魂安在乎》、《记东侠》等一系列文章,运用中外文化比较观,在鲜明而强烈的中外文化对比中,呈现出传统文化在现代文明世界中落后的一面,展开了深刻的民族文化内省和自我批判,指出造成中国积贫积弱、国势衰微、民气不振的重要原因在于"怯懦",在于"右文"[②],而要弥补文化之缺失,重扬国威,振奋民气,在20世纪世界竞争场上拥有立足之地,必须"速

---

① 梁启超:《〈仁学〉序》,《梁启超全集》(第一册),北京出版社1999年版,第170页。
② 梁启超:《中国积弱溯源论·第二节 积弱之源于风俗者》,《梁启超全集》(第一册),北京出版社1999年版,第418页。

拔文弱之恶根,一雪不武之积耻"①,必须提倡和张扬尚武任侠精神,努力改造国民性。梁启超为此深入探讨了侠文化与爱国主义、民族主义的内在联系,其意在于以侠义型人格来重铸国魂、民魂,以激励民心,振奋民气,重扬中华之国威,最终实现新民强国之梦。在民族危亡的历史境遇下,以梁启超为代表的有识之士积极回应救亡图存的时代使命,已经开始透过器物层面上的军事装备、制度层面上的练兵制度,从文化精神层面寻找国势衰微不振和国民孱弱不武的病根,并且认识到国民侠义人格塑造和尚武任侠精神养成的重要性。

晚清尚武任侠思潮,对中国新文学作家产生了广泛而深刻的影响,对于他们侠性心态的生成起到了重要作用。郭沫若曾明确表白:"我们崇拜十九岁在上海入西牢而瘐死了的邹容,我们崇拜徐锡麟、秋瑾,我们崇拜温生材,我们崇拜黄花岗的七十二烈士。一切生存着的当时有名的革命党人不用说,就是不甚轰烈的马君武,有一时传说要到成都来主办工业学校,那可是怎样地激起了我们的一种不可言状的憧憬!"②这些侠肝义胆的革命志士都具有杀身成仁、舍生取义的社会责任感和历史使命感以及为正义事业而甘于自我牺牲的革命精神,对于郭沫若侠性心态的形成产生了重要影响,并且起到了行为示范的积极作用。

作为一个从晚清走过来的现代知识分子,鲁迅必然会受到这种尚武任侠思潮的影响。他在日本留学期间,既受到了章太炎、秋瑾等革命侠义知识分子的影响,也受到了日本武士道精神的熏陶。特别是梁启超提倡尚武任侠精神以改造国民性、重铸国魂和民魂等主张,更给鲁迅的心态以深刻启示和重要影响。他的精神世界肯定深深打上了那个时代的精神烙印。在行动上,鲁迅在日本加入了搞革命暴力暗杀活动的光复会。在思想上,鲁迅尤为关注国民性问题,他站在20世纪的起点,对侠文化精神进行深度开掘和现代性改造,深情召唤尚武爱国的斯巴达之魂,极力呼唤人格独立、个性张扬的摩罗诗人,无不在为民族救亡和祖国新生寻求出路。"寄意寒星荃不察,我以我血荐轩辕"③,就充分体现了鲁迅在晚清尚武任侠思潮影响下生命激情飞扬的精神风采。

鲁迅虽然深受晚清尚武任侠思潮的影响,在日本也受到了武士道精神的熏陶,但他能够以清醒的现代理性意识审视尚武任侠思潮背后的深层意蕴。他曾参加过搞暗杀暴力活动的光复会,但没有局限于这种武力冲动的诱惑,而是对之保持了清醒的认识。他开始答应革命组织回国刺杀清朝大员,后来以自己死后母亲无人照顾为由婉拒了这次革命的召唤,似乎从传统孝道的角度可以谅解和阐释鲁迅拒绝回国执行暗杀任务的原因,但深究根因,我认为,在于鲁迅看到了当时尚武任侠思潮背景下革命党搞恐怖暗杀这类暴力活动的局限性。虽然恐怖暗杀可以警醒国民的反抗意识,但不能从根本上动摇清王朝的统治基础,于民族复兴大业无补,结果会造成不少革命精英白白作了清廷暴力下无谓的牺牲,反而增强了清廷对革命的警惕性和残酷镇压的力度。当一个民族群体尚处于在封建高压统治的铁屋子里昏昏沉睡而难以唤醒的境遇下,即使他们的体格再健壮,也无法与入侵的外敌抗衡较量。不从文化精神上真正唤醒沉睡的国民,纵使他们孔武有力,至多也不过是行

---

① 梁启超:《新民说·第十七节 论尚武》,《梁启超全集》(第二册),北京出版社1999年版,第712页。
② 郭沫若:《反正前后》,《郭沫若全集》(文学编第十一卷),人民文学出版社1992年版,第203~204页。
③ 鲁迅:《集外集拾遗·自题小像》,《鲁迅全集》(第七卷),人民文学出版社1981年版,第423页。

尸走肉。正是在这样的理性认识基础上,鲁迅没有沉浸于当时尚武任侠思潮的狂热当中,而是从中看到了盲动的"武愚"的可怕。可以说,这是鲁迅拒绝回国执行任务的深层原因,也是他在幻灯片事件后弃医从文的根本原因。

(二)家学文化背景与生活环境的熏染

在一个人的成长过程中,家庭教育及其所处的生活环境对他的人格塑造和文化心理的形成至关重要。就中国新文学作家而言,他们大都在家里开始了自己的文化启蒙教育,不仅阅读用以治国平天下的儒家经典、历史文学,而且对当时不入传统教育大雅之堂的武侠小说、史书杂著中的武侠事迹以及评书产生了浓厚的兴趣,甚至超过了对传统经典的热爱。在他们的文化心理结构中不仅沉潜着传统主流文化的基因,而且跃动着侠文化精神的积极质素。同时,生活环境中的一些侠义型人物和事件对新文学作家也会产生潜移默化的影响。所有这些,为新文学作家侠性心态的生成奠定了良好的心理基础。

艾芜出生于四川省新繁县清流场一个乡村耕读人家,祖母梁氏,知书识理,能背诵白居易的《长恨歌》,还会讲许多优美动人的民间故事和传说,算得上是艾芜的启蒙老师。1914年,艾芜10岁的时候,和二弟一起随祖父到祖母娘家的家塾里读书,祖父做家塾教师。艾芜在一年内读完了四书五经,同时也开始读《七剑十三侠》和《三国演义》等小说,对这类歌颂人的英勇、赞美人的智慧的书极感兴趣,爱不释手。他常常在空闲的时候爱低头默想书中的人物故事,甚至把自己设想为书中的一员。① 显然,从家学教育和生活环境上来看,艾芜在幼年时代便受到了侠文化的影响和熏陶,其文化心态打上了侠文化精神的印记。

萧军生下来不足七个月,他的母亲就吞食鸦片自杀了,他在祖父母和姑姑们照料下长大。童年时期,在这些亲人中,他更喜欢祖母的性格和为人。祖母善良、勇敢、热心肠,给他讲各种民间传说和历史故事,《薛家将》、《杨家将》、《呼家将》都是从祖母那里听来的。在耳濡目染中,萧军从祖母那里学会了分辨忠奸、明确爱憎。"他觉得所有的皇帝全是狼心狗肺,忘恩负义,翻脸无情的东西,他们连对待开国功臣都是那样凶狠残暴,只要触犯了他们,便前功尽弃,全家抄斩、祸灭九族。同时,对于那些不怕权势,敢于反抗,勇于复仇的人物,以及绿林的英雄,响马,侠客……都寄以无限的尊敬和同情。并且自己也想成为他们那样的人物。"②祖母的人格性情和为人立身处世都深刻地影响了萧军,在萧军眼里,祖母简直就是一位大英雄,家里遇到重大变故、碰上严重危机,只有祖母挺身而出,独立支撑。萧军的二叔对他影响也很大,二叔外柔内刚富于反抗精神,和同村一个叫杨正的青年是好朋友,他们一起上山当了"马鞑子",纠集了一伙人马,打家劫舍,杀富济贫,跟官府作对,受到人民的欢迎和景慕。他们总共13人,使官军和财主们闻风丧胆,人称他们为"十三太保"。后来"十三太保"大都战死,这些绿林好汉虽然失败战死了,但萧军对他们充满了尊敬和爱戴。直到萧军成为作家后,对他们那种反抗强暴的勇敢精神仍然激赏不已,从他的长篇小说《第三代》(后改名为《过去的年代》)中海交、刘元、杨三等人物形象身上,就

---

① 参见胡德培编:《艾芜》,人民文学出版社1986年版,第261~262页。
② 张毓茂:《萧军传》,重庆出版社1992年版,第5页。

能够看到"十三太保"的某些影子。可以说,在这样的家学文化背景和生活环境熏染之下,萧军的心态必然会增添进侠文化精神的积极因子,其侠性心态的生成也实属必然。

通过深入考察发现,在新文学作家接受传统文化教育的过程中,不少人对儒家经典之外的武侠小说和史书杂著中记载的武侠事迹以及评书等发生了浓厚的兴趣,这是他们接受侠文化影响和侠文化精神浸润的重要途径。武侠小说和史书杂著中的武侠事迹以及评书里的侠义英雄故事,对于新文学作家人格结构的塑型和文化心理的构成意义重大。不少新文学作家的文化启蒙教育和个性意识的萌动,都与他们从小读武侠小说、读史书杂著、听评书密切相关。郭沫若曾在 1906 年年假期间,把《史记》读了一遍,他在自传中写道:"那时候我很喜欢太史公的笔调,《史记》中的《项羽本纪》、《伯夷列传》、《屈原列传》、《廉颇蔺相如列传》、《信陵君列传》、《刺客列传》等等,是我最喜欢读的文章。这些古人的生活同时也引起了我无上的同情。"①老舍少年时代常常在下午放学后,和小伙伴们一起到茶馆去听评讲《小五义》或《施公案》,又读过《三侠剑》和《绿牡丹》,听过《五女七贞》等评书。蒋光慈在少年时代特别爱读那些替天行道、劫富济贫的游侠小说,并把小说中的侠客义士、英雄豪杰作为效法的榜样。从人性解放和个性张扬的意义上说,武侠小说、史书杂著和评书中所体现出来的侠文化精神,对于长期以来身心深受儒家文化束缚的少年儿童而言,不啻是一种巨大的心理冲击和精神解放。

可以说,在家学文化背景和生活环境的熏染下,许多新文学作家的心态从幼年时代开始就萌生了侠性的精神质素,从而影响着他们以后的人生道路和价值选择。

(三)地域文化精神的浸润

作家个性心态的形成,离不开他所处的地域文化精神的浸润和熏陶。虽然有的作家从小就离开了自己的故乡而远行漂泊,并且童年时期对故乡山水风物、世态人情的诸般感受和早期经验也早已经过了成年经验比较理性的筛选、过滤与重塑,但却无法割断与故乡地域文化的血脉联系。侠文化虽然不是传统文化的主流,但其影响却渗透于传统文化的各个角落,特别是和不同地域的民风相结合,呈现出勃郁强旺的生命力,从而使不同的地域文化程度不同地蕴涵着侠文化精神的因子。新文学作家来自中国不同的地域,从出生那一刻起就要受到地域文化精神的浸润和民风民俗的熏陶。如鲁迅之于越文化,郭沫若之于袍哥文化,老舍之于燕赵文化,沈从文、蒋光慈之于楚文化,萧军之于黑土地文化等。地域文化精神中所蕴涵的侠文化精神质素,对于新文学作家侠性心态的生成意义重大,影响深远。美国学者露丝·本尼迪克特认为:"个体生活的历史中,首要的就是对他所属的那个社群传统上手把手传下来的那些模式和准则的适应。落地伊始,社群的习俗便开始塑造他的经验和行为。到咿呀学语时,他已是所属文化的造物,而到他长大成人并能参加该文化的活动时,社群的习惯便已是他的习惯,社群的信仰便已是他的信仰,社群的戒律亦已是他的戒律。"②个体的精神气质、人格心理就是这样逐渐锻造出来的,它们既来自个体对文化环境的模仿,也来自个体独特生命体验的积极参与。鲁迅的硬骨头精神、韧性战

---

① 郭沫若:《我的童年》,《郭沫若全集》(文学编第十一卷),人民文学出版社 1992 年版,第 92 页。
② 〔美〕露丝·本尼迪克特:《文化模式》,王炜等译,北京三联书店 1988 年版,第 5 页。

斗精神和不屈不挠的侠义气概,以及郭沫若、老舍、沈从文、蒋光慈和萧军等各有特色的侠性气质,都与他们故乡的地域文化血脉相连。

古越大地尚气任侠,民风强悍刚硬,硬气中带点匪气,越文化具有复仇雪耻的精神传统。绍兴是古越国的都城,来自浙东绍兴的鲁迅从小就受到了古越民风的熏染和越文化的影响及其反抗复仇等传统人文精神的浸润。"夫越乃报仇雪恨之国,非藏垢纳污之地"①,这是明末王思任的名言,充分概括了越地先贤"报仇雪耻"的人文精神传统。鲁迅在一生中对此名言援引过多次,1936年,他曾一连三次在文章和通信中提到"会稽乃报仇雪耻之乡"②。可见,鲁迅非常推崇故乡先贤"报仇雪耻"的人文精神。他反复借用王思任的话,实际上表明的是自己的心迹,也就是对于自己的真正的敌人,"让他们怨恨去,我也一个都不宽恕"③的决绝态度和复仇精神。从早年高举"其民复存大禹卓苦勤劳之风,同勾践坚确慷慨之志"的越地人文传统,尤其谆谆告诫军人务必继承和发扬古越国"卧薪尝胆,枕戈待旦"的精神遗风④,到晚年反复申明"身为越人,未忘斯义"⑤的意味深长,都充分表明了鲁迅将越王勾践以来越地不畏强暴、誓不妥协的反抗意志和复仇精神视为先人遗训,他的文化血脉中涌动和张扬着这种敢于反叛斗争、大胆复仇雪耻的越文化的人文精神传统。越王勾践曾沦为吴王夫差的阶下囚,受尽了苦难和屈辱,但他能够于困厄中忍辱负重,卧薪尝胆,奋发图强,经过艰苦卓绝的隐忍自励,终于洗雪了国耻,恢复了国力。从此以后,报仇雪恨的精神传统在越地代代相传和发扬光大,以越王勾践为表率的越文化的复仇精神和反抗意志在后人的人格结构与文化心理中也得到了承传,如明朝的方孝孺、王思任、张煌言等,或隐居山林,或牺牲生命,但决不向强权和暴敌屈服;如晚清志士徐锡麟舍身刺杀安徽巡抚,鉴湖女侠秋瑾为反清大业从容就义,他们都是侠肝义胆、铁骨铮铮的义士,无不表现出刚勇豪侠的大义之举。诞生并成长于这样的历史文化环境之中,鲁迅必然会受到其人文精神传统的浸润和影响。据鲁迅留日期间的同学回忆,他"平日顽强苦学,毅力惊人","因志在光复","志向从不动摇",同学们说他"斯诚越人也,有卧薪尝胆之遗风"⑥。由此可见,鲁迅受越王勾践卧薪尝胆报仇雪耻精神的影响颇深。同时,鲁迅对绍兴目连戏中"女吊"悲慨却很刚勇的复仇意志欣赏有加、推崇备至。孩提时代的鲁迅,不仅是故乡目连戏的旁观者,而且有时是积极的参与者。因此,"女吊"这种目连戏的演出在鲁迅幼小的心灵中留下了深刻的印象,直到晚年,鲁迅对"女吊"的演出仍念念不忘。他曾著《女吊》一文,表达对作为弱者的"女吊"刚毅勇敢的复仇精神和反抗意志的深切同情与理解。在鲁迅的描述中,"女吊"穿着"大红衫子,黑色长背心,长发蓬松,颈挂两条纸锭"出场,"穿红"

---

① 参见王思任致明朝宰相马士英信,转引自鲁迅:《且介亭杂文末编·女吊》文后注解(2),《鲁迅全集》(第六卷),人民文学出版社1981年版,第619页。
② 参见鲁迅:《且介亭杂文末编·女吊》,《鲁迅全集》(第六卷),人民文学出版社1981年版,第614页;鲁迅:《集外集拾遗补编·关于许绍棣叶溯中黄萍荪》,《鲁迅全集》(第八卷),人民文学出版社,1981年,第404页;鲁迅:《书信·360210致黄萍荪》,《鲁迅全集》(第十三卷),人民文学出版社1981年版,第306页。
③ 鲁迅:《且介亭杂文末编·死》,《鲁迅全集》(第六卷),人民文学出版社1981年版,第612页。
④ 鲁迅:《军界痛言》,《鲁迅佚文全集》(下),群言出版社2001年版,第810页。
⑤ 鲁迅:《书信·360210致黄萍荪》,《鲁迅全集》(第十三卷),人民文学出版社1981年版,第306页。
⑥ 沈瓞民:《回忆鲁迅早年在弘文学院的片断》,《鲁迅回忆录》(散篇)(上册),北京出版社1999年版,第45~46页。

是"因为她投缳之际,准备作厉鬼以复仇,红色较有阳气,易于和生人相接近"。"女吊"衔冤悲泣,缓缓唱道:"奴奴本是杨家女,呵呀,苦呀,天哪!……"悲凉冤屈的声音充满着复仇的渴望,同时也表达了复仇的无助和渺茫。"越地历史上一切因反叛而遭横死的孤魂厉鬼的冤屈,都定格在'女吊'悲凉的形象上。"①鲁迅称赞"女吊"是"比别的一切鬼魂更美、更强的鬼魂",实际上蕴涵着他对"女吊"的复仇精神和反抗意志的肯定与褒扬。"女吊"的复仇精神和反抗意志,借助于民间目连戏的艺术形式,在浙东一带的城乡地区广为流传,鲁迅的精神世界自然也会受到这种精神意志的熏陶。可以说,"鲁迅对越地复仇传统的继承弘扬,彰显了他顽强的意志和反抗的精神,同时也昭示了他思想性格中不调和、不妥协的彻底和深刻"②。故乡人文传统中的复仇精神和反抗意志逐渐转化为刚勇强悍、坚忍不拔、疾恶如仇的人格品质,成为鲁迅人格结构和文化心理深处的宝贵质素,并伴随了他光辉的一生。

活跃于巴蜀大地的袍哥文化发源于晚清,盛行于民国,其组织袍哥会是以武力为后盾的民间团体,与青帮、洪门为当时民间的三大帮会门派。"四川袍哥人数之多,分布之广,势力之大,是外省所不能比的。与一般的土匪不同,四川袍哥的最大特点是它与世俗社会融为一体,力量渗透到了包括官、兵、绅、商在内的各种'体面'阶层,甚至知识分子。在更多的时候,它是以公开半公开的方式直接参与社会事务而无须啸聚绿林。求取袍哥组织的接纳和保护与投靠某个军阀同样重要,甚至更实在,这就形成了四川所特有的浓厚的'袍哥文化'基础。"③袍哥会和袍哥文化对四川社会生活的各方面都有着极为重要的影响,甚至在今天也能看到它很多遗留下来的痕迹。袍哥会也称哥老会,在四川的哥老会成员被称为袍哥。袍哥会的成员混杂,素质不一。有对抗强权,行侠仗义,劫富济贫者;也有追求享乐,杀人越货,为非作歹者。在官方眼里,袍哥就是土匪,袍哥会要么面临被官方剿灭的厄运;要么被官方招安或收编,成为官府的鹰犬、爪牙。但从袍哥对抗强权、行侠仗义、劫富济贫等价值取向来看,他们代表着社会中下层利益,具有民间侠客的性质。从某种意义上说,袍哥文化蕴涵着侠文化的精神质素,张扬着侠文化精神。

四川籍的新文学作家大都在袍哥文化中浸润过,吴虞的舅舅刘藜然,沙汀的舅舅郑慕周、岳父李丰庭,都是袍哥会的龙头大爷,在他们处于人生困境的时候,都曾得到过袍哥的帮助和庇护。康白情的父亲是袍哥会的成员,而康白情本人深受秘密社会游侠之风的影响,"和气味相近的大小同学结过两次金兰,大约前后和二三十人换帖"④,后来康白情还成为了"吉"字义安公社社长。李劼人有个绰号叫邝瞎子的干亲家,就是当年在一个宪兵司令的部下当谍查的袍哥大爷。他为人豪侠仗义,曾帮助李劼人从票匪手中赎回了被绑架的儿子,后来邝瞎子成为李劼人小说《死水微澜》中男主角罗歪嘴的原型。

郭沫若的家乡铜河沙湾素有土匪巢穴的称谓,他说:"就在那样土匪的巢穴里面,一八九二年的秋天生出了我。这是甲午中东(即中日——引者注)之战的三年前,戊戌政变的

---

① 倪婷婷:《"五四"作家的文化心理》,南京大学出版社 2005 年版,第 272 页。
② 倪婷婷:《"五四"作家的文化心理》,南京大学出版社 2005 年版,第 274 页。
③ 李怡:《盆地文明·天府文明·内陆腹地文明——论现代四川文学的文化背景》,《社会科学研究》1996 年第 2 期。
④ 丘立才、陈杰君:《矛盾而复杂的五四诗人康白情》,《新文学史料》1990 年第 2 期。

七年前,庚子八国联军入京的九年前。在我的童年时代不消说就是大中华老大帝国的最背时的时候。"①郭沫若出生于土匪的巢穴,他的童年时代就是老大帝国最背时的时候,幼小的心灵自然会受到袍哥文化的浸润和影响,其最初的人格结构和文化心理会受到侠性精神质素的滋养。当时,嘉定的土匪大多出自铜河——大渡河的俗名,而铜河的土匪头领大多出在沙湾,有名的土匪头领如徐大汉子、杨三和尚、徐三和尚、王二狗儿、杨三花脸等,都比郭沫若大不上六七岁,有的还是他儿时的好友。郭沫若小时候曾和他的五哥一起掩护过杨三和尚,使其免遭官差的逮捕,据他后来回忆说:"我们小时候总觉得杨三和尚是一位好朋友,他就好像《三国志》或者《水浒》里面的人物一样。"②这位杨三和尚十几岁就做了土匪,在受到官府的迫害以后,就完全成为了秘密社会的人。在世俗眼光里,袍哥是地道的土匪,属于社会和文化边缘的成分,但同时土匪也是侠的历史变体。不可否认,土匪在历史上有着很大的局限性,但他们的仗义疏财、劫富济贫、重义气、讲信用等侠性品质仍产生过积极的历史作用,发生过巨大的历史影响。成年后的郭沫若在《女神·匪徒颂》中就高度赞颂过人类历史上的真正"匪徒"——克伦威尔、华盛顿、马克思等等,他肯定的主要是"匪徒"们的叛逆精神、反抗意志及其对人类社会发展所作出的巨大贡献。在一定意义上说,这是郭沫若对袍哥文化中反抗复仇、行侠仗义等积极的侠义质素的改造、提炼和张扬。

燕赵地区自古以来就是游牧、农耕两大文明争夺的前哨。早在原始社会末期,农耕文明的炎帝部落和游牧文明的黄帝部落就在河北涿鹿一带展开了多次大规模的部落战争,最终促进了炎黄两大部落的融合。春秋战国时期,燕赵地区战争不断,频繁的战乱塑造了燕赵人民英勇顽强的反抗意志和侠义性格。战国后期,燕赵大地涌现出许多以壮别易水、大义刺秦的荆轲为代表的侠义死节之士。还有千百年来,燕赵地区不断遭受外族侵扰,战乱频仍,无数英雄豪杰和仁人志士为了民族正义事业而捐躯赴难、视死如归。所有这一切,在漫长的历史积淀中使燕赵大地呈现出尚武任侠、慷慨悲壮的文化精神。特别是在中国现代史上,日本帝国主义悍然发动全面侵华战争的罪恶的第一枪就在燕赵大地的卢沟桥打响。为了挽救民族危亡,英勇顽强的燕赵儿女首当其冲地挺起了民族的脊梁,同侵略者展开了艰苦卓绝的斗争。在八年抗战中,燕赵大地涌现出无数抗日英雄和抗战事迹,延续着燕赵文化的血脉,谱写了一曲曲尚武任侠、慷慨激昂的燕赵悲歌。韩成武等认为:"燕赵文化主要由侠文化与儒文化构成。从先秦到唐代,燕赵文化精神的内涵,是在不断扩大着的,在继承传统的同时纳进了新的东西。它应该包括以下四点:任侠使气,慷慨悲歌,崇儒尚雅,敦厚务实。"③也就是说,在漫长的社会历史发展中,侠文化参与了燕赵文化的形成和建构,侠文化精神成为燕赵文化精神的重要组成部分,其尚武、任侠、慷慨、悲壮等精神质素已经融合内化于燕赵文化的血脉之中。

老舍青少年时代生活的北京处于燕赵地域范围,深受燕赵文化精神潜移默化地浸润和熏陶,任侠使气、慷慨悲歌的精神质素春风化雨般无声地滋润着他的人格心理和精神意

---

① 郭沫若:《我的童年》,《郭沫若全集》(文学编第十一卷),人民文学出版社1992年版,第17页。
② 郭沫若:《我的童年》,《郭沫若全集》(文学编第十一卷),人民文学出版社1992年版,第16页。
③ 韩成武、赵林涛、韩梦泽:《燕赵文化精神与唐代燕赵诗人、唐诗风骨》,载《河北师范大学学报》(哲学社会科学版)2006年第6期。

志。特别是老舍对当时流行的武侠公案小说、街头茶肆中的说唱文学和曲艺节目等情有独钟,侠文化无不借助于这些艺术形式影响他幼小的心灵。于是,老舍的人格结构和文化心理深处不可避免地打上了侠文化精神的底色,并对那些路见不平、拔刀相助的侠义英雄及其侠义精神油然而生敬意且心向往之,其深层文化心理中积淀着丰厚的侠性质素,从而奠定了他一生对侠文化的情感眷恋。他的许多小说创作在侠文化的审美观照下,充满了凛然正气、悲悯意识和侠义情怀,许多小说人物尚武任侠,身上多燕赵慷慨悲歌之气,闪耀着侠文化精神的光辉,而这正是老舍的侠性心态在其小说文本中的沉潜和精神投射。

湘西和大别山区大致上属于古楚国的领域范围,它们均处于多省交界的边地,统治阶级政权的控制相对松弛,并且都森林密布,大山绵延,交通不便,有天险可倚,容易滋生盗匪;特别是下层民众,在频繁的自然和社会灾难面前走投无路,衣食无着,极易铤而走险,啸聚山林,劫富济贫,从而走上反抗道路。长期以来,逐渐形成雄强蛮悍、勇武好斗的习性和刚健剽悍的民风。

来自湘西凤凰县的沈从文和来自大别山区的安徽霍邱人蒋光慈,在他们的青少年时代,都或多或少地受到了楚文化精神的影响和浸润。楚地民风剽悍,楚人勇武、刚烈,刚勇尚武和崇神信巫是楚文化的两大特色。楚文化作为中国传统文化的地域分支之一,其刚勇尚武的特色,除了民俗学意义上的民风剽悍使然之外,传统侠文化的影响是显而易见的。也就是说,楚文化蕴涵着侠文化中尚武、任侠等精神质素。沈从文和蒋光慈这两位来自古楚国大山腹地的新文学作家,其精神血脉中拥有着楚文化刚勇尚武的因子,而这种精神因子无不闪耀着侠文化精神的光辉。刘祖春指出,沈从文的故乡——湘西的大山所赋予他的那种"潜在的力量一旦爆发,往往有一种不可抑止的原始野性"①。蒋光慈也具有大山的性格,倔强、勇敢、不畏强权、敢于叛逆,心中潜藏着一种不满现实而亟待爆发的力量。蒋光慈从小就爱读游侠仗义行侠的事迹,他曾坦言:"那时我的小心灵中早种下不平的种子。"②可以说,楚文化对于沈从文和蒋光慈侠性心态的生成,具有不可低估的作用。活跃于沈从文笔下的湘西游侠精神和蒋光慈小说文本中张扬着的向黑暗社会复仇的革命尚武精神,就是他们的侠性心态和侠文化精神在文学创作中的情感渗透、精神浸润与艺术呈现。

地处关外的东北大地远离王官文化的礼乐教化,严寒酷烈的生存环境,民族争斗的剧烈频繁,大量移民的不断涌入,赋予这片土地敢于冒险的风气和坚忍顽强的生存意志,逐渐形成了刚勇蛮悍、尚武使气、粗犷豪迈的民风。"从远古到近代,在东北这块神奇的土地上,那种追求自由与漂泊的鸟图腾文化精神,那种在渔猎牧狩的生存方式中养成的并在一次次民族迁徙中被不断强化和扩大的流动不羁的天性,那种在闯关东的移民潮流中凝聚出的开拓冒险精神,在东北特定的自然、历史和人文环境中,在时间的长河中,它们相互激荡与融合,有机地构成为以漂泊流荡为特征、以崇尚自由奔放为实质的地域文化精神。"③这种地域文化精神就是黑土地文化精神,它对繁衍生息在东北大地上的人们的心态、性

---

① 刘祖春:《忧伤的遐思——怀念沈从文》,《新文学史料》1991年第1期。
② 蒋光慈:《鸭绿江上·自序诗》,《蒋光慈文集》(第一卷),上海文艺出版社1982年版,第86页。
③ 逢增玉:《黑土地文化与东北作家群》,湖南教育出版社1995年版,第53页。

格、人生方式和价值选择,潜移默化地发生着影响和制约,作为一种集体无意识,其冒险、抗争、漂泊、刚勇强悍、崇尚自由的人格精神与生存意志影响和塑造着人们的人格结构与文化心理。

萧军出生于辽宁西部山区一个叫下碾盘沟的山村,这是一个偏僻、荒凉、贫困、落后的穷山沟。这里的居民大都是从关里的山东、河南、直隶一带逃荒的移民和发配的罪犯们的后代。萧军的祖先据说就是由山东移来,已经有十三四代历史了。"恶劣的自然条件磨炼出他们吃苦耐劳、坚毅勇敢的精神,这在萧军的性格上似乎也留下了明显的烙印。"①当地有杀人越货、绑票、砸孤丁、打家劫舍的盗匪,人称"红胡子"、"马鞑子"。这些盗匪集团的成分非常复杂,除少数野心家与统治阶级勾结并为其利用外,多数人是为生活所迫、铤而走险自发起来奋力抗争的贫苦农民和破产的手工业者。他们英勇善战,艰苦奋斗,但在没有先进思想和先进阶级领导的情况下,找不到正确的出路,要么被官方残酷镇压下去,要么成为少数野心家利用的工具,被官府招安,结局总是归于失败。这些草莽英雄、绿林好汉虽然多以失败告终,但他们的武装活动,在当地的社会影响非常巨大,以致那里的民风剽悍,好斗尚武。萧军的亲戚、邻居有不少胡子英雄,他在幼年时非常崇拜这些英雄。但"作为孩子,萧军当时还不可能懂得他心目中的那些'英雄',全是被抛出了正常生活轨道的亡命之徒,他们在黑暗中摸索徘徊,狼奔豕突,……然后一个一个被黑暗吞噬了"②。正是在黑土地文化精神的浸润之下,小萧军幼小的心灵中埋下了反抗、不平以及尚武任侠的种子,形成了桀骜不驯、敢于反抗复仇、追求自由正义的侠性心态和文化品格。

(四)作家个性气质和现代生命体验的激发

作家的个性气质对于其心态的生成是一个不可或缺的促进因素,具有独特生理心理机制的作家作为独立的生命个体,也离不开特定时代精神的感召。对于新文学作家而言,个性气质和特定时代精神感召下的现代生命体验的激发对于其侠性心态的生成非常重要,特别是其丰富而深刻的现代生命体验随着时代的变迁而呈现出不同特点,其侠性心态也随之发生嬗变,并被赋予鲜明的时代内涵。

鲁迅具有胆汁质和抑郁质两种气质类型,精神独立,意志坚强,情绪深沉,易生孤独感,个性刚烈决绝,深沉忧郁,对敌人横眉冷对,对人民大爱深沉,天性中有一种反叛精神和忧患情怀。鲁迅在一个封建专制的家庭中长大成人,祖父和父亲的脾气暴躁、怪僻,对待孩子相当严厉刻薄,这种专制的家庭生活必然会在他幼小的心灵中埋下仇恨和逆反的种子。特别是祖父入狱,父亲早逝,家境骤然败落,使他过早地体验了人情冷暖和世态炎凉,看清了社会和人生的真面目,更加激起了他对现实社会的仇恨和愤怒。鲁迅在青少年时代,曾自号"戛剑生"、"戎马书生",表现出对侠文化精神的向往之情,显示了他欲拔剑而起,与旧社会旧制度决战到底的雄强气魄和英勇精神。年轻时代的鲁迅胸怀救国救民的政治抱负,东渡扶桑,寻求民族新生之路。在他早期创作的《斯巴达之魂》、《文化偏至论》、《摩罗诗力说》等小说或论文以及"我以我血荐轩辕"的诗句中,都涌动着一种慷慨激昂、忧

---

① 张毓茂:《萧军传》,重庆出版社1992年版,第3页。
② 张毓茂:《萧军传》,重庆出版社1992年版,第3页。

愤悲壮的英雄主义情绪和拯救情怀。

少年郭沫若在一个物质富裕、精神优越、缺乏封建礼教束缚的环境中生活成长,形成了自由任性、放荡不羁、蔑视威权的冲动型、叛逆型的人格特质。他的气质类型偏向于多血质,情绪多变,容易激动、亢奋甚至狂妄,个性偏于主观和冲动,敢于叛逆,大胆反抗。在西方个性主义思想的刺激下,感应着五四时代精神的脉动,郭沫若人格结构和文化心理深层的侠性质素被大大激活而焕发为反抗封建压迫、追求个性张扬的精神力量。郭沫若的出现,使鲁迅所深情呼唤的东方摩罗诗人终于成为现实的存在。巴金的气质类型属于多血质,情感丰富,情绪不稳,容易激动,个性冲动,激情充沛,富于叛逆精神。他从小就生活在一个封建专制的大家庭里,目睹了人间的罪恶和不幸,幼小的心灵中早就燃起了对旧社会旧制度的怒火,天性中具有一种反抗意志,内心里充满了对公道正义和自由平等的深情渴盼与执著追求,人格结构和文化心理深层有着侠文化精神的积极因子。老舍、沈从文、蒋光慈和萧军等新文学作家的气质类型都偏向于胆汁质,意志刚强,个性或刚烈不挠,或桀骜不驯,好抱打不平,仗义执言。他们或在革命时代以笔为剑向黑暗社会复仇(如蒋光慈);或在民族危亡之际亲赴国难,高扬民族精神,抒写民族的复仇精神和反抗意志(如老舍和萧军);或在时代的变迁中感受着历史的沧桑巨变,悲悯芸芸众生的生存状态,探寻民族新生之路(如沈从文)。总之,个性气质和现代生命体验为新文学作家侠性心态的生成奠定了精神基础,在特定时代氛围中,其侠性心态将随着现代生命体验的激发而愈益彰显。

在从整体上对新文学作家侠性心态的生成进行了综合考察的基础上,我想专门探讨一下传统侠文化的无意识积淀、地域文化精神的浸润和特定时代西方文化思想的刺激,这三个因素在新文学作家侠性心态生成机制中的相互关系和作用。无论从哪个层面或哪些因素来探讨新文学作家侠性心态的生成与嬗变,都离不开传统侠文化的无意识积淀这个根本因素。作为传统文化的地域表现形态或分支的地域文化,蕴涵着传统侠文化的积极因子,地域文化精神中也必然踊跃着侠文化精神的生命样态。每个新文学作家都与生养自己的家乡的地域文化有着无法割舍的血脉联系,地域文化精神中侠性质素的浸润,对于他们接受侠文化而言,是非常重要的文化心理基础。新文学作家在成长过程中都要受到他们所处时代的政治、经济、文化思想、道德伦理等的制约和影响,这些影响往往是多重的、复杂的,既影响其世界观、人生观和价值观的养成,也制约其文化心理、情感意志、人格精神的选择与建构。所有这些对新文学作家具有制约和影响作用的因素共同构成特定时代的精神气候。其中,特定时代西方文化思想的刺激是必不可少的因素之一。我认为,在新文学作家侠性心态生成机制中,传统侠文化的无意识积淀是根本,地域文化精神的浸润是基础,而特定时代西方文化思想的刺激是外在影响因素。三者对于新文学作家侠性心态生成的作用,具体表现为:传统侠文化的无意识积淀和地域文化精神的浸润奠定了新文学作家侠性心态生成的文化基因,特定时代西方文化思想的东渐,激活了沉潜在新文学作家人格结构和文化心理深层中的侠文化精神的宝贵质素,这些精神质素与西方文化思想如个性主义、无政府主义等相关精神价值获得了跨文化的交融及在中国传统文化土壤中的现代性改造。就个性主义思想来说,五四作家人性的觉醒和五四文学对于"个人"的发现,与其说是受到了西方个性主义思想影响的结果,不如说个性主义思想的西风东渐激活了沉潜于新文学作家深层文化心理结构中的侠文化精神质素。个性主义思想与侠文化精神在反叛传统、张扬个性、维护生命尊严、追求人格独立和精神自由等价值层面获得了沟通，在中国传统文化体系中找到了自己生存的土壤。就无政府主义思想而言，也是如此。来自西方的无政府主义思想大大激活了沉潜于新文学作家人格心理中的侠文化精神质素，无政府主义思想与侠文化精神在反对强权专制、反对权威、向往社会正义和社会公道、追求自由平等等方面存在着重要的价值耦合。正是在这样的价值平台上，西方无政府主义思想才能在中国传统文化土壤中实现软着陆，经过转化与再造，终于找到了自己的东方知音——中国特色的侠文化，从而在价值沟通和精神交流过程中，发挥着自己的作用。在与异质文化实现了价值沟通的过程中，侠文化精神遂成为新文学作家积极参与传统文化的反思及其创造性转化、国民性改造、人格建构和文化建构的一种精神资源与价值参照。

（陈夫龙：山东师范大学文学院）

论中国当代文学创作的理想追求

郭玉生

中国当代文学创作可以说是风云变幻,波澜起伏,但始终有一定的理想追求贯穿其中,并由此而展现出文学创作丰富而又复杂的宏观画面。概而言之,中国当代文学创作的理想追求可以分为三个阶段,新中国成立后"十七年"以及十年"文革"文学创作追求的是政治理想,新时期文学创作追求的是审美理想,90年代初到新世纪文学创作追求的是文化理想。

一

追求自由、平等和解放,让古老的中国摆脱内忧外患的局面,建立一个独立、民主、富强的现代民族国家,这是中国近代以来的知识分子挥之不去的内心情结。因此中华人民共和国的成立以及所采取的新的社会制度,正是深潜于一代又一代中国知识分子心中的历史夙愿。这样中国革命的胜利和历史转型时期频繁的社会活动,就激发了作家们的高度的政治热情,他们关注政治运动,对新政权寄予热切的期望,投身并直接表现社会政治重大变革,由此作家们把文学作为革命事业的一部分,在创作上服从政治路线,服务于政治需要,采取社会主义现实主义随后又代之以革命现实主义与革命浪漫主义相结合的创作方法。文学创作普遍遵循典型环境中的典型人物的原则,以表现"重大主题",表现现实和历史中的重大事件和对英雄人物壮美性格的崇尚为基本内容。

由此十七年文学创作因此有了鲜明的政治理想追求,在作品中赞美新中国,并由赞美和憧憬而构成新社会绚丽的理想生活的画面。例如在小说创作方面,文学作品叙写与社会政治运动密切相关的题材,具体表现为在历史领域,描写中国共产党所领导的新民主主义革命史成为了创作的主导性题材和主题;在现实领域,具体到每一个时期,从新中国成立初的抗美援朝、土地改革,到随后的大炼钢铁、人民公社运动,都有相应而及时的文学作品出现。

由此十七年小说创作普遍追求史诗性效果,表现工农兵伟大的革命实践活动,强调文学作品直接对光明面的歌颂,反映的生活要比现实生活更高、更典型、更理想,注重塑造英雄人物形象,因为英雄人物是革命理想最集中的表现。又如在诗歌创作方面,从新中国成立初期起,与作家对新政权的希冀和期待相联系,政治抒情诗的写作就开始初见端倪,尤其是1955年郭小川的长诗《致青年公民》及1956年贺敬之为纪念中国共产党成立35周年而作的长诗《放声歌唱》的出场,在当时影响甚大,为政治抒情诗的发展奠定了基础。1958年之后,革命理想主义极端盛行,使这种诗体大行其道,登峰造极,成为当时诗歌的主流。政治抒情诗直接表现诗人对时代、对社会斗争和重大社会问题的认识、评价,在艺术形式上讲究政论性和激情的结合,为抽象的政治概念寻找形象、诗意的外衣,为激越的政治豪情寻找一种与之相适宜的节奏,追求强烈的政治鼓动性和感染力。

这样十七年文学产生了相当数量的从属于政治意识形态的作品,缺乏文学应有的独立品格,有些作品甚至对现实进行了歪曲和粉饰。但是十七年文学存在着政治意识形态和人民愿望、知识分子理想在一定情况下互相吻合的问题。例如新中国成立之初歌颂新中国的政治抒情诗、五六十年代反映革命斗争题材的《红岩》、《红旗谱》等,尽管是吻合了政治意识形态的需要,但是也和一个久受压抑、久历动乱的民族的发自内心的渴望新生、向往英雄的心理是一致的。对于一个饱经沧桑和蹂躏的民族来说,建立一个独立、强大的现代民族国家,是人们的共同理想。中国共产党领导的革命斗争,在革命斗争中付出的巨大牺牲以及新中国成立之初所显示的朝气,为人们有目共睹,所以这样的文学作品在精神特质上仍不失真诚。

然而,单一的政治视角,片面追求文学的政治理想,毕竟使文学观念越来越被政治观念所代替,文学创作主题往往是单一、集中、明晰的重大社会政治主题,文学创作题材愈益狭窄,主要是革命斗争的历史和农村的现实生活这两大题材比较繁荣,平凡的日常生活,个人的欲望、情感、精神状态等在文学创作中遭到了限制,文学日益失去了独立存在的地位,文学创作必须为现存辩护,其质疑与抗议现实的功能被取消,以至"文革"之中文学创作否定了写真实,更强调了理想性;否定了写普通人的形象,就把英雄人物的塑造推到了远离现实的极端化的地步,由此出现了"三突出"的创作原则以及八个样板戏、《金光大道》之类的追求所谓"高、大、全"却背离真实,人物公式化的作品的问世,这一切均显明了文学创作追求政治理想极端化必然出现的结果。由此文学形象演化为抽象的、象征化的符号,成为与个人生命体验无关的政治象征,文学完全成为政治的演绎和工具,文学创作实际上变成一种政治行动而丧失了日常生活的真诚、思虑的内心和丰富、复杂的文学性。

可以说,十七年以及十年"文革"文学创作的得失给了人们这样的启示,新中国成立以来大多数反映社会主义革命和社会主义建设的文学创作,之所以存在着较为严重的公式化、概念化的毛病,成为说教色彩很重的劣质艺术品,甚至非艺术品,其根本原因是过于急切的政治功利欲遮蔽和妨碍了作家审美的眼光,忽视和缺乏艺术转化的功夫。所以作家在追求政治理想时,应该超越现实政治的阶层性、临时性、政策性,让文学创作作用于根本的政治理念而不是简单地图解现实政治的具体方针政策,支持政治理念所怀抱的关于美好生活的想象,对现实政治进行有效监督与批判,并使文学作品中的政治成为经过充分艺术转化的、完全消融在艺术中的政治,才能更好地体现文学的政治价值。

二

新时期以来,面对"文革"浩劫留下的恶果,文艺界在思想解放运动背景上进行"诗意启蒙",认为凭借文学艺术的审美体验,才能使蒙昧的心灵获得解放;凭借文学作品的审美的魅力,才能使中国人迅速抹平政治伤痕,看到崭新的美丽远景,由此产生了新时期文学创作对于审美理想的追求。文学创作企望摆脱现实的政治、商业和实际生活的缠绕而追求一种理想的、精神的、圣洁的和高雅的人类生活,强调文学艺术应该是至高无上的精神产品,它是崇高的、充满诗意的,应该引导人们向往美。新时期的文学创作由此构建了审美乌托邦,代表了新时期人们的个性解放与个体意识的觉醒,倡导人们发扬主体性和人的自由解放,为中国当代社会摆脱精神禁锢注入强大的思想力量,为国家的改革开放提供动力。

  文艺界在此基础上更新文学观念,认为文学不是一种可以受政治摆布的简单工具,文学的特性是审美而不是意识形态的简单传声筒,文学创作突破了单一的创作方法的约束,为艺术思维敞开了广阔的大门,作家追求审美效果,追求表现方法的变化、新颖,首先是新时期的作家的语言意识强化,对语言的价值有了更深层次的理解,认为文学的审美价值是凭借语言而得以实现的,谋求富有个性的用以叙述和描写的语言系统,出现了各式各样的文体。同时心理小说崛起,客观现实生活心理化,心灵化,圆形人物形象大量出现,性格因素的单一结构向着性格因素的多重结构演变,传统的线性叙事向复线、多头、放射、网状、块状、立体交叉的现代叙事转变,这一切与作家的审美意识的强化有着密切的关系,是作家改变对政治概念图解的依赖型的创作方式而转向文学创作活动的自主性与独立性的强烈诉求。

  因此新时期文学创作对审美理想的追求一方面使文学由长期存在的专一的政治视角,转向开阔的社会视角,文学重新回到对人的精神苦难以及生存境域的关怀之中,对人之为人的尊严、道义、世俗情感以及自然欲求给了积极主动的呼吁,另一方面则推动了文学创作从注重"写什么"到"怎么写"的转变,在很大程度上使文学剥离了以往的阶级性、革命性、模式化等表达传统,完全打破了文学的载道与教化的单因逻辑,转向多样的审美功能,通过虚构、想象而创造一个艺术的真实世界。例如"朦胧诗"的崛起被理解为中国诗人强调诗的艺术本体,第一次以个人声音表达思想与情感;作为知青作家,史铁生一直对美好的事物有着特殊的敏感,在困苦的生活中发现美;张承志的一系列小说则以昂扬的激情倾诉新时期青年人不可遏止的历史愿望,洋溢着理想主义的英雄气概和强烈的个人主义色彩;新潮小说作家马原、洪峰等特别强调作家的主体性和他们创造文本、支配文本的绝对自由,以丰富的想象和出神入化的语言改写了现实生活的本真形态,并很好地制造和保持了文学与现实的必要距离,因此保证了那种绝对意义上审美本体性和"现实生活"的美学符号化,文学的愉悦性、审美性、个体性、主体性、创造性都得以在一种洒脱的境界中自由地呈现。

  但是如果全面审视新时期文学创作的审美理想追求,其中的把文学视为一种纯粹的审美本体的矫枉过正的极端化倾向又造成了形式游戏的泛滥,使许多作家陷入"唯形式主义"的泥淖,过于强调文本形式的修筑意味和叙事技术的自娱倾向,从事于语词的游戏和文本的狂欢,在超越世俗、远离现实的同时彻底丧失人文精神的追求,越来越无法对现实"发言",使文学成为一种多余的点缀甚至成为对现实的蒙蔽。例如新潮小说作家往往沉醉于文本的游戏之中,在语言方面既高度自律化又高度能指化,给人带来很美的语感,但更多的时候由于语言的狂欢和能指与所指的高度游戏化的分离,语词毫无节制地放任自流,彼此没有意义的关联和指涉而导致既淹没了文本的意义、故事、人物,也淹没了文本和小说自身。这一切启示我们,审美理想只有建立在维护文学对社会现实的参与和承担的前提上,才有切实意义。

三

进入20世纪90年代后,随着社会主义市场经济在中国大地上建立,中国社会的文化转型也在加速进行,一元文化时代的全民精神信念的同一性被打破,多元共生的文化生态在市场经济的隐形运作和发展中形成。在此,国家意识形态的主流文化、大众消费型文化和精英知识分子文化的分离状态开始取代过去的一体化文化结构,文学已不再被视为可以超越于其他文化形态如政治、经济、商业、日常生活等之上、并回过头来引导它们的纯审美模式,而是与它们交互渗透在一起,成为普通文化的一部分。这时,文学虽然还拥有其审美特性,但已经无法与其他文化过程分离开了。由此文学创作形成鼎足而立的三大种类:主旋律文学,精英文学,大众文学。

主旋律文学具有明确的主流意识形态导向,利用文学特有的审美感染力教化公众,追求社会整合、秩序安定的政治文化理想;精英文学追求精神家园,强调文学的一个重要职责是维护人类生存的丰富向度,美、个性、自由程度、正义、尊严、情谊、爱、创造力都属于人类重要的生存尺度,认为文学有理由让人们意识到,人类的生存在多维的文化空间展开,文学有责任参与描述多维的文化空间展开,因而精英文学比较富于批判精神,比较关注人类和个体的生存困境,关注人性的美好、丑陋和复杂;大众文学则是迎合普通市民的日常感性愉悦需要,注重满足日常生活的娱乐趣味。大众文学在赢得文艺的商业价值的同时,往往以其市场本性和效益原则驱使整个文化趋向世俗,成为一种贬低或放弃人的精神向度而以物质盈利和消费为目的的消遣文化、商业文化。这种大众文学无情地解构着一元文化时期的意识形态中心,冲毁着精英文学的文化价值理想。

可以说主旋律文学、精英文学和大众文学都有自己的文化理想追求,这三种文学的互动、矛盾、融合及发展构成了20世纪90年代以来的当代文学杂语喧哗、多元发展的基本格局。同时也应看到,随着中国市场经济的迅速发展,中国社会依照现代化秩序加速了进入全球化世界体系的步伐。作为一种自我制衡,中国急需一种强有力的意识形态轴心去整合全民的精神信念,同时现代工业文明和市场经济的发展也需要深度的精神文化的引导。因而在市场经济的发展和消费文化对整个社会生活的全面渗透过程中,主流文化、知识分子精英文化和大众消费文化相互渗透,彼此整合,逐步重新统一在具有中国特色的、呈现着民族文化本位和爱国主义精神的和谐社会共同体及其意识形态的建构之中。这样重新整合民族的精神信念,实现文化认同,亦即对个人、集体、民族和国家身份的确认成为并将继续成为90年代以来的文学创作的共同理想追求。

经过60年的风雨历程,共和国实现了大国崛起,走向了民族复兴,文学创作的理想追求也经历了政治理想、审美理想和文化理想的变迁,有了各自的得与失。而今经过30年的改革开放,中国成长为世界工厂,但动用的还仅仅是廉价的土地和劳动力,标准主要是外面的,市场主要是外面的。未来中国发展的必由之路,是要创造具有中国文化、中国想象、中国价值观的文化产品包括文学作品,使中国不仅是世界制造业高地,而且是世界价值高地,可以向世界输送价值观,输送新生活。这种输送不仅附加值最高,而且最有品格,最受尊重,最有尊严。同时也应该指出,在物质文化发展的同时,生态危机日益严重,人更需要与自然的和谐共存,更需要人文的理想和深度的精神文化的关怀,由此中国当代文学创作应该从民族的精神和人类的心灵开发出来同情、理解、关爱和人性,以文学的方式反映人类文明的优秀成果,表现对人类的精神关怀,揭示人类历史的丰富内涵,实现物质文明、精神文明、政治文明和生态文明的整体发展。这样,提升经济发展的人文气质,提高公民素质,提升文化软实力,促进人类共同走向繁荣、富强、文明、和谐是中国文学创作面向未来的重要理想追求。

(郭玉生:黑龙江大学文学院)

试论中韩教科书中的阿 Q

〔韩〕李佳恩

韩国的高中生语文教科书分为两种:《国语》和《文学》。《国语》的范围比较大,包括所有语言领域的文章、理论、语法什么的,全国高中生都看教育部出版的一模一样的《国语》书。相反,《文学》一书,是真正意义上的"文学",诗歌、小说、散文等的"作品"为主的书,一共有 18 种不同出版社出版的教材,各个学校可以按学校的教育方针选一本合适的书。当然,《国语》书里面也有文学作品,但是几乎都是"韩国的"古代到现代的不同体裁的文学作品,外国文学作品在《文学》书里面才能找到。在 18 种不同教材当中 10 种以上都收录着鲁迅的《阿 Q 正传》,这意味着在韩国"阿 Q"的知名度相当高,而且这高地位很坚固,很长时间一直在不同《文学》书上。

如此在国外一直"活着"的阿 Q,在自己的国家,突然变为"太旧的人物,需要改革的对象"。教科书上一下子找不到他的影子,这是怎么回事? 据报道;2010 年多地中学语文教材内容出现较大调整,其中鲁迅的《阿 Q 正传》、《纪念刘和珍君》等多篇作品被删除,广东版则将《药》换成《祝福》。而巴金反思"文革"的文章和余华的小说等被新选为课文。[①] 我们应该如何看待这件事?

一、文学教科书的外国文学作品选定问题与阿 Q

论"阿 Q"的盛衰、存亡问题之前,我们首先通过一篇论文《在韩国外国文学教育》考察文学教科书的外国文学作品选定问题,以及阿 Q 适不适合今天的教科书上的人物。"……文学教科书的外国文学选定的问题,在文艺思潮或者文学史的关联性中跟随'代表性原则'。这原则是,以那个时代、国家、文化的代表性作品为优先,收录在教科书上。这些代表性文本之所以很安全,是因为已经通过以各种方式来进行的各种检查,而且一般来说,一旦被选定了,就不容易下台,可以多年间生存在教课书里。但是在教育现场上,那些代表性明显的著名著作,没被学生欢迎,倒是使学生感到无聊,而且那些文学作品进入到教室之前,那意味已被确定了的,结果,打断学生之间的自由讨论和创意的新的意味生产过程。"[②]在这里我引用关于外国文学教育的一篇论文,通过这篇文章,可以理解最初阿 Q 来到环境生疏的韩国的时候,为什么不是孔乙己,又不是过客,偏偏是阿 Q 他? 这是因为,阿 Q 符合"代表性原则"的代表性人物。那个辛亥革命前后的时代背景下,一个叫"中国"的国家的底层农民阶级的描述,是令人能够了解当时中国社会的气氛和中华民族的好例子,

---

① 9 月 8 日《广州日报》
② 권오현,한국에서의 외국문학 교육《在韩国外国文学教育》,1998.

而且,作为"邻居国家",经过大同小异的历史经验的韩国来说(经过半封建半殖民时代、抗日运动时代等其时期上和内容上很多方面两个国家的历史情景很相似),阿Q是可以值得同情的,同时阿Q的令读者能够反思自己的人物形象等的原因,阿Q很容易被韩国国民吸收,对他在韩国《文学》教科书上长寿,没人有意见的。

可是,如引用的论文所说的,阿Q虽然在韩国的教科书上继续存在,但我个人认为,他又不是具有特大魅力的人物。教科书的基本目的是"培养","考试"是培养的中间产物,在这个层面上我们可以得出一个结论——进入教科书的文学作品,不再是纯粹的文学意义上的文学作品,而是考试的阅读资料。这样,感赏的对象变为分析的对象的过程,世界名士阿Q也躲不开。已经做过"考试题"的学生,不肯再读作品文本,背下正确的答案就行。(其实考试题差不多,并且正式考试的时候实际上没时间重读)——鲁迅,精神胜利法,对最底层农民的怜悯和哀痛同时对地主阶级的憎恶以及批判——这三个答案。这可能是符合讨厌"为艺术而艺术"的现实主义作家、启蒙作家、革命作家鲁迅的意图,但是,如果这样,何必将那么伟大的"文学"作品在教科书里放进去?非文学不行吗?非文学不是更直爽,不是更明确地传达自己的意见吗?虽然当时鲁迅开始写作时,文学的本质已经是"宣传"(虽然也有,周作人、许地山、郁达夫、冰心等自由主义倾向的作家),对极左鲁迅来说,这个文学的工具性本质是很会吸引人的,也是自己写作的第一目的。鲁迅在日本仙台医专学习不到两年,突然决定学习文艺艺术,这个决心在《呐喊》的《自序》里很详细地写着。在细菌学课堂上放映的一部时事电影中出现的中国人的无能和旁观态度,使鲁迅感到侮辱,至于吃不下饭睡不着觉的程度。

"……从那一会以后,我便觉得医学并非一件紧要事,凡是愚弱的国民,即使体格如何健全,如何茁壮,也只能做毫无意义的示众的材料和看客,病死多少是不必以为不幸的。所以我们的第一要著,是在改变他们的精神,而善于改变精神的是,我那时以为当然要推文艺于是想提倡文艺运动了……"这事件又在《亡友鲁迅印象记》中,能看到鲁迅的好友许寿裳的回忆:"对,我决定学习文艺艺术,你觉得这些中国的白痴用医术能治疗吗?"这样,鲁迅从开始就光明正大地告诉读者自己的写作终有"目的"的。辛亥革命失败了后,鲁迅对此一直感到遗憾,把长时间设计的"阿Q"这个人物,经过1921年到1922年的时间,在《晨报副刊》上发表,借着文艺的武器,面对中国社会骂了一顿,令人感到又无奈又痛快,又很革命又很现实。

但是,我们再回来看"文学的本质"吧。我主张文学无论哪个时代,什么变动期下,都应该保持自己本身固有的"文学"价值,这不变的文学价值就是"符合每个时代的普通人们的普遍价值",通过文学人们所得到的快乐或教育或文学自己的盛衰,都从这里出发。那么符合代表性原则的作品渐渐不受欢迎,2010年终于把阿Q推到教科书外面,我们是不是需要重新做解剖几十年前其肉体被抢杀死,今天其灵魂又没地方安顿下来的可怜的阿Q?

二、对《阿Q正传》,两个国家的不同声音

1. 被删除的两个原因

难。这是我对《阿Q正传》的第一印象,在第一章"序"那么短短的两页里,有许多第一

次听说的难懂的词;什么三教九流,陈独秀,注音字母,拼音法,陇西天水等,这些词(或人名),对"一般"的"外国"读者来说(不是对"专家",也不是对"中国"读者来说,而是具有两种 penalties 的读者来说),特别陌生,晦涩难懂。"鲁迅的文章'确实是难'",日本鲁迅研究家竹内好曾经说过这样的话,从此亲身体会到。

可是,在这里不再谈"难不难"的问题了(鲁迅不是因为难、因为深刻,所以才是鲁迅吗?),我们想知道的是,在教科书上"需不需要"阿Q。这里一个人物的悲喜交叉着,虽在自己的国家,是被删除的情况,可在外国仍然受到欢迎。我看,中国正在走着与鲁迅时代所蔓延的社会精神不同的一条路。随着这次语文教科书的"大换血"事件,浮上来的一位,是武侠小说作家金庸。他对自己的武侠作品代替鲁迅作品的那些社会动态,表示意见说:"《阿Q正传》是大约写在于70~80年之前,反而我的作品写在于50~60年代。时代变了,学生看的教科书的内容也需要变化。以前在中国武侠小说的文学地位不高,可是现在其地位变高了,连大学教授也在纷纷研究它。而且,与其说《阿Q正传》跟着中国传统写,不如说模仿西方文体,因此令人感到异质感。当时的文学作品受到西方的影响,因此不觉地过于用'被动式'语法,可汉语本来用的是'能动式',我在写作过程中努力地把汉语写成真正地道的汉语式的汉语。"金庸说得没错,我赞同他的两点:一个是"时代精神变化问题",另外一个是"语言问题"。

(1)"语言问题"

我是研究中国现当代文学的,但实话实说,读《阿Q正传》的时候,没有照着韩语译本,光读汉语原本的话,实在不行,说不定看不懂。幸亏在韩国《文学》教科书上的《阿Q正传》是现代韩国人所用的标准韩语译本,虽然用的词语很陌生(因为语言反映社会和时代,很多词在韩国没有的只有在中国才有的——特别是一些名词,或者那个时代用过,可今天这个时代却不使用的词),但还是可以把握住主要情节和主题思想。这"语言问题"不仅仅在外国学生身上发生,在中国国内学生的身上也发生。因为小说中的语法、词语、口气都不是现代汉语。20世纪初在中国,文言文和白话文尖锐对立,也是替换时期,虽然鲁迅强调使用白话文,但是他自幼在"三味书屋"学的背的都是《百家姓》、《神童诗》、《四书》、《五经》、《唐诗三百首》等古文,后来又写出《会稽郡故书杂集》、《故小说钩沉》的古代研究书集,看来对鲁迅来说使用"完整"、"全文"的白话文,是不容易的。而且那个时候还没完整的整理"标准"的现代汉语的时期,所以《阿Q正传》中的语言问题,可以这样解决。与被删除事件虽然有关,但不那么严重。

(2)"时代精神的变化"

关键的还是,这第一个问题,就是"时代精神的变化"问题。对一个文学作品,在不同时代有不同意义、不同评价是毫无疑问的。鲁迅时代,鲁迅是连一个国家主席都称赞的"三个家五个最","五四文化新军的最伟大和最英勇的旗手"作家(虽然他们俩站在同一个政治立场上是解释这样的称呼的最大原因),反而现在,可以说不是鲁迅时代的现在(虽然现在鲁迅仍然是那么伟大的鲁迅,他的精神仍然在中国十三亿人的心目中),研究鲁迅的研究者或者初中学生(因为鲁迅的小说是学生必读书)以外,还有谁自己主动地找看他的作品?还有谁愿意看政治化了的文学书籍,文学化了的政治书籍,那样似文学非文学式的文章?特别是在政治和文学分开不到半世纪,面临着文学的独立地位越来越高的当代中国,况且如今的读物洪水中,那么的"经典"能引人注目吗?大家都说思想浅薄的这时代,谁有能力简简单单地读下去思想那么深刻的书?压力那么的大的当代人,下课下班后追求的都是娱乐、简单、便利、容易的东西,而不是有思想、深刻、难懂、复杂的东西,不管它是世界著名。不论这种社会气氛,即使读鲁迅的还是有的,我估计,那些读者中也没多少人得到只有文学给人的"快乐",因为鲁迅作品本身不是给人快乐的纯粹的文学作品。鲁迅的作品,到了现代,是不是只剩下研究用途的学术价值?

那么时代精神怎么变化了?从20世纪到21世纪,从政治到经济,从为国家到为个体,从传统到后现代,从精神到物质,从压抑到解放,从保守到开放,从单一到多样,从理想到实践(或实现)等,在各个方面无不经过变化过程的。今天的初中学生,又不是过来的人,不懂变化以前,只懂变化以后,顺应着已变化了的新的社会、新的社会精神与新的社会习惯。在这样的学生面前拿《阿Q正传》给他们读读,不知《阿Q正传》是成为鲁迅时代一样的革命的先驱者,还是成为挡住变化和发展的干扰者。虽然《语文》教科书,是教科书,不是以兴趣为主的杂志或者其他业余书籍,而且教科书的目的是教育。但是,现在在教育方式不是以老师讲课为主的"灌输"式的单行道,而是以学生为主的"参加"式、"讨论"式的双方交流。在这个意义上,不能不考虑学生们的兴趣,因为真正的学习,总是从兴趣出发的。这就能够解释,随着教科书改革,金庸的武侠小说的登场。

2. 在韩国一直被采用的原因

(1)"代表性"

"代表性与教育性"能够说明《阿Q正传》在韩国《文学》教科书中续存的主要原因。关于"代表性"的问题,我前面已叙述,是一部小说能够代表一个国家、一段时间内的社会情景和事件和当时的社会精神。"教育性",这个特质可能属于"代表性"的一部分,这两个特质,实际上是在一起的,一说"代表性"就想起"教育性"的"共存"或"一套"关系,意思是说,一部小说"代表"什么,就意味着能"学到(教育)"什么。比如,看《阿Q正传》,通过这篇小说,我们可以学习鲁迅、中国近现代史、当时农民和地主两个社会阶层的生活样子、写这篇文章的一个知识分子的苦恼以及启蒙精神,这就是《阿Q正传》代表的某时代某国家的形象。

这样的代表性与教育性虽然规定上"合格",但是,这简简单单的"事实"满足不了"长寿"的充分条件。其实在文学领域"代表性"也许会意味着"刻板性",这刻板的代表性与教育性中应该有"特别的"的。这"特别的"才是"长寿"的"大股东",这就是"对人的考察"。

(2)"以人为本"的思想

把《阿Q正传》视为"政治体制完全相反的一个国家的在某个时代政治色彩特强的一部作品"之前(从韩国人的角度来看),如果可以透视作品底面内在的一个作家的纯粹的思想,如果能够看得出因外在因素被覆盖的内在思想精神的话,我们可以找出鲁迅的"生命"意识——对生命的尊严,对人的爱惜,对人生的保护和坚持——因为很多鲁迅研究家都承认鲁迅是文学家之前首先是一个思想家,同时对人、对社会的孤独的探索者。当时他明明是左派,作品里有革命精神,带着符合政治家口味的写作倾向,这些不是因为鲁迅对政治有欲望,或有通过小说支持党的党利党略的目的,而是因为他是一个具有革命精神的青年。鲁迅首先考察的是,应该如何生活,怎样做人,怎样启蒙从封建社会还没改过来的愚民。对鲁迅来说,文学是这思考过程中的行动武器而已。鲁迅的儿子周海婴的《鲁迅与我七十年》一书,是传记式回顾录,儿子描写的父亲鲁迅是爱儿子、爱青年、爱人民的人,是尖锐的笔下却带有一颗爱心热心的人。父亲虽然每天忙着写文章,但是对天天来找自己的客人,高高兴兴地接待,到深夜交谈,愿意帮助青年作家,愿意给他们批改文章等,鲁迅的生活态度,文学思想,政治立场都来自"先人后事"。这思想看起来很普通,可当时是刚开始意识到"自我"、"个体"的时期,而且很少人意识到的"以人为本"思想的,所以这绝不是很普通很简单的思想。如果,鲁迅在文章中所提倡的,在他的现实生活当中根本没有实践努力的话,他的提倡,只是个没有实体,光响的锣鼓,空虚的呐喊。

鲁迅的人本思想,不光是在《阿Q正传》,而是整个文学作品的基本原理。鲁迅在《北京通信》中说:"但倘若一定要问我青年应当想这样的目标。那么我可以只说出我为别人设计的话。就是:一要温饱。二要生存。三要发展。有敢来阻碍这三事者。无论是谁。我们都要反抗他。扑灭他。"再看《文化偏至论》:"然欧美之强,莫不以是炫天下者,则根柢在人,而此特现象之末,本原深而难见,荣华昭而易识也。是故将生存两间,角逐列国是务,其首在立人,人立而后凡事举;若其道术,乃必尊个性而张精神。"而且鲁迅在《自选集自序》中承认自己的文章跟着政治写的:"这些也可以说,是'遵命文学'。"不过,继续说自己强调的根本是为人的,不是为政治而写的:"不过我所遵奉的是那时革命的前驱者的命令,也是我自己所愿意遵奉的命令,决不是皇上的圣旨,也不是金元和真的指挥刀。"先是人,吃饭,生活,个性,然后再有国家,理想,改革,政治,团体。"人感到寂寞时,会创作;一感到干净时,即无创作,他已经一无所爱。创作总根源于爱。"虽然时代精神变化了,但是对人的考察,对生活的热爱是永恒不变的价值,这是鲁迅人本主义的主干思想,鲁迅真正为人和伟人的理由,也是现在韩国全国初中高中学生读鲁迅的最根本原因。

三、结论

恐怕鲁迅的作品是否在教科书里,这是不太重要的,因为鲁迅在合作翻译集《域外小说集》序最后说:"倘使这《域外小说集》不因为我的译文,却因为他本来的实质,能使读者得到一点东西,我就自己觉得是极大的幸福了。"鲁迅对自己的作品卖得多少不太关心,而关心在于读自己的作品的读者,读后他们的精神上有没有变化,有没有帮助,有没有发展,有没有觉醒。鲁迅也不会愿意无感觉的成千上万读者,而是会愿意敏感的反应过来的少数读者。作为一个热爱中国现代文学的学生,我只怕这次教科书的改革,鲁迅和他的作品以及他的精神价值慢慢消失,同时中国青年慢慢记不得五四革命精神,青年精神,爱国精神。"死者倘不埋在活人心中,那就真真死掉了。"如鲁迅在《空谈》中说的一样,鲁迅的文字教科书上能否找得到,用肉眼能否看得见,是不要紧的,然而在每个人的心中鲁迅的声音是否响着,这是要紧的。

(〔韩〕李佳恩:中国海洋大学文学与新闻传播学院中国现当代文学专业研究生)

由俯视到平视
——二三十年代中国现代文学叙事视角的一种考察

周红燕

在叙事文学中，叙述者与故事的关系是一种最本质的关系。叙述者在叙述故事的时候所采用的叙述角度即是视角。视角（也称聚焦）是小说中极为重要的叙事技巧。它对于文本意义的阐释，叙述效果的产生起了至关重要的作用。最早提出视角问题的批评家之一 Percy Lubbock 认为，小说中所有的技巧都受到视角的制约。视角有两层意思：一是它就像视觉艺术的视点，即观察者从什么角度和什么位置来观察一个物体。而在文学作品中，作者把读者的位置调节到他想表达的角度。这种调节既是空间上的，又是时间上的。作者可以把叙述者摆在千里之外，也可以把他置于读者的面前，可以让他作为一个历史人物，也可以是当前的一个目击者。二是视角存在于表达事物的态度中。因为叙述文本总是由语言组成的，而语言不允许我们在谈论某事物的同时不表达我们对它的态度。"'视角'一词暗示着有关某一话题所持的观点或立场。也就是说在叙事中有一个点，叙述者似乎真的从视觉上由这个点去观察小说中的事件和人物。就像拍电影时的摄影机一样，叙事中的视角总是处于某个地方，或于事件之上，或于事件之中，或于所涉及的一人或多人之后。因此，叙述者在叙述一件事情或是描述一个事物的特点时，所采用的视角就成为了读者分辨作者态度的线索。"[1]在小说创作中，叙事视角的运用，是作者艺术传达的一种方式，也是作者艺术构思和思想情感表达的体现，不同的叙事视角决定了作品不同的构成方式，同时也决定了接受者不同的感受方式。

在二三十年代中国现代文学发展的不同时期，小说的叙事视角在作家的创作中有不同的体现。现代文学发展初期，是历史大转折时期，新旧思想的激烈交战，东西方文化的融合撞击，造成了纷繁多变的文学现象，但纵观这一时期的创作，也可以发现某些共同的文学兴趣与归趋，或者说是与五四新思潮相关的体现在创作上的时代品格。从《新青年》鼓动文学革命开始，新文学先驱们就主张文学服膺于思想启蒙，注重将文学作为改造社会人生的工具，强调以现代科学民主的精神去指导新文学的创作。他们进行文学创作的叙事视角呈现"俯视"的姿态。现代文学的第二个十年，中国革命的历程已由五四时期的思想革命转向社会革命，进入社会解放的时代。表现在叙事视角上，作家们以"平视"的视野和角度进行文学创作。这种转换是文学发展规律的一种体现。当然，在多元并存现代文学中，叙事视角的转换并不是绝对的唯一的现象和趋势，只是不同时期作家们叙事策略的一种体现。该文主要以"人力车夫"形象的塑造为切入点，来考察这一转换以及转换实现

---

[1] 〔英〕马克·柯里著：《后现代叙事理论》，宁一中译，北京大学出版社2003年版，第69页。

的原因,进而总结现代文学发展的规律。

一、"俯视"叙事视角

托多罗夫认为:"构成故事环境的各种事实从来不是'以它们自身'出现,而总是根据某种眼光、某个观察点呈现在我们面前的。'视角'是叙述者看问题的立足点,他以什么样的身份,以什么样的话语角度来谈问题,谈论他生活中间的事物,来看待这个世界。"①"俯视"视角是指镜头从上往下观察的状态。表现在文学创作中,指的是创作者站在一定的高度观察社会生活,在高于生活的基础上进行文学创作。新文学初期,先驱们主张服膺于思想启蒙,他们的创作也大都执意探索人生社会的究竟,对传统文化进行价值的重新估定,即使倾向浪漫主义的创造社作家,他们也往往在表现自我的同时,用批判的眼光探求社会人生。但是由于时代、阶级、文学思想等的局限性,现代文学的第一个十年时期,新文学作家大多运用"俯视"的叙事视角来进行思想启蒙。"人力车夫"的形象,只是文学家创作的众多文学形象中的一例。

新文学初期的文学大家,胡适、鲁迅、郁达夫几乎在同一时段将如炬的目光投向生活在社会底层的卑微的"人力车夫",并从心底发出"爱人"、"救人"的呐喊,不能不视为五四文坛的佳话。中国文人注意到人力车,大致始于19世纪80年代的日本,不过当这种起初被唤作"戈罗妈"(东洋车)的新鲜事物出现于街头时,留学日本的文人首先惊讶于其作为新式交通工具的先进性。黄遵宪多次歌咏人力车,在他的笔下那种街头"戈罗妈"的"万车毂击"似乎是对日本近代都市文明的概括,作者的欣喜之情毕现。人力车进入上海后,文人们仍然循着同一思路去看待人力车,甚至将其视为近代都市文明的典型,这在清末民初歌咏沪上繁华的诗歌中并不鲜见。而到了民国初年,西方自由平等学说进入中国后,一些文人开始以初步的人道主义观点去看待人力车了。因此,把人力车视为近代文明产物的同时,也发现了其所包含的人与人的不平等因素。如吾庐儒写于1910年的《精华慷慨竹枝词》中的《人力车》中说:"短小轻盈制自灵,人人都喜便中乘。自由平等空谈说,不向身前向弟兄。"②满口"自由平等"口号的坐车人,其实并没有正视其与车夫之间的不平等,这一视角是以前所没有的。但是诗人并没有对人力车夫的工作生活去悉心体察,这一缺憾在短时间内看来是无法弥补的。"人力车夫"在旧中国的都市里处于社会的最底层,为了活命,他们"拉着活人"飞跑,挣扎于饥寒交迫之中,知识分子生活在大都市里,从事的是文化教育工作,和工人农民接触并不多,但是跟人力车夫关系就不同了,那时洋车是这些知识分子的代步工具。上课、下课、探亲、访友,常会乘坐。坐车免不了寒暄,对他们的处境并不难了解,写起来竟得心应手。但是由于主客观原因的限制,此时的作家并未完全深入到社会底层人民生活中去,他们观察"人力车夫"的视角仅仅局限于坐车与车夫的攀谈和所见所闻,他们知识启蒙者的眼光较多的集中于车夫生活的某个较易看到的侧面,他们总是站在一定的高度,区别于人力车夫这一群体的身份特征。或者试图降低身份寻求一种平等,或者将自己的知识者身份与他们的底层身份相对照。总之他们是以"俯视"的角度

---

① 董小英:《叙述学》,社会科学文献出版社 2006 年版,第 67 页。
② 孟邻:《新文学早期的人力车夫形象》,《郑州大学学报》(哲学社会科学版)1998 年第 6 期。

或同情他们贫苦或涉及车夫的道德品质的。这类作品是当时关注底层人民生活最重要的实绩,但毋庸讳言,这类作品大致仍囿于知识者文学的范畴之内。

胡适的《人力车夫》、鲁迅的《一件小事》、郁达夫的《薄奠》等都写到"人力车夫",作者都是从人道主义的启蒙立场出发,都体现为一种"俯视"姿态。《人力车夫》这篇诗作以坐车客人的视角写车夫。作为知识者的胡适从人道主义的立场出发认为:"你年纪太小,我不能坐你车,我坐你车,我心中惨凄。"①胡适以知识者的立场为出发点,认为不坐车是对小车夫的同情和关怀,然而他人道主义的"体恤",却并不能解决实际问题。《一件小事》也是以知识者的立场来叙述,体现为一种"俯视"姿态。小说并没有直接写车夫,开头是概述和议论。"我从乡下跑到京城里,一转眼已经六年了。其间耳闻目睹的所谓国家大事,算起来也很不少,但在我心里,都不留什么痕迹,倘要我寻出这些事的影响来说,便只是增长了我的坏脾气,——老实说,便是教我一天比一天的看不起人。"②"我"看不起人的坏脾气在"小事"中有十足的"表演"。整个小事都以第一人称"我"的视角来叙述"我"的所见、所闻、所感。"我"叙述时显得事理明白,是非分明,大有"我"看到的就是事实,"我"讲述的就是真相的架势。隐含着"我"是一个视己如苍穹、视人如草芥的形象。俗话说"言为心声","我"的叙述中隐含着的形象正是"我"内心形象定位的流露。《薄奠》也是以第一人称"我"的视角展开故事。"我"是知识分子,本来悬殊的地位,使我和车夫两人不可能有过多的往来,但是由于"我"是一个经济地位比车夫强不了多少的穷知识分子,因为贫穷"我"无力把远隔在三千里处的女人和孩子接来同住,只是孤身一人住在北京。这样的生活状况,使"我"对在苦难中挣扎的劳动者充满了同情。但文中无不透露着小资产阶级知识分子形象的"清高"和"孤傲","我从自己的这种经验着想,老是实行浅薄的社会主义,一边高踞在车上,一边向前面和牛马一样在奔走的同胞攀谈些无头无尾的话"③。作为知识者的"我"因为生活的贫困与地位低下的车夫有了一种同病相怜之感,"我"呆呆地目送了他一程,心里却在空想他的家庭"⋯⋯"这种酣睡大约是他们劳动阶级唯一的享乐⋯⋯甚至有了"被我怜悯的车夫,我不如你"的想法。

"俯视"的叙事视角,一定程度上会限制文学内容的开掘和思想主题的升华,因而有一定的局限性。胡适《人力车夫》、鲁迅《一件小事》、郁达夫的《薄奠》,表面上或同情或赞扬"人力车夫",却只是描写了"人力车夫"的某一侧面,并没有深入人物的内心,探究人物的情感世界,三部作品都表现出这一特征。"视角是有限定性的叙述。视角的宽窄以人物所知的范围来确定,便是个性视角。比如一个农民,他的素质决定他的认知范围就是务农耕作的所有事情,以及农村的家庭的日常生活,他不可能知道王宫里的阴谋勾当。因此一个符合农民视角的叙述,只应包括在农村事物和农村生活范畴之内,反之亦然。"④新文学作家视角下的"人力车夫"就如同神话故事中神仙在云端俯视的众生,他们眼中的人间世界,千姿百态,熙熙攘攘。令众位神仙羡慕不已,哪知人间更多的是离合悲苦,这就是为什么神仙一旦下凡,他们眼中的人间世界,便面目全非了。以上三部作品的写作时间,大都

---

① 胡适:《胡适文集》,北京大学出版社1998年版,第10页。
② 鲁迅:《鲁迅全集》(第1卷),人民文学出版社1981年版,第458页。
③ 郁达夫:《郁达夫小说集》,人民文学出版社2002年版,第283页。
④ 〔英〕马克·柯里著:《后现代叙事理论》,宁一中译,北京大学出版社2003年版,第22页。

定格于中国现代文学发展的第一个十年,即新文学发展的初期,这类作品大致仍囿于知识者文学的范畴之内,在与车夫接触的过程中,他们从人道主义的情怀和启蒙主义的立场出发,以文人的道德与情感为立足点,悲悯车夫的贫困或赞赏车夫的高尚品质,但他们知识者的立场,小资产阶级知识者视角局限性,站在一定的高度俯视芸芸众生的社会现实生活的姿态,使他们对车夫生活的观察极为有限,他们只能看到生活中的"冰山一角",无法拨开重重迷雾,深入贫困的内因,从而忽视了这种职业的巨大的社会性内容。因此,车夫作为一种广泛存在的城市个体劳动者,其品性在五四劳工文学中,由于"俯视"叙事视角的局限,是不完整、不圆熟的。

二、"平视"叙事视角

叙事视角是作者把他所体验到的故事情境转化为叙事情境的基本角度,同时也是将读者引入这个叙事情境,揭开作者心灵窗扉的钥匙。"平视",意味着平等、意味着亲切、意味着对人的尊重。创作者以普通人的身份深入生活,与群众结成知心朋友,平等相处,从而融于生活,融于群众。在尊重生活的前提下,创作者与表现对象在同一角度把握事物,把生活的原汁原味表现出来,给人以最大的真实感。现代文学的第二个十年,文学创作从对人的个人价值、人生意义的思考转向对社会性质、出路、发展趋势的探求,从而导致了文学内容和形式的变化。作家们对社会全方位的观察和描写,表现为以"平视"的视角探求造成社会黑暗的根源和创建新社会的可能性。

"平视"的叙事视角,决定了创作者更能够深入社会生活,体味人生百态。在创作方面,表现为取材的广泛性和主题开掘的深刻性。在现代文学史上,老舍执著地描写着"城与人"的关系,他用众多小说构筑了一个广大的市民世界,几乎包罗了现代市民阶层生活的所有方面。而老舍在观察表现市民社会时,所采用的角度是独特的。老舍始终用"文化"分割人的世界。他关注特定"文化"背景下人的命运,以及在"文化"制约中的世态人情,作为城的生活方式与精神因素的"文化"的蜕变。在老舍的市民世界中,无论是老派新派,还是正派市民,不同的人物系列,各式人物的性格构成,往往阐释着某种文化内涵。现代文学第一个十年时期,问题小说的作家以及以鲁迅为代表的乡土作家群,大都立足于揭露社会陋习和封建礼教对人们精神的压抑,描写农村落后愚昧的生活图景。字里行间蕴含着"哀其不幸,怒其不争"的国民性批判主题。这一时期的作家大都以人道主义的启蒙立场,试图发现问题,抨击时弊。然而由于主客观原因的局限,他们更多的或是"呐喊"或是"彷徨"的愤世嫉俗,慷慨激昂,始终呈现为一种"俯视"姿态。与第一个十年时期的作家不同,老舍极为关注文化批判与民族性问题,他的作品承受着对文化转型期中国文化尤其是俗文化的冷静的审视,其中既有批判又有眷恋,而这一切又都是通过对市民日常生活全景式的描写来达到的。与第一个十年时期相当多作家的人道主义的启蒙立场不同,老舍抛开"一览众山小"的"俯视"姿态,以"平视"的视角走进芸芸众生,用近乎客观的笔调诉说各色市民。他了解甚至与他们熟识,因为老舍每天吃着和他们同样的饭菜,喝着同样味道的水,过着同样的生活。相同的境遇,相似的生活阅历,使得老舍爱他们之所爱,恨他们之所恨,因此老舍的创作在取材方面更具有广泛性和深刻性。

文学现象的传承,五四文学以后,描写人力车夫的作品中的集大成者,当属老舍的《骆驼祥子》。虽然老舍仍以车夫为题,但创作上远远超越五四时期对车夫生活的简单的直观的表现,而力图揭示悲剧人生与时代社会的关系。老舍运用现实主义创作手法,内容涉及车夫的生产方式、生活方式、价值观念、精神原则等各方面。小说写车夫祥子的一个个不幸遭遇蕴涵着一个不断向自我和人类的内心探究的旅程结构。祥子从农村来到城市,幻想当一个有稳固生活的劳动者,可是他的人生旅途每经过一站,他都更沉沦堕落一层,也愈来愈接近最黑暗的地狱层。"无论是祥子刚来乍到就看到的那个无恶不作的人和车厂,还是在他结婚后搬进去的杂乱肮脏的大杂院,或者他最后走向那如同'无底的深坑'的妓院白房子,小说都是通过祥子内心的感觉来写丑恶的环境如何扭曲人性,写他在环境的驱使下如何层层给自己的灵魂泼上污水,从洁身自好到心中的'污浊仿佛永远也洗不掉',最后破罐子破摔,彻底沉沦。"①

较之于前三位作家,老舍显然更熟悉作品所描绘的北平社会,他对生活的苦难与社会的黑暗有更切身的体察,与他们"俯视"的视角下的人道主义不同,老舍以一个贫民的身份,作为其中的一员,体会到他们的心酸与无奈:"爱与不爱,穷人得在金钱上决定,'情种'只在大富之家"②;悲苦与绝望:"死是最简单容易的事,活着已经是在地狱里"③;沉沦于堕落:"金钱减了他的人格,金钱闪花了他的眼睛,他已成为钱的附属物,一切要听它的支配了"④。从而直接深入人的心灵揭示文明失范如何引发"人心所藏的污浊与兽性"。老舍在谈及创作经验时,他说:"我所观察的不仅是车夫的一点点浮现在衣冠上的表现在语言与姿态上的那些事情了,而是要由车夫的内心状态观察到地狱究竟是什么样子。车夫们外表的一切,都必须有生活与生命上的根据。我必须找到这个根源,才能写出个劳苦社会"⑤。正是由于老舍把对祥子的描写,融入了对社会城市文化的具体分析之中,因而祥子的形象超越了车夫这一规定性,成为城市下层市民的普遍代表。

"哲学家有言:时间和空间是运动着的物质的存在形式和基本属性,一者体现物质的顺序性、持续性,一者体现物质存在的伸展性、广延性。"⑥"俯视"到"平视",即所谓的"鸟瞰的方式",逐渐过渡到"行走者的方式",同样也体现了时间和空间的转换。在前一种方式里,新文学初期的"知识分子","像神一样俯视",将城市看做"一个引人注目的奇观,是互相连接的空间构成的地图,或完全是一个庞然怪物",由此"投射"出一个"全景城市";而在后一种方式里,城市表现为一系列"互不相连的空间",以及"无尽的破碎印象"。前者是信息体验——是"地图式的描述城市",后者是实践体验,是个人"探索城市迷宫"。鸟瞰视角到地面视角,这一转变过程正可以看做是时间"穿透""地图式表现空间"的过程,"时间成了重新构筑空间模式的强大力量",更进一步,也可以视为传统到现代的转变。因为"现代性体验的特点,就是流动性和不确定性,它们大多数时候来自以地面为视角观察庞大城市及其迷人的神秘"。

---

① 钱理群、温儒敏、吴福辉:《中国现代文学三十年》,北京大学出版社1998年版,第164页。
② 老舍:《老舍文集》(第16卷),人民文学出版社1984年版,第17页。
③ 老舍:《老舍文集》(第16卷),人民文学出版社1984年版,第173页。
④ 老舍:《老舍文集》(第16卷),人民文学出版社1984年版,第245页。
⑤ 老舍:《老舍自述》,山西教育出版社2000年版,第99页。
⑥ 杨义:《杨义文存第一卷·中国叙事学》,人民文学出版社1997年版,第120页。

三、文本叙事视角转换的成因

叙述视角的选择和确定,不单是技巧问题、艺术形式问题,它与作品的内容和作家为表现这一内容所采取的整体构思都密切相关。从不同的角度观察问题,会得到不同的结论,产生不同的意义。现代文学的第一个十年到第二个十年,叙事视角由"俯视"到"平视"的转换并不是偶然的,而是有深层次的原因的。同样,从《人力车夫》到《一件小事》到《薄奠》再到《骆驼祥子》,"人力车夫"所走过艰难的路程,也体现了这一视角的转换。由于作家的生活背景不同和社会文学思潮的演进,其对社会的观察和认识,当然也会有各自不同的视角和侧重。作家的生活经历和世界观,决定了作家的创作态度,而对现实的认识和反映又作用于作家的思想认识。

"叙事视角的技巧,是可以控制作者对人物的同情的,这与我们在实际生活中同情一些人而不同情一些人没有什么特别不同。当我们对他人的内心生活、动机、恐惧等有很多了解时就更能同情他们。"[①]五四时期,知识者的生活方式以及由此而来的某些意识形态特征,在相当程度上影响了作家的创作。当时,中国的文化先驱大都寓居北京。胡适、鲁迅、郁达夫又有着大致相似的家庭背景和人生经历,胡适和鲁迅都出身于官僚家庭。"胡适的小官僚家庭虽破产,但还兼营一点商业,故乡徽州又以经商驰名,故胡适青少年时代便接触了不少商人。留美及回国之后,接触的多是上层知识分子和政客,并与各种旧派保守人士周旋,对下层民众了解甚少。"[②]正如美国一位汉学家格里德(J. B Grieder)所说:"他对于他的人民的'社会愿望'或他们的生活'实际条件'几乎完全没有什么真正的认识。"[③]胡适对人民大众也曾表示过同情和关心,却也只是站在大众头上俯瞰或旁观。鲁迅和郁达夫的家庭不仅是官僚,而且是书香世家,虽然家道中落,但却受到了良好的教育。鲁迅和郁达夫都读过私塾,留学西方,接受了西方文化。但是新文学创作初期的鲁迅,与他的立人、改造国民性的社会理想融合渗透的是他的鲜明的人道主义立场。植根于这种深刻、博大的人道主义的爱,鲁迅更关注人的命运、尊重和维护人的价值。他说:"说到为什么做小说罢,我仍抱着十年前的'启蒙主义',以为必须是'为人生',而且要改良这人生。"[④]家庭的熏陶以及自幼的私塾教育,使得郁达夫不可能接触更多贫民的生活。作为创造社的主要成员,他的小说多以"自序传"形式,抒发情感的苦闷。

而略晚于前三位作家的老舍,出身于下层穷苦市民阶层,且幼年失怙,从刚懂事起,他就和家人一样知道了愁吃愁喝。"我们住的胡同连轿车也进不来,一向名不见经传,住着赤贫的人家。每逢伏天夜里下暴雨的时候,我们都要坐到天明,以免屋顶忽然塌了下来,同归于尽。"[⑤]虽然以后在朋友的帮助和老舍本人的努力下,他以优异的成绩毕业于北京师范学校,但那也是他最高的学历了。假如我们回眸一下,中国现当代文学发展的前期,以至于中期,便会发现,在有成就的作家当中,其中多数人都来自社会的中上层家庭,像老舍

---

① 易竹贤:《新文学天穹两巨星——鲁迅与胡适》,武汉大学出版社2005年版,第357页。
② 〔美〕格里德:《胡适与中国文艺的复兴》,鲁奇中译,江苏人民出版社1989年版,第363页。
③ 〔美〕格里德:《胡适与中国文艺的复兴》,鲁奇中译,江苏人民出版社1989年版,第363页。
④ 鲁迅:《热风》,人民文学出版社1981年版,第47页。
⑤ 关纪新:《老舍评传》,重庆出版社1998年版,第246页。

这样出身于城市底层家庭的作家,并不多见。生计艰难的家庭、日益尴尬的满族身份、独特的生存环境,使老舍易于与贫苦人接触,相似的经历使他更能理解劳动人民的悲苦与辛酸。北平和车夫,可是他一向就了如指掌的,北平城那是他的人生与创作之基。"我生在北平,那里的人事、风景、味道和卖酸梅汤的吆喝声,我全熟悉,一闭眼我的北平就完整的,像一张色彩鲜艳的图画浮现在我的心中,我敢放胆地描画它,它是一条清溪,我每一探手,就能摸上一条活泼的鱼儿来。"①至于"人力车夫"即俗称所谓的"拉洋车的",在老舍早年抬头不见低头见的亲戚,朋友和邻居里边,真是多的不胜杯举。他已然积累了十几年对洋车夫的观察,既了解他们的命运,也了解他们的心路。以上这些为老舍以"平视"的视角创作打下了坚实的现实和情感基础。

任何文学形式的产生,都有其社会客观的和作家主观的因素胡适、鲁迅、郁达夫等作为新文化运动的主将,最先接受文学革命的"精神启蒙"。而由鲁迅所开创的"启蒙者和被启蒙者"的二元对立模式成为许多作家追捧的创作方法。作为知识者的作家处于启蒙者的地位,启蒙者的内涵是以科学、民主、平等、自由等西方的现代精神为主,带着同情、批判、焦灼的眼光来俯视挣扎在泥淖般的社会中的芸芸民众。而启蒙的对象——被启蒙者,则是占中国绝大多数人口的民众。他们善良、勤劳但也不乏麻木、愚昧。启蒙者和被启蒙者之间在精神上,始终处于不对等的地位。他们彼此的精神境界之间隔着一条无法逾越的鸿沟。

五四退潮后,人道主义作为意识形态中心的势头,已不再汹涌,而冷静的剖析社会现实则成为作家们新的创作原则。因此,作家们不再把车夫当成自己的人道精神的传声筒,而是把车夫作为普通的一员,借车夫来剖析社会。

与第一个十年强调文学与思想革命的关系不同,第二个十年更强调文学与阶级政治经济革命的关系。"中国社会走向何处去"成为时代意识的中心,人的思考思考中心发生转移,左翼文学迅速崛起,以上这些导致中国作家结构的变化。新一代作家来自更广泛的社会阶层。在从事文学活动之前,有着丰富的人生经验,正像鲁迅评价叶紫所说的那样,"作者还是一个青年,但他的经历,却抵得太平天下的顺民的一世的经历"②。他们进入文坛必然大大密切文学与广阔的社会现实生活,时代与各阶层人民的联系,带来社会全方位的观察、思考、描写的视野与角度。广阔的社会历史内容,对民族灵魂开掘的历史深度,以及沸腾的历史潮流中所吸取的战斗激情与壮阔,厚实的力的美成为新一代作家独有的特征。这一时期,从英国回国后的老舍,受到革命文学理论的影响。时代中心的主题与题材,具有无限的丰富性、复杂性与生动性的现实生活尽收老舍眼底,使得其个人的创作有了更多的选择和发挥余地,随着对民族生活、民族性格与民族心理的把握的日益准确,本来就具备下层百姓心态的老舍,用众多的小说构筑了一个广大的"市民世界"几乎包罗了现代市民阶层生活的所有方面,显示了老舍对这一阶层百科全书式的知识。他把"乡土"中国社会现代性变革过程中小市民阶层的命运、思想及心理通过文学的形式表现了出来。

综合以上作家的人生经历、作品的写作背景、作家的文学观念等诸多方面的原因,我

---

① 关纪新:《老舍评传》,重庆出版社1998年版,第246页。
② 钱理群、温儒敏、吴福辉:《中国现代文学三十年》,北京大学出版社1998年版,第193~194页。

们也就不难理解现代文学叙事视角实现由"俯视"到"平视"的转换了。

以上以"人力车夫"形象的塑造为切入点,考察了二三十年代中国现代文学中叙事视角由"俯视"到"平视"的转换以及这一转换实现的原因。当然"人力车夫"仅是现代文学叙事形象中的沧海一粟,"俯视"、"平视"的视角,也只是二三十年代中国现代文学叙事视角的一种体现。然而现代文学的浩瀚海洋,其叙事视角二十年向三十年的转换,却是适应社会历史文化变革的需要,以及遵循现代文学的发展规律的,体现着文学创作的继承与创新,贯穿于中国现代文学发展的始终。"俯视"到"平视"叙事策略的转换,这样一种文本建构,为现实人生提供了一个全新的审视和观察的角度,也为新文学的创作找到了一个全新的阐释视角和艺术手段。随着小说艺术的不断发展,视角的转换、交叉和多元化已成为势不可挡的潮流,这是小说艺术走向成熟的标志。

(周红燕:中国海洋大学文学与新闻传播学院中国现当代文学专业研究生)

论沈从文笔下的湘西世界

张 欣

正如同人们在谈论文学作品的时候,提起鲁镇,就会想到鲁迅,说起旧北京,就会回忆起老舍,走进湘西那片山水,就会想起沈从文。沈从文热爱湘西这片故土,对湘西,有种难舍的眷眷深情,许多作品都是以湘西社会为背景展开的,除了对湘西社会民风民俗的描写外,他也关注个体的生命,民族的命运,并从人性这一独特的角度来诠释生命。

一

地域文化,是指一个地区由于自然地理条件和人们共同形成的思维方式、风俗习惯等人文因素形成的,带有地域特征的文化形态,体现在文学中,则是作家作品的地域特色。[①]在20世纪中国文学发展史上,特别是乡土文学中,地域文化对作家创作的影响是非常明显的.它不仅影响了作家的性格气质、艺术思维方式和作品的艺术风格、表现手法,还孕育出一些特定的文学流派和作家群体。沈从文的地域意识尤为突出,湘西文化特别是苗族文化对他的创作有着深刻影响,沈从文用他的作品构筑了一个独特的"湘西世界"。他给中国现代文坛带来一股清新自然的山乡野风,这也让偏居一隅、被世人忽略的湘西以一种前所未有的姿态展现在世界面前。

在现代文学史上,很多作家从乡村而来,定居城市后回望故乡,或寄寓情感,或抒写哲理,或阐述各种政治主张,其中不乏传世之作,但少有作家像沈从文如此全身心地沉浸在对乡土全方位的描摹之中,有着强烈地表现乡土文化的主观愿望。沈从文是一位充满激情的湘西代言人,有着强烈、自觉而又持久的地域文化意识。他的湘西背景,他的家世、他的苗族血统、他的人生经历不仅影响到他的审美观、文学观和写作方式,也影响了他的人生选择乃至人格的形成。沈从文用作品讲述他对湘西生活的眷恋、对湘西人民的理解、对少数民族历史的思索。在他的作品里,政治斗争退为背景,杀戮和流血也多是作品的底色,他要表现的不是突变带给湘西的影响,而是常态下湘西人的努力生存的现状以及在现代文明的冲击下人们无从应对、令人担忧的境况。

沈从文将故乡生活与都市生活进行比较,清晰地意识到僻地、边城的弱势地位,同时,也激发他寻觅和展示湘西文化中蕴含着的顽强的生命力量、积极健康的优秀品格和少数民族奋发向上的民族精神。翻开沈从文的乡土小说,湘西浓郁的边地风情、朴素自然的民间生活氛围扑面而来,这里有原始古老的风俗,也有自然淳朴的生活方式;有以歌求爱的古朴缠绵,也有为爱欢悦的洒脱自由。例如在《月下小景》、《三三》、《雨后》等一系列作品

---

① 包晓玲、姚克波:《论沈从文与湘西地域文化》,《西南大学学报》(人文社科版)2006年第2期。

中,青春的男女、行船的水手、吊脚楼上的妓女,他们的生命存在形式都是自然的,这就是沈从文笔下充满田园牧歌氛围的湘西乡土。《边城》是乡土抒情最具代表性的作品,充满了田园牧歌情调所具有的一切内容:优美和谐的自然景物、单纯简朴的生活、恬静平和的气氛。

《边城》是"湘西世界"的代表作,赵园先生在《沈从文构筑的"湘西世界"》中最早使用"湘西世界"一词,来概括沈从文描绘湘西乡土的作品,认为这个世界是展示着健全生命形态的湘西,体现着文化批判倾向的湘西,包容着重建民族的愿望的湘西。在城乡对比、中西参照中,对湘西世界作了多方面的诠释,读出了湘西世界的现代性、现实感和使命感。沈从文的乡土小说展示了现实中乡土中国的血泪,他在赞扬、挖掘美的东西——纯朴淡泊的生活方式、厚道单纯的灵魂、诚实健康的情感,那份完全融于自然的感动是任何人都可以从他的作品中感受到的,也正因为如此,有人质疑他小说的"思想性"和"深刻性"。而实际上,作为一个经历独特的作家,沈从文有自己独特的文化选择。

牧歌,最早指古希腊人描写西西里岛牧羊人生活的诗。后来维吉尔写了著名的作品《牧歌》,带有典型的田园诗风格。此后,人们习惯用牧歌来称谓这一风格种类:以一种传统的诗歌,表达都市人对理想化的农牧生活的向往。在中国现代文学范围内,"牧歌特指以理想化笔墨处理乡土题材的各类作品中能够反映其本质因素的抒情倾向和品格"①。

从故乡湘西到都市,沈从文越过了两个完全不同的世界。由于有着特殊的文化历史环境,湘西的民间习俗、社会交往、道德观念等都与都市有着极大的不同,在一定程度上有着"人生朴素的情感、观念的单纯和环境的牧歌性"。

"牧歌"作为"桃源"的孪生姊妹,在《边城》70年的接受史中,牧歌也经历了一个肯定——否定——肯定的循环过程。汪曾祺认为《边城》(和沈先生的其他作品相比)不是牧歌,不是挽歌,而是希望之歌②。也是二元对立的一贯思维,忽视了作品的模糊性和多义性。刘洪涛认为《边城》作为中国现代文学牧歌传统中的顶峰之作,它巩固、发展和深化了乡土抒情模式。"牧歌代表着对乡土和家园的守望;由于中国作为后发国家的特性,在优秀的作家那里,这种乡土抒情模式也蕴涵了对民族身份的追寻,对民族形象的诗性想象。"③刘文延续并拓展了对桃源牧歌的内涵阐释。后来者沿着文化和文明批判的思路,继续阐释"湘西世界"的意义。有些学者认为:"沈从文试图用体现了中国人天人合一的社会理想的'湘西世界'来抵御现代物质文明对人的生命异化和人性扭曲。"④也有论者仍从文本出发探寻《边城》受喜爱的原因:"《边城》受到世界读者的喜爱,在于它所展现的东方神韵及所具有的人类普遍性价值。"⑤

二

在沈从文的笔下,湘西是一个无与伦比的世外桃源:山美、水美、人更美。那里的生命

---

① 刘洪涛:《〈边城〉与牧歌情调》,《中国现代文学研究丛刊》2001年第1期。
② 汪曾祺:《沈从文的寂寞——浅谈他的散文》,《汪曾祺全集》(三),北京师范大学出版社1998年版,第259页。
③ 刘洪涛:《〈边城〉:牧歌与中国形象》,《文学评论》2002年第1期。
④ 任葆华:《救赎人类灵魂的诺亚方舟——论沈从文笔下的"湘西世界"》,《西部论坛》2004年第2期。
⑤ 杨玉珍:《〈边城〉:东方神韵》,《吉首大学学报(社科版)》2004年第4期。

都充满了原始的活力:积极、单纯、乐观,憎恶随性,爱恨由情。人性是优美、健康、自然的,与湘西淳朴的人性相比,都市无疑是扭曲、异化、丑恶的。

当沈从文孑然一身来到北京这大都市寻梦时,犹如从一个时代走进另一个时代。尘土飞扬的街道,拥挤的人群,横冲直撞的汽车……这里再没有清风拂面的春日,炊烟缕缕的水边小镇,情意绵绵的吊脚楼……这一切令他感到恐惧、焦躁。他觉得这个城市与他格格不入,只好每天在寄宿的小房间里,他就像一个来自另一个世界的人,一切都与他毫无关系。同时深受湘西淳朴民风熏染的他,很快地发现了城市生活中令人厌恶的风气,在现代文明背后道德的沦丧、人际关系的自私比比皆是,在那彬彬有礼的谈吐举止的后面,灵魂却是卑微低下的。怀着对现代文明的失望和对城市人厌恶的情绪,他决定给城市人造一面镜子,撕毁上流社会绅士淑女虚伪的面纱,揭露他们的自私、肮脏、怯懦、卑鄙。

怀着对城市的失望和报复,沈从文创作了一系列反映都市生活的小说,如《八骏图》、《绅士的太太》、《有学问的人》等作品。这些作品中,达官显贵、旧家子弟、大学教授、学生是沈从文描述的主要对象。他们都属于上层、场面上的人,可是他们的言行却表里不一,他们最典型的特征是虚伪、自私、怯懦,这一切与他们外表的"真诚"、"大度"、"文明"、"自大"、"稳重"形成了强烈反差。其中《八骏图》是最具有代表性的篇章,以犀利的讽刺之笔画出了八位教授的精神病态。某大学八位教授是社会上"人人皆知赫赫大名"的"千里马",可他们或信奉独身主义,或标榜清心寡欲,或大谈泛爱主义,在他们的下意识行为里,却时时流露出爱欲的冲动。他们抑制着心灵上的欲望,在别人面前个个显得庄重,老成。小说正是抓住了这些人物典型特征,揭示出上层人士的病态人生。在《绅士的太太》里,沈从文又将笔伸向绅士阶级家庭生活的一角,描写了几个城市上层人士家庭的日常生活丑态:丈夫背着妻子会情人,妻子瞒着丈夫与人偷情,姨娘太太与少爷通奸,无情地暴露着那些"绅士淑女"们生活的糜烂与精神的空虚。在沈从文的笔下,都市上流社会的人性扭曲表现得淋漓尽致。都市里只有"生活"而无"生命"。

对于真实生命的追寻,是在沈从文"乡下人"的世界里,在那偏僻、遥远而又神奇的湘西。湘西代表健康、完美的人性,一种"优美、健康、自然,而又不悖乎人性的人生形式",这是他湘西小说创作所表现的全部内容。这种原始健康的生命形式首先表现为一种人性美。这种美的人性在某种意义上就是一曲热爱生命的赞歌。沈从文透过湘西世界,给我们展现了一群坚忍、倔强、雄健、强悍、活泼、纯洁的"乡下人"。他们活得沉重、庄严却又十分潇洒。

《湘行散记》显示了湘西这片神奇土地上历史的发展轨迹及与外部势力侵入的冲突的悲剧性命运。湘西虽然偏僻荒蛮,但早已不是人们想象中的不知有汉,无论魏晋的桃花源了。特别是近代以来军阀的混战与割据,使湘西经历了血雨腥风。"1902年前后,凤凰城里的居民不过五千,而正规兵士却有七千。"① 从1917年到1922年的五年间,沈从文就经历了各种残酷的拼杀,充满传奇色彩的行伍生涯给作者留下了深刻的印象,促使作者对湘西所遭受的政治压迫、经济掠夺等苦难进行了思索与探究。"看到日夜不断千古长流的河水里的石头和砂子,以及水面腐烂的草木,破碎的船板,使我触着一个使人感觉惆怅的名

---

① 沈从文:《从文小说习作选》,上海书店1990年版。

词,我想起'历史'。"(《一九三四年一月十八日》)经济的衰败,世代的苦难,"使人引起无言的哀戚"(《一九三四年一月十八日》),作者心中美好的家园,"为内战,毒物,饥饿,水灾,如何向堕落与灭亡大路走去,一切人生活习惯,又如何在巨大压力下失去它原来的型范"(《辰河小船上的水手》)。作者探究了造成使湘西破败、苦难的原因,为湘西在外来势力的压迫下牧歌般美好的乡村生活遭到的侵蚀而忧虑。

作者十分关注底层民众的生存状态。《湘西散记》人物画卷里,船夫、水手、纤夫、兵士、煤矿工人、妓女、商人……他们为生存而在死亡线上苦苦挣扎,精神上、肉体上都承受了沉重的苦难。本应享受天伦之乐的年近八十的老人还要为生存而去拉纤;水手随时都可能被急流卷走生命,已被视为"太平常了"。为了生存,妇女们只有卖身。"妓女的数目,占城中人口比例数不小。……有些人,年在五十以上,还不甘自弃,同孙女辈行来参加这种生活斗争,……也有年纪不过十三四岁,乳臭尚未脱尽,便在那里服侍客人过夜的。""这些妇女使用她们的下体,安慰军政各界,且征服了往返沅水流域的烟贩、木商、船主,以及种种过路人。"(《桃源与沅州》)透过平静的叙述,我们可以读到作者文字里隐藏的愤怒与忧虑。对湘西和湘西底层民众所遭受的苦难,作者进行了认真的追问。另外,沈从文在小说中也写到了湘西当地制定的一些陋俗陋规,有些极为残酷。如《月下小景》中的"女人同第一个男子恋爱,却只许同第二个男子结婚"的族规导致了两青年男女的殉情;《萧萧》中的"沉潭"和"发卖"习俗,尤其"沉潭"更是对女人身心的严重摧残;还有小说中经常提到的公开卖淫的陋俗,以及"落洞少女"、"放蛊"等残忍现象。这些是作家本人极力反对的,它体现了人格的变态。

作者对他深爱的故土给予了真诚的人道主义关怀。同时,面对现实,他既感到痛苦,也感到困惑。他从哲理的高度进行反思,追问,试图为故乡湘西的命运开出个药方来,"生硬性痛疽的人,照旧式治疗方法,可用一点点毒药敷上,尽它溃烂,到溃烂净尽时,再用药物使新的肌肉生长,人也就恢复健康了"(《箱子岩》)。基于此,尽管作者也看到了湘西传统文化的弱点与缺失,但也对给予了历史局限下的充分肯定,这是一种极痛苦下的无可奈何。作者对湘西如何才能走出痛苦的境地,既有所悟,又感到迷茫。在迷人的牧歌情调里,弹奏些不和谐的沉痛的曲调,使作品在优美之外承载了深沉的历史感、沉重感。透过文字,不仅可以看到湘西的山水画卷、人物长廊、民俗风情……还可以触摸到作者一颗滚烫的心。《湘行散记》在给人相当高的艺术享受的同时,也给人以思想上的启迪,促使我们关注湘西,思索整个民族的苦难历程。①

沈从文曾说过:"这世界上或有想在沙基或水面上建造崇楼杰阁的人,那可不是我。我只想造希腊小庙,选山地作基础,用坚硬的石头砌它。精致、结实、匀称,形体虽小而不纤巧,是我理想建筑,这种庙里供奉的是人性。"②人性是他"湘西世界"的基础。对湘西世界由衷的赞美和歌颂直接体现了沈从文对于人性理想的追求,体现了他迫切的重造民族的愿望,也间接体现了他对于人性理想的追求,即人性的返璞归真;对湘西世界深重灾难的展示体现了他的民主主义思想,在一定程度上也统一于重造民族的愿望。因为深爱着

---

① 沈从文:《沈从文文集》(第7卷),花城出版社1982年版。
② 沈从文:《习作选集代序》,《沈从文选集》(第五卷),四川人民出版社1983年版,第228页。

湘西世界的人们，所以对于他们的人性弱点毫不掩饰；也因为深爱着湘西世界的人们，所以同情他们的不幸遭遇和深重苦难。

通过作品，通过语言，我们可以体会到沈从文向我们一个与众不同的世界，一个多姿多彩、多灾多难的世界，一个美丽的陈旧的自然纯朴的湘西。

三

自然纯朴的人性世界是沈从文执意追求的理想世界，这在作品《边城》中得到了完美的体现。据沈从文在其《习作选集代序》中表明了《边城》的写作动机，他"要表现的本是一种'人生形式'，一种优美、健康、自然而又不悖乎人性的人生形式"。沈从文努力追寻着农村社会中正直和朴实的灵魂，从中寄托着他对真、善、美的追求。《边城》中所描写的边城茶峒处于湘西边境，是个交通闭塞，受现代都市商品气息影响较少的小山城。沈从文把这样的小山城作为实现其思想的载体，运用实景与梦境相结合的手法，在读者面前展示出了湘西小城古朴、淳厚的人情。

沈从文所追求的人性，是一种自然的人性，具有两个特点：一是纯真、质朴、自然；二是洋溢着旺盛的生命力，充满着野性和力量。这都是贵生、翠翠、老船工、夭夭、顺顺所具有的美好品质。他所写的都是自然的人，其情欲都是大自然所赋予的，都具有人性的美。生命的美和人格的美孕育了爱情的美，具有健全人性的人们更要追求美好的爱情。三者紧密联系，不可分割，是人性美的重要表现形式，也始终是沈从文作品中透露出的三个方面，更是他一生的追求。生命的庄严、人格的朴厚、爱情的纯美，是沈从文笔下的永恒主题。作者所描绘出的神奇，是平凡的人性的美，用牧歌式的诗意和弥散其间凄美的笔调，写下了这些看似平凡的人物、平凡的梦，仔细咀嚼这些优美文字的背后，可以领略到震撼人生的艺术魅力，体验到作者对于民族品德消失的悲痛和重造民族品德的决心。

在沈从文的小说里，以两性间的情爱、性爱为题材的作品占据着较大的比重，无论是"湘西系列"还是"都市系列"。在"湘西系列"和"都市系列"中的人性描写，突出表现在他们对性爱的不同态度上，并形成两类人截然相反的爱情婚姻观。他有意识地用乡下人的粗野、单纯的情欲、自然的人性，来对抗城市虚伪造作的感情方式。在湘西人身上找不到温文尔雅的感情色彩，想爱就爱，想恨就恨，感情毫不掩饰，方式毫不做作。他们甚至用生命的代价来换取属于自己真正的感情，来表达对爱情的忠贞不渝。他们对性爱的要求越是大胆，作者越是认为他们纯真而美丽。而都市的"智者"却用由"文明"制造的种种绳索捆绑住自己，跌入更加不文明的轮回之中。这一对比是对都市"智者"绝妙的讽刺。

在作者眼里的人生和生命形式，只要是自然的、纯真的就是美好的。生命的健康和爱情的纯真也是相互渗透的。在湘西人身上，就体现着力与美的结合，唱山歌这一民俗也成为体现湘西人生命健康自由的很好介质。沈从文把这种生命赋予给大自然，写出人物纯真的生命与本真的浑然合一、共鸣和交响。他把"人与自然"的契合作为人生探索的出发点，从中获得了艺术的真实，并找到了真正理想的人性。在他的作品中，水是"湘西世界"的主体形象，是湘西世界万物生机的源泉，也是当地整个经济文化的命脉。因此，水成了沈从文生命肉体和情感不可分离的东西。沈从文主体生命的主要特征，即情感与心态特征是与水的品质极其相似的，同时也可以说是表现了水与自然品性的同化。在蕴藏着人性美的"湘西世界"中,沈从文找到了自己的精神家园,发现了中国文化的前景,并赋予它以理想化的意义——民族的振兴!

人性是沈从文"湘西世界"的基础。他关于人的改造的思想是最基本、最富于积极意义的思想。他在"湘西世界"中寄寓的,经由城市世界与湘西世界的反复对照而显示的改造民族性格的思想,也是中国现代文学的基本主题之一。在沈从文的作品中,无论是过去的湘西还是现实的湘西,都具有一定的神秘色彩。即使是带有一定批判色彩的《萧萧》等作品,对现实的揭露也是有限的。作者并没有用严峻沉痛的笔调,深刻地、无情地揭露野蛮残酷的制度对生命的扼杀,而是采用了温和宽容的态度。

沈从文让人们通过湘西世界,不自觉地对比文本外城市文明的丑陋,人性的退化,也更让人们认识到这个民族过去之伟大处,从而让人明白边城人的淳朴、豪爽与和睦。沈从文理想的民族人格就是:保留有湘西原始本真精神,远去都市文明异化,祛除湘西自身文化诟病的生命理想人格。湘西精神才是沈从文生命意识的真实底蕴,才是其创作的生命深层意识所在。沈从文呼唤健康人性的复归,追求自然的人性。最终,在蕴藏着人性美的"湘西世界"中,沈从文找到了自己的精神家园。

(张　欣:中国海洋大学文学与新闻传播学院中国现当代文学专业研究生)

编 后 记

2011年4月15～17日,中国海洋大学文学与新闻传播学院召开"中国现当代文学暨毕淑敏作品学术研讨会"。著名作家、中国海洋大学首席驻校作家王蒙先生,著名作家、中国海洋大学驻校作家毕淑敏女士,来自全国50多位专家、学者,以及中国海洋大学部分师生参加了会议。本论文集就是这次学术研讨会的重要学术成果之一。

论文集在编纂过程中,会议之后作者对论文有修改的,按照修改后的论文收录;未作修改的,按照大会提交的论文收录。编者仅对收录文章在形式上对某些文章作了适当的技术性调整,例如有的论文去掉了原来的"关键词"、"内容摘要"等。为了保持会议原貌,大会所提交论文,悉数收入。

最后,衷心感谢毕淑敏女士,感谢与会的各位专家、中国海洋大学及文学与新闻传播学院的领导、中国海洋大学出版社领导,以及所有给予这本论文集的出版关心和帮助的朋友们。

由于编者能力所限,不当之处在所难免,恳请各位作者,各位专家、学者和读者朋友谅解并不吝赐教。

温奉桥
2011 年 8 月 7 日
于中国海洋大学"一多楼"王蒙文学研究所